# QUESTION DE TEMPS

## TOME 2

MARY CALMES

# QUESTION DE TEMPS

## TOME 2

## MARY CALMES

DREAMSPINNER
PRESS

Publié par
DREAMSPINNER PRESS

5032 Capital Circle SW, Suite 2, PMB# 279, Tallahassee, FL 32305-7886 USA
www.dreamspinnerpress.com

Question de temps, tome 2
Copyright de l'édition française © 2016 Dreamspinner Press.
Titre original : A Matter of Time, Volume 2
© 2011 Mary Calmes.
Première édition : juillet 2011
Traduit de l'anglais par Ingrid Lecouvez.

Illustration de la couverture :
© 2011 Anne Cain.
annecain.art@gmail.com
Les éléments de la couverture ne sont utilisés qu'à des fins d'illustration et toute personne qui y est représentée est un modèle

Édition e-book en français : 978-1-63477-643-1
Édition imprimée en français : 978-1-63477-642-4
Première édition française : avril 2016
v 1.0

Édité aux Etats-Unis d'Amérique.

Pour tous mes merveilleux fans
qui ont demandé quand ce livre serait imprimé,
et pour Elizabeth qui en a fait une réalité.

# LIVRE TROIS

# I

La pièce était envahie de roses. Des pétales pâles, couleur vieux rose, étaient éparpillés partout, la lumière, les couleurs, l'ensemble dégageant cette impression douce et romantique de féminité. C'était époustouflant. Le quatuor à cordes, le champagne, les serveurs vêtus d'un blanc éclatant, tout était si élégant... et complètement perdu pour les hommes présents autour de la table. Ils semblaient lessivés et je comprenais pourquoi. Un mariage s'étalant sur trois jours était sacrément ardu et nous n'en étions qu'au second.

Je ne savais pas qui avait un jour décidé que l'enterrement de vie de garçon devait avoir lieu la veille du dîner de répétition, mais j'étais certain que ce quelqu'un était un sadique. On attendait des garçons d'honneur de Dane qu'ils soient sobres et en pleine possession de leurs moyens à cinq heures de l'après-midi le jour suivant leur retour titubant à la maison au lever du soleil – et dont ils avaient à peine eu le temps de se remettre – pour assister à la répétition de l'entrée et de la sortie de l'église. Ils étaient également censés être impressionnés par la pièce adorable et le cadre intimiste, alors que tout ce qu'ils voulaient c'était évacuer les restes de leur cuite. J'étais heureux d'avoir pris un congé pour le mariage de mon frère ; si j'avais dû suivre mon planning habituel de rendez-vous, j'aurais instantanément été réduit à l'état de cendres. Lorsqu'ils m'avaient harcelé pour que je les accompagne pour une seconde nuit consécutive de débauche, je m'étais éclipsé, déclinant l'offre par mon absence, pour rentrer me coucher. C'était lâche, mais je n'aurais jamais été capable de suivre. Ils étaient tous de bien meilleurs buveurs que moi, ce qui en disait long étant donné que je savais tenir ma boisson en temps normal.

Le matin suivant, lorsque j'entrai dans la suite avec mon smoking drapé sur le bras, je ne fus pas surpris de les trouver portant toujours leurs vêtements de la veille. Il y en avait un sur le sol, un dans chaque canapé, un autre dans un fauteuil à oreilles et Jude, le témoin de Dane, seul dans le lit, en train de baver. Il offrait un véritable spectacle à lui tout seul. Lorsque la porte s'ouvrit, et qu'Aja Greene – la fiancée de Dane et non l'homme lui-même – entra pour déloger les garçons, je me sentis vraiment désolé pour eux. C'était le jour de son mariage et ils ressemblaient à des épaves. Ce n'était pas le meilleur moyen d'entrer dans ses bonnes grâces.

— Est-ce que vous vous moquez de moi ? couina-t-elle dans le silence de la pièce.

Des grognements et des gémissements me firent sourire alors que je commençais à verser du café et de l'eau. J'avais apporté une grande bouteille de Tylenol avec moi.

— Hé, dit doucement Rick Jenner en me faisant signe d'approcher. Quelle heure est-il ?

— Il est dix heures, lui répondis-je tout sourire. Il reste encore huit heures avant le mariage.

— Alors, pourquoi crie-t-elle ?

— En fait, elle ne crie pas.

— Ça y ressemble pour moi.

— OK, mais tu peux probablement entendre la peinture s'écailler, avançai-je.

Il se contenta de gémir.

— Elle s'inquiète seulement que vous n'ayez pas fière allure sur les photos.

— Aïe.

Il grimaça en tapotant le canapé à côté de lui.

— Assieds-toi.

— C'est le dernier verre de téquila dans le nombril de la fille qui est responsable, le taquinai-je.

Je ne pouvais qu'imaginer à quel point cette seconde nuit de débauche s'était dégradée.

— Comment t'as su ça ?

Il essaya de sourire et posa sa tête sur ma jambe dès que je fus assis.

Je lui souris alors même que j'étais poussé de l'autre côté, et que des mains saisissaient mes épaules.

Lance Simmons et Alex Greene, le frère d'Aja, m'avaient rejoint.

— Salut, les gars, les taquinai-je, tournant la tête vers le profil de Lance. Vous avez fini de vomir ?

— Non, gémit-il en posant sa tête sur mon épaule. Dis-moi ce que nous avons à manger pour le dîner.

— Du foie et des oignons, gloussai-je diaboliquement.

— Oh, va te faire foutre !

Il eut un haut-le-cœur, et se pencha pour s'allonger sur le canapé. Le cuir devait être frais sur son visage brûlant.

— Du foie, mon cul !

— Alex, appelai-je doucement l'homme derrière moi.

— Mmmm.

Il fit à peine un bruit, son front appuyé contre ma nuque.

— As-tu mal à la tête ?

— Si je me redresse, je pense qu'elle va exploser.

3

— Ta sœur est arrivée.

Il gémit juste avant qu'elle crie.

— Les gars, vous devez vous lever !

Sa voix leur fit l'effet d'un coup de fouet – rapide et douloureux. Je le sentis descendre le long de mon dos.

— Oh, mon Dieu, gémit Alex derrière moi, et nous rîmes tous quand nous l'entendîmes tomber sur le sol avec un bruit sourd. Je pense que mes yeux saignent.

— Les gars ! se lamenta Jude depuis la chambre. Voulez-vous bien la fermer !

Elle virevolta sur ses talons et alla le voir, et à ce moment-là, je remerciai le ciel de ne pas être Jude Coughlin. Il allait passer un mauvais quart d'heure.

— Fais quelque chose, J, me supplia Rick. Tu es le seul qu'elle aime.

— J, tu dois la faire arrêter de crier, me supplia Alex depuis le sol, de l'autre côté du canapé. Je pense sérieusement que ça pourrait me tuer.

— Est-ce qu'il y aura vraiment du foie ? gémit Lance sur le canapé.

Nous entendîmes tous le cri aigu, semblable à celui d'une fille, que poussa Jude depuis la chambre.

Je ne pouvais m'empêcher de sourire.

— Je crois que je vais vomir, déclara Rick sur mes genoux en se couvrant le visage avec l'un des coussins.

— Je vais tous vous tuer si vous ne vous levez pas !

— J, pleura pratiquement Lance, fais-la s'arrêter.

— Fais-la s'arrêter, renchérit Rick.

— S'il te plaît, fais-la s'arrêter, me supplia Alex.

— C'est ta sœur, lui rappelai-je.

— Peut-être, mais elle t'aime plus que moi.

— Est-ce que vous m'entendez ? rugit-elle de l'autre pièce, torturant manifestement toujours Jude.

— *Oh mon Dieu*, que quelqu'un la tue ! murmura Lance, le visage maintenant caché dans le canapé. Pourquoi est-ce que vous m'avez laissé dormir plié comme un bretzel ? Je pense que ma colonne vertébrale est brisée.

Jude cria à nouveau, puis nous entendîmes un fracas suivi d'un bruit sourd.

— Je parie qu'elle l'a viré du lit, soupira Alex depuis le sol.

— Je vais bien, nous cria-t-il.

— Ce connard a eu le lit, gémit Rick. Il mérite ce qui lui arrive.

— Où est Rick ? cria-t-elle en entrant au pas de charge dans la pièce.

Il gémit.

— J, elle va me faire mal.

4

— C'est ce qui arrive quand on fait la fête comme des rocks-stars, dis-je en rigolant. Ce que tu n'es pas.

— Aïeee, gémit Alex.

— Où est le seau à glace ? cria-t-elle à travers la pièce.

— J... commença Rick.

J'appelai doucement Aja, mais assez fort pour qu'elle puisse m'entendre. Elle traversa la pièce à grands pas pour me rejoindre.

— Quoi ? dit-elle d'un ton sec.

— Comment vas-tu ce matin, belle dame ?

Je souris en grand, levant les yeux vers la seule autre femme en dehors de ma partenaire de travail et meilleure amie, Dylan Greer, dont je pouvais dire que je l'aimais vraiment. Dans ma vie, il y avait eu ma grand-mère, Dylan, et la future femme de mon frère. Ces femmes signifiaient tout pour moi.

— Tu te sens bien ?

Elle poussa un profond soupir alors qu'elle dépassait Lance et lui donnait une claque sur le cul aussi fort qu'elle put. Il en glapit presque.

— Oui, bébé.

Elle s'arrêta devant moi, poussant Rick et le délogeant avant de se pencher pour m'embrasser.

— Je me sens très bien.

Je levai la tête et reçus son baiser sur les lèvres, aussi léger que la caresse d'une plume.

— Jory.

Elle sourit, sa main glissa sous mon menton, sur ma mâchoire.

— Viens dans ma chambre très vite. Je veux que tu rencontres mes parents, et les personnes qu'attendait Dane sont là.

Ce qui voulait dire que le clan Reid – Susan et Daniel Reid, les parents biologiques de Dane, ses deux frères et sa sœur – était arrivé pour assister au mariage.

— D'accord, dis-je en étouffant un bâillement avant de me lever.

— Et vous les gars, reprenez-vous et préparez-vous, grogna-t-elle. Maintenant !

Les gémissements étouffés me firent sourire tandis qu'elle me prenait la main et me tirait après elle, vers la porte. Je les entendis derrière nous, puis Rick demanda si quelqu'un savait où étaient ses lunettes de soleil. C'était amusant de penser qu'un PDG, un directeur financier, un partenaire d'un des plus grands cabinets d'avocats de la ville et un directeur de banque puissent tant ressembler à des étudiants de fraternité avec une gueule de bois.

— Regarde comme c'est beau, dit-elle en levant nos mains.

Sa peau caramel, douce et sans défaut contre mon bronzage doré permanent : nous étions beaux ensemble. Les gens nous le disaient tout le temps.

— Hé.

Je la regardai.

— Avais-tu un jour imaginé que ton frère épouserait une fille noire ?

— Es-tu noire ? lui demandai-je.

J'eus droit à un sourire éclatant et je vis apparaître les fossettes que j'aimais.

— En fait, soupirai-je, à la minute où je t'ai vue, j'ai su que tu étais la bonne.

— Tu mens.

— Non.

— Pourquoi ?

— Tu l'as invité à danser.

— Je ne suis pas la seule à l'avoir fait.

— Non, mais tu es la seule à l'avoir jamais rendu nerveux.

Elle soupira profondément.

— C'est la vérité, n'est-ce pas ?

— Oui, m'dame.

— Je pense que nous savions tous les deux ce que nous voulions.

— Oui. Et tu es parfaite pour lui.

— Pourquoi ?

Elle allait à la pêche aux compliments.

— Parce que tu es intelligente – les principales d'école se doivent de l'être – belle, perversement méchante…

— Méchante ? reprit-elle avec un ton moqueur faussement choqué.

— Tu sais que c'est vrai. Tu as pratiquement tué ces pauvres gars.

— Ils peuvent s'estimer heureux d'être encore en vie, grogna-t-elle en fronçant les sourcils.

— Tu es adorable, lui assurai-je en posant ma main sur sa joue. Et tu es complètement autonome et indépendante financièrement. Tu veux Dane, mais tu n'as pas besoin de lui.

Elle soupira profondément.

— Ne te méprends pas, Jory, j'ai désespérément besoin de cet homme.

— Je sais, mais tu restes toi-même. Tout ton monde ne tourne pas autour de lui.

Elle réfléchit un instant.

— Non, c'est vrai.

— Tu vois ? Tu aimes Dane, je le sais, mais tu vas devenir Aja Harcourt, pas Mme Dane Harcourt.

6

Elle hocha la tête.

— C'est également vrai.

Je haussai les épaules.

— C'est comme ça que je l'ai su. Toutes les autres femmes voulaient juste se fondre en lui. Toi, nous serons toujours capables de te voir.

Elle s'arrêta brusquement et me dévisagea.

— Tu as été incroyable depuis le moment où j'ai posé les yeux sur toi.

— C'est toi que je voulais pour mon frère, lui assurai-je.

— Et je suis si contente que tu deviennes le mien.

— Mais tu dois être gentille avec celui que tu as déjà.

Elle fronça de nouveau les sourcils.

— Il ferait mieux de se reprendre, parce que s'il ruine mon mariage… alors que Dieu me vienne en aide, je lui mènerai la vie dure, de façon permanente !

— D'accord, maintenant, tu es carrément effrayante, rigolai-je.

— Oh, Jory, soupira-t-elle. Je t'aime. Viens avec moi.

Et je la suivis.


Aja avait les yeux écarquillés de surprise et la bouche grande ouverte. Sa mère avait une expression identique, de même que toutes les demoiselles d'honneur. C'était sans doute à cause de la danse. Son père, le Juge Greene, et moi dansions le twist sur la musique de Fats Domino et chantions en chœur. Pour l'heure, 'My Girl Josephine' retentissait dans les haut-parleurs.

— Mademoiselle Aja… entendis-je sa meilleure amie, Candace, éclater de rire, regarde un peu ton père, ma fille.

— Jory, m'appela-t-elle, et j'entendis son rire profond. Bébé, qu'est-ce…

— Laisse-le tranquille, la coupa le juge avec un air taquin. Nous sommes occupés.

— Kenneth Greene, au nom du ciel, qu'es-tu en train de faire ? demanda la mère d'Aja à son mari, son sourire faisant pétiller ses yeux.

Au lieu de répondre, il lui fit signe de le rejoindre. Immédiatement, elle marcha vers lui et quelques secondes plus tard, elle se trouvait dans ses bras à danser avec lui autour de la suite.

Dane apparut soudain dans l'encadrement de la porte, debout aux côtés de la femme qui serait son épouse d'ici la fin de la journée. C'était drôle de voir son expression alors qu'il faisait le tour de la pièce des yeux et s'arrêtait sur moi en train de danser au milieu d'un cercle de femmes magnifiques. Il me fit un petit signe de tête et je lui souris en retour. Je l'observai passer un bras autour des épaules d'Aja et l'attirer à lui avant qu'il l'embrasse sur la joue.

— Jory, m'appela-t-il.

Il y eut des mains dans mes cheveux, dans mon dos, glissant sur mes épaules, s'accrochant à ma chemise avant que je me libère pour traverser la pièce. Lorsque je m'arrêtais devant Dane, il posa une main sur le revers de ma chemise et m'attira dans ses bras.

— Merci, dit-il en appuyant sa tête contre mon épaule.

Mes yeux volèrent vers Aja quand il me libéra et quitta les lieux aussi soudainement qu'il était apparu.

— Que se passe-t-il ? demanda-t-elle rapidement.

Je toussai une fois.

— Monsieur Reid est venu ici pour poser des questions sur toi et ton père l'a mal pris.

— Je suis désolée, quoi ?

— Ce n'était pas une grosse affaire, mentis-je.

— Des questions ? Quelles sortes de questions ?

Je haussai les épaules.

— Il ne savait rien à ton sujet et Dane ne les avait même jamais invités avant le mariage et la réception, alors… je suppose qu'ils voulaient en apprendre un peu plus sur toi.

— Je vois.

— Eh bien, ton père n'a pas *vu*, lui. Tu ne peux pas vraiment l'en blâmer.

Elle me sourit.

— Ça ne ressemble pas à mon père de s'énerver pour quelques questions innocentes.

— Il y en a eu beaucoup, dis-je pour la défense de son père. Je me suis senti mal à l'aise, moi aussi.

Elle hocha la tête.

— Alors, que s'est-il passé ?

— Ton père a dit que j'étais la seule famille de Dane dont il se souciait.

Je lui souris.

— Oh, dit-elle en hochant la tête. Puisque Dane et toi êtes les seuls Harcourt ici.

— Exact.

Mon sourire s'élargit et je me penchai pour l'embrasser sur le front. Du moins, jusqu'à dix-huit heures.

Elle poussa un profond soupir.

— Tu seras la nouvelle Harcourt, la seule en robe, d'accord ?

En réponse, elle enroula ses bras autour de mon cou et m'étreignit étroitement.

— Qu'as-tu fait ?

— Je suis allé chercher mon iPod et j'ai demandé à ton père s'il avait toujours le rythme.

Je la sentis trembler dans mes bras.

— Comme tu peux le voir, cet homme a toujours du peps.

Elle me serra plus fort, puis jeta sa tête en arrière, ne pouvant plus retenir son éclat de rire.

Lorsque je lançai un coup d'œil derrière moi, en direction de ses parents, je fus récompensé par le sourire chaleureux de sa mère.

L'intermède avait été tendu. Les parents de Dane, en particulier son père, avaient interrogé le juge à propos de sa fille… cela avait commencé de manière tout à fait anodine, une simple conversation, avant de rapidement se détériorer en une inquisition tous azimuts. Ils ne savaient rien du tout sur Aja et voulaient tout savoir. C'était parti d'une bonne intention, mais les propos étaient sortis comme une critique, tendancieux, et presque racistes. Dane et moi revenions juste de notre partie de squash et avions entendu des éclats de voix depuis le couloir. Nous étions intervenus, les interrompant, et Dane avait insisté pour montrer leur suite aux Reid, à l'étage, loin de la salle commune utilisée comme lieu de rencontre des invités ou pour que chacun puisse trouver à se restaurer avant la cérémonie. Il avait emmené ses parents, ainsi que ses frères, Caleb et Jeremy et sa sœur, Gwen, afin que le juge puisse se remettre et recouvrer ses esprits. Le regard que Dane m'avait lancé en quittant les lieux avait été si douloureux que j'avais senti ma poitrine se serrer rien qu'en le regardant. Bouleverser son futur beau-père avec des personnes de minimale importance dans sa vie était la dernière chose qu'il voulait le jour de son mariage. La vérité était qu'il aimait tout simplement le juge bien plus que sa famille biologique. Je devais faire quelque chose. Je devais restaurer la sérénité qui avait vue débuter la journée ; c'était, à ce moment-là, ce qu'avait convoyé le regard de Dane avant de sortir. Et je l'avais fait en dansant dans la suite comme un idiot avec le père d'Aja.

— Jory, que ferait ton frère sans toi ? me demanda Aja en me serrant encore une fois contre elle.

— Je ne sais pas, mais nous n'aurons jamais à le découvrir.

— Non.

Elle secoua à peine sa tête.

— En effet.

— Jory ! m'appela le juge.

Je courus vers lui et il me montra qu'il pouvait encore faire des cabrioles. Je crus que la mère d'Aja allait s'évanouir. Le fait que tout le monde rit était une très bonne chose.

L'ÉGLISE ÉTAIT remplie d'une foule de gens qui se levèrent tous lorsque la mariée se montra au fond de l'allée centrale, au bras de son père. Elle était à couper le souffle, simple et chic, et la fierté sur le visage de son père fit sourire tout le monde. Les parents de Dane, ainsi que ses frères et sœurs, étaient installés au premier rang, à droite. La mère d'Aja et ses grands-parents, à gauche. Sa famille élargie remplissait les trois premiers bancs et après eux venaient les amis de la famille et les amis qui étaient comme sa famille. Dane et Aja partageaient beaucoup de personnes en commun, ceux qui passeraient leur vie avec eux. Les plus proches et les plus chers de tous étaient sur l'estrade avec le marié alors qu'ils attendaient que la mariée les rejoigne. Candace Jacobs, majestueuse et époustouflante, avait la tête haute tandis qu'elle regardait sa meilleure amie marcher vers l'homme qu'elle aimait. Toutes les demoiselles d'honneur d'Aja étaient parfaites dans leurs robes sirènes gris étain et sans bretelles – des silhouettes longues et gracieuses avec les cheveux relevés en chignon, leur peau lisse et sans défaut, ressemblant à des cygnes gracieux et délicats. Elles étaient lumineuses.

Jude était resplendissant dans son smoking Armani et se tenait fièrement à côté de Dane, qui paraissait tout droit sorti des pages d'un magazine de mode. Je ne l'avais jamais vu aussi bien qu'aujourd'hui. Les amis de Dane s'étaient réunis pour se tenir à ses côtés, chacun d'eux tirés à quatre épingles, tout simplement magnifiques, provoquant un émoi au moment de prendre leurs places sur les marches qui descendaient jusqu'à moi. Je m'étais inquiété d'être inclus, ne voulant pas ternir son moment puisque, en l'état actuel des choses, je n'avais pas la même taille ni la même carrure d'épaules ou de poitrine. Dane n'avait pas été inquiet du tout. Il se souciait moins de présenter une image parfaite que d'avoir son frère près de lui. Aja, ayant le même désir, avait rejeté toutes mes objections.

Et, alors que je les regardais, leurs mains enlacées, prononçant les paroles qui les uniraient à jamais, j'étais reconnaissant d'être là, de partager leur moment. C'était une leçon d'humilité d'être au commencement d'une nouvelle vie, celle qu'ils partageraient ensemble. Je fermai les yeux et respirai un grand coup lorsqu'ils furent présentés. Monsieur et Madame Harcourt, mari et femme. L'image d'Aja levant la tête pour recevoir son baiser, ses yeux pleins d'amour pour Dane, et les mains de mon frère sur son visage, l'approchant de lui alors qu'il se penchait pour sceller leurs lèvres, se grava dans ma mémoire à jamais. Aja passa ses bras autour de son cou et il la serra contre son torse. Ils étaient magnifiques ensemble, l'image même de ce qu'était l'amour. Une salve d'applaudissements retentit quand ils se séparèrent et furent à nouveau présentés en tant que mari et femme, un bruit de tonnerre consumant le silence qui régnait encore quelques secondes plus tôt. Je ne pouvais imaginer de moment plus parfait que celui-là.


LA RÉCEPTION fut somptueuse, une somme d'argent que je n'aurais jamais rêvé posséder ayant été dépensée pour offrir à Aja le jour dont elle rêvait depuis qu'elle avait dix ans. Il y eut six plats différents, accompagnés de vin, de champagne et de n'importe quelle boisson qu'un invité pouvait réclamer. Les gens furent émerveillés par l'orchestre, la piste de danse, et les milliers de bougies qui jetaient une lueur chaleureuse dans la salle. La première danse du marié et de la mariée avait été d'une fluidité extrême, et fascinante à regarder. Ils allaient naturellement ensemble, se mouvant en parfaite harmonie parce qu'ils étaient faits l'un pour l'autre. Lorsqu'Aja dansa avec son père, les gens ne purent qu'admirer l'homme élégant et sa fille. Dane avait glissé sur la piste avec la mère d'Aja, et l'inverse avait été également vrai. À la façon dont ils s'étreignirent tous après la danse, il fut évident que cette union avait à la fois leur approbation et leur soutien. Pas étonnant, car il était difficile d'imaginer que des parents ne veuillent pas de Dane comme gendre.

Je savais que Mme Reid, en tant que mère du marié, avait désiré la danse que Dane avait offerte à la mère d'Aja. En fin de compte, Dane avait invité ses parents biologiques, sa sœur et ses deux frères, à venir à son mariage, mais c'était moi qui n'avais pas de lien de sang avec lui, qui me tenait à ses côtés. J'étais celui qui portait le même nom ; j'étais celui qu'il avait étreint après la cérémonie. J'étais celui que sa femme appelait son nouveau frère et que ses parents considéraient comme le représentant de toute sa famille et qu'il avait amené au mariage.

Au moment des discours, je fus ému par les paroles de Candace à la mariée, ris à celui que Jude prononça pour Dane et, lorsque Dane et Aja se levèrent pour remercier la foule d'être venue célébrer ce jour avec eux, j'étais si heureux pour eux que je me levai pour les applaudir avec tous les autres. Quand tout le monde se rassit, je vis Dane inspirer vivement alors qu'Aja se blottissait contre lui. Je fis signe au photographe qui les immortalisa avant qu'ils ne se séparent. J'eus le sentiment que le cliché serait l'un des meilleurs de la soirée. Avant que quoi que ce soit d'autre n'arrive, Alex se leva et demanda que toute l'attention se dirige vers l'écran à côté de la piste de danse. Quand le rideau s'ouvrit, les images et la musique dévoilèrent un montage de la vie de Dane et d'Aja, de leurs familles, leurs amis et des moments avant et après leur rencontre. La dernière image montrait Dane à genoux devant Aja. Il lui tendait une rose. Ils me regardèrent tous les deux, se rappelant au même instant le voyage à Carmel et la photo que j'avais prise. J'étais heureux des larmes dans les yeux de la mariée et de la crispation de la mâchoire de Dane alors que la chanson préférée d'Aja, une de Stevie Wonder, emplissait la salle. Les applaudissements devinrent tonitruants alors que les invités se déchaînaient. La mère d'Aja quitta sa chaise en un mouvement fluide et se précipita vers ma table pour me prendre dans ses bras. Elle comprenait enfin pourquoi j'avais eu besoin de fouiller dans ses albums photo avec elle. Quand elle me laissa aller, je me tournai vers la mariée et le marié et les invitai d'un geste de la main à prendre possession de la piste. Dane mena sa femme jusqu'à moi, sa main s'attardant sur ma joue un instant, avant qu'ils me dépassent.

Après minuit, l'orchestre se retira et le DJ prit sa place pour continuer à faire danser les invités jusqu'au petit matin. Les vestes et les nœuds papillon furent jetés sur le côté, les talons hauts abandonnés, et la danse sérieuse commença. J'aurais rejoint les foules, mais il y avait des petits détails qui requéraient mon attention. Je devais distribuer le 'butin' comme l'appelait Aja – passant de table en table pour m'assurer personnellement que chacun reçoive un souvenir du mariage. Puis, je devais me rapprocher du responsable de la restauration et m'arranger pour récupérer tous les appareils photo jetables qui traînaient sur les tables.

Lorsque je sentis des bras s'enrouler autour de ma taille, je me retournai pour découvrir la mariée.

— Viens danser avec moi, dit-elle en souriant.

Je lui retournai son sourire et la suivis sur la piste. Comme toujours quand nous étions ensemble, il nous fut impossible de rester sérieux ne serait-ce qu'une minute. Dans sa robe, et moi dans mon smoking, cela se traduisit par une valse acrobatique. Il y eut des tournoiements et des cabrioles, et tout le monde se mit à rire et applaudir, appelant un bis quand nous en eûmes finalement terminé. Elle me répéta à plusieurs reprises combien elle m'aimait et quand Dane vint nous séparer, au lieu de la prendre dans ses bras, il enroula son bras autour de mon cou et me ramena jusqu'à la table, me dirigeant à travers la foule.

Nous nous assîmes ensemble pour parler tranquillement, penchés l'un vers l'autre, les coudes sur les genoux.

— Donc, cela va sans dire, mais quand même… j'ai la femme que j'aime, le frère que j'aime, les amis que j'aime… il n'y a personne de plus heureux que moi.

Je regardai ses yeux gris et sombres, vis la chaleur en eux, et hochai la tête.

— Je suis désolé que Monsieur et Madame Harcourt ne puissent pas être là aujourd'hui avec toi.

Il hocha la tête.

— Ils sont là.

— Ils seraient si fiers de toi, Dane.

Ses yeux m'absorbèrent.

— Ma famille, les gens qui comptent plus que tout pour moi… sont Aja et toi.

Je lui souris.

— J'ai besoin de toi à mes côtés pour toujours.

Je hochai la tête.

— Pareil pour moi.

Posant sa main sur ma nuque, il la serra avant de me relâcher et de se lever.

— Je t'aime, dit-il en s'éloignant.

Il l'avait à peine murmuré.

Je me calai dans ma chaise pour le regarder s'en aller, et je ressentis soudain un sentiment de paix absolue. J'inclinai ma tête en arrière, fermai les yeux et me contentai de respirer.

— Prenez ça.

J'entendis le déclic de l'obturateur et ouvris les yeux pour trouver Aja de l'autre côté de la table avec Candace et une autre demoiselle d'honneur. Je jetai un coup d'œil au photographe avant de ramener mon regard vers la mariée.

— Que fais-tu ?

Elle poussa un soupir, mais ne dit rien.

— Jory, dit Candace, attirant mon attention. Bébé, je n'avais pas idée que tu étais aussi beau.

Je rigolai et regardai de nouveau Aja.

— Tu l'es, tu sais.

— Quoi ?

— Magnifique, me dit-elle, me faisant signe de la rejoindre. C'est amusant parce que tu t'inquiétais de te tenir près des autres, et la vérité dans tout ça, c'est que, Jory chéri, tu étais le plus beau du lot.

— Tu m'aimes, dis-je avec un grand sourire en la prenant dans mes bras. Tu n'es pas partiale.

— Je t'aime, en effet, mais cela ne te rend pas moins magnifique.

13

Je ris et la pressai contre moi alors qu'elle enfouissait son visage dans mon cou.

CANDACE DÉVIA le bouquet pour qu'il atterrisse dans les bras de la petite amie de Jude lorsqu'Aja le jeta délibérément vers elle une heure plus tard, et la grimace sur son visage quand il se rendit compte de ce qu'elle avait fait fut inestimable. L'élan de la foule vers la porte pour regarder Dane et Aja s'en aller en limousine Rolls Royce déplaça les invités qui étaient devant vers l'arrière. Il n'y avait aucun moyen que l'un d'entre nous puisse s'approcher. Dane leva une main vers moi et Aja me souffla un baiser. J'avais reçu mes ordres. Durant les trois semaines que durerait leur lune de miel, je devais coordonner les déménageurs. Toutes les affaires d'Aja et toutes celles de Dane devaient se trouver dans leur nouvelle maison de Highland Park avant qu'ils reviennent. Tout reposait sur moi. J'avais promis que ce serait fait, même avec mon emploi du temps surchargé. Mon frère comptait sur moi.

Les gens commencèrent à partir au compte-gouttes et la musique changea au profit de vieux airs sur lesquels tout le monde pouvait danser ou chanter en chœur. J'allai dire au revoir aux Reid, donnai une accolade à Caleb, et fus surpris lorsque le père de Dane mit un point d'honneur à me dire combien il était reconnaissant que j'aie glissé une photo de leur famille dans le montage.

— Je vous en prie, lui dis-je en souriant.

Il me tapota le dos alors que je m'accroupissais entre sa chaise et celle de sa femme.

— Jory, vous êtes un si bon garçon, soupira Mme Reid, les larmes aux yeux. Dane s'est sans aucun doute choisi un merveilleux frère.

Je me penchai et embrassai sa joue, et sa main resta pressée sur mon cou jusqu'à ce qu'elle puisse à nouveau respirer sans pleurer. Je les remerciai tous d'être venus et Caleb me dit combien Dane avait de la chance de m'avoir. Je lui répondis que c'était moi le chanceux.

Je traversai lentement la foule, faisant d'ultimes vérifications, passant de table en table avant de trouver le traiteur pour le remercier. Ayant finalement terminé, je troquai mes vêtements contre un jean, un tee-shirt à manches longues et mes Converses et me dirigeai vers la porte. Je slalomai dans la foule pour faire mes derniers adieux aux invités et j'embrassai rapidement et étreignis toutes les femmes. Je trouvai Rick, Lance et Alex assis ensemble et m'arrêtai à leur table.

— Tu veux attendre et partager un taxi, J ? me demanda Rick.

Je lui souris et secouai la tête.

— Qu'allons-nous faire sans lui ? demanda Jude en venant s'accouder au dossier d'une chaise vide. Il est le premier à tomber.

— Nous étions toujours ensemble, dit Rick doucement, ses yeux s'arrêtant sur chacun de nous. C'est bizarre. C'est comme la fin d'une époque.

— J'ai l'impression que je devrais pleurer la disparition de mon ami.

Je leur souris tout en mettant mon iPod en place.

— Tu crois que c'est drôle, J ? me demanda Rick.

— Non.

Je respirai un grand coup et m'éloignai de la table.

— Mais vous devez bien grandir un jour.

— Je ne suis pas prêt à me marier, insista Rick. Et je ne veux certainement pas être le père de qui que ce soit.

— D'accord, acquiesçai-je, mes yeux glissant sur chacun d'eux, tour à tour. Prenez soin de vous, les gars. Je vous verrai plus tard.

— Appelle-moi, J, insista Rick. Je te botterai les fesses au squash.

— Bien sûr, mentis-je avant de pivoter pour me diriger vers la porte.

Cela faisait du bien qu'il fasse frais et non pas froid dehors. C'était une belle nuit – ou un beau début de matinée maintenant – pour la première semaine d'octobre. C'était amusant, mais contrairement à ses amis, je ne ressentais rien d'autre que du contentement pour Dane et une sorte de quiétude pour moi. J'avais vu mon frère traverser une étape importante de sa vie. J'en étais très reconnaissant.

# II

IL Y avait tout un tas de choses pour lesquelles j'étais bon. Aller chercher des vis dans une quincaillerie le dimanche soir suivant n'était pas l'une d'entre elles. Au téléphone avec Chris, je lui expliquai pour la millionième fois pourquoi j'aurais dû rester à la maison avec Dylan et pourquoi il aurait dû être celui en train de regarder dans les bacs marqués de fractions. Ils se ressemblaient tous pour moi.

— Arrête de geindre, me dit-il sèchement.

Je grognai.

— Allez, mon garçon, utilise ce chromosome Y que tu possèdes pour quelque chose, me taquina-t-il.

— Tu es hilarant, grognai-je à nouveau. Qu'es-tu en train de faire de toute façon ?

— Je regarde la télé et te prépare à dîner.

Je rigolai.

— Très domestique.

— Dépêche-toi. Si je ne monte pas ce fichu berceau aujourd'hui, ma vie va être un enfer.

— Très bien, j'arrive.

— N'oublie pas les deux litres de peinture et le pistolet à agrafes.

— Pas de problème.

— Et ce truc bleu qui colle que tu utilises quand tu peins.

— Tu veux dire le ruban adhésif de peintre ?

— Va te faire foutre, petit con, grommela-t-il en raccrochant.

Je souriais au moment où je me retournai et heurtai quelqu'un.

— Pardon.

— Jory.

Je relevai brusquement la tête et je me retrouvai face à face avec Sam Kage. Il tendit instantanément les mains pour me stabiliser, mais je fus plus rapide et reculai d'un pas avant qu'il puisse me toucher.

Ses mains s'enfoncèrent profondément dans les poches de son jean.

— Salut.

Je le regardai dans les yeux.

Il inspira rapidement.

— Comment vas-tu ?

— Bien. Et toi ?

— Bien.

Il hocha la tête.

La façon dont il me regardait, incertain et curieux en même temps... Amusant.

— Ça fait quoi ? Trois ans ?

— Quelque chose comme ça, acquiesçai-je.

Nous restâmes silencieux plusieurs minutes, puis il plissa les yeux.

— Tu sais, ça peut te paraître bizarre, mais tu ne sembles pas vraiment surpris de me voir.

Je lui souris.

— Non, je t'ai vu il y a un an environ dans une fête de quartier au centre-ville.

— Vraiment ?

Je hochai la tête.

— Oui, et juste après ça, j'ai travaillé pour la boîte de ton frère et il m'a raconté les derniers événements de ta vie.

Je parlais rapidement.

— Ce n'est pas comme si j'avais demandé... il faisait juste la conversation.

— Il a fait ça ?

— Oui.

— Hum. Alors, dans ce cas, tu sais que je suis de retour depuis un moment ?

— Oui.

— Mais tu n'as jamais...

Je haussai les épaules.

— Non, mais toi non plus.

Il plissa les yeux.

— Non... en effet.

— D'accord, donc, à plus.

Je lui souris une nouvelle fois et le contournai.

D'une main sur mon bras, il m'arrêta, se remettant sur mon chemin.

— Que fais-tu maintenant ?

— Oh, dis-je. Eh bien, je ne sais pas si tu te souviens de ma partenaire, Dylan Greer, mais...

— Je me souviens d'elle, m'assura-t-il.

— Eh bien, elle et moi avons notre propre boîte maintenant. Ça s'appelle Harvest Design, et nous réalisons des logos, de l'image de marque, des concepts pour des sociétés, de l'identité visuelle, ce genre de choses.

— Ça a l'air pas mal. Tu aimes ça ?

17

— Beaucoup. Ce n'est pas comme si nous faisions des millions de dollars, mais nous nous en tirons bien.

— Dane vous a-t-il financé ?

La question m'irrita instantanément. Il pensait peut-être que j'avais emprunté de l'argent à mon frère pour lancer mon affaire parce que j'étais incapable de le faire tout seul ?

— En fait non, dis-je sèchement, réalisant qu'il tenait toujours mon bras. Dy et moi avons fait un emprunt que nous avons remboursé en seulement trois mois.

— C'est super.

Comme s'il s'en souciait. Je fis rouler mon épaule et sa main tomba.

— Désolé, dit-il dans un souffle.

Je levai le ruban adhésif et le sac en plastique rempli de vis.

— Eh bien, je dois filer. Je suis au milieu d'un projet, mais c'était…

— Qu'est-ce que tu fais ?

— J'aide Chris à construire un berceau.

— Chris ?

— Le mari de Dylan.

— Oh, dit-il en hochant la tête. Est-ce que c'est leur premier enfant ?

— Oui, confirmai-je en souriant. Nous finissons la chambre d'enfants aujourd'hui, donc je dois y aller.

— Bien sûr, acquiesça-t-il.

— À plus alors.

Je soupirai avant de me retourner et de m'éloigner en courant.

Je me moquais de donner l'impression de m'enfuir. Je voulais mettre de la distance entre nous. J'avais fermé et verrouillé la porte sur Sam Kage et le désordre qu'avait été ma vie longtemps auparavant. Je voulais que ça reste comme ça. Manifestement, lui aussi. S'il avait voulu qu'il en soit autrement, la première fois que je l'avais revu – après la fois où je l'avais vu à l'hôpital – il n'aurait pas été en train de se promener en riant avec des amis et une femme que je ne connaissais pas. Sa vie, j'en étais sûr, était telle qu'il le voulait.

— Jory.

Je me retournai et découvris un étranger.

— Salut.

Il sourit timidement.

— Brandon Rossi. Vous souvenez-vous de moi ?

Je secouai la tête.

— Non, désolé.

Il se racla la gorge.

18

— J'étais chez Bigelow et Stein lorsque votre partenaire et vous avez fait le logo pour leur nouveau programme de sensibilisation communautaire il y a quelques mois.

— Oh, c'est vrai, dis-je avec un grand sourire. Ils ont finalement choisi ce grand clown effrayant sur leur logo. Bigelow et Stein, la maison des clowns-tueurs.

— Vous n'aimez pas les clowns, hein ?

— Ils sont effrayants comme tout.

Le sourire fit scintiller ses yeux derrière ses lunettes à monture métallique.

— Eh bien, pour ma part, je ne comprenais pas ce que vous disiez à propos de l'arbre jusqu'à ce que je voie le résultat à l'impression.

Je hochai la tête.

— Vraiment, dit-il en riant et en me donnant une tape sur l'épaule. Je n'arrivais pas à saisir. Je ne pouvais le dépeindre dans mon esprit comme vous. Je ne suis pas un artiste.

— Moi non plus, dis-je catégoriquement, me moquant de lui. Mais comme je l'ai dit, les clowns me font peur.

Il fronça les sourcils avec sévérité en me regardant, mais un sourire étira le coin de ses lèvres.

— Ne vous moquez pas de moi. Je ne suis pas du tout créatif. C'est pour ça que je suis devenu avocat.

— Oh, je pense que l'interprétation de la loi est très créative.

— Un sarcasme, dit-il en hochant la tête. Super.

Il avait des yeux chaleureux et un grand sourire que je ne me souvenais pas lui avoir vu avant.

— Alors, qu'est-ce qui vous amène dans une quincaillerie un dimanche soir ?

Il s'éclaircit la gorge.

— Cette confession, je l'espère, ne vous effrayera pas.

— Oh, oh, le taquinai-je. De quoi s'agit-il ?

— J'étais de l'autre côté de la rue et je pensais vous avoir vu entrer ici. Vous conduisiez une jeep verte vraiment laide et…

— La jeep n'est pas laide, dis-je pour défendre la joie et la fierté de Chris. Et elle n'est pas verte. Elle est bronze. Simplement, c'est difficile à voir de nuit.

Il ravala un rire narquois.

— Elle est verte. On dirait un brun verdâtre et…

— Vous n'y connaissez rien en couleurs.

— Mais si.

— Ah bon ? Quelle est votre couleur préférée ?

— Le noir.

— Mmh-mmh.

19

— Oui, mais pas noir comme dénué de toute autre couleur, plutôt noir comme beaucoup d'autres couleurs mixées pour faire du noir.

— Je vois, dis-je comme s'il était fou.

— Vous n'êtes pas paniqué que je vous ai vu et que je vous ai suivi jusqu'ici ?

Je haussai les épaules.

— Vous vouliez juste me saluer et me titiller au sujet de la couleur de ma voiture. C'est tout à fait compréhensible et plutôt gentil.

Il hocha la tête et je vis ses yeux glisser sur moi.

— Pensez-vous que vous aimeriez peut-être dîner avec moi ?

— Je ne peux pas ce soir, dis-je rapidement. Je suis en train de monter une chambre d'enfants, mais je garde l'invitation pour une autre fois si ça vous convient ?

— D'accord, dit-il en souriant et en remontant ses lunettes sur son nez. Est-ce qu'un dîner demain vous conviendrait ? Parce que si ce n'est pas possible, nous pouvons…

— Demain soir, c'est parfait, le coupai-je. Pourquoi ne m'appelez-vous pas au travail et nous verrons où aller.

Son sourire était étincelant.

— C'est parfait.

Je hochai la tête.

— D'accord, j'attends donc votre appel.

— Sans faute. Merci.

Je plissai les yeux.

— Merci pour quoi ?

Il haussa les épaules.

— Pour avoir dit oui.

Je lui offris un sourire éclatant et je l'entendis retenir son souffle. Sa réaction était très flatteuse.

— À bientôt, alors.

— Oui, à bientôt, dit-il derrière moi alors que je m'éloignais.

Alors que je faisais marche arrière sur le parking, je vis Sam monter dans un SUV aux fenêtres teintées encore plus gros que l'ancien, il approchait la taille d'un Hummer. Je m'arrêtai et l'interpellai. Quand il se retourna, j'avais un grand sourire aux lèvres. Je ne pus tout simplement pas résister.

— Est-ce qu'il est assez gros, inspecteur ? le taquinai-je.

Le sourire en coin que je reçus était le même que dans mon souvenir.

— Non.

Je hochai la tête tout en allumant la radio et Fontella Bass se mit à chanter.

— Est-ce que ta mère t'a parlé de son travail ? criai-je par-dessus la musique.

— De son quoi ?

Je lui fis un signe de la main avant de m'engager dans la rue et de m'en aller.

Quelques heures plus tard, je racontais tout à Dylan de ma rencontre avec Sam et de mon rendez-vous pour le soir suivant avec Brandon Rossi. Elle feignit d'entrer en travail, ce qui m'effraya autant que son mari. C'était par pur diabolisme. J'étais encore sur son dos à cause de ça quand nous entrâmes ensemble à l'agence le lendemain matin.

— Je pourrais le refaire, dit-elle en agitant un doigt vers moi. Alors, ne me pousse pas, J.

— Refaire quoi ? me demanda Sadie Kincaid en entrant dans notre bureau avec deux tasses de café.

J'adorais notre joyeuse petite réceptionniste de Kenosha dans le Wisconsin. Elle était amusante et intelligente et avait un sens de l'humour cinglant qui correspondait parfaitement à celui de Dylan.

— Elle a encore fait semblant d'entrer en travail, lui dis-je.

— Pourquoi ? demanda-t-elle en regardant Dylan. Est-ce qu'il ne restait qu'un seul muffin au chocolat à la boulangerie ?

— Oh, pour l'amour du ciel, répliqua-t-elle sèchement. Faites semblant de perdre les eaux une fois et vous êtes cataloguée à vie.

Nous nous moquâmes d'elle tous les deux.

— Oh, non, gémit soudain Sadie en s'approchant de moi. Qu'as-tu fait à tes magnifiques cheveux ? me demanda-t-elle en passant ses doigts dans mes boucles.

— J'ai…

Je m'interrompis et regardai Dylan.

— De quelle couleur s'agit-il déjà ? Bleu layette ?

— Exact.

Je me retournai vers Sadie.

— J'ai de la peinture bleu layette dans les cheveux. J'ai dû faire le plafond de la chambre du bébé. Chris a foiré les coins.

— Je vois.

Elle me sourit et je remarquai quelque chose de différent dans son expression, presque aimante. Le soupir que poussa Dylan me ramena à elle.

— Quoi ? lui demandai-je.

— Rien, rigola-t-elle avant de pousser un autre soupir en me regardant toujours.

Elles se comportaient toutes les deux bizarrement.

— Quoi ?

— J'ai dit, rien, répliqua Dylan d'un ton sec. Regardons les épreuves que nous avons préparées pour Trotter.

Nous passâmes une bonne partie de la matinée à passer en revue les comptes courants, avant que notre éthique de travail nous abandonne au profit d'une course de chaises de bureau vers dix heures. Nous prîmes un taxi pour rencontrer un nouveau client autour d'un déjeuner, et sur le chemin de retour, Brandon m'appela. Je lui dis que j'avais craint qu'il m'ait posé un lapin.

— Non, Jory, murmura-t-il dans le téléphone. Cela n'arrivera jamais.

— Vous êtes très bon pour mon ego, Monsieur Rossi, ris-je.

— Je vais être bon pour vous, tout court, dit-il catégoriquement. Que diriez-vous du Brava à dix-neuf heures ?

— Cela me semble bien. Je vous retrouverai là-bas.

— D'accord, dit-il avec un long soupir. À tout à l'heure.

Quand je raccrochai, Dylan fronçait les sourcils avec sévérité.

— Quoi ?

— Qui est ce type ?

— Je pense que nous avons fait le logo de son ancien cabinet d'avocat. J'ai dans l'idée qu'il a démissionné depuis.

— De quel cabinet ? Tu n'as pas dit où il était en premier lieu.

— Il était chez Bigelow et Stein.

— Je ne me souviens de personne chez Bigelow et Stein, sauf Chelsea Connors.

— C'est parce que tu ne te souviens que des gens qui signent le chèque à la fin du travail.

— Et alors ?

— Ce n'est pas correct.

Elle se contenta de ricaner et son froncement de sourcils s'accentua.

— Tu dois me laisser rencontrer ce type.

— Oh, je ne pense pas, non. Tes hormones te rendent dingue, princesse.

Elle me grogna dessus.

— Tu vois, c'est exactement de ça que je parle.

Dylan, Sadie et moi revenions de notre pause yaourt de l'après-midi lorsque nous tournâmes à l'angle du couloir et trouvâmes Sam Kage appuyé contre la porte vitrée et verrouillée de notre bureau. Je fourrai mon bol à moitié mangé dans les mains de Dylan et courus vers lui.

— Hé, dis-je avec un rapide sourire. Qu'est-ce que tu fais ici ?

— J'ai parlé à ma mère et j'ai parlé à Michael.

Il hocha lentement la tête.

— C'était intéressant.

J'entendis Dylan et Sadie entrer dans le bureau derrière moi, mais je ne me retournai pas et n'invitai pas Sam non plus. Je ne voulais pas prolonger la visite.

— Jory ?

— Désolé. Tu as dit que la discussion était intéressante, comment ça ?

Et j'aurais tout aussi bien pu me filer des gifles pour lui avoir parlé sur le parking la veille. Il y avait des moments où je laissais échapper des choses parce que je brûlai d'envie de recevoir des louanges. J'étais vraiment trop motivé par les réactions de l'extérieur pour mon propre bien. J'aimais qu'on me dise à quel point j'étais fantastique. Pas tout le temps, mais suffisamment pour que ce soit un problème. Dans ce cas présent, si j'avais fermé ma grande gueule, je n'aurais pas reçu la contre-visite de Sam Kage aujourd'hui.

— Eh !

Je levai les yeux et réalisai, comme d'habitude, que mon esprit était parti à la dérive.

— Oui ?

— Tu as trouvé du travail à ma mère.

Il me dévisagea.

— Elle est la présentatrice de *Date Night Friday Night* sur Channel Dix.

Et j'avais eu besoin qu'il le sache, ce qui était complètement nul.

— Ils voulaient que Dy et moi leur trouvions un concept, et je la leur ai présentée.

Il hocha la tête.

— Elle adore ça, tu sais.

— Je sais.

Chaque vendredi soir, ils diffusaient un classique romantique, comme *Tant qu'il y aura des hommes*, et Regina donnait des conseils sur ce qu'il fallait cuisiner ou quel vin servir. C'était amusant et elle adorait ça. Les critiques étaient vraiment bonnes. Les gens l'aimaient et mettaient un point d'honneur à rester chez eux avec leurs proches pour regarder le film et la voir, elle.

— Je ne savais pas. Je veux dire, je suis revenu depuis un an et elle ne m'a jamais dit que tu étais la raison pour laquelle elle avait obtenu ce travail en premier lieu.

— Pourquoi l'aurait-elle fait ? Cela n'a rien à voir avec toi.

— Elle aurait au moins pu le mentionner.

Je haussai les épaules. Ce qu'il trouvait bizarre, moi je n'y voyais rien de mal.

— Tu lui manques. Elle m'a dit qu'elle ne t'avait pas vu depuis près de six mois.

— Nous sommes tous les deux occupés, expliquai-je. Je l'appellerai, cependant. Peut-être que nous pourrions déjeuner ensemble un de ces jours.

Il hocha la tête.

Je m'éloignai dans le couloir, loin du bureau. Lorsque je me retournai pour lui faire face, il était plus proche que je le pensais, m'ayant emboîté le pas. Avant que je puisse faire un pas en arrière, il m'empoigna par le devant de mon pull à col roulé.

— Quoi ?

Il se contenta de me regarder en laissant tomber sa main.

J'essayai de garder une conversation légère.

— Qu'est-ce que Michael a dit ?

— Il a dit que son cabinet t'avait embauché et que Dylan et toi aviez été phénoménaux. Il n'a pas vraiment eu la chance de pouvoir te parler seul à seul, et il en est désolé.

— Moi aussi.

Il prit une grande inspiration et se rapprocha de moi.

— Est-ce que je peux te parler ?

— Nous sommes en train de parler.

— Je veux dire que j'aimerais m'asseoir et… Je veux juste m'asseoir, si tu es d'accord.

Je reculai lentement.

— Je n'essaie pas d'être un connard ou quoi que ce soit, mais pourquoi ? Je veux dire, dans quel but ?

Il se racla la gorge.

— Tu dois avoir des questions à propos de ce qui s'est passé et…

— Non, je sais ce que j'ai besoin de savoir.

Je m'obligeai à sourire. Deux inspecteurs sont venus me voir quand je suis sorti de l'hôpital.

— Ah oui ? Dis-moi ce que tu sais.

Je fis un autre pas en arrière.

— Eh bien, je sais que tu es allé chez Maggie ce soir-là, à temps pour la sauver et à temps pour qu'elle te dise qu'elle était une diversion pour t'éloigner de moi.

Il hocha la tête.

— Sauf que les inspecteurs n'étaient pas au courant pour toi et moi, bien sûr, ils ont juste dit que Dominic s'était servi d'elle pour te retenir là-bas.

Ses yeux ne quittaient pas les miens.

— En fait, il n'a jamais été fait mention de notre relation dans aucun rapport officiel.

Il hocha la tête.

— Non, en effet. Si tel avait été le cas, j'aurais été viré des forces de police.

— Donc c'était tout bon.

— Ouais.

Je m'éclaircis la gorge.

— Alors, comment va Maggie ?

— Je n'en ai aucune idée. Je ne l'ai jamais revue après cette nuit-là.

— Elle n'a jamais appelé ?

— Aucune idée. Ma vie est devenue un peu dingue après ça.

— La tienne ? dis-je en haussant un sourcil.

Son sourire fut rapide.

— D'accord, tu gagnes.

Nous restâmes silencieux un moment, nos yeux verrouillés l'un à l'autre avant que je détourne le regard.

— Hé, dit-il d'une voix si douce que je l'entendis à peine. Regarde-moi.

J'étais nerveux et à cran et je ne savais pas pourquoi. Pourquoi avais-je cette réaction bizarre face à Sam Kage ?

— Alors, j'ai entendu dire que Dominic était en détention préventive, avant de rejoindre le programme de protection des témoins, comme mon amie Anna. Sais-tu où se trouve chacun d'eux maintenant ?

Il secoua la tête.

— Non. Mais j'ai quand même entendu dire qu'Anna s'était remariée, et qu'elle attendait un enfant. On me l'a appris quand Dom a intégré le programme. Tu devrais être content pour elle.

Je hochai la tête.

— Je le suis, vraiment.

— À quoi penses-tu ?

Mes yeux revinrent se poser sur les siens.

— Je peux toujours dire quand ton cerveau fait des heures supplémentaires.

Je lui souris.

— C'est juste bizarre... J'ai toujours pensé que je reverrais Anna, que je tomberais sur elle de temps à autre, tu vois ? C'est drôle comme les choses ne se déroulent jamais comme on le pense.

— En effet.

— Alors, tu es juste venu pour...

Il fit un pas qui le rapprocha de moi.

— Si tu m'as vu ce jour-là dans la rue, pourquoi n'es-tu pas venu me parler ? Cela me semble étrange que tu ne l'aies pas fait.

— Tu étais avec beaucoup de gens et je ne voulais pas jouer les intrus.

Il hocha la tête, faisant un autre pas en avant.

25

— Et tu as vu ma mère, tu as vu Michael… Pourquoi n'avoir rien demandé à mon sujet ?

— Ils m'ont parlé sans que j'aie besoin de le demander.

Je soupirai, m'appuyant contre le mur pour mettre de la distance entre nous.

— Je suppose qu'ils ont pensé que tu t'en souciais. Désolé pour ça.

— C'est le cas, dis-je doucement. Ça l'est toujours.

Ses yeux étaient rivés aux miens.

— Ils m'ont dit que tu travaillais aux homicides maintenant. Est-ce que tu préfères ça aux mœurs ?

Il acquiesça.

— Bien, je suis content que tu sois heureux. Je ne souhaite rien d'autre que le meilleur pour toi, Sam, tu le sais.

Il soupira lentement.

— Je le sais, oui.

— Alors, tu vois ?

Avec un sourire lumineux, je le dépassai pour rejoindre mon bureau.

— Tout va bien.

— Attends.

Je me retournai en atteignant la porte.

— Est-ce que ça te tuerait de manger avec moi ?

Je souris à son choix de mots.

— Non. Quand ?

— Pourquoi pas ce soir ?

— Désolé, j'ai un rendez-vous. Demain ?

— Un rendez-vous, hein ? Avec qui ? Ce gars de la quincaillerie, hier ?

— Exact. Comment le sais-tu ?

Il haussa les épaules.

— Je vous ai vu parler… je m'en suis douté vu la façon dont il te regardait.

— D'accord, dis-je en rigolant.

— Alors, tu as des rendez-vous en ce moment ? Rien de sérieux ? J'aurais pensé qu'il y aurait quelqu'un de sérieux comme maintenant.

— Je suis difficile, dis-je en souriant.

— Qu'en est-il d'Aaron Sutter ?

Je relevai brusquement la tête.

— Comment sais-tu à propos d'Aaron ?

— Je suis inspecteur, dit-il en m'adressant son sourire en coin.

— C'est vrai, dis-je le cœur battant.

— Alors que s'est-il passé ?

Je le dévisageai, sentant mes sourcils se froncer.

— Quoi ? rigola-t-il. Nous sommes juste en train de bavarder. Crache le morceau.

Je haussai les épaules.

— Il voulait que j'emménage et je pensais que c'était trop tôt.

— Vous êtes toujours amis ?

— Non.

Je secouai la tête.

— C'était une histoire du genre tout ou rien, et lorsque j'ai choisi le rien, tout était presque dit.

— Je trouve ça difficile à croire.

— Certaines personnes sont à jamais perdues, Sam, le taquinai-je en tournant les talons pour m'esquiver dans mon bureau.

— J.

Je me retournai à moitié.

— Est-ce que je peux avoir ton numéro pour te passer un coup de fil ?

— Ta mère l'a, lui dis-je. À bientôt.

— OK, dit-il alors que je refermais la porte derrière moi.

— Jory ! cria Dylan de l'autre bout de la pièce. Ramène ton cul ici et explique-moi pourquoi diable je viens de voir Sam Kage !

— Qui est Sam Kage ? demanda doucement Sadie. Le gars sexy du couloir ?

J'agitai mes mains devant Sadie pour la faire taire.

— Mon Dieu, Jory, cet homme peut faire de moi tout ce qu'il veut.

— Tu ne m'aides pas, là, murmurai-je.

— Jory ! hurla presque Dylan. Viens ici tout de suite !

Je gémis et m'en fus expliquer à ma meilleure amie pourquoi crier comme ça n'était bon ni pour elle ni pour son bébé. Je dus parler vraiment très vite pour la convaincre que me balancer son Rolodex à la figure n'était pas non plus une solution acceptable.

# III

IL S'AVÉRA que l'endroit où Brandon m'avait invité à le retrouver était situé à un pâté d'immeubles de son bureau. Tous les avocats passaient là après leur travail, échangeant des histoires, se saoulant et dansant sans retenue. À notre table, où j'étais assis avec mon rendez-vous, ils parlaient d'un cas sur lequel ils travaillaient et je buvais. Il n'y eut aucune tentative pour m'inclure dans la conversation ou enchaîner avec une nouvelle. Lorsque plusieurs minutes supplémentaires furent écoulées, je sortis mon téléphone de ma veste en cuir et posai la question à Dylan, Evan, et ma copine Tracy : pourquoi participais-je à une happy-hour au lieu de profiter de la compagnie de mon rendez-vous ?

Lorsque je relevai les yeux, le serveur était de retour et je commandai un autre Mojito. Je lui glissai un billet de vingt et lui demandai de séparer ma note du reste de la table. Mon téléphone me siffla en guise de sonnerie pour m'avertir que j'avais reçu des messages et je découvris qu'Evan pensait qu'il m'exhibait parce que j'étais très beau. Dylan pensait qu'il était le genre de gars qui avait besoin de l'approbation de ses amis sur la personne qu'il pouvait ou non inviter, et ma copine Tracy me dit qu'il essayait de rendre ses amis jaloux parce que je n'étais pas seulement sexy, mais parce que j'avais aussi du talent et du succès. Je répondis à Evan que c'était des bêtises, envoyai la même chose à Tracy et acquiesçai au message de Dylan. L'homme fait pour moi ne se serait pas soucié de l'avis de ses amis, comme le faisait manifestement Brandon.

— Est-ce que vous allez bien ? demanda Brandon en se penchant vers moi et en posant une main sur ma jambe. Puis-je vous offrir un autre verre ?

Peut-être que ses amis devaient me voir d'abord, avant même qu'il décide s'il devait perdre son temps en m'emmenant dans un véritable restaurant ou non. J'envoyai ce message à Dylan.

— Jory ?

— Je vais bien.

Je soupirai et vis que j'avais reçu une photo de la part de Dane, le montrant Aja et lui sur une plage, en train de boire. Ils souriaient tous les deux au téléphone.

— Très bien.

C'était très grossier de ma part de rester assis avec mon téléphone à envoyer des messages, alors j'en envoyai un dernier à Evan en lui demandant si Loudon et lui voulaient aller au restaurant avec moi le vendredi suivant. Je reçus un oui avec l'assurance que Loudon avait un autre de ses amis à me faire rencontrer. Je ne pus étouffer mon gémissement. Le dernier mec que Loudon McKay, le partenaire d'Evan depuis ces deux dernières années, m'avait présenté s'était avéré posséder un chat avec une sorte de maladie de peau bizarre. Il devait lui appliquer une pommade toutes les quatre heures. Je m'étais enfui sans demander mon reste.

— Vous allez bien ? me demanda l'un des amis de Brandon.

— Super, marmonnai-je en rangeant mon téléphone dans ma veste pendue à ma chaise.

La musique changea pour un truc électro quelconque au tempo étrange qu'ils avaient dans leurs classiques des années soixante-dix. J'étais très heureux. Quand je commençai à chanter en rythme, je balayai la table des yeux et vis que la jeune femme à l'autre bout chantait en chœur avec moi. Son sourire timide était très attirant. Et ses fossettes également. Et elle connaissait toutes les paroles de *Rich Girl* de Hall & Oates, tout comme moi. Je lui fis un signe de la main et elle me le rendit.

Je me levai et marchai vers elle avant de m'accroupir à côté de sa chaise. Elle se tourna pour me regarder, haussant un sourcil cuivré interrogateur.

— Coucou.

Elle sourit doucement et ses doigts repoussèrent les cheveux de mon visage.

— Coucou à vous.

— Voudriez-vous danser avec moi ?

— J'aimerai beaucoup.

Elle prit la main que je lui tendais et je la conduisis sur la piste de danse.

— Je suis Jory.

— Aubrey.

— Joli prénom pour une jolie dame, dis-je en la faisant ployer très bas.

Elle ne gloussa pas, elle éclata d'un rire profond et guttural.

— Je vous retourne le compliment, joli garçon.

Je rigolai en la remettant sur ses pieds et nous commençâmes à danser. C'était amusant et elle me suivit alors que nous nous déhanchions l'un autour de l'autre comme des idiots. Vingt minutes plus tard, elle demanda une pause pour se désaltérer et je la suivis jusqu'au bar. Cela devint rapidement une routine : danser un peu, boire un peu, et recommencer. Nous en perdîmes tous les deux rapidement le compte. Je lui offrais une tournée, puis elle, puis de nouveau moi… et il y eut encore beaucoup de danses jusqu'à ce que nous fassions une longue pause le temps de nous asseoir et d'échanger nos numéros de téléphone.

La dance music revint nous marteler les tympans via les haut-parleurs et nous retournâmes sur la piste. C'était amusant et je ne me souciais plus de ce qui m'avait amené ici en premier lieu, j'étais juste impatient de faire plus ample connaissance avec ma nouvelle amie. Je nous imaginais faire du shopping et trouver des hauts à paillettes assortis sans bretelles ou quelque chose de tout aussi ridicule. Lorsque je la fis tournoyer avant de la faire plonger dans mes bras, elle rit si fort que je crus qu'elle allait faire pipi dans sa culotte.

Lorsque nous fûmes tous les deux épuisés et resservis en alcool, nous décidâmes de nous asseoir un moment. Elle était sur mes genoux lorsque son rendez-vous, Adam Meyers, arriva et la saisit par le bras. Elle se dégagea d'un mouvement brusque et lorsqu'il réitéra son geste, plus fort, elle perdit l'équilibre et glissa de mes jambes jusque sur le sol.

— Mais qu'est-ce que vous faites ? lui criai-je en m'agenouillant pour m'assurer qu'elle allait bien.

— Elle m'embarrasse, et vous embarrassez Bran. Par le ciel, ne comprenez-vous pas que tout le monde au cabinet se réunit ici après le travail ? Jusqu'aux associés, c'est ici que nous venons tous.

Je regardai Aubray, et elle haussa les épaules.

Elle pointa le type par-dessus son épaule.

— J'ai finalement cédé parce que ça faisait un mois et demi que ce gars me demandait de sortir avec lui.

— Est-ce que ça va ? lui demandai-je en l'aidant à se remettre debout, vérifiant son état et réalisant qu'elle n'avait pas l'air trop mal.

Cela avait été davantage une glissade qu'une chute.

— Oui, mon chou, soupira-t-elle.

Elle se releva et redressa sa chemise chiffonnée.

Femme hétéro, homme gay… nous étions un couple fait pour nous entendre.

— Où travaillez-vous ? lui demandai-je.

— Dans une société appelée Barrington. Nous faisons…

— J'ai travaillé chez Barrington.

Mon sourire s'élargit.

— Mais je suis parti pour monter ma propre affaire. Je dirige Harvest Design maintenant. Je travaille avec…

— Oh merde !

Elle rit et se jeta dans mes bras.

— Jory, je suis Abe.

Je la repoussai pour pouvoir la regarder plus attentivement.

— *Vous êtes* Abe Flanagan ? Celle qui va venir m'aider lorsque Dylan sera en congé maternité ?

— Oui.

Elle hocha la tête en riant, me saisissant à nouveau pour me serrer dans ses bras.

— Putain de merde ! s'écria-t-elle. Le monde est vraiment petit !

Je hochai lentement la tête.

— Oui, en effet. Allez viens, allons manger quelque chose.

— Je vais chercher mon sac, dit-elle en s'écartant.

Mais alors qu'elle se retournait, Adam lui barra le chemin.

— Quoi ?

— L'un des partenaires du cabinet va arriver et tu dois attendre de le rencontrer.

— Tu rêves ! s'exclama-t-elle comme s'il avait fumé.

— Jory.

Brandon empoigna l'avant de ma chemise.

— Pourriez-vous essayer de ne pas m'embarrasser complètement ?

— Vous n'auriez pas dû m'inviter si vous ne vouliez pas être embarrassé, lui dis-je. Vous ne pouvez pas emmener les *blancs pauvres* que nous sommes, Abe et moi, n'importe où.

Aubrey gloussa pour finir avec un rire narquois, ce qui commença à me faire rire.

— Merde ! gémit-il en regardant Adam alors que Rick Jenner s'avançait vers nous.

Je compris immédiatement que Brandon Rossi et Adam Meyers travaillaient chez Riley, Jenner, Knox, et Pomeroy. Ils étaient pétrifiés et Rick ne les regardait même pas. Son regard vert pétillant m'était entièrement destiné.

— Salut, dis-je en lui souriant.

— Salut, me répondit-il en me renvoyant un sourire éclatant, tout à fait à l'aise. Qu'est-ce qui t'amène dans ce repère d'avocats, J ?

— J'ai amené mon amie, Abe.

Il porta son regard sur Aubrey Flanagan et son sourire s'élargit.

— Eh bien, bonjour Abe.

Elle lui adressa un grand sourire.

— Bonjour à vous, Monsieur…

— Richard Jenner, avocat, dit-il rapidement d'une voix profonde et sérieuse.

— Je déteste les avocats, lui lança-t-elle avec défi en haussant à nouveau ce superbe sourcil cuivré.

— Vraiment ?

Il sourit malicieusement tandis qu'il lui prenait la main pour la faire passer sous son bras.

— Oui, vraiment, souffla-t-elle alors qu'il la rapprochait de lui.

— Je peux arranger ça.

Elle plissa les yeux et je vis sa mâchoire se contracter.

— Appelez-moi, Rick.

— D'accord, dit-elle, ses yeux l'absorbant, prenant note de son épaisse chevelure noire, de sa fossette au menton, des lignes de rire au coin de ses yeux émeraude et pétillants.

— Comment connaissez-vous Jory, Rick ?

— C'est le petit frère de l'un de mes meilleurs amis au monde.

Adam et Brandon devinrent complètement livides, et je me mordis la lèvre pour ne pas sourire.

— Comment connaissez-vous Jory, Abe ? demanda-t-il, immensément amusé, la contemplant des yeux, fasciné.

— Nous travaillons ensemble, dit-elle, ses yeux recherchant les miens.

— C'est vrai, lui confirmai-je.

— Eh bien, ça vous dirait de m'accompagner tous les deux pour aller dîner ?

— En fait, dis-je rapidement, je dois y aller, mais Abe est libre.

— Eh bien, pas libre, me taquina-t-elle. Mais un dîner me semble le paradis.

Le sourire de Rick était chaleureux et il avait manifestement un coup de cœur pour elle... pour l'énergie qu'elle dégageait, que l'on pouvait ressentir, goûter même sur le bout la langue, pour la passion qui rayonnait d'elle et le sourire éclatant qui illuminait son visage. Cette fille possédait juste tout ça. Cette combinaison qui la rendait si animée, si présente dans l'instant, que vous saviez tout simplement que si vous la laissiez passer, ce serait une honte. J'étais déjà fou d'elle. J'adorais ses cheveux – longs et bouclés, leur couleur cuivrée, rouge et doré à la fois, complètement sauvages – sa peau couverte de taches de rousseur et sa bouche souriante en bouton de rose. Quand elle sortit des baguettes laquées de son sac et releva ses tresses, une mèche glissa, et des boucles vagabondes tombèrent sur sa longue nuque et devant ses beaux yeux bleu pâle. Rick tendit la main et ramena une mèche derrière son oreille. Il se noyait en elle après seulement quelques minutes.

— Je devrais couper tout ça, soupira-t-elle en baissant les yeux, avant de rapidement les relever pour plonger dans les siens.

Ses longs cils semblaient avoir été trempés dans l'or.

— Oh, non, lui assura-t-il, prenant à nouveau sa main, glissant cette fois ses doigts entre les siens, la gardant près de lui. Jamais.

Elle grimaça.

— Nous verrons, Monsieur Jenner.

— Oui, nous verrons, dit-il rapidement avant de pointer un doigt vers moi. Tu vas bien ?

— Oui, m'sieur, acquiesçai-je très vite, parce que je savais qu'il voulait s'en aller.

Il était impatient d'avoir la dame pour lui seul. De l'emmener dîner pour qu'elle voie le gentleman qu'il était. De lui faire faire un tour dans sa voiture pour qu'elle voie qu'il avait de l'argent. Avec un peu de chance, de lui montrer sa maison pour qu'elle voie la vie qu'il pouvait lui offrir. À vingt-six ans, je savais reconnaître l'amour au premier regard quand je le voyais. Cupidon venait juste de frapper Rick Jenner avec la force d'un semi-remorque. C'était amusant de voir que cela se passait généralement de cette façon. Un homme pouvait batifoler pendant des années, un bon parti – comme mon frère Dane, le célibataire le plus convoité du siècle – puis soudainement il rencontrait la fille, celle qui serait la mère de ses enfants, et généralement, moins de six mois plus tard, ils étaient mariés. Des types passaient de coureurs à pères en une année après avoir rencontré l'*élue*.

Alors que je regardais Rick sortir avec Aubrey Flanagan à son bras, lui parlant à une vitesse folle, je fus submergé par un sentiment d'accomplissement. Cela n'avait rien à voir avec moi, en réalité Adam avait été l'instrument de l'amour et non moi, mais quand même, je me sentais bien. Je les avais présentés après tout. C'était sur mes genoux qu'elle avait été assise.

— Jory.

Je levai les yeux sur Adam.

— Hé, je…

Il me donna une forte tape sur l'épaule.

— Merci, mec, vous m'avez sauvé la vie.

Marrant qu'il ne se rende absolument pas compte qu'il venait juste de laisser sortir de sa vie une femme extraordinaire.

— Pas de problème, dis-je doucement en enfilant ma veste et en me retournant pour partir.

— Jory.

Je laissai Brandon se placer devant moi.

— Quelle soirée merdique. Je suis désolé de…

Je secouai la tête, sortant mon téléphone de ma poche alors qu'il sonnait pour la seconde fois.

— Ne vous inquiétez pas pour ça.

Je lui souris.

— Merci de m'avoir invité. À la prochaine, terminai-je en m'éloignant de lui pour répondre au téléphone. Allô ?

— J ?

— Oh, salut, Sam, dis-je comme si je lui parlais tous les jours.

Même après trois ans de séparation, je connaissais la voix de l'homme aussi bien que la mienne.

— Désolé de te déranger pendant ton rendez-vous, mais…

— Non, c'est bon. J'en ai terminé.

— Tu en as terminé ? Qu'est-ce que tu veux dire par…

— C'est une longue histoire.

— Je serai ravi de l'entendre.

Je grognai à la place.

— Alors dans ce cas, que vas-tu faire maintenant ?

— Tu veux dire ce soir ?

— Ouais.

— Rien.

Rapide inspiration.

— D'accord, alors est-ce que je peux t'emmener manger ?

— Bien sûr, mais je paierai. Que veux-tu manger ?

— Où es-tu ?

— Je suis au centre-ville. Tu veux un sandwich ou quelque chose dans ce goût-là ?

— Ça me paraît bien. Je vais juste me changer et…

— Tu es chez toi ?

— Oui.

— Où est-ce maintenant ?

— Ne ris pas, mais c'est toujours exactement au même endroit.

— Oh, c'est vrai, Jen me l'avait dit.

— Jen ?

— Oui, dis-je en souriant. Tu sais… ta sœur, Jen.

— Tu parles toujours à Jen ?

— De temps en temps. À Rachel aussi.

— Seigneur Jésus. Personne ne me dit jamais rien sur rien.

— Pourquoi es-tu en colère ?

— Parce que… Je veux savoir quand quelqu'un de ma famille te voit.

— Pourquoi ?

— Parce que je le veux, c'est tout !

Cela n'avait aucun sens.

— Mais ça n'a rien à voir avec toi.

— Ça a tout à voir avec moi ! Toute ma famille est toujours dingue de toi.

— Je ne dirais pas qu'ils…

— Moi, je le dis. Merde. Personne…

— Sais-tu que Dane, ton père et Michael jouent au golf ensemble ?

Il y eut une longue pause.

— Excuse-moi ?

Je rigolai.

— Qu'est-ce que tu as dit ?

— J'ai dit que ton père, Michael et Dane jouent au golf ensemble. Le savais-tu ?

— Non, je…

—Tous les trois mois environ.

— Pour l'amour de Dieu, J, personne ne me dit rien !

— Pourquoi le devraient-ils ?

— Pourquoi devraient-ils quoi, J ? Mentionner qu'ils te voient tous et que je suis le seul à ne pas le faire ? Oh, je ne sais pas, laisse-moi y penser.

J'étais obligé de rire. Il était si indigné.

— Tu es parti longtemps, Sam, nous nous sommes tous habitués à ton absence.

— Mais je suis revenu depuis plus d'un an et personne ne m'a rien dit !

— Ils ne voulaient sans doute pas mettre ta nouvelle petite amie mal à l'aise en te parlant de moi.

Il y eut une courte pause.

— Quoi ?

— Oh, non, je suis désolé. Ta femme alors.

— De quoi diable est-ce que tu parles ?

— J'ai vu une femme avec toi ce jour-là à la fête de quartier. J'ai pensé que tu avais probablement rencontré quelqu'un quand tu étais sous couverture, et…

— Tu sais que tu regardes beaucoup trop la télé. Le travail sous couverture ne fonctionne pas comme ça.

— Si tu le dis.

Il rigola et ce fut un son réconfortant.

— Tu as l'air déçu.

— Je suis un romantique dans l'âme.

— Je sais, soupira-t-il lourdement. Laisse-moi venir te chercher.

— Alors qui était la fille ? demandai-je avant de pouvoir m'en empêcher.

— Je ne sais pas… probablement une amie de Jen ou de Rachel… pourquoi ?

— Sans raison.

— Tu en es sûr ?

Je ne me laisserais pas entraîner dans cette voie.

— Tu sais quoi, Sam, peut-être n'est-ce pas une si bonne id…

— Non, c'est bon. Allez.

— Tu n'as pas à décider ce qui est bon ou non, Sam, dis-je rapidement.

— Non, je sais, soupira-t-il. Mais, allez…

Je restai silencieux, pensant à ce que je devrais faire.

— S'il te plaît, J. Mange simplement avec moi.

En quoi cela pouvait-il me faire mal ?

35

— D'accord, très bien. Connais-tu le *Carmine* ?

— Bien sûr.

— Super. Je peux te retrouver là-bas dans quinze minutes ?

— Je pars maintenant, dit-il avant de raccrocher.

Je marchai le long du trottoir lorsque j'entendis mon nom. Brandon Rossi courait vers moi alors que j'ouvrais la porte du taxi.

— Jory, s'il vous plaît, ne...

— Merci encore de m'avoir invité, lui offris-je avant de m'installer dans la voiture et de refermer la porte derrière moi.

Je ne regardai pas en arrière.


J'ÉTAIS APPUYÉ contre le mur à côté du présentoir de l'hôtesse – où je nous avais enregistrés – lorsque je sentis une main au bas de mon dos. C'était un endroit très familier où me toucher, et lorsque je levai les yeux du message que j'envoyais à Dylan, je trouvai Sam.

— Hé.

— Salut, me répondit-il en me faisant signe de m'approcher.

— Quoi ?

— Je ne sais pas, que dois-je faire pour obtenir une salutation appropriée de la part d'un vieil ami ?

Il avait raison. Je rangeai mon téléphone dans ma poche et m'approchai de lui, levant les bras pour les enrouler autour de son cou. Je l'étreignis fortement et, instantanément, il me serra contre lui. Il enfouit son visage dans mon épaule, me pressa contre lui et inspira profondément avant de soupirer longuement.

— C'est bon de te revoir, J.

Je l'étreignis parce que je l'avais aimé et que cela faisait du bien de l'avoir dans mes bras.

— Tu m'as manqué, dit-il alors qu'un long frisson le secouait.

Plutôt avaler des morceaux de verre que de répondre.

Il s'écarta et me regarda droit dans les yeux.

— Comment vas-tu ?

— Je vais bien.

Je fis un pas en arrière pour me libérer de son étreinte.

— Tu en as l'air, dit-il en regardant le sol.

— Oui ?

J'étais surpris parce qu'il n'était pas du genre à faire des compliments.

— Oui, dit-il dans un souffle, levant les yeux dans les miens. Vraiment bien.

— Et tu as l'air fatigué, dis-je en le regardant attentivement. Peut-être devrions-nous remettre ça à une prochaine...

— Non, me coupa-t-il en fronçant ses sourcils.

— Est-ce que tu dors au moins ?

— Je veux dormir avec toi, dit-il lentement, sa voix profonde et rocailleuse. Rentre à la maison avec moi.

Il me fallut une seconde pour répondre, puisque j'avais le cœur dans la gorge, mais je forçai un petit rire sec.

— Juste comme ça ?

— Pouvons-nous avoir cette réunion au sommet demain ? Là tout de suite, je suis crevé, je veux que tu rentres avec moi et que tu t'allonges afin que je puisse m'allonger contre toi.

Je regardai ses yeux, ses paupières lourdes, alors qu'il m'observait.

— Je jure devant Dieu que je n'ai pas vraiment dormi depuis la dernière fois que je t'ai vu.

— Je pensais que tu serais… commençai-je avant de me reprendre parce que j'avais commencé à parler sans réfléchir.

Il poussa un profond soupir quand je fis un pas en arrière.

— Que je serais quoi ?

Je secouai la tête.

— Parle-moi.

— Je pensais juste que tu serais retourné à ta vie.

— Ce qui veut dire ?

Je me raclai la gorge.

— Viens, allons manger.

Je souris, faisant un signe à l'hôtesse qui essayait d'attirer mon attention.

— Je meurs de faim et j'ai déjà beaucoup bu.

— Ah oui ?

— Mon Dieu, oui.

— Raconte-moi ton rendez-vous.

Mon sourire s'élargit tandis que nous suivions l'hôtesse jusqu'à notre table. Nous étions dans un box vers le fond du restaurant, et je me demandais si Sam en avait fait la demande ou si elle essayait juste de nous caser là parce que nous avions l'air d'agitateurs.

— Vas-y parle, m'ordonna-t-il, glissant sur la banquette jusqu'à ce que son genou heurte le mien.

Je rigolai tout en lui racontant mes aventures au Brava.

— Cette fille a l'air bien.

— C'est le genre de fille dont tu as besoin.

— J'ai tout ce qu'il me faut ici même, dit-il, laconique.

J'inclinai la tête pour le regarder.

— Ça fait longtemps, Sam.

— Et alors ? Tu m'as dit qu'il n'y avait personne de spécial.

— Peut-être que j'ai menti.

— Eh bien, je ne vois pas d'alliance à ton doigt.

Argument ridicule.

— Les hommes gay ne portent pas…

— Mon cul, s'exclama-t-il, rejetant l'argument. Qui a dit ce qu'ils pouvaient ou ne pouvaient pas faire ?

— Sam…

— Pour moi, tu porteras une bague.

Je levai les yeux au ciel et reportai mon attention sur le serveur. Je commandai un club sandwich et une soupe et Sam finit par prendre la même chose. Seuls à nouveau, Sam se glissa plus près de moi, passant un bras sur le dossier du siège.

— Écoute, J… commença-t-il, son profond soupir me faisant sourire. Quoi ?

— Rien.

— Quoi ? Allez…

— Je n'avais tout simplement jamais imaginé que je te reverrais un jour.

— C'est drôle, dit-il en plissant les yeux. Parce que je n'ai jamais douté que ce serait le cas.

Je gardai le silence avant de l'aborder sous un autre angle.

— Sam, la vie que tu mènes aujourd'hui te convient-elle ?

— Oui, c'est le cas.

— Tu vois, alors pourquoi veux-tu…

— Il n'y a que toi pour me donner tant de mal, me coupa-t-il. Tu es le seul à toujours te battre contre moi.

— Nous ne nous battons pas.

— Mais tu essaies, et tu es le seul que je connais qui le fait.

Je plissai les yeux.

Son rire ressemblait à un grondement sourd.

— Je ne te fais pas peur du tout, hein, J ?

— Est-ce que tu plaisantes ? ris-je.

J'eus alors droit à son sourire en coin, ses yeux pétillants tandis qu'il me dévisageait.

— J'effraie beaucoup de gens, J.

— D'accord, lui répondis-je pour lui faire plaisir.

— Hé.

— Quoi ?

— Tu as coupé tes cheveux.

— C'est exact.

Je lui souris.

— Ça fait un bon moment.

Mes cheveux, qui m'arrivaient à l'époque aux épaules, étaient maintenant aussi courts que ceux de n'importe qui. Ils étaient toujours plus longs sur le dessus, les mèches tombaient devant mes yeux, se prenant dans mes cils de temps en temps, mais ce n'était plus la crinière qu'elle avait été.

Il fit un petit bruit de gorge et je le regardai.

— Sam ?

— C'est juste si bon de te revoir, dit-il, d'une voix basse et profonde, ses yeux s'obscurcissant.

Je ne pouvais parler avec la boule qui s'était formée dans ma gorge.

Il rigola doucement.

— Rien à dire ?

— C'est bon de te revoir aussi.

Il tendit la main et fit courir le dos de ses doigts sur ma gorge, caressant très légèrement ma peau.

— Mange ton assiette afin que je puisse te ramener à la maison.

— Tu ne sais pas où j'habite, le taquinai-je en essayant de stabiliser mon cœur qui battait la chamade.

Ma réponse familière à Sam Kage avait fusé.

— Non, bébé expira-t-il. Tu rentres à la maison avec moi.

— Sam…

— J…

— Je ne suis pas ton bébé, l'assurai-je en écartant sa main. Je ne suis le bébé de…

— Tu m'appartiens, dit-il d'un ton sans équivoque. Ça l'a toujours été et ça le sera toujours. Fais avec.

Je restai silencieux. Il finit par reprendre.

— Parle… on dirait que tu as…

— Va te faire foutre, Sam. Tu m'as quitté. Tu es parti, point final. Et c'est bon, parce que je comprends pourquoi tu l'as fait, mais… ne te méprends pas, je ne remettrai jamais les pieds dans cette histoire avec toi. C'est fini.

— Est-ce que c'est vrai ?

— Oui, c'est vrai. En fait, j'ai un rendez-vous vendredi.

Il hocha la tête.

— Hum…

— Tu ne décides pas de ma vie pour moi, Sam.

— D'accord.

Il sourit rapidement.

Ne te retourne pas les sangs. Mange ton repas.

J'étais ébahi et cela devait probablement se voir sur mon visage. Il était si raisonnable et, si j'étais honnête, j'étais déçu qu'il ne se batte pas avec moi, pour moi. C'était pour le mieux, mais quand même, cela faisait mal qu'il abandonne aussi facilement.

Il fit la conversation – que je fournissais généralement – me parlant de sa famille et de ce qu'il avait ressenti en rentrant chez lui après deux années passées loin de son ancienne vie. Il avait des amis avec lesquels renouer et un travail à réapprendre, et tout cela avait pris du temps. Il avait voulu se concentrer sur toutes ses priorités extérieures avant de revenir pour moi.

— Je suis désolé, quoi ?

Mes pensées avaient dérivé, mais j'avais saisi la dernière partie.

— Tu m'as entendu, J.

— Tu es vraiment assis là à me dire que tu veux que nous nous remettions ensemble ?

— Oui. Je t'ai dit ce que je voulais avant que nous nous asseyions.

— D'accord, mais je pensais que tu ne faisais que plaisanter.

— Non, tu ne pensais pas ça, mais tu es en train de prétendre que si.

Il me connaissait toujours aussi bien.

— D'accord, mais il y a encore une seconde, tu… je pensais que tu avais laissé tombé ?

— Quand ai-je dit ça ?

— Mais…

— Je voulais attendre d'avoir retrouvé ma vie pour te revoir. Maintenant que c'est fait, je suis là.

Je plissai des yeux.

— La vie n'attend pas que tu sois prêt, Sam. Tu…

— Tu as fini ?

— Non, je n'ai pas fini. Tu penses que tu peux juste…

— De manger, idiot, me coupa-t-il.

— Oh…

Je me dégonflai d'un coup, portant la main à ma veste à la recherche de mon portefeuille.

— Je t'ai invité, je vais payer, dit-il en souriant.

— Non, j'ai dit que je paierais. Je ne fais pas la chari…

— Tout est bon pour te battre avec moi, me taquina-t-il, se penchant en avant pour m'embrasser dans le cou.

J'essayai de glisser loin de lui, mais sa main sous la table, comme un étau sur ma cuisse m'immobilisa à ma place. Ses lèvres sur ma peau étaient brûlantes. Quand mes yeux remontèrent pour croiser les siens, il souriait langoureusement. C'était très sexy.

— Ces trois années t'ont profité, J.

Pour éviter de lui répondre, j'essayai de le provoquer.

— Tu ne veux pas de moi, Sam. Tu es juste comme tous ces autres hommes qui veulent seulement s'envoyer en l'air.

— Est-ce tout ce que je veux ?

— Oui.

— Hum, dit-il, tandis que je haussai les épaules. C'est heureux que tu sois beau parce que tu n'es pas vraiment intelligent.

Je me levai et sortis deux billets de vingt dollars que je laissai tomber sur la table.

— À plus.

Il toussa et je levai les yeux sur lui. Son sourire ne se reflétait plus dans ses yeux.

— Je peux rentrer chez moi par mes…

— Pour que tu le saches, dit-il d'une voix basse et neutre, si tu essaies l'une de tes habituelles sorties mélodramatiques, je te jette en travers de mon épaule et je t'emmène hors d'ici.

Je le dévisageai.

— Si tu ne veux pas être le spectacle dont ils parleront pendant des années, je te suggère de rester là et de m'attendre afin que nous puissions sortir d'ici comme des adultes.

Je croisai les bras et attendis.

Il me sourit.

— Tu es mignon quand tu boudes.

Je lui adressai un sourire narquois, et son rire étouffé me fit presque rire à mon tour.

Dehors, devant la porte, je réalisai que je faisais face à sa voiture monstrueuse, le SUV de l'enfer.

— D'accord, soupirai-je, fourrant mes mains au fond de mes poches. Eh bien, c'était bon de te revoir.

Sa mine renfrognée n'aurait pas pu être plus sombre.

— J'étais sérieux à l'intérieur. Je veux te ramener chez moi.

Je haussai les épaules.

— Eh bien, j'étais sérieux aussi, alors… non.

Nous restâmes là à nous regarder l'un l'autre, et quand finalement il fit un pas vers moi, je reculai d'un autre.

— Je peux t'y obliger si je le veux.

— C'est certain, acquiesçai-je.

Les muscles de sa mâchoire se contractèrent visiblement.

— Est-ce que je peux juste dire quelque chose avant que tu t'en ailles ?

41

Je plongeai dans ses yeux bleus ombrageux et il s'avança. Il leva sa main, qu'il porta à ma poitrine pour la poser sur mon cœur.

— Je te veux, rien que toi, et pas seulement pour ce soir.

Je restai silencieux.

— M'as-tu entendu ? demanda-t-il, sa main glissant sur ma nuque, son corps s'approchant de moi, ses yeux regardant au fond des miens. Je te veux.

— Mais...

— J'ai fait ce que j'ai dit que je ferais. Je me suis assuré que tu étais en sécurité et je suis revenu. J'ai compris ce que je peux faire, et ce que je ne peux pas faire, et cela m'a pris un peu plus longtemps que je le pensais.

— Sam, tu...

— Mais maintenant, j'en ai fini. J'ai tout ce que je veux, excepté le plus important... Je te veux.

— Mais tu es rentré, Sam, et tu n'es jamais venu...

— Je suis revenu aussi vite que j'ai pu.

— Conneries.

J'essayai de faire un pas en arrière, mais même si j'étais plus costaud que par le passé, plus musclé, je ne faisais toujours pas le poids face à sa force. Il me tenait d'une main de fer.

— C'est la vérité. Tout devait être réglé et maintenant ça l'est.

Je secouai la tête, tentant à nouveau de me libérer.

— Et j'ai de la chance, parce que ce type, Aaron, a voulu aller trop vite, trop fort, et tu t'es enfui.

Je relevai brusquement la tête.

— C'était juste parce que c'était...

— Ne dis pas que c'était trop tôt, J, parce que nous savons tous les deux que tu n'as aucun problème avec la rapidité quand tu sais que quelque chose est juste. Tu ne l'aimais pas, alors tu n'as pas emménagé. C'est aussi simple que ça.

Je le regardai dans les yeux.

— Tu sais qui est bon pour toi et qui ne l'est pas.

— Sam, tu ne peux pas simplement revenir après trois ans, me dire que tu es prêt à commencer ta vie, et me demander de revenir. Ça ne marche pas comme ça. Je suis différent, tu es différent... Laisse juste tomber.

Il leva son autre main, prenant mon visage en coupe pour me regarder droit dans les yeux.

— Je ne peux pas. Je veux que tu reviennes... j'ai besoin de toi.

Je me libérai de ses mains et m'éloignai de lui.

— Ce n'est pas possible. Tu as presque...

Et je faillis avouer qu'il m'avait presque tué en s'en allant. J'avais été si effondré d'avoir été abandonné. Seuls Dane, mes amis et mon travail m'avaient permis de traverser ma douleur, ma solitude, et mon chagrin. J'étais stupide, pas masochiste.

— J'ai presque quoi ? me pressa-t-il, tendant la main vers ma veste seulement pour me voir reculer davantage, hors de sa portée. Dis-moi.

— Rien, soupirai-je, faisant un gros effort pour sourire alors que mes yeux étaient embués de larmes. À bientôt.

Je me retournai et, alors que je me mettais à marcher dans la rue, je découvris que je pouvais à nouveau respirer

— J !

Je fis volte-face pour le regarder. Il se tenait là, les mains dans les poches, la mâchoire serrée, en train de m'observer.

— Est-ce que je peux t'appeler ?

Je hochai la tête, parce que les mots me faisaient défaut.

— OK, dit-il en souriant, et je tournai à nouveau les talons avant qu'il puisse prononcer un autre mot.

Il me fallut tout ce que j'avais pour ne pas me mettre à courir.


LORSQUE JE fus à mi-chemin de chez moi, mon téléphone sonna, et je souris quand je vis le numéro affiché sur l'écran.

— Salut.

J'étais heureux d'avoir de ses nouvelles parce que j'avais pensé ne plus jamais en recevoir. Cela faisait maintenant six mois et j'avais cru que c'était permanent.

— Jory, souffla-t-il.

— Quand es-tu revenu ? demandai-je sur un ton léger.

— Il y a deux ou trois jours.

— Et comment était Hong Kong ? demandai-je à Aaron Sutter. L'hôtel était-il prêt à temps ?

— Bien sûr, dit-il et je pus entendre le sourire dans sa voix. C'est de moi dont nous parlons.

— Désolé, rigolai-je. Alors, dis-moi tout.

— Et si je t'en parlais autour d'un dîner tardif ?

J'hésitai.

— Vraiment ?

— Oui.

— Mais je… Je pensais que tu ne voulais plus me voir.

Il toussa pour s'éclaircir la voix.

— Écoute, j'ai beaucoup réfléchi pendant que j'étais parti et j'ai réalisé que tu avais raison… il n'y a aucune raison que nous ne restions pas amis. Ce n'est pas parce que nous voulons des choses différentes que cela doit faire de nous des étrangers. Nous avons passé un an et demi ensemble, pourquoi devrions-nous jeter ça aux oubliettes ? Ça n'a pas de sens.

— C'était mon argument, lui rappelai-je.

— Je sais, et je suis désolé pour les choses que j'ai dites. C'est juste que… je n'avais jamais demandé à quelqu'un de vivre avec moi avant, et j'étais certain que tu dirais oui. Le 'non' ne m'avait même jamais effleuré l'esprit.

Je soupirai profondément.

— Je suis désolé moi aussi. J'aurais aimé pouvoir dire oui.

— Eh bien, tu sais, il n'y a pas de date limite à mon offre.

— Mais tu as dit…

— Je sais ce que j'ai dit. Et je te dis maintenant que si tu changes d'avis… dis-le-moi, s'il te plaît. J'aimerais beaucoup le savoir si c'était le cas.

— Tu en es sûr ?

— Absolument.

— D'accord.

Long soupir de sa part.

— Bien… maintenant, quand mangeras-tu avec moi ?

— Quand veux-tu que je vienne ?

— Ce soir. J'ai un nouveau chef qui fait un risotto merveilleux.

— Non, j'ai déjà mangé. Pourquoi pas demain ?

— Pourquoi pas maintenant ? dit-il en riant. Je mangerai et tu pourras tout me raconter sur le mariage de Dane. Je te retrouverai au Serenade à la place.

— C'est un bar à cocktails, Sutter. Que vas-tu manger ?

— Est-ce que tu plaisantes ? Ils font des steaks fantastiques là-bas, J. Ne t'inquiète pas, je mangerai.

Je poussai un rapide soupir.

— D'accord.

— Oui ? Tu viens me voir ?

— Bien sûr.

— C'est génial. J'ai cru que j'allais devoir me battre avec toi.

— Non, je n'ai plus de force pour ça.

— Pourquoi ? Que s'est-il passé ?

— Tu te souviens de l'inspecteur dont je t'ai parlé avec lequel j'étais impliqué il y a longtemps ?

— Celui dont tu étais amoureux ? Celui qui t'a quitté ?

J'étouffai un gémissement. Je n'aimais pas entendre 'Celui qui t'a quitté'

— Oui, c'est lui.

— Oui, je me souviens.

— Eh bien, il est de retour et je l'ai vu ce soir, et…

— Et il veut que tu reviennes.

— Voilà.

— Bien sûr qu'il le veut. C'est logique.

— Vraiment ?

— Oui, répondit-il. Donc, peux-tu être là-bas dans une demi-heure ?

— Probablement plus tôt, je suis toujours dans le centre-ville.

— Super, je te verrai dans vingt minutes.

— Bien, dis-je avant de raccrocher.

Je fus surpris lorsque mon téléphone se remit à sonner aussitôt.

— Allô ?

— Salut.

— Sam. Qu'est-ce…

— Est-ce que tu bois toujours du thé ?

Question bizarre.

— Bien sûr.

— Bien. Que dirais-tu si je t'en préparais un peu ?

— Quand ?

— Maintenant.

— Je ne peux pas. Je vais retrouver Aaron. Nous allons bavarder, prendre des nouvelles l'un de l'autre.

— Tu m'as laissé pour aller le voir ?

— Non. Je t'ai laissé parce qu'il n'y avait rien d'autre à dire. Aaron vient juste de rentrer de Hong Kong et il veut que nous passions du temps ensemble. Ce sera bien. Cette diversion me fera du bien.

— À cause de moi.

— C'est exact.

— Je vois.

— On se reparle plus…

— Ne raccroche pas…

Il s'éclaircit la gorge.

— Pourquoi ? Quel est le but de…

— Je ne veux pas que tu ailles t'asseoir quelque part et que tu parles avec Aaron Sutter. Si tu dois t'asseoir avec quelqu'un, fais-le avec moi. Je suis celui qui veut te parler.

— D'accord, mais Aaron veut juste…

— Qu'est-il arrivé aux personnes à jamais perdues ?

— Je suppose que, dans ma vie, tout le monde revient.

Il rigola et le son me traversa tout le corps.

— Alors je vais…

— Écoute, laisse-moi te voir demain, d'accord ?

— Non. Pourquoi pas samedi ou dimanche ?

— Que dirais-tu de jeudi à la place ?

— Sam.

— Allez.

— Sam, je suis en chemin pour rejoindre…

— Je sais. Appelle-moi quand tu auras fini de lui parler, d'accord ?

— Non, il sera certainement minuit ou…

— Ça m'importe. Contente-toi de m'appeler.

— Sam…

— Où vas-tu ? Chez lui ?

— Non, au Serenade, lui dis-je avant même d'y penser.

— Je sais où ça se trouve.

— Oui, mais ne…

— Appelle-moi bientôt pour que je ne m'y montre pas, d'accord ?

— Oh, pour l'amour de Dieu, Sam, tu ne peux pas juste…

Il me coupa la parole en raccrochant. C'était tout simplement grossier. J'essayai d'arrêter de froncer les sourcils avant d'arriver au bar.

Quand je tournai à l'angle de la rue où se trouvait le Serenade, je vis Aaron adossé à sa Mercedes noire dans son manteau en cachemire couleur charbon. On aurait dit une publicité sortie d'un magazine. Dès qu'il me vit, j'eus droit au sourire qui illuminait ses yeux. Comme toujours, je remarquai la chaleur qu'ils dégageaient. La beauté d'Aaron ne venait pas tant de son apparence physique que de ce qui irradiait de lui. Il était le genre de personne qu'on aimait instantanément, qu'on voulait toucher et dont on voulait être proche. Il faisait ressortir ça de chaque personne qu'il rencontrait, et c'était de là que mon attirance initiale avait germé.

J'avais rencontré Aaron Sutter lorsque Dylan et moi avions travaillé sur l'image de sa société. Ils voulaient créer un logo qui incarnait leur attachement à la culture de la zone où ils construisaient, leur engagement envers l'environnement, mais parlant également de l'idéal même de leur mission, qui était la recherche constante de l'excellence. Dylan et moi n'avions pas réussi à trouver quelque chose qui réunissait tous les concepts qu'ils visaient, mais Aaron avait quand même insisté pour nous emmener déjeuner. Plus tard ce même jour, il était passé au bureau, alors que j'étais seul, pour m'inviter à dîner. J'avais décliné sans autre forme de procès. Je ne mélangeais pas ma vie professionnelle et ma vie privée. Il m'avait dit que cela lui convenait puisque je ne travaillais pas pour lui, mais j'étais resté sur mes positions et lui avais opposé le deuxième refus de la soirée. Lorsqu'il était parti, j'avais été soulagé.

Mon état d'esprit ne me permettait pas de sortir avec qui que ce soit. Je n'étais pas prêt à faire autre chose que ce que je faisais déjà – quitter la maison et y revenir avec un inconnu différent chaque soir. Je m'étais remis à fréquenter la scène nocturne six mois après le départ de Sam, et j'avais entamé un cycle sans fin de beuveries et de coups d'un soir. J'étais toxique, et il n'était pas juste de soumettre un type sympathique comme Aaron Sutter à cela.

Aaron avait peut-être été sympa, mais il était également implacable. Je recevais constamment des appels de sa part. Est-ce que j'aimerais aller voir un ballet avec lui ? Assister à un match de baseball ? Il y avait le lancement d'une exposition d'art, l'ouverture d'un nouveau club, d'un nouveau restaurant au centre-ville... aimerais-je m'y rendre avec lui ? La réponse était toujours non, mais il restait courtois, jamais en colère, jamais amer, seulement plein d'espoir à chaque fois qu'il me posait la question, me promettant que sûrement, la prochaine fois, je dirais oui. Je lui avais dit de concentrer ses attentions sur quelqu'un qui le valait, quelqu'un digne de lui, et il m'avait assuré que c'était ce qu'il faisait avec moi.

Je l'avais vu dans un club au moment d'Halloween, déguisé en gladiateur et j'étais complètement ivre. J'avais titubé jusqu'à lui pour le saluer et il avait fini par me prendre la main pour me faire asseoir sur ses genoux. L'image que nous formions avait dû être drôle puisque j'étais déguisé en pirate, mais sa main emmêlée dans mes cheveux m'avait fait du bien, tout comme son bras autour de ma taille m'ancrant à lui.

— S'il te plaît, Jory, avait-il dit en frottant sa joue contre la mienne. Laisse-moi t'emmener quelque part, n'importe où. Nous irons au cinéma et je t'achèterai du pop-corn. Ça n'a pas d'importance, je veux juste passer du temps avec toi. S'il te plaît. Je ferai n'importe quoi.

Et j'avais cédé. Parce qu'il était si honnête et Sam ne revenait pas. Un an s'était écoulé sans que j'entende parler de lui. Je m'accrochais à un rêve et j'étais seul et déprimé, une épave. Dane ne cessait de me harceler afin que je me remette à sortir sérieusement au lieu de simplement coucher avec n'importe qui. Sa nouvelle petite amie, Aja, avait de nombreuses connaissances avec lesquelles elle mourrait d'envie de me caser. Il était temps, et je m'étais lancé. Cinq rendez-vous plus tard, quand j'avais réalisé que c'était moi qui allais devoir faire le premier pas pour que nous nous retrouvions au lit, je l'avais invité à manger des spaghettis – de grande surface – accompagnés de beaucoup de vin rouge. Il m'avait complimenté sur l'ensemble et j'avais levé les yeux au ciel. L'homme avait son propre chef et ma cuisine était bonne ? C'était ridicule, mais la manière dont il me regardait – ses yeux ne me quittant jamais – m'avait appris tout ce que j'avais besoin de savoir.

Quand nous nous étions installés sur le canapé pour regarder un film, je l'avais attiré contre moi de façon à avoir son dos appuyé contre mon torse. Son long soupir m'avait fait sourire. Lorsque j'avais glissé ma main sur son abdomen jusqu'à sa ceinture, j'avais senti un léger frisson le secouer. Quand j'avais d'abord défait sa ceinture, puis ouvert le bouton de son jean, il s'était légèrement redressé pour me faciliter l'accès. Et puis ma main avait glissé sous l'élastique de son sous-vêtement pour le trouver déjà dur. Il avait donné un coup de reins sous ma caresse et posé sa tête sur mon épaule.

— Jory, avait-il gémi en embrassant ma mâchoire alors que ma main se déplaçait sur lui. S'il te plaît, est-ce que je peux t'emmener au lit ?

— Plus tard, avais-je dit en le repoussant. D'abord, voyons ce que tu penses de ma pipe.

— Quoi ?

J'avais aimé son cri de surprise, et j'avais aimé le fait qu'il ne puisse me quitter du regard. Le halètement qui s'était ensuivi, la façon dont il s'était tordu, la manière dont il m'avait supplié… j'avais aimé tout ça aussi. Lorsqu'il avait crié mon nom et avait dû me prendre dans ses bras, tout cela avait été agréable et si bon… mais cela ne m'avait pas satisfait.

Quand je faisais l'amour à Aaron Sutter, je n'avais jamais à serrer les dents pour m'empêcher de crier son nom. J'essayais de ne pas faire de comparaison avec Sam Kage. C'était suffisamment agréable et Aaron était un amant très attentionné. J'avais beaucoup apprécié cet aspect et lorsqu'il m'avait dit qu'aucun de ses partenaires ne s'était jamais plaint, je l'avais cru. On ne pourrait jamais dire d'un homme si attentionné et compatissant qu'il était mauvais au lit. Le fait était que je me languissais de domination et de force. Je me languissais de Sam. Je n'étais pas prudent ou inhibé quand je couchais avec l'inspecteur Kage, j'étais moi-même, et il savait les choses qu'il pouvait me faire. Alors, là où Aaron s'inquiétait de savoir s'il était trop brutal, ne voulant pas me faire mal, Sam connaissait mes limites.

— Jory ?

Je levai les yeux et réalisai que mon esprit était parti à la dérive.

— Viens ici.

Je courus vers lui et ne m'arrêtai pas, m'élançant à la place pour le prendre dans mes bras.

— Oh.

Il rit doucement, son visage enfoui dans mon cou.

— J'ai manqué à quelqu'un.

Tournant la tête pour la poser sur son épaule, je laissai échapper un profond soupir. Je sentis sa main dans mes cheveux, sentis l'autre s'accrocher à mon dos, la façon dont il essayait de se presser contre moi, et je compris instantanément que c'était une énorme erreur. Je m'écartai de son étreinte.

— Quoi ?

Il m'observa, sa main sur mon bras.

— Pourquoi tu t'él…

— Allons-y, suggérai-je en me dirigeant vers l'entrée.

— Bien sûr.

Il s'obligea à sourire, sa main glissant le long de mon dos.

Le club n'était pas aussi bondé que d'habitude parce que nous étions lundi soir, mais cela n'aurait pas eu d'importance s'il l'avait été. Aaron Sutter bénéficiait du même traitement préférentiel que Dane ou Rick Jenner. L'argent avait force de loi, et si vous étiez client d'un endroit particulier, lorsqu'on vous voyait on se précipitait pour rapidement s'occuper de vous. Le responsable fut prompt à s'approcher et nous fûmes installés à une table privée, près de la cheminée, loin des bruits du bar. Je commandai un whisky-coca et regardais par la fenêtre pendant qu'Aaron parlait au serveur.

— Hé.

Je ramenai mon regard vers lui. Il avait posé son menton sur sa main et me dévorait des yeux.

— C'est une belle veste.

— Merci.

— Pourquoi ne pas la retirer et rester un peu ?

Je souris et l'enlevai, la suspendant au dos de ma chaise.

— Tu as l'air en forme, dit-il doucement.

— Toi aussi.

Il inspira profondément.

— Alors, raconte-moi tout à propos du grand jour de Dane, des histoires juteuses ? Aucune femme n'a descendu l'allée centrale au pas de charge en hurlant qu'elle ne voulait pas garder le silence ?

J'eus un grand sourire.

— Non, rien de tout cela.

— Je suis sûr qu'Aja était époustouflante.

— Oui, en effet.

— Très bien alors, parle.

Je lui racontai tout sur le mariage et la réception et il rit aux larmes quand je lui parlai du triste état des garçons d'honneur de Dane. Je bus et il écouta en mangeant. Je lui narrai mon rendez-vous avec Brandon Rossi plus tôt dans la soirée, et tout à propos d'Aubrey Flanagan et Rick Jenner. Je l'écoutai lorsqu'il me raconta ses péripéties à Hong Kong et à quel point il avait massacré le mandarin lorsqu'il était là-bas. Il avait étudié la langue pendant un an avant de s'y rendre, mais en pratique, il était nul. Je ris en l'écoutant me parler de la nourriture qu'il avait fini par manger parce qu'il avait mélangé les noms.

— Tu m'as vraiment manqué, dit-il, soudain sérieux, ses yeux rivés aux miens.

Je lui souris parce que c'était quelque chose de très gentil à dire.

— Est-ce qu'au moins je t'ai un peu manqué ?

— Oui, répondis-je, parce que c'était vrai – mais pas comme il le voulait.

— Rentre avec moi.

Mes yeux volèrent jusqu'à mon verre de whisky vide au lieu de son visage

— Jory.

Je regardai finalement de l'autre côté la table, dans ses yeux bleu turquoise.

— Tu es dans un sale état, dit-il en riant. Laisse-moi prendre soin de toi.

— Je vais bien, lui assurai-je.

— Tu bois beaucoup trop, Jory.

C'était une vieille dispute contre laquelle il ne gagnerait jamais. Je connaissais mes limites, même si personne ne semblait le croire. Au mariage de Dane, par exemple, j'avais pris une coupe de champagne avec le toast et c'était tout ce que j'avais bu de toute la soirée. Les gens me prenaient pour un alcoolique, et ce n'était pas le cas.

— Et je ne veux pas que tu finisses dans le lit d'un mec quelconque parce que tu t'es effondré.

C'était sur ce point que notre dernière conversation avait dégénéré quand nous avions rompu. Il était certain que, sans lui, je finirais dans le caniveau puisque, apparemment, c'était là que j'étais lorsqu'il m'avait trouvé. Il avait voulu savoir pourquoi je ne voulais pas que ma vie soit bonne, pourquoi je ne pouvais m'autoriser à avoir de jolies choses, et pourquoi je ne pouvais laisser le fêtard autodestructeur derrière moi. Il était temps de grandir et de commencer une nouvelle vie avec quelqu'un. Temps de s'engager pour devenir un petit-ami et un partenaire… Je ne resterais pas éternellement jeune. Boire jusqu'au petit matin, coucher avec des hommes sans nom, en quoi cela était-il bon pour moi ? Il m'offrait une vie pour laquelle des gens tueraient, pourquoi diable la refusais-je ?

— Jory ?

Je gémis, attrapai ma veste de motard en cuir et me levai.

— C'était une erreur, Aaron. C'est trop récent. Peut-être que nous pourrons nous retrouver et passer du temps à nouveau un de ces jours, mais pas maintenant.

— Je ne t'ai pas vu depuis des mois.

— Peut-être que j'ai besoin d'une année, soupirai-je en sortant mon portefeuille, cherchant le billet dont j'avais besoin.

— Que fais-tu… Attends !

Il leva la main alors que je jetais un billet de vingt sur la table.

— Attends un peu. Je vais te ramener, laisse-moi juste une…

— Aaron !

Et j'en étais venu à détester la façon dont ses amis apparaissaient toujours soudainement et nous interrompaient, mais à cet instant précis, c'était une bénédiction.

— Jory.

Son ami Todd me prit par le bras.

— Je croyais que tu étais de l'histoire ancienne, mec. Je croyais qu'Aaron avait finalement sorti les poubelles.

Oh ! C'était exactement le signal qu'il me fallait pour partir.

— Il l'a fait, Todd.

Je frappai durement son bras, me retournai et quittai le club.

Veste sur le dos, je m'arrêtai un instant dehors pour respirer profondément. Quelle étrange nuit à répétition ! J'avais besoin de rentrer chez moi et d'aller me coucher pour entamer une nouvelle journée demain matin. Tout tourna pendant une seconde, puis mes pensées s'éclaircirent. Je sentis une main sur mon épaule avant qu'Aaron ne se dresse devant moi.

— Quoi ? soupirai-je, faisant rouler mon épaule pour me dégager de sa main.

— Jory, dit-il en prenant mon visage entre ses mains. Je veux te ramener avec moi. Laisse-moi faire.

— Après tout ça ? Après ce que tu as dit ?

— Qu'est-ce que j'ai dit ?

Et je réalisai qu'il n'avait pas dit grand-chose, c'était juste un disque qui tournait encore et encore dans ma tête. Il pensait à moi d'une façon, et c'était tout ce qu'il voyait et tout ce que j'entendais.

— Tu ne veux pas de moi, Aaron, soupirai-je profondément. Tu ne me vois même pas.

— Jory, dit-il, se penchant pour m'embrasser.

Je le repoussai et reculai.

— Faisons juste une pause, d'accord ? Tu as besoin de te trouver un gentil garçon qui a besoin d'une maison. J'en ai déjà une.

— Jory, je veux juste prendre soin de toi.

— Ce n'est pas ce dont j'ai besoin.

— Tu ne sais pas ce dont tu as besoin ! me cria-t-il. Tu es si obnubilé par le fait que j'ai de l'argent que tu ne vois pas ce que je t'offre vraiment.

Je le regardai droit dans les yeux.

— Oh, je sais exactement qu'elle est ton offre.

51

— Va te faire foutre, Jory, s'emporta-t-il avant de tourner les talons et de s'éloigner sans autre mot.

Je le regardai entrer dans le club.

— Jolis mots dans la bouche du riche garçon.

Je levai les yeux et, garé à trois voitures de là, je vis Sam Kage. Je courus vers lui avant même d'y penser.

— Tu provoques ce genre de langage chez tous ceux que tu connais, hein, J ?

Je lui souris et haussai les épaules.

— Qu'est-ce que je peux dire ? Les gens deviennent poétiques à mon contact.

Il soupira avant de saisir le col de ma veste et de me tirer brutalement contre lui. Je laissai tomber ma tête en arrière pour regarder dans ses yeux magnifiques.

— Il pense que je bois trop.

— Parce que c'est vrai, acquiesça-t-il.

Sa main était chaude sur ma peau, son pouce caressant ma joue.

— Mais t'emmener dans un putain de bar n'est pas la meilleure façon de te faire arrêter. Je te garderais au lit à la maison.

Je laissai échapper un rire de dérision et fermai les yeux, inclinant la tête dans sa main.

— Bébé, dit-il doucement, et ses lèvres effleurèrent mon cou. Monte dans la voiture.

— Pas ce soir, dis-je en faisant un pas en arrière et en ouvrant les yeux. Je dois travailler demain.

Il fit un pas en avant et je reculai d'un autre.

— J, m'avertit-il, tendant la main vers ma veste.

Je l'évitai en faisant un pas de côté et il ne put m'atteindre.

— Je dois vraiment y aller, dis-je en lui souriant, m'éloignant sur le trottoir pour héler un taxi. Mais fais attention à toi.

— Tu me laisses en plan ?

Il était abasourdi.

Je lui fis un signe de la main avant de monter dans le taxi, et je me retrouvai presque immédiatement au milieu de la rue. Je donnai mon adresse au chauffeur et m'avachis sur la banquette. Mon téléphone sonna quelques minutes plus tard.

— Que dirais-tu si je venais te chercher pour le petit-déjeuner demain matin ?

Cela me fit sourire.

— Non, Sam. Je ne prends pas de petit-déjeuner.

— Le déjeuner alors. Rejoins-moi pour déjeuner au Chop House. Je te prendrai un steak.

— J'ai déjà un déjeuner d'affaires demain.

— Le dîner. Laisse-moi te nourrir, s'il te plaît, J.

— Sam, je ne peux pas juste…

— Pourquoi dois-tu être si difficile ?

— Hé.

— Quoi ?

— C'est marrant, tu sais, de flirter avec toi, mais vraiment… Nous devrions arrêter.

— Pourquoi ?

— Parce que, quel est le but ?

— Le but est très simple. Tu m'appartiens.

— Non, pas du tout.

— Si, tu m'appartiens. Je suis le seul qui pourra supporter tes absurdités, parce que je t'aime.

Je pouvais à peine respirer.

— Et tu sais que tu es un véritable emmerdeur.

— Je…

— Jory, ne me la fais pas… tu piques des colères, tu remets tout en question, tu n'as aucune patience, tu veux que les choses soient instantanément parfaites sans faire d'efforts, tu n'écoutes jamais, tu sautes aux conclusions, tu crées plus de scènes que dix personnes réunies, tu bois trop, tu es inconscient de ce qui se passe autour de toi, et si les choses tournent mal, ton premier instinct est de t'enfuir aussi loin et aussi vite que tu peux.

Il soupira profondément.

— Tu es un véritable emmerdeur et tu ne peux le nier.

— Tu es parti longtemps, Sam. Je ne suis plus comme ça désormais.

— Mon cul, ouais.

— Je ne le suis pas, mais si tu penses que je suis un tel raté, alors…

— Je n'ai jamais dit ça. J'ai dit que tu étais un emmerdeur et tu l'es. Tu sais que tu l'es.

Il poussa à nouveau un très long soupir.

— Mais je le suis aussi. C'est la raison pour laquelle nous sommes faits l'un pour l'autre.

— Sam…

— S'il te plaît, laisse-moi te voir. J'ai besoin de te voir.

— Sam, je…

— Je suis fou de toi… tu sais ça.

— Sam…

53

— Nous irons juste faire un tour. Aucune pression, d'accord ?

— Sam...

— Allons dîner demain. Je serai là à dix-huit heures.

— Non, lui dis-je.

— Nous irons juste faire un tour, répéta-t-il, sa voix plus douce et plus rauque.

Je soupirai profondément.

— Ce n'est pas une bonne idée, Sam. Ça n'est jamais...

— Nous en parlerons demain.

— Très bien, dis-je en bâillant. Nous parlerons demain. Appelle-moi si tu veux.

— Je te retrouve à dix-huit heures, dit-il avant de raccrocher.

Mais je le connaissais, et je connaissais son travail. Il était impossible qu'il se montre à l'heure dite.

# IV

MON PROBLÈME était que j'avais la mémoire d'un éléphant. Alors que j'étais allongé dans mon lit depuis des heures à penser à Sam Kage, je n'arrivais à me souvenir que de ce que j'avais ressenti quand il m'avait quitté. Donc, autant mon cœur faisait des bonds en pensant à lui… autant mon cerveau restait lucide. Il était hors de question que je le laisse à nouveau s'approcher de moi. Cela me briserait une seconde fois.

Lorsque je finis par m'endormir, je me sentais content de ma résolution et du fait que je ne le reverrais plus. Sam était très bon pour promettre des choses qu'il ne pouvait tenir, alors je l'avais écarté de mon esprit et m'étais concentré sur le travail. Cela avait été ma dernière pensée avant de sombrer dans le sommeil. Enfin, disons la seconde du moins. La voix de Sam me disant qu'il était fou de moi fut vraiment la dernière. Mon idiotie n'avait aucune limite.

Dylan était malade le matin suivant si bien qu'elle m'appela pour que je vienne chez elle et travaille de là-bas. Je pris des scones et du chocolat chaud pour elle, un café extra-fort pour moi. Nous avions fini de travailler à onze heures et passâmes le reste de la journée dehors à acheter des vêtements de bébé. Il fallait être vraiment discipliné pour être travailleur indépendant, et dernièrement nous n'y réussissions pas vraiment.

Je revins au bureau vers seize heures pour retourner les appels reçus, répondre aux e-mails et confirmer des rendez-vous pour la semaine suivante. J'étais au téléphone lorsque Sam franchit la porte d'entrée. Il n'avait pas été introduit puisque Sadie était déjà partie pour la soirée.

— Waouh, dis-je, essayant de ne pas sourire alors qu'il s'arrêtait devant mon bureau. Qu'est-ce que tu fais ici ?

— Tu as dit que nous pourrions aller manger.

— Je ne pensais pas réellement que tu viendrais.

— Pourquoi ?

— À cause de ce que tu fais.

— Je dois prendre du temps pour toi, J.

Je le dévisageai alors que le téléphone sonnait sur mon bureau.

— Tu vas le prendre ou simplement continuer de me dévisager ?

Je répondis au téléphone parce que je détestais le ton narquois dans sa voix.

— Jory, c'est T, dit nerveusement mon ami Tracy, à l'autre bout du fil. Écoute, je sais qu'il est un peu tard pour te prévenir, mais Wes vient de m'appeler et il vient de me lâcher. Il ne peut pas venir me retrouver.

— Où es-tu ?

— Je suis à la fête d'anniversaire de Shane, au Hyatt.

— Je ne suis pas habillé pour une fête.

— Tu es toujours parfait, J. J'ai juste besoin de quelqu'un pour m'épauler.

J'avais le choix entre passer du temps avec Sam, ou choisir la solution facile et ne pas rejoindre mon ami dans le besoin à une fête. C'était un choix facile à faire.

— Très bien, acceptai-je.

— Merci, mec, je t'en dois une sacrée. Quand peux-tu être ici ?

— Dans une quinzaine de minutes.

— T'ai-je dit récemment que je t'aimais ?

Je lui raccrochai au nez et regardai Sam.

— Je suis désolé, mais le devoir m'appelle.

Il hocha la tête.

— Lorsque tu auras fini, alors.

— Il pourrait être très tard. Essayons à nouveau demain.

Il secoua la tête.

— Allez, J. Je te retrouverai au Dundee pour le dîner, après le sport. Disons dix-neuf heures trente ?

— D'accord.

Je me levai, tout sourire

— Merci, Sam, je…

— Viens, je vais te conduire.

— Oh non, c'est bon. Je peux…

— Je vais te conduire.

— Ce n'est pas nécessaire.

Mais, à la pression de sa lourde main posée sur mon épaule, je sus que, pour lui, ça l'était.


TROIS HEURES plus tard, je me disais que je ne devrais pas m'en préoccuper. L'homme ne m'appartenait pas. Et pourtant, chaque femme qui allait vers Sam Kage et posait sa main sur son épaule m'agaçait. Chaque homme qui s'appuyait contre le bar et le détaillait de la tête aux pieds m'irritait encore plus. Le fait qu'il soit juste assis là – m'ayant dit que puisqu'il était au bar, il pouvait tout aussi bien boire quelque chose – s'occupant de ses propres affaires, me rendait lentement complètement fou. Pour tenter de noyer la douleur croissante dans le creux de mon estomac, je buvais.

Lorsque mon ami Tracy arriva derrière moi et posa ses mains sur mes épaules, je les fis rouler afin qu'il n'ait pas d'autre choix que de les retirer.

— Qu'est-ce qui te prend ? dit-il d'un ton sec.

— Rien, dis-je d'un air absent en me levant. Je pense que je vais y aller cependant. J'ai vu Scott et Jerry, tu n'as plus besoin de moi.

— Si, dit-il en me repoussant dans ma chaise. J'ai besoin de toi.

Mes yeux volèrent vers Sam et je le vis adossé au bar, ses longues jambes croisées au niveau des chevilles. Il était l'image même de l'homme détendu, et j'étais confus rien qu'à le regarder.

— Jory, chéri, viens danser.

— Je n'en ai pas envie.

Je m'obligeai à sourire, avalant mon troisième Chivas avec des glaçons. Je veux juste rester là.

— Vas-tu laisser quelqu'un s'asseoir avec toi ? demanda-t-il avec un petit signe de la tête vers la chaise à côté de moi où se trouvait ma veste en cuir. Il y a tout un tas de types qui meurent d'envie de venir par ici, mais tu n'es vraiment pas très accueillant là tout de suite.

—Ah non ? répondis-je avec un grand sourire, l'alcool s'infiltrant lentement dans mes veines. Je me sens plutôt bien.

— J'en suis sûr, dit-il avec un hochement la tête.

Il se pencha pour poser son front contre le mien.

— Mais tu ne te comportes pas de façon très amicale. Les vibrations que tu dégages à l'heure actuelle disent à tout le monde d'aller se faire foutre.

— Vraiment ?

— Oui, j'ai compté neuf gars qui ont essayé de s'asseoir et ils ont tous été méchamment rembarrés.

Je grognai et posai ma main sur sa nuque.

— Tu veux être le numéro dix, T ?

Je soupirai, laissant mes yeux se fermer.

— Tu veux me ramener chez moi et me baiser ?

— Jory, tu es un tel allumeur, me dit-il sèchement, s'écartant alors que je me mettais à rigoler. Nous savons tous les deux que tu ne me laisserais même pas t'embrasser.

J'entamai mon quatrième verre, que le serveur avait déposé devant moi.

— Il y a toujours une première fois.

— Jory…

— Excusez-moi.

Nous regardâmes tous les deux le grand brun qui se tenait devant nous.

Il pointa la chaise où se trouvait ma veste.

— Est-ce que je peux m'asseoir ici ?

— Bien sûr, dis-je en prenant mon verre.

J'attrapai ma veste sur la chaise et partis rapidement. Je marchai jusqu'à une table différente, plus haute, avec des tabourets tout autour, et m'assis.

— Jory, tu es un connard, me gronda Tracy en venant jusqu'à moi et en se penchant sur la table. Ce gars était vraiment sexy et voulait vraiment discuter avec toi.

— Peu importe, grognai-je

Je posai mon menton sur ma main pour le regarder.

— Alors tu veux aller manger quelque chose ? Je meurs de faim.

— Jory, je suis ici pour trouver quelqu'un. Contrairement à toi, ça marche pour moi. Je…

— Non, ce n'est pas vrai, lui assurai-je. Tu peux avoir tous les mecs que tu veux ici, dis-je en regardant autour de moi, mes yeux se posant sur Sam Kage. Excepté lui. Tu ne peux pas l'avoir.

Il rigola.

— Tu ne peux pas l'avoir non plus, J. Il est hétéro.

— Tu crois ça ?

— Regarde-le, dit-il comme si j'étais fou. J, il dégage toutes ces vibrations de gros *macho*.

Je détaillai Sam Kage des yeux et mon estomac se retourna lentement.

— Même toi, tu laisserais un gars comme ça s'asseoir avec toi, hein, J ?

— Peut-être, dis-je alors que Sam me surprenait à le mater et souriait.

— Oh merde, gémit Tracy en regardant Sam s'écarter du bar et traverser la pièce, ses yeux rivés sur moi tout le temps. Tu le connais ?

— Oui, en effet.

— Waouh, Jory, à quel point est-il torride ?

— Tu n'en as pas idée, assurai-je à mon ami.

Il frissonna lorsque Sam Kage s'arrêta à mes côtés et posa sa main sur ma nuque.

— Je veux que tu sortes et que tu montes dans ma voiture maintenant.

— Je ne peux pas faire ça, lui dis-je. Je suis ici avec des amis.

— Ce sont des mensonges. Tu avais pris rendez-vous avec moi en premier.

— Et quelque chose est survenu entre-temps.

— Ce n'est pas quelque chose. C'est toi qui m'as posé un lapin.

— Alors, va-t'en !

— Non.

— Sam, tu…

Il grogna.

— Viens juste parler avec moi dehors une seconde. Il fait chaud ici.

— Juste un peu, acquiesçai-je, levant les yeux dans son regard sombre.

— Allez, viens…

— Que fais-tu encore ici ?

Il sourit lentement et je vis l'éclat dans ses yeux.

— Parce que tu es encore là.

— Jory, présente-moi ton ami, demanda Tracy en nous interrompant.

— Je ne suis pas son ami, le corrigea Sam. Je suis bien plus que ça.

Je le vis écarquiller les yeux.

— Pardon ?

— Ce n'est pas vrai, dis-je à Tracy.

Sam tira brutalement ma tête en arrière et fouilla dans mon regard.

—Mon cul, ouais, dit-il en se penchant pour m'embrasser, sa main agrippée à mes cheveux.

Je le repoussai et perdis l'équilibre dans le processus, tombant presque de mon tabouret. C'était sûrement la chose la plus désordonnée et disgracieuse que je n'avais jamais faite, mais il me rattrapa, m'écrasant contre lui et tapotant mon cul avant de me remettre debout.

Je bafouillai alors qu'il se moquait de moi.

— Tu ne peux pas juste…

— J'adore quand tu te mets en colère comme ça, dit-il avec un sourire langoureux. Tu t'empourpres et tes yeux deviennent sombres et troubles… c'est réellement quelque chose.

Je perdis mon envie de lutter. Comment étais-je supposé rester indigné quand il me regardait comme ça ? Comme si j'étais la chose la plus incroyable sur laquelle il avait jamais posé les yeux ?

Avec douceur, il fit courir le dos de ses doigts sous mon menton.

— Mets ta veste. Je veux y aller.

— Je…

— Allez, bébé, dit-il doucement, suppliant.

Je me sentais comme drogué, et lorsque je regardai Tracy, je vis son sourire complètement extasié.

— T ?

— Mon Dieu, Jory, il est fou de toi.

— Oui, je le suis, acquiesça Sam en empoignant ma chemise. Viens parler dehors avec moi.

— Non, ça ne sert à rien, dis-je en prenant ma veste et mon verre, prêt à changer de place encore une fois.

— Hé, mon mignon.

Je jetai un coup d'œil à la table d'à côté. Il y avait un type assis là qui me souriait. Il était jeune, couvert de tatouages, et sa chemise révélait des pectoraux et des abdominaux fermes et bien définis. Le seul mot qui le définissait était torride et le regard qu'il m'adressait m'indiquait qu'il était plus qu'intéressé de faire ma connaissance.

— Viens là. Je veux te parler.

Mais il n'y avait aucun moyen que j'échappe à Sam Kage, même si je le voulais, même si j'essayai de prouver un point. C'était tout simplement impossible.

— Aucune chance, mec, dit Sam au gars d'une voix basse et menaçante.

Je soupirai et regardai Sam à nouveau.

— Que veux-tu ?

— Je te l'ai dit... je veux te parler dehors.

Vu la façon dont il me regardait, à quel point ses yeux étaient sombres... il ne prendrait pas non pour une réponse. Nous resterions ici toute la nuit si je me lançais dans un débat avec lui.

— Très bien.

Je le suivis dans la foule, me déplaçant lentement jusqu'à ce que nous atteignions la porte d'entrée. À l'extérieur, je me tins face à lui et attendis.

— Allons manger, je sais que tu meurs de faim.

— Je ne...

— J, tu as bu plus que ton comptant. Laisse-moi te nourrir.

Je le dévisageai.

— Viens, s'amusa-t-il, je te promets de me tenir tranquille.

J'étudiai son visage une seconde supplémentaire, hochai la tête avant de suggérer que nous essayâmes le restaurant au coin de la rue. Il m'adressa son sourire en coin et se mit en route. Ce fut agréable lorsqu'il se mit à parler de tout et de rien, faisant la conversation à propos du dernier film qu'il avait vu, comment il avait passé son dernier samedi à nettoyer les gouttières chez sa mère, et d'une affaire au travail où un gars avait tiré sur le pied de son meilleur ami à cause d'un club de golf.

— Je suis continuellement surpris par les choses que les gens font, lui dis-je.

— Moi aussi, dit-il en riant, me tenant la porte ouverte afin que je puisse entrer dans la salle du restaurant familial où le rôti était la spécialité du jour.

Le dîner fut très agréable. Nous rîmes et discutâmes et il entretint une conversation légère. Quand je pris une tasse de chocolat chaud avec des guimauves pour dessert, et lui, une part de tarte aux noix de pécan et un café, il me surprit une nouvelle fois en train de le fixer.

— Quoi ?

— Rien.

— Allez, J, dit-il doucement de sa voix câline, en se penchant vers moi, son genou cognant contre le mien sous la table, son bras posé derrière ma tête, drapé sur le dossier du canapé. Dis-moi.

Je haussai les épaules.

— C'est juste toi. Tu as l'air d'être exactement le même. Tu n'as pas changé du tout.

— J'ai beaucoup changé, m'assura-t-il. Je te le promets.

Je ne voulais pas creuser dans cette direction. Ça semblait être un sujet de conversation dangereux.

Alors que nous revenions vers le club, il me demanda s'il pouvait me ramener chez moi.

— Ce n'est probablement pas une bonne idée.

— Pourquoi pas ? demanda-t-il alors que nous atteignions son énorme SUV.

— Je pensais que nous allions dîner demain et…

— Je ne veux pas dîner encore une fois, me dit-il. Je veux que tu…

— Je pensais que tu avais dit que tu ne me pousserais pas ?

— Ras le bol, gronda-t-il. J'en ai assez que tu me dises toujours non.

Je m'éloignai de lui de quelques pas.

— Cela ne se passera pas comme tu voudras, alors peut-être que tu devrais juste laisser tomber.

Après une minute passée à m'étudier, il hocha la tête.

— Je ne peux tout simplement pas, Sam, dis-je, déglutissant péniblement, la boule qui m'obstruait la gorge presque douloureuse.

— D'accord.

Je poussai un profond soupir et me retournai pour m'en aller.

— Hé.

Je m'arrêtai et jetai un œil par-dessus mon épaule.

— Je te revois bientôt, d'accord ?

Je lui souris et continuai mon chemin. Je n'étais pas sûr de mes sentiments. Étais-je soulagé ? Triste ? Chargé de regret, vindicatif ou plein d'espoir ? Il était difficile d'imaginer que je puisse un jour tomber amoureux d'un autre homme de la façon dont je l'avais été de Sam Kage. Cependant, ce n'était pas nécessairement une mauvaise chose. L'être aussi intensément était réellement effrayant.

# V

J'ARRIVAIS TÔT au bureau le matin suivant et, en travaillant durant l'heure du déjeuner et en restant après le départ de Sophie ce soir-là, je rattrapai trois jours de retard. Dylan en fut très impressionnée lorsque je l'appelai dans la soirée, mais s'inquiéta quand elle sut que je n'avais pas mangé.

— Tu deviens trop mince, Jory, soupira-t-elle au téléphone.

— D'accord, reconnus-je en croquant dans la barre de céréales que je dégotai dans un tiroir de mon bureau.

Elle me promit d'essayer de venir le lendemain si elle se sentait mieux, mais je lui dis de ne pas s'inquiéter, et que je l'appellerais si j'avais le moindre problème. Je la fis jouer à 'devine qui' pour qu'elle découvre qui j'avais accidentellement rencontré.

— Je déteste ce jeu et tu le sais, se plaignit-elle. Qui as-tu rencontré ?

— Abe… ton amie, Aubrey Flanagan.

— Vraiment ? Comme c'est drôle.

— Je sais, c'était totalement par hasard.

— Eh bien, c'est super. Ne l'as-tu pas aimée tout de suite, n'est-elle pas géniale ?

— Tout à fait.

— Mais ne l'aimes pas plus que moi, d'accord ?

— Pourrais-tu avoir une réaction plus hormonale ? lui demandai-je. Comme si c'était possible !

— Très bien.

— Cela me rappelle que je dois lui téléphoner.

— C'est mon signal pour raccrocher, dit-elle en bâillant avant de roter.

— Charmant.

— Désolée, soupira-t-elle. Mon estomac est complètement dérangé.

— Parce qu'il a été colonisé par un étranger.

— Tu es très amusant. Tu devrais faire un one man show.

Je souris.

— Seigneur, j'en ai tellement marre d'être malade. J'aimerais que ce bébé soit déjà là.

— C'est juste l'histoire de deux semaines de plus, Dy. Repose-toi.

Elle apprécia le fait que j'essaye de lui remonter le moral et me dit qu'elle m'aimait avant de raccrocher. J'appelai Aubrey immédiatement après. Ma petite suppléante me promit d'être au bureau le lundi matin suivant à huit heures précises. Je lui répondis que je ne faisais pas dans le 'précis', je pratiquais le 'vers', comme dans 'vers' neuf heures.

— Vers ? répéta-t-elle en riant.

— Absolument, lui assurai-je. Dylan et moi sommes peut-être un peu relâches, mais quand même… huit heures du matin, c'est juste obscène.

— D'accord, partenaire, soupira-t-elle au téléphone. 'Vers' neuf heures, alors.

Lorsque je lui demandai comment s'était déroulé son rendez-vous avec Rick Jenner, elle me répondit qu'ils n'en avaient pas encore terminé. Apparemment, ils étaient inséparables depuis qu'ils avaient dîné ensemble.

— Es-tu même rentré chez toi depuis ?

Elle ne fit aucun commentaire.

Je rigolai et elle gémit.

— C'est un type bien, dis-je pour soutenir l'ami de mon frère.

— C'est un type phénoménal, me corrigea-t-elle, et si sacrément sexy.

Je rivanai.

— Je te croirai sur parole sur ce coup-là.

— Et en parlant de gars sexy… qui était le type magnifique avec qui je t'ai vu quitter le Corner Diner la nuit dernière ?

— Je ne t'ai pas vue.

— Non, je sais. J'ai crié, mais tu étais trop loin, mais on s'en fiche ! Qui était ce type ?

— Sam.

— Oooh, ronronna-t-elle. Est-ce que tu réalises que tu as soupiré en prononçant son nom ?

— Je ne l'ai pas fait.

— Oh, je pense que si. Qui est-ce ?

— C'est un inspecteur de police.

— Eh bien, il est tout à fait à croquer. J'approuve.

— Stop.

— Et puis-je te dire quel couple magnifique vous formez tous les deux ? Enfin, je veux dire, à-tomber, impossible-de-ne-pas-mater-tellement-vous-étiez-beaux.

— Non, tu ne peux pas, mais Rick et toi d'un autre côté… vraiment splendides.

— Eh bien, merci beaucoup.

Elle couina soudain, et son rire de gorge emplit mes oreilles.

— Tu fais quoi, bébé ? la taquinai-je.

— Tais-toi.

Elle rit encore plus fort.

— Richard Jenner, va-t'en, j'essaie de parler à Jor…

Une seconde plus tard, elle était partie et j'arborai un sourire éclatant. Ce serait intéressant de savoir ce que Dane penserait de la nouvelle femme de son ami lorsqu'il reviendrait de sa lune de miel.

J'ÉTAIS DÉJÀ à la maison ce soir-là lorsque mon amie Sloan m'appela pour m'inviter à dîner avec elle et son petit ami Derek. Parce que j'avais décliné ses invitations les cinq dernières fois qu'elle m'avait appelé, j'acceptai et allai les retrouver dans un restaurant gril du centre-ville. Lorsque je les rejoignis devant celui-ci, je fus présenté à trois autres personnes, et parmi elles Parker Storm. Je compris alors que j'avais été 'maqué'. Je traînai Sloan jusqu'au bar où elle m'avoua que parce qu'elle nous aimait tous les deux, Parker et moi, elle espérait que nous pourrions sympathiser. J'étouffai un gémissement.

Lorsque nous rejoignîmes le groupe, Parker m'avait commandé un verre de vin blanc. Je le pris pour être poli, même si le vin me donnait des maux de tête. Il resta près de moi, me demanda ce que je faisais, et me complimenta sur ma veste de motard en cuir. Je l'écoutais répondre à toutes les questions de Sloan concernant son travail, sa maison, sa voiture et ses plans pour les vacances. Elle était à l'évidence en train de le passer au gril pour moi, me laissant entendre ses réponses, et me dire lui-même qu'il était un bon parti. Une main sur mon épaule me fit me retourner et je me retrouvai face à face avec Aaron Sutter.

— Salut, l'accueillis-je en souriant.

— Jory, s'exclama-t-il en me rendant mon sourire, sa main se refermant sur ma veste. Que fais-tu ici ?

— Je dîne avec des amis.

— Super.

Ses yeux étaient rivés aux miens.

— Mange avec nous.

— C'est que nous sommes six, Sutter, le taquinai-je, mon sourire s'élargissant. Comment peux-tu…

— J'ai un salon privé à l'étage, dit-il, la main sur mon biceps, me rapprochant de lui. Viens, je me sens mal au sujet de la dernière fois. Invite tes amis, mange avec moi.

Et ce serait une sacrée invitation, pour tout le monde. À moins de vivre dans un trou perdu, tout le monde connaissait Aaron Sutter. Les gens voyaient son nom étalé dans tous les journaux, lisaient des articles et voyaient sa photo dans des magazines, ils comprenaient qu'il était riche, puissant, et qu'il avait des relations. Faire la fête avec lui était synonyme de cristal et de caviar, rien que le meilleur. Il n'y avait donc aucune raison de dire non quand quelqu'un offrait de transformer un mercredi soir banal en un événement. Et il était à prévoir que le dîner ne serait que le commencement. Les expressions qu'il recevait étaient émerveillées tandis qu'il dirigeait tout mon entourage à travers le restaurant bondé, un bras drapé sur les épaules de Sloan, son autre main serrée autour de mon biceps.

En haut de l'escalier en marbre qui menait au deuxième étage, il y avait un salon privé qui possédait sa propre petite piste de danse et qui était aménagé comme une salle de séjour et non un restaurant.

— C'est incroyable, déclara Parker, regardant Aaron se mêler à ses amis.

— Oui, soupirai-je en faisant un signe au serveur.

Je lui rendis mon verre de vin et commandai un Chivas avec des glaçons à la place.

— Tout est de première classe avec Aaron.

— Il est encore plus beau en personne.

L'homme était beau, point. En vrai ou sur papier glacé, il était exactement le même.

— Tu ne crois pas ?

— Si, bien sûr.

Parker se rapprocha de moi.

— Alors, écoute, avant que cette soirée n'aille plus loin, j'aimerais avoir ton numéro de téléphone pour t'appeler et te proposer un véritable rendez-vous.

— Qui va à un rendez-vous ?

Nous nous retournâmes tous les deux pour trouver Aaron à côté de nous. Il porta sa main à ma nuque, ses doigts se glissant dans mes cheveux.

— Je... commença Parker avant de s'interrompre, et je le vis étudier la manifestation évidente de la possessivité d'Aaron. Je tenais à vous remercier de m'avoir invité, Monsieur Sutter.

— Aaron, le corrigea-t-il gentiment. Pardonnez-moi, mais, voulez-vous demander à Jory de sortir avec vous ?

Il déglutit nerveusement.

— Je le veux, oui.

Aaron hocha la tête avant de nous excuser tous les deux, me conduisant jusqu'à sa table.

— Assieds-toi avec moi.

Je me mis à rire.

— C'était un peu minable comme réaction, tu ne crois pas ?

— Non, dit-il. Il doit savoir que s'il te veut, la file commence derrière moi.

Je lui souris.

— Allez, Sutter, commande-nous donc à tous quelque chose à manger. Tout le monde meurt de faim.

— Oui, mon cher, dit-il en souriant, m'attirant plus près de lui.

C'était amusant, comme cela l'était toujours lorsqu'Aaron était l'hôte de sa propre fête. Il ne commanda pas le menu, il énuméra à la place une sélection de plats que le chef préparait uniquement pour lui. Et si en général, cela me froissait qu'il présume ce que je voulais, je n'étais pas d'humeur à me battre, alors je le laissai dire au serveur ce que je commanderais.

— Laisse-moi prendre ta veste.

Je la retirai et la lui tendis. Lorsqu'il me complimenta sur la chemise que je portais en dessous, je lui jetai un coup d'œil.

— Quoi ? demanda-t-il.

— Je suis toujours le même, Sutter, ne commence pas avec moi.

Sa mine se renfrogna.

— Toi, en revanche, tu as fière allure, lui assurai-je, ma main fixant le col de sa chemise sous le col en V de son pull. Comme toujours.

— Vraiment ?

— Arrête de chercher les compliments, grognai-je.

— C'est que j'aime quand tu le remarques.

Je le regardai dans les yeux et essayai de comprendre, une fois encore, ce qui manquait. Pourquoi ne changerais-je pas pour lui et ne serais-je pas celui qu'il voulait que je sois ? Toute personne saine d'esprit le ferait. L'homme était parfait et pourtant… pas pour moi. Il n'était pas parfait pour moi.

— Essaie le vin, J, me pressa-t-il, écartant une mèche de cheveux de mes yeux.

— Je pensais que je buvais trop ? lançai-je malicieusement, tout à coup ennuyé sans raison.

— S'il te plaît… je ne veux pas me battre.

Il soupira, ses doigts caressant ma mâchoire.

— Je veux juste te nourrir et peut-être, avec de la chance… te ramener à la maison avec moi.

Je laissai courir et essayai le vin rouge. Il me regardait avec espoir, et je sentis un nœud familier se nouer dans mon estomac. On pouvait toujours compter sur moi pour le laisser tomber dans ces circonstances. Il pensait que je m'y connaissais en vin et en nourriture, mais ce n'était pas le cas. Il s'imaginait que j'étais un connaisseur parce qu'il l'était et que tous ses amis l'étaient, mais la vérité était que j'avais des goûts simples, depuis toujours.

— Tu aimes ?

— C'est excellent.

— Qu'est-ce qui ne va pas ?

— Rien, dis-je, tournant mon regard vers Sloan, lui demandant de répéter sa question au sujet de Dane.

Elle voulait tout savoir sur le mariage et j'étais plus que disposé à lui donner des détails.

Plus tard, lorsqu'une assiette fut déposée en face de moi, Aaron attira mon attention en posant sa main sur mon genou.

— Essaie le steak, J. C'est du bœuf de Kobe, tu vas adorer ça.

Et, en effet, j'aimai ma bouchée lorsque j'y goûtai, mais je ne voulais pas qu'on me dise que je *devais* aimer ça. Comme d'habitude, je réalisai que j'étais pointilleux avec lui et j'essayai d'arrêter. Lorsque mon téléphone sonna, je m'excusai et me levai pour rejoindre l'autre côté de la pièce avant de répondre.

— Jory.

— Sam, soupirai-je parce que j'étais vraiment heureux d'entendre sa voix.

— Eh bien, dit-il doucement, c'est le meilleur accueil que j'ai reçu jusqu'à présent.

— Ah bon ?

— Oui. Tu sembles aller bien. Où es-tu ?

— Je suis en train de dîner.

— Dîner ? Il est quoi, quelque chose comme vingt-deux heures, non ?

Je me moquai de lui.

— Ne sois pas aussi rigide, inspecteur. Le dîner est à l'heure où tu en as envie.

— Si tu le dis, mais je dois t'informer que tu as de drôles d'horaires.

Ce qui me fit sourire.

— C'est tout à fait vrai. Pourquoi appelles-tu ?

— Tu as dit que je pouvais.

— Oui, mais…

— Tu sais, l'autre soir, quand tu as dit que tout ce que je voulais c'était te baiser, c'était n'importe quoi. Et tu savais que c'était des conneries alors même que tu les disais.

— Je ne veux pas parler de…

— Parce que la première chose que je veux, c'est ton cœur.

Seigneur Jésus.

— Je te veux, point barre.

— Écoute, peut-être que tu ne devrais pas m'ap…

— Où es-tu en train de dîner ?

— Ce n'est pas…

— Jory, viens t'asseoir, dit Aaron en s'approchant de moi. Ton plat commence à refroidir.

— Qui est-ce ? me demanda Sam.

— Je te parlerai plus tard, dis-je rapidement.

— Ne t'avise pas de raccrocher, m'avertit-il. Parce que je peux retrouver ton téléphone portable, J, ce n'est pas un problème.

— Ah oui ? le défiai-je. Bonne chance ! lançai-je avant de lui raccrocher au nez.

Lorsque je me retournai pour revenir à table, je m'arrêtai instantanément, parce qu'Aaron se tenait juste devant moi, me barrant le passage.

— Quoi ?

— Ton tempérament, Jory, soupira-t-il, ses doigts glissant le long de ma mâchoire. C'est vraiment quelque chose.

Je le dépassai pour retourner à table à l'instant où le serveur m'amenait enfin mon Chivas avec des glaçons. Je le remerciai, l'avalai avant qu'il s'en aille, et en commandai aussitôt un autre avant même d'être assis.

— Jory, ne ruine pas la soirée simplement parce que tu es en colère contre la personne qui était au téléphone avec toi.

— Je ne ruine rien du tout, dis-je en coupant à nouveau mon steak. Laisse tomber.

Mais Aaron n'avait jamais pu.

— Pourquoi ne partirions-nous pas ?

— Je suis en train de manger, lui dis-je, et tous mes amis sont ici, en train de passer un bon moment. Tu devrais toi aussi.

— Comment le pourrais-je alors que je sais que si tu continues à boire comme ça tu pourrais rentrer chez toi avec quelqu'un d'autre que moi ?

— Ne t'inquiète pas de ça. Je ne vais rentrer avec personne.

— S'il te plaît, dit-il en secouant sa tête, tu rentres toujours avec quelqu'un, Jory. Tu es tout à fait prévisible en un sens. J'avais l'habitude de t'observer quand tu sortais, et tu ne partais jamais seul, chaque soir c'était un homme différent. Je suis certain que rien n'a changé.

Je me retournai pour le regarder alors que le serveur apportait mon deuxième verre.

— De quoi parles-tu maintenant ?

Il sonda mes yeux.

— Avant que nous commencions à sortir ensemble, je te voyais au club, ramassant un mec différent chaque soir. Tu partais avec lui, et puis la nuit suivante, si le même s'approchait de toi, tu l'ignorais complètement jusqu'à ce qu'il comprenne le message. Personne n'a jamais obtenu de répétition de tes performances. Tu es l'homme d'une seule nuit.

Je hochai la tête, sentant mon visage s'échauffer. Les gens nous écoutaient et faisaient semblant du contraire ; certains visages montraient de l'embarras, et d'autres simplement du dégoût. Parker avait l'air surpris. Il se demandait probablement pourquoi Sloan aurait voulu qu'il sorte avec moi puisque je cherchais si manifestement mon prochain coup.

— Allez, tu sais que j'ai raison. Tu ne couches jamais deux fois avec le même homme, ce n'est pas comme ça que tu opères. Tu couches avec eux et tu les oublies.

— Vraiment ?

— Oui, s'amusa-t-il. Et je parie que c'est encore pire depuis que nous avons rompu. Tu es la plus grande salope de Chicago, et tu le sais.

Il avait raison à un certain degré. Avant lui, après Sam, il y avait eu beaucoup d'hommes. Et avant Sam, ils étaient trop nombreux pour les compter. Alors, oui, j'avais beaucoup couché, mais lorsque *j'étais* avec quelqu'un, j'étais monogame. Mon premier instinct était la loyauté et le désir d'appartenir à quelqu'un. Si Sam voulait de moi, je…

Je sursautai violemment, effrayant Sloan qui était assise à côté de moi.

— Mon Dieu, Jory, dit-elle en riant, déplaçant sa chaise loin de moi, plus près de son petit ami Derek assis à côté d'elle. Ce n'est pas parce que tu es ivre que tu dois tout renverser sur moi.

Mais je n'étais pas ivre. Je n'avais même pas encore fini mon deuxième verre. Mais tout le monde pensait que je l'étais ou que je le serais bientôt.

— M'as-tu entendu ? demanda Aaron.

Qu'étais-je en train de faire, à penser à Sam ?

— Est-ce que tu vas bien ?

— Oui, je vais… bien.

— Regarde-moi.

J'obtempérai.

— Ça avait le don de sérieusement m'énerver de te voir rentrer avec tous ces types chaque fois que tu me rejetais. Il m'a fallu une éternité pour te faire dire oui.

J'entendais ses paroles, mais je n'étais pas vraiment en train de penser à ce qu'il disait. Je n'étais pas du tout connecté émotionnellement

— Lorsque nous sommes finalement sortis ensemble… Mon Dieu, Jory, c'était comme si j'avais gagné à la loterie.

*J'étais un gros lot, alors.*

— Jory…

Je regardai ses yeux et je vis combien ils étaient affamés, combien ils étaient sombres.

Il se pencha vers moi pour ne pas être entendu.

— Tu sais que les gens te regardent et pensent que tu es torride, mais ils ne savent pas à quel point ton corps est fantastique.

Cela avait toujours été le désir d'Aaron – que tout le monde admire ses biens, convoite ses possessions... et j'avais été l'une d'entre elles.

Lorsque nous sortions avec ses amis, il m'achetait une chemise ou un pull, un cadeau disait-il. Et lorsque je le mettais, c'était toujours pour découvrir que le vêtement était une taille trop petite.

— Ton corps est magnifique, me disait-il, tu devrais l'exhiber davantage.

Si nous nous relaxions au bord de la piscine, il passait sa main sur mon ventre devant ses amis, leur disaient qu'on pouvait jouer les lavandières sur mes abdos en baissant parfois un coin de mon caleçon de bain pour tracer le V de mes hanches jusqu'à l'aine. Je le repoussais alors et rejoignais la maison où il me rattrapait et me disait qu'il était désolé, qu'il n'avait jamais voulu m'embarrasser. J'étais juste trop beau, qu'était-il supposé faire ? Je lui disais que je voulais être traité avec respect. Et il me promettait de le faire, alors même que sa main glissait sur mon cul sous les sifflements et les huées de ses amis. Le résultat final était logique, les gens qui comptaient pour lui pensaient que notre relation était une blague. Ils étaient sûrs que tout ce que j'avais à offrir était ce qu'on voyait.

Nous allions dans des endroits chics et chers et les amis d'Aaron lui rappelaient de me payer mes consommations, ou mes repas, puisque je ne pouvais à l'évidence me le permettre. Mon âge était une source constante d'amusement, mon manque de portefeuille financier et immobilier était source d'inquiétude. Il était sous-entendu qu'il s'encanaillait avec moi parce que j'avais un corps à tomber et que j'étais bon au lit. Lorsque nous avons rompu, laisser tout ça derrière moi avait été un énorme soulagement. C'était d'autant plus drôle que les amis de Dane ne m'avaient jamais fait me sentir mal dans ma peau. Peut-être était-ce parce qu'ils étaient tous des hommes qui s'étaient construit leurs propres carrières, aucun d'eux n'étant né avec une cuillère dans la bouche comme la clique omniprésente d'Aaron.

— À quoi penses-tu ?

Je détournai la tête, avalant d'un trait le reste de mon verre.

Il se pencha davantage et je sentis son souffle chaud dans mon oreille.

— Jory, je sais que tu es de retour dans les clubs, couchant avec le premier type qui le demande... alors je te le demande... viens chez moi. Choisis-moi pour ce soir... s'il te plaît.

Mais c'était terminé, et revenir en arrière était juste complètement stupide. Le seul fait d'être avec lui, de voir les rictus de mépris sur le visage de ses amis, de l'entendre me critiquer m'agaçait.

Il tourna mon visage vers lui.

— Je n'essaie pas de te faire sentir mal.

— Peut-être, cependant c'est le cas, dis-je en dégageant mon menton de sa main et en m'écartant de la table. Mais c'est normal pour ces connards et toi, alors je ne suis pas en colère. J'en ai juste terminé.

— Mais, je me moque que tu sois ainsi, poursuivit-il, parce qu'il ne m'écoutait pas vraiment. Je veux juste que tu…

— Je sais ce que tu veux, dis-je en me levant et en enfilant ma veste en cuir.

— Que fais-tu ? demanda-t-il soudain.

Cela semblait pourtant évident.

— Je m'en vais.

— Pourquoi ? demanda-t-il, me saisissant par le poignet.

— J'avais oublié à quel point tes amis et toi me donniez le sentiment d'être un moins que rien, lui dis-je en libérant mon bras de sa poigne d'un coup sec. À plus. Merci pour le dîner.

— Jory…

— Au revoir, criai-je à l'assemblée, souriant avant de me retourner et de quitter le salon, esquivant les serveurs qui entraient pour servir davantage de nourriture et d'alcool. J'atteignis le bas de l'escalier, puis me faufilai parmi la foule jusqu'à la porte. Dans la rue, je me sentis instantanément mieux, moins claustrophobe, comme si je pouvais enfin respirer.

— Jory !

Je me retournai pour trouver Aaron.

— Où vas-tu ?

— Chez moi.

— Pourquoi ? Qu'est-ce que j'ai dit qui n'était pas la vérité ?

— Rien, dis-je en me retournant pour partir.

— Jory ! dit-il d'un ton sec, saisissant mon bras et me retenant. Je déteste ces foutues sorties spectaculaires. Pour une fois dans ta vie, reste et bats-toi. Tu t'enfuis toujours.

Je haussai les épaules.

— Alors, trouve quelqu'un qui va rester. Cela ne semble pas si difficile. Des tas d'hommes t'accostent sans cesse, tu n'as qu'à en choisir un. Ce type, Parker, il trouve que tu es super sexy.

— Jory…

— Lâche-moi, Aaron, dis-je avec lassitude. Je ne suis pas quelqu'un pour toi et tu n'es définitivement pas celui qu'il me faut. Disons simplement qu'on en reste là.

— Bon Dieu ! rugit-il, plein de frustration. Pourquoi dois-tu me combattre tout le temps ? Pourquoi ne peux-tu tout simplement m'écouter, puisque tout ce que je veux c'est le meilleur pour toi ? Tu pourrais être si heureux ! Je pourrais te montrer tant de choses et d'endroits et…

Je retirai sa main de mon bras et fis un pas en arrière.

— Je n'ai pas besoin de ça.

— De quoi as-tu besoin ? Est-ce qu'au moins tu le sais toi-même ?

Je ne le savais pas, mais je savais avec certitude que ce n'était pas Aaron Sutter. Je devais faire confiance pour aimer, et je ne faisais pas confiance à Aaron. Il voulait me changer, et j'avais peur, si je restais avec lui, de me perdre en cours de route.

— Jory ? Dis-moi de quel genre d'homme tu as besoin et je serai cet homme-là.

Je secouai la tête. Le seul homme que j'avais jamais aimé au point que toutes mes défenses s'abaissent était Sam Kage. Et c'était parce qu'il était assez fort pour ne jamais se briser sous la pression d'être avec moi. J'étais une épave et il avait été mon roc. J'avais besoin de ça, j'avais besoin de pouvoir m'abandonner et d'être tout simplement moi. Mais cela aurait l'air désespéré et trop co-dépendant si je le prononçais, alors je restai silencieux.

— Jory, s'il te plaît. J'ai pensé à toi tous les jours pendant mon absence.

Lorsqu'il fit un pas en avant, je reculai d'un autre. Je n'allais plus le laisser me toucher… il n'y avait pas de raison. Je doutais même que nous puissions rester amis.

— Jory… chéri.

Et Sam était une perspective encore pire, parce même si je le désirais de toutes mes forces, il n'était pas bon pour moi. C'était drôle – l'homme que je ne voulais pas resterait pour toujours, et celui que je désirais finirait par me quitter à nouveau, si je lui en laissais la chance. J'avais besoin d'un verre.

— C'est ta réponse à tout.

Je n'avais pas réalisé que je l'avais dit à voix haute.

— Ce dont tu as besoin, c'est de revenir à la maison et d'y passer le week-end. Nous devons parler.

Je fus soudain submergé de tristesse. C'était vraiment un adieu, et je mettais fin pour toujours à une autre relation qui avait échoué. Mon historique était complètement pourri.

— Jory.

Il murmura mon nom, essayant de se rapprocher de moi, levant le bras vers mon épaule.

Je fis un pas en arrière, me retournai et courus. Il cria mon nom plus d'une fois.

Je n'étais pas prêt à rentrer à la maison. J'avais réellement besoin de simplement m'asseoir quelque part, de prendre un verre, et de me vider la tête. Un endroit tranquille où personne ne me dérangerait. Et je savais exactement où aller.

IL S'AVÉRA qu'un sérieux karma devait me coller au train, Dieu seul savait pourquoi. Ou peut-être était-ce le karma de quelqu'un d'autre et que j'étais juste pris dans un feu croisé ? Il y eut une descente antidrogue dans mon piano-bar préféré, parce que le propriétaire du club faisait apparemment entrer et sortir une grosse quantité de cocaïne de cet endroit depuis un certain temps. Et les inspecteurs des mœurs avaient choisi ce soir, un mercredi soir, pour leur coup de filet. J'étais donc assis par terre, dans une longue rangée, avec toutes les personnes présentes dans le bar au moment où la police s'était déversée par la porte d'entrée. Il y avait une barricade de voitures noir et blanc qui nous bloquait, depuis l'autre côté de la rue, où une foule s'était formée. C'était la cerise sur le gâteau de ma journée. Lorsque quelqu'un donna gentiment un coup dans mon pied, je laissai ma tête rouler en arrière pour pouvoir lever les yeux. J'avais eu tort : j'avais aussi droit à la figurine décorative.

— Salut.

Sam Kage me souriait d'un air narquois.

— Qu'est-ce qui t'amène dans ce lieu de perdition J ?

Je gémis et son petit sourire satisfait se transforma en un sourire démoniaque et épanoui. Il jouissait de cette situation à n'en plus finir.

— Depuis quand fais-tu dans la drogue ?

— Ce n'est pas le cas et tu le sais, lançai-je en lui jetant un coup d'œil. Ne joue pas les connards.

— Tu ferais mieux de surveiller ta façon de me parler, dit-il en s'accroupissant devant moi. Tu pourrais avoir de gros problèmes en étant ici.

Je le regardai dans les yeux.

— Qu'est-ce que tu fais ici de toute façon ? Tu ne travailles plus pour les mœurs, tu es inspecteur aux homicides maintenant.

Il ne me répondit pas.

— Sam ?

— Lève-toi.

Dès que je fus debout, il m'attrapa brutalement, ses doigts s'enfonçant dans mon épaule, avant de m'écarter des autres et de m'entraîner plus loin dans la rue, à l'angle de sa voiture. Je me libérai de son étreinte et me retournai pour lui faire face, mais avant que je puisse dire un mot, il me poussa contre la porte latérale et m'immobilisa là d'une seule main plaquée sur ma poitrine.

— Bon Dieu, Sam, lui aboyai-je. Qu'est-ce que tu…

— Ferme là, me coupa-t-il en faisant un pas en avant.

Nous nous retrouvâmes à quelques centimètres à peine l'un de l'autre. La chaleur qui rayonnait de lui était incroyable. Je retins mon souffle, je ne pus m'en empêcher.

Je l'entendis émettre un bruit de gorge.

— Certaines choses ne changent jamais, hein, J ?

Je n'allais pas lui donner la satisfaction de lui répondre.

— Regarde-moi.

Je relevai la tête pour croiser son regard et découvris qu'il s'était penché vers moi au même instant. Lorsqu'il parla, je sentis son souffle chaud sur mon visage.

— Que fais-tu ici ?

— Je voulais juste m'asseoir tranquillement et me détendre un peu avant de rentrer à la maison.

Il hocha la tête, l'inclinant plus bas, respirant mon parfum.

— Tu trembles, tu sais.

Je le savais. Il n'y avait rien que je pouvais faire à ce sujet.

— Peut-être que je devrais faire une recherche de substances illégales sur toi.

Je déglutis avec difficulté, essayant d'obtenir de mon corps qu'il se calme.

— Ou peut-être que je vais juste te jeter à l'arrière de ma voiture et te baiser jusqu'à ce que tu t'évanouisses.

À la seule pensée qu'il me contraigne, je me mis à trembler de désir. Lorsque je repris mon souffle, son genou était coincé entre mes jambes, puis sa cuisse lorsqu'il se pencha vers moi.

— Écoute, je veux que tu me retrouves au coin du River Road Bar.

Sa voix était profonde et sexy, envoyant des ondes de chaleur à travers moi.

— Tu vas là-bas et tu m'attends, et dès que j'en ai fini ici, je te rejoins.

Mais mon cerveau se réveilla de sa torpeur et ma tête s'éclaircit.

— M'as-tu entendu ?

Je n'avais aucunement l'intention de le retrouver où que ce soit. L'illustration du pouvoir qu'il avait sur moi était terrifiante. Aucun autre homme ne pouvait me faire haleter et me tordre de désir en quelques secondes. Personne d'autre n'avait une telle domination sur moi. Je voulais fuir aussi vite que je le pouvais.

Il saisit une poignée de mes cheveux et me tira la tête en arrière d'un coup sec, indifférent quant à savoir s'il me faisait mal ou non.

— Ne pense même pas à me jouer un sale tour.

— Non.

Il embrassa la base de mon cou.

— Ton cœur bat si vite, bébé.

Je frissonnai violemment.

— Putain, oublie ça, monte dans la voiture.

— Tu es en service, lui rappelai-je.

— Non, je ne le suis pas, me dit-il. Je rentrai seulement chez moi lorsque j'ai entendu l'appel. J'ai découvert que c'était près de l'endroit où tu étais, et que je pouvais aller vérifier si tu allais bien après.

— Comment savais-tu où…

— Je peux tracer ton téléphone, je te l'ai dit.

Inspecteur de police. J'oubliais parfois.

— Laisse-moi partir, lui ordonnai-je. Tu me fais mal.

— Ce n'est pas vrai, dit-il, sa main se déplaçant de mes cheveux à ma gorge. Je ne pourrais jamais te faire de mal.

— Lâche-moi, dis-je en perdant mon sang-froid.

Je me tortillai dans ses bras, essayant de prendre appui sur la voiture pour me libérer.

Il fit un pas en arrière et je m'éloignai rapidement de lui.

— Va au bar, J. Je te rejoins dans quinze minutes.

Je me retournai pour y aller, mais avant que je sois hors de sa portée, il me saisit par l'épaule et me fit tournoyer pour lui faire face.

— Bon sang, quoi encore ?

Son expression était sombre, ses sourcils froncés, sa mâchoire contractée.

— Sois là-bas.

Je le dévisageai une longue minute avant de me mettre à marcher à reculons.

— Tu ne vas pas me retrouver là-bas, n'est-ce pas ?

Je secouai la tête.

— Pourquoi ? cria-t-il dans la rue.

L'espace entre nous était assez significatif pour que s'il se mettait à courir, il ne me rattrape pas.

— À cause de ce que tu viens juste de faire.

— Ce sont des absurdités et tu le sais.

Je haussai les épaules.

— Tu en as aimé chaque seconde.

Et si nous étions honnêtes, il avait raison, mais nous n'étions pas honnêtes. Il resta là à me regarder et je me retournai pour m'en aller.

Mon corps était échauffé et excité maintenant que Sam avait enflammé ma libido, alors je pris un autre taxi et me dirigeai vers l'un de mes repaires habituels pour trouver quelqu'un. J'avais besoin d'un étranger sans attache pour étancher mon désir.

Au club, ils jouaient les standards de Billie Holiday, et la chanteuse avait une voix profonde et sensuelle. Je commandai un verre de cognac et m'assis au bout du bar pour l'écouter. Quand j'eus terminé mon verre, un autre se

75

matérialisa pour prendre sa place. Tournant la tête, je découvris un très bel homme en train de me sourire.

— Enfin, tu te montres.

— Excusez-moi ? dis-je en souriant.

— Tu ne te souviens pas de moi ?

Non, en effet.

— Tu m'as ramassé ici, il y a un mois environ.

Je ne savais pas du tout qui était ce type.

— Bien sûr.

Il sourit lentement.

— Tu ne t'en souviens pas, mais ça ne fait rien… je me souviens de toi.

Je pris une autre gorgée de mon verre.

— Mais tu n'es pas venu depuis un moment et tu ne m'as pas donné ton numéro.

Je hochai la tête. Je ne donnais absolument jamais mon numéro.

— Je n'ai pas arrêté de penser que si je traînais dans le coin, je finirais par tomber sur toi à nouveau.

— Et maintenant, c'est fait.

— Maintenant, c'est fait, répéta-t-il.

— Est-ce une bonne chose ?

Il hocha la tête, se penchant en avant.

— C'est une très bonne chose.

— Tu vis dans le coin ?

Il hocha la tête.

— Oui, vraiment tout près.

— Merci pour le verre.

— Tu le finis, et je t'en offre un autre chez moi.

Et j'étais prêt à accepter son offre. Mon corps palpitait pratiquement de désir refoulé et il ferait aussi bien l'affaire qu'un autre. Au moins, nous aimions le même genre de musique. C'était quelque chose. Alors je lui souris et j'aurais poursuivi notre flirt, mais la main qui glissa sur ma cuisse gauche me fit tourner la tête dans la direction opposée. Sam Kage était là, accoudé au comptoir, à me dévisager et à attendre.

J'étais stupéfait.

— Que fais-tu…

— Excusez-moi, commença le type en se rapprochant de moi. Je parlais à…

— Dégage, dit Sam d'un ton bref avant de reporter ses yeux sur les miens.

Son sourire était éclatant.

— Il est avec moi.

Et parce que c'était Sam Kage qui parlait, le gars disparut. Je tournai la tête pour dire quelque chose de sympa à mon admirateur, mais il était parti. L'inspecteur était tout simplement trop imposant et trop effrayant.

— Regarde-moi.

Je soufflai avec force et ramenai péniblement mes yeux sur Sam.

— Est-ce que je peux m'asseoir ?

Je haussai les épaules.

— C'est pas mal ici, dit-il doucement en s'installant sur le tabouret à côté de moi et en poussant mon verre hors de ma portée. Tu aimes ce genre de musique, hein ?

— Je ne viens pas ici pour la musique.

Ce qui était vrai. C'était un marché de viande fraîche et c'était pour ça que j'étais là.

— Je venais me trouver quelqu'un.

— Je vois.

— Que fais-tu ici ? demandai-je rapidement d'un ton plus sec que je le voulais.

— Tu es là.

— Mais nous savons tous les deux que ce n'est pas…

— Laisse-moi te ramener.

— Absolument pas.

Il se pencha vers moi, envahissant mon espace personnel, son genou contre le mien.

— Pourquoi pas ?

— Et d'ailleurs, comment as-tu su que je…

— Sais-tu que je suis inspecteur de police ? Tu sais que je retrouve des gens tout le temps ?

— Merde.

Il rigola.

— Tu ne peux pas me semer, J. Rentre avec moi.

— Sam, tu ne devrais pas perdre ton temps.

— Je ne considère pas que le temps passé avec toi soit perdu.

— Mais Sam, tu…

— Quoi, chéri ? dit-il en me regardant, ses yeux rivés à ma bouche.

— C'est voué à l'échec, Sam.

— Je n'accepte pas ça, dit-il, tendant lentement sa main vers moi, me donnant le temps de m'éloigner si je le voulais.

— Tu ne te soucies pas de moi, Sam… pas vraiment.

— Ah non ?

Il toucha légèrement mon menton, le faisant basculer doucement vers le haut pour pouvoir passer le dos de ses doigts sur ma gorge.

— Parce que… je pense que si. Parce que, contrairement à tous ces gars, je veux te garder.

Je redressai la tête et il me laissa faire.

— Tu veux juste me baiser.

— Oh, je veux faire ça aussi, dit-il en rigolant chaleureusement. Mais ce n'est qu'une partie.

— Comment est-ce possible ? Sam, tu ne me connais même pas et…

— Tu n'as aucune idée de quoi que ce soit, dit-il, fouillant mes yeux. Je rêve de toi.

Je baissai les yeux sur le bar.

— Ça me tue que tu ne cèdes tout simplement pas.

Je fermai les yeux et posai mon front dans ma main.

— Et tu laisseras un inconnu te ramener chez lui et te baiser, mais moi… moi, tu ne veux pas me laisser t'approcher. Comment cela pourrait-il avoir le moindre sens ?

— Un inconnu ne me blessera pas.

— Moi non plus.

Je ris sans joie, affichant un grand sourire en relevant la tête pour le regarder droit dans les yeux.

— Va te faire foutre, Sam.

Il haussa les épaules.

— Vas-y, défoule-toi sur moi… Je m'en fous complètement.

Je vidai le verre que le gars m'avait offert en une seule gorgée et glissai du tabouret. J'étais à mi-chemin de la porte d'entrée lorsque mon bras fut saisi, brutalement. Je me figeai tandis qu'il me contournait pour se dresser devant moi.

— Laisse-moi te reconduire chez toi.

Je le dépassai et inspirai profondément dès que je fus dehors.

Cela te touche-t-il de savoir que tu m'as manqué ? demanda Sam en apparaissant à mes côtés.

— Non.

— Menteur.

— Sam, je ne peux pas faire ça, et je ne le ferai pas, dis-je, enfouissant mes mains dans mes poches.

Il faisait froid, il était tard et je pouvais voir mon souffle s'échapper de ma bouche quand je parlais.

— Il faudrait que je sois fou.

J'accélérai le pas, espérant qu'il laisserait tomber.

Il me saisit à nouveau, me tirant vers lui si vite que je faillis tomber.

— Tu as toujours été fou.

— Lâche-moi !

Je me tordis pour essayer pour me libérer, mais il me tenait bien. Plus je tirais, plus il resserrait son emprise. Il allait laisser des bleus sur ma peau.

— Non.

Je cessai de lutter et levai les yeux sur lui.

— Va-t'en.

— Pourquoi ?

— Pourquoi ? répétai-je. Eh bien, pour commencer, c'était quoi cette connerie que tu m'as servie dans la rue tout à l'heure ? Tu crois que ça m'excite d'être traité comme un morceau de viande que tu...

— Ouais, me coupa-t-il, les yeux emplis de chaleur. Je pense que tu prends ton pied à l'idée que je te fasse faire ce que je veux. Tu crèves d'envie de te soumettre à moi.

Je secouai la tête, essayai de dégager mon bras, mais il ne me lâchait pas.

— Nous savons tous les deux que tu me veux.

Sa voix était calme, mais le muscle de sa mâchoire se contractait.

— Et je te veux J, avec moi... pas seulement dans mon lit.

Je levai les yeux pour croiser les siens.

— Si tu me voulais à ce point, si j'étais aussi important... pourquoi ne m'as-tu jamais appelé ni écrit ni envoyé un putain d'e-mail ? Tu es parti trois ans, Sam, trois putains d'années ! Tu ne peux pas décemment t'attendre à ce que nous reprenions simplement les choses là où nous les avions laissées, après tout ce temps, juste parce que tu es prêt. Ce sont des conneries !

— J'étais parti, j'étais hors du pays pendant deux ans, J. Je n'ai parlé à personne. Je...

— Très bien. Tu es revenu depuis un an alors, puisque tu l'as dit toi-même. Donc... Pourquoi ne te vois-je que maintenant ? Nous nous sommes rencontrés par hasard dans une quincaillerie et tu es quoi, submergé par l'émotion, et maintenant il faut que tu me revoies ? C'est des conneries.

Il attrapa mon autre bras et me secoua brutalement.

— Je ne savais pas quoi faire. Je ne sais jamais quoi faire avec toi. Quand je suis revenu, je suis allé te voir et tu étais avec ce type, Aaron.

J'étais stupéfait.

— Tu m'as vu avec Aaron ?

— Oui, dit-il en me relâchant, en me laissant m'éloigner de lui de quelques pas. Tu avais l'air heureux et tu méritais de l'être, alors... Mais, je devais vérifier, et puis j'ai vu qu'il n'était plus là et que tu... tu te donnais au premier venu. Pourquoi fais-tu ça ? Pourquoi couches-tu avec n'importe quel gars qui le demande, J ?

Je détournai les yeux parce que je ne pouvais pas lui répondre.

— As-tu la moindre idée de ce que ça me fait de te voir partir avec un type différent chaque soir ?

— Tu vois ? dis-je, haussant les épaules, regardant toujours au loin dans la rue. Je suis un pauvre type, Sam... Pourquoi prendre la peine de t'embêter avec moi ?

— Regarde-moi.

Mais je ne le fis pas.

— Regarde-moi, gronda-t-il en saisissant mon bras et en me tirant vers lui.

J'essayai de m'arracher à lui, mais il avait une poigne de fer. Impossible que j'aille où que ce soit.

— Tu n'es pas un pauvre type, c'est juste qu'aucun de ces hommes n'était le bon pour toi.

Je n'avais aucune réplique idiote à renvoyer parce que ce qu'il pensait était exactement ce que je ressentais. Le silence semblait être la meilleure option, alors c'est ce que je choisis.

— Je pense que tu veux m'appartenir, et s'il s'avère que ce n'est pas moi, tu ne veux personne d'autre.

Je me retournai pour le regarder.

— C'est n'importe quoi, ce ne sont que des mensonges.

Il secoua la tête, tendit le bras et posa une main sur ma joue.

— Non, j'ai raison.

— Sam...

Il raccourcit la faible distance entre nous.

— Pourquoi trembles-tu ?

— Parce qu'il fait froid là dehors.

— Mais ce n'est pas pour ça, dit-il, faisant courir ses doigts sur ma mâchoire en souriant.

— Sam...

— Tu as tant besoin de moi.

Comment le savait-il ? J'avais la sensation que ma peau se hérissait, qu'elle me démangeait, mes muscles étaient tendus, je pouvais à peine respirer. Tout en moi était prêt, l'attendait. Je brûlais pour lui alors même que mon réflexe de fuite m'étouffait. Je voulais courir en même temps que je voulais rester.

— Et je ne veux pas seulement dire au lit.

Il me connaissait si bien... même après si longtemps, il me connaissait toujours.

— Je vois le désarroi dans tes yeux, J.

80

Je voulais m'abandonner, mais j'étais submergé par la peur. Il pouvait déchiqueter mon cœur si facilement.

— Je suis désolé de ne pas être revenu pour toi à la minute où je suis rentré.

— Tu n'as pas à…

— Mais, je suis là maintenant.

— Sam, tu…

— Jory ! me cria-t-il. Je suis là.

Je secouai la tête.

— Je veux que tu reviennes.

Tout devint flou alors que mes yeux se remplissaient de larmes.

— Tu peux trouver un autre homme.

— Je ne veux pas d'un autre homme. Je te veux toi.

— Tu n'es pas bon pour moi.

— Si, je le suis et j'ai hâte de te le montrer.

— Sam, soupirai-je, penses-tu vraiment qu'après tout ça…

— Personne d'autre ne t'aura à partir de cette seconde, je ne peux… je ne le permettrais pas.

J'ouvris la bouche pour lui dire que c'était trop tard, mais je fus soulevé de terre et installé dans son monstrueux SUV avant même de réaliser que je bougeais. La porte fut verrouillée derrière moi et je restais assis là, à attendre, le temps qu'il monte. Lorsqu'il se glissa derrière le volant, il se tourna immédiatement vers moi et me sourit. Il avait l'air très content de lui.

— Arrête.

J'essayai de ne pas sourire, si proche de simplement céder.

— Laisse-moi sortir.

— Tu es saoul, tu ne peux même pas marcher.

— Je ne suis pas du tout saoul.

— Je veux te ramener à la maison.

Je gémis et il rigola.

— Allez, bébé.

— Je ne suis pas ton bébé.

— Si, tu l'es, dit-il avec un sourire indolent. Tu sais que tu l'es.

— Sam…

— Tu n'as jamais cessé de m'appartenir.

— C'est de la folie.

— Non. C'est la vérité.

— Et alors quoi ?

J'étais déjà épuisé.

— Alors, laisse-moi te ramener à la maison.

— Bien !

Je levai les mains en signe de défaite.

— Ramène-moi à la maison.

— D'accord.

Il sourit, démarrant la voiture.

— Attends, chez *moi*, clarifiai-je.

— Je ne sais pas où tu vis.

— Est-ce que tu te fiches de moi ? marmonnai-je. Tu es incroyable.

Il commença à rire franchement.

— Tu mens. Je sais que tu sais où j'habite. Tu es inspecteur après tout.

— Ce n'est pas sur ma route.

Il haussa les épaules, son rire le trahissant. Il mentait comme un arracheur de dents.

— Tu peux venir chez moi à la place.

— Non.

Son sourire passa de suffisant à démoniaque en un battement de cœur.

— Comme si tu pouvais m'en faire voir maintenant.

Je gémis à nouveau, mais je ne pouvais m'empêcher de sourire. C'était dingue que je puisse encore ressentir ça… j'étais toujours fou de Sam Kage après tout ce temps. Il m'avait ruiné pour tous les autres hommes. C'était ridicule.

— Jory… bébé, soupira-t-il profondément, portant la main sur ma nuque et me tirant vers l'avant. Cesse de lutter contre moi. Abandonne.

— Sam…

— Je vois comment tu me regardes… tu me veux.

— Bien sûr que je te veux, Sam, mais ça ne veut pas dire que je le devrais.

— Bébé…

— Cette scène est tellement familière. Moi, dans ta voiture et toi promettant que les choses seront différentes cette fois, moi te croyant… Nous avons déjà fait ça auparavant et ça n'a jamais fonctionné. Nous devons mettre un terme à tout ça.

— Tu te bats si fort, parce que tu as si peur d'être à nouveau blessé.

— Non, c'est juste…

— Bébé.

Sa voix était si chaleureuse, si apaisante et douce.

— Arrête… rends les armes… je t'aime.

— Non, tu essaies juste de…

Je sentis son souffle chaud sur mon visage une seconde avant qu'il m'embrasse. La vague de chaleur me submergea, et lorsque sa langue poussa entre mes lèvres, je m'ouvris pour lui. Sa bouche se scella sur la mienne et je sentis sa main glisser sur ma gorge pour me maintenir. Les gémissements de

82

plaisir qui vinrent de lui firent s'agiter mon estomac alors qu'il s'enfonçait plus profondément, mêlant sa langue à la mienne, me goûtant, prenant son temps, me dévorant. Cela dura si longtemps, la chaleur, le désir, montant peu à peu... et je sentais ses mains sur moi, l'une emmêlée dans mes cheveux, l'autre glissant sous ma chemise, frottant maintenant de petits cercles dans mon dos. Il m'embrasserait pendant des heures si je le laissais faire. Lorsque j'essayai de m'écarter, il accompagna mon mouvement jusqu'à ce que je pose mes mains sur son torse et le repousse avec force.

— Quoi ? demanda-t-il d'une voix rocailleuse, ses paupières alourdies et ses yeux si noirs.

Impossible de ne pas remarquer combien il était excité – l'image même de la luxure.

— Ramène-moi chez moi.

— Après ce baiser... après la manière dont tu y as répondu... non. Pas question.

— Sam, allez... Je ne veux pas faire...

— Viens juste à la maison avec moi. Je veux te parler.

— Je sais exactement ce que tu veux faire, lui assurai-je.

— Allez, viens. Je promets de garder mes mains pour moi.

— Tu te la racontes tellement là.

— Juste là maintenant ?

Il me fit un clin d'œil, et je m'adossai au siège.

— Alors ? me taquina-t-il.

— Tu feras ce que tu voudras de toute façon.

— C'est vrai.

Quand je fermai les yeux, je sentis sa main sur ma cuisse.

— Tu as dit que tu garderais tes mains pour toi.

— J'ai menti.

Et je le savais, bien sûr.


SON APPARTEMENT n'avait pas du tout changé. Je le parcourus, me familiarisant à nouveau avec l'emplacement de chaque chose. Les tasses à thé que j'avais achetées étaient toujours dans le placard. C'était drôle.

— Bizarre, n'est-ce pas ?

Je jetai un regard circulaire à la pièce, puis mes yeux revinrent sur lui.

— Oui, dis-je, regardant toutes les mêmes photos encadrées sur les étagères à côté de la télévision.

— Enlève ta veste.

Je la jetai sur le canapé et continuai mon inspection.

— Veux-tu boire quelque chose, de l'eau ?

— Non, mais j'apprécie ta préoccupation pour ma sobriété.

Il rit avant de traverser la pièce pour me rejoindre, prenant mon visage en coupe dans ses mains.

— Que faisons-nous ici, Sam ? demandai-je doucement. C'est trop tard.

— Il n'est jamais trop tard.

Il me sourit, ses doigts glissant sur ma mâchoire, puis sur mes lèvres.

— Est-ce que je peux t'embrasser avant de te mettre dans mon lit ?

— Quoi ?

Je m'écartai de lui, mais il suivit mon mouvement, ses poings serrés sur ma chemise.

— Je te veux, dit-il, et sa voix était rauque, emplie de désir.

— Eh bien, tu ne peux pas m'avoir, lui dis-je.

Et même à mes propres oreilles, ma voix me sembla pitoyable. Il n'y avait aucune force dans mes mots. Ma promesse était creuse.

— Oh non ? demanda-t-il, ses mains puissantes se faisant douces tandis qu'elles glissaient sur ma gorge.

— Non, répétai-je, ne faisant aucune tentative pour m'éloigner ne serait-ce que d'un centimètre de lui. C'est trop tard.

— Vraiment ? demanda-t-il encore d'une voix si basse que je sentis ma poitrine se soulever juste en le regardant.

— Oui, protestai-je faiblement, ne pouvant imaginer à quel point je devais avoir l'air dérisoire.

— Tu mens.

Il sourit malicieusement.

— Tu es déjà dur pour moi.

Je soulevai mon menton pour protester et sa bouche vint recouvrir la mienne. Je tremblai dans ses bras parce que le baiser m'envoya immédiatement une décharge à l'entrejambe. Sam me faisait bouillir le sang, et cela me rappela que l'homme savait vraiment comment m'embrasser. Personne avant lui ou depuis n'avait été capable de me donner un baiser qui me donne l'impression de sentir mon sang déferler dans tout mon corps comme de la lave en fusion. C'était accablant, tout ce désir et cette passion dirigés vers moi : il était si grand et puissant, sa force me submergeant alors qu'il m'écrasait dans ses bras et m'embrassait à perdre haleine. Je ne restai pas passif : j'emmêlai mes mains dans ses cheveux alors que les sensations parcourraient mon corps à vive allure. Je ravageai sa bouche. Quand j'eus l'impression que ma tête allait exploser, je rompis le baiser pour respirer.

— Seigneur, tu as si bon goût, haleta-t-il, son front contre le mien.

Je posai mes mains sur son torse et essayai de le repousser. Il ne bougea pas.

— Bébé, souffla-t-il contre ma bouche, sa main glissant sous mon menton, son pouce sur ma lèvre inférieure. Embrasse-moi encore.

Et c'était inutile de refuser parce que je le voulais tellement. Je brûlais pour lui, alors je relevai le menton et sa bouche s'écrasa sur la mienne, suçant, mordant, embrassant, réclamant mes lèvres. Il enfouit sa langue dans ma bouche et je heurtai la porte d'entrée avant même de réaliser qu'il m'avait fait reculer jusqu'à elle.

— Mieux, grogna-t-il. Maintenant, je te tiens.

Je frissonnai au seul son de sa voix alors qu'il déposait une pluie de baisers de ma gorge à ma clavicule.

— Je ne peux plus attendre, sa voix était si basse, si pleine de désir.

— Sam, réussis-je à sortir. Peut-être qu'on devrait ralen…

Il saisit ma chemise et l'arracha pour l'ouvrir. J'entendis les boutons rebondirent sur le sol. Sa bouche fut partout sur moi, mon torse, mes mamelons, mon ventre, mordant, léchant et laissant une traînée humide qui me fit frissonner lorsque l'air m'effleura.

— Mon Dieu, bébé, ta peau… gémit-il, ses mains sur ma ceinture, bataillant frénétiquement avec elle avant de passer au bouton de mon jean et à la fermeture éclair.

— Sam… Je…

Mon jean fut descendu, mon caleçon suivit. Son effet sur moi était sans équivoque, je gémis bruyamment lorsqu'il s'agenouilla devant moi, ses mains sur mes hanches, et me prit dans sa bouche brûlante, m'avalant jusqu'à la base. J'étais figé contre la porte, mes mains posées à plat derrière moi, les doigts écartés, alors que le désir déferlait en moi. Je ne durerais pas, je ne pouvais pas durer, j'étais trop excité par tous les événements qui avaient eu lieu précédemment, ceci n'étant qu'une continuation des préliminaires qu'il avait commencés dans la rue.

— Sam…

Son nom sortit comme un sanglot quand je baissai les yeux vers lui.

Il releva les siens, se penchant légèrement en arrière pour sourire, et il était diabolique et sombre.

— Je vais te faire hurler mon nom. Te faire mien encore et encore. Tu ne me quitteras plus jamais.

Comme s'il avait besoin de faire quoi que ce soit pour obtenir ça. Je n'avais jamais voulu personne comme je le voulais, lui. Instantanément, j'étais revenu au point où son toucher m'était aussi nécessaire que l'air que je respirais.

Il se releva après de longues minutes, me retourna, et me poussa la tête la première contre la porte. Il écarta mes jambes d'un coup de pied et j'entendis le froissement d'un emballage derrière moi.

— Le préservatif est lubrifié, souffla-t-il dans mon oreille, envoyant un frisson me parcourir.

Il mordilla et lécha l'espace derrière mon oreille puis continua sur mon cou.

— Je dois te prendre, je dois te montrer que tu m'appartiens toujours.

— Sam…

Je pouvais à peine penser, encore moins former une phrase.

Il se pressa contre moi et suça mon épaule, avec violence. Sa peau était si chaude. Lorsqu'il me pénétra et me remplit, je crus que j'allais mourir.

Je l'entendis retenir son souffle, sentis sa main qui serrait ma hanche comme un étau, et l'autre autour de moi.

— Bébé, grogna-t-il contre mon épaule avant de la mordre. C'est si bon.

C'était bien au-delà de bon. J'étais au paradis. Sa bouche était humide sur ma peau ; la main qui me caressait envoyant des vagues de plaisir déferler dans mon corps.

— Si bon, dit-il d'une voix râpeuse. Mon Dieu, tu es tellement serré et brûlant.

— Ne t'arrête pas, le suppliai-je et je sentis ses dents sur ma nuque.

Il me pilonna encore et encore, aussi fort qu'il le pût et je raffermis la position de mes mains sur la porte.

— À moi, gronda-t-il d'une voix si sexy, si crue. Mon bébé.

Je tremblais sous lui. Le seul fait de l'imaginer entièrement vêtu, debout derrière moi, et moi pratiquement nu, le dominant et le soumis, lui seul avait toujours été capable de faire de moi ce qu'il voulait. Il pouvait être brutal avec moi, mais il ne me ferait jamais de mal. Il était fait pour moi.

— J'adore les petits bruits que tu fais lorsque tu es heureux.

Il me lécha l'épaule, le cou, me goûtant, me mordant, m'empalant profondément tout ce temps et ses mains infatigables alors qu'il les déplaçait sur ma peau.

— Sam… soufflai-je.

— Que ressens-tu, bébé ? Dis-moi ce que je te fais ressentir.

Sa voix était si basse et sensuelle qu'elle s'empara littéralement de moi.

— Tu m'as manqué, répondis-je en haletant, essayant tant bien que mal de réfléchir.

— Parce que tu m'aimes.

Sa main était posée sur mon ventre et me pressait contre lui.

— Non, réussis-je à sortir.

— Si, insista-t-il, me serrant plus fort, ses doigts s'enfonçant dans mon abdomen au point de sentir mes muscles travailler.

— Je t'aimerai toujours, dis-je pour le calmer.

— Non, tu m'aimes. Pas comme 'c'est fini', mais comme 'pour toujours'.

86

— Non.

— Dis-le.

— Non.

— Dis que tu m'aimes.

— Non.

— Si. Dis mon nom et dis-le-moi.

— Non.

— Si.

— Non. Je ne reprendrais pas de nouveau cette route avec toi.

— C'est déjà fait.

— Oh non, pas du tout.

Je ris parce que c'était ridicule d'avoir une conversation alors qu'il me tenait coincé contre sa porte d'entrée. Il n'y avait que lui et moi pour être à ce point entêtés.

— C'est juste pour ce soir.

— Conneries, grogna-t-il, glissant sa main sur mon cul. Tu es à moi.

Je me débattis sans grand enthousiasme parce que j'étais prêt à recommencer à crier ici et maintenant. Mon cœur battait si fort que je pouvais à peine entendre Sam.

— Dis mon nom et dis que tu m'aimes, maintenant.

Mais j'étais perdu dans les réactions de mon corps au sien, tous mes muscles se contractant en même temps, luttant… ma tête roula en arrière sur son épaule, mes paumes appuyées contre la porte alors que je me mettais à crier.

— Bon Dieu, rugit-il lorsque mes jambes me lâchèrent.

Une chaleur torride me submergea, mais Sam me tenait fermement serré contre lui alors que son corps donnait un coup de reins involontaire en avant puis frissonnait, si profondément en moi que nous étions fusionnés.

— Seigneur… je pourrais mourir d'une expérience pareille, murmura-t-il contre mon épaule.

Moi aussi. Le mélange de plaisir et de douleur était atroce et enivrant à la fois. Je ne me sentais jamais mieux que lorsque j'étais avec lui.

— Jory… bébé…

Je devais me concentrer pour rester à la verticale.

Il me relâcha tandis que ma respiration s'apaisait. Puis lentement, doucement, il me retourna afin que je sois face à lui. J'étais incapable de me résoudre à le regarder parce que, malgré toutes mes protestations, j'avais cédé si rapidement. Je n'avais aucune volonté du tout.

— Jory… dit-il avant de relever mon menton et de m'embrasser, longuement et avec force.

De petits gémissements s'échappèrent du fond de ma gorge, je ne pouvais m'en empêcher. Il approfondit le baiser jusqu'à ce que j'eus l'impression que mon cœur allait éclater.

— Dis que tu m'aimes, J, dis-moi la vérité.

Son souffle était chaud sur mon visage avant qu'il m'enveloppe dans ses bras, m'étreignant serré contre son cœur battant la chamade.

— Sam…

— Dis-le, ordonna-t-il, faisant courir ses doigts le long de mon dos.

Je levai les yeux vers lui, cognant son menton avec le haut de ma tête.

— Tu sais que je t'aime. Ne sois pas stupide.

— Et c'est la raison pour laquelle Aaron a eu droit à un non, persista-t-il, sa main remontant sur ma nuque, ses doigts enfouis dans mes cheveux.

— C'est vrai, acquiesçai-je d'une voix altérée.

Je donnais l'impression d'être drogué.

— J'ai besoin de…

— T'allonger ? me taquina-t-il, desserrant son emprise pour baisser la tête et me dévisager.

— Je…

Il rigola.

— Retirons d'abord tes chaussures.

Je le regardai s'agenouiller devant moi pour retirer mes bottes et mes chaussettes, faire passer mon jean et mon sous-vêtement sur mes chevilles, puis se relever et me saisir pour me jeter en travers de son épaule. Il me porta jusqu'à sa chambre. J'atterris sur les draps froids qu'il venait de tirer et il resta là, à me regarder tandis que je me dépêchais de remonter les couvertures sur moi.

Je l'observai se départir de ses vêtements pour lentement révéler les muscles saillants et le grand corps dur que je connaissais. L'homme était massif.

Il me sourit malicieusement.

— Tu es bien ainsi couché dans mon lit.

— C'est juste pour ce soir.

— Tu peux dire ce que tu veux.

Il me sourit à nouveau avant de soulever les couvertures et de se glisser à côté de moi.

La chaleur dans ses yeux me coupa le souffle.

— Je te garde. Si tu étais plus intelligent, tu comprendrais que le sujet est déjà clos.

Je fronçai les sourcils et il se pencha pour m'embrasser sur le nez.

— Tu es tellement adorable.

J'essayai de le repousser, mais il était trop fort, sa bouche descendant sur la mienne et sa langue glissant dans ma bouche.

— Jory… bébé, soupira-t-il en reculant pour me regarder dans les yeux. Je t'aime tellement.

J'enroulai mes bras autour de son cou et le ramenai vers moi. Et son poids sur moi me donna l'impression de rentrer à la maison.

— Je sais que tu as peur que je disparaisse ou que quelque chose survient parce que notre passé n'est pas des meilleurs, et je sais que tu n'as aucune raison au monde de me faire confiance, mais tu dois juste… le faire, c'est tout. Je ne peux pas vivre sans toi. Je pense à toi tout le temps.

Je regardai ses yeux magnifiques.

Il secoua la tête, un mouvement infime, fronçant les sourcils comme s'il rejetait quelque chose.

— Laisse tomber. Tu m'aimes, qui penses-tu tromper ?

— Sam, je…

— Tu n'aimeras personne d'autre que moi, tu le sais.

— Vraiment ?

— Bordel non !

Il était si éloquent. Je ne pus m'empêcher de sourire.

— Je n'aurai qu'à t'attacher au lit.

— Cela sera tout à fait bien vu de tes supérieurs, dis-je en roulant sur le ventre et en fermant les yeux, mon corps devenant lourd.

Ses mains glissèrent le long de mon dos et avant que je puisse glisser dans le sommeil, ses lèvres suivirent le même chemin, puis ses dents. Un gémissement m'échappa.

— Toute cette peau dorée m'a manqué.

J'étais si détendu, complètement rassasié et totalement prêt à dormir.

— Tu vas rester ici avec moi pour toujours ?

Je soupirai profondément.

— Bien, dit-il, sa main glissant sur mon cul avant que sa bouche se referme sur ma fesse droite.

— Stop.

— Pourquoi ?

— Parce que tu vas me tuer.

Il me mordit, fort, et je ressentis vivement la piqûre avant qu'il passe sa langue sur la morsure, la suçant et la léchant à la fois. Il laisserait une marque énorme.

— Ça fait du bien ?

*Bien sûr que ça me faisait du bien.*

— Non.

— Menteur, dit-il et, je pus entendre le sourire dans sa voix avant qu'il me retourne sur le dos.

— Sam, haletai-je alors que ses mains glissaient le long de mes jambes, des chevilles aux cuisses.

Il me maintint au lit, me permettant seulement de me contorsionner, mais pas de m'échapper.

— Bébé, tu ne me quitteras jamais.

Je ne pouvais que le regarder avec les yeux plissés alors qu'il se penchait vers sa table de nuit pour attraper un autre préservatif dans le tiroir supérieur. Il utilisa ses dents pour déchirer l'emballage.

— Peut-être que je ne suis pas prêt pour un deuxième tour.

Il rit, un son profond et rauque.

— Tu es toujours prêt pour moi.

Ce qui était vrai.

— Pose tes jambes sur mes bras.

Dans son lit, nous bougeâmes lentement, prenant notre temps, et ce fut aussi doux et tendre que la première fois avait été brutale et ardente. Je glissai de l'état de conscience à celui du sommeil tellement facilement que je ne me rendis pas compte de la transition avant que mon téléphone me réveille au milieu de la nuit.

J'eus l'impression de rêver, et revins à la réalité en l'entendant sonner depuis le salon de l'appartement de Sam. Avec lui, collé à mon dos, me tenant serré dans son sommeil, j'eus du mal à me lever. Après quelques minutes, je réussis à m'extirper de ses bras et des couvertures. Je tâtonnai dans les pièces à la fois familières et étrangères et trouvai mon téléphone là où je l'avais laissé. Mon jean n'avait pas bougé : il était encore en tas froissé devant la porte d'entrée. Il me fit l'effet d'un néon pointant ma reddition.

— Merde, grommelai-je avant de répondre, passant mes mains dans mes cheveux, essayant de me réveiller.

— Allô ?

— Jory, c'est Chris.

— Je sais, dis-je en bâillant. Qu'est-ce qui ne va pas ?

— C'est Dylan.

— Quoi, Dylan ?

— Elle est dans la salle de bains et elle n'en sortira pas. Nous devons aller à l'hôpital… je crois qu'elle est peut-être en travail, mais elle ne veut pas… Son père et sa mère sont ici, mes parents sont ici, sa sœur… Je… Elle ne sortira pas, et Jory, j'ai besoin de toi maintenant. Tout de suite !

— D'accord.

Je me frottai les yeux. D'accord. J'arrive. J'arrive. Tiens bon.

J'étais en train d'enfiler mes bottes, remontant la glissière de la première lorsque la lumière jaillit. Sam traîna les pieds jusqu'au canapé et se pencha au-dessus. Il était nu, clairement pas réveillé et ses cheveux étaient ébouriffés. Il était adorable, tout engourdi de sommeil et les yeux troubles.

— Que fais-tu ?

— Je dois y aller.

— Non, gémit-il. Tu as promis que tu resterais ici avec moi pour toujours.

Je ris, remontant la glissière de la deuxième botte.

— Je n'ai jamais dit une telle chose.

Il émit un son à mi-chemin entre un soupir et un gémissement.

— Sam, dis-je doucement en me levant pour mettre ma chemise avant de réaliser que c'était inutile puisque je ne pouvais plus la boutonner. Merde ! J'ai besoin d'un pull ou d'un tee-shirt, peu importe.

— J'ai besoin de mon arme, grommela-t-il.

Il ouvrit les yeux en grand pour essayer de se réveiller.

— Une balle te ralentira un peu.

— Sam, dis-je en le dépassant pour revenir dans sa chambre. Dylan est en plein travail, elle a besoin de moi.

J'étais seul dans la chambre depuis plusieurs minutes quand je l'entendis tâtonner derrière moi. Lorsque je me retournai pour le regarder, il portait ses sous-vêtements et un jean.

— Qu'est-ce que tu fais ?

— Quoi ? grogna-t-il avec une mine renfrognée.

— Tu ne vas nulle part. Retourne te coucher.

— Rappelle-moi qui a appelé.

— Mon amie Dylan, ma partenaire... elle est en plein travail et on dirait qu'elle est en train de craquer, expliquai-je en continuant de fouiller dans les tiroirs de son armoire. Je dois aller là-bas et aider son pauvre mari avant qu'il craque lui aussi et qu'ils soient tous les deux marqués à vie.

— Est-ce Dylan qui a appelé ou son mari ?

— Son mari.

— D'accord.

Je trouvai un tee-shirt gris à manches longues. Je le tins devant moi.

— À qui appartient-il ?

— À Jen ou à Rachel.

Il bâilla, riant doucement. Elles ont passé pas mal de temps ici pendant mon absence.

Je levai un sourcil interrogateur.

— Pas pour ça, me dit-il sèchement. Jen n'amène plus d'hommes ici.

— À ta connaissance.

— Va te faire foutre, J, dit-il avec une colère simulée avant de réprimer un grognement de rire. As-tu vu l'avant de ce tee-shirt, bébé ?

Le mot 'Diva' était écrit en grandes lettres roses pailletées. Mais j'allais devoir faire avec : rien d'autre dans le placard de Sam Kage ne ferait l'affaire. Il mesurait un mètre quatre-vingt-treize et moi, un mètre soixante-quinze. C'était une montagne de muscles durs et bombés et j'étais petit et mince. Aucun de ses vêtements ne m'irait. C'était ça ou rien, parce que ma chemise n'avait plus de boutons.

— Peut-être que la prochaine fois tu ne déchireras pas mes vêtements, me plaignis-je.

— Désolé, dit-il en haussant les épaules, mais il ne l'était manifestement pas.

J'arrachai l'étiquette, retournai le tee-shirt sur l'envers et l'enfilai. Il me moulait, mais j'étais couvert.

— Bon, dis-je en passant plusieurs fois mes doigts dans mes cheveux. Je dois y aller. Je t'appellerai.

— Mon cul, oui ! s'écria-t-il. Attends deux secondes, je viens avec toi.

— Non, Sam, tu ne peux pas faire ça. Dylan te déteste… que tu viennes n'aidera pas.

— Ça aidera.

— Non pas vraiment.

— Écoute, dit-il en me rejoignant et en posant une main lourde sur ma nuque. Tu es à moi. Je vais où tu vas, et, quel que soit l'endroit où tu vas à trois heures du matin, merde, j'y vais aussi.

Il n'avait aucune idée de ce qu'il était en train de dire, mais c'était très mignon, alors j'enroulai mes bras autour de lui, l'étreignit, et je lui dis de boutonner son jean et de trouver une chemise. Je lui administrai une forte claque sur le cul lorsqu'il se retourna.

Je l'entendis marmonner jusqu'à ce qu'il soit au bout du couloir.

LES PRÉSENTATIONS furent rapides lorsque nous arrivâmes à l'appartement de Dylan et Chris, et j'appelai Sam mon petit ami parce que c'était plus facile qu'une explication. Son sourire devant le titre fut immense.

— C'est juste pour ce soir, lui dis-je.

— C'est ce que tu crois, répliqua-t-il avec un sourire éclatant.

Nous essayâmes tour à tour d'extraire Dylan de la salle de bains. Je tapotai sur la porte et essayai de parler à ma meilleure amie et partenaire pour qu'elle sorte. Elle ne voulait pas bouger. Son mari fut si gentil que je pensais que la mère de Dylan allait se mettre à pleurer, sa propre mère lui adressant un regard comme s'il était le second avènement. La porte ne s'entrouvrit même pas. Son père essaya, puis le père de Chris essaya, puis sa sœur tenta une approche drôle et sarcastique. Nous rîmes tous, même Sam sourit, mais rien ne vint de la part de Dylan, sauf ses cris lorsque les contractions la déchiraient.

— Est-ce que je peux essayer ? me demanda Sam de l'endroit où il était appuyé à côté du vaisselier.

Les bras et les chevilles croisés, il avait l'air très calme.

— Bien sûr l'invita Chris avec un geste de la main. Approchez ! Venez tous !

Sam s'écarta du mur et traversa la pièce jusqu'à la porte de la salle de bains. Il frappa doucement et nous le regardâmes tous, captivés.

— Hé, Dylan… c'est moi, Sam. Vous savez, l'inspecteur Kage. Celui que vous ne pouvez pas saquer.

J'avais vraiment besoin de lui faire travailler son langage.

— N'y a-t-il pas quelque chose que vous voulez me dire ?

Et la réaction fut instantanée. La porte s'ouvrit à la volée et elle jaillit de la salle de bains en rugissant.

— Comment osez-vous même lui parler à nouveau, sale fils de pute égoïste ! Je vous hais pour l'avoir blessé, je vous hais encore plus de l'avoir quitté et je vous hais plus que tout d'être revenu ! Vous… ne le… méritez pas ! Foutez le camp de sa vie, espèce de connard manipulateur et toxique !

La pièce tomba sous le silence. Sam, lui, s'approcha et prit son menton dans sa main pour le soulever et la regarder droit dans les yeux.

— Oh oh, la dame est un tigre.

Elle inspira profondément, les yeux fixés sur lui.

— Vous sentez-vous mieux ?

Elle frissonna une fois, et il y eut de l'eau sur le sol, sous elle.

Sam ne broncha même pas.

— J'ai perdu les eaux, dit-elle de la plus petite voix que je lui avais jamais entendue.

— Oui, acquiesça-t-il, avec le sourire en coin que j'aimais. Alors, il est temps d'aller à l'hôpital.

— Je ne peux pas marcher, dit-elle, regardant son mari, puis son père et enfin moi.

— C'est bon, dit-il, et il la prit dans ses bras.

Comme si elle ne pesait rien du tout.

Aucun autre homme dans la pièce n'aurait pu la soulever, même avec de l'aide. Il fut à la porte quelques secondes plus tard, la berçant contre sa poitrine, les bras de Dylan enroulés autour de son cou, son visage posé contre son épaule. Même enceinte de neuf mois, elle avait l'air petite et fragile comparé à l'homme grand et costaud qu'il était. L'image qu'ils formaient serait gravée à jamais dans ma mémoire.

— J, prends un sac-poubelle afin que Dy puisse s'asseoir dans la voiture et le bagage qu'elle a préparé pour aller à l'hôpital. Allez, Chris, on y va.

Chris semblait cloué sur place, il fixait juste Sam.

— Allons-y, mon pote, le pressa Sam.

— Mais, j'allais la conduire dans…

— Je suis flic. J'ai un super gyrophare bleu et une sirène dans ma voiture. Qui pourrait vous y emmener plus vite ?

— D'accord, vous gagnez, acquiesça-t-il en faisant rapidement le tour de la maison, pressant tout le monde dehors alors que nous suivions tous Sam qui descendait les escaliers.

Trois volées de marches plus tard avec une lourde femme enceinte dans les bras et il n'était même pas essoufflé lorsqu'il la déposa doucement sur le siège passager après que j'eus étalé le sac-poubelle. Le SUV était immense, mais les parents durent quand même prendre une autre voiture. Nous étions trois sur la banquette arrière et la voiture était pleine.

— Pourquoi ai-je besoin du sac-poubelle ? demanda Dylan lorsque Sam démarra et s'éloigna du trottoir, la lumière bleue éclairant l'habitacle comme un stroboscope. J'ai déjà perdu les eaux.

Il rit, tendit le bras vers le siège passager, et toucha sa joue, la tapotant.

— Oh, ma douce, vous êtes si mignonne.

Elle ne put s'empêcher de sourire, c'était impossible de ne pas le faire.

— C'est le liquide amniotique, mon chou, il continuera de couler jusqu'à ce que le bébé soit sorti.

— Oh, dit-elle en regardant Chris par-dessus son épaule. Est-ce que tu savais ça ?

— Non.

Elle interrogea sa sœur Roxanne, puis moi. Aucun d'entre nous ne le savait. Lorsqu'elle se retourna vers Sam, elle lui expliqua qu'elle pensait qu'il n'y aurait qu'une seule grosse perte comme dans les films.

— Non, lui assura-t-il.

— Comment se fait-il que vous en sachiez autant ?

Parler lui tenait l'esprit occupé et Sam en connaissait un rayon sur les tactiques de diversions.

J'étais surpris par tout ce qu'il savait sur les bébés. Il en avait lui-même délivré quatre quand il était officier de patrouille : un dans une banque lors d'un cambriolage, deux dans des taxis et le dernier à l'arrière de sa voiture de service. Toutes ses sœurs avaient des enfants et lui avaient raconté leurs histoires d'accouchements, ainsi qu'au reste de sa famille, avec force détails épouvantables. Il fit rire Dylan lorsqu'il parla de la vidéo de l'accouchement de sa sœur Jen et comment il l'avait rendu au vidéo-club du coin par accident.

Quand elle avait une contraction, il la faisait compter et la félicitait pour son travail quand la douleur passait.

Alors que nous descendions tous du SUV devant l'hôpital, je sentis une main dans mon dos. C'était Roxanne et elle me souriait.

— Gardez cet homme, Jory, soupira-t-elle profondément. Magnifique et bâti comme ça… Mon Dieu ! Les bras qu'il a et la manière dont il a porté Dy… Seigneur. A-t-il un frère hétéro ?

Je me mis à rire, parce que, en gros, avant moi, Sam *était* ce frère. Chris m'attrapa le bras et me tira à ses côtés alors que nous marchions derrière eux dans le parking.

— J'aurais aimé pouvoir la porter comme ça.

— Il est juste grand et fort, c'est pour ça qu'il peut le faire.

— J'aimerais l'être aussi.

Il semblait si triste et je le compris d'autant mieux lorsque nous nous arrêtâmes au bureau des infirmières et qu'elles levèrent toutes leur regard vers Sam avec des yeux de biche, tout soupir. C'était si romantique, l'homme portant son épouse dans l'hôpital, capable de rester là éternellement avec son fardeau dans les bras et si doux lorsqu'il la déposa dans le fauteuil roulant. Elles furent déçues d'apprendre que Chris était le père et non Sam.

Dylan les fit attendre avant de l'emmener, car elle attrapa la main de Sam et le tira vers elle pour qu'ils se trouvent au même niveau. Ses yeux brillèrent quand il la regarda.

Elle soupira profondément.

— Je vous hais.

Il hocha la tête et inclina sa tête vers moi.

— Je sais. Il me déteste aussi.

— N'allez pas croire que nous nous sommes liés, parce que ce n'est pas le cas.

— D'accord, dit-il en se penchant davantage pour l'embrasser sur le front avant de se redresser pour la dominer de toute sa taille.

Je réalisai alors qu'elle tenait toujours sa main.

Nous nous assîmes tous pour attendre et Sam posa son bras sur le dossier de ma chaise et sa main dans mes cheveux. Lorsqu'il embrassa ma tempe avant de se lever et s'éloigner, je vis tous les regards braqués sur moi.

— Quoi ?

— Jory, dit la mère de Dylan en me souriant. Vous et Sam formez un très joli couple.

— Merci.

— C'est vrai, renchérit Roxane. Et je ne veux pas que tu interprètes mal ce que je vais dire, mais c'est un homme tout ce qu'il y a de plus masculin et tu es bien plus beau que la plupart des femmes que je connais. Ça colle. Il est logique de penser que si un homme comme ça est gay, un homme comme toi soit son partenaire.

Je n'étais pas bien sûr de la façon de prendre tout ça.

— Comme je l'ai dit, reprit la mère de Dylan doucement, vous formez un couple étonnant. Il vous adore si clairement.

Cette partie-là, j'adorais l'entendre.

Sam revint avec du chocolat chaud pour tout le monde, et lorsqu'il se rassit à côté de moi, il s'affala très bas, enlaça ses doigts aux miens et ferma les yeux.

— Sam, ils vont sortir d'une minute à l'autre, lui assurai-je.

— C'est son premier bébé, pas vrai ?

— Oui.

Il rigola.

— Réveille-moi quand elle aura accouché.

— Attends, quoi ?

Il ricana, leva ma main, embrassa ma paume, puis se réinstalla et poussa un profond soupir. Je pensais que ce serait comme dans les films. Pas de chance.

Cela fut néanmoins plus rapide que ça aurait pu l'être, et dix heures plus tard, Mica était né. Il était froissé et avait beaucoup de cheveux et je pus voir son ascendance japonaise très clairement. Dylan fit remarquer que tous les bébés naissaient en ayant l'air d'être japonais. Lorsque je regardai Sam avec le bébé dans les bras, il hocha la tête.

— D'accord, j'ai compris, soupira Dylan en regardant Sam tenir son fils alors que je m'asseyais à côté d'elle sur le lit d'hôpital. Il est absolument magnifique et à tomber et tous les autres mots que tu voudrais utiliser, mais sérieusement, tu dois faire attention à toi et ne pas t'impliquer trop vite. Vas-y doucement.

— Je ne peux pas, confessai-je sérieusement. Je suis déjà amoureux de Mica.

Elle leva les yeux au ciel.

— S'il te plaît, ne m'oblige pas à te donner un coup sur la tête. Je n'en ai pas l'énergie.

— D'accord.

Je lui souris. Elle était radieuse. Je ne l'avais jamais vue aussi belle.

— Nous savons tous les deux que je parle de Sam Kage.

Je grognai.

— Jory, chéri… s'il te plaît, vas-y doucement avec lui cette fois.

Trop tard, pensais-je, mais je ne dis rien.

Elle poussa un profond soupir, sa tête sur mon épaule, sa main dans la mienne.

— Merci d'être venu à ma rescousse. J'avais un peu perdu les pédales.

— C'était Sam.

— Ne te méprends pas, dit-elle en m'embrassant sur la joue. C'est à cause de toi qu'il est comme ça.

Comme si elle pouvait savoir quel effet j'avais sur Sam Kage. Je le regardai donner le bébé à la mère de Dylan et ses yeux croisèrent les miens.

— Tu sais, ce n'est vraiment pas une mince affaire qu'il soit ici avec nous, me dit Dylan. Ça donne l'impression qu'il est là pour rester de façon permanente cette fois, n'est-ce pas ?

Et je ne lui dis pas que j'avais pensé exactement la même chose.

— Qu'est-ce que tu portes ?

Elle avait finalement remarqué mon tee-shirt Diva à l'envers.

— N'y pense même pas.

C'était agréable de la voir rire.


MA NUIT mouvementée se termina avec Sam et moi préparant le petit-déjeuner ensemble à quatre heures de l'après-midi, puisque nous étions debout depuis trois heures du matin. Sam avait prévenu son travail un peu plus tôt dans la journée et j'avais réussi à joindre Sadie pour lui dire que je serais de retour au bureau le lendemain matin. Elle était encore à l'hôpital à rendre visite à Dylan. Elle avait vérifié les e-mails et les messages téléphoniques et avait reporté tous mes rendez-vous à la semaine suivante. Le bureau était fermé pour cause de naissance. Je la prévins qu'Aubrey Flanagan arriverait le lundi et elle répondit sincèrement qu'elle s'en foutait complètement. Elle voulait juste tenir Mica.

Sam prépara des omelettes et nous nous assîmes et parlâmes. Ensuite, je fis la vaisselle. Il s'endormit sur le canapé aux alentours de dix-huit heures et je rentrai chez moi pour me doucher et me changer. Je m'assurai de laisser une note.

# VI

LE COUP frappé à ma porte d'entrée me fit quitter ma chambre vêtu uniquement de mon jean. Je fus surpris de trouver Brandon Rossi sur le seuil de ma porte.

— Salut, dis-je en enfilant un tee-shirt. Quoi de neuf ?

— J'ai appelé votre bureau plus tôt et votre assistante m'a dit que vous aviez tous pris votre journée.

Je supposai que Sadie avait transféré le numéro de téléphone du bureau sur son portable pour je ne sais quelle raison.

— Exact. Nous sommes fermés à cause du bébé.

Il m'adressa l'ombre d'un sourire.

— Je n'ai aucune idée de ce que cela signifie.

Je lui offris un sourire éclatant.

— Ma partenaire, Dy, a eu son bébé la nuit dernière.

— Oh, eh bien… transmettez-lui toutes mes félicitations.

— Je le ferai.

— Votre assistante m'a donné votre adresse, j'espère que cela ne vous dérange pas.

— Non, mentis-je.

J'allais devoir parler à Sadie à ce sujet.

Il se racla la gorge, souriant timidement.

— Écoutez, Jory, je voulais juste venir ici en personne pour vous dire combien j'étais désolé à propos de l'autre soir. Adam et moi avons juste complètement perdu le sens de ce que nous faisions.

— Bien sûr.

Je lui souris.

— Ne vous inquiétez pas pour ça.

— Mais vous voyez, je voulais vraiment passer du temps avec vous, et Adam, il… il est fou de cette fille et…

— Adam est de l'histoire ancienne.

Je souris lentement, voyant une tête familière apparaître à mesure qu'il montait l'escalier. J'adorais ses cheveux… les mèches brun doré, leur épaisseur et toutes leurs nuances de cuivre, de blé, et de bronze.

— Que voulez-vous dire par là ?

— Je veux dire qu'Aubrey Flanagan sort maintenant avec Rick Jenner. Adam doit laisser tomber.

— Est-ce que vous plaisantez ?

— Non.

Je souris par-dessus son épaule à Sam. La façon dont il me regardait avec ses yeux sombres me ramena à la nuit précédente. Je sentis la chaleur envahir mon visage.

— Est-ce que vous allez bien ? demanda Brandon. Vous êtes tout rouge.

— Bien, dis-je.

— Quoi ?

— Quoi ? dis-je, l'écoutant maintenant.

— Jo...

— Excusez-moi, bâilla Sam, contournant Brandon pour me dépasser et entrer dans mon appartement.

Il me donna une forte claque sur le cul en passant et je ne pus retenir un hoquet de surprise ni le sourire qui suivit.

— Qui est-ce ?

— C'est Sam.

Je me frottai l'arête du nez.

— Alors, à bientôt. Merci d'être venu vous excuser, c'était vraiment gentil de votre part.

— Jory.

Il tendit la main alors que j'essayai de battre en retraite dans l'appartement. Je voudrais vous emmener...

— Allons, Brandon, dis-je doucement, repoussant sa main de mon épaule. Vous pouvez voir que j'ai de la compagnie, alors...

— Alors, je vous appellerai plus tard.

Il sourit et se retourna pour partir.

— Ne faites pas ça, dis-je derrière lui.

Il se retourna pour me regarder.

— Quoi ?

— Ne m'appelez pas. Nous ne deviendrons pas amis et nous ne sortirons pas ensemble, alors ce n'est pas la peine.

Il me dévisagea un instant.

— Eh bien. Je ne savais pas que je n'avais qu'un essai pour vous impressionner.

— Bran...

— En fait, Jory, vous devriez imprimer ça sur des cartes et les distribuer aux gens lorsque vous les rencontrez.

— Peu importe, dis-je en refermant la porte.

Mais il frappa la porte avant qu'elle soit fermée et ce fut vraiment un coup de malchance qu'elle vienne heurter mon visage et fendre ma lèvre.

— Merde ! gémis-je en pressant le dos de ma main sur ma bouche.

— Jory, dit-il, tendant sa main vers mon visage. Je voulais juste vous dire que…

— Qu'est-ce qui se passe, nom de Dieu ? rugit Sam depuis la cuisine.

C'était complètement accidentel, mais Brandon ne vivrait pas assez longtemps pour s'expliquer. Je le regardai avec les yeux écarquillés.

— Courrez.

— Jory, je…

— Courrez.

Je paniquai quand j'entendis Sam bouger dans l'appartement derrière moi.

— Bébé, es-tu… C'est quoi ce bordel !

Sa voix baissa dangereusement, devenant d'un froid glacial tandis qu'il se ruait vers moi.

Brandon heurta le bord de la porte, rebondit dessus et se mit à courir. J'entendis le bruit de ses pas marteler le plancher du couloir, puis ce fut le silence.

— Sam, l'appelai-je avant qu'il puisse franchir la porte. J'ai besoin de toi.

Il fut de retour devant moi en quelques secondes, ses mains sur mon visage, fronçant les sourcils.

J'attrapai le revers de son pardessus et le regardai droit dans les yeux.

— Je vais défoncer cet enfoiré jusqu'à ce qu'il n'en reste rien.

Je rigolai.

— C'était un accident.

— Et qu'est-ce qu'il foutait ici de toute façon ? Et comment diable sait-il où tu habites bordel de merde ? grogna-t-il, sa main sur ma gorge, si doux alors qu'il m'examinait. Nous devons mettre de la glace là-dessus.

— Arrête de jurer, lui dis-je. Et j'aimerais souligner que tu sais aussi où je vis.

— Et alors ? Tu m'appartiens. Bien sûr que je sais où tu habites.

Je hochai la tête en lui souriant.

— Merde !

Il me lança un regard noir, puis m'attrapa et me traîna dans la cuisine. Les soins de Sam furent presque plus douloureux que le coup qui m'avait fendu la lèvre.

Quand il eut fini, je me levai et l'observai.

— Quoi ?

— J'allais revenir à ton appartement.

— Oui, ta note l'a indiqué, grommela-t-il.

Je lui souris avant de le laisser pour aller dans ma chambre et enfiler un pull. Alors que j'accrochai la boucle de ma ceinture, il se pencha dans la pièce, s'appuyant au chambranle.

— Tu aurais dû me réveiller, je t'aurais conduit ici.

— C'est bon.

— Je me suis réveillé et tu étais parti... Je n'ai pas aimé ça.

— Alors c'est pour ça que tu es venu ? Tu n'as pas pu attendre que je revienne ? le taquinai-je. Ou peut-être que tu pensais que je ne reviendrais pas ?

— Non, je voulais juste te parler et je ne pouvais pas attendre.

— Attendre pour quoi ?

Il marcha lentement dans ma chambre.

— J'aime ton appartement.

— Merci, dis-je en lui souriant. C'est plus grand que l'ancien.

Il hocha la tête.

— Alors, que se passe-t-il maintenant, J ?

— Que veux-tu dire ?

— Je veux dire... vais-je dormir ici avec toi ? As-tu l'intention de passer la nuit chez moi ? Allons-nous préparer le dîner pour ensuite vaquer à nos propres affaires ? Je ne sais pas ce qui se passe parce que tu ne parles pas. Je t'ai dit comment je voulais que les choses soient, mais tu n'as rien répondu.

J'étudiai ses yeux d'un bleu ombragé.

— J ?

Je pris une profonde inspiration.

— J'avais l'intention d'emporter un sac et de dormir chez toi ce soir, si je ne dérangeais pas trop ta routine matinale.

La lueur qui passa dans ses yeux fut très satisfaisante.

— Non, tu ne perturberais rien du tout. Ce serait super.

— D'accord. Alors, assieds-toi et parle-moi pendant que j'emballe mes affaires.

Il me regarda attentivement alors que je remplissais mon sac de sport qu'il porta ensuite pour moi pendant que je le suivais jusqu'à sa voiture. Une fois à l'intérieur, il ne démarra pas tout de suite et je me tournai vers lui pour le regarder.

— Quoi ?

— La nuit dernière, tu as dit que c'était juste pour la nuit... le pensais-tu vraiment ?

Je l'observai, étudiant son visage.

— Manifestement non.

— Ne plaisante pas, d'accord ? Je sais que tout va très vite pour toi et j'essaie de ne pas te pousser, mais ça me tue parce qu'il y a des choses que je veux que tu dises et… je ne sais pas quoi faire. Devrais-je te laisser seul pendant un temps J ? Que devrais-je faire ? Dis-moi ce que tu veux que je fasse.

— Ça va vite, Sam, et tu le sais. Je veux dire, je t'ai vu dimanche, et nous sommes maintenant jeudi soir et…

Son téléphone sonna, me coupant la parole. Il l'ignora, son attention concentrée sur moi. Je ne pouvais pas.

— Tu ferais mieux de décrocher.

Il répondit pendant que je regardais par la fenêtre, essayant de savoir ce que j'allais faire. J'étais partagé. Une moitié de moi voulait jeter toute prudence aux quatre vents et le supplier d'emménager avec moi, et l'autre voulait s'enfuir aussi vite que possible. J'étais terrifié à l'idée de le perdre et terrifié à l'idée de souffrir à nouveau. Lorsqu'il se racla la gorge, je ramenai mon regard sur lui. Le sourire en coin me fit sourire.

— Quoi ?

— Eh bien, ceci devrait être l'argument décisif, soupira-t-il.

— Quoi ? Dis-moi.

— C'était ma mère qui m'appelait pour me rappeler que je suis déjà en retard pour le dîner.

— Dîner ? Ne faites-vous pas ça habituellement le dimanche ?

— Exact, mais la petite amie de Mike est hôtesse de l'air…

— Personnel navigant, le corrigeai-je.

— Peu importe, Monsieur Politiquement Correct, grommela-t-il. Je te disais simplement que sa copine vole presque chaque dimanche, alors le seul moment pour la voir est en milieu de semaine. Ma mère veut que tout le monde fasse sa connaissance alors… nous avons instauré le dîner du jeudi soir chez les Kage.

— Oh.

— Pas la peine d'être aussi enthousiaste.

— Non, ça ne voulait rien dire.

Je me déplaçai pour sortir du SUV.

— Je vais te laisser y aller et peut-être qu'après, si tu veux, tu pourrais venir me pren…

— Hé, dit-il doucement, prenant mon bras, m'attirant suffisamment près de lui pour poser sa main sur mon visage. Je n'y vais pas sans toi.

— Oh non, Sam, tu…

— Écoute, je sais que tu as peur d'aller là-bas, à cause de ce que cela sous-entendrait, pas vrai ? C'est trop rapide et tu commences à paniquer.

— Non, mentis-je même s'il avait mis le doigt dessus. Je pense simplement…

Il inclina mon menton et me regarda dans les yeux.

— C'est rapide parce que c'est juste, et, ne te méprends pas, j'ai besoin que tu viennes avec moi.

Je le dévisageai et il se pencha pour m'embrasser. C'était si doux et si tendre que j'essayai de l'approfondir, de l'attirer vers moi, mais il résista.

— Tu peux me faire un peu mal, Sam, soufflai-je contre sa bouche.

Ma lèvre fendue ne me faisait même pas mal.

— Je l'ai déjà fait, dit-il doucement. Plus jamais.

Et je savais qu'il parlait du moment où il m'avait quitté.

— C'est bon, lui assurai-je.

— Ça ne l'est pas, dit-il, ses yeux absorbant mon visage. Mais j'ai le reste de ma vie pour me faire pardonner.

— Sam…

Il se racla la gorge.

— Allez bébé, mets ta ceinture de sécurité… nous devons nous dépêcher.

— Pourquoi ?

— Parce que ma mère a fait son mondialement célèbre ragoût pour la nouvelle copine de Mike et que nous ne voulons pas manquer le carnage, dit-il en ricanant presque.

— Ce n'est pas drôle, assurai-je, la mine renfrognée. Ta famille est grande, bruyante et effrayante. Pauvre fille.

— C'est drôle, soutint-il en m'adressant un sourire diabolique. Et ne te voile pas la face, tu aimes ma famille.

— Je t'aime, dis-je en allumant le chauffage.

— Quoi ?

Je réalisai trop tard ce que je venais de dire. Je l'avais déjà dit avant, mais pas sans qu'il me l'ait demandé avec insistance. Les mots étaient simplement sortis de ma bouche et je voyais bien qu'il en était très heureux.

— J… quoi ?

— Quoi ? répétai-je en le regardant.

J'espérais faire comme si de rien n'était.

— Dis-le encore.

— Dire quoi ? demandai-je innocemment.

Peut-être qu'il laisserait tomber.

Il sourit diaboliquement.

— Tu sais, ce que tu as dit.

Aucune chance qu'il laisse tomber.

— Allez, me pressa-t-il. Dis-le encore.

Je le regardai et il se pencha par-dessus le frein à main pour me donner un baiser rapide.

— Je t'aime, souffla-t-il dans mon cou.

Je hochai la tête.

— Je t'aime aussi.

Et le sourire sur son visage quand il se redressa, si large, si arrogant, si soulagé, si suffisant, était immanquable. J'avais créé un monstre avec trois petits mots.


MÊME SI nous étions le jeudi soir et non le dimanche, il y avait assez de gens chez les Kage pour que nous fûmes obligés de garer la voiture à un pâté et demi de maisons. Avec son bras drapé autour de mes épaules, Sam me fit traverser le jardin de devant et contourner la maison jusqu'aux marches qui menaient à la porte arrière de la grande maison de briques rouges d'un étage à la charpente en A. Je le suivis dans la cuisine et dès que je fus à l'intérieur, je sentis l'odeur de la nourriture.

— Mon Dieu, qu'est-ce que c'est ? dis-je en inspirant.

Je salivai presque d'envie.

— C'est de la Mousalia.

Il me sourit.

— Je t'ai dit que c'était célèbre.

— Ça sent divinement bon.

Il me fit un clin d'œil avant de crier.

— Maman ! Je suis là !

— Que m'as-tu amené ? demanda-t-elle depuis l'autre pièce, et je pus l'entendre rire à sa propre plaisanterie.

J'entendis tant d'autres voix qui riaient avec elle que tout à coup j'eus peur. Et si elle était en colère contre moi ? Et si tout le monde me détestait maintenant ? Et s'ils pensaient tous que tout ce temps passé loin de moi l'avait fait redevenir hétéro ? Peut-être que l'amant gay de son fils n'était pas l'invité qu'ils s'attendaient à voir à leur table, pour un dîner spécial de milieu de semaine.

— Sammy, viens ici, cria Thomas Kage. La partie a déjà commencé sur ESPN.

— Qu'est-ce qui ne va pas ? me demanda rapidement Sam.

— Toi d'abord.

— Tout va bien de mon côté.

Il sourit lentement, diaboliquement.

— Tu es celui qui est paniqué.

— Et si c'est le cas ? demandai-je, ma voix montant un peu dans les aigus.

Il passa un bras autour de mon cou, m'attirant contre lui. Il m'embrassa sur la tempe.

— Allez, bébé, tout le monde t'aime déjà. Tu es le préféré.

Je levai la tête en souriant et il se pencha pour m'embrasser.

— Allez, viens bébé.

Je le suivis dans le salon.

— Regarde ce que je t'ai amené, Maman.

Assise à ne rien faire, Regina Kage était une femme magnifique. Quand elle souriait, vous retrouviez la magie de l'ancienne star de cinéma. Quand elle souriait, vous vous rendiez compte qu'elle était lumineuse. Elle souriait maintenant. Ses yeux firent des allers-retours entre nous eux et finirent par se poser sur moi.

— Jory, dit-elle. Oh mon Dieu, enfin !

Elle se précipita vers moi, le souffle court. Elle ouvrit ses bras en grand et je m'y avançai, l'étreignant avec force.

— Enfin.

Elle chanta le mot avec tant de conviction et de soulagement que je me sentis stupide d'avoir douté de son accueil. Cette femme m'aimait, c'était évident.

— Oh, mon gentil garçon, roucoula-t-elle dans mes cheveux, me caressant le dos en cercles. Mon adorable garçon.

Puis elle murmura quelque chose contre mon épaule que je ne pus entendre avant de s'écarter pour me regarder.

— Venez voir, tout le monde, cria-t-elle aux femmes assises au salon. Mon garçon est à la maison !

Et je jetai un coup d'œil à Sam alors qu'il haussait les épaules et que les gens surgissaient autour de moi.

Jen entra et se jeta dans mes bras, m'embrassant et m'étreignant avec force avant de faire un pas en arrière pour me présenter à son nouveau petit ami, Doug Yates. Il était sympathique, avait trois enfants de son côté, et était contremaître. Je l'aimais tout de suite, et le fait qu'il se moque complètement que je sois gay fut un bon point en sa faveur. Il se préoccupait plus de Sam que de moi. Il était seulement aussi intimidé par l'inspecteur Kage que tous ceux qui le rencontraient, conscient de sa taille, de ses muscles et de son tempérament vif. De moi, il se fichait complètement.

Rachel me malmena presque et son mari Dean fut très content de me revoir. Je vis également quelques cousins, et les hommes m'accueillirent avec des mains tendues, le signe de tête typique du mec cool, ou un cri. Les femmes envahirent très vite mon espace personnel. Je les embrassai et serrai toutes contre moi et elles m'indiquèrent toutes l'attraction principale du jour – Beverly Stiles, la nouvelle petite amie de Michael. Elle rencontrait la famille élargie pour la première fois. J'étais de tout cœur avec elle. Elle ressemblait à une biche prise dans les phares d'une voiture.

— J, dit Michael en souriant comme un fou alors qu'il entrait en coup de vent dans la pièce. Hé, mon pote, tu m'as manqué.

Quand il fut assez près, il me surprit en me serrant contre lui dans une étreinte virile. Tu as manqué à Sammy aussi, dit-il doucement d'une voix à peine audible. Plus qu'un peu. Peut-être que maintenant mon frère va arrêter de jouer les connards.

— Michael !

Régina l'avait entendu et elle était clairement mortifiée.

— Allez, Maman, tu sais que c'est la pure vérité ! grommela-t-il avant de me relâcher. Il a été un vrai connard tout le temps que Jory n'était pas là.

— Oui, je sais, mais surveille tes paroles, Michael, au nom du ciel !

— Mais Maman, nous savons tous les deux qu'il devrait faire un sacré effort de lèche ou…

Il s'arrêta et me regarda.

— Et n'y voit aucune offense ici J, puisque c'est sans doute ton truc – enfin, tu vois – je n'en sais rien… mais le fait est, que, quoiqu'il faille, Sammy devrait juste le faire, parce que je ne peux rien dire ou faire avec lui quand tu n'es pas dans les parages. C'est un vrai connard.

Il était catégorique sur ce point.

— Michael !

— Amen, intervint Levi Kage, venant se placer derrière moi. Comment ça va, Jory ?

Il me tendit la main lorsque je me retournais.

— J'espère que vous avez l'intention de rester dans les parages cette fois-ci.

Je pris la main offerte et fut attiré dans la même étreinte que j'avais reçue de Michael. J'eus droit à la forte poignée de main, au coup épaule contre épaule, suivi par la grosse claque dans le dos. Ce fut un peu douloureux, alors je sus que c'était sincère. J'eus droit à plus de poignées de mains tandis que bon nombre des cousins de Sam entraient dans la pièce.

Quelques minutes plus tard, je me penchais par-dessus le dossier du canapé et tendais la main à Joseph, le frère de Levi. C'était drôle de penser que j'avais rencontré toutes ces personnes des années auparavant, mais que cela me paraissait être hier. Il s'avança afin que je puisse l'atteindre et nous nous serrâmes la main.

— C'est super de te revoir.

— Toi aussi.

Il hocha la tête, me regardant avec attention.

— Fais-moi une faveur et fais comme chez-toi, d'accord ?

— Ouais, c'est ce que je vais faire.

— Non, je veux dire, reste dans le coin un moment. Pas seulement pour ce soir.

Je hochai la tête, c'était très gentil.

— Sérieusement, dit-il, soudain très calme et immobile. Sammy à l'air à nouveau lui-même, tu sais ?

Je haussai les épaules.

— Il semble le même pour moi.

Michael me serra le bras en passant près de moi.

— C'est justement ce qu'il voulait dire.

Je souris en les suivant des yeux alors qu'ils quittaient la pièce.

— Jory, cria Thomas Kage, le père de Sam, près de la télévision. Viens là !

Je le rejoignis rapidement parce que vous faisiez exactement ce que Thomas Kage ordonnait.

Il me jeta un coup d'œil, mais à peine une seconde. Une partie se jouait ici.

— Jory.

— Monsieur.

— Tu restes dans les parages cette fois, Jory, d'accord ?

Ce n'était pas de ma faute.

— Monsieur, je…

— Ah ! me coupa-t-il brusquement, d'une voix forte, ne laissant aucune place à la protestation. Fais seulement ce que je dis.

— Mais ce n'était pas ma…

— Ah ! fit-il à nouveau et je réalisai à quel point ce bruit était agaçant. Promets-le-moi. C'est tout ce que je veux entendre. Je ne suis pas intéressé par les excuses.

Je soupirai profondément.

— Oui, m'sieur.

— Bien, dit-il rapidement, puis, il fit un geste vers la nouvelle petite amie de Michael, que je n'avais pas encore remarquée et qui était assise à côté de lui. As-tu rencontré Beverly ?

— Non, monsieur.

— Beverly, voici le partenaire de mon fils, Jory.

Elle se leva du canapé et me tendit la main.

— Plutôt un ami, le corrigeai-je en lui souriant.

— Partenaire ! me cria le père de Sam.

Je lui jetai un coup d'œil. Maintenant, je savais de qui Sam tenait son tempérament.

— Tu as quelque chose à me dire ? me défia-t-il, délaissant finalement l'écran de la télévision pour me dévisager. Vas-y, parle.

— Non, monsieur, murmurai-je, éloignant Beverly de lui, me retournant pour la regarder.

— Bien, grogna-t-il comme si tout était réglé.

— Je suis si heureuse de vous rencontrer, dit-elle sincèrement en s'accrochant à ma main.

Je vis la peur dans ses yeux écarquillés et lui souris tendrement. Pauvre petite, ils étaient en train de lui donner la peur de sa vie. Je savais que, pour des personnes qui n'étaient pas familières avec les grandes familles, le volume dans la maison, les cris, et la façon dont les gens allaient et venaient, pouvaient être intimidants.

— Même chose pour moi, lui dis-je. Alors depuis combien de temps sortez-vous avec Michael ?

— Environ cinq mois, dit-elle rapidement en se retournant et en lui adressant un sourire alors qu'il traversait le salon. Et je dois dire que c'est la première fois que je vois son frère sans son air mauvais.

— Mauvais ?

— Oui.

— Vraiment ?

— Oh oui, m'assura-t-elle fermement.

— Comment ça ?

Elle y réfléchit un instant.

— Je pense que sa mine renfrognée est ma préférée. Et aussi le fait qu'il ne me parle jamais ou combien son ton est bourru lorsqu'il le fait.

— Vraiment ?

Je n'arrivais pas à le croire.

— Eh bien, vous devez être indulgente. Il est inspecteur de police et…

— Oh, je sais tout ce qu'il y a à savoir sur son travail, dit-elle en rejetant mon argument.

— Alors vous comprenez pourquoi parfois il peut être…

— Ce doit être très stressant d'être inspecteur, acquiesça-t-elle, je ne vais pas débattre de cela avec vous. Mais cela n'explique pas vraiment son humeur depuis que je l'ai rencontré.

— Oh. Qu'est-ce qui l'explique ?

— Eh bien, je pensais que c'était peut-être parce qu'il était seul.

Je haussai les épaules.

— Cela semblerait raisonnable.

— Donc, j'ai demandé à Mikey, et il a été d'accord avec moi pour que nous lui présentions quelques-unes de mes amies.

*Mikey ?*

— C'est très gentil de votre part.

Je hochai la tête, pensant à la façon de me retrouver seul avec Michael pour pouvoir l'étrangler. Maquer Sam ? À quoi pensait-il ?

— C'était l'idée, dit-elle honteusement. Mais à la seconde où vous avez franchi cette porte, il s'est penché vers moi et m'a dit de ne plus m'inquiéter à ce sujet.

— Ah bon ?

— Oui. Je pense que je sais ce que Mikey veut maintenant.

— Et qu'est-ce donc ?

*Ne plus être appelé Mikey ?*

— Oh, s'il vous plaît ! gloussa-t-elle. Il était inquiet au sujet de son frère et pensait que peut-être j'aurais pu l'aider à y faire quelque chose. Mais maintenant que vous êtes là… il veut que Sam et vous soyez ensemble.

— Vous croyez ?

Elle rit parce qu'elle savait que je la taquinais.

— Jory, oh, mon Dieu, Mikey pourrait-il vous aimer davantage ? L'un d'eux le pourrait-il ? Oh seigneur, on se croirait à Noël comme maintenant.

— C'est parce que…

— Je ne savais pas que Sam était gay, dit-elle à voix basse. Personne ne m'a jamais rien dit.

— Eh bien, il…

— Oh bon sang, dit-elle doucement avant que je la voie jeter un coup d'œil méfiant autour de nous.

Je passai un bras autour de ses épaules.

— Il y a beaucoup de gens ici.

Et je réalisai que, pour elle, nous ne faisions que parler. Elle se moquait totalement que je sois gay, ou que Sam le soit. C'était un simple détail pour elle, un 'hein ?' momentané, à peine quelque chose qu'elle n'avait pas su ou considéré. Dans son univers, où Michael était le centre, la situation entre Sam et moi n'avait pas d'importance. J'adorais le fait que personne ne semblait s'en soucier.

— Beverly.

Elle se retourna pour me dévisager.

— Tout va bien se passer. Ce doit être un bon signe que la famille élargie a été convoquée ici pour vous rencontrer.

— Je le suppose.

Elle n'en était pas sûre, et cela s'entendait clairement dans sa voix.

— Et moi j'en suis sûr, lui répondis-je.

— Oh mon Dieu !

Elle tressaillit.

Je lui souris tendrement.

— Tout va bien. Vous devez toujours vous dire 'plus il y en a, mieux c'est'.

— Mmh mmh.

— Alors, est-ce que vous allez vous fiancer ?

— Oh, si seulement, répondit-elle honnêtement, et je doutais qu'elle ait même réalisé ce qu'elle venait de me dire. Non, c'est juste qu'il voulait que je rencontre toute sa famille, et sa mère le voulait aussi, ce qui est très gentil, je suppose, mais… eh bien, je suis déjà venue ici plusieurs fois, j'ai rencontré ses parents bien sûr, et Sam et ses sœurs, mais pas… tout le monde.

— Cela va aller, lui dis-je en lui tapotant le bras.

Elle gémit.

— Pourquoi ne viendriez-vous pas à la cuisine nous aider, Regina et moi ?

— Êtes-vous sûr que c'est la bonne chose à faire ? Je veux dire, je veux qu'elle m'apprécie, mais je ne veux pas la pousser.

— Croyez-moi, c'est le moyen d'y arriver. Je vous aiderai à nettoyer la cuisine quand le repas sera servi. C'est un pas dans la bonne direction, un grand moment.

Elle saisit mon bras.

— Merci, merci, merci. Vous ne savez pas à quel point je suis folle de cet homme. Je veux m'assurer que sa famille m'aime.

— C'est facile, dis-je en lui souriant avec chaleur, parlant d'expérience. Restez simplement vous-même.

— Étiez-vous vous-même ?

J'y pensai une minute.

— Oui, je l'étais.

— Saviez-vous que vous vouliez être avec Sam depuis le moment où vous avez posé les yeux sur lui ?

— Je ne sais pas si…

— Moi aussi.

Elle sauta directement à la conclusion, même après m'avoir coupé la parole.

— Je veux me marier avec Mikey, avoua-t-elle. Je suis complètement dépassée par mes sentiments pour lui, Jory.

Je passai un bras autour de ses épaules et le pressai gentiment.

— Eh bien, je pense qu'il serait chanceux de vous avoir, dis-je pour la soutenir, réalisant que je le pensais.

C'était vraiment une très gentille fille. J'espérais que Michael était assez sain d'esprit pour réaliser ce qu'il avait.

Beverly Stiles était juste un peu plus petite que moi, c'est-à-dire au-dessous du mètre soixante-quinze, avec des cheveux bruns mi-longs et de grands yeux bleus. Son maquillage consistait en un grand trait d'eye-liner noir au-dessus de la paupière, ce qui faisait ressembler ses yeux à ceux d'un chat. Son rouge à lèvres était pâle, bordé d'un trait plus sombre et elle avait un bronzage incroyable pour le milieu de l'hiver. J'étais en train de me dire qu'il fallait au moins deux séances par semaine dans un salon de bronzage pour obtenir ce résultat.

— Et combien de temps allez-vous rester ?

— Quoi ?

Mon esprit était parti à la dérive.

— Je vous ai demandé combien de temps vous aviez prévu de rester.

C'était une très bonne question.

— J'espère que ce sera très longtemps, reprit-elle parce que j'ai besoin de vous.

— Moi aussi, dit Sam rapidement d'une voix profonde alors qu'il s'arrêtait à côté de moi.

— Hé.

Je levai la tête et lui souris.

— Dis bonjour à Beverly.

— Salut, vous.

Il lui sourit, sa main glissant autour de ma nuque.

— J'espère que vous n'êtes pas rebutée par le niveau sonore aujourd'hui.

Elle était ébahie, ça se voyait. Comme beaucoup de gens, elle avait pensé avoir vu Sam et savoir de quoi il avait l'air.

— Non, dit-elle en déglutissant et je la vis pâlir en le regardant.

— C'est bon de vous revoir, dit-il sincèrement, déplaçant sa main pour me masser l'arrière du crâne, ses doigts enfoncés dans mes cheveux. Mon frère a vraiment l'air heureux.

Elle hocha la tête, et je l'observai fondre sous la chaleur de ses yeux, sa voix douce et son esquisse de sourire. Elle devait se demander, comme tout le monde, comment diable il n'avait pas retenu plus de son attention avant. Avait-il toujours ressemblé à ça ? Était-elle si aveuglée par Michael qu'elle avait raté son frère magnifique ?

— Je ne vous ai jamais vu de meilleure humeur, dit-elle sincèrement.

Elle reçut un sourire automatique en réponse au lieu du regard froid et désapprobateur dont je savais qu'elle avait l'habitude.

— Merci. Voulez-vous boire quelque chose ? Je vais aller vous le chercher.

— Non, dis-je en l'arrêtant d'une main levée. Laisse Beverly y aller. Ta mère aimera ça.

— Quoi ? demanda anxieusement Beverly en se retournant vers moi.

— J'ai observé Regina… elle aime que ses garçons soient servis, pas qu'ils fassent le service, lui dis-je. Vraiment, allez dans la cuisine et dites-lui que vous êtes venu chercher une boisson pour Michael et une pour Sam également.

— Oh, d'accord.

Elle hocha la tête et me dépassa prestement.

— Merci, Jory.

Je la regardai s'en aller alors que Sam se plaçait derrière moi et enroulait ses bras lâchement autour de mon cou. Il se pencha et m'embrassa l'oreille alors que son père hurlait au fils prodigue de venir au salon regarder le football avec lui. Comme si c'était mon truc !

Je soupirai lourdement.

— Qu'est-ce qu'il a à me chercher comme ça ce soir ? Il n'a jamais été comme ça auparavant ?

— Demande-moi ce qu'il me sortait chaque fois que je venais ici, me chuchota-t-il à l'oreille, me donnant la chair de poule.

— Quoi ? demandai-je alors que la chaleur se propageait sur ma peau.

— Il disait : alors, merdeux, quand vas-tu chercher ton garçon ?

— Tu plaisantes ?

J'étais stupéfait. Il m'appelait le garçon de Sam ?

— Pas du tout. Il a accepté mon nouveau style de vie très vite.

— Est-ce que trois ans c'est rapide ?

— Disons plutôt deux, dit-il, pressant un baiser dans le creux de mon cou. Tu sens si bon.

— Arrête.

— Veux-tu voir mon ancienne chambre ?

— Non.

— Je pense que si.

— Non.

Je souris, mais je ne ris pas. Cette victoire m'appartenait.

— Et pourquoi pas mon vieux lit ? Il ne grince pas beaucoup.

— Sam…

— Mon père est fou de toi. Tout le monde l'est.

Je laissai échapper un profond soupir.

— Tu es le seul que tout le monde apprécie, en fait.

Cela sonnait étrangement, je tournai donc la tête pour le regarder.

— Hein ?

Il pensait vraiment ce qu'il venait juste de dire.

— C'est très intéressant. Tous les autres ont un problème avec au moins un membre de la famille.

Je lui souris quand il plongea ses yeux dans les miens.

— Sauf toi.

Je haussai un sourcil.

— Amusant.

Mais on m'aimait bien, j'étais sympathique. Dane le disait toujours.

JE N'AVAIS jamais mis les pieds dans la chambre de Sam avant et je ne savais pas pourquoi. Peut-être parce que je n'y avais jamais été invité et y aller sans l'être ressemblait plus à une intrusion qu'autre chose. Mais il me l'avait proposé, alors j'étais là seul, regardant ses étagères, les photos accrochées sur le tableau en liège, les trophées et son blouson de fraternité suspendu à un crochet derrière la porte.

— Au cas où tu l'aurais raté, dit-il derrière moi, je voulais venir ici avec toi.

Je ne l'avais même pas entendu ouvrir la porte.

— Je sais, je voulais juste voir de quoi tu avais l'air quand tu étais jeune. Où planquais-tu tes pornos ?

Il rit et s'approcha de moi par-derrière. Je le sentis là comme un mur de chaleur, et lorsqu'il m'embrassa sur la nuque, j'inclinai la tête pour qu'il ait un meilleur accès. Instantanément, ses bras m'enveloppèrent, me tenant serré contre sa poitrine.

— Nous aurions dû rester à la maison.

— Pourquoi ?

— Parce que je ne peux penser qu'à la nuit dernière.

— Et ?

— Je veux retourner au lit.

Je sentis mon cœur palpiter et je frissonnai violemment. Je ne pus m'en empêcher ; mon corps ne faisait que réagir au son de sa voix, à la tonalité basse et rocailleuse qui invitait au sexe.

— Ton corps a toujours été magnifique, mais maintenant…

Il posa une main dans mes cheveux.

— Merde, bébé !

Je ne pouvais plus le supporter.

— Sam… dis-je avec effort.

Il me retourna dans ses bras, se pencha et m'embrassa dans un mouvement fluide. Sa bouche était scellée sur la mienne, sa langue glissant sur mes lèvres alors que je les ouvrais pour lui. Une de ses mains se trouvait au creux de mes reins, l'autre plus bas sur mes fesses, me malaxant, me caressant à travers mon jean. J'avais mes mains dans ses cheveux, le tenant près de moi, l'embrassant à mon tour avec tout le désir que je possédais. J'avais faim de lui et il me désirait tout autant.

— Ouh là ! C'est chaud.

Nous rompîmes le baiser, nous écartant précipitamment l'un de l'autre pour nous tourner vers la voix qui provenait de la porte.

113

— Oh, ne vous arrêtez pas pour moi, dit Rachel, souriant d'abord à son frère, puis à moi.

L'étincelle contenue dans ses yeux était absolument diabolique.

— Reprenez tous les deux, je vous en prie.

— Oooh, dit Jen derrière elle. Vous êtes absolument adorables ensemble.

— Hum, grogna Sam. Tu parles d'un cassage d'ambiance…

Le sourcil haussé de Rachel, les mains jointes sur son cœur de Jen et la mine renfrognée de Sam… c'était trop. J'éclatai de rire. J'adorai la famille de Sam.

Un autre gémissement de sa part et je pouvais à peine respirer.

— Il est si mignon, dit Rachel en me souriant.

— Oh ouais, soupira Sam. Il est sacrément tordant.

Un peu plus tard, quand tout le monde eut mangé et que j'eus aidé à nettoyer pendant près de deux heures avec Beverly à mes côtés marquant des points pendant tout ce temps, j'allai retrouver Sam. Il regardait toujours plus de football avec son père, confortablement installé sur un fauteuil inclinable, et je m'assis sur le bras du fauteuil. Je sentis sa main sur mon dos et lorsque je baissai les yeux sur lui, il tapota sa poitrine. Je me laissai glisser sur lui, ma tête sous son menton, un bras sous lui, l'autre posé en travers de son torse. J'étais confortablement installé et il dégageait une chaleur agréable. Je m'endormis avec ses caresses sur mon dos.

Je me réveillai parce que le père de Sam cria.

— Chut, tu vas le réveiller, murmura sèchement Sam.

— Et si je le fais, alors quoi ? Peut-être me donnera-t-il de meilleures réponses que toi.

— Maman, appela-t-il.

— Thomas, entendis-je Regina, cherchant à l'apaiser. Laisse ton fils tranquille. Il a fait les choses bien aujourd'hui. Il a ramené son garçon à la maison et je suis sûre qu'il n'est pas assez stupide pour le laisser repartir.

— Maman, gémit-il et je sentis le soupir de lassitude qui lui échappa.

— Que veux-tu que je te dise, mon chéri ? lui demanda-t-elle patiemment. Que quoi que te demande de faire ce garçon, tu dois le faire, pour qu'il ne te quitte plus jamais ? La raison pour laquelle tu l'as laissé partir en premier lieu me dépasse complètement. Tu ne savais donc pas que tu l'aimais ?

— Bien sûr que si.

— Mais pas à quel point. Tu n'avais aucune idée de ce que tu ressentirais en le perdant.

Pas de réponse, il prit simplement une profonde inspiration.

— Je le savais, reprit-elle. Il est la meilleure chose qui te soit jamais arrivée.

— Maman… commença-t-il en gémissant. Je ne l'ai pas quitté. J'avais un travail à faire et je devais le protéger et…

— Tu le nies ?

— Nier quoi ?

— Qu'il est la meilleure chose qui te soit arrivée.

— Non, mais j'essaye de te dire pourquoi je…

— Il n'y a pas de mais, mon chéri. Avant lui, tu étais sauvage, sans personne pour prendre soin de toi. Toutes ces femmes et pas une qui a su te garder chez elle.

— Maman, se plaignit-il. Il n'y en a pas eu tant que ça…

— J'ai prié toutes les nuits pour que tu te trouves une épouse, l'interrompit-elle. Et maintenant, je sais que le Seigneur a entendu mes prières. Il savait seulement mieux que moi ce qui était bon pour toi. Je le comprends maintenant, parce que lorsque je vois la manière dont Jory te regarde, mon cœur éclate de joie.

— D'accord, Maman.

— Il est un ange tombé du ciel.

— Oui, il l'est, acquiesça-t-il et je sentis ses doigts remuer dans mes cheveux.

— Tu es si heureux lorsqu'il est avec toi. Tout le monde me l'a dit ce soir : Regina, ton fils est radieux.

— Je suis sûr qu'ils l'ont dit, Maman.

— J'ai entendu le sarcasme, Samuel.

— Bon Dieu !

— Sam !

— Désolé… désolé, je suis juste…

— Reste assis là tranquille et tais-toi.

— Comment se fait-il que personne ne soit de mon côté ? grommela-t-il, remuant légèrement pour pouvoir m'embrasser sur le front.

— De quel côté parles-tu ? demanda Michael.

— Du fait que j'ai dû partir et…

— Mais tu es l'homme, argumenta Thomas avec sa mentalité médiévale. Dès que tu es revenu, tu aurais dû aller le trouver, lui dire comment seraient les choses. C'est ton rôle, Sam.

— Ça ne marche pas comme ça.

— Pourquoi ?

— Parce que je ne le possède pas, Pop.

— Non ?

— Tu sais que non. Jory ne fait que ce qu'il veut faire.

— Et alors maintenant, il veut être avec toi ?

115

— Oui. Je le pense. Je l'espère.

— Tu ne le sais pas ?

— Je lui ai dit comment je voyais les choses, mais… il a son mot à dire.

— Il ne dit rien, tu décides, et il est là maintenant, alors quoi que tu fasses, tu le gardes.

— Aah, mais ce n'est pas de ma faute si j'ai dû partir. Je…

— Mais c'est de ta faute si cela a pris autant de temps pour qu'il revienne. Tu devrais remercier Dieu que Jory n'ait trouvé personne d'autre. Où serais-tu alors ?

— On se moque de savoir à qui la faute ? intervint Michael. Tout ce qui importe c'est que les choses sont rentrées dans l'ordre.

— Nom de Dieu, je n'étais pas *aussi* mal que ça !

— Ne jure pas en prononçant le nom du Seigneur ! Le gronda Regina.

— Maman, ce n'était pas…

— Oh! que si tu l'étais, l'interrompit Michael. Ce que je veux dire, c'est que tu sais que ça doit être du lourd quand même Beverly qui te connaît à peine peut voir la différence.

— Ah oui ? Que pouvez-vous voir ? entendis-je Sam lui demander, la mettant au défi.

— Non, Sam, je voulais seulement dire que…

— Oh non petite fille, vous êtes concernée vous aussi, lui expliqua Thomas. Dites ce que vous pensez.

— D'accord.

J'entendis sa voix trembler.

— J'ai juste mentionné à Mikey que vous aviez l'air vraiment bien aujourd'hui. C'est comme ce que j'ai dit plus tôt, je ne vous ai jamais vu de meilleure humeur.

— Je vois.

— Êtes-vous en colère contre moi ? demanda-t-elle d'une toute petite voix.

Je m'appuyai contre lui, le serrant avec force, avant de glisser une jambe entre les siennes. Je voulais écouter, mais j'étais trop fatigué. J'embrassai sa gorge, puis me blottis à nouveau contre lui, ma tête sur son cœur, laissant échapper un soupir de contentement.

— Non, l'entendis-je dire avant de me rendormir. J'ai récupéré mon garçon, il m'est impossible d'être furieux contre qui que ce soit actuellement.

— Alors, que vas-tu faire maintenant, Sammy, entendis-je Jen demander.

Elle avait dû entrer dans la pièce.

— Tout ce qu'il veut que je fasse.

— Oooh, quelle belle réponse.

Elle se mit à rire et tout le monde se joignit à elle.

Je me réveillai bien plus tard et regardai autour de moi. Thomas en avait après la télévision et Regina me souriait. Je me tournai et vis Michael, dont l'attention était rivée sur l'écran, et Beverly, assise calmement à côté de lui.

— Oh, je suis désolé, dis-je en bâillant, souriant à Regina. J'ai raté le départ de tout le monde.

— Ce n'est pas grave, dit-elle chaleureusement. Tu auras d'autres occasions de les revoir.

L'expression de mon visage dut la faire s'interrompre.

— Jory ?

— Regina, commençai-je, je ne sais pas si…

— Quoi ?

— Je ne sais pas si Sam et moi allons…

— Quoi ? s'écria Thomas d'un ton sec, se tournant pour me regarder

J'avais également toute l'attention de Michael.

— J'ai un travail que j'adore et une vie, et je pense que Sam…

— Depuis quand je me soucie de ce que tu penses ? demanda sèchement Thomas. Je m'en moque. C'est la faute de Sam si tu es parti la première fois, mais si tu pars maintenant, ce sera uniquement la tienne, Jory.

— Thomas !

— Regina, est-ce que tu entends ce qu'il est en train de dire ? Il est en train de quitter ton fils.

— Non, ce n'est pas ce que je suis en train de dire. J'ai juste…

Je secouai la tête, sortant de l'étreinte de Sam, me mettant maladroitement debout. J'étais tout emmêlé avec lui et je basculai presque la tête la première sur la table basse avant de retrouver mon équilibre. Je me déplaçai pour venir me tenir devant Thomas.

— Je ne suis pas en train de dire que je le quitte, ça va seulement trop vite et…

— Attends, dit Thomas en levant une main devant moi. Aimes-tu mon fils ?

C'était mille fois pire que je l'avais imaginé. Je jetai un coup d'œil à Regina et elle donnait l'impression d'avoir était giflée.

— Je ne sais pas si je…

— Tu ne l'aimes pas ? demanda Michael avec insistance.

— Non, je l'aime, je…

— C'est l'un ou l'autre, dit solennellement Thomas. Lequel est-ce, Jory ?

— Jory ? me poussa Regina.

— J'ai juste… tout ça est à peine vieux d'une minute, vous voyez ? Il vient juste de refaire irruption ma vie et… j'ai besoin d'une seconde pour respirer. Je ne peux rien promettre, là tout de suite.

117

Ils avaient tous les yeux rivés sur moi et je me sentais très mal. Ils étaient là, prêts à m'accueillir à bras ouverts, et je tergiversais.

— Bordel, qu'est-ce qui se passe ici ? entendis-je Sam grogner derrière moi.

— Écoute, déclara rapidement Thomas, se levant devant moi et me prenant dans ses bras dans un mouvement fluide.

J'étais écrasé contre lui tandis qu'il chuchotait dans mes cheveux.

— Il a besoin de toi et tu as besoin de lui. Ne laisse pas quelque chose d'aussi insignifiant que le temps changer ton cœur. Quand c'est juste, tu le sais, et je pense que c'est le cas.

Je tremblai entre ses bras et il me frotta l'arrière du crâne comme je l'avais vu faire avec ses petits-enfants.

— Sérieusement, qu'est-ce qui se passe ici ? Pourquoi pleures-tu, Maman ?

— Je suis si heureuse. Jory est à la maison.

— Mike ?

— Quoi ? demanda-t-il à Sam d'un ton mordant.

— Est-ce que tu pleures ?

— Dans tes rêves, crétin.

— Mikey, ne jure pas dans la maison de tes parents.

— Désolé, Bev, s'excusa-t-il. Je voulais dire 'connard'.

— Mikey ! cria Beverly.

— Michael ! cria Regina.

— Désolé Maman. Désolé, Bev, s'excusa-t-il auprès d'elles deux.

— Oh, s'exclama Regina en claquant des mains. Je suis si heureuse.

— Bon Dieu.

— Samuel Thomas Kage !

Il gémit.

— Ne jure pas en prononçant le nom du Seigneur ! beugla Thomas à son fils, me laissant enfin aller. Tu restes avec nous, Jory. Cette famille a besoin de toi, dit-il sincèrement, les yeux emplis d'émotion.

— C'est vraiment très gentil de dire ça.

— Je sais, dit-il avec arrogance. Maintenant, ce dimanche, nous aurons du cerf pour le dîner. Mon frère Joe revient de son séjour de chasse.

Manger Bambi. Je sentis mon estomac se retourner.

— Super.

Il me tapota la joue.

— Jory, mon chéri, viens m'aider dans la cuisine.

Regina souriait en se levant du canapé.

— Qui veut du gâteau ?

Je me retournai et baissai les yeux sur Sam. Je ne pouvais m'arrêter de sourire. Quels étranges vingt-quatre heures je venais de passer.

118

— Bébé, je suis désolé, dit-il avec inquiétude en se levant. Nous pouvons y aller lentement et…

— Pourquoi ?

— Pourquoi ?

— Dans quel but ?

Il étudiait mon visage.

— Mais, tu es si agité et sur les nerfs à propos de me voir revenir dans…

— Et je suis toujours inquiet, Sam, mais que vais-je faire ? Juste vivre dans la crainte que quelque chose tourne mal ? Je veux dire, allez… il y aura toujours quelque chose qui ira mal, nous devrons juste faire avec cette fois. En fait, je ne sais pas si tu le sens, mais… et peut-être est-ce aussi simple parce que nous sommes plus vieux, je n'en sais rien, c'est…

Je repris mon souffle pour me calmer.

— J'ai un travail que je veux garder, tu sais, et j'ai Dylan et Chris et des amis qui font partie de ma vie aussi, et bien sûr, Dane et maintenant sa femme Aja et… tu n'étais simplement pas là et maintenant te voilà, alors… et j'ai la bénédiction de ta famille…

Je haussai les épaules.

— Je me dis que, eh bien, je suis prêt à y aller.

Il me fit son sourire en coin.

— Donc, qu'es-tu en train de me dire ? Que tu vas emménager avec moi ?

— Non.

Je secouai la tête.

— Cette partie, nous devons vraiment y aller lentement.

— Alors quoi ?

— Nous pouvons sortir ensemble.

Il fronça les sourcils.

— Je ne veux pas sortir avec toi, je veux vivre avec toi.

— Eh bien, tu obtiens de sortir avec moi.

Je lui souris.

— Tu dois bien commencer quelque part.

— Je veux que tu emménages avec moi.

— Laisse-moi t'expliquer quelque chose, commençai-je, tu peux continuer à dire ça, mais cela ne changera rien.

Le coin de sa lèvre s'incurva, à peine.

— Oh non ?

— Voyons où ça nous mène, Sam.

Il hocha la tête.

— Ça va être si génial que tu vas me supplier d'emménager.

— Nous verrons.

— Mais tu ne verras personne d'autre, clarifia-t-il, juste pour être sûr. Je suis le seul avec qui tu couches à partir de maintenant, d'accord ?

— D'accord.

— Très bien, dit-il. J'accepte, c'est un début.

Je le regardai. Il avait accepté ; comme s'il avait le choix… Cet homme était hilarant. Bien sûr qu'il l'avait accepté ; c'était tout ce qu'il obtiendrait pour l'instant.

Il posa ses mains sur mon visage.

— Tu le penses, n'est-ce pas ? Ce sera seulement moi.

Est-ce que je le pensais ? Je sondai mon cœur juste pour m'assurer que rien ne semblait bizarre. J'essayai délibérément de penser à nos pires moments, mais tout ce qui me venait à l'esprit, c'était nous prenant le petit-déjeuner au milieu de l'après-midi. Rien que nous deux ensemble dans son appartement, assis, en train de manger, parlant des événements de la nuit. Cela me semblait juste et normal. Il n'y avait que de bonnes choses, rien de mauvais.

— Oui, je le pensais, lui répondis-je. Et que Dieu te vienne en aide lorsque Dane reviendra de sa lune de miel.

— Je me fous complètement de Dane Harcourt.

Il m'attrapa sans ménagement et enroula ses bras autour de moi alors qu'il me soulevait du sol.

— Je ne tiens qu'à toi, J. Je vais te rendre si heureux cette fois. Je le jure devant Dieu.

Je souris, enroulant mes bras autour de lui, le tenant serré.

— Quoi ? Tu m'aimes ?

— Oui, je t'aime, dit-il et je sentis le frisson qui parcourut son grand corps. Tu sais que je t'aime.

— Oui ?

— Putain, ouais.

*Il faut vraiment que je m'occupe de son langage.*

— Ouais, eh bien. Je t'aime aussi.

Je soupirai dans ses bras.

— C'est épuisant, mais c'est le cas.

— Je sais, bébé. Je sais.

# VII

J'avais été frénétique tout le vendredi, essayant de rattraper mon retard au travail, ainsi que celui de Dylan, si bien que lorsque Sam appela pour me dire qu'il venait me chercher pour déjeuner, je dus décliner son invitation. J'étais submergé, et c'était un changement agréable qu'il comprenne. Il avait lui-même des choses à rattraper. Je lui dis que je le verrais pour le dîner. Je fus surpris quand il se présenta à midi avec de la nourriture chinoise. C'était vraiment sympa, et l'intermède sexy sur le canapé le fut encore plus. Quand je le poussai vers la porte deux heures plus tard, il eut l'air triste jusqu'à ce que je lui donne le jeu de clé supplémentaire que je possédais de mon appartement. Son sourire illumina ses yeux.

— Quoi ? demandai-je en lui souriant.

— Ce sont les clés de ton appartement, non ? demanda-t-il en les faisant rouler dans sa main.

— Oui. Tu devais avoir un jeu.

Les muscles de sa mâchoire se contractèrent.

— Merci.

— Est-ce que ça va ?

Il hocha la tête.

— Bien, dis-je, me penchant pour toucher son visage. Moi aussi.

Il me serra étroitement dans ses bras et m'embrassa avec force. Qui aurait cru qu'un simple jeu de clés pouvait rendre cet homme si heureux ?

Cette nuit-là, Sam s'était arrangé pour que je rencontre sa partenaire et son petit ami pour la première fois. Je voulais faire une très bonne impression, mais j'étais si nerveux que je fis ce que je faisais toujours lorsque j'étais inquiet ou que je m'ennuyais – je bus. Au moment où Sam arriva au restaurant avec ses invités et vint me chercher au bar, j'avais déjà une heure d'avance sur eux, et il me fut impossible d'être autre chose que drôle et absolument charmant. J'étais un peu pompette et j'avais l'alcool joyeux, raison pour laquelle les gens étaient toujours tiraillés entre, s'inquiéter de me voir complètement ivre et le plaisir qu'ils prenaient lorsque je l'étais. Quand je buvais, j'étais le centre de la fête et je réalisai que c'était ce que je voulais être lorsque je rencontrerai la partenaire de Sam. Je voulais qu'elle m'aime.

Chloe Stazzi était chaleureuse et gentille et son petit ami, Jason Cozza tenait davantage du type fort et silencieux. Que je réussisse à le faire rire surprit à la fois Sam et Chloe. Après ça, impossible que je fasse quelque chose qui serait vu de travers. Nous allâmes à un karaoké après le dîner et je montai sur scène avec Jason. Chloe tomba de sa chaise en nous regardant chanter *Love Will Keep Us Together* puis danser sur la scène. Sam était très content de moi, mais quand il paya la tournée suivante, je remarquai que j'avais un thé glacé Long Island, sans le Long Island.

— Que se passe-t-il ? lui demandai-je, essayant de concentrer mon regard.

— Tu en as fini, m'assura-t-il. Tu bois trop, bébé, et si je dois arrêter de jurer, tu dois devenir sobre.

— Moi ? Je bois de trop ?

— Ouais.

Il sourit malicieusement.

— Tu bois trop et même si tu es mignon comme pas permis, nous allons y mettre un frein.

Et, alors que j'attendais le sermon et le froncement de sourcils, je réalisai que cela ne viendrait pas. Il ne me jugeait pas ; il ne faisait que constater les faits.

— Tu n'es pas en colère contre moi ?

— Pourquoi serais-je en colère ? demanda-t-il, prenant ma main et me tirant vers lui, entre ses jambes. Tu es prêt à me laisser te ramener à la maison, champion ?

Je le regardai dans les yeux.

— Ton visage est tout rouge et tes pupilles sont dilatées.

J'étais stupéfait. Il n'y eut aucun cri, pas de grognements, et pas de menace… juste Sam qui me parlait.

— Quoi ?

— Rien.

Je secouai la tête.

— Je suis prêt à y aller.

— Bien, parce que le simple fait de te regarder me tue, souffla-t-il en se levant, sa main allant se poser sur ma nuque, la massant tandis que je laissai ma tête tomber en avant.

Je m'appuyai contre lui et j'entendis son rire profond.

— J'aime le ronronnement.

— Je pense que j'ai peut-être encore faim, dis-je, tout à coup prêt à simplement m'asseoir et parler avec lui.

— Moi aussi, convint-il, son bras s'enroulant autour de mon cou. Viens avec moi. Allons retrouver Chloe et Jace et voyons s'ils veulent manger un morceau à cette heure.

À la voiture, Jason me dit qu'il m'aimait et je lui retournai rapidement le sentiment. Chloe ricana bruyamment et se mit à rire avant de me donner un gros baiser et de dire à Sam que j'étais vraiment un coup d'une vie. Quelque chose à propos du fait que j'étais un emmerdeur aussi important que son homme. Je l'aimais beaucoup. J'étais heureux que Sam m'ait présenté sa partenaire et c'était une chouette façon de passer un vendredi soir. Je voulais que tous ceux qui faisaient partie de sa vie m'adorent. Je fus surpris lorsqu'ils ne nous attendirent pas, et s'éloignèrent en voiture.

— Attends, dis-je en les montrant du doigt. Est-ce que tu leur as demandé s'ils voulaient manger ?

— Non, mon cher, tu l'as fait.

— Vraiment ?

J'eus droit à un rire narquois.

— Ouais.

Je levai les yeux sur lui.

— Qu'ont-ils dit ?

Il secoua la tête.

— Ils t'ont dit non à peu près cinq fois. Tu n'écoutes jamais lorsque tu es torché.

— Ne jure pas, dis-je en bâillant. Dis 'ivre' à la place.

— Très bien. Tu n'écoutes jamais lorsque tu es ivre.

Je souris en grand.

— Chloe m'aime bien.

— Ouais, en effet.

— Son petit ami est sympa.

— Son petit ami l'a à peine regardée. Il t'a accordé plus d'attention.

— Tu crois ?

— Ouais, je le pense.

— Sam, il est juste…

— Tu bouges bien, soit dit en passant, dit-il de sa voix rauque, et je sentis le frisson me traverser le corps. Tu as froid ?

— Non, je vais bien.

— Je ne m'attacherais pas trop à Jason si j'étais toi.

— Que veux-tu dire ?

— Je pense qu'il est fini.

— Comment ça ? Tu penses qu'il trompe Chloe ?

— Peut-être pas tromper, mais, tu peux constater rien qu'en le regardant qu'elle ne l'intéresse pas vraiment. Je ne dis pas qu'il doit la jeter sur la piste de danse du bar et la baiser, mais je ne pense pas qu'il l'ait touchée une seule fois de toute la nuit.

Alors que nous marchions jusqu'à la voiture, je repensais à tout ce qu'il avait dit. Pouvais-je faire défiler la soirée dans ma tête et voir le désintérêt de Jason ? Je lançai l'argument que certaines personnes n'étaient simplement pas démonstratives.

Il grogna.

— D'accord, rigolai-je, mais par exemple… manifestement, parce que nous étions dans un club hétéro, tu…

— Même si nous étions allés dans un club gay, J, lieu dans lequel je ne pourrais jamais mettre un pied de ma vie… je ne suis pas du genre à m'afficher en public.

— C'est ce que je suis en train de dire, dis-je en bâillant rapidement. Peut-être que Jason non plus.

— Ouais, mais je ne te quitte jamais du regard lorsque que nous sortons.

Je ravalai un rire d'ironie.

— Nous avons tous été déjà à ce stade.

Il secoua la tête.

— Non, même avant… Je ne te quitte jamais des yeux.

— Pourquoi ça ?

— Eh bien, d'une, dit-il alors que nous arrivions à la voiture, j'aime te regarder et de deux, si quelqu'un d'autre que moi essaie de t'approcher sans ma permission, alors nous avons un problème.

— Peu importe, ris-je.

— Nous savons tous les deux que c'est vrai.

Je le laissai m'ouvrir la portière, et alors que je grimpais, il fit le tour. Je me penchai sur son siège pour déverrouiller la porte côté conducteur puis mis ma ceinture de sécurité.

— C'est gentil, tu sais ?

Je me retournai pour le regarder.

— Quoi ?

— Que tu déverrouilles toujours la portière.

Je lui souris.

— C'est de la courtoisie de base.

— Pour certaines personnes, ça l'est.

Je hochai la tête. Je devais faire un effort pour mieux accepter les compliments.

— D'accord, dit-il en éloignant la voiture du trottoir. À propos de Jason, je sais que c'est différent quand c'est nouveau et que tu es excité vingt-quatre heures par jour et sept jours sur sept, mais je ne peux imaginer qu'un jour viendra où je serai assis avec toi sans ressentir le besoin de te toucher. Je pense que lorsque tu es amoureux, même après des années ensemble, tu aimes toujours ce contact physique avec l'autre personne.

J'acquiesçai d'un signe de tête parce qu'il venait juste de me dire à nouveau qu'il m'aimait.

— Alors tu vois, il n'avait pas besoin de l'enlacer en public, mais on aurait pu penser qu'il aurait au moins pu rester près d'elle ou s'assurer qu'aucun autre mec n'aurait tenté sa chance avec elle.

— Peut-être qu'il s'imagine que puisqu'elle est flic, elle peut prendre soin d'elle-même.

— C'est quand même un mec, il devrait au moins être jaloux.

Je secouai la tête.

— D'accord, donc tu n'es pas d'accord, mais je connais les gens. Il n'est pas épris d'elle.

— Peut-être pas, dit-il en poussant un long soupir. C'est probablement difficile pour lui tu sais ?

— Comment cela difficile ?

— Difficile d'être seul si souvent.

— De quoi parles-tu ?

— Toutes ces heures de travail, J. Être le conjoint ou le partenaire d'un flic est un sacré boulot. C'est à peine si vous vous voyez et tu t'inquiètes tout le temps de savoir si ce sera le jour où il ne reviendra pas à la maison. Je veux dire, la plupart des gens n'ont pas le potentiel de mourir chaque jour lorsqu'ils vont travailler, sauf s'ils sont dans l'armée ou un métier du même genre.

Je me tournai pour le regarder.

— Tout cela est très réconfortant.

Il rit et posa sa main sur ma jambe.

— Allez, J, tu savais que c'était comme ça. Je serai là autant que possible, mais être à la maison chaque soir ne sera pas toujours possible pour moi. Tu vas passer beaucoup de temps seul, et pendant ce temps, je ne veux pas que tu sois dehors en train de boire.

— Quoi ?

Tu parles d'une transition bizarre…

— Tu m'as entendu.

— Je ne bois pas tous les soirs, Sam.

— Ouais, mais quand tu bois, tu bois trop.

Je me moquai de lui.

— Je suis un buveur mondain.

— Plus maintenant. Nous allons faire l'impasse sur les mondanités un certain temps.

Je grognai.

— Comme si tu avais ton mot à dire sur ce que je fais.

— Oh, j'ai mon mot à dire, dit-il avec suffisance, tendant la main pour la glisser sous mon menton et m'attirer près de lui. Rappelle-toi qui tu laisses revenir dans ta vie, J.

Je retirai mon menton de sa main et le fusillai du regard.

— Tu es si foutrement adorable.

— Arrête de jurer, marmonnai-je alors qu'il se moquait de moi.


ALORS QUE je m'asseyais en face de lui au restaurant, affalé sur la banquette, je fus frappé par la facilité avec laquelle nous étions tous les deux retombés dans nos vieilles habitudes. À nouveau ensemble depuis à peine deux jours, agissant comme si nous n'avions jamais été séparés. J'étais un peu dépassé, mais j'essayai de ne pas m'y attarder ni paniquer.

— À quoi penses-tu ?

J'avais besoin de quelque chose qui me donnerait une seconde pour respirer.

— Oh je sais, dis-je plus pour moi-même que pour Sam. Dis-moi avec combien de femmes tu as couché pendant ton absence.

— Pourquoi voudrais-tu savoir ça ?

— Parce que je te le demande.

— Bien, dit-il en haussant les épaules. Aucune.

— Des hommes ?

— Ouais.

— Combien ?

— Je ne sais pas... quelques-uns.

C'était irrationnel, mais j'étais très heureux.

— Pourquoi souris-tu ? Ça n'a aucun sens.

— Je ne voulais simplement pas être le seul mec avec lequel tu avais couché, Sam.

— Et pourquoi ça ?

— Parce que si ça avait été le cas, tu te serais toujours posé des questions. La curiosité t'aurait poussé à vouloir savoir ce que c'était que d'aller avec d'autres hommes. De cette manière, tu sais.

— Ouais, je sais.

— Et qu'est-ce que tu sais ?

— Que ce n'est pas la même chose que de coucher avec toi.

Je le dévisageai, le regard perplexe.

— Ça ne l'est pas ?

— C'était juste du sexe, J. Je baisais ces types et je partais. C'était tous des coups d'un soir.

— En as-tu laissé un être au-dessus, Sam ?

— Quoi ? Oh, bordel, non !

— Ne…

— Jure pas, je sais. Peu importe.

— Je me demandais juste.

— Ce n'est pas moi, J, ce n'est pas comme ça que je suis fait. Cela n'arrivera jamais.

— D'accord.

— Pourquoi ? As-tu l'envie de me bai… faire ça avec moi ?

— Bonne reprise, le taquinai-je.

— Réponds à la question.

— Non, Sam, lui dis-je sincèrement. Je n'ai pas l'envie de te prendre. Ce n'est pas comme ça que *je* suis fait.

— L'as-tu déjà fait ?

— Quoi ? Prendre quelqu'un ?

— Ouais.

— Plein de fois.

— Et tu n'as pas aimé ?

— Non, je n'ai pas aimé.

— D'accord.

— D'accord, répétai-je en poussant un soupir. Alors, ces cinq autres gars… As-tu…

— Je les ai baisés et je les ai oubliés, J. Fin de l'histoire.

— Vraiment. Aussi simple que ça ?

— Aussi simple que ça.

— As-tu utilisé une protection ?

— Non, J, je les ai baisés sans utiliser de préservatif, répliqua-t-il avec irritation, me lançant un regard noir comme si j'étais idiot.

— Désolé, c'était juste une question.

— Une question stupide, répondit-il, toujours renfrogné.

— D'accord, maintenant, je sais.

— Comme si j'allais faire ça avec un étranger.

Je souris en baissant la tête parce qu'il était si indigné.

— Je n'ai jamais passé la nuit avec aucun d'entre eux.

Je n'aurais rien pu dire même si j'avais essayé.

— Et toi ?

Je pris une inspiration

— Quoi ?

— Ne sois pas idiot, réponds à cette foutue question.

Je pris une profonde inspiration cette fois.

— Quand tu es parti, j'étais un peu paumé. J'ai couché avec un tas de gars.

Il hocha la tête.

— Et ensuite, quoi ?

— Ensuite, pendant un moment, il y a eu Aaron.

— Mmh mmh. Qui d'autre ?

— Personne qui vaut la peine d'être mentionné.

Ses yeux étaient sombres. Il n'aimait clairement pas le nombre de mes conquêtes.

— Où as-tu rencontré Aaron Sutter ?

— Pourquoi t'en soucier ?

— Réponds juste à la question.

— Lorsque j'ai travaillé chez Barrington. Dylan et moi avons fait quelques travaux pour sa société.

— Que fait-il ?

— Il construit et gère des hôtels partout dans le monde.

— Riche.

— Très.

— Hum. Et alors ?

— Tu connais l'histoire. Il voulait que j'emménage, que je voyage avec lui, juste que je le suive partout où il allait.

— Il voulait t'entretenir.

— Non, dis-je en secouant la tête. Il voulait que je sois son partenaire.

— Mais ?

— Mais c'était trop tôt. Je n'étais pas prêt.

— C'était un an plus tard, J, quand, aurais-tu été prêt ?

— Sa question en termes exacts.

Je souris paresseusement, repoussant mon assiette avec ma part de tarte aux pommes à moitié mangée.

— Et ?

— Et je ne sais pas. Je l'aimais bien, j'aimais être avec lui – nous nous sommes beaucoup amusés… Je ne sais pas.

— Tu sais.

En effet, et Sam me connaissait trop bien pour me laisser m'en tirer comme ça.

— Il voulait que je sois ce qu'il voulait que je sois, et je ne me sens pas capable de changer simplement pour lui plaire.

— Personne ne peut changer quelqu'un d'autre, ce n'est pas possible.

Nous étions en accord parfait sur ce point.

— Était-il bon au lit ?

Je gémis.

— En quoi cela te concerne-t-il ?

— L'était-il ?

— Oui, répondis-je trop vite.

Son sourire fut instantané et diabolique, et il me regardait avec des yeux aux paupières lourdes.

— Tu mens. Il n'était pas du tout fait pour toi.

— Tu n'as aucune idée de ce que tu...

— Mon cul, ouais ! s'exclama-t-il, ricanant presque.

Il se pencha en avant, pointant son doigt sur moi.

— Je parie que c'était un de ces types, doux et attentionné, hein, J ? Le genre qui demande ce qu'il peut faire en premier ? Dis-moi que j'ai tort.

— Aaron était...

— Nul au lit, rigola-t-il, se levant seulement pour s'installer à côté de moi sur la banquette.

— Retourne à ta place, grommelai-je en poussant sur son torse, essayant de le faire bouger.

Sa cuisse était pressée contre la mienne et il s'appuyait contre moi, son souffle chaud dans mon cou, ses lèvres à quelques centimètres de ma peau.

— Il était du genre attentionné, hein, J ?

— Oui, rétorquai-je, essayant de m'éloigner. Et beaucoup de mecs prennent leur pied avec ça.

— Je suis sûr que c'est vrai, dit-il, réduisant sa voix à un murmure tandis qu'il glissait la main sur mon entrejambe.

Il me saisit à travers mon pantalon et j'en perdis le souffle.

— Mais pas toi, bébé. Tu aimes quand je te domine et fais tout ce que je veux.

— J'aime quand tu es doux, le corrigeai-je, alors même que je poussais dans sa main et inclinais la tête pour qu'il puisse atteindre mon cou.

— Tu aimes quand c'est doux après, mais avant, tu aimes être malmené et maintenu en place sur le lit. Être jeté contre les murs, coincé là, baisé brutalement – tu te languis de ça et je le sais parce que je suis celui qui prend son pied à te le faire. Un homme qui n'est pas assez fort pour physiquement te forcer à faire ce qu'il veut n'a aucune chance de rester dans ton lit très longtemps.

— Non, je...

— Tu as besoin d'un homme qui peut te dominer J, purement et simplement.

— Tu crois bien me connaître.

Il embrassa mon cou, remontant juste derrière mon oreille. Lorsque je frissonnais, il se moqua de moi.

— Je te connais et Aaron Sutter peut aller se faire foutre. Je suis le seul qui peut te donner ce dont tu as besoin. Dis-moi que j'ai tort.

Je restai silencieux.

— Tu vois, dit-il, me mordant le cou avant de m'embrasser à ce même endroit. Il n'y a que moi pour toi.

Je voulais grimper sur ses genoux, mais nous étions au milieu d'un restaurant.

— Ramène-moi à la maison.

— D'accord, dit-il, d'une voix basse et rauque. Dis-moi d'abord, est-ce que je peux te garder ?

— Je t'ai déjà dit oui.

Je lui souris alors qu'il sortait de son portefeuille quatre billets de vingt dollars. Je le regardai se lever et m'attendre près de la table. Il était vraiment beau et je le lui avais dit lorsqu'il m'avait retrouvé au bar du restaurant quelques heures plus tôt. Dans son jean noir et ses bottes, son pull en cachemire marron foncé et sa veste en cuir, il était époustouflant. On voyait combien il était impressionnant : grand, avec de larges épaules, des hanches minces et de longues jambes. Le pull était moulant, définissant parfaitement les muscles de ses bras et de son torse.

— Hé.

Mes yeux se déplacèrent, passant de ses biceps saillants à son visage.

— Quoi ?

— Concentre-toi, veux-tu ?

— Désolé.

— J'ai besoin que tu dises certaines choses.

— Comme quoi ?

— J'ai besoin que tu dises que même si c'est rapide, c'est bon. Dis-moi que tu vas rester avec moi, demanda-t-il, son regard rivé au mien. Dis-moi que tu porteras une bague si je t'en achète une.

Je léchai mes lèvres et remarquai comment son attention fut attirée là, sur ma bouche. Il ne faisait aucun doute que cet homme était dingue de moi.

— Sam, tu…

— S'il te plaît, J.

Il se racla la gorge, sa voix devenant plus grave.

— Cela me rend malade de penser que tu as des doutes à propos de nous.

Je soupirai profondément, me levant à côté de lui.

— Je n'ai pas le moindre doute.

— En es-tu sûr ?

— J'en suis certain. Je m'attends à ce que tu sois près de moi jusqu'à ce que tu n'y sois plus.

— Je ne vais nulle part, dit-il, drapant un bras autour de mon épaule, m'attirant près de lui.

— D'accord.

Je lui fis un grand sourire, tapotant ses abdominaux durs comme du bois et relevant la tête pour le regarder.

— Alors, viens habiter chez moi.

Je gémis, essayant de me dégager.

Son bras devint soudain une ancre, me retenant à côté de lui. Je ne pouvais plus bouger.

— Tu dis que nous sommes dans le même bateau, j'ai des clés pour toi à la maison... alors, emménage.

— Sam...

— Emménage.

Il était insistant.

— Je veux que tu vives avec moi.

Je secouai la tête.

— Si quelqu'un doit déménager quelque part, c'est toi qui emménages chez moi. Ton appartement est maudit, inspecteur.

Une vague de chaleur incendia ses yeux.

— Vendu. Je serai heureux d'emménager chez toi.

— Attends, ce n'est pas ce que j'ai dit...

— Quand puis-je emménager ?

J'eus le sentiment que cela allait devenir un sujet de conversation quotidien jusqu'à ce que je cède.

— J ?

Je croisai son regard.

— Je pourrais emménager ce week-end.

— Non, dis-je en riant. C'est trop tôt.

— Pourquoi pas lundi ?

Je gémis.

— Je veux t'embrasser.

Je lui souris. Il était adorable.

— Mais je ne suis pas à l'aise pour le faire au milieu de ce restaurant.

Je fis claquer ma langue.

— S'il te plaît, comme si j'étais moi aussi dans ce genre d'affichage public. Tu peux m'embrasser dans la voiture, le taquinai-je avec un sourire paresseux. Les vitres sont teintées, après tout.

J'observai le muscle de sa mâchoire se contracter.

— D'accord. Je t'embrasserai dans la voiture.

Et il tint parole, même si je fus bien plus que simplement embrassé. Je fus malmené dans le SUV, conduit dans un endroit isolé, complètement déshabillé et attiré sur ses genoux. Exactement l'endroit où j'avais voulu me retrouver toute la nuit.


UN BRUIT sourd me réveilla. Je tendis la main vers la lampe de chevet, et la chambre s'éclaira.

— Où vas-tu ? croassai-je en trouvant Sam en train d'enfiler ses bottes dans le fauteuil Empire en face du lit, près de la fenêtre.

— Je dois aller travailler. Retourne dormir, bébé.

Je regardai le réveil sur la table de nuit.

— Il est trois heures du matin. Reviens au lit.

Il sourit tout à coup et ses yeux brillèrent dans la lumière faible.

— Je ne demande pas mieux, crois-moi, mais le devoir m'appelle.

— Tu n'as qu'à y aller plus tard, le suppliai-je en bâillant, à peine réveillé et groggy.

— Je ne peux pas, bébé.

— Mais Sam…

— Je t'ai laissé un jeu de clés sur la table de la cuisine.

— D'accord.

— Tu sais, tu pourrais juste emménager, comme ça tu n'aurais pas à trimbaler deux jeux de clés.

— C'est tout à fait logique de ta part.

— C'est tout moi : logique.

Je l'observai et lorsque ses deux bottes furent lacées, il se leva et traversa la pièce jusqu'à moi.

— Tu sais, je réfléchissais, dit-il en s'asseyant à côté de moi et en me frottant le bras. Je t'ai vraiment poussé dans tout ça et je n'ai même pas pris le temps de penser aux implications pour toi.

Je plissai les yeux.

— Et ?

— Je suis désolé, dit-il doucement en se penchant pour m'embrasser la gorge. Mais je ne peux pas faire autrement.

— Cela me rend en fait très heureux.

— Bien, parce que, comme je l'ai dit, je dois t'avoir avec moi.

Je levai les yeux vers lui.

132

— Donc, tu devrais vraiment emménager parce que tu vas devoir te mettre à cuisiner.

Il me fallut une seconde pour comprendre ce qu'il disait.

— Je suis désolé… Quoi ?

Il rit, puis se pencha et m'embrassa si fort que j'en restai étourdi.

— Tu cuisines le mardi, le jeudi et le samedi. Je cuisine le lundi, le mercredi et le vendredi.

— Quoi ?

Son baiser m'avait grillé le cerveau.

— Et le dimanche ma mère cuisine, poursuivit-il comme si je suivais ce qu'il disait.

— Sam… quoi ?

— Ouais. C'est parfait. Nous ne pouvons pas nous permettre de manger dehors tous les soirs alors… je serai à la maison entre dix-huit et dix-neuf heures. Si je devais être en retard, je t'appellerai.

— D'accord.

— Alors, tu devras être là.

— Quoi ?

— Puisque tu dois cuisiner.

J'eus droit à un sourire étincelant.

— Je serai là.

Il resta silencieux une minute.

— Qu'y a-t-il ?

— Je suis juste heureux, dit-il, sa main descendant sur ma poitrine, puis plus bas sous la couette, frottant doucement de petits cercles sur mon ventre.

— Moi aussi.

— Vraiment ?

— Oui.

Le grondement de pur contentement qui lui échappa me fit sourire. Je compris à ce moment précis combien il m'aimait, avait besoin de moi, et me voulait vraiment près de lui.

— Alors, nourris-moi, dit-il en m'embrassant à nouveau, sa langue glissant instantanément au fond de ma bouche, me goûtant, se déplaçant paresseusement parce qu'il savait que je lui appartenais.

Je gémis quand il s'écarta. Je voulais qu'il reste.

Il se redressa, sa main accrochée dans mes cheveux avant qu'il se penche pour m'embrasser sur le front.

— Reste loin des problèmes, J. À ce soir.

Je ne pus que hocher la tête, je n'avais plus de voix.

— Tu sais, emménager ici serait tellement plus commode.

Mon sourire apparut de lui-même. L'homme était déterminé à faire valoir son point de vue.

— Ou je pourrais venir chez toi.

— Fais une pause, veux-tu ?

— Quoi ? Je pense seulement à toi.

— Des clous, oui !

Le lit bougea lorsqu'il se leva, et je le regardai s'en aller. Je restai éveillé un long moment après que la porte se soit refermée.

# LIVRE QUATRE

# I

MON TÉLÉPHONE me réveilla à huit heures.

— C'est samedi matin, me plaignis-je à la personne au bout du fil.

— Oh, *maintenant* tu réponds à ton téléphone ? Et pour hier soir, connard ? Tu nous as totalement oubliés.

Je tentai de reconnaître la voix, essayai de penser à ce que j'étais supposé avoir fait vendredi soir au lieu de sortir avec mon petit ami, Sam Kage, sa partenaire Chloe, et son petit ami, Jason. Il fallut quelques minutes à mon cerveau pour se réveiller et se souvenir.

— Oh, Ev, gémis-je. Tu voulais que je rencontre un gars.

— C'est exact, me gronda mon ami, Evan Rheems. Allez, Jory… si tu ne voulais pas venir, tu n'avais qu'à me le dire. Tu sais que je ne te présenterais jamais quelqu'un qui ne serait pas cool.

— Oh non ? J'ai deux mots pour toi : Mark Benassi.

Il y eut un long silence avant qu'il reprenne.

— Va te faire foutre, J, ce n'est… un pervers n'annule pas tout mon passé de super entremetteur.

Je rigolai parce qu'il était sur la défensive.

— Tu t'es planté sur ce coup-là et tu le sais.

— Mais ce n'est pas une excuse pour…

— Je vais me faire pardonner, l'apaisai-je. Et si je vous invitais toi et ton adorable petit ami Loudon à dîner ce soir ? Je promets de…

— Non, grommela-t-il. Nous devons aller chercher la mère de Loudon à l'aéroport. Elle arrive de Ames pour une semaine.

— Ames ?

— C'est dans l'Iowa.

— Oh.

Je ne pus réprimer mon rire.

— Eh bien, je suis désolé de t'avoir posé un lapin. Je n'en avais pas l'intention, mais Sam est revenu et je…

— Quoi ?

— Sam.

Il retint son souffle.

— Quoi ?

— Evan, l'avertis-je.

— Tu connais un autre Sam ?

— Nous savons tous les deux que non.

— Oh, mon Dieu !

— Stop !

Il commençait à respirer fort.

— Donc, *le* Sam.

— Ouais.

— L'inspecteur de police, Sam.

— Oui.

— Comme dans le-gars-que-je-déteste, Sam ?

— Tu ne le détestes pas.

— Oh détrompe-toi, je suis sûr de vraiment le détester.

— Eh bien arrête, parce qu'il va emménager chez moi, déclarai-je, en décidant à cet instant qu'il pouvait le faire.

Qu'étais-je en train d'attendre, une lumière venant des cieux ? Que Sam Kage soit revenu en force dans ma vie après une absence de trois années ne voulait pas dire que je n'étais pas toujours follement amoureux de lui. Il était, en fait, le seul homme que j'avais jamais aimé. Le faire attendre via une période de rendez-vous avant d'emménager avec moi était une stupide perte de temps. Cet homme voulait être avec moi… qui étais-je pour dire non ?

— Jory !

— Désolé, Ev, dis-je en souriant.

— Il va emménager ?

Je rigolai.

— Jory… dis-moi tout.

— C'est trop tôt pour ça.

Je ris, parce qu'il commençait à hyperventiler.

— Sam Kage est de retour et je vais vivre avec lui puisque je l'aime. Donc, tu n'as plus à t'inquiéter pour moi, et tu n'as plus à m'organiser des rendez-vous arrangés. Appelle-moi lorsque la mère de Loudon sera repartie et nous irons dîner, d'accord ? Okay. Salut, dis-je avant de raccrocher.

Cela lui prit vingt-trois secondes pour me rappeler.

— Quoi ?

— Quoi ? Est-ce que tu plaisantes ? cria-t-il. Est-ce que tu plaisantes ?

— Evan, ne fait pas une…

— Sam Kage ? Est-ce que tu plaisantes ?

— Tu te répètes.

— Sam Kage ? siffla-t-il. *Oh mon dieu…* Sam Kage ?

— Evan, tu sais que je l'aime.

— Il t'a pratiquement tué la dernière fois, et je veux dire littéralement failli te tuer ! C'était sa faute si on t'a tiré dessus et enlevé et...

— Evan, tu...

— *Oh, mon dieu*, tu es sérieux ? Sam Kage !

Il me fallut une demi-heure pour lui éviter l'évanouissement, puis le téléphone lui fut retiré et je me retrouvai à parler à son petit ami Loudon, qui dut me faire répéter toute l'histoire avant de pouvoir offrir une consolation à son partenaire.

Trois ans plus tôt, j'avais été le témoin d'un meurtre et j'avais rencontré Sam Kage, l'inspecteur qui travaillait sur l'affaire. Puisque j'avais refusé d'entrer dans le programme de protection des témoins, Sam était devenu l'homme responsable de ma sécurité. Au milieu de tout cela, nous étions tombés amoureux. Mais être gay et inspecteur aux mœurs était difficile pour Sam, et par voie de conséquence, un véritable grand huit émotionnel pour moi. Nous nous étions séparés et remis ensemble de nombreuses fois, et tout ce temps, je tentai d'échapper aux hommes qui me voulaient mort plutôt que dans le box des témoins. La fin était arrivée lorsque le partenaire de Sam à l'époque, son meilleur ami, Dominic Kairov m'avait enlevé. La Division des Affaires Internes menait une enquête sur lui et il s'était avéré qu'il travaillait pour les hommes qui essayaient de me tuer. C'était un flic véreux et il s'en était pris à moi pour essayer de se couvrir et de s'en sortir. Mais Sam connaissait son partenaire. Il savait comment travaillait son esprit, et avait ainsi été capable de me retrouver avant que je sois tué. Dans le chaos du moment, cependant, au moment où il m'avait retrouvé, j'avais fini par prendre une balle destinée à mon amant, tirée par l'arme de Dominic.

J'avais passé huit jours en soins intensifs, Sam ne quittant jamais mon chevet. Mais une fois passée la phase critique, il était parti traquer les personnes responsables du contrat sur ma tête et de la corruption de son partenaire. Dominic était un bon flic au début de sa carrière et un inspecteur des mœurs motivé. Sam était déterminé à faire payer ces gens pour m'avoir blessé et avoir corrompu son meilleur ami. La tâche l'avait éloigné de moi. Il m'avait promis de revenir, mais sans un mot en trois ans, j'avais abandonné l'espoir de le revoir un jour. Et puis il avait soudainement reparu, prêt à reprendre là où nous en étions restés.

Je l'avais combattu plus longtemps que je l'aurais pensé, presque une semaine, avant de succomber sous les assauts de mon cœur, les besoins de mon corps, mon esprit enfoui sous une avalanche d'émotions. C'était difficile d'essayer d'expliquer à tout le monde comment je pouvais toujours aimer Sam Kage après tout ce que nous avions traversé, mais je tentais quand même de le faire comprendre à Loudon au téléphone. Si j'y arrivais avec lui, il pourrait à son tour y arriver avec Evan. Comme d'habitude, à l'opposé total de la drama-attitude d'Evan, Loudon était logique, plus réfléchi. Il réserverait son jugement jusqu'à ce qu'il rencontre Sam. Dès que sa mère repartirait, ils nous inviteraient à dîner chez eux, puisque l'inquisition devait se dérouler en privé. En attendant, ils suspendraient officiellement les rendez-vous arrangés. Lorsqu'il raccrocha, même après toute cette discussion, je fus capable de me retourner et de me rendormir. C'était un don.

J'ÉTAIS RENTRÉ à la maison pour prendre une douche et me changer, et je m'apprêtais à quitter l'appartement lorsque j'entendis Sam franchir la porte d'entrée. Je lui avais donné un jeu de clés la veille.

— Hé, l'appelai-je depuis la chambre, redressant mon nœud de cravate, boutonnant ma veste de costume. Je ne pensais pas te revoir avant ce soir ?

Il était parti à trois heures du matin, appelé sur une scène de crime.

Il apparut sur le seuil ; je le vis dans le miroir, mais il ne prononça pas un mot. Il se tint juste là à me fixer. Une minute passa et je souris et me retournai pour le regarder.

— Que fais-tu ici ?

Il m'étudia de haut en bas, m'absorbant, ses yeux emplis de douleur, sa mâchoire crispée.

— Sam ? Qu'est-ce qui ne va pas ?

Il bougea soudainement, vraiment vite, et dès qu'il fut près de moi, me tira brutalement en avant dans ses bras en me serrant si fort qu'il me coupa le souffle.

— Sam, tu me fais peur.

Il s'accrocha, le visage enfoui dans mes cheveux.

— Chéri, qu'est-ce qui ne va pas ? lui demandai-je d'un ton calme, posant ma tête sur sa poitrine. S'il te plaît, dis-moi.

Il me fit reculer à une longueur de bras, ses mains s'enfonçant dans mes biceps. Il était tendu et inquiet, et il respirait de façon erratique.

— Sam ?

— Écoute-moi, dit-il en inspirant avec difficulté. Tu te souviens de toute cette affaire avec Dominic, et qu'à cette époque ton ancien appartement avait été vandalisé ?

Est-ce que je m'en souvenais ? C'était un peu flou.

— Oui, dis-je au bout de quelques minutes parce que ça me revenait.

— Et que le nouveau locataire a été tué ? Tu te souviens de tout ça ?

Ça, je m'en souvenais.

139

— Oui, mais, c'était Dominic. Il avait tué ce gars parce qu'il pensait que c'était moi.

Il secoua la tête.

— Non, J. Je connais Dom. C'est impossible qu'il commette une erreur pareille.

Je le dévisageai.

— D'accord, alors peut-être que c'était l'un des hommes de Roman.

Roman était l'homme qui m'avait voulu mort. Il avait été présent la nuit où j'avais assisté au meurtre. Que je puisse témoigner de sa présence sur la scène était la raison pour laquelle je devais être éliminé.

— Je me souviens de t'avoir entendu dire qu'ils pensaient que j'étais mort, mais il y avait une taupe qui s'est avérée être Dominic et…

— Non. Lorsque nous avons mis le téléphone du père de Roman sur écoute, nous avons entendu quelqu'un l'appeler – Dominic – et lui dire que tu étais toujours vivant. Nous pensions qu'ils avaient tué ce gamin croyant qu'il s'agissait de toi, mais en fait ils ne faisaient que reporter la deuxième tentative avortée contre ta vie. Ni Dominic ni le père de Roman ni Roman lui-même n'ont jamais su quoi que ce soit du meurtre d'Oak Park.

— Oh !

Les poils de ma nuque commençaient à se hérisser.

Sam sondait mes yeux.

— Tu es sûr de ça ?

— Ouais, nous en sommes sûrs.

— D'accord.

J'essayai de sourire.

— Alors pourquoi ce soudain intérêt pour quelque chose qui s'est produit il y a trois ans ?

Il me fixait si intensément, me tenant toujours si serré.

— Parce que nous avons trouvé un autre gars, ce matin, découpé comme l'était ce gamin.

— Découpé ?

— Ouais. Exactement comme le premier et les deux autres.

— Les autres ?

Il ignora ma question.

— Nous avons trouvé ton permis de conduire dans son portefeuille.

J'étais soudain frigorifié.

— Quand as-tu perdu ton portefeuille, J ?

Je me creusai la cervelle. Ça faisait une éternité.

— Je ne sais pas, juste après ton départ, au moins trois ans.

— C'est bien ce que je pensais. Il y avait toujours l'adresse d'Oak Park dessus.

— Sam, que se passe-t-il ?

— Je n'en suis pas sûr, souffla-t-il en me relâchant.

Il marcha jusqu'au lit pour s'y asseoir.

— Tout ce que je sais en revanche, c'est que ça n'a rien à voir du tout avec l'affaire Brian Minor.

Trois ans plus tôt, mon amie Anna était mariée à Brian Minor. C'était un connard abusif, et lorsqu'elle avait finalement décidé de le quitter, elle m'avait appelé pour me demander une petite faveur. Elle avait besoin que j'aille chez elle récupérer son chien. Cela m'avait semblé être une tâche anodine et, parce que je voulais qu'elle s'en sorte, j'étais allé chez elle sans hésiter. À mon arrivée, cependant, mon monde avait été totalement chamboulé. Brian Minor venait de tuer quelqu'un sous mes yeux, faisant donc de moi, en l'espace de quelques secondes, le témoin d'un assassinat. J'aurais moi-même été tué, mais il s'était trouvé que c'était justement la nuit où les inspecteurs des mœurs avaient finalement décidé d'arrêter le mari d'Anna pour extorsion, racket et toute une liste d'autres crimes. Ils m'avaient sauvé, et j'avais fini allongé sur le dos au milieu de la rue avec le beagle d'Anna, George, me léchant le visage. C'était la première fois que je posais les yeux sur Sam Kage. Se dressant au-dessus de moi, il me dévisageait de ses magnifiques yeux bleu acier, le visage sévère, me demandant qui diable j'étais et ce que je foutais là ?

— Jory ?

— Désolé, dis-je en le regardant. Alors, vas-tu avoir des problèmes parce que tu es avec moi, puisqu'il semble que je suis peut-être au milieu d'une autre affaire ?

— Non. Ça fait trois ans et j'ai quitté le service. Plus personne n'est là pour s'en soucier.

— Les flics s'en soucient, Sam.

— Ma partenaire Chloe n'en a rien à foutre que je sois gay. C'est pareil pour mon nouveau capitaine. C'est différent maintenant, tu dois me croire.

Je hochai la tête.

— Si tu le dis, mais…

— Bon Dieu, J, qui a quelque chose à foutre de moi ? cria-t-il, passant sa main dans ses cheveux. Tu es celui pour qui je m'inquiète ! Tu es celui que tout le monde… Merde ! As-tu entendu ce que j'ai dit ? Nous avons retrouvé ton permis de conduire sur ce gars, J. Ton putain de permis !

— Je t'ai entendu, dis-je doucement en m'approchant de lui, me positionnant entre ses jambes pour qu'il soit ainsi obligé de se pencher en arrière pour s'asseoir droit, et de relever la tête pour me regarder. Parle-moi des autres.

141

Il prit une grande inspiration.

— Eh bien, outre Trey Hart…

— Est-ce celui qui a été tué dans mon ancien appartement ?

— Oui.

— Désolé, continue…

— En tout, il y a eu quatre meurtres.

— D'accord. Dis-m'en plus.

Son soupir fut profond.

— Eh bien, pour commencer, ils ont eu lieu sur une période de trois ans.

Je le regardai.

— Et alors ?

— Et rien. Quatre hommes sont morts, mais parce que cela semblait aléatoire et que les écarts entre les meurtres étaient si longs… personne n'a fait le rapprochement.

— Jusqu'à présent.

— Jusqu'à présent.

— Pourquoi maintenant ?

— Le FBI a été impliqué lorsque tu as été enlevé par Dom la première fois. Je suppose qu'ils sont restés sur l'affaire, et lorsque nous avons sorti ce gamin de cette benne à ordures ce matin, cela a attiré l'attention de quelqu'un à Quantico.

— Qu'est-ce que ça veut dire ?

— Les profileurs disent que les meurtres sont l'œuvre d'un tueur en série.

— Comment est-ce possible ?

— Tous ces hommes ont été tués de la même manière et ils se ressemblaient tous.

— Mais tu as dit que c'était aléatoire… Tu as dit qu'il s'était écoulé beaucoup de temps entre eux.

— Raison pour laquelle personne ici n'avait fait le lien, mais les fédéraux… les fédéraux chargent tout dans leurs ordinateurs et il y a des types qui surveillent ces choses, regardent les modèles, les dates et tout le reste, et décodent les statistiques. Alors s'ils nous disent que nous avons un tueur en série sur les bras, nous devons les croire.

— D'accord.

J'essayai d'absorber tout ce qu'il venait de me dire.

— Et qui étaient les types qui ont été tués ?

— Deux d'entre eux étaient des prostitués.

— Et les autres ?

— Les autres étaient juste des types ordinaires.

— D'accord, mais qui étaient-ils ?

— L'homme d'aujourd'hui était enseignant, à Chicago pour un séminaire sur l'art. Il venait de Pittsburgh. Et Trey Hart, le premier gars, était étudiant. Il venait d'emménager ici, d'Atlanta. Tous les deux étaient des types ordinaires, pris au hasard, et si on les ajoute aux deux prostitués, je veux dire, c'est comme, merde... ça ne correspond à aucun modèle... ça n'a absolument aucun sens...

— Si c'est aléatoire, alors en dehors de Trey et de l'enseignant... comment s'appelait-il d'ailleurs ?

— Glenn McKenna.

— D'accord, donc en dehors de Glenn et de Trey, comment pouvez-vous savoir – toi, ton département ou le FBI – qu'ils n'avaient rien en commun ?

— Parce que le point commun c'est toi.

— Comment ça ?

— L'un des prostitués vivait dans le même immeuble que toi, mais pas en même temps.

— Quel immeuble ?

— Celui qui appartient à ton frère, en face du club de jazz.

— D'accord, c'est bizarre, mais c'est juste une coïncidence.

— Peut-être, accorda-t-il, mais l'autre prostitué, il était employé par l'entreprise de restauration qui s'est chargée des fiançailles de Dane.

Mon frère, Dane Harcourt, était un important architecte en ville, l'un des meilleurs du pays ; toutes ses réceptions étaient des événements énormes et tentaculaires.

Je secouai la tête, passant mes doigts dans mes cheveux.

— C'est juste bizarre, Sam, rien d'autre. Je pense que tu cherches des choses qui n'existent pas. Je veux dire, un type qui habitait dans le même immeuble, mais à une époque où je n'étais même pas là, un serveur qui était présent durant une fête organisée par Dane... c'est ridicule.

— Les profileurs du FBI ne le pensent pas. Le seul lien qu'ils ont trouvé entre les meurtres, c'est toi.

— Alors, suis-je un suspect dans ce cas ?

— Non, ils croient que tu es la cible.

— Et comment se fait-il que rien de tout cela n'ait filtré dans les journaux ou aux nouvelles télévisées ?

— Tous les meurtres ont fait la une des infos et des journaux J, mais ils sont tellement étalés – trois ans entre le premier et le dernier – que personne dans la presse n'a fait le lien.

Je hochai la tête.

— Mais ils pourraient.

— Ils pourraient.

— D'accord, mais as-tu vérifié tous les...

— Bébé, je ne m'occupe pas de cette affaire. Elle ne sera jamais la mienne parce que je suis trop proche de toi. Tout mène à toi donc je dois rester à l'écart, spectateur. Tout ce que je peux faire, c'est demander à Hefron et Lange ce qu'ils ont et ce que je peux faire. S'ils ne m'avaient pas appelé ce matin, je n'aurais toujours aucune idée de ce qui se passe.

— Est-ce qu'ils te parleront ?

— Bien sûr. Nous sommes tous inspecteurs et ce sont des amis.

— Seront-ils toujours tes amis une fois qu'ils sauront pour toi et moi ?

— Ils savent déjà pour toi et moi, J, c'est pour ça qu'ils m'ont appelé, et oui… ils sont toujours mes amis. Tu n'es pas le seul à avoir des gens bien dans ta vie.

— Je n'ai jamais dit ça.

Nous restâmes silencieux pendant plusieurs minutes.

— Sam.

— Quoi ?

— Je me souviens t'avoir entendu dire, quand Trey a été tué, que la personne qui avait fait ça avait écrit quelque chose sur le mur me concernant. Qu'est-ce que c'était ?

— Un mot.

— Quel mot ?

— Juste… cela n'a pas d'importance.

Il ne voulait vraiment pas me le dire. J'eus l'impression que mon estomac plongeait.

— Quel mot était écrit ?

Il me dévisagea.

— Était-il écrit avec du sang ? Le sang de Trey ?

— Avec son sang et quelque chose d'autre.

— Quoi ?

— Je ne veux pas parler de ça, cria-t-il presque. Aide-moi seulement à découvrir qui voudrait s'en prendre à toi.

— Je ne sais pas, Sam, tout ça me semble toujours n'être qu'une suite de coïncidences bizarres.

— Jory…

— Je veux dire, tous les autres, en dehors de Trey, évidemment. Je pense toujours que les hommes de Roman étaient…

— Allez, Jory, soupira-t-il avec lassitude. Ton permis de conduire était sur la victime et la ressemblance était bonne. Il aurait pu être ton frère.

Je haussai un sourcil.

— Il était aussi mignon que moi ?

— Ne plaisante pas, putain de merde ! Ce n'est pas drôle ! Regarder ces gars sortir ce gamin de cette benne aujourd'hui… Merde ! Si je ne venais pas de te quitter, j'aurais carrément perdu l'esprit à l'heure qu'il est.

— Désolé, dis-je doucement, faisant courir mes doigts dans ses cheveux, les regardant onduler. Et maintenant ?

— Maintenant, tu travailles de chez toi. Si Aubrey veut te voir, elle…

— Non, dis-je en secouant la tête. Je ne serai pas prisonnier dans mon propre…

— Bon sang, J ! Jusqu'à quel point vas-tu t'entêter ? Est-ce que tu comprends que non seulement, il y a un cinglé dehors qui tue des hommes qui te ressemblent, mais qui que ce soit il te traque depuis ces trois dernières années, et peut-être même depuis plus longtemps ? Est-ce que tu comprends ça, bordel de merde !

— Qu'est-ce que tu…

— Qui que soit celui qui a tué ce professeur aujourd'hui, il a volé ton portefeuille ou l'a fait faire à sa place il y a longtemps. Comprends-tu à quel point c'est tordu de voler quelque chose à la victime visée des années à l'avance, juste pour le déposer sur sa victime actuelle ? C'est complètement malade et vraiment, vraiment effrayant.

— Pourquoi tuer d'autres personnes ? Pourquoi ne pas me tuer simplement ?

— Peut-être qu'il ne peut pas. Peut-être que quelque chose l'en empêche.

— Il ?

— Les chances que ce soit une femme sont très minces. De plus, d'après ce que nous savons des blessures infligées… la force… une femme n'aurait pas pu l'avoir fait.

— Oh.

— Il est donc plus que probable que ce soit un homme et il est certainement d'une bonne taille vu les dommages qui ont été infligés aux victimes.

Je hochai rapidement la tête.

— Alors tu dois aller en détention préventive, et…

— Oh, pas question Sam ! m'écriai-je, quittant brusquement la chambre et remontant le couloir.

— Jory ! cria-t-il et je l'entendis arriver à grands pas derrière moi avant qu'il attrape mon bras pour me forcer à me retourner et lui faire face. Bon sang, tu as besoin de…

— Non, Sam. Je ne vais pas traverser tout ça encore une fois. Ma vie ne sera pas mise sens dessus dessous à cause de quelque chose que je n'ai pas fait. Ce n'est pas juste et je ne le ferai pas.

— Jory… commença-t-il en élevant la voix.

— Et alors ? demandai-je, m'éloignant de lui, contournant le canapé avant de le regarder à nouveau. Tu vas filer parce que tu dois te lancer à la recherche de celui qui me poursuit ? Tu ne seras pas capable de me protéger si tu es trop proche de moi ? débitai-je en levant les deux mains.. Si tu veux partir… alors, fiche le camp. Si c'est une autre proposition 'tout ou rien' pour toi… rien à foutre. Je ne veux pas de ça à nouveau. Une fois était plus que suffisante.

Nous restâmes silencieux, nous regardant juste l'un l'autre.

— Tu as raison.

— À propos de quoi ? dis-je lorsque je pus respirer, les bras croisés.

— Quand je suis parti la première fois, c'était une excuse. Je te voulais, mais je voulais aussi que ma vie reste la même. J'ai utilisé le fait de démanteler ce cartel comme une voie de sortie.

— Tu t'es enfui.

— Oui.

Je hochai la tête.

— Si tu veux t'enfuir à nouveau, s'il te plaît, fais-le avant que je retombe profondément amoureux.

— Viens ici.

Je retournai lentement vers lui, comme si je marchais vers une chaise électrique, et lorsqu'il put m'atteindre, il saisit ma cravate et me tira en avant d'un coup sec.

— Comme si tu n'étais pas déjà profondément amoureux, dit-il en souriant malicieusement, ses mains sur mon visage, relevant mon menton pour m'embrasser.

Je fondis contre lui, mes mains posées sur ses avant-bras, l'embrassant en retour, profondément et lentement, voulant faire durer le baiser.

— Je veux que tu restes à la maison avec moi aujourd'hui, d'accord ?

— Non, je dois préparer l'arrivée d'Abe lundi et je dois rencontrer quelques clients cet après-midi pour rattraper mercredi… ou jeudi… peu importe le jour, et il y a juste beaucoup à…

Il déboutonna ma veste de costume et ses mains la firent glisser de mes épaules. Je l'entendis tomber doucement sur le dossier du canapé. Il ne m'écoutait pas, mais j'avais des choses à faire. Ma partenaire de travail, Dylan Greer, avait accouché quelques jours auparavant et je devais préparer le bureau pour Aubrey 'Abe' Flanagan, qui allait m'aider jusqu'à ce que Dylan revienne de son congé maternité. Même si nous étions samedi matin, j'avais des appels à passer, des e-mails à envoyer, et il n'était pas question que je rejette mes responsabilités pour passer la journée au lit avec mon petit ami très sexy.

— Sam…

Ma cravate fut doucement dénouée et glissa elle aussi, rejoignant ma veste de costume avant que ses doigts commencent à s'attaquer aux boutons de ma chemise.

— Sam, je ne peux pas…

— Je pourrais simplement te l'arracher comme je l'ai fait l'autre nuit, mais j'imagine que tu ne veux pas expliquer cette deuxième fois à ton pressing.

Ma tête roula en arrière et il embrassa mon menton et ma mâchoire en même temps qu'il me retirait mes vêtements. Il laissa tomber ma chemise sur le sol avant de glisser ses mains sur mes côtes pour me faire lever les bras. Je m'écartai légèrement pour qu'il puisse m'ôter mon tee-shirt.

— Pas besoin de ça, dit-il, le roulant en boule et le jetant sur le sol.

Je le regardai dans les yeux, m'émerveillant comme toujours de leur couleur, le bleu acier profond maintenant complètement fondu sous l'effet du désir. Impossible de le manquer, et c'était sacrément excitant de savoir que j'étais le seul responsable. Je l'excitai, juste moi, et ce pouvoir était enivrant.

— Je n'irai nulle part, cette fois, J, dit-il de sa voix basse et sexy, une étincelle de chaleur dans le regard, ses mains dans mon dos se déplaçant sur ma peau et m'arrachant des frissons. Je vais te protéger. Je ne laisserai rien arriver à mon bébé. Je ne peux pas. Que ferais-je sans toi ?

Je pouvais sentir mon corps vibrer sous ses caresses alors qu'il déposait des baisers sur mon cou, ma clavicule, mon torse.

— Si beau.

Moi ? Est-ce qu'il plaisantait ? Ce n'était pas moi qui avais l'air d'avoir été sculpté dans une pierre vivante. Nulle part une once de graisse sur l'homme, juste des muscles fermes et une peau chaude et lisse. Entre sa taille – un mètre quatre-vingt-quinze – et sa musculature imposante, il incarnait un fantasme absolu, mais au lieu de l'idolâtrer, c'est lui qui se tenait là à me regarder comme si j'étais son idéal.

— Toute cette peau dorée et tes yeux sombres et profonds… Mon Dieu, J, tu me tues.

Je déglutis avec difficulté alors qu'il se penchait et m'embrassait.

— Je ne peux plus rester loin de toi, dit-il, son souffle chaud contre mes lèvres. Tu sais, j'avais l'habitude de me réveiller et d'avoir envie de toi, et j'allais me coucher en souhaitant que tu sois là. Et puis je me levais et j'allais travailler, et tout recommençait.

Je l'observai.

Sa poitrine était comprimée et ses yeux me montraient à quel point il était vulnérable.

— Je ne te quitterai pas, plus jamais. Je te le promets.

147

— Et tu prendras soin de moi ? demandai-je, taquin, me penchant pour l'embrasser avec ardeur, suçant et léchant, le rendant haletant, ses yeux assombris de passion. Tu m'aimeras pour toujours ?

— Oui.

Il était à ma merci et j'aimais ça. Qui était le dominant maintenant ?

— Tu es prêt à crier mon nom un peu plus ? demandai-je en posant mes mains sous son pull, et sous le tee-shirt dessous.

Mes doigts glissèrent sur sa peau chaude, sur les muscles durs et définis de son dos, puis se déplacèrent autour des pectoraux sculptés vers les plaines bosselées et ciselées de son abdomen, la profonde crevasse jusqu'à son nombril.

— Dieu, Sam, tu es beau.

Il m'attrapa soudain, mes pieds quittant le sol alors qu'il m'étreignait fermement contre son corps et m'emportait dans le couloir jusqu'à ma chambre avant de me clouer sous lui sur le lit.

— Laisse-moi te montrer qui va crier.

Je frémis et mon souffle devint haletant, les gémissements qu'ils recherchaient. Il me fit rouler sur le ventre, puis il me positionna à genoux avec les mains devant moi. Je l'entendis se déshabiller avec des mouvements frénétiques, et la table de chevet bougea quand il ouvrit brutalement le tiroir.

— Écoute-moi, gronda-t-il à mon oreille, et mon corps se couvrit de chair de poule. Je me suis fait tester il y a deux semaines et je suis sain. Je n'ai jamais couché avec qui que ce soit à part toi sans protection, mais je voulais être sûr. Alors… nous en avons terminé avec ces putains de préservatifs.

Je ne pus que hocher la tête alors qu'il glissait ses doigts lubrifiés au fond de moi.

— Dis-moi oui, ordonna-t-il.

— Oui.

Je sentis sa bouche sur ma nuque et il me pénétra d'un seul coup puissant. Je criai alors que sa main lubrifiée glissait sous moi, s'enroulant autour de mon sexe, et qu'il me mordait l'épaule.

— Mon beau bébé.

J'eus la sensation que la vibration en moi résonnait maintenant à l'extérieur de moi, et je me mis à trembler sous lui.

— Dis mon nom ! exigea-t-il d'une voix que je reconnus à peine : plus gutturale, brute, emplie de chaleur et de luxure.

— Sam, dis-je.

— Je vais prendre soin de toi, promit-il en s'enfonçant en moi. Dis-le !

— Juste toi.

Une main s'emmêla dans mes cheveux avant que ma tête soit brutalement tirée en arrière.

— Dis-moi que tu m'appartiens.

— Je suis tout à toi, Sam. Je t'appartiens.

Il me dévora alors, de sa bouche, de ses mains, me retournant sur mon dos comme si je ne pesais rien, enroulant mes jambes autour de lui, s'enfonçant en moi alors que je criai son nom. Le pouvoir exercé sur moi, la possessivité absolue ainsi que son besoin de me dominer noyèrent tout le reste.


DE LÉGERS et tendres baisers étaient déposés entre mes omoplates alors que ses doigts remontaient du creux de mes reins jusqu'à ma nuque, puis redescendaient. Encore et encore, si doucement, faisant lentement monter mon désir.

— Comment te sens-tu, bébé ?

— Je me sens bien.

— Ouais ?

— Hummm.

— Je suis drôlement atteint.

— Comment ça ?

— Mon besoin de toi, mon désir pour toi.

— Je mentirais si je disais que j'étais désolé.

Il pressa sa bouche brûlante au milieu de mon dos et m'embrassa avec force, suçant la peau et terminant par une morsure. C'était incroyable.

— Tu aimes laisser des marques sur moi, dis-je en souriant dans mon oreiller.

— Oui, j'aime ça et j'adore entendre tes petits bruits quand je le fais.

Il fit traîner sa joue mal rasée sur le bas de mon dos et je jouis presque sur le lit.

— Ça fait du bien ?

Mon corps entier picotait.

— Oui, réussis-je à répondre.

— Tu sais, soupira-t-il, embrassant mon épaule puis mon cou, sa main glissant sur mes fesses et les pressant. Tu es la seule personne que j'ai jamais voulu réellement manger.

— Vas-y, soufflai-je. Mange-moi.

— Seigneur, gémit-il. Je n'ai jamais aimé personne de la façon dont je t'aime, Jory. Ça me fout les jetons, je le jure devant Dieu.

— Reste juste avec moi.

Son souffle devint irrégulier. Il donnait l'impression de souffrir.

— Allonge-toi et serre-moi contre toi.

149

Immédiatement, il se lova contre moi et je fus enveloppé par une peau chaude et lisse et un corps musclé. Il enfouit son visage dans mon épaule et il pressa son torse et son aine contre mon dos et mon cul.

— Je dois me lever et passer quelques appels, dis-je en souriant alors que mes yeux se fermaient tous seuls.

— Non, repose-toi.

— Je n'ai encore rien fait, dis-je en riant avant de laisser échapper un long bâillement.

— Eh bien, tu vas te reposer parce que tu ne quitteras pas cet appartement. J'ai préparé un sac, alors je ne m'en vais pas non plus. Je vais commander des plats chinois lorsque nous nous réveillerons et je les ferai livrer.

Je rigolai.

— Nous allons juste rester terrés ici, hein ?

— Quand nous nous lèverons, nous parlerons. Tu vas détester ça.

— Je ne pourrais jamais détester le fait de te parler.

Son rire, un grondement profond provoqua une nouvelle de chair de poule sur ma peau.

— Nous verrons.


IL AVAIT raison. Être interrogé par celui dont j'étais amoureux, craignait vraiment.

— Je ne sais pas, grognai-je, couvrant mon visage avec l'oreiller.

— Réfléchis J, m'ordonna-t-il en écartant l'oreiller, se redressant sur un bras et posant son menton sur sa main en me regardant. Qui te déteste ?

— Toi, manifestement, gémis-je, roulant loin de lui pour m'étendre sur le ventre. Pour l'amour de Dieu, Sam, ça fait déjà deux heures que tu me passes au gril et nous ne faisons que tourner en rond. Je ne sais pas, d'accord ?

Sa main glissa sur mes fesses et il les pressa fort. Le mouvement me redonna espoir.

— Sam ?

— Quoi ?

— Tu veux me passer chaudement au gril ?

— Arrête ça, dit-il en me tapotant le cul avant que sa main glisse plus haut, au creux de mes reins.

— Peut-être que je devrais mettre ton nom sur moi, hein ? De l'encre juste à l'endroit où se trouve ta main ?

— Quoi ? Un tatouage de salope… merde, non. Si je pose mon nom sur toi, il va sur ton épaule droite, là où je te mords chaque fois que tu es sur les genoux devant moi.

150

Je le sentis trembler contre moi.

— Faisons-le, dis-je en posant ma tête sur le drap frais.

— Ouais ? Je peux mettre mon nom sur toi ?

— Oui, Sam.

Instantanément, je fus retourné et pressé contre lui, la chaleur de sa peau envoyant un frisson dans mon dos.

— Tu crois que c'est une blague ? Sais-tu à quel point j'en ai envie ?

Je tournai la tête pour croiser son regard et je fus surpris de voir combien il était sombre, sérieux, et affamé.

— Je n'en avais aucune idée.

Ses yeux restaient rivés aux miens.

— Je ne sais pas comment faire savoir aux gens que tu m'appartiens.

— Je leur dis.

Je lui souris, tendant une main pour poser mes doigts sur sa mâchoire.

— Ne t'inquiète pas pour ça.

Il poussa un soupir profond et sonda mes yeux. Nous restâmes comme ça un moment, à nous dévisager l'un l'autre.

— À quoi penses-tu J ?

— Je me demande juste si ça va te manquer.

— Quoi donc ?

— Toutes les petites choses qui vont de pair avec le fait d'être hétéro.

— Comme quoi ?

Je haussai les épaules.

— Comme le grand et beau mariage que mon frère Dane vient d'avoir. Tu ne connaîtras jamais de moment Disney avec moi, tu sais ?

— Explique-moi ça.

— Eh bien, tout ce truc de trouver ta princesse, Sam.

Je roulai sur le dos et fixai le plafond.

— Tu n'auras jamais le 'ils vécurent heureux pour toujours' avec moi.

— Non ?

— Allons, aucun grand moment cinématographique n'arrive entre deux gars. Ce n'est pas comme ça que ça fonctionne.

— Non ?

— Non, lui assurai-je.

— Je pense que tu as tort. Je pense que dans la vraie vie la magie se produit tous les jours, dit-il, roulant au-dessus de moi et me regardant dans les yeux. Mais même si ce n'est pas le cas, qui s'en soucie ? Je n'ai pas besoin d'un 'heureux pour toujours', J, j'ai juste besoin de la partie 'pour toujours' ; peu importe l'adjectif. Des hauts et des bas pour toujours, parfois des moments difficiles pour toujours, ou dingues pour toujours... je m'en fous. Tant que tu restes près de moi, nous ferons simplement du mieux que nous pourrons, jour après jour.

Les larmes me montèrent aux yeux et il devint flou.

— Seigneur, ce que tu as le cœur tendre, dit-il en riant et en essuyant les larmes qui coulaient sur mes tempes. Et bébé... ne laisse jamais personne te dire que tu n'es pas une princesse.

— Oh, va te faire foutre, Kage ! dis-je en le poussant.

Quand il me cloua au lit et m'embrassa à en perdre haleine, je crus que mon cœur allait s'arrêter. Mais... battre pour Sam Kage était sa fonction principale.

# II

PLUS TARD cet après-midi-là, alors que je marchais dans les allées de la grande surface en poussant mon caddie, mon téléphone sonna. Manger chinois ne nous avait pas tenté en fin de compte, et nous avions opté pour cuisiner.

— Allô ?

— Jory.

— Salut, répondis-je avec le sourire.

Mon frère semblait aller vraiment bien. Pourquoi m'appelait-il alors qu'il était en pleine lune de miel, je n'en avais aucune idée, mais j'étais toujours heureux de l'entendre.

— Qu'est-ce que…

— J'ai besoin que tu viennes nous chercher Aja et moi à l'aéroport demain matin.

— Oh mon Dieu !

Je m'arrêtai de marcher, me redressant de ma position appuyée sur le chariot.

— Pourquoi ? Qu'est-ce qui ne va pas, Dane ?

— Le père d'Aja a eu une attaque cardiaque hier.

— Oh non ! Oh Dane, je suis désolé.

— Non, c'est bon, il va bien, mais nous pensons tous les deux que nous devrions être là.

— Bien sûr, bien entendu, dis-je dans un souffle. Dis-moi ce que…

— Il ne veut même pas que nous rentrions plus tôt, me coupa-t-il, mais j'ai d'autres choses à l'esprit, donc c'est parfait que nous écourtions notre séjour.

— Oh ouais ? Comme quoi ?

— Oh, je ne sais pas… l'inspecteur Kage, par exemple.

Il y eut un silence qui dura le temps d'un battement de cœur.

— Oh merde !

— Oh merde, effectivement ! Mais à quoi pensais-tu ?

La dernière partie sortit dans un rugissement.

Il était logique que Dane soit furieux après moi. La dernière fois qu'il avait vu Sam Kage, c'était trois ans plus tôt. J'avais pris une balle pour cet homme, et puis Sam m'avait abandonné à l'hôpital pour me permettre de guérir. Pour Dane – qui avait pris soin de moi par la suite, étant là à la place de mon petit

153

ami –, c'était comme si un bâtard froid et sans cœur avait été autorisé à revenir dans ma vie. Pour lui, j'étais fou, ma logique noyée dans un océan de désir.

— Es-tu même capable de penser ?

— Dane, je…

— Puis-je avoir le téléphone, entendis-je Aja demander.

— Non, j'ai besoin de…

— Jory, intervint Aja au téléphone. Salut, chéri.

— Je suis tellement désolé pour ton…

— C'était une toute petite attaque minuscule, dit-elle pour m'apaiser. Il va très bien s'en tirer. Je veux juste le voir pour m'en assurer, tu comprends ?

— Bien sûr.

— Mais je dois te le dire, je n'ai jamais vu Dane comme ça, dit-elle doucement. Qui donc est Sam Kage ?

— C'est… Comment l'a-t-il su d'abord ?

— Rick Jenner a une nouvelle petite amie, je suppose, et elle travaille en quelque sorte avec toi ?

— Aubrey Flanagan, oui.

— Eh bien, apparemment, elle t'aurait vu, toi et ce Sam quelque part…

Ah, zut.

— Merde, j'avais oublié ça.

— Jory, qu'est-ce qui…

— Dylan a eu son bébé.

— Oh, c'est magnifique ! J'irai lui acheter quelque chose dès que je serais revenue.

— Où es-tu comme maintenant ?

— Nous sommes déjà à New York, nous prenons un vol ce soir.

— Je suis vraiment désolé pour ton père.

— Non, non, c'est bon. Il va bien. Je pense que Dane est plus en colère à propos de toi et… raconte-moi tout à propos de ce Sam.

— C'est juste… tu vois… je suis sûr que Dane pense qu'il va me blesser, parce que j'ai eu des ennuis la dernière fois que Sam était dans les parages, mais je l'aime, et maintenant avec ces meurtres, il devrait savoir qu'avec Sam ici c'est…

J'entendis une soudaine inspiration.

— Oh, mon Dieu, qu'as-tu dit ?

Je l'informai de ce que Sam m'avait dit, sans donner tous les détails sanglants.

— Oh mon Dieu, cria-t-elle, puis, j'entendis le téléphone heurter le sol.

Il y eut un bruissement et je perçus le mot 'assassiné' répété d'une voix étouffée cette fois.

— Est-ce que tu te moques de moi ? hurla-t-il dans le téléphone.

— Attends…

— Jory, nom de Dieu ! Je te laisse seul deux semaines et tu…

— Dane, ce n'est pas comme si…

— Est-ce qu'il est là ? demanda-t-il alors que Sam marchait vers le caddie et y laissait tomber du pain.

— Qui est au téléphone ? demanda Sam en bâillant, ses yeux adoucis alors qu'il me regardait.

Je secouai la tête et mentis à mon frère.

— Non.

— Tu mens. Passe-le-moi.

— Qui est-ce ? répéta Sam, fronçant soudain les sourcils.

J'écartai le téléphone de ma bouche.

— Dane.

Il grogna et tendit la main.

— Il veut me parler, c'est ça ?

— Oui, mais…

Il remua ses doigts, réclamant le téléphone.

— Allez, donne.

— Il est furieux, prévins-je Sam.

— Qui est furieux ? lâcha Dane d'un ton cassant.

— Pas toi – je veux dire, ouais, toi – tu es celui qui est furieux.

— Je le suis assurément, dit-il d'un ton glacial. Passe le téléphone à l'inspecteur.

— Jory, dit Sam sévèrement, donne-moi ce putain de téléphone.

Je le lui passai et il inspira avant de dire bonjour. J'aurais adoré espionner, mais il s'éloigna après m'avoir murmuré le mot 'spaghetti'.

Je terminai les courses aussi vite que possible et lorsque j'eus fini et payé, je poussai le chariot dehors et trouvai Sam appuyé contre la porte côté passager de son SUV.

— Tu as fini de parler ? lui criai-je.

— Ouais.

Je grimaçai.

— Et alors ?

— Oh, il est furieux, confirma-t-il avec un grand sourire. Et il est terrifié à propos de ces hommes qui se sont fait tuer. Il a dit que dès qu'il serait rentré, tu emménageais avec lui et… Anna ?

— Aja. Le prénom de sa femme est Aja.

— Oh.

Il haussa les épaules.

— Eh bien, peu importe. Tu n'y vas pas.

— Ah non ? le taquinai-je.

— Bon Dieu, non ! Tu restes avec moi.

— Tu veux dire que tu restes avec moi, le corrigeai-je. Au moins, je vis dans un immeuble sécurisé.

— Tu as compris ce que je voulais dire. Monte dans cette putain de voiture.

— Arrête de jurer.

— Bien, acquiesça-t-il.

— Hé.

Il me regarda par-dessus le capot du SUV.

— Merci de lui avoir parlé et de ne pas t'être mis en colère. Je sais comment il peut être.

— Non, J, il a raison sur toute la ligne. Je sais de quoi ça a l'air. Je suis revenu depuis à peine deux secondes et tu as déjà des problèmes. Ça semble difficilement en valoir la peine.

— Ça en vaut la peine pour moi.

Je lui souris.

— Oh, je me fiche de savoir si c'est le cas ou non, déclara-t-il en rejetant mon inquiétude. Je ne vais nulle part.

— As-tu la moindre idée du plaisir que tu me donnes quand tu parles comme ça ?

— Monte dans la voiture, pour l'amour de Dieu, grogna-t-il. J'ai faim.

Nous étions en train de décharger les courses lorsque Sam redressa la tête d'un coup et me regarda.

— Quoi ?

— Qu'est-il arrivé à ce médecin avec lequel tu sortais ?

— Qui ?

— Celui pour qui tu avais arrangé ce rendez-vous sur la jetée cette fois-là.

Je me creusai la tête.

— Oh, Nick Sullivan.

— Ouais, lui. Tu lui parles toujours ?

— C'est incroyable que tu te souviennes de ça.

— Un flic se doit d'avoir une bonne mémoire.

— J'imagine, oui.

— Alors, ce médecin.

— Qu'as-tu demandé ?

Il grogna.

— Lui parles-tu toujours ?

— Non.

— Non ?

— Non.

— Pourquoi pas ?

Je haussai les épaules.

— Je ne sais pas, dis-je en reculant de l'arrière du SUV alors qu'il en claquait le coffre. Nous avons simplement perdu contact.

— Pourquoi ?

— Je pense qu'après la rupture avec Kai…

— C'était le gars avec qui tu l'avais maqué.

— Exact. Ça a duré plus d'un an.

— Eh bien. Impressionnantes compétences d'entremetteur.

— Non. Si elles étaient si impressionnantes, ils seraient toujours ensemble.

— Tu as fait de ton mieux, J. À un certain point, cela ne dépend que des deux personnes impliquées.

— Je le suppose.

— Continue. Ils étaient ensemble et ils ont rompu, et alors ?

— Eh bien, après ça Nick voulait me voir, et quand je n'ai pas voulu, ça s'est arrêté là.

Il hocha la tête.

— Qu'est-ce qui t'a fait penser à Nick ?

— Je ne sais pas, J. Le docteur t'a longtemps côtoyé et il sait assurément comment découper quelqu'un en pièce, non ?

— Impossible, lui assurai-je. Nick Sullivan n'est pas un tueur.

— Je ferai quelques vérifications à propos du doc de toute façon.

— Fais donc ça, dis-je avec un grand sourire.

— J'irai chercher Dane et Aja avec toi.

— Oh non, tu ne viens pas.

J'éclatai de rire.

— Je ne veux pas que tu rates le dîner du dimanche avec ta mère.

Tous les dimanches, Sam dînait avec sa grande famille, en banlieue. Je ne voulais pas qu'il rate cet événement à cause de moi.

— En plus, il y a Bambi au menu, tu te souviens ?

— Quoi ?

— Rappelle-toi. Ton oncle ramène un cerf de son séjour de chasse.

— C'est vrai.

— Tu vois, donc…

— Mes parents survivront. Ils nous ont vus il y a deux jours, soupira-t-il. En plus… c'est bien plus important.

— Tu es fou, lui assurai-je. Ça va être un bain de sang.

Il vint vers moi et m'embrassa sur le front.

— Je dois soutenir mon partenaire.

— D'accord, mais Dane pourrait juste te tuer.

— Il peut essayer.

Je secouai la tête en le suivant sur le perron de mon immeuble.


IL FAISAIT la vaisselle puisque j'avais cuisiné et nous parlions de ce qu'il avait fait au cours des deux premières années après son départ. C'était intéressant de l'écouter raconter tout le chemin qu'il avait parcouru jusqu'en Colombie, comment il avait dormi dans des tentes et son acclimatation à une équipe de la DEA. Il avait aimé ça, suivre la piste aussi loin que possible et arrêter tous ces gens au passage.

Tout avait commencé la nuit où j'avais vu Brian Minor assassiner Saul Grant de sang-froid. Parmi les personnes présentes dans la pièce à ce moment-là, en plus de Brian et moi, il y avait Roman Michaelev. Dominic, l'ex-partenaire et ami de Sam, avait travaillé pour le père de Roman, Yuri. Et parce que je pouvais témoigner de la présence de Roman lorsque Saul avait été tué, Yuri avait mis un contrat sur ma tête. Quand Dominic avait été arrêté, il avait dénoncé Yuri qui lui-même avait dénoncé son patron, un homme nommé Dario Ruiz. Sam m'avait laissé pour remonter la piste de la drogue qui reliait Chicago à Moscou jusqu'en Colombie. L'effet domino s'était mis en place quand Dominic avait raconté ce qu'il savait, y compris qu'il avait tué Roman devant moi. Pour l'archétype de l'homme normal, j'avais quand même vu deux hommes se faire tuer. Tous ces gens – Dominic, Yuri et même Anna Minor – étaient toujours dans le programme de protection des témoins et le seraient pour le reste de leurs vies. Ils vivraient le reste de leurs jours en tant qu'autres personnes, des citoyens quelconques, dans différents états.

Je demandai à Sam s'il s'inquiétait qu'un jour Dominic revienne pour se venger de lui.

— Non, bébé.

— Pourquoi pas ?

— Ça ne marche pas comme ça.

Apparemment, ce n'était pas comme dans les films ; on était surveillé de très près dans le programme de protection des témoins, et dans le cas de Dominic, c'était la prison pour le reste de sa vie s'il s'approchait à nouveau des gens qu'il connaissait. Je demandai à Sam ce qu'il ferait s'il se retrouvait accidentellement face à Dominic dans un avion par exemple. Il me répondit qu'il aviserait si cela se produisait un jour.

— Tu sais, je n'ai jamais eu l'occasion de te dire combien j'étais désolé à propos de Dominic.

Je soupirai lourdement.

— Je veux dire, il a quand même été ton meilleur ami pendant presque la moitié de ta vie.

— Oui, il l'a été.

Sam m'adressa un léger sourire et posa sa main sur ma joue.

— Mais il a essayé de me tuer, et toi aussi et il t'a blessé…

Il prit une grande inspiration.

— Et je ne suis pas du genre à pardonner.

Je hochai la tête.

Après plusieurs minutes de silence, Sam me dit qu'il avait une question pour moi.

— Bien sûr. Quoi ?

— Sais-tu pourquoi Dominic a tué ce gars que nous avons retrouvé dans le sac mortuaire ?

— De quoi parles-tu ?

— Nous avons trouvé un gars dans un sac mortuaire quand nous avons pris d'assaut l'entrepôt où tu étais détenu. L'analyse de la balle correspond à celle de l'arme de Dominic, donc je sais qu'il l'a tué, mais je n'ai jamais compris pourquoi, et il n'a jamais voulu me le dire.

— Non ?

— Non. Il m'a dit de te le demander. Alors, je te pose la question.

— Dominic t'a dit de me le demander ?

— Ouais.

Je hochai la tête.

— C'était Marco, c'est ça ?

— Oui, c'est ça, Marco Danov. Que lui est-il arrivé ?

Je regardai Sam.

— Quelqu'un lui a cassé le nez avant qu'il soit tué. Est-ce que c'est Dominic qui a fait ça ?

— Non.

— Qui l'a fait ?

— Moi. Je lui ai cassé le nez.

— Toi.

— Oui… il essayait de…

Je regardai Sam jusqu'à ce qu'il comprenne.

— Oh. Mais il ne l'a pas fait ? Il ne t'a pas blessé ?

Aucun de nous ne voulait qu'on lui rappelle ce que le mot « blessé » sous-entendait. Mieux valait l'oublier.

— Non, je… il est tombé et puis je me suis enfui, Dominic était furieux et… j'ai entendu les coups de feu, mais je n'étais pas sûr que Dominic l'ait tué.

Sam hocha la tête, les muscles de sa mâchoire se contractant alors qu'il me regardait.

— Il l'a fait.

— Eh bien, c'était parce qu'il pensait qu'il m'avait perdu, pas à cause d'autre chose. Dominic a même suggéré que je...

Trop tard, je pensais à ce que j'étais en train de dire.

— Suggéré que tu quoi ?

Je secouai la tête.

— Allez, Jory, dis-le. C'était il y a longtemps.

Je laissai échapper un profond soupir.

— D'accord... il essayait juste de me donner l'impression que je ne valais rien du tout, et je le savais à cette époque, mais... il a suggéré que je taille une pipe à ce type pour avoir plus de couvertures. Il n'a fait qu'essayer de me rabaisser, rien d'autre.

Sam hocha la tête et il s'essuya les mains sur le torchon avant de quitter la cuisine.

*Raison pour laquelle tu ne parles jamais de ce genre de connerie*, me dis-je en pliant le torchon et en le laissant pendre sur le bord de l'évier avant de partir à la recherche de Sam. Je le trouvai allongé sur mon lit, les mains croisées derrière la tête, fixant le plafond.

— Qu'est-ce qui ne va pas ?

— Je ne t'ai protégé de rien de tout cela. Si j'étais intelligent, je t'aurais emmené avec moi voir Maggie et il n'aurait jamais mis la main sur toi.

— Oh, ça, j'en doute, lui assurai-je, et il tourna sa tête vers moi. D'une façon ou d'une autre, Dominic m'aurait attrapé. Si cela n'avait pas été ce soir-là, ça aurait été le suivant ou celui d'après. C'était inévitable.

— Donc tu es en train de me dire que... je ne serai pas capable de te protéger de ce psychopathe qui est après toi aujourd'hui ? Tu penses qu'il est inévitable qu'il t'attrape lui aussi ?

— Non, dis-je en m'appuyant contre le cadre de la porte. Ce n'est pas ce que j'ai dit. J'ai dit que Dominic m'attrapant était inévitable. Il était trop proche de toi, Sam, il te connaissait trop bien, savait comment tu réagirais, savait exactement ce que tu ferais... il était impossible qu'il ne parvienne pas à m'atteindre. C'était juste une question de temps.

Sa tête roula encore et il fixa à nouveau le plafond.

— Écoute, je veux de la tarte. Et toi ?

— Non, je ne veux pas d'une putain de tarte.

— Tu dois vingt-cinq cents.

— Quoi ?

Il était irrité, c'était clair dans sa voix tandis que son regard se posait sur moi.

— J'ai mis un pot sur le comptoir et tu devras y mettre vingt-cinq cents à partir de maintenant chaque fois que tu jureras. C'est incontrôlable et cela doit être stoppé.

— Oh, va te faire foutre, J, je ne vais pas…

— Ça fait cinquante cents. Paie ou tu vas dormir sur le canapé. C'est comme tu veux.

— Très bien, je dormirai sur le canapé.

— Peut-être que tu devrais aller dormir chez toi.

— Ne me pousse pas.

— Sinon quoi ?

— Je le ferai peut-être.

— Très bien.

Je haussai les épaules et me retournai pour sortir.

— Je vais me chercher de la tarte. À plus tard.

Lorsque j'arrivai à la porte d'entrée et l'ouvris, j'entendis sa voix tonner.

— Si tu mets un pied hors de cet appartement, je te botte les fesses !

— D'accord ! criai-je à mon tour en revenant vers le canapé à pas lourds pour qu'il puisse entendre le parquet craquer, avant de retourner vers la porte sur la pointe des pieds et la refermer soigneusement derrière moi.

Je ne fis aucun bruit en la verrouillant. J'étais dehors sur le trottoir lorsqu'il cria après moi.

— Nom de Dieu, Jory, tu ferais mieux de ramener ton cul ici av…

Je lui adressai un petit signe de la main en ricanant.

Il se pencha davantage par la fenêtre.

— Je n'ai vraiment pas envie de jouer avec toi.

Sa voix était froide, même de si loin, et aurait vraiment dû me terrifier.

— Parle à mon cul, mon pote, lui dis-je en m'assénant une tape sur les fesses juste au cas où il n'aurait pas compris.

La fenêtre fut refermée avec fracas et je me mis à courir.

En jean et en baskets, je bougeais plutôt vite. Je me demandai, cependant, s'il prendrait son SUV surdimensionné ou s'il se lancerait juste à ma poursuite. Je voulais juste de la tarte. Mais si je courais trop vite, je craignais qu'il me manque. Je rejoignis donc le bout de la rue au petit trot, puis ralentis pour traverser avant de reprendre mon allure jusqu'à ce que je voie la vitrine du restaurant vers lequel je me dirigeais. J'entendis le crissement des pneus derrière moi et obtins la réponse à ma question. Il avait pris son monstre.

Le moteur était bruyant et lorsqu'il arriva à ma hauteur, il le fit vrombir à un niveau assourdissant. Je me retournai et le regardai baisser la fenêtre côté passager.

— Monte dans la voiture !

Je secouai la tête, pointant le bas de la rue.

— Je vais manger un morceau de tarte.

— Tu ferais mieux de…

— Si tu arrêtes la voiture, je me remets à courir, l'avertis-je avec un sourire étincelant. Et j'arriverai à destination avant que tu puisses sortir de ta voiture, alors, pourquoi ne pas être un bon garçon et me retrouver au restaurant ?

— Si tu poses un pied dans ce restaurant, je te traînerai dehors par la peau du cul, je te jetterai dans la voiture et…

— Et quoi ? Tu vas me battre ?

Je minai un frisson exagéré.

— Oooh, bébé, tu sais ce que j'aime !

Il grogna de frustration.

— Je ne suis pas ta chose, Sam.

Je lui souris.

— Nous sommes partenaires, et si tu te sens mal, tu ne te fermes pas et ne vas pas bouder dans ta cave ou je ne sais quoi. Tu me parles. C'est comme ça que marche un partenariat. Je partage, tu partages, nous partageons. C'est tout. Parce que si tu te mets à vouloir être seul… je te laisserai seul, finis-je en haussant un sourcil.

Il arrêta la voiture et j'arrêtai de marcher.

— Je ne veux pas que tu me laisses seul.

Je haussai les épaules.

— Bien.

Il me fit signe de monter dans le SUV.

— Je veux de la tarte.

— Diva… je t'emmène manger de la tarte.

Mon sourire fut énorme. Je remontai la fermeture de mon sweat à capuche et marchai rapidement jusqu'à la voiture. Il m'ouvrit la porte et dès que je fus sur le siège, il posa sa main sur ma nuque.

— Quoi ?

Il m'attira plus près de lui et riva son regard au mien.

— Ne quitte pas la maison sans moi. On pourrait te faire du mal… d'accord ?

J'enjambai le frein à main pour m'asseoir à califourchon sur ses genoux, chevauchant ses hanches, frottant mon aine contre son ventre.

162

— Tu veux me faire du mal, Sam ? Parce que je pourrais sérieusement aimer ça.

Ses mains se posèrent sur mon visage et je réalisai à quel point c'était cool que nous soyons derrière toutes ces vitres teintées pour pouvoir batifoler en plein milieu de la rue.

— Qu'est-ce qui te prend ? demanda-t-il en regardant ma bouche.

— Je veux de la tarte, et ensuite je veux que tu me ramènes à la maison, au lit.

Il gronda et gémit à moitié avant de m'embrasser.

Mon gémissement de gorge fit trembler son corps sous le mien et ses mains m'agrippèrent le cul et pressèrent. Il ne faisait aucun doute qu'il me désirait. Après les baisers torrides échangés, je lui demandai d'oublier la tarte et de me ramener à la maison. Il courut jusqu'au restaurant pour acheter deux parts de tarte au citron vert à emporter.

Alors même qu'il me portait jusqu'à mon appartement, mes jambes enroulées autour de sa taille, sa main caressant mes fesses, je remarquai les deux pièces dans le pot sur le comptoir. Je posai ma main sur sa joue et lui souris.

— Quoi ? demanda-t-il en posant le sac avec la tarte sur le comptoir. Je ne veux pas dormir sur le canapé.

Je secouai la tête alors que les larmes me montaient aux yeux.

— Oh, pour l'amour de Dieu, grommela-t-il, se penchant pour m'embrasser. Comme si je voulais un jour dormir sans toi.

Je drapai mes bras autour de son cou et l'étreignis avec force, ma bouche dévorant la sienne. Impossible de manquer la note de satisfaction dans son rire profond.

# III

LA SEULE partie amusante était de regarder Aja. Ses yeux passaient de Dane à Sam, et inversement, les observant tous les deux, ne voulant rien manquer. C'était comme regarder un match de tennis ou de volley-ball, sauf que la seule chose qui volait entre eux était des mots. Quand Dane criait, elle grimaçait ; quand Sam rugissait à son tour, elle tressaillait. Je respirais à peine chaque fois que quelqu'un me posait une question rhétorique. Manifestement, ils n'attendaient pas de réponse, ils voulaient juste être entendus. Lorsqu'Aja s'assit à côté de moi sur le canapé, je posai ma tête sur son épaule. Quand elle rit, la pièce fit silence.

— Désolée, murmura-t-elle, la main levée, serrant les dents. Continuez.

Ce qu'ils firent : Dane criant, pointant Sam, et Sam ses doigts noués au-dessus de sa tête, Dane attaquant, Sam se défendant, fulminants tous les deux. Je n'avais jamais vu Dane aussi en colère.

— Ouah, dit Aja doucement, parlant dans mes cheveux. Cet homme t'aime vraiment, Jory. Je ne l'ai jamais vu comme ça. J'espère qu'il ne se mettra jamais en colère à ce point contre moi.

Je grognai.

— Mais je dois dire… que c'est tout à fait sexy. Regarde ses beaux yeux gris si foncé, ronronna-t-elle. Je suis impatiente de lui montrer combien je l'aime dès qu'ils auront fini.

— Beurk, gémis-je tout en m'affalant davantage à côté d'elle.

Mais c'était drôle de regarder deux hommes adultes s'engueuler. Et, bien que Dane soit plus grand que Sam de quelques centimètres, Sam était plus musclé que lui. Mon frère avec ses cheveux noirs et ses yeux gris était grand et possédait le corps d'un nageur. Sam, avec ses cheveux cuivrés et ses yeux bleu ardoise, avait la carrure large et musclée d'un défenseur de première ligne. Il avait, en fait, joué au football tout au long de sa période universitaire.

Aja gloussa, attirant de nouveau mon attention sur elle avant de se pencher sur le canapé et de m'embrasser sur la tempe.

— Je dois dire que je pensais qu'Aaron Sutter était un homme superbe et que j'adorais vous voir ensemble ? J'ai été attristée quand vous avez rompu.

Mon ex-petit ami, Aaron Sutter. Cela avait duré un an et demi.

— Ouais, soupirai-je. Eh bien, parfois, les choses ne…

— Laisse-moi finir, me coupa-t-elle en pointant Sam du doigt. Cet homme cependant est encore plus beau. C'est le genre d'homme que j'aurais recherché pour moi-même. Si grand, musclé, beau et… regarde-moi ses bras… la vache !

— Tais-toi.

Je souris malgré moi.

— Je parie qu'il est costaud de partout.

— Arrête.

— Et son cul est…

— Stop.

— Je dis juste que… je comprends, et la manière dont il te regarde et te touche… Aaron en pinçait pour toi, mais cet homme-là t'a complètement dans la peau. Je ne laisserais pas passer ça moi non plus, pour personne. Pas même pour Dane.

— J'apprécie le vote de confiance, avant que je meure.

Elle gloussa à nouveau, faisant attention de ne pas être trop bruyante.

— Le truc c'est que Sam t'aime, mais Dane aussi. Et avant que je rencontre Sam, je te voulais le plus loin de lui possible moi aussi. Je pensais qu'il faisait tout pour envahir ta vie à nouveau, mais d'après ce que j'entends, cela n'a rien à voir du tout avec le fait que tu aies été témoin d'un meurtre à l'époque.

— Non, en effet.

— Donc Sam essaie juste de te protéger, et puisque Dane le veut aussi, quand ils seront fatigués de se battre pour savoir ce qui est le mieux pour toi, ils devraient arriver à une sorte d'accord mutuel et de compréhension.

Je n'étais pas convaincu. Alors que j'étais assis là, je remarquai son alliance.

— Mon Dieu, cette chose est énorme. Ça fait quoi ? Un carat, quelque chose comme ça ?

Elle grogna.

— Toi, mon chéri, tu n'y connais rien en matière de diamants. C'est quatre carats de pure merveille.

— De pure merveille ? la taquinai-je.

J'eus droit à un sourire étincelant.

— C'est mon seul défaut.

— C'est suffisant.

— Oui, c'est vrai, confirma-t-elle avec un petit bruit d'appréciation

— C'est si… aïe, gémis-je.

Je m'étais décalé et mon épaule avait heurté le dos du canapé. Je faisais tellement attention à empêcher toute pression dessus.

— Qu'as-tu fait ?

— Rien. C'est une surprise pour Sam. J'ai pensé qu'il aurait besoin d'un remontant après ça.

— Qu'est-ce que c'est ?

— J'ai fait marquer son nom sur mon épaule droite.

— Tu t'es fait tatouer ?

— Oui.

— Vraiment ?

— Oui, aujourd'hui au déjeuner. Il devait aller travailler un petit moment, alors… j'y suis allé et je l'ai fait faire.

— C'est très hollywoodien de ta part, me taquina-t-elle. Je peux le voir ?

— Attends, je veux savoir comment va ton père.

— Oh, merci de le demander, bébé, mais il va bien. Le médecin a dit qu'il s'en sortira parfaitement bien.

— J'en suis heureux.

— Moi aussi. Il n'a même pas eu à rester à l'hôpital.

— Tant mieux.

— Donc, encore une fois, je peux voir ton tatouage ?

— Veux-tu aller à la salle de bains avec moi ?

Elle haussa les sourcils malicieusement et nous nous levâmes.

— Fais-moi une faveur, m'aboya Dane. Va nous chercher quelque chose à manger.

Je le regardai et ses yeux étaient froids et sombres, Sam avait plus ou moins la même expression et les sourcils froncés alors qu'il m'observait.

— Bien sûr.

— Viens, Jory, dit gentiment Aja en allant vers Dane pour lui prendre la main le temps d'une minute, ses yeux se posant soudain sur Sam.

— Soyez sages tous les deux pendant que nous serons sortis.

— Oui, madame, dit-il rapidement de sa voix basse et rauque.

Ses yeux s'adoucirent lorsqu'il me regarda et j'eus droit à son petit sourire en coin.

Elle donna une tape sur les fesses de Dane puis attrapa ma main et m'entraîna à sa suite.

Nous prîmes un taxi pour nous rendre au croisement de Hubbard et Clark parce qu'il y avait un restaurant thaï que je voulais essayer. Une fois dans la rue, elle me raconta sa lune de miel, à quel point cela avait été romantique et combien Dane avait joué avec son alliance.

— Il va s'y habituer.

Je lui souris alors que nous marchions tous deux bras dessus, bras dessous.

— Je sais, c'est juste amusant de le regarder faire. J'aime que les autres femmes remarquent son alliance aussi. Ooh ! dit-elle tout à coup. J'ai quelque chose à te dire.

— Quoi ?

— J'ai vu Clarissa Connelly dans l'avion pour New York.

— Vraiment ? dis-je avec un grand sourire, me rappelant la femme qui était avec Dane le soir où il avait rencontré Aja.

Elle avait dit à tout le monde qu'elle serait celle qui amènerait Dane jusqu'à l'autel.

— Et alors ?

— Je me suis assurée qu'elle voit l'alliance.

— Méchante, ricanai-je. Tu es juste perversement méchante.

— Quoi ? Ce n'est pas de ma faute si elle n'a pas su garder son homme.

— Et pourras-tu le garder ?

— Oh non, tu ne viens pas de me poser cette question.

Elle rit en me pinçant les côtes.

— Je... Aja !

Je la tirai vers moi alors qu'une camionnette s'arrêtait en faisant crisser ses pneus sur le trottoir en face de nous et que la porte latérale s'ouvrait à la volée. Nous vîmes tous les deux l'arme en même temps.

— Montez dans la camionnette ! nous hurla l'homme.

Et c'était stupide, mais mon mouvement fut instinctif. Je saisis la main d'Aja et courus. J'entendis le coup de feu alors que nous arrivions derrière la camionnette, juste à côté de la roue arrière droite.

— Jory ! hurla-t-elle et les portes arrière s'ouvrirent. Je la tirai sur le côté et un gars sauta, mais nous rata.

— Cours, cours, cours !

Nous reprîmes notre course à travers les files de voitures. Nous entendîmes des klaxons tonitruants, des crissements de pneus, et le bruit du métal froissé. Nous ne nous arrêtâmes pas pour regarder, nous continuâmes à courir. Il y eut d'autres coups de feu, mais nous courûmes. Je l'entraînai dans une ruelle, puis une autre rue, nous traversâmes un parking pour finir cachés, serrés l'un contre l'autre derrière une benne à ordures.

— Appelle Dane, lui ordonnai-je pendant que je continuais à guetter.

— Oh mon Dieu ! Jory, ils cherchent vraiment à nous attraper.

J'aurais ri à n'importe quel autre moment.

— Appelle-le... dépêche-toi.

— Bébé, nous avons vraiment des problèmes là.

Elle était à l'évidence un peu choquée.

— Dépêche-toi, répétai-je.

Et j'entendis la panique s'infiltrer dans ma voix.

Je vis passer la camionnette à vive allure dans la rue et je m'arrêtai de respirer. Seul, j'aurais pu les distancer, mais pas avec Aja.

— Dane, couina pratiquement Aja. Non, non, non, écoute, écoute… quelqu'un vient juste d'essayer de m'attraper avec Jory. Écoute ! Nous sommes dans la rue, nous sommes en fuite et je ne sais pas quoi…

— Tais-toi, criai-je lorsque je vis brusquement la camionnette s'arrêter et faire marche arrière dans la rue avant de s'élancer dans l'allée, vers nous. Cours !

J'attrapai Aja et me mis à courir. Je pris un risque et nous plongeâmes dans l'allée du côté opposé. Nous heurtâmes des sacs-poubelle et roulâmes sous un escalier en bois qui contournait l'arrière d'un immeuble. Je me remis maladroitement debout et une balle toucha la structure de l'escalier derrière moi. M'accroupissant, je tirai sur la main d'Aja et la poussai au coin de l'immeuble.

— Dane, dit à Sam que nous sommes… merde ! Je ne peux pas voir… Oh, seigneur, il y a une camionnette blanche et…

— Merde, criai-je parce que je vis la camionnette, avant de la tirer de l'autre côté, m'accroupissant à nouveau, prenant la direction de la station de métro. Aja, arrête de parler et cours !

Je sentis immédiatement le changement : je ne la tirais plus, elle était juste à côté de moi, ses pieds battants le pavé au même rythme que les miens. Elle avait lâché ma main et se maintenait à mon allure alors que nous courrions tous les deux aussi vite que nous le pouvions. Nous dépassâmes beaucoup de gens et traversâmes derrière un immeuble lorsque la camionnette apparut soudainement devant nous et je dus stopper net ou m'écraser contre elle. Aja s'accrocha à moi quand la porte s'ouvrit et qu'une arme se trouva à quelques centimètres de mon visage.

Je levai une main.

— Juste moi, pas elle.

— Tous les deux maintenant, ou je vous descends ! me répondit la voix dans un aboiement.

Aja me tint fermement lorsque je fis un pas vers la porte ouverte. *Ne jamais, jamais monter dans une voiture.* Mieux valait essayer n'importe quoi, me battre comme un fou, sans peur, que succomber au pouvoir d'un autre et monter dans une voiture de force. Je vis l'arme et je me lançai vers elle, enroulai mes mains autour du poignet qui la tenait et me battis pour ma vie.

— Aja, cours ! Cours ! lui criai-je et elle m'écouta parce que je l'entendis tâtonner derrière moi puis sentis l'élan qu'elle prit en s'éloignant, et lorsque je me retournai pour la regarder, je la vis en train de courir sur la route.

Elle volait presque, ses bras pompant, ses jambes floues, puis mon visage fut recouvert d'un chiffon. J'entendis le glissement de la porte, sentis la secousse alors que je perdais l'équilibre, puis plus rien.

— JORY, OUVRE les yeux. S'il te plaît, s'il te plaît, s'il te plaît…

Mes yeux cherchèrent à s'ouvrir et il faisait noir à l'exception d'une légère lueur de l'autre côté de la pièce. Lorsque j'essayai de me relever, je réalisai que mes mains étaient attachées dans mon dos. Ce n'était que trop familier.

— Merde !

J'essayai de concentrer ma vision et fus stupéfait de voir Caleb Reid allongé par terre à côté de moi, les yeux grands ouverts, me regardant.

— Caleb ?

— Jory, dit-il manifestement soulagé. Dieu merci, tu vas bien.

— Caleb.

Je tentai désespérément de comprendre ce qui se passait.

— C'est quoi ces conneries ?

— Jory, est-ce que ça va ?

— Ouais, je vais bien, lui assurai-je en faisant un effort pour m'asseoir. Qu'est-ce qui se passe ? Dis-moi.

— Je ne sais pas… je ne sais pas.

Il pleurnichait presque, sa voix montant dans les aigus.

— J'étais en ville pour affaires, mais je n'ai même pas essayé d'appeler Dane parce que je savais qu'il était encore en lune de miel et…

Il s'arrêta brusquement alors que la porte s'ouvrait et laissait entrevoir un homme. La lumière venant de derrière lui, il nous fut impossible de voir son visage.

— Que voulez-vous ? cria Caleb.

Je vis l'arme levée.

— Visage sur le sol, sales cons !

Je fis comme demandé, bougeant aussi vite que je le pus.

— Qu'est-ce… lâchez-moi ! lâchez-moi ! cria Caleb et on aurait dit qu'il était traîné hors de la pièce.

Je l'écoutai hurler jusqu'à ce que je ne puisse plus l'entendre.

— S'il vous plaît, ne lui faites pas de mal, implorai-je.

Je sentis un pied au milieu de mon dos. Il y eut du mouvement au-dessus de moi.

— Tu devrais t'inquiéter pour toi, m'avertit l'homme en enfonçant son talon dans mon dos.

Cela me fit un mal de chien, mais je ne fis pas de bruit.

— Ne fais rien de stupide.

Je hochai la tête.

— Je suis déjà en rogne que tu m'aies fait perdre sa femme. Tu ferais mieux d'espérer qu'il paiera pour toi, petit frère, ou tu vas te retrouver bien baisé.

C'était une question d'argent. D'une certaine manière, je fus soulagé.

— Reste bien assis là et ne fais pas tout foirer.

Je hochai de nouveau la tête.

— Bien, dit-il, et il s'en alla.

La porte se referma en claquant et j'entendis la chaîne et le verrou de l'autre côté. La chambre était complètement noire. Je posai ma joue sur le sol froid et attendis que ma respiration s'apaise. J'étais terrifié pour Caleb, même si je me laissai rouler sur le côté et réalisai que j'étais vraiment soulagé. Quelque chose ne collait pas, et alors qu'une vague de nausées me prenait, je me demandai brièvement si je n'étais pas plus blessé que je le pensais. Je dus m'assoupir ensuite, parce que des cris me réveillèrent en sursaut.

— Sale con, rugit un homme, et quelque chose heurta l'autre côté de la porte réellement fort. Tu ne m'as jamais dit que tu déconnais avec Sam Kage !

Il y eut un bruit sourd de l'autre côté, puis un bang, lui-même suivi d'un gémissement étouffé.

— On ne provoque pas un flic, mec, et surtout pas ce putain d'inspecteur ! À quel point es-tu stupide ?

Aucun bruit, juste le silence jusqu'à ce qu'une sorte de léger tambourinement commence.

— Jetons juste le blondinet quelque part et partons avant…

Il y eut un craquement sec alors, puis du verre brisé.

— Non ! Débarrassons-nous de ce putain de…

Il y eut un bruit de pétard, puis un bruit sourd, et soudain plus rien, à part un silence assourdissant. Ce silence pendant lequel vous croyez presque entendre des choses alors qu'en réalité ce ne sont que les battements de votre propre cœur. Complètement seul dans le noir, j'étais terrifié à l'idée de ne jamais revoir personne. Il n'y avait rien d'autre à faire qu'attendre, je restai donc allongé là et j'attendis la suite des événements. C'était effrayant d'avoir les yeux grands ouverts et de ne pas y voir plus clair que s'ils avaient été fermés. J'essayai de ne pas trop y penser.

Je dus m'assoupir une nouvelle fois parce que l'ouverture de la porte me réveilla.

— Jory ?

— Caleb, dis-je. Viens ici. Est-ce qu'ils t'ont fait du mal ?

— Non.

Sa voix se brisa et je pus entendre combien sa respiration était rauque. Quand ses mains touchèrent mon visage, je réalisai qu'il n'était plus attaché.

— Oh, mon Dieu, tu es libre… pourquoi es-tu libre ?

— Il m'a détaché avant de me laisser parler à Dane.

— Tu as parlé à Dane ?

— Juste une seconde.

— Et ?

— C'est une rançon. Il veut dix millions, Jory. Cinq millions de dollars par personne ou Dane ne nous reverra plus jamais. Il a dit que Dane n'aurait rien à enterrer.

— Et ?

— Et, quoi ? C'est tout. On m'a dit que tant que je me comportais bien, ils ne te tueraient pas. Si je faisais quelque chose de stupide… tu en subirais les conséquences, pas moi.

Je sentis ses mains prendre mon visage en coupe.

— Je n'ai pas l'intention de causer le moindre problème, ainsi tout ira parfaitement bien pour toi.

— Caleb…

— Non, Jory, dit-il catégoriquement. Nous allons faire tout ce qu'on nous demandera. Tout ce qu'ils veulent, c'est l'argent. Nous allons bien nous tenir et ils auront leur argent, et nous pourrons rentrer chez nous.

— D'accord.

— D'accord, répéta-t-il. D'accord.

— Qu'a dit Dane ?

— Dane a dit qu'ils pouvaient avoir l'argent.

— Pourquoi as-tu l'air bizarre ?

— Ce n'est rien.

— Caleb, s'il te plaît, dis-le-moi.

— Non, c'est juste que… je… je me suis dit que Dane paierait pour toi, mais… je ne pensais pas qu'il serait d'accord pour payer pour moi. Je ne suis rien pour lui, Jory. Rien du tout.

— Tu es son frère, idiot.

— Oui, mais pas comme toi.

Et je compris ce qu'il voulait dire. Trois ans plus tôt, Caleb Reid était apparu pour raconter une étrange histoire à Dane. Les parents de Caleb, Susan et Daniel Reid étaient en fait les parents biologiques de Dane. Et bien que Dane sache qu'il avait été adopté, il n'était pas prêt à recevoir les Reid à bras ouverts. En ce qui me concernait, j'avais commencé à travailler pour Dane Harcourt, mais au bout de cinq ans, il avait décidé qu'il ne voulait pas seulement diriger ma vie professionnelle, mais également ma vie personnelle. J'étais passé du

171

statut d'assistant à celui de frère après un détour par le bureau de son avocat. Et, alors que Caleb, Jeremy et Gwen étaient tous maintenant ses frères et sœur eux aussi, j'étais le seul que Dane avait choisi. J'étais celui qui s'était tenu à ses côtés à l'église lorsqu'il s'était marié et j'étais le seul qui partageait son nom, en dehors de sa femme. Je savais que Dane ferait n'importe quoi pour me ramener, mais vu le genre d'homme qu'était mon frère, je n'avais jamais douté qu'il ferait le même effort pour Caleb. Il était le seul qui semblait surpris.

— Dane pense à toi comme son frère aussi, Caleb, lui assurai-je.

— Je sais, mais je n'avais jamais compris qu'il le pensait avant aujourd'hui.

— Pourquoi ça ? Pourquoi ne l'aurait-il pas fait ?

— Je suppose que j'ai juste…

— Quelqu'un a-t-il été blessé ? le coupai-je.

— Quand ?

— Avant. Je pense que l'un des types s'est fait tirer dessus.

— Comment le sais-tu ?

— Je l'ai entendu.

— Je ne sais pas, J. Je n'ai rien vu.

— Merde.

Il y eut un silence avant que Caleb inspire vivement.

— Qu'est-ce qui ne va pas ?

— As-tu entendu ça ?

— Entendu quoi ?

Je fus instantanément terrifié.

— Jory, il y a quelqu'un ici, gémit Caleb.

— Quoi ? criai-je pratiquement.

Et puis l'arrière de mon crâne explosa et je n'entendis plus rien.


LE VIOLENT sursaut me réveilla parce que j'eus mal à la tête et qu'il me fit m'écorcher contre le sol vraiment dur. Je réalisai que le balancement provenait du mouvement, et vu la faible lumière, je compris que j'étais dans le coffre d'une voiture. Mes mains étaient toujours liées, mais les attaches s'étaient relâchées et j'étais souple. Je fis glisser mes bras sur mes hanches et mon cul sur mes mains. J'étais plié comme un bretzel, mais j'avais maintenant mes mains devant moi et je pouvais les utiliser. Je m'activai immédiatement sur le feu arrière, comme ils vous disent de le faire dans tous les livres d'autodéfense. Enlever le feu et faire signe aux personnes sur la route. S'il y avait de petites choses à jeter par le trou, vous étiez censé le faire aussi. Je travaillai aussi vite que je le pouvais. Il y avait une odeur cuivrée de sang, et j'espérais que ce n'était pas celui de Caleb ou le mien. Non qu'il soit avec moi, ce qui me terrifiait en soi puisque je n'avais aucune idée de l'endroit où il était. Mais je repoussai tout cela de mon esprit et me concentrai pour déboîter le feu arrière. C'était une vieille voiture et tout était rouillé, alors c'était beaucoup plus difficile que ça l'aurait dû en temps normal. Lorsque nous nous arrêtâmes soudainement, j'eus tout juste le temps de lever mes mains pour éviter que mon front heurte le coffre. L'allure changea alors, passant de chaotique et calme à lisse avec un bourdonnement. Nous venions de quitter un chemin de terre, ou du même genre, pour rejoindre une route pavée.

J'essayai vraiment de toutes mes forces d'extraire ce fichu feu arrière, mais c'était inutile. Le temps que je me retourne pour essayer de m'attaquer à l'autre, nous nous étions arrêtés. J'entendis des voix, puis il y eut soudain un coup frappé au-dessus de moi.

— Fais un seul bruit et Caleb Reid est mort.

Je me figeai. Il devait être sur la banquette arrière ou quelque part tout près.

— Tu m'as entendu ?

— Oui, dis-je d'une voix rauque et faible avant de me racler la gorge pour parler plus fort. Oui.

— Bien.

Je restai allongé là, attentif, essayant de sentir si la voiture se déplaçait ou non, voulant appeler Caleb, mais ayant peur d'être entendu à la fois. Le mélange de tension, d'adrénaline et de peur me donna envie de faire pipi. C'était douloureux et je roulai sur le dos pour me retrouver à fixer le toit du coffre

J'entendis l'éclat de rire avant même que la voiture démarre ; le moteur rugit et je rebondis violemment avant de réussir à lever les mains pour protéger mon visage. J'étais projeté d'un côté à l'autre, et il y eut des cris et de la musique tonitruante. Je me roulai en boule et tentai de protéger mon corps autant que possible.

Le trajet dura si longtemps, avec le bourdonnement régulier des pneus et seulement une bosse de temps en temps, que je m'endormis. Je luttais vraiment très fort contre ça, et continuais de me réveiller en sursaut seulement pour réaliser que j'avais bavé. Lorsque la voiture s'arrêta brusquement, les freins crissèrent et je fus projeté si fort dans le fond du coffre que j'en eus le souffle coupé. Le coffre fut ouvert, je clignai des yeux devant la lumière et leurs visages perplexes tandis qu'ils m'observaient. Ils me dévisagèrent et je fis de même, détaillant leurs traits.

— Oh merde ! dit l'un des gars. Cet enfoiré était un putain de kidnappeur !

— Merde ! cria un autre et j'entendis leurs pieds marteler le trottoir alors qu'ils s'enfuyaient.

Je n'étais pas certain de savoir quoi faire. Après plusieurs minutes passées à regarder le ciel s'illuminer lentement, je me redressai du coffre et regardai autour de moi. Le parking du magasin d'alcool était désert, à l'exception d'un sans-abri dans un coin avec son caddie et trois gars qui se tenaient debout en train de parler à côté du bâtiment. J'étais quelque part en centre-ville – je pouvais entendre les bruits du métro à proximité – et parce que mon entourage ne m'était pas complètement étranger, je commençai à me calmer. Je croisai les jambes, me réinstallai dans le coffre, et essayai de réfléchir à la meilleure chose à faire.

Je n'avais pas de téléphone, pas de portefeuille, pas d'argent ; l'hôpital le plus proche était à des kilomètres, et trouver un officier de police dans cette partie désertée de la ville aux premières lueurs du matin relèverait du miracle. Lorsqu'il se mit à neiger, je sortis du coffre en tremblant. Je ne pensais pas qu'il me faille abandonner la voiture – tous les épisodes des *Experts* que j'avais vus me disaient de ne pas le faire –, mais je ne voulais pas non plus jouer les cibles faciles si les ravisseurs se mettaient à ma recherche. Même si les chances que cela se produise étaient peu probables. C'était la situation la plus ridicule qui soit. Mes ravisseurs s'étaient fait piquer leur voiture. Hilarant.

Je pris plusieurs inspirations profondes et traversai le parking jusqu'au coin de la rue. La façade devant moi était condamnée et il y avait de vieilles affiches collées dessus annonçant des groupes qui jouaient en ville. Lorsque je regardai plus loin dans la rue, je vis un carrossier automobile fermé, un serrurier et un magasin qui vendait des aspirateurs. De l'autre côté de la rue, il y avait un hôtel qui vantait des chambres à dix dollars la nuit, quinze si vous vouliez prendre une douche. Je ne voyais pas une seule lumière aux fenêtres. Il n'y avait rien d'ouvert nulle part, aucun signe de vie, la place était désertée. Des déchets s'étalaient dans la rue et dans les gouttières. Il faisait froid, sombre, l'atmosphère dégageait une impression sinistre. Je marchai vers le bas de la rue pour voir où j'étais et me repérer. Découvrir que j'étais proche de La Salle fut un bon point. Je pouvais rentrer chez moi, cela me prendrait juste une éternité de parcourir les kilomètres qui me séparaient de mon appartement. Mieux valait vérifier la voiture d'abord, voir si à tout hasard les clés ne seraient pas toujours à l'intérieur.

Lorsque je revins sur mes pas et vis qu'elles pendaient sur le contact, je commençai à rire. C'était tout simplement absurde. Entre les ravisseurs et les voleurs de voiture, c'était un tirage à pile ou face pour déterminer qui étaient les plus gros abrutis. J'avais espoir, parce que Caleb était un homme intelligent, que lui aussi ait pu s'échapper. Je montai dans la voiture, fermai la portière, et conduisis hors du parking.

174

La solution était parfaite puisqu'en conduisant la voiture des ravisseurs, j'emportais toutes les preuves avec moi. Je la garai devant le poste de police du centre-ville. C'était un zoo bruyant et surpeuplé, mais je fis la queue et attendis mon tour. Lorsque finalement je parvins au bureau du sergent, je lui demandai d'appeler l'inspecteur Sam Kage pour moi. Je fus informé que l'inspecteur était sorti, cependant sa partenaire l'inspecteur Stazzi était disponible pour me recevoir. Je demandai à monter la voir, mais il me dit de prendre un siège à la place. J'allai donc vers la salle d'attente et me laissai tomber sur la première chaise que je trouvai. J'entendis mon nom quelques minutes plus tard et levai la tête à temps pour voir Chloe se précipiter vers moi. Elle criait aux gens de sortir de son chemin et les deux hommes à côté d'elle – de grands gars, costauds comme Sam – écartèrent la foule pour elle. Lorsqu'elle s'agenouilla devant moi, ses mains se posant sur mon visage, je lui souris.

— Salut.

— Seigneur Jésus, Jory, souffla-t-elle, ses yeux se posant partout sur moi. D'où viens-tu ?

Alors je lui racontai pour la voiture des ravisseurs que j'avais garée devant et le reste à propos de Caleb et moi et combien j'étais inquiet pour lui.

Elle hocha la tête et sourit, puis utilisa une voix très douce lorsqu'elle me parla. Elle fit aussi amener plusieurs couvertures. Elle était très préoccupée par la température de mon corps, de la dilatation de mes pupilles, du fait que je parlais plus vite qu'un moulin à paroles. Lorsqu'elle me suggéra d'aller à l'hôpital avec elle, j'acceptai, car je voulais lui faire plaisir. Je lui dis que je ne le faisais que pour elle.

— Merci, chéri.

Elle me sourit, regardant les deux autres hommes avec elle, me dirigeant vers la porte, son téléphone à la main.

— Est-ce que tu appelles Sam ?

— Oui, chéri.

Je hochai la tête.

— Pourras-tu appeler Dane et lui demander de venir me voir à l'hôpital ?

— Oui.

— Est-ce qu'Aja va bien ? Je l'ai vu courir, mais je…

— Aja va très bien. Tu es celui pour qui nous nous inquiétions.

— J'étais inquiet pour elle et pour Caleb. J'ai essayé de…

— Jory, tout le monde te recherche. Nous étions inquiets pour toi. Nous ne savions pas si tu étais blessé ou…

— Je suis un peu secoué, mais… pourras-tu dire à Sam que je suis désolé ?

Elle hocha la tête, me conduisant vers la porte.

— Bien sûr. Maintenant, reste avec moi, d'accord ? Ouvre tes yeux pour moi.

J'avais les yeux fermés ?

— Jory… chéri…

Mais mes jambes se dérobèrent sous moi et même l'entendre appeler mon nom ne m'aida pas. Je ne pouvais plus rien voir du tout.

JE ME réveillai en arrivant à l'hôpital, et bien que Chloe insiste pour me mettre sur un brancard, je refusai. Le fauteuil roulant était lui aussi hors de question. Je me traînai à ses côtés, vacillant sur mes pieds, et lorsque je levai les yeux et le vis devant l'entrée des urgences, je souris.

Je vis sa poitrine se comprimer, entendis sa vive inspiration alors qu'il se tenait là, figé, me détaillant, m'absorbant du regard. Les muscles de sa mâchoire étaient tendus, tout comme ceux de son cou. Ses yeux étaient ravagés et je me sentis terriblement coupable, debout devant lui en sachant que j'en étais la cause.

— Je ne voulais pas me faire enlever, dis-je, lorsque je fus assez près afin que Sam m'entende.

Il combla rapidement les quelques mètres qui nous séparaient et je réussis à lever les bras à temps pour le recevoir alors qu'il m'écrasait contre lui, son visage enfoui au creux de mon épaule. Il prit de grandes inspirations tout en me tenant fermement serré.

— Jory, dit-il en frissonnant violemment.

— Sam, soupirai-je.

J'écoutai les battements puissants de son cœur dans sa poitrine, tirant la chaleur de son corps et l'absorbant avec le mien. Il était si solide et si fort, je voulais juste m'appuyer sur lui et être étreint.

— Dis quelque chose de gentil.

— Je t'aime.

Il m'embrassa le cou, l'épaule, glissa ses mains sous mon pull pour caresser la peau nue de mon dos.

Le ton de sa voix, la tendresse de son toucher envoyèrent de la chaleur à travers mon corps. Cet homme ne m'aimait pas seulement ; j'étais son foyer. Il ne pouvait pas se passer moi.

— Pourquoi ne m'as-tu pas appelé, Bon Dieu ? grogna-t-il, reculant pour me regarder.

Je réalisai à quel point j'avais besoin qu'il soit près de moi. Lorsque je tendis les bras vers lui, il secoua sa tête.

— Je n'avais pas de téléphone, dis-je en guise d'explication. Je suis allé là où je pensais que tu serais. C'était intelligent, non ?

Il prit mon visage entre ses mains et me regarda dans les yeux.

— N'est-ce pas ?

— T'aimer va me tuer, putain !

Je souris devant ses beaux yeux et il me reprit dans ses bras pour m'embrasser longuement et avec force. J'étais tellement perdu dans le baiser que, lorsqu'il finit, je gémis bruyamment.

— Mon Dieu, Jory, j'ai eu si peur. Personne ne savait où tu étais et… bébé, tu ne peux pas simplement…

Je le tirai vers moi pour l'embrasser encore, ma bouche le dévorant, ma langue se mêlant à la sienne.

— Stop.

Il m'écarta tout en me tenant serré à la fois, s'assurant que je ne tombe pas.

— Tu m'as fichu une trouille bleue.

Je posai mes mains de chaque côté de son cou.

— Je suis désolé.

— Nous devons vérifier ton état et…

— Je vais bien, dis-je en lui souriant, appuyant mon front contre ses lèvres. J'ai juste besoin de dormir.

— Bébé…

— Est-ce que Caleb va bien ? J'ai eu si peur pour lui quand…

— Bébé, me coupa-t-il, prenant mon visage entre ses mains.

Ses paumes étaient si chaudes ; je réalisai combien j'étais gelé alors qu'un frisson me faisait violemment trembler.

— Tu dois me laisser prendre soin de toi.

— Il est complètement à côté de la plaque, dit Chloe derrière moi. Tu devrais l'emmener à l'intérieur.

Sam ne répondit pas, son attention concentrée sur moi.

— Seigneur, J, tes pupilles sont complètement dilatées.

— Ah oui ?

— Est-ce que quelqu'un t'a frap… ?

— J'ai reçu un coup à l'arrière du crâne, lui dis-je avant de lui sourire.

J'avais l'impression de flotter et j'étais presque sûr que Sam en était la raison. Parce que je l'aimais.

— Mais ça ne me fait plus vraiment mal, j'ai juste…

Sa main alla dans mes cheveux alors qu'il m'incitait à poser le front contre sa poitrine.

— Oh merde, J. Il y a une énorme bosse ici.

— Je vais bien, dis-je en inclinant la tête en arrière pour embrasser son menton. Je suis si heureux de te voir. Tu m'as manqué.

— J, dit-il d'un ton brusque, me secouant juste un peu. Bébé ouvre tes yeux.

Je réalisai, lorsque j'obéis, que je le regardais soudain depuis l'autre bout d'un long tunnel.

— Sam, je t'aime.

— Jory ! Bébé ! cria-t-il et cela me donna l'impression d'une descente, comme si j'étais sur un grand huit, cette chute dans votre estomac juste avant que l'attraction vous lâche. Et puis, il n'y eut plus rien du tout.


Je gémis en ouvrant les yeux.

— Merde !

— J ?

Ma tête roula sur la gauche et je vis Sam, Dane et Aja.

— Salut, bébé.

Sam me souriait, et sa voix était douce, gentille. Il posa sa main sur ma joue. Elle était si chaude que je cherchai davantage son contact.

— Comment te sens-tu ?

Je grognai.

— Je me sens vraiment très mal. Qu'est-ce qui ne va pas avec moi ?

— Tu as eu un léger cas d'hypothermie, une commotion cérébrale et tu es complètement déshydraté. Tu as déjà reçu trois poches par intraveineuse.

— Ah bon ?

— Oui, bébé. Tu étais vraiment à côté de la plaque en arrivant.

Je hochai la tête et regardai Dane.

— Désolé. Je suis vraiment désolé de t'avoir inquiété.

Il contourna le lit et se pencha pour me prendre dans ses bras. Je respirai son parfum, il m'étreignit, son visage dans mes cheveux.

— Dane, s'il te plaît…

— Tu as sauvé Aja et tu es de retour sain et sauf. Je ne pouvais pas te demander plus.

— Tu n'es pas fâché contre moi ?

— Fâché contre toi ?

Il soupira profondément, me frottant le dos.

— Non, Jory, je te suis juste reconnaissant. C'est tout.

— Tu es sûr ?

— Jory, tu es incroyable. La seule raison pour laquelle je te crie dessus et m'inquiète pour toi c'est parce que tu es mon frère. Si tu… si quoi que ce soit… je…

178

Je me détendis dans ses bras et mes yeux se refermèrent tout seuls. Le contact des lèvres qui effleurèrent ma joue fut aussi léger qu'une plume et doux, comme les pétales d'une rose. Je souris lentement.

— Aja, soupirai-je, ouvrant les yeux avec un gros effort, son visage adorable étant ma récompense. Bonjour.

— Jory.

Elle sourit, même si ses yeux se remplirent rapidement de larmes et que sa lèvre inférieure trembla.

— Oh, bébé, j'ai eu si peur.

— Ne pleure pas.

Mais elle ne pouvait plus parler parce que ses larmes avaient noyé sa voix.

— Dane, laisse-moi tenir ta femme, soupirai-je.

Il passa son bras autour d'elle, l'attirant près de lui afin que nous soyons tous deux dans le cercle de ses bras, et il nous tint serrés contre lui.

— Je ne peux pas perdre l'un de vous, dit-il d'une voix à peine audible.

— Vous ne les perdrez pas, lui assura Sam, sa main frottant de petits cercles au bas de mon dos. Mais je pense que vous devriez relâcher J avant qu'il s'évanouisse.

Et je n'entendis pas ce que Dane lui répondit parce que la chambre s'inclina brutalement vers la gauche et que je fus précipité dans un trou noir.

LA MAIN caressait lentement mes cheveux en arrière, les repoussant de mon visage, encore et encore, doucement, tendrement. Je me sentais vraiment bien.

— Es-tu réveillé ?

J'émis un bruit.

— Alors, ouvre les yeux.

Je les ouvris à peine et je vis Sam assis là, en train de me regarder.

— Comment te sens-tu ?

— Tout mon corps me fait mal.

Il hocha la tête.

— J'imagine, oui.

La barbe de trois jours, la douceur de ses yeux, la façon dont ses cheveux étaient hérissés, son timide sourire en coin qui éloignait la froideur de ses yeux bleus et profonds, leur insufflant de la chaleur... tout cela fit vibrer mon cœur.

— Tu es si beau.

Il me regarda sans sourciller.

— Ils veulent que tu passes la nuit à l'hôpital en observation à cause de la commotion cérébrale.

— Je veux rentrer à la maison.

— Je savais que c'était ce que tu voudrais, c'est ce que je leur ai dit. Dane s'occupe de tout en ce moment.

— Bien, soupirai-je profondément, parce que je veux juste dormir avec toi.

— Bébé…

Je sentis la piqûre des larmes au coin de mes yeux.

— Tu m'as manqué.

— Tu m'as manqué aussi, mon amour.

— C'est encore mieux que bébé, dis-je en lui souriant, laissant échapper un profond soupir de contentement. Je suis impatient de rentrer à la maison.

— D'accord, bébé, dit-il et il posa sa tête sur ma poitrine, directement sur mon cœur.

Mes doigts errèrent dans ses cheveux tandis que je regardais dehors. Je vis la neige qui se rassemblait sur le rebord de la fenêtre. Les jours gris et nuageux étaient mes préférés, j'étais réconforté par l'obscurité.


SAM ME donna le choix. Ou bien il me portait jusqu'à la chambre de Caleb ou je pouvais y aller en fauteuil roulant. Je choisis la chaise et lorsque j'arrivai dans sa chambre et le vis, je fus tellement soulagé que je commençai à trembler. Caleb avait été effleuré par une balle qui l'avait touché à la jambe, mais à part ça, il était en pleine forme. En fait, il avait l'air beaucoup mieux que ma propre apparence meurtrie.

— J'étais si inquiet pour toi, lui dis-je, tenant sa main, essayant de ne pas pleurer.

— Je sais.

Il soupira, me serrant contre lui.

— Tu te soucies tant de moi.

Et c'était vrai. Nous étions des amis et une famille, en quelque sorte. Je restai avec lui aussi longtemps que Sam me le permit. Je trouvais triste que Caleb n'ait personne pour lui tenir compagnie. Sam m'assura que ce ne serait pas moi.

Une fois que nous arrivâmes à la maison et que Sam eut garé sa voiture dans la rue, devant mon appartement, j'ouvris grand la portière pour sortir.

— Ne bouge pas, J.

J'attendis donc qu'il fasse le tour et lorsqu'il arriva, je sautai hors de la voiture. Avant que je puisse m'éloigner, cependant, il me souleva dans ses bras.

— Oh bon sang, non.

Je me tortillai pour l'obliger à me lâcher.

— Je ne suis pas une fille, Sam. Tu ne peux pas me porter comme…

— Je te porte jusqu'à l'appartement, me dit-il. Si je te mets en travers de mon épaule, tu vas être malade. Alors aujourd'hui, c'est comme ça.

— Mais Sam, je…

— Non, J. Arrête de parler.

Je soupirai, réalisant qu'il ferait comme bon lui semblait puisque de toute façon je ne pouvais rien y faire.

Il frotta son menton dans mes cheveux alors qu'il gravissait les marches menant au hall d'entrée du bâtiment. Je laissai tomber ma tête sur son épaule et le sentis resserrer sa prise.

— Caleb ira bien, n'est-ce pas ?

— C'est la cinquième fois que tu me le demandes.

— Je sais, dis-je. J'étais juste inquiet pour lui.

— C'est toi qui as été blessé, J, il devrait s'inquiéter pour toi.

— On lui a tiré dessus.

J'étais incrédule.

— Je n'ai même pas…

— Il a été effleuré par une balle, c'est tout. Toi, en revanche…

Il prit une grande inspiration pour se calmer.

— Tu as été étouffé, frappé, malmené et…

— Je vais bien, le coupai-je avant qu'il s'emballe. Tu peux voir que je vais bien.

— Eh bien, Caleb aussi, répliqua-t-il d'un ton sec. Il est en bien meilleur état que toi.

J'allais de nouveau mentionner le fait que Caleb s'était fait tirer dessus, mais Sam ne semblait pas du tout réceptif à ce rappel.

— Caleb a été beaucoup plus chanceux que toi, dit Sam, en franchissant la porte de sécurité de l'immeuble dont il avait la clé.

Je lui avais dit que je pouvais monter les escaliers tout seul, je n'avais pas besoin d'être porté, mais il ne ralentit même pas.

— Laisse-moi prendre soin de toi… s'il te plaît.

— Pourquoi ne me poses-tu pas tout simplement ?

— Je n'en ai pas envie. J'aime te porter, dit-il tandis qu'il montait l'escalier sans effort, malgré le poids supplémentaire.

Je le serrai contre moi et sentis l'inspiration qu'il prit lorsque nous atteignîmes ma porte. Mon appartement était tel que je l'avais quitté quelques jours plus tôt. C'était si bon d'être de retour à la maison.

— Il fait froid ici, déclara-t-il en verrouillant la porte derrière lui.

— Le radiateur n'a pas encore réchauffé les lieux, dis-je en bâillant. Mais, bientôt il fera chaud.

— Ouais, et tu seras gelé d'ici là.

Je ne pouvais m'arrêter de bâiller. Mes yeux piquaient, j'étais tellement fatigué.

— J'ai besoin d'une bonne douche.

Il me porta jusqu'à la salle de bains, et après lui avoir promis de ne pas tomber dans les pommes et de ne pas me cogner la tête sur le carrelage ou le robinet, il alla allumer un feu pendant que je me déshabillai et me lavai de mes jours de captivité.

Alors que je me séchai les cheveux avec une serviette, il revint avec des sous-vêtements, des chaussettes, et un tee-shirt à manches longues. Il me regarda les enfiler.

— Quoi ?

— Rien.

Il secoua sa tête.

— Je suis juste heureux de te voir.

— Où vas-tu avec mes vêtements ? demandai-je alors qu'il mettait mon jean, mon pull, et mes chaussures dans un sac en plastique.

— Ce sont des preuves, me dit-il. Je vais appeler quelqu'un pour qu'on vienne les chercher.

— D'accord, dis-je faiblement. Je vais m'allonger.

— Tu devrais essayer de manger quelque chose.

Mais le simple fait de penser à manger me donnait des nausées.

— Peut-être plus tard, dis-je en m'éloignant de lui.

Mon lit était accueillant et je me laissai tomber dessus. J'étais presque endormi le temps qu'il revienne, mais je sentis le matelas se creuser alors qu'il se couchait.

— Viens là.

Je me redressai et il m'attira dans ses bras. Je me retrouvai allongé entre ses jambes avec ma tête sur son torse. Le battement régulier de son cœur était très réconfortant, tout comme sa chaleur.

— Est-ce que je t'ai manqué ?

— Tu m'as plus que manqué, dit-il, ses mains dans mes cheveux, sur mon dos, me caressant.

— Oui ?

— Je ne dors pas de la même façon quand tu n'es pas avec moi. Je m'en suis rendu compte quand je t'ai quitté. Toi seul me fais oublier tout le reste et me permets d'être juste… moi.

— Tu sais pour un grand type grand et fort comme toi du genre silencieux, tu dis un tas de choses vraiment sympas.

— Ouais, eh bien, j'essaie.

— Non, tu n'essaies pas.

Je souris, mon corps s'alourdissant.

— Et c'est ça le meilleur.

— J, tu…

— Attends, dis-je en roulant sur le ventre loin de lui, attrapant mon tee-shirt entre mes omoplates pour le faire passer par-dessus ma tête. Regarde.

— J, je suis en train de… Oh merde !

Je l'entendis hoqueter de surprise.

Je souris dans l'oreiller lorsque je sentis ses mains chaudes glisser sur mon dos.

— Jory… bébé, tu t'es fait tatouer mon nom.

— Oui, dis-je doucement.

C'était la première fois que Sam voyait mon tatouage. Je n'avais pas eu la chance de le lui montrer avant que les événements s'enchaînent.

— Je ne…

Il s'interrompit, et cela me rendit très heureux.

Le tatouage était simple, juste des lettres larges et noires, mais il était spécial parce que j'avais pris un bout de papier avec sa signature pour me rendre au salon. Ils avaient utilisé un projecteur pour l'agrandir, puis l'avaient dessiné sur ma peau. Le résultat donnait l'impression que Sam lui-même avait signé son nom directement sur mon omoplate droite. Impossible de se méprendre quant à la personne à qui j'appartenais désormais.

— Comment as-tu fait ça ?

Je grognai alors que ses mains glissaient dans mon dos, descendant jusqu'au creux de mes reins, et plus bas encore, sur mon cul, le massant, pétrissant ma peau, emportant la tension à chaque passage.

— Jory ?

— Tu aimes ?

— Ouais, dit-il simplement, d'une voix rauque, embrassant doucement le tatouage, puis traçant le même chemin que ses mains le long de mon dos, jusqu'à mes fesses. J'ai eu tellement peur, J. Je n'ai jamais eu si peur, même avant.

Je posai ma tête sur mes mains et essayai de rouler sur le dos sans succès. Il me voulait dans la position où j'étais.

— Tu as des ecchymoses sur le dos et les côtes.

— Un des types m'a un peu brutalisé.

— Il y avait du sang sur tes vêtements, dit-il plus fermement.

— N'y pense plus.

— Non.

— Je suis à la maison maintenant.

— Je sais, j'ai juste… nous n'avons aucune piste pour arrêter ce type.

— Nous ?

— Ouais. Moi, ma partenaire, le département, les fédéraux… nous tous.

— Tu vas le trouver, Sam.

Il se racla la gorge.

— Tu sais, Dane a demandé à te parler lorsqu'il a eu Caleb au téléphone, mais ce type a dit non.

— Tu avais peur que je sois mort, hein ?

— Non, parce que Caleb a dit que tu allais bien, mais… je voulais te parler.

— Bien sûr.

Je frissonnai quand ses mains commencèrent à remonter sur mon dos.

— Ça fait du bien ?

— Tu sais que ça fait du bien.

— Ça m'a manqué de caresser ton petit cul serré chaque matin.

Je me concentrai sur ma respiration.

— Tout de toi m'a manqué.

— Je suis désolé de t'avoir fait peur.

— Chéri, tu n'as aucune raison d'être désolé.

— Je me sens juste… étrange. Je pense que je suis peut-être un peu déphasé en ce moment.

— Bébé, tu es carrément à l'ouest, tu n'as même pas idée. Malgré tout ce qui s'est passé, tu es si calme, en train de discuter avec moi, radotant sur le comique d'avoir été trimbalé dans une voiture volée à tes ravisseurs après que ceux-ci t'ont enlevé… Jory, chéri, tu devrais être terrifié.

— Mais c'était tellement stupide, Sam. Allez, tout ça est à se tordre de rire.

— Tu es en état de choc, bébé.

— C'est vrai ? demandai-je en roulant sur le côté.

Il se positionna immédiatement en cuillère derrière moi, me tenant si étroitement que j'étais enveloppé de chaleur.

— Sam, soupirai-je alors que je fermais les yeux, soudain très fatigué.

— Tu sais qu'après ça tu vas faire exactement ce que je te dis, n'est-ce pas ?

— D'accord.

Je sentis sa main glisser sur ma gorge alors qu'il me penchait la tête en arrière.

— Merci d'avoir mis mon nom sur toi, J. C'est la chose la plus sexy que j'ai vue de ma vie.

Je sentais combien il était excité à la façon dont il se pressa contre moi, dont sa main glissa sous l'élastique de mon bas de survêtement, puis sous mon slip. J'eus le souffle coupé lorsque sa main chaude se referma autour de mon sexe.

— Sam… essayai-je de lui dire en reprenant mon souffle.

— Chhhhut… m'apaisa-t-il en se déplaçant autour de moi.

Il me renversa sur le dos, et glissa le long de mon corps, entraînant mes vêtements avec lui, jusqu'à mes genoux.

— Sam… l'appelai-je à nouveau alors que mon dos se cambrait au-dessus du lit.

Au moment où il m'avala dans la chaleur humide de sa bouche, je sentis ses mains fortes sur mes hanches qui m'ancraient sous lui, et je plongeai dans le regard rivé sur moi. Et je sus que, pour lui, la façon dont je lui répondais lui confirmait que j'allais bien. Pour Sam, il n'y avait pas de substitut à l'action. En ce qui le concernait, les mots avaient peu de valeur. Il pouvait me demander si j'allais bien et je pouvais mentir. Mais pas mon corps. Quand je frissonnai et m'agrippai à ses cheveux, il fut heureux. Je vis la lueur qui traversa son regard alors que son nom m'était arraché. Après ça, alors que j'étais allongé, seulement capable de le regarder, épuisé au-delà de toute autre chose, il prit une grande inspiration de soulagement.

— Crois-moi, Sam… je t'aime.

Il hocha la tête, me regardant de cette façon si possessive qui lui était propre

— Je sais.

— J'ai besoin de m'occuper de toi, dis-je en souriant, remuant pour me redresser.

Sa main sur mon ventre m'immobilisa.

— Reste là, ferme les yeux.

Et je pensais que peut-être il ajouterait quelque chose, mais il se contenta de me regarder. J'essayai de patienter, mais c'était une bataille perdue d'avance. Je m'endormis quelques secondes plus tard.


IL FAISAIT clair lorsque je me réveillai, et il était assis dans le lit à côté de moi en train de lire. Je soulevai la tête et, sans même me regarder, il tapota son torse. Je me rapprochai et il m'attira contre lui, calant ma tête sous son menton. Un soupir de contentement m'échappa et je sentis le léger grondement de son rire avant qu'il frotte son menton dans mes cheveux. Il me dit qu'il m'aimait et je fermai à nouveau les yeux.

— Quelle heure est-il ?

— Plus ou moins neuf heures.

— Du soir ?

— Non, mon amour, du matin.

— Mon Dieu, j'ai dormi longtemps.

Je bâillai paresseusement, me sentant trop bien pour bouger, mais sachant que je devrais.

— Ouais. Mais tu en avais besoin.

— Je devrais me lever et te préparer quelque chose à manger.

— Reste là et laisse-moi te tenir.

Je passai mes bras autour de son cou et me blottis contre lui. Il m'enlaça étroitement et embrassa mes paupières. J'étais si paisible, mon corps me semblait si lourd. J'avais l'impression d'être drogué par sa proximité, par son attention.

— Je t'aime, dis-je en bâillant.

— Je sais, bébé. Rendors-toi, tu es en sécurité. Je suis là.

Il n'avait aucune idée du réconfort qu'il me donnait en disant ça.

# IV

LA MAISON était pleine. Dane et Aja étaient là, ainsi que la famille de Sam ; Dylan était venue voir comment j'allais, laissant son mari, Chris, à la maison avec leur nouveau-né ; Aubrey Flanagan passa avec son nouveau petit ami, Rick Jenner ; et la partenaire de Sam, Chloe, était là aussi, ainsi que mes amis Evan et Loudon. Et même si la raison de ce rassemblement était effrayante, j'étais heureux de voir Aja assise avec la mère de Sam et ses sœurs. C'était amusant de regarder Evan parler à Dane, à Michael – le frère de Sam – et à Rick. C'était sympa d'espionner sans en voir l'air la discussion du père de Sam avec Loudon et Aubrey, et écouter Sam et Dylan discuter avec Chloe était un véritable régal. Cela aurait dû être un dîner de fête, vu comme tout le monde s'entendait bien. Lorsque la sonnette de la porte d'entrée retentit et que Sam fit entrer des étrangers, je réalisai qu'il s'agissait des inspecteurs qui travaillaient sur mon affaire. Ils étaient six en tout, quatre agents du FBI et deux de la police de Chicago. Je fus surpris que Sam ne m'entraîne pas dans une autre pièce avec eux, il demanda simplement à tout le monde de se calmer le temps de me présenter.

Les amis de Sam du département de la police de Chicago s'appelaient James Hefron et Neal Lange. Hefron était grand et chauve, avec de larges épaules et le torse ample. Ses yeux étaient brun foncé comme les miens et ses sourcils donnaient l'impression d'être froncés en permanence. À l'opposé, son partenaire Neal Lange avait des yeux vert clair et une carrure plus allongée. Il avait le sourire facile, de profondes fossettes, et ses mains bougeaient continuellement. Il semblait en ébullition, mais de façon enthousiaste et non agitée. Hefron prit une chaise tandis que Lange s'asseyait sur la table basse directement en face de moi. Les agents du FBI restèrent debout et me dévisagèrent, l'un d'eux me donnant le journal du matin sur lequel mon enlèvement s'étalait au bas de la première page. C'était troublant de voir mon nom imprimé dans le journal.

— Oh merde ! gémis-je.

L'agent rigola et se présenta. Je ne saisis pas son nom – je n'écoutais pas vraiment –, mais je serrai leurs quatre mains et les remerciai d'essayer de m'aider. Je regardais toujours l'article imprimé dans le journal. Au moment de l'impression, j'étais toujours porté disparu. J'espérais qu'aucun de mes amis ne l'avait vu. Au moins, il n'y avait pas de photo de moi. Je ne ressemblais vraiment à rien en noir et blanc, mon teint ne ressortant pas du tout.

Quelqu'un toussa doucement et lorsque je levai les yeux, je vis que Neal Lange m'observait.

— Jory, dit-il lentement en me regardant dans les yeux. J'aimerais vous parler un peu maintenant, d'accord ?

— Bien sûr.

— D'accord.

Il m'adressa un sourire forcé.

— Au cours des derniers jours, nous avons parlé à votre frère et à Sam, et après avoir passé en revue l'ancien dossier du meurtre d'Oak Park et les autres, nous avons pu reconstituer quelque chose que nous n'avions pas vraiment remarqué avant.

J'étais confus.

— Vous avez l'air confus.

Il me sourit.

— N'êtes-vous pas ici pour l'enlèvement ?

— Indirectement, si. Nous sommes là à propos des meurtres.

— Pourquoi ? Je ne pense pas qu'ils aient quelque chose à voir avec moi.

— Au contraire dans le sens où vous êtes la victime visée, mais vous avez raison puisque la violence n'est pas dirigée contre vous.

— Qu'est-ce que ça peut bien vouloir dire ?

— Eh bien, en fait, toute cette histoire, les meurtres, l'enlèvement… nous pensons que tout cela a moins à voir avec vous et plus avec votre frère, Monsieur Harcourt.

— Dane ?

— Oui.

— Comment ? Pourquoi ?

— Peu importe qui est cet homme, il veut ce que possède votre frère. Il veut blesser Monsieur Harcourt et il peut le faire en frappant les gens que votre frère aime. Au départ, le coupable vous ciblait spécifiquement parce que vous étiez la personne la plus importante de sa vie.

— Mais plus maintenant.

— Non. Maintenant, il y a également Madame Harcourt.

Je frissonnai.

— Et Caleb.

Son air se renfrogna, mais il le confirma.

— Pourquoi cet air sombre ?

— À l'heure actuelle, nous ne sommes pas vraiment sûrs de savoir comment Caleb Reid s'intègre dans tout ceci. Vous cadrez, Madame Harcourt cadre, même si les amis de Monsieur Harcourt avaient été des cibles, ce qui n'est pas le cas… ils auraient cadré eux aussi, mais nous sommes incertains

188

quant à Monsieur Reid. Cela soulève des questions, par exemple : à quel point cette personne connaît-elle vraiment Dane Harcourt ?

Je le dévisageai.

— Que voulez-vous dire ?

— Eh bien, Monsieur Reid est le frère de Monsieur Harcourt, mais ils ne sont pas proches.

— C'est vrai.

— Et qui le sait, Jory ?

— Moi…

— Qui sait que Monsieur Reid est apparenté à Monsieur Harcourt, mais qui n'est pas dans le secret de l'étendue de leur relation ?

— Une tonne de gens.

— Pas vraiment. Seule une personne proche de Monsieur Harcourt le saurait.

— Je le suppose.

Il hocha la tête.

— Donc techniquement, nous devrions rechercher quelqu'un qui connaît Monsieur Harcourt seulement superficiellement. Il connaît les personnes que votre frère fréquente, leurs noms, mais, rien de plus.

Je frissonnai.

— Donc, vous pensez que les ravisseurs connaissent quelqu'un qui côtoie Dane, ou que ces gens font partie de ses connaissances.

— Exactement, acquiesça-t-il en se frottant le front. Mais cela représente beaucoup de monde. Le cercle des intimes de Monsieur Harcourt a été facile à dénombrer et nous les avons éliminés de la liste des suspects. Le cercle élargi prendra beaucoup plus de temps à innocenter.

— Je vois, dis-je. Donc vous pensez que Caleb a été enlevé parce que…

— Nous pensons que Monsieur Reid a été enlevé par erreur, me coupa-t-il. Ou parce que c'était facile… nous ne sommes pas sûrs de ce qui s'est passé. Nous faisons avec ce dont Monsieur Reid se souvient. Nous essayons de reconstituer les morceaux d'informations à notre disposition.

— Je ne sais rien de votre théorie.

Je le regardai dans les yeux.

— Sur quoi basez-vous tout ceci ? Ça semble vraiment tiré par les cheveux, comme un…

— La première victime qui a été tuée, celle de votre appartement… c'était juste au moment où Monsieur Harcourt a fait de vous son frère.

J'attendis, essayant de respirer calmement. Instantanément, je fus terrifié.

— La seconde victime a été tuée lorsque Monsieur Harcourt a organisé la grosse fête pour son quarantième anniversaire. Elle était impressionnante, le maire y était et...

— Comment avez-vous su pour la fête d'anniversaire ? Ce n'était pas comme si ça avait été...

— Jory, m'interrompit-il. Nous sommes inspecteurs, c'est ce que nous faisons. Nous recherchons des modèles.

— Mais...

— Écoutez-moi... la troisième victime a été tuée juste après ses fiançailles, et la quatrième a été découverte à peine quelques jours après son mariage.

— Cela me semble vraiment aléatoire. Je veux dire, si un type voulait blesser Dane, pourquoi ne pas simplement me tuer ? Pourquoi tuer des hommes qui me ressemblent ? Et par-dessus tout, pourquoi essayer de nous enlever Aja et moi ? Pourquoi pas elle seulement ?

— Nous pensons que le plus gros de sa psychose est focalisé sur vous, mais avec l'opportunité qui s'est présentée de vous enlever tous les deux, vous et Madame Harcourt... Nous pensons que l'occasion était trop belle pour la laisser passer.

— Mais...

— C'est la raison pour laquelle Monsieur Reid a été enlevé également... l'opportunité.

— Mais ne serait-il pas raisonnable de penser qu'il voulait enlever qu'Aja ?

— C'est raisonnable, mais nous doutons que tout cela ait été planifié, ce qui explique pourquoi il a été si facile à Madame Harcourt de s'échapper. Il n'était à l'évidence pas prêt à vous enlever tous les deux. Pas vraiment.

— Vous pensez que c'est juste de la chance qui a permis à Aja de s'enfuir ?

— Une mauvaise planification, vos exploits héroïques, et un peu de chance, oui.

— Eh bien, ce type est manifestement un crétin, ricanai-je. Je veux dire, me laisser dans une voiture qui a été...

— Ne vous méprenez pas, me coupa Lange d'un ton brusque. Cet homme a tué quatre personnes. Il a été assez malin pour le faire sans laisser d'indices quant à son identité, la similitude des meurtres étant suffisante pour les relier entre eux. Il n'a laissé aucune trace d'ADN sur l'une ou l'autre de ses scènes de crime, c'est un parfait inconnu.

Je remarquai, lorsqu'il s'arrêta de parler, combien la pièce était silencieuse. C'était comme si tout le monde retenait collectivement son souffle.

— Et la seule raison pour laquelle je laisse tous ces gens savoir ce qui se passe, c'est que mon partenaire et moi-même avons éliminé chacun d'entre eux de la liste des suspects. Ils sont également là pour nous aider à avoir un œil sur vous puisque vous avez refusé le programme de protection.

— Je ne veux pas vivre dans la peur, quoi qu'il arrive.

— Jory, nous ne voulons pas que vous ayez peur, nous voulons juste que vous soyez conscient de… commença Lange.

— Nous ne disons pas que vous devriez être… intervint Hefron.

— Puis-je juste dire que comparé à la première fois… c'était une promenade de santé ?

— Jory… m'avertit Sam.

— Quoi ? répondis-je d'un ton sec en me levant. Ça l'était. Vous avez oublié que j'ai été enlevé par un flic.

La pièce était tellement silencieuse qu'on aurait pu entendre une mouche voler.

— Puis-je te parler, s'il te plaît ? demanda Sam avant de se lever et de me tirer après lui, sa main serrant mon biceps comme un étau alors qu'il me dirigeait vers la chambre.

Il me poussa loin devant lui avant de refermer la porte derrière nous.

— Quoi ? demandai-je, exaspéré.

— Tu penses que c'est une plaisanterie ?

— Non, mais je pense que qui que soit ce type, il n'a rien de comparable avec Dominic Kairov alors, je l'emmerde.

Il enfonça ses mains dans ses poches.

— Tu veux que j'aie peur, Sam ?

— Un petit peu, ouais.

— Eh bien d'accord, j'ai un peu peur, mais pas plus que ça. Aussi longtemps que je reste prudent, tout ira bien.

Nous restâmes silencieux plusieurs minutes.

— Alors pouvons-nous parler d'autre chose ?

J'étais stupéfait.

— Tu ne vas pas me crier dessus ?

— Non.

— Oh !

— Veux-tu que je te crie dessus ?

— Non, dis-je rapidement.

— Bon, parce que lorsque j'étais parti, j'ai beaucoup pensé à toi et à ce que serait ma vie si je ne t'avais jamais rencontré et… quoi ? Pourquoi me regardes-tu comme ça ?

— Parce que tu ne vas vraiment pas crier après moi.

— Peux-tu mettre ça de côté, s'il te plaît ? J'ai quelque chose à te dire.

Je levai mes mains.

— Désolé, continue.

— D'accord.

J'attendis.

Il me regarda.

— Sam ?

— Quand tout ça sera fini, je veux que nous prenions un avion pour le Canada avec tout le monde et que nous nous mariions.

Je n'étais pas sûr de l'avoir bien entendu.

— Excuse-moi, quoi ?

— Je veux t'épouser. Je n'ai pas envie d'aller dans le Massachusetts ni nulle part ailleurs, donc… le Canada.

Je ne pouvais le quitter des yeux.

— Nous pouvons aller à Québec après et passer du temps là-bas, il paraît que c'est magnifique.

— Comme une lune de miel.

— Exactement comme une lune de miel.

Je n'étais pas sûr de savoir s'il était sérieux.

— Pourquoi me regardes-tu comme ça ?

— Est-ce que je te regarde bizarrement ?

— Ouais.

— Es-tu sérieux ?

— Oui, je suis sérieux. Pourquoi ne serais-je pas sérieux ?

— Je ne sais pas, je… je ne sais pas.

— Écoute, tu dois m'épouser.

— Mais Sam, je n'ai pas besoin que tu me prouves quoi que ce soit. Nous n'avons pas besoin de…

— Qui a parlé de prouver quelque chose ? Je veux me marier. Je l'ai toujours voulu. Parce que tu n'es pas une femme ne veut pas dire que ce que je veux a changé. Je veux porter une alliance. Je veux que tu portes mon alliance. Je veux me tenir devant ma famille et la tienne, et tous nos amis, et m'engager avec toi, parce que je n'ai aucune intention de te quitter, et je veux que tout le monde le sache. Et je veux que les étrangers voient un anneau à ton doigt et sachent que tu es pris. C'est important pour moi.

— Je vois ça.

— Je suis allé chercher un contrat de partenariat conjugal, mais nous devons le signer tous les deux et le faire certifier par un notaire, alors… Seigneur ! Quoi ? demanda-t-il, exaspéré. Peux-tu arrêter de me regarder comme ça ?

— Comment est-ce que je te regarde ?

— Comme si j'étais fou ou pire.

— Je suis juste ébahi, c'est tout.

— Pourquoi ?

— Je ne me serais jamais attendu à ça.

— Tu me regardes comme s'il venait de me pousser une deuxième tête.

— Sam, ce contrat de partenariat conjugal, c'est comme une déclaration sous serment et...

— Ouais ?

— Sam, si tu fais ça, alors tout le monde saura que...

— Je sais !

Il éleva la voix, saisissant mes bras, me secouant doucement.

— C'est ce que je veux.

— Sam, et si être ouvertement gay est difficile pour toi... pour ta carrière ?

— J, je ne m'attends pas à ce qu'il en soit autrement.

— Daccord, mais...

— Je m'en fous. Je veux que tout le monde sache que tu m'appartiens. C'est la chose la plus importante.

Le coup frappé à la porte attira notre attention. Aja passa sa tête par l'entrebâillement.

— Les gars, vous devez sortir d'ici, on vous attend.

— On arrive tout de suite, lui assura Sam.

Elle nous sourit avant de refermer la porte.

Je tournai les talons pour sortir, mais Sam m'attrapa par l'épaule et vint se placer devant moi.

— Quoi ?

— Alors, veux-tu m'épouser ?

C'était une question si simplement posée ; une que je n'avais jamais pensé entendre. Étant gay, je pensais que le mariage n'était pas une option pour moi. Tous mes amis pensaient que c'était quelque chose de stupide qui ne fonctionnait jamais, que seuls les hétéros faisaient. C'était un événement pour les hétérosexuels, pas pour les homosexuels. Je n'avais jamais eu d'opinion sur le sujet, car cela ne m'affectait pas d'une manière ou d'une autre. Mais dans ma vie était arrivé un homme très traditionnel qui avait toujours pensé au mariage comme à une étape importante dans sa vie. Même avec nos nombreuses conversations sur le fait que sa vie ne se déroulerait pas comme il l'avait imaginé, il s'était quand même accroché à l'idée qu'il serait un mari un jour.

— Jory ?

Je levai les yeux pour croiser les siens.

— Tu veux que je mette un genou à terre ?

Je secouai la tête.

— À l'hôpital, les médecins ont expliqué à Dane ce qu'ils te faisaient. Si tu avais été blessé plus gravement, ils lui auraient demandé de prendre des décisions te concernant. J'ai détesté ça. Être juste là, comme si j'étais invisible… je veux être la personne qui décide. Je veux être le seul qu'ils laissent entrer si jamais tu étais blessé. Je veux être ton mari.

Ma vision devint floue et je sentis les larmes sur mes joues.

— Alors que dis-tu ?

Je supposais que c'était une évidence. Bien sûr que je l'épouserais. Je ferais avec lui tout ce qu'il voudrait.

— J ?

J'étais complètement dépassé ; prononcer un mot était impossible.

— Oooh, bébé, dit-il, ses mains se posant sur mon visage avant qu'il se penche et m'embrasse.

Mes bras s'enroulèrent autour de son cou et je lui rendis son baiser avec tout ce que je ressentais et que je ne pouvais dire.

Il m'étreignit de toutes ses forces, rompant le baiser pour sourire contre ma bouche.

— Alors, quelle est ta réponse ?

— Oui, Sam.

— Oui, Sam, quoi ?

Je pris une profonde inspiration et le regardai dans les yeux.

— Oui, Sam Kage, je veux t'épouser.

Son air renfrogné fut instantané.

— Seigneur, c'était la minute la plus longue de toute ma vie.

Je ris de lui alors qu'il m'attrapait et m'embrassait à me couper le souffle.

— Je t'aime, Jory.

— Je sais.

Et je lui souris.

Quand je fus à nouveau embrassé, j'oubliai tout à l'exception de l'homme dans mes bras. Rien d'autre ne comptait, sauf le fait que j'étais aimé. Je compris soudain la profondeur de ce que Dane avait ressenti le jour de son mariage. Avoir tout ce que vous vouliez à la fois vous rendait très humble.


J'ÉTAIS ASSIS sur le canapé en train de regarder Sam et Aja jouer à un jeu vidéo pendant que Dane était au téléphone près de la fenêtre. Tous les autres étaient partis.

— Je pense que tout le monde s'est bien entendu, pas toi ? demandai-je à Sam.

— Ouais.

— Est-ce que cela t'a plu de rencontrer la famille de Sam ? demandai-je à Aja.

Rien.

— Aja ?

— Oh, est-ce que c'est à moi que tu parles ?

— Oui, c'est à toi que je parle.

— Désolée, dit-elle rapidement sans jamais quitter l'écran du regard.

— Alors ?

— Alors, quoi ?

— Est-ce que cela t'a plu de rencontrer la famille de Sam ?

— Tout à fait. Je suis impatiente d'aller chez eux dimanche. Cela va être amusant.

— Sam, c'était gentil de la part de ta mère d'inviter Dane et Aja.

— Ouais.

Je levai mes yeux au ciel. Parler aux murs aurait été plus interactif. Je me levai et traversai la pièce pour rejoindre Dane, qui souleva un doigt lorsque j'ouvris la bouche pour lui parler. Je devais lui laisser une minute. J'allai donc à la cuisine pour préparer un peu de thé.

Maintenant que plus personne ne me parlait, je commençai à penser à ce qui s'était passé. J'avais disparu quatre jours, Caleb six, et parce que nous nous en étions sortis tous les deux, aucune rançon n'avait été payée. Apparemment, la nuit où la voiture avait été volée, le ravisseur nous conduisait sur le lieu du rendez-vous où nous aurions été échangés contre de l'argent. L'homme avait dirigé Caleb avec lui à la pointe de son arme jusqu'à une cabine téléphonique, et lorsqu'ils étaient revenus, la voiture avait disparu. Le type s'était enfui après ça, laissant Caleb seul arpenter les rues d'Oak Lawn à la recherche d'aide. J'avais dit à Hefron et à Lange que j'étais sûr qu'il y avait eu un deuxième homme à un moment donné, mais qu'après les avoir entendus se disputer à propos de Sam, j'étais à peu près certain que l'un d'eux avait été tué. Qui que soit celui qui était mort, il avait voulu me laisser partir plutôt que d'avoir des démêlés avec l'inspecteur Kage. Hefron et Lange ne l'en blâmaient pas. La réputation de Sam était sans conteste brutale. C'était un excellent inspecteur avec un comportement menaçant. Tout le monde avait été d'accord sur ce point.

Je mis la bouilloire à chauffer et allai dans ma chambre, même si j'entendis frapper à la porte d'entrée. Quelqu'un d'autre se chargerait d'aller ouvrir. Je m'assis sur mon lit et c'est là que Dane me trouva quelques minutes plus tard.

— Hé.

Lorsque je levai les yeux, il me jeta quelque chose.

Je l'attrapai, réalisai que c'était un iPhone, et le regardai à nouveau.

— J'ai racheté le même que celui que tu avais et j'ai pris sur moi d'annuler tes deux cartes de crédit et d'en commander des nouvelles. La seule chose qui te reste à faire, c'est un nouveau permis de conduire.

— Merci.

— De rien, dit-il en hochant la tête, entrant dans ma chambre pour s'asseoir à côté de moi. Sam nous a dit que tu avais accepté de l'épouser… c'est bien. Je suis impatient d'être son beau-frère.

— Je suis content.

— Tu n'as pas l'air si heureux.

— Non, je suis heureux à ce sujet. C'est juste que… je voudrais que toute cette histoire soit déjà finie.

— Je suis tellement désolé, J. Si je n'étais pas là, tu…

— S'il te plaît, gémis-je, en m'allongeant. Tu n'as aucun contrôle sur toutes les personnes effrayantes de ce monde… crois-moi, je le sais. Qu'un psychopathe ait décidé de s'en prendre à toi pour une raison quelconque… c'est son problème, Dane, pas le tien. Tu serais fou de penser que tu as un contrôle sur autre chose que toi-même.

— C'est un très bon conseil.

— Ce n'est pas un conseil, c'est juste… logique, dis-je en jouant avec mon nouveau téléphone. Merci pour ça.

— De rien, dit-il en posant sa main sur ma nuque.

— As-tu aimé Aubrey Flanagan ?

— Oui, et plus important que le fait que je l'apprécie – Rick l'apprécie.

— Je sais. C'est bien.

— En effet, dit-il, ses doigts massant mon cou et la base de mon crâne.

Je fermai les yeux et soupirai.

— Oh, c'est intéressant, dit-il tranquillement. Sam a retrouvé ce docteur que tu voyais. Tu te souviens ?

— Nick Sullivan.

— Oui.

— Et ? Qu'est-il devenu ?

— Il est marié maintenant.

— Ah ? Avec qui ?

— Sam a dit que c'était une très belle femme. Elle s'appelle Jenna.

Je souris lentement.

— Il est marié à une femme ? Voilà qui est intéressant.

— Je te l'ai dit.

— Je me demande ce qui l'a décidé à faire ça.

— Tu sais, Sam est sorti du placard sur le tard. Peut-être que l'inverse est vrai pour Nick Sullivan.

— Peut-être, dis-je pensivement.

— Il habite à Lake Forest avec sa femme et ses deux enfants. Sam dit qu'il a demandé de tes nouvelles.

196

— Ce n'est pas une surprise. Nous avons été proches à une époque.

— C'est bizarre, n'est-ce pas ?

— Quoi donc ?

— Être proche, puis ne plus l'être.

Je tournai la tête pour le regarder.

— Je ne me lie pas émotionnellement avec beaucoup de gens. J'ai couché avec nombre d'hommes, mais je ne peux en compter que deux avant Sam dont je me suis un jour soucié, et Nick Sullivan n'était pas l'un d'entre eux.

— Oh non ?

— Non.

— Je me souviens d'un Kevin qui est venu au bureau une ou deux fois.

— Ouais, dis-je en souriant. Kevin Wu, je l'aimais beaucoup.

— Et Aaron Sutter, bien sûr.

— Bien sûr.

— Donc, rien pour Nick Sullivan.

— L'amitié n'est pas rien.

— Ce n'est pas de l'amour.

— Non. As-tu aimé toutes ces femmes avec lesquelles tu as couché ?

— Pas une seule.

Il me jeta un coup d'œil.

— Sauf celle que tu as épousée, dis-je en souriant.

— C'est exact.

— Crois-tu qu'il n'existe qu'une seule âme sœur pour chaque personne ?

— Oui, je le crois, dit-il gentiment, m'appuyant contre lui, un bras autour de mes épaules. Et toi aussi. Tu es un incurable romantique.

C'était vrai.

— Tu devrais aller à l'hôpital voir Caleb.

— Je suis là où je dois être. Je suis avec mon frère et ma femme.

— Caleb est aussi ton frère.

Mais il ne m'écoutait plus. Il se leva pour arrêter la bouilloire quand elle siffla et je restai sur le lit, regardant le ciel par la fenêtre. Il neigeait régulièrement et les flocons blancs s'accumulaient sur mes vitres. Des jours comme celui-ci, j'étais toujours reconnaissant de ne pas être un sans-abri. J'étais reconnaissant d'être au chaud, en sécurité, et à l'intérieur.

— J.

Je levai les yeux sur Sam qui entrait dans la chambre.

— Bébé, les Reid veulent venir te voir ici, si tu es d'accord.

— Pourquoi n'irais-je pas demain à l'hôpital? Afin de rentre visite à Caleb et je les verrai là-bas en même temps ?

— Es-tu fatigué ?

197

Je hochai la tête et reportai mon regard sur la fenêtre. Lorsque Dane m'amena une tasse de thé, je le remerciai et la posai sur ma table de nuit avant de m'étendre de nouveau sur mon lit. Je ne me souvins pas m'être endormi.

IL FAISAIT nuit lorsque je me réveillai, et quand j'appelai Sam, je n'obtins aucune réponse. Il y avait de la lumière dans la cuisine et c'est là que je trouvai une note de sa part : il était sorti chercher à dîner. Il serait bientôt de retour. Puisqu'il notait toujours l'heure sur ses messages, je constatai – après avoir vérifié l'horloge du micro-ondes – qu'il s'était absenté depuis une dizaine de minutes. Ce qui expliquait le feu qui flamboyait dans le salon. J'entendis une étrange sonnerie et réalisai qu'elle provenait de mon nouveau téléphone. Il fallait que j'y transfère tous les téléchargements de mon ordinateur dès que possible. Une sonnerie générique ne me ressemblait tout simplement pas.

— Allô ?

— Jory ?

— Qui est-ce ?

— Tu as tant de chance, Jory. Combien de vies as-tu ?

— Je suis désolé, qui est-ce ?

— Jory, si tu n'étais pas là, j'aurais ce que je veux.

Je sentis les poils de ma nuque se hérisser et un frisson glacé me traverser le corps.

— Jo… ry, chanta la voix. Je t'embrasserai quand tu seras froid.

Je raccrochai et jetai le téléphone sur le canapé en le regardant fixement. Lorsque Sam entra dans l'appartement quelques minutes plus tard, portant un gros sac brun, j'étais assis à côté de la cheminée, les genoux remontés contre ma poitrine, les bras enroulés autour de mes jambes.

— Hé, dit-il en me souriant. Tu es debout. Est-ce que tu as faim ? Parce que je suis sorti acheter tes… J ? Ça va ?

Je secouai la tête et pointait mon téléphone.

— Il a appelé.

— Qui a appelé ?

— L'homme… l'homme a appelé.

— Le ravisseur a appelé ? demanda-t-il calmement en se dirigeant vers le canapé et en prenant le téléphone.

Je hochai la tête.

— Qu'a-t-il dit ? demanda-t-il en composant un numéro sur mon téléphone.

Je le dévisageai un instant, attendant qu'il panique.

— J ?

198

— Euh, il m'a demandé combien de vies j'avais et il m'a dit que si je n'étais pas là, il aurait ce qu'il voulait. Il a dit qu'il m'embrasserait quand je serais froid.

Il hocha la tête.

— C'est tout ?

— Oui.

Je frissonnai malgré la chaleur du feu dans mon dos.

— D'accord, dit-il d'un ton très clinique en se mettant à parler dans mon téléphone. J'ai besoin d'une recherche sur ce numéro tout de suite… voyez qui l'a appelé au cours des cinq dernières minutes. Ensuite que Hefron et Lange me rappellent sur mon téléphone. Ouais… d'accord.

Je fermai mes yeux et ramenai mon visage sur mes genoux. L'idée que cet homme puisse simplement m'appeler, qu'il connaisse mon numéro… c'était juste si effrayant. J'entendis Sam aboyer des ordres et retourner la cuisine à la recherche de quelque chose avant qu'il se remette à hurler. Pour une raison quelconque, sa colère et le volume de sa voix étaient réconfortants et lorsque je l'entendis jurer, je ne lui fis pas la leçon comme d'habitude. J'étais assis et silencieux, écoutant le crépitement du feu quand la pièce tomba finalement dans le silence.

— Hé.

Je relevai la tête pour le regarder.

Il indiqua la porte d'entrée.

— Elle est verrouillée, je suis là, j'ai une arme, et tu sais qu'en plus de ça je suis un homme très fort.

Je ne voyais pas du tout où il voulait en venir.

— Donc tu sais que lorsque je suis là, tu es en sécurité, pas vrai ?

— Je sais.

— Bien, dit-il en se laissant tomber à genoux devant moi. Alors, viens ici et embrasse-moi.

Je me redressai et tendis les mains vers lui alors qu'il m'aidait à me mettre à genoux devant lui. Ses mains se posèrent partout sur moi, faisant passer mon tee-shirt par-dessus ma tête avant qu'il m'allonge doucement sur le tapis devant le feu. Mon pantalon fut le suivant à disparaître, puis mes sous-vêtements. J'étais allongé là, nu, l'observant tandis que ses yeux parcouraient mon corps.

— Reste là, dit-il avant de se lever et de me laisser, vulnérable et gelé.

Et je me demandai si c'était un test pour voir si j'allais bouger. Devais-je croire ce qu'il avait dit ? Devais-je croire qu'il n'y avait aucune raison de ressentir ne serait-ce qu'un semblant de peur aussi longtemps qu'il fût là ?

Je l'entendis et me tournai pour le regarder et il était de retour, enveloppé dans une des couvertures du lit.

Mon sourire fut énorme.

— Qu'est-ce que tu fais ?

— Je suis là pour toi, dit-il doucement en s'accroupissant au-dessus de moi, ouvrant la couverture pour révéler le tube de lubrifiant et le fait qu'il était complètement nu.

— Je vois, dis-je en souriant paresseusement. Y a-t-il quelque chose que tu veux ?

— Oui, bébé… il y a quelque chose que je veux.

— Et qu'est-ce donc ?

Il se pencha et m'enveloppa dans ses bras et le contact avec sa peau chaude et lisse me coupa le souffle. J'enroulai mes jambes autour de sa taille et me déplaçai sous lui jusqu'à ce que je sois là où je voulais être.

— J'ai pensé qu'il y avait peut-être quelque chose que tu voulais aussi, J, dit-il doucement, ses lèvres se posant sur ma gorge.

Je cambrai le dos, me soulevant pour lui et le suppliant de faire disparaître tout le reste. Et comme il était magique, c'est ce qu'il fit.

# V

J'ÉTAIS DEHORS en train de ramasser le courrier – après une demi-heure passée au téléphone avec Caleb Reid – lorsque j'entendis le rugissement du SUV de Sam derrière moi. Même si je ne portais rien d'autre qu'un jean et un débardeur, je l'attendis. Je trouvai agréable qu'il me fasse un grand sourire dès qu'il me vit. Je l'observai garer son véhicule monstrueux, ce qui m'impressionnait toujours de le voir faire, et le vis descendre de la voiture.

— Qu'est-ce que tu fais dehors ? m'interpella-t-il en traversant la pelouse.

— Je profite de la vue, dis-je, entendant l'alarme s'enclencher avant qu'il mette ses clés dans sa poche.

Il me lança un regard comme si j'étais fou, montrant de la main le ciel gris, les arbres dénudés et les trottoirs pleins de neige fondue.

— Quelle vue, bébé ?

Je le pointai du doigt. Le seul fait de le regarder me rendait heureux. L'arrogance de sa démarche, sa manière fluide de bouger, l'assurance facile à remarquer, et la chaleur qui irradiait juste de sa personne. J'aurais dû être embarrassé de me tenir là à soupirer comme une écolière en mal d'amour, mais je n'avais aucune fierté quand cet homme était concerné.

Son sourire malicieux fit presque s'arrêter mon cœur.

— Bonjour, bébé, dit-il en m'atteignant, ses mains se posant instantanément sur mes biceps, les frottant doucement. Allons à l'intérieur. Avant que tu gèles.

Je le détaillai de haut en bas. Il était vraiment beau.

— Un jean pour travailler aujourd'hui ?

— Je suis sous couverture.

— Oh.

Je hochai la tête, incapable de détacher mes yeux de lui.

— Bébé, tu ne portes même pas de chaussures, dit-il en fronçant les sourcils et en me faisant me retourner pour gentiment me pousser vers la porte d'entrée de l'immeuble.

— Je survivrai, Sam, dis-je en rigolant, le laissant me pousser par la porte, prendre ma main, et me tirer vers l'escalier. Je promets de ne pas geler devant tes yeux jusqu'à ce que mort s'ensuive.

Il se pencha pour m'embrasser dans le cou, la chaleur de son souffle me faisant frissonner.

— Tu vois… tu as froid, tu ne devrais pas être dehors avec juste un…

201

— C'est toi qui me fais frissonner, pas le froid.

Il hocha la tête et nous montâmes l'escalier. Alors que nous marchions dans le couloir, mes voisins, Lisa et Steven, sortirent de leur appartement. Bizarre qu'ils soient là au milieu de la journée. Peut-être était-ce un petit plaisir d'après-midi.

— Jory, m'appela Lisa avec un grand sourire aux lèvres.

— Salut, dis-je en lui rendant son sourire, ne faisant pas mine de m'arrêter.

— Salut.

Steven stoppa Sam en tendant sa main lorsqu'il fut assez proche.

— Je suis Steven Warren, et voici Lisa Tate... nous vivons de l'autre côté du couloir.

— Enchanté de vous rencontrer, dit Sam, prenant sa main et la serrant. Je suis Sam Kage.

— Je vous vois beaucoup par ici, Sam, dit Lisa en lui souriant. Êtes-vous l'homme dans la vie de Jory maintenant ?

— Oui madame, dit-il d'une voix rauque et je la vis hoqueter de surprise.

L'homme était très masculin et très sexy ; elle aurait dû être aveugle pour ne pas le remarquer.

— Je suis l'ancien... nouveau gars.

Elle gloussa.

— On dirait qu'il y a toute une histoire là-dessous.

— Ouais, en effet.

Le sourire malicieux fit son apparition, et elle s'illumina comme un sapin de Noël.

— Eh bien, je suis contente. Jory est un homme formidable... il mérite d'être heureux.

— Merci, dis-je doucement alors que Sam me poussait vers l'avant.

— Ravi de vous avoir rencontré, dit-il d'un air absent, m'embrassant dans le cou. Dépêche-toi.

Je ne me retournai pas.

Une fois dans l'appartement, je verrouillai la porte derrière nous et regardai traverser le salon jusqu'à la cuisine.

— Tu n'as pas quitté la maison habillé comme ça ce matin. Je m'en serais souvenu.

— Tu ne m'as pas vu ce matin... Tu étais mort pour le monde. J'avais espéré que tu dormirais plus longtemps.

— Tu devrais te changer avant de retourner travailler.

— Pourquoi ? demanda-t-il en retirant son caban pour révéler une chemise ouverte à manches courtes sur un tee-shirt qui aurait pu m'appartenir, vu combien il était moulant. On ne voyait que ses biceps saillants et ses abdominaux sculptés, la matière le collant comme une seconde peau. L'étui de son arme avec le Glock à l'intérieur ne faisait que renforcer la présence de l'homme. Il était dangereux et sexy, et je sentis mon sang se précipiter jusqu'à mon entrejambe. J'avais du mal à respirer.

— Seigneur !

Il sortait le déjeuner du sac en papier brun qu'il avait apporté et ne me prêtait aucune attention. J'eus un mal fou à ne pas traverser la pièce et lui sauter dessus.

— Où donc travaillais-tu sous couverture… dans une boîte d'escortes ?

— De quoi parles-tu ?

Il me jeta un coup d'œil tout en déposant ses achats sur le comptoir. J'ai pris italien… tu ne manges pas très bien, alors j'ai pensé à des fettucines puisque c'est ton plat préféré et… quoi ?

— Quoi ?

— Je ne sais pas… Tu me regardes bizarrement.

— Vraiment ?

— Ouais. Est-ce que tu vas bien ? As-tu besoin de t'allonger ?

— Je…

— À moins que tu veuilles que je t'allonge ? me taquina-t-il en souriant malicieusement, un sourcil haussé.

— Sam…

— Quoi bébé ?

— Peux-tu venir ici, s'il te plaît ?

Il bougea rapidement, traversant la cuisine jusqu'à moi, et j'aimais ça… qu'il soit pressé d'être près de moi.

— Quel est le problème, J ?

Je ne répondis pas, mais me relevai sur la pointe de pieds et l'embrassai, capturant sa lèvre inférieure doucement entre mes dents.

Le grondement doux qui lui échappa me fit sourire. Il était une créature très sensuelle, mon inspecteur, et je ne m'en rassasiai pas.

— Je pense que tu as besoin de moi, dis-je en lui souriant, ma main se posant sur la boucle de sa ceinture.

— Stop. Tu vas le regretter.

— Jamais. Je serai probablement ravagé avant le déjeuner je l'espère, mais je n'aurai jamais de regret.

— J… tu es en train de tenter le diable, dit-il, ses mains se déplaçant sur mes hanches, ses doigts glissant lentement sous la ceinture de mon jean, puis se retrouvant sur le bouton de ma braguette.

— Mon Dieu, je l'espère.

— Tu devrais être plus prudent.

Il inclina mon menton avec son nez, se penchant pour embrasser ma gorge tout en défaisant les boutons de mon jean.

— Sam.

Je frissonnai.

— Tu n'aurais pas dû me taquiner... je t'ai averti, gronda-t-il à mon oreille avant de laisser échapper un gémissement lorsqu'il prit mon cul entre ses mains. Pas de sous-vêtement... tu tentes définitivement le diable.

— Je ne voulais pas que tu ailles travailler aujourd'hui.

— Et je ne voulais pas y aller, me dit-il. Regarde-moi.

Lorsque je levai la tête pour regarder son visage, il se pencha et m'embrassa. Il n'était pas doux, au contraire son baiser était profond et possessif. J'eus à peine le temps de prononcer son nom avant d'être traîné vers la table de la cuisine, retourné, et incliné dessus. Mon jean fut tiré jusqu'à mes chevilles et le débardeur brutalement enlevé.

— Ne t'avise pas de bouger.

C'était une menace.

Je ne voulais pas bouger, alors je restai là, figé, tandis qu'il fouillait dans un tiroir derrière moi.

— Savais-tu que je gardais un tube de lubrifiant dans la cuisine ? demanda-t-il avec entrain alors que j'entendais le *pop* du bouchon.

Je ne pus m'empêcher de sourire au milieu de notre scène de sexe torride. Cet homme était juste trop mignon.

— Quoi ?

— C'est juste que tu es toujours préparé, Sam.

— J'ai été formé pour agir de cette façon, me dit-il avec un sérieux moqueur.

— Je t'aime.

— Je t'aime aussi, dit-il avant de mordre ma nuque.

Le gémissement qui m'échappa se propagea directement à son corps et l'excita comme je savais qu'il le ferait, et ses mains devinrent dures et exigeantes sur mon corps. Sam aimait tous les bruits que je faisais, il adorait ma soumission et combien je me languissais de lui. J'aimais qu'il soit rude avec moi, me malmenant, sa façon de me mordre, de me lécher et de m'embrasser, ma peau sous ses mains le rendant sauvage du besoin de me marquer comme sien.

— Regarde-toi, souffla-t-il contre mon oreille. La tête rejetée en arrière, tremblant, déjà prêt pour moi... tu es si beau, J, et tu es à moi.

— S'il te plaît, Sam... S'il te plaît.

Je n'eus pas le temps de réfléchir avant qu'il bouge, sa main lubrifiée se saisit de mon sexe, sa bouche se posant sur mon épaule, sur son nom, me

204

mordillant, sa poitrine pressée contre mon dos. Je criai lorsqu'il poussa en avant, s'enfonçant en moi de toute sa longueur.

— Jory, gémit-il, et cela venait du plus profond de lui. Bébé.

— Sam, murmurai-je, me cambrant contre lui, m'empalant moi-même plus profondément, saisissant la main qui s'agrippait à ma hanche et l'utilisant pour tirer son bras autour de mon cou.

Je voulais qu'il se tienne à moi, qu'il me serre contre lui.

Il me pilonna, me poussant sur la table, me pliant en deux et me soulevant du sol alors qu'il s'enfonçait profondément. J'appelai son nom et il me dit de crier plus fort, embrassant mon cou, son corps se moulant au mien.

Son nom rebondit sur les murs de notre appartement.

Après nos ébats, il m'étreignit et m'embrassa jusqu'à ce que ma tête manque d'exploser. J'étais sûr, lui dis-je, que le fait de ne plus recevoir d'air provoquait des dommages cérébraux. C'était le cadet de ses soucis. Il me tira sur le canapé, toujours nu, sur ses genoux. Je me sentais tellement bien. Je ne voulais plus jamais qu'il parte.

— Je ne savais pas qu'un jean moulant t'exciterait autant, J. Je vais noter ça pour l'avenir.

— Sam, j'ai juste…

— Mon Dieu, que j'aime t'avoir sur mes genoux !

Et je me tus pour le regarder.

— Tu sais quelle est la chose la plus sexy que j'aime chez toi ? me demanda-t-il en me massant les fesses, me tirant vers l'avant sur son aine pour que je puisse sentir la texture rugueuse de son jean.

— Mon cul ? le taquinai-je alors qu'il embrassait mon nez, mes joues et mon front

— Non, dit-il en s'écartant pour regarder mon visage. Tes yeux. Ils ne sont jamais complètement ouverts, toujours à demi fermés… comme si tu venais juste de te faire baiser, comme si quelques minutes plus tôt tu étais au lit.

Je lui souris.

— C'est charmant, merci.

— Tu es sarcastique, mais je suis sérieux.

Je grimaçai.

— C'est sexy en diable, tes paupières tombantes.

— Si tu le dis.

— Et ta bouche… tu as les plus belles lèvres…

Je posai mes mains à plat sur son torse, sentant les muscles sculptés rouler sous mes paumes.

— Et ta peau et ton cul.

— Tu vois, dis-je avec un rire moqueur, je savais bien que tu finirais par revenir à mon cul.

— Mais sérieusement, dit-il, ses mains sur mon visage me tirant en avant, m'inclinant la tête au dernier moment pour embrasser ma gorge. Tes yeux me tuent. Ils me brûlent à chaque fois.

Je tremblai sous ses mains. Cet homme était tellement sexy et il n'en avait aucune idée.

— Dis-moi quelque chose que je ne sais pas.

— J'ai reçu un appel d'Aaron Sutter aujourd'hui.

— Vraiment ?

— Oui m'sieur, vraiment.

Je lui souris.

— Et ?

— Et rien. Il voulait juste s'assurer que j'allais bien et il voulait s'excuser pour la dispute que nous avons eue la dernière fois que nous nous sommes vus.

— Quoi d'autre ?

— Rien d'autre, il m'a juste présenté ses excuses. C'était gentil de sa part.

Il hocha la tête.

— Je ne veux pas le voir dans les parages, Jory.

— Tu ne le verras pas.

— Il ne voulait pas te revoir ?

— Je lui ai dit que je retournais travailler la semaine prochaine et qu'il pouvait me passer un coup de fil à ce moment-là.

— Et il t'a juste laissé le rejeter ?

— Je ne l'ai pas rejeté. Je lui ai juste dit que nous pouvions parler la semaine prochaine.

Il sourit avant de me serrer contre lui, me pressant contre sa poitrine, ses mains sur mon dos. J'enroulai mes bras autour de son cou et l'étreignis. Sa peau chaude était divine.

— C'est gentil qu'il s'inquiète pour toi, J, mais je le répète, je ne veux pas de cet homme dans ton entourage, dit-il tandis que ses doigts remontaient le long de mon cou jusque dans mes cheveux.

— Je sais, ne t'inquiète pas.

— Tu m'appartiens. Je dis *quand* et *s'*il peut te voir.

Je me blottis encore plus contre lui.

— Je devrais détester ça, mais ce n'est pas le cas.

— Détester quoi ?

— Que tu me dises quoi faire.

— Comme si j'avais quelque chose à foutre de ce que, tu aimes ou non.

Il était adorable.

— Ne jure pas.

Le dos de ses doigts glissa sous mon menton et quand il le releva, sa bouche se posa sur la mienne. Il m'embrassa avec paresse, mêlant sa langue à la mienne, et j'étais satisfait de ne pas bouger et de le laisser faire.

— Hé, tiens ça.

Je ne pus réprimer mon rire lorsqu'il me donna le lubrifiant.

— Tu es sérieusement effrayant.

— Tu parles trop… soulève-toi, dit-il alors qu'il baissait son jean et son caleçon jusqu'à ses genoux d'une main et reprenait le lubrifiant de l'autre.

— Tu ne dois pas retourner travailler ?

— Après.

Lorsqu'il m'abaissa sur lui, je regardai sa tête rouler sur ses épaules, la façon dont sa poitrine se comprima, et le léger tremblement qui traversa son corps. Je ressentis un sentiment de puissance en sachant que c'était moi qui provoquais tout cela. Sa réaction envers moi était honnête. Il ne pouvait pas la simuler.

— Tu m'aimes, dis-je en souriant, regardant ses yeux clos, l'observant humidifier ses lèvres, écoutant sa respiration haletante. Tu aimes me faire ça.

Sa main descendit sur mon ventre jusqu'à mon sexe ; les doigts qui me caressaient me procurant une sensation incroyable.

— Mon beau bébé, dit-il doucement. J'adore être à l'intérieur de toi.

J'aimais ça aussi.

— Tu ne me quitteras jamais.

Et il y avait quelque chose de solide et de réconfortant dans sa déclaration, parce que j'avais tendance à tester les limites de ce que je pouvais faire et il était en train de me dire que, quels que soient les drames ou les épreuves qui seraient jetés en travers de son chemin, il les endurerait. Il était fort, je ne l'épuiserais pas. Je n'arriverais pas à le faire cesser de m'aimer comme tous les autres l'avaient fait avant lui.

— Embrasse-moi.

Et lorsque je le fis, lorsque je plantai ma bouche sur la sienne, l'embrassant avec force et passion, j'entendis son soupir de contentement remonter du plus profond de ses entrailles.

— Mon Dieu comme je t'aime ! gémit-il.

Je lui répondis que le sentiment était partagé.


UNE DEMI-HEURE plus tard, après l'avoir fait se laver et changer au profit d'une chemise à manches longues par-dessus son tee-shirt, je l'accompagnai jusqu'à l'entrée de l'immeuble. Je reçus un baiser brutal et minutieux qui me coupa le souffle et agitai la main comme un fou quand il arriva à sa voiture. J'entendis le bip de l'alarme, et puis le SUV explosa.

Tout se passa très vite. Le SUV était là une seconde, et avait disparu la suivante – les flammes se transformant en une boule de feu qui explosa au-dessus de la voiture d'à côté, pour mourir dans la neige un peu plus loin. J'entendis des chiens aboyés et les alarmes de chaque voiture garées dans la rue se déclencher alors que je me mettais à courir pieds nus sur la pelouse jusqu'au trottoir, puis la rue. Mon cœur battait à mes oreilles, j'étais conscient de ma respiration haletante et de la douleur dans ma poitrine – comme si un couteau venait de me transpercer le cœur. Il y avait une odeur de caoutchouc brûlé, le SUV lui-même était maintenant carbonisé, un morceau de métal tordu. Sam était couché sur le dos dans la rue et je tombai à genoux à côté de lui. Je posai ma tête sur sa poitrine, mais je ne pus rien entendre. Je le touchai partout à la fois, à la recherche du moindre signe de vie. C'était irréel et je ne cessais de regarder autour de moi quelque chose à quoi m'accrocher qui m'indiquerait avec certitude que je rêvais. J'avais des contusions sur la peau qu'il m'avait faites seulement une demi-heure plus tôt, mes lèvres étaient encore un peu tendre de ses baisers et maintenant il y avait à peine un pouls alors qu'il gisait là, inconscient et saignant dans la rue. Je fouillai dans les poches de son caban et quand je trouvai son téléphone portable, il était brisé, l'écran noir. Alors je me mis à crier, hurlant que quelqu'un appelle la police. J'aurais dû retourner à l'intérieur en courant, j'aurais dû le laisser pour aller chercher de l'aide, mais je ne pouvais pas. Je ne pouvais pas le laisser seul. Je ne pouvais que rester là.

# VI

SAM AVAIT changé des choses et ne me l'avait pas dit. Alors, quand ils vinrent m'informer qu'il avait une hémorragie interne et qu'ils allaient devoir l'opérer, en fait les médecins voulaient ma permission. Ils avaient fait des trucs – IRM, CTI, un tas de lettres que je ne comprenais pas vraiment, mais qui signifiaient quelque chose – et ils n'étaient toujours pas vraiment certains de l'étendue des dégâts, jusqu'à ce qu'ils l'ouvrent. Ils voulaient ma permission pour le découper. Je voulais que quelqu'un d'autre décide quoi faire, mais il n'y avait que moi. Je dus remplir des formulaires et signer sur la ligne où figurait le mot 'consentement' au-dessous. J'avais parlé à ses parents, à son capitaine, et à sa partenaire, et c'était trop pour moi jusqu'à ce que Dane se montre. Il avait une façon de traiter avec la folie, et il s'assit donc avec moi et calma les choses pendant un petit moment.

Plus tard, Regina Kage s'assit à côté de moi, Aja de l'autre tandis que Dane faisait les cent pas avec le père de Sam et Michael. Bientôt, la salle d'attente fut pleine, et pourtant nous n'avions toujours aucune nouvelle. Nous devions patienter et cela me rendait complètement fou. Dane retourna à mon appartement avec une escorte de police et me rapporta des chaussettes, des chaussures et mon gros pull marin. Il réussit à revenir avant que je sois totalement frigorifié, car je portais toujours le débardeur et le jean dans lesquels Sam m'avait vu pour la dernière fois. Les chaussettes et les bottes étaient ce dont j'avais le plus besoin : difficile de marcher pieds nus dans un hôpital, la température était comparable à celle d'une morgue.

Je restai assis là pendant neuf heures à fixer les carreaux du plafond, trois personnes vinrent chercher un café au distributeur, me rappelant que Sam et moi étions venus ici même moins d'un mois auparavant, lorsque Mica était né. Je laissai Regina me dire que tout irait bien, je laissai Aja passer son bras autour de mes épaules et me serrer contre elle. Le capitaine de Sam vint et me serra la main ; Chloe posa ses mains sur mon visage et me promit que Sam était bien trop résistant pour mourir. Dane me regarda sans rien dire parce qu'il ne savait rien encore de son état, le réaliste qu'il était ne pouvant me donner de faux espoirs. D'une certaine manière, il était le plus réconfortant de tous, parce que le temps d'être triste ou de s'inquiéter n'était pas encore venu. Nous n'avions aucune idée de ce qui se passait, le moment de paniquer viendrait plus tard, s'il venait. Il ne servait à rien d'anticiper les événements.

Des nuées de policiers allaient et venaient. Il y eut des journalistes qui parlèrent de l'incident à son capitaine devant l'hôpital, et les gars du FBI s'attardaient aux abords de tout ce cirque. Un des journalistes réussit à monter jusqu'à nous avec un caméraman et essaya de parler à la famille de Sam et à moi, mais il fut traîné dehors par un policier en uniforme avant d'avoir pu s'approcher trop près. Apparemment, cela ne dérangeait pas le capitaine de répondre aux questions concernant les états de service de Sam, son temps passé dans la police, ou ses blessures, mais sa relation avec moi n'avait pas besoin d'être portée à la connaissance du public. Et même si Aja soutenait que cela n'aurait pas dû avoir d'importance, je remerciai le capitaine de toute façon. Dane me dit plus tard qu'un autre agent du FBI arrivait, mais je n'écoutais pas lorsqu'il me dit son nom et le moment où il se montrerait. Je ne pouvais qu'attendre de recevoir des nouvelles de Sam. Mon esprit ne pouvait se concentrer sur rien d'autre. Je regardai par la fenêtre et essayai d'imaginer ma vie sans Sam Kage. N'y arrivant pas, je le pris comme un bon signe.

Presque tout le monde était endormi lorsque le chirurgien se montra enfin tôt le matin suivant. Je bondis hors de ma chaise tellement vite que je dérangeai Regina et Aja qui dormaient de part et d'autre de moi. J'allai au-devant de lui, retenant mon souffle alors que les autres se rassemblaient autour de nous. Et j'attendis que ma vie reprenne ou se termine ici. Le Dr Kohara ne regarda personne d'autre que moi.

— Il a perdu beaucoup de sang, Monsieur Harcourt, soupira-t-il, l'air totalement épuisé. Mais nous sommes confiants sur son complet rétablissement. Il a un cœur vraiment fort, il est en bonne santé physique, et c'est un battant.

Je hochai la tête, trop bouleversé pour parler.

— Nous avons dû lui enlever la rate et je sais que cela peut sembler effrayant, mais ça ne l'est pas. Je suis désolé de vous avoir laissé si longtemps sans nouvelles, mais même si son état était critique au début, il s'en tire bien mieux que nous pouvions l'espérer.

Je hochai la tête.

Il sourit légèrement.

— Il va bien récupérer. Il n'a subi aucun dommage traumatique au cerveau ou à la colonne vertébrale. C'est un homme très chanceux, cela aurait pu être bien pire.

Je n'arrêtais pas de hocher la tête.

— Vous pouvez aller le voir, avec peut-être une personne de plus, mais c'est tout.

J'attrapai sa main et la serrai fortement.

— Merci, vraiment… Je vous remercie.

Il hocha la tête, ses yeux dans les miens, puis il sourit soudain.

— Quel est votre prénom ?

— Jory.

Il soupira et posa sa main sur mon épaule.

— Je pensais bien que c'était ça… il l'a prononcé très souvent.

Je sentis un sourire s'épanouir sur mon visage.

Son sourire s'intensifia.

— Quelque chose à propos d'un pot à jurons ?

— J'y travaille avec lui.

— Eh bien, c'est une bonne chose. Chacun de nous devrait avoir quelqu'un pour l'aider à être meilleur.

Je sentais que les larmes n'attendaient qu'une occasion pour me noyer, ainsi que le médecin, et tout le monde à des kilomètres.

— Venez… qui vous accompagne ?

Je tendis la main vers Regina et elle l'attrapa et la serra. Nous suivîmes le Dr Kohara ensemble.

La chambre ressemblait à une animalerie pleine de gazouillis d'oiseaux, mais ce n'étaient que les machines qui vrombissaient et bipaient, de petites alarmes qui se déclenchaient, des choses qui sonnaient, tout cela pour surveiller les différentes parties de l'anatomie de l'homme allongé là. Je fus content qu'il n'ait pas l'air petit dans le lit. Il était lui-même, juste immobile, et le fait qu'il respire seul, sans l'aide d'une machine accrochée à son visage, me rendit très heureux. Sa joue droite était éraflée et il y avait des éclaboussures de sang séché partout. Il avait un pansement sur son sourcil droit, beaucoup d'intraveineuses qui sortaient de lui, et cette sorte de pince étrange au majeur qui suivait son rythme cardiaque. Je posai une couverture sur ses pieds parce que je ne voulais pas qu'ils se refroidissent.

— Il a de bonnes couleurs, soupira Regina, le sourire éclatant. Oh, Jory, il semble aller si bien.

Elle prit la main qui n'était pas accrochée au moniteur tandis que je me penchais sur son front pour l'embrasser doucement. Lorsque je me relevai, j'exprimai la pensée qui hurlait en boucle dans ma tête depuis les douze dernières heures.

— Tout est de ma faute.

— Pardon ?

Je regardai la mère de mon compagnon.

— L'homme… il s'en est pris à Sam pour m'atteindre. J'ai mis Sam en danger. Tout est de ma faute.

— Non, non, non, dit-elle en secouant sa tête. Ce n'est pas plus ta faute que celle de Dane. Cet homme veut faire du mal à Dane alors il s'en prend à toi, et pour t'atteindre maintenant, il s'en est pris à Sam. C'est…

— D'accord, la calmai-je. Vous avez raison.

Elle me laissa la calmer et j'en fus heureux parce que cela aurait été plus difficile si elle n'avait plus confiance en moi. Je n'avais pas besoin qu'elle s'inquiète pour moi. Je devais être capable de partir sans que personne s'en rende compte. Je savais ce que j'avais à faire même si je n'avais pas vraiment envie de le faire.

Je retournai dans la salle d'attente et envoyai le père de Sam à son chevet pendant que je remerciais tout le monde d'être venu. Je leur racontai à tous comment il m'avait paru et qu'il respirait par lui-même. Je passai la demi-heure suivante à les étreindre pour leur dire au revoir et à dire à chacun d'eux tout ce que cela signifiait pour moi qu'ils soient tous là. Ce fut plus difficile de parler avec Dane parce qu'il voulait que je rentre à la maison avec Aja et lui. Même s'il y avait une voiture de police postée en permanence dans la rue en face de mon immeuble, il avait l'impression que ce n'était pas encore suffisant. Regina sortit de la chambre et voulut que je rentre avec elle. Je lui promis d'être là le lendemain, mais je voulais rester à l'hôpital. Tout le monde comprit. En revenant dans la chambre de Sam, je pris sa main et lui dit combien je l'aimais.

— Tu sais, je comprends maintenant… Quand tu m'as quitté cette fois-là à l'hôpital, je veux dire… je sais que tu devais partir parce que tu voulais me protéger. Mais, il y avait plus que la nouveauté d'apprendre que tu étais gay et que c'était difficile pour toi et… que tu devais démêler cette partie-là. Maintenant, je comprends aussi le fait de partir pour me protéger, parce que je vais m'en aller aussi.

Je lui souris.

— Je dois trouver ce type, Sam ; je ne peux pas laisser quelqu'un te blesser à nouveau. Mon cœur ne s'en remettrait plus cette fois.

Je me penchai et l'embrassai sur les lèvres, et lorsque je reculai, j'observai son visage un long moment, le gravant dans ma mémoire. Il faudrait que cela suffise et dure un petit moment.

Je rentrai à la maison et empaquetai un petit sac de voyage à neuf heures du matin. J'allumai toutes les lumières de l'appartement, en laissai une dans le salon, mais éteignis alors celle de ma chambre une heure plus tard. Je sortis par la fenêtre pour rejoindre l'escalier de secours, que j'empruntai pour descendre dans la ruelle derrière mon immeuble. Les flics ne me virent même pas partir.

# VII

MON PLAN était simple et logique parce que, comme je voyais les choses, j'avais une seule ligne d'action possible. Je devais revenir sur mes pas et commencer de l'endroit où la voiture avait été abandonnée. Parce que si je pouvais trouver l'endroit où les voleurs avaient pris la voiture, peut-être qu'à partir de là je pourrais remonter jusqu'à l'endroit où j'avais été retenu captif. Cela semblait raisonnable. Alors je retournai sur le parking désert à proximité du magasin d'alcool et le surveillai.

La chambre que j'occupai était généralement louée à l'heure plutôt qu'à la journée. C'est ce que m'avait dit le gérant en comptant les dix billets de vingt dollars que je lui avais donnés. En temps normal, il ne donnait pas de clé pour la salle de bains, mais puisque je lui avais donné du liquide, j'avais accès à la douche. Je ne devais pas la prêter. Il n'avait pas à s'inquiéter ; je ne comptais pas avoir de la compagnie. Je pris ma place devant le rebord de la fenêtre de ma chambre et regardai le parking désert de l'autre côté de la rue. J'étais convaincu d'une chose : les deux hommes qui avaient volé la voiture des ravisseurs vivaient quelque part dans le quartier. Les gens étaient des créatures d'habitude, alors ma théorie était la suivante : si je surveillais le magasin d'alcool, je trouverais les hommes que je recherchais.

La chaleur dans la chambre était minime alors je gardai mon manteau, mes moufles, et mon bonnet pendant que je surveillais la rue avec mes jumelles. Je répondis au téléphone lorsqu'il sonna, sans même regarder qui m'appelait.

— Allô ?

— Jory, où es-tu ?

— Je suis en planque, répondis-je à mon frère. Comme va Sam ?

— Il s'est réveillé ce matin et il te veut.

— Bien tenté, dis-je lentement, surveillant le bas de la rue. J'ai parlé à une infirmière ce matin. Elle m'a dit qu'il dormait profondément et qu'ils allaient le sortir des soins intensifs aujourd'hui.

— Où es-tu ?

— J'ai déjà répondu.

— Qu'est-ce que ça veut dire ? Tu es en planque où ?

— Écoute, j'ai une théorie…

— Mon Dieu, est-ce que je veux même la connaître ?

— Non, écoute. Si je peux repartir de l'endroit où j'ai atterri et trouver les types qui ont volé la voiture des ravisseurs, alors j'aurais un point de départ.

— Et tu ne crois pas que les flics ont pensé à ça ?

— Comme ils ne m'ont jamais demandé à quoi ils ressemblaient, je pencherais pour un : non, ils n'y ont pas pensé.

Il y eut un silence.

— Tu sais, j'oublie de te dire à quel point tu es intelligent parfois, et tu l'es. Tout ton raisonnement n'est pas mal, cependant… laisser la police reprendre le flambeau reste la meilleure option.

— Alors tu penses que c'est une bonne idée ? De revenir en arrière ?

— Oui. Quand tu perds quelque chose, tu reviens sur tes pas. Tu veux savoir où tu étais détenu, donc tu reviens au dernier endroit connu. C'est logique.

— Tu vois ?

— Mais ça ne veut pas dire que tu dois le faire seul. Dis-moi où tu es et je viendrai te tenir compagnie.

— Non, merci, je m'en occupe.

— Merde, non ! L'homme qui t'en veut pourrait être en train de te surveiller en ce moment. Tu pourrais être tué ou pire ou… bon Dieu, dis-moi juste où tu te trouves avant que j'appelle la police.

— Appelle-les… Ils ne peuvent pas trouver la personne qui a essayé de tuer un des leurs, tu penses qu'ils peuvent me retrouver ?

— Jory…

— Je ne rentrerai pas à la maison avant d'avoir démêlé tout ça, Dane, alors… fais-moi juste une faveur et veille sur Sam, d'accord ? J'ai pris soin d'Aja, maintenant c'est ton tour de veiller sur lui.

— Jory…

— Je t'aime, dis-je avant de raccrocher.

Lorsqu'il me rappela, je ne répondis pas.


Cela me rappela la vie en auberge de jeunesse, puis celle avec les quatre autres types avec lesquels j'avais vécu lorsque j'avais débarqué en ville pour la première fois. J'avais toujours eu froid, les deux endroits puaient, et les chambres étaient sales. Être assis dans la même position à surveiller le magasin d'alcool, alternant l'utilisation de mes jumelles ou simplement de mes yeux, je réalisai combien les surveillances étaient ennuyeuses dans la vie réelle. Elles avaient toujours l'air sympa dans les films. Mais beaucoup de choses avaient l'air bien plus sympa dans les films.

Je devais sortir pour aller chercher de quoi manger, mais comme rien ne semblait particulièrement appétissant, je me retrouvai moi-même au magasin d'alcool à acheter de l'eau, du Red Bull, et beaucoup de barres énergétiques et de bretzels. J'avais une fois vécu un été entier à me nourrir de ramen et de bretzels. Tous deux présentaient la même apparence que des croquettes pour chiens – ça gonflait avec de l'eau chaude dans votre l'estomac. Après trois jours, cependant, je me souvins de la raison pour laquelle je ne mangeais plus ni l'un ni l'autre.

Mon téléphone sonnait constamment, et quand je le passai en mode silencieux, je l'oubliai. Je vérifiais mes appels, cependant, juste pour me tenir au courant. Dane avait appelé trente fois, Aja dix-neuf, Aaron avait appelé – ce qui était étrange puisque Sam lui avait demandé de ne pas le faire – douze fois, Aubrey quinze fois, autant pour Dylan, et Chris, sept fois de son travail. Evan appela de trop nombreuses fois pour que je les compte, et je reçus un assortiment d'appels de la part de la famille de Sam. Je prenais tous les appels venant de l'hôpital, alors que différentes infirmières m'informaient de l'état de Sam et de ses progrès. Le Dr Kohara m'avait dit qu'ils s'attendaient à son réveil imminent. Quant aux numéros que je ne connaissais pas, je ne pris pas la peine de décrocher.

Le samedi soir, j'appelai Aubrey pour lui dire que je ne serais pas au bureau le lundi, mais que tous mes dossiers étaient prêts dans ma boîte de messagerie au travail. J'avais bossé sur mes projets depuis chez moi la semaine précédente sans que Sam le sache. Je les avais tous envoyés par courriel de mon ordinateur portable personnel sur celui du bureau avant mon départ. Elle était ravie d'être couverte, appréciait que j'aie fait ma part de travail, puis finit par me supplier de rentrer à la maison.

— Jory, bébé… Tu nous fiches la trouille. Tous les policiers de la ville sont à ta recherche et Sam… Sam se réveillera bientôt et quand il s'apercevra que tu n'es pas là, il va…

— Sam a besoin que je retrouve ce gars, Abe, et j'ai enfin réalisé que c'était à moi de le faire. Personne ne s'en soucie autant que moi alors… Mais je sais que tu n'as pas signé pour être la propriétaire unique d'Harvest Design, alors si tu veux simplement fermer le bureau jusqu'à ce que je…

— Non, chéri, j'ai démissionné de chez Barrington… je veux travailler avec toi et Dy à plein temps, si tu penses que…

— J'adorerais ça. Qu'est-ce que Dy a dit ?

— Jory, ne penses-tu pas, considérant les circonstances, que nous devrions peut-être parler de tout ça dans…

— Elle était excitée, non ?

— Seigneur, tes mots… c'est quoi, l'école primaire ?

— Oui, la taquinai-je.

— Jory, elle trouve que c'est une très bonne idée, donc je pense que…

215

— Merci, Abe, tu as pris une bonne décision. Je le jure.

— Jory Harcourt, je viens juste de te trouver ! Je t'aime et je t'adore et si quelque chose t'arrivait, je…

— Tout ira bien, partenaire. Maintenant, veille sur Dy et prends soin du bureau. Je reviens bientôt.

— Jor…

Mais je la coupai en raccrochant. Je ne répondis pas lorsqu'elle rappela.

Vers dix heures ce soir-là, je fus finalement récompensé de ma vigilance. Je vis l'un des voleurs de voiture entrer dans le magasin d'alcool pendant que son ami attendait dehors en fumant une cigarette. Je laissai mon téléphone dans la chambre et descendis les cinq volées de marches à toute vitesse avant de sortir dans la rue par la porte arrière. Comme c'était un soir de week-end, le magasin grouillait de gens ; il y avait également des dealers à chaque coin de rue, des gigolos regroupés sous des embrasures de porte, et un peu plus bas des prostituées plus ou moins vêtues sur des talons de hauteur variable. Dur d'arpenter les trottoirs mouillés sur dix centimètres. Et même si j'aimais traîner dehors la nuit, c'était différent dans cette partie de la ville, tout seul. Je réalisai qu'entre mon homme, mes amis, et ma famille, je n'étais plus jamais seul. Je m'étais habitué à faire partie d'un cercle de gens. C'était bizarre de penser que ce soir, c'était juste moi.

— Hé, saluai-je le gars debout à l'extérieur, appuyé contre la vitrine du magasin d'alcool.

Il me regarda avec méfiance.

— Salut.

Je fourrai mes mains dans les poches de mon manteau.

— Tu te souviens de moi ?

Il plissa les yeux.

— Non, mec.

— Je…

— Oh, dit-il en hochant la tête. T'étais chez Jerry ?

— Non.

Je secouai la tête.

— Je suis le type qui était dans le coffre de la voiture que toi et ton copain avez volée.

Il haussa ses sourcils qui disparurent presque dans la racine de ses cheveux.

— Oh merde ! Billy et moi, on se demandait ce qui t'était arrivé.

Il me détailla des pieds à la tête.

— Dans quel pétrin tu t'es fourré mec ?

— Dans une sacrée merde. Mais j'ai besoin de savoir où j'étais avant qu'on me mette dans le coffre de cette voiture. Il y a une centaine de dollars pour ton pote et toi, à partager, si vous pouvez me montrer l'endroit.

Il hocha la tête.

— Bien sûr, mec. Mais Billy et moi devons faire un crochet dans un club d'abord. Tu viens avec nous et dès qu'on a fini notre truc, on y va, d'accord ?

— Parfait, acceptai-je.

— Allez viens, dit-il en attrapant le revers de mon manteau pour me conduire à l'intérieur du magasin d'alcool. Comment tu t'appelles ?

— Jory.

— Je suis Steph.

Je le suivis pour rejoindre son ami Bill, qui sortait de la salle arrière du magasin quand nous le trouvâmes. Il sembla tout aussi surpris de me rencontrer.

— Quel club est-ce ? demandai-je à Steph.

— Le Dirty Blonde, me répondit-il. Tu connais ?

Je ne le connaissais pas, mais je n'avais jamais passé non plus beaucoup de temps dans la partie de la ville où je me trouvais actuellement.

— Nous allons rencontrer notre patron là-bas. Il s'appelle Rego… c'est son club.

Je hochai la tête, montrant la main de Bill.

— Et ces trucs, c'est quoi… du poppers ?

Il haussa les épaules.

— Bien sûr. Nous avons d'autres trucs aussi. Dites-moi ce que tu veux et je te brancherai.

— Non, merci.

Je lui souris.

— Allons-y.

J'avais en moi le désir de connaître des choses sur les gens. Tous les gens – tous ceux que je rencontrais. Je devais les décortiquer pour découvrir ce qui les faisait avancer dans la vie. Ainsi, lentement, doucement, pendant que nous marchions, je posais des questions. Steph, le diminutif de Stephan, était originaire du Wisconsin. Il avait emménagé en ville trois ans plus tôt pour aller à l'université après avoir terminé ses études secondaires. Il n'avait, à ce jour, toujours pas commencé. Il n'aimait pas vraiment l'idée d'étudier. Ce qu'il aimait, cependant, c'était faire la fête avec ses amis. Parce que garder un emploi avec une dépendance au Crystal meth s'était révélé problématique, il avait fini par vivre avec son ami Bill.

William 'Bill' Donovan et Stephan 'Steph' Baer s'étaient rencontrés dans un club et ils étaient inséparables depuis. Ils étaient tous les deux jeunes et sexy, c'était donc parfaitement logique. Steph était bâti comme un nageur avec des muscles longs et fins, des cheveux courts, bruns et bouclés, et des yeux bleu foncé. Bill était un peu plus grand, une carrure plus massive avec de larges épaules, et plus musclé. Ses cheveux tiraient davantage sur le brun doré, et ses yeux étaient marron et vert, plus clairs que noisette, mais pas loin. Ils allaient bien ensemble alors, lorsque ses autres locataires avaient finalement expulsé Steph de son appartement, Bill l'avait pris chez lui. Le problème était que Bill ne payait pas son loyer avec de l'argent ; il le payait en travaillant pour Rego James.

Monsieur James possédait plusieurs clubs en ville et il avait aussi, apparemment, un lucratif service d'escortes. Rego n'avait aucun problème avec le fait que Steph dorme sur le canapé de Bill – qui était en fait le sien puisqu'il payait le loyer de l'appartement – aussi longtemps que Steph faisait les mêmes tours que Bill. Ils faisaient en gros ce qu'ils voulaient quand ils voulaient, mais si Rego avait besoin qu'ils aillent quelque part ou rencontre quelqu'un, ils avaient plutôt intérêt à ne pas le faire attendre. Continuer d'acheter de la drogue leur demandait beaucoup d'argent et c'était la raison pour laquelle ils avaient volé la voiture. Ce que Rego leur avait donné à la suite de la dernière fête était consommé et il ne leur restait pas d'argent pour de la nourriture ou quoi que ce soit d'autre. Les cent dollars que je leur offrais tombaient à pic.

— Alors Bill, comment as-tu rencontré ce Rego ?

Il m'adressa un regard plus méfiant que Steph, et pendant une seconde je ne fus pas certain qu'il me réponde. Et puis soudain il sourit.

— Appelle-moi Billy.

— Bien sûr.

Bill vivait dans cette ville depuis qu'il avait seize ans, après qu'il avait quitté sa maison lors de sa première année d'école secondaire. Fraîchement débarqué du bus de Knoxville, Tennessee, Rego l'avait trouvé endormi sur le seuil de l'un de ses clubs et lui avait offert de l'emmener prendre un petit-déjeuner.

— Il m'a emmené chez lui et voilà… je ne savais même pas que j'étais gay jusque là.

Je plissai les yeux en le regardant, retenant les vraies questions que je voulais lui poser.

— Quel âge as-tu ?

— J'ai dix-neuf ans et Steph dix-huit… depuis deux semaines.

— Vous n'avez jamais eu envie de rentrer chez vous ?

— Non, mec, dit-il en secouant la tête. C'est ennuyeux comme les pierres à la maison.

Les yeux de Steph volèrent jusqu'aux miens.

— Tout le monde s'en fout là-bas.

— N'allez-vous pas gagner d'argent ce soir ?

Je me raclai la gorge, entrant dans le club derrière Steph.

— Non, dit-il en secouant la tête. En fait, nous en devons à Rego, nous lui avons déjà tous les deux demandé une avance.

Je hochai la tête, réalisant dans quel genre de club je venais d'entrer. Le bar et la piste de danse à l'avant, des alcôves à l'arrière, et plus loin derrière des chambres plus grandes le long des couloirs sombres. On était à un pas de la maison de plaisir. Lorsque j'étais arrivé en ville, j'avais été un habitué de ce genre de marché-de-chair-fraîche, mais parce que je travaillais tous les jours pour Dane Harcourt, je ne m'étais pas complètement perdu sur cette scène. Pour la millionième fois, je réalisai à quel point j'étais chanceux d'avoir terminé l'école secondaire et l'université et d'avoir eu un bon travail tout ce temps. J'aurais facilement pu devenir Stephan ou William si les choses s'étaient passées autrement.

Je les suivis silencieusement dans le club sombre jusqu'à une table où un homme était assis – avec plusieurs autres sur des canapés – près des chambres du fond.

— Enfin, dit l'homme en se levant. Donne-moi ton manteau, il attend.

Bill retira son manteau, révélant un jean noir et un tee-shirt en élasthanne noir qui se moulait comme une seconde peau à son torse et son abdomen. Non qu'il soit très défini, mais il avait quand même un beau corps. Il se tourna pour me regarder rapidement.

— Attends-moi là, Jory.

Je hochai la tête.

— Va danser ou boire un verre, dit-il avant de se précipiter vers la porte et de disparaître.

— Steph !

Nous nous retournâmes tous les deux pour regarder l'homme qui avait crié son nom.

— Ramène ton cul à l'arrière toi aussi.

Steph serra mon bras avant lui aussi de se dépêcher de disparaître. Lorsque je me retournai pour aller au bar, l'homme s'avança devant moi.

— Qui êtes-vous ?

Je levai les yeux sur le visage d'un homme vraiment très beau. Immédiatement, je fus attiré par les sourcils épais, les grands yeux verts, et ses lèvres pleines et foncées. Le costume qu'il portait lui allait comme un gant et sa chemise était ouverte au niveau du col.

— J'ai posé une question.

— Qui êtes-vous ? demandai-je au lieu de répondre.

— Je suis Rego… maintenant à vous.

219

— Oh, vous êtes lui.

— Ouais, je suis lui.

— Je suis Jory.

Il hocha la tête, me regarda de haut en bas.

— Vous êtes un ami de Steph et Bill ?

— Non.

— Rego.

L'homme regarda celui qui l'avait interpellé, un type assis sur le canapé à côté de lui.

— Il est nouveau ?

Il secoua sa tête et ramena ses yeux sur moi.

— Vous ne cherchez pas un boulot, n'est-ce pas ?

— Non. Je suis graphiste.

Il hocha la tête.

— Asseyez-vous avec moi.

— Bien sûr.

J'enlevai mon manteau et mon bonnet et m'assis à côté de lui, à quelques mètres de tous les autres.

— Alors, que faites-vous exactement ?

— Du design graphique.

— Rego.

Il regarda par-dessus son épaule.

— Je croyais que tu avais dit que tu n'avais pas de blond.

— Je n'en ai pas.

L'autre homme me désigna du doigt.

— Tu ne peux pas trouver plus blond que ça.

Il rigola alors que le niveau sonore de la musique s'intensifiait.

— Il n'est pas à moi.

Je sentis une main sur mon épaule et je levai les yeux sur un homme plus âgé debout à côté de moi.

— Salut.

— Salut ? J'aime ça.

Il me sourit avant de regarder Rego.

— Il est parfait.

— Non, dit Rego en secouant la tête. Il est là seulement pour me rendre visite.

Le gars hocha la tête, et s'éloigna lentement.

— Hé.

Je reportai mon attention sur lui.

— Je veux vous parler.

— Bien sûr, répondis-je.

Il se leva et m'attrapa par le devant de ma chemise à manches courtes pour me conduire sur la piste de danse.

Je commençai à danser et au lieu de bouger avec moi, il m'observa.

— Allez.

Je souris doucement.

— Je peux dire que vous savez danser rien qu'en vous regardant.

— Vraiment ?

— Ouais.

Il hocha la tête puis me saisit rapidement. Il était plus grand que moi, plus fort, et lorsque je me débattis, il passa son bras autour de mon cou et me tordis le bras dans le dos. Il me souleva du sol pour me traîner vers une porte latérale que je n'avais même pas vue lorsque j'étais entré. Il me poussa brutalement et j'eus à peine le temps de lever les mains devant moi pour éviter de me taper la tête la première dans la porte, puis sur le mur de l'autre côté. Ma poitrine cependant le percuta durement quand il se plaqua contre mon dos.

— Je sens la pute en toi, Jory, je pense que tu aimes être baisé régulièrement.

J'essayai de bouger, mais il me tenait bien, mon bras me donnant l'impression d'être prêt à se déboîter, alors que son autre avant-bras appuyait sur ma nuque.

— Tu es la plus belle chose que j'ai vue depuis longtemps. Tu es si propre, putain !

— Je promets que je ne suis pas une pute.

— Mais tu pourrais l'être.

— Non, soupirai-je. Je n'ai pas le cœur à ça.

— Ton cœur n'a rien à…

— Laissez-moi partir, lui demandai-je.

— Je ne veux pas te faire mal, alors ne lutte pas contre moi, d'accord ?

Je hochai la tête et il lâcha mon bras, mais ne recula pas, tenant toujours ma joue contre le mur.

— Des cheveux blonds et des yeux marron-vert, Jory. C'est vraiment un beau mélange.

— Pouvez-vous me lâcher ?

— Je ne crois pas, dit-il, s'activant à défaire ma ceinture et les boutons de mon jean. Tu as déjà fait ça à cru, Jory ? Je crois que tu aimeras ça.

— Ça n'arrivera jamais, lui promis-je.

— Non ?

— Non.

— D'accord, bébé, ne t'inquiète pas, j'ai un préservatif juste ici.

221

Et j'aurais dû paniquer, vraiment dû… mais ce ne fut pas le cas. Le viol n'était pas du tout quelque chose que j'avais considéré. J'avais pensé que je pourrais être battu, peut-être même qu'on me tirerait dessus, mais violé, jamais. Cela ne figurait pas dans mes plans.

— Vous ne voulez pas faire ça.

— Pourquoi pas ?

Je laissai ma tête retomber sur son épaule et respirai calmement.

— Parce que je suis meilleur lorsque je suis séduit et conduis au lit.

— Tu…

— Les hommes que vous avez – touchez ma peau, touchez mes cheveux, vous avez dit que j'étais beau et propre – pourquoi voudriez-vous me faire ressembler à tous les autres ?

Je sentis son souffle sur mon cou, puis ses lèvres.

— Je ne suis pas ici pour vous causer des problèmes.

— Oh, je sais… tu es là pour que je…

— Embrassez-moi d'abord.

— Je n'embrasse personne.

— Pourquoi pas ? Tu es magnifique. Je parie que tu pourrais me faire jouir avec un seul baiser.

Son gémissement était douloureux alors qu'il pressait son aine contre mon cul et que ses mains se posaient sur mes hanches.

— Seigneur, ta bouche… tourne-toi.

Je fis ce qu'il demandait.

Regarde-moi.

Je levai la tête pour croiser son regard et je souris.

— Tu as des yeux magnifiques. Je n'ai jamais vu cette teinte de vert avant.

Il baissa les yeux sur moi puis, lentement, me prit dans ses bras. Il m'étreignit avec force, ses mains caressant mon dos de bas en haut, son visage enfoui dans mes cheveux. Je le laissai poser ses mains sous le tee-shirt que je portais sous ma chemise, glisser sur ma peau nue, puis plus bas sur mes fesses. Il se pencha pour m'embrasser, mais je reculai.

— Tu m'as dit de t'embrasser.

— J'avais juste besoin que vous bougiez, dis-je gentiment.

— Tu ne vas pas me laisser te prendre.

— Non.

— Parce que tu appartiens déjà à quelqu'un.

Je hochai la tête.

— Mais tu accepterais s'il n'y avait personne d'autre, n'est-ce pas ?

— Oui, en effet.

Il était stupéfait ; on ne pouvait s'y méprendre.

222

— Tu le ferais, n'est-ce pas, ce ne sont pas des mensonges. De toi-même, je n'aurais pas à te forcer.

— Non.

Il avait du mal à digérer mon honnêteté.

— Viens avec moi.

Je lui souris alors qu'il me relâchait lentement, réajustait son costume, et me ramenait vers la piste de danse. À mi-chemin, il m'arrêta d'une main posée au bas de ma chemise.

Je le regardai par-dessus mon épaule.

— Tu as de sacrées couilles. D'autres ont pissé dans leur pantalon quand je leur ai fait ça.

Je lui lançai un regard sévère.

— Pourquoi voudriez-vous faire ça à quelqu'un ?

— Les gens ne savent pas de quoi ils sont capables avant d'être testés. Des mecs qui disent qu'ils ne suceront jamais de queues ou ne la prendront jamais dans le cul changent très vite d'avis parfois.

— Donc, vous voyez un mec dans votre club, n'importe lequel, et si vous pensez qu'il peut travailler pour vous, vous l'emmenez quelque part pour voir ce qu'il fera ou ne fera pas ?

— Quelque chose comme ça.

— Donc, c'est ce que vous êtes ? Un proxénète ?

— Je suis un homme d'affaires.

Je hochai la tête.

— Vous ne prenez que des garçons ?

— Ouais.

Je l'observai.

— Vous avez beaucoup de garçons qui travaillent pour vous ?

Il hocha lentement la tête.

— Jory comment ?

— Keyes, dis-je, lui donnant mon ancien nom sans une seconde d'hésitation.

Il me regarda une longue minute.

— Et vous êtes Rego James.

— Oui, c'est moi.

Je fis un signe de tête vers la piste de danse.

— Allons-nous danser ou non ?

— Non.

Il secoua la tête, sa main allant se poser sur ma nuque.

— Viens t'asseoir avec moi.

Je le laissai me guider dans le club jusqu'aux canapés où il me fit asseoir près de lui.

223

— Que veux-tu boire ?

— Une bouteille d'eau, lui répondis-je en souriant.

— Un choix intelligent, m'assura-t-il, sa main glissant de mon cou jusque dans mes cheveux. Blond naturel, hein ? Même avec ces yeux bruns.

— Ouais.

— Même tes sourcils sont dorés, dit-il, son doigt traçant la ligne de mon sourcil gauche.

— Je suis doré de partout, lui dis-je.

— Je suis prêt à le parier, affirma-t-il en prenant une profonde inspiration. Pourquoi me regardes-tu comme ça ?

— Comme quoi ?

— Je ne sais pas.

Mais c'était logique que je le dévisage. Son profil, son nez long et droit, ses fossettes quand il souriait, la façon dont ses cheveux tombaient sur son front et ses yeux absolument magnifiques… Cet homme était magnifique à l'extérieur, mais à l'intérieur, c'était une bête. C'était extraordinaire.

— Puis-je demander quelque chose ? demandai-je.

— Bien sûr.

— Personne n'a jamais porté d'accusations de viol ?

— Je n'ai jamais été accusé de quoi que ce soit.

— Comment cela se fait-il ?

— Personne n'est jamais allé jusqu'au procès.

— C'est pratique, dis-je en riant.

Et les hommes autour de nous me regardèrent comme si j'étais fou. Je devinai que le rire n'allait pas de pair avec ce groupe.

— Tu es un petit malin, dit-il en me souriant. Et un sacré allumeur.

Mais je savais jusqu'où je pouvais aller, puisque je jouais avec le feu. J'avais besoin qu'il laisse Will et Steph repartir avec moi, et quelles que soient les promesses qui devraient être faites, je les ferais.

— Et tu sens vraiment bon.

J'inclinai ma tête sur le côté pour qu'il puisse atteindre mon cou, et inspirer profondément.

— James, j'ai besoin de danser avec ton garçon, dit quelqu'un.

— Non, dit-il froidement, sa main sur ma cuisse. Il est juste là pour la décoration, pas pour être touché.

Quelques minutes plus tard, Steph et Bill nous rejoignaient.

— Rego, Billy et moi devons emmener Jory voir un ami – est-ce que c'est d'accord si l'on revient dans deux heures ? On vous retrouvera chez vous.

— Ça me paraît bien.

Il se tourna pour me regarder dans les yeux quand il leur répondit.

— Amenez Jory avec vous.

— Bien sûr.

Le dos de ses doigts glissa le long de ma gorge.

— Je veux te voir, alors tu ferais mieux de te montrer.

Je ne dis rien parce que je ne voulais pas mentir.

— Je veux un numéro où te joindre… et une adresse.

— Donne-moi un crayon, dis-je rapidement, sans hésitation.

Je lui donnai mon numéro de téléphone et l'adresse de mon restaurant chinois préféré à Oak Park.

— Je veux te voir dans deux heures, tu as compris ?

Ce que je comprenais c'était que je devais emmener Steph et Bill avec moi. C'était tout ce qui comptait.

Dehors, Bill saisit mon bras avant que je ne puisse atteindre le trottoir pour héler un taxi.

— Quoi ?

— As-tu baisé avec lui pendant que j'étais en train de sucer ce gars ?

Je secouai la tête.

— Je ne l'ai jamais vu attendre.

— Je ne l'ai jamais vu avoir à le faire, renchérit Steph en haussant les épaules. Il nous a baisé tous les deux quand nous l'avons rencontré.

— Je vous donnerai cent dollars à chacun si nous pouvons juste y aller maintenant.

Je poussai un profond soupir.

— S'il vous plaît.

Toute discussion cessa immédiatement et je fus très heureux que nous n'ayons plus à parler de Rego James.

LE TRAJET jusqu'à Oak Lawn prit quarante-cinq minutes et, tandis que je me tenais avec Bill et Steph sur le parking du centre commercial, j'avais l'impression que quelque chose avait été accompli. Ils avaient volé la voiture à un point B ; j'avais juste besoin de trouver le point A. J'avais besoin d'une voiture pour me déplacer dans les environs et je devais retourner chercher mes affaires à l'hôtel. Il était temps que le vrai travail commence.

J'étais surpris de voir Steph et Bill prendre à cœur leur travail de limiers, et sur le chemin du retour, ils me posèrent toutes sortes de questions auxquelles je répondis aussi honnêtement que possible, puisque je n'avais réellement aucune idée de l'identité de la personne qui m'avait enlevé. De retour à l'hôtel, Bill me donna l'adresse de l'appartement de Rego et m'avertit de ne pas lui poser de lapin. Si je tenais à ma vie, je m'y montrerais. Je fis semblant de prendre tout

225

cela très au sérieux et les regardai traverser la rue jusqu'au magasin d'alcool pour acheter leurs drogues.

Me faufilant à nouveau dans ma chambre, je rassemblai toutes mes affaires, rendis les clés et m'en allai sans que le réceptionniste sache quoi que ce soit à mon sujet. Je m'assurai que Bill et Steph ne soient pas en vue lorsque je pris un taxi pour l'aéroport afin de louer une voiture. Je devais retourner au centre commercial dès que possible et commencer à chercher l'homme qui m'avait enlevé.

# VIII

J'APPELAI CALEB Reid parce que j'avais une idée.

— Allô ?

— Caleb ? C'est Jory, tu es réveillé ?

— Je suis réveillé maintenant, grommela-t-il. Pour l'amour de Dieu, J, sais-tu quelle heure il est ?

— Non, mais, écoute. Est-ce que tu te souviens de quoi que ce soit sur l'endroit où nous avons été retenus ?

— Quoi ? Pourquoi est-ce que tu…

— J'ai retrouvé les gars qui ont volé la voiture avec moi dedans.

— Quoi ?

— Les gars qui ont volé la voiture ? Tu te souviens ? Je les ai retrouvés.

— Conneries.

— Non, c'est vrai.

— Tu as retrouvé ces types ?

— Ouais.

— Sérieusement ? C'est vrai ?

— Ouais, et ils m'ont conduit à Oak Lawn, mais maintenant je dois essayer de retrouver le – Oh, attends… je viens juste de penser à autre chose. Je te rappelle dans la matinée.

— Jory, est-ce que Sam est toujours à l'hôpital ?

— Ouais.

— Pourquoi n'es-tu pas à l'hôpital avec lui ?

— Parce que je dois résoudre cette affaire.

— N'es-tu pas toujours un peu contusionné toi-même ? Tu as eu une commotion, tu sais.

— C'était il y a une semaine. Je vais bien maintenant.

— Jory, c'était il y a deux jours. Qu'est-ce que tu fais ?

— Sam a été blessé.

— Je sais. Il est à l'hôpital, c'est pourquoi je te demande pourquoi tu n'es pas là-bas.

— Mais comment sais-tu…

— Dane m'a appelé et m'a dit que toute cette histoire n'était pas terminée et que je devais faire attention.

— Tu devrais.

— Alors, Jory, tu…

— Alors, je suis sur le parking du centre commercial où la voiture a été volée et je vais attendre jusqu'à ce qu'ils ouvrent et ensuite je vais leur montrer ta photo et demander aux gens s'ils se souviennent t'avoir vu.

— De quoi est-ce que tu parles ?

— Eh bien, j'étais dans le coffre de la voiture, mais tu étais sur le siège avant avec les ravisseurs, donc peut-être qu'ils se souviendront de toi.

— Jory, je n'ai jamais vu qu'un seul homme et j'ai regardé des photos jusqu'à en avoir mal aux yeux sans réussir à l'identifier.

— Bien sûr, mais c'est…

— Et le portrait-robot qu'ils ont fait d'après mes souvenirs n'a rien donné non plus. Tu ne crois pas que si quelqu'un avait vu le portrait aux nouvelles ou dans le journal il aurait appelé la police et…

— Je pense qu'ils se souviendront de toi et qu'alors ça pourrait rafraîchir la mémoire de quelqu'un.

— Quelle photo as-tu de moi de toute façon ?

— Celles du mariage de Dane. Je les ai dans mon téléphone.

— Tu es malade. Ça ne marchera jamais.

— Ça marchera. Je te rappelle plus tard.

— Jor…

Mais je raccrochai et me mis à l'aise dans la voiture. Peu importait ce qu'il pensait, ça valait le coup de faire du porte-à-porte et de demander si quelqu'un se souvenait d'avoir vu Caleb Reid.

Quand Rego James appela une heure plus tard et me demanda où j'étais, je lui expliquai que j'étais en planque. Après quinze minutes passées à lui expliquer les choses, il poussa un soupir bref et me dit que j'étais le gars le plus étrange qu'il ait jamais rencontré. C'était probablement vrai. Je raccrochai, et lorsqu'il rappela je laissai la messagerie vocale prendre le relais.

Je n'avais pas réalisé que je m'étais assoupi jusqu'à ce que je sursaute à quatre heures vingt du matin. J'étais gelé et j'avais aussi besoin d'aller pisser. Quitter la voiture s'avéra une erreur. Lorsque je traversai la rue pour utiliser les toilettes de la station-service, un gars était en train de frapper une femme dans le fond. Je demandai au préposé d'appeler la police tandis que j'allais intervenir. L'homme la tenait par la gorge, et bien qu'elle saigne déjà du nez et de la lèvre, il s'apprêtait à la cogner à nouveau. J'avais peur, si je retenais son bras, qu'il l'atteigne quand même, alors je m'interposai entre eux et encaissai le coup.

Il portait une bague qui m'ouvrit l'arcade sourcilière du côté droit, et j'eus l'impression d'avoir également la pommette droite éclatée. Je sentis les doigts de la femme s'accrocher à mon manteau alors qu'elle essayait de me tirer en arrière, hors de portée. Mon unique possibilité fut de me battre comme un voyou puisque, comparé à moi, ce type était un géant. Mon genou entra en contact avec son aine et lorsqu'il se plia en deux, j'utilisai la partie la plus dure de mon corps – mon coude – et je lui assénai un coup sur la nuque, comme Sam me l'avait appris. Il tomba face contre l'asphalte tandis que la femme m'attrapait et m'étreignait pour me remercier. Je la tins jusqu'à ce que j'entende les sirènes, je la conduisis au préposé, et détalai dans la rue. Il y avait du sang sur mon manteau alors je le retournai sur l'envers et le déposai sur la banquette arrière. Mon visage me lançait et je devais toujours uriner. Vu les circonstances, tituber à l'arrière du bâtiment vingt minutes plus tard manquait vraiment de dignité, mais était extrêmement nécessaire. Je m'endormis avec le moteur en marche, les feux éteints, et avec le chauffage.

Mon téléphone me réveilla trois heures plus tard. Lorsque je m'assis et regardai mon visage dans le rétroviseur, je réalisai qu'il était incrusté de sang. J'avais l'air beau !

— Allô ? grognai-je, avant de passer de la banquette arrière sur le siège conducteur.

— Jory ?

— Hé, Dane, soupirai-je en m'asseyant, fatigué, souffrant de partout, et affamé.

— Jory, Sam est réveillé et il te demande.

Mon estomac se retourna.

— Ah ? Comment va-t-il ?

— Il a l'air bien. Tout le monde est là, sauf toi. Pourquoi ne viens-tu pas ?

— Parce que j'avance vraiment bien. J'ai trouvé l'endroit où les types avaient volé la voiture et je suis là-bas maintenant. Je vais montrer la photo de Caleb aux gens et voir ce que j'en tire.

— Jory…

— La nuit dernière, j'ai dû parler à ce proxénète pour qu'il accepte que les garçons m'aident, et tu aurais dû me voir. J'avais peur, mais…

— Un proxénète ? De quoi est-ce que tu parles ?

— Ce type, Rego James, il possède un club au centre…

— Rego quoi ?

— James. Il…

— James ? Rego James ?

— Ouais, il…

— Attends, Sam essaie de dire quelque chose… ne quitte pas.

Alors que j'attendais, je coupai le moteur, sortis de la voiture et regardai autour de moi. Il y avait un petit restaurant de l'autre côté de la rue et un peu plus loin, un magasin de fripes. Je ne pouvais pas porter mon manteau avec des taches de sang et je ne pouvais pas utiliser ma carte de crédit. J'avais utilisé celle que je partageais avec Dane pour la location de la voiture, mais je ne voulais pas m'y risquer une seconde fois. Je devais manger et me laver le visage. J'avais également besoin d'un pansement puisque mon arcade sourcilière était ouverte.

— Jory.

— Oui ? Qui est-ce ?

Pas mon frère.

— Jory, c'est l'inspecteur Hefron... Jory, Rego James est un gars très dangereux. S'il vous plaît, n'ayez plus aucun contact avec lui et revenez ici immédiatement.

— Mais je suis déjà allé si loin, inspecteur. Je suis en train de remonter une piste.

— Jory, rentrez et je la suivrai pour vous. Vous ne savez pas ce que vous...

— Je dois y aller, mon œil me fait un mal de chien.

— Pourquoi ? Qu'est-il arrivé à votre œil ?

— Il est tout gonflé, j'arrive à peine à l'ouvrir – merde, ça fait mal !

— Jor...

Et je lui raccrochai au nez aussi. Je ne voulais pas qu'ils tracent l'appel, comme dans les films.

Je rentrai la tête dans mes épaules et me couvris le visage d'une main. C'était drôle comme parfois les plus petites blessures, telles les coupures avec du papier, faisaient le plus mal. La coupure au-dessus de mon sourcil me faisait un mal de chien, mais ce n'était vraiment pas grand-chose. L'éraflure sur mon visage et toutes les grosses ecchymoses rouges étaient plutôt moches, mais ne me faisaient pas aussi mal que la coupure. La serveuse du restaurant fut très gentille et m'apporta du désinfectant, une crème antibiotique, et trois petits pansements papillon et un autre plus grand. Je me débrouillai pour faire tenir tout ça ensemble et après un petit-déjeuner composé de pancakes, de bacon et de trois œufs, de jus d'orange et de beaucoup de café, je lui laissai un pourboire de dix dollars. Elle m'en fut vraiment reconnaissante, et je me sentis mieux. Dans la friperie, alors que je cherchai un nouveau manteau, mon téléphone sonna.

— Jory.

— Salut, Dane.

— Jory, tu es en train de tuer Sam.

— Quoi ?

— Sam est en train de perdre la tête. Il a besoin de te voir pour s'assurer que tu vas bien. Ce truc avec ce gars, James... il est vraiment agité à cause de ça.

— Eh bien, dis-lui de ne pas l'être, je n'ai pas été violé, il ne s'est rien passé.

Il y eut une pause.

— Violé ?

— Ouais, il a menacé de… oublie ça, ne le dis pas à Sam, ça n'aidera pas.

— Jory.

Il eut du mal à prononcer mon nom.

— Quand j'aurai trouvé un nouveau manteau, je commencerai à montrer la photo autour de…

— Pourquoi as-tu besoin d'un nouveau manteau ?

— Il y a du sang partout dessus parce que cet homme m'a frappé, et je ne veux pas avoir l'air d'un sans-abri quand je parlerai aux gens, alors je te rappellerai après, d'accord ?

— Qui t'a frappé ?

Parfois, je parlais comme si tout le monde savait ce qui se passait même quand ils rejoignaient un programme déjà en cours.

— Un gars, ça n'a pas d'importance.

— Es-tu vraiment blessé ?

— Non.

— Jory, puis-je te rappeler que tu as une commotion cérébrale ? Personne ne devrait te frapper ou…

— Je sais. Je n'avais pas l'intention d'être frappé.

*Comme si je l'avais fait exprès.*

— Jory, je veux que tu reviennes ici tout de suite.

— D'accord, dis-je et je raccrochai.

Je trouvai une parka qui était une taille trop grande pour moi, mais elle était propre et dans un état plutôt correct. Elle coûtait trente dollars, ce qui, me dit la caissière, était bien trop cher. Apparemment, les prix de la plupart des articles en magasin tournaient tous autour des dix dollars. Je l'enfilai, fourrant mon manteau dans le sac en plastique qu'elle me donna, et revins en courant vers la jolie petite Ford Taurus que j'avais louée.

Je commençai par le fleuriste et continuai mon chemin en passant par toutes les boutiques d'un bout à l'autre du centre commercial. J'eus finalement de la chance au bowling. Le gars se souvenait avoir vu Caleb entrer dans le magasin de photocopies non loin. Je le remerciai avec effusion et me dirigeai vers mon prochain arrêt. La boutique de photocopies possédait des boîtes postales que l'on pouvait louer et la dame qui se trouvait là se souvenait de Caleb parce qu'il ressemblait à son premier mari. Je lui demandai si c'était ou non une bonne chose et elle me répondit que non, certainement pas. Mais cela avait au moins marqué son souvenir. Elle était âgée, vers la fin de la soixantaine, et que ce soit mon sourire, le fait que je sois blessé ou qu'elle aimât la couleur de mes yeux, je n'en savais rien, elle s'installa avec moi et essaya de se souvenir de tout ce qu'elle pouvait à propos de l'homme qui se trouvait avec Caleb Reid. Finalement, après de nombreuses recherches dans les innombrables petites boîtes remplies de fiches, elle retrouva la carte de l'homme qui était venu avec Caleb. Son nom était Greg Fain et son adresse était à Oak Lawn, à trois rues de là. Je demandai à conserver la cartelette et lui donnai un billet de cinquante dollars pour sa peine. Elle me donna un stylo et un porte-clés lampe de poche avant que je m'en aille.

Mon téléphone sonna alors que j'étais en chemin vers la maison.

— Jory.

— Je ne crois pas que nous ayons autant parlé en une seule journée, même lorsque je travaillais pour toi, dis-je à mon frère. Qu'est-ce qui te prend ?

— Le fait que tu aies à le demander me dépasse. Où es-tu maintenant ?

— Tu ne devineras jamais.

— Non, probablement pas.

— Je crois que j'ai trouvé l'endroit où Caleb et moi avons été retenus et je me dirige là-bas maintenant.

— Est-ce que tu plaisantes ?

— Non, pourquoi est-ce que je plaisanterais ?

— Jory, s'il te plaît, n'y va pas tout seul. S'il te plaît, je t'en conjure.

— Je dois y aller, que ferais-je sinon ?

— Dis-moi où tu es que je puisse appeler la police. Et si tu dérangeais quelque chose ou pire… et s'il y avait quelqu'un là-bas ? Et si celui qui te surveille, qui essaye de te tuer, est là-bas à t'attendre ? Et si c'était un piège, Jory ? Et si…

— Ça ne l'est pas. La personne qui était là est partie depuis longtemps. La dame du magasin de photocopies a dit qu'elle n'avait pas vu le gars depuis presque deux semaines. Je crois qu'il est mort, Dane. Je pense que j'avais raison et qu'il y avait deux gars et que l'un d'eux est mort et peut-être que je le trouverai là-bas et… oh, je pense… ça y est ! J'ai trouvé la maison. Merde ! Ouais, je devrais faire ça pour vivre. Jory Harcourt trouve toujours ce qu'il cherche.

— Jory !

— Ne crie pas, ma tête me fait mal.

— Tu sais, j'oublie parfois que tu n'as même pas encore trente ans. Tu es stupide parce que tu es sacrément jeune.

— S'il te plaît, la police n'est jamais arrivée aussi loin, dis-je en arrêtant la voiture, la garant de l'autre côté de la rue.

Je regardai la grande maison grise qui se dressait sur le terrain envahi par la végétation.

— Merde… pourquoi doit-elle ressembler à ça ?

232

— À quoi ?

— À un putain de truc qui fout les jetons, gémis-je, jetant un œil à la boîte aux lettres rouillée fermée avec des clous, à la clôture avec le panneau 'défense d'entrer', aux mauvaises herbes qui arrivaient à hauteur de genoux, et aux fenêtres condamnées par des planches. Merde !

— Jory, nom de Dieu ! dis-moi où tu es et je viendrai te chercher moi-même et…

— Jory ?

— Regina ? dis-je en sortant de la voiture et en la verrouillant automatiquement avec le bip. Que faites-vous…

— Chéri, j'ai pris le téléphone de ton frère. Peux-tu m'écouter juste une minute ? S'il te plaît.

— Bien sûr.

J'entendis une sorte de frottements contre le téléphone, des sons étouffés, et des à coups. On aurait dit qu'elle conduisait sous un tunnel, même si je savais qu'elle n'était pas dans une voiture. Un raclement de gorge et une toux avant que j'entende la voix que je connaissais.

— Bébé, dit-il d'une voix rauque et graveleuse.

— Sam, murmurai-je, figé sur le trottoir, la piqûre des larmes se faisant instantanément sentir dans mes yeux.

J'étais si content de l'entendre.

— Bébé… dit-il en toussant légèrement. J'ai besoin de toi… j'ai besoin de voir ton visage.

— Je…

— Tu devrais être ici, juste à côté de moi, pourquoi n'es-tu pas là ?

— Je dois trouver l'homme qui t'a blessé, Sam. Je ne peux pas le laisser te blesser à nouveau…

— C'est ce que je ressens pour toi. Maintenant, tu comprends. Ça te rend dingue, hein ?

— Oui.

Il savait exactement comment me parler et je ne pus m'empêcher de sourire en l'entendant si calme et si factuel. Nous discutions comme si rien de spécial ne se passait, comme si, bien sûr, j'étais précisément en train de faire ce que je faisais.

— Alors comme ça tu es dehors tout seul depuis quoi… six jours ? Sept ? Depuis que j'ai été blessé ?

— Oui.

— Tout seul depuis une semaine, hein ?

— Oui.

— Et tu as trouvé l'endroit, hein ? C'est du bon travail – vraiment bon. Maintenant, appelle Hefron et Lange et ils prendront la relève à partir de là. Tu n'as aucune expérience en ce qui concerne la sécurisation d'une scène de crime ou ce qu'il faut toucher ou ne pas toucher. Si tu veux attraper ce type, tu dois laisser la prochaine étape aux professionnels, d'accord ? C'est logique, n'est-ce pas ?

— Je le suppose.

— Je sais que tu veux aller voir, bébé. Je sais que tu meurs d'envie d'entrer là-dedans, mais ne le fais pas, s'il te plaît, ne le fais pas. Dis-moi où tu es et je vais les appeler. Tu les attends sur place et ils te ramèneront à moi.

— Je vais appeler, Sam, mais je ne vais pas attendre ici. Je vais chercher qui d'autre ce gars connaissait. D'autres gens doivent se souvenir de lui.

— J'ai besoin de te voir, dit-il en toussant doucement. Est-ce que Rego James a posé les mains sur toi ?

— Oui, cependant je l'ai laissé faire. Je l'ai utilisé parce que j'avais besoin que deux de ses garçons me montrent où était la voiture. Il est un peu énervé contre moi à l'heure qu'il est, je pense.

— Que lui as-tu laissé te faire ?

— Je ne l'ai pas embrassé.

— Je ne pensais pas que tu l'aurais fait.

— Il m'a juste touché, Sam, rien d'autre.

— Eh bien alors, tout est pour le mieux.

— Sam…

— Je veux que tu reviennes maintenant. Je te veux près de moi maintenant. Je ne peux pas croire que ma famille, ton frère, tous tes amis, et une brigade entière de police ne peuvent mettre la main sur un graphiste de vingt-six ans qui pense être ce putain de Batman.

Il était très amusant.

— Je serai bientôt là.

— Maintenant. Ne mets pas un pied dans cette maison ou… oh, peu importe – on te tient.

— Merde ! jurai-je en éteignant mon téléphone.

Je pouvais raccrocher au nez de tout le monde, mais pas Sam. Je voulais tellement entrer dans cette maison, mais je me résignai à appeler l'inspecteur Hefron à la place. Je lui donnai l'adresse et il me dit qu'il était déjà à mi-chemin grâce au signal de mon téléphone qu'il traçait. Il m'ordonna de ne pas bouger. Je partis dès que j'entendis les sirènes.

UNE HEURE plus tard, je fus arrêté avant de pouvoir entrer dans la chambre de Sam par l'un des deux policiers en uniforme. J'entendis Dane appeler mon nom, et je regardai par-dessus les agents pour le voir.

— Officier, c'est mon frère, et le… partenaire de l'inspecteur Kage.

234

Ils s'écartèrent et je vis la pièce entière. Dane me fit signe d'entrer, et alors que j'avançais à l'intérieur, je constatai qu'elle était plus grande que la normale et qu'il ne la partageait avec personne d'autre. Les parents de Sam étaient là, ainsi que Chloe, sa partenaire, et l'inspecteur Lange.

— Seigneur, Jory, s'exclama Dane en prenant mon visage entre ses mains.

Je m'éloignai de lui et contournai Regina et Thomas également pour atteindre le lit. Je restai là, immobile, les yeux fixés sur Sam.

Ses cils battirent une seconde avant que ses yeux s'ouvrent pour révéler le bleu fumé que je connaissais si bien. Je sentais mon cœur sur le point d'éclater.

— Hé, dis-je en lui souriant.

— Oh, putain de merde ! gémit-il en me tendant les bras. Viens ici.

Je me penchai, mais m'arrêtai avant de l'étreindre.

— Je ne veux pas te faire…

— Jory.

Sa voix, ses yeux, tous deux étaient emplis de douleur.

— Bébé, s'il te plaît, viens ici.

Je laissai échapper un profond soupir et me laissai aller contre lui. Je lui donnai tout mon poids et il le supporta facilement, caressant mes cheveux et appuyant ma tête sur son épaule. C'était si bon : il était si chaud, si fort, et son corps était si dur… je sentis un frisson me traverser le corps.

— Seigneur, tu m'as fait une peur de tous les diables.

— Moi ? demandai-je en tremblant. Et toi, allongé dans la rue en train de saigner… Je ne veux plus jamais vivre quelque chose comme ça de ma vie.

— Bébé, qu'est-ce que tu t'es fait ?

Il me releva doucement pour regarder mon visage.

— Qui t'a frappé ? demanda-t-il.

Je voyais combien il était frustré – contre moi, contre lui-même pour être coincé dans un lit, et contre tout et tout le monde.

— Un type battait une femme et je me suis juste…

— Jory, nom de Dieu !

Sa voix monta d'un ton parce qu'il n'avait pas la force de crier.

— Putain ! Tu ne t'interposes jamais au milieu de… tu appelles la police ! Tu appelles la putain de police, bébé, c'est ce qu'ils… il aurait pu avoir un flingue ou un couteau ou…

— Mais la femme, Sam. Elle aurait pu être amochée plus salement qu'elle l'était déjà.

— Bébé, tu aurais pu être tué ! Et Rego James… Merde ! Je jure devant Dieu que lorsque je sortirai de ce lit, je vais t'enchaîner ! Personne ne me fait endurer autant des choses comme toi… Personne !

Je lui souris.

— Peut-être parce que je suis celui que tu aimes le plus.

Il prit mon visage dans ses mains et je fermai les yeux, le laissant me caresser les joues, suivre des doigts la courbe de mes sourcils, puis descendre sur ma gorge jusqu'à ma clavicule.

— Dane, appelle un médecin, qu'il vienne l'ausculter. Je veux m'assurer qu'il va bien.

— Je vais bien, lui certifiai-je, voulant désespérément poser ma tête. J'étais si fatigué.

— Maman, viens lui prendre son manteau, s'il te plaît.

Je laissai Regina m'ôter doucement mon vieux manteau tout neuf et retirer la chemise dessous.

— Je sens mauvais, marmonnai-je. Je devrais rentrer à la maison et…

— Allonge-toi juste une minute, Jory, entendis-je Thomas ordonner tandis qu'il me stabilisait et en même temps baissait la barre sur le côté du lit de Sam. Tu le tiens ?

— Ouais, répondit Sam et je sentis sa main dans mes cheveux tandis que l'autre me caressait le dos, me pressant contre lui avant qu'il m'enveloppe dans ses bras. Allonge-toi, bébé, ferme les yeux.

— Mais Sam, je…

— Bébé, m'apaisa-t-il, tu me tues. S'il te plaît, laisse-moi te tenir juste une minute.

Mes yeux se fermèrent et je réalisai que la chaleur rayonnant du corps de Sam était incroyable. La façon dont il caressa mon épaule, frotta son menton dans mes cheveux, serra ma main contre son torse, tout était si doux, si réconfortant que mon corps s'alourdit. Je ne voulais plus jamais bouger.

— Bébé, soupira-t-il profondément et je sentis ses lèvres sur mon front. Reste ici. Repose-toi.

Je ne pouvais argumenter, ne voulais pas argumenter, je voulais juste me reposer entre ses bras, qu'il me tienne pour le reste de ma vie. Je ne me souvins pas m'être endormi.


CE FUT le ton qui me réveilla.

— Tu as sacrément intérêt à prier pour retrouver ce type avant que je sorte de ce lit, dit-il, sa voix pleine d'une sorte de rage silencieuse.

C'était plus effrayant que s'il avait crié.

— Vous avez laissé mon… partenaire livré à lui même dans les rues pendant une putain de semaine parce que vous n'avez pas été foutus de mettre la main dessus, et maintenant tu me dis qu'il a, à lui seul, retrouvé l'endroit où il a été

236

détenu, et que le gars qu'il a selon lui entendu se faire tuer a effectivement été tué et que son putain de corps est toujours là-bas.

Il fulminait, il était tellement en colère.

— C'est ce que tu es en train de me dire. Jory a trouvé la scène de crime par ses propres moyens ?

— Sam, nous ne savions pas que…

— Mais vous auriez dû le savoir ! Bordel, vous auriez dû ! Il vous a dit qu'il y avait deux hommes… il vous a dit où la voiture avait été trouvée… et vous n'avez rien fait de cette foutue information ! Il a dû négocier avec un type versé dans le trafic de drogue et la prostitution pour obtenir ce dont il avait besoin, pendant que Lange et toi étiez bien tranquillement assis derrière votre bureau !

— Sam…

— Tu te fous de moi ? Est-ce que tu sais qui est Rego James ?

— Oui, Sam, je sais parfaitement qui…

— Je suppose que tu aurais préféré que ce soit ta femme à sa place, ou tes enfants, ou…

— Sam, bordel, j'ai compris, d'accord ? Seigneur, j'ai compris !

— Merde, Jimmy, combien de ses garçons avons-nous repêchés au fond du lac Michigan parce qu'il les avait étranglés ? Et puis quand ils avaient perdu leur beauté les a livré pour les besoins d'un putain de snuff movie, ou de scènes de bondage et j'en passe qui ce sont mal finis ? Combien de gosses sont accros à la drogue à cause de lui ? Combien vendent leurs corps pour lui ? Et il avait Jory seul dans son club sans que personne le sache ? Il aurait pu être violé ou…

Sam s'interrompit, prenant une grande inspiration.

— Et il a été battu en plus. Le médecin a dit que son arcade aurait dû recevoir trois points de suture pour cette coupure, mais telle qu'elle est maintenant… il n'y a plus rien à faire qu'à laisser ça comme ça. Où étiez-vous, bordel ?

— Sam…

— Va te faire foutre ! J'emmerde Lange et j'emmerde ces putains d'idiots qui étaient censés surveiller Jory au lieu de se branler dans leur voiture en face de l'appartement quand il s'est tiré par la fenêtre ! À quel point est-ce difficile de surveiller un seul homme ? Il n'est pas ce putain de Houdini !

Il y eut un long silence.

— Il l'est en quelque sorte, répondit calmement l'inspecteur Hefron.

— Je suis d'accord, intervint doucement Chloe Stazzi, la partenaire de Sam. Il est bon, Sam. Il connaît les gens et sait comment les manœuvrer. Enfin, je n'ai personnellement aucune idée de la façon dont il s'y est pris pour sortir du club de Rego en une seule pièce. Tout ce que nous savons à propos de Rego…

237

c'est qu'un homme qui ressemble à Jory entre dans l'un de ses clubs, il se retrouve à faire des passes le jour suivant ou pire, on ne le revoit jamais.

— C'est ce que je suis…

— Mais ce que j'essaye de te dire, c'est que tu dois accorder au gamin un peu plus de crédit. Il sait manifestement prendre soin de lui-même. Il n'a juste aucune connaissance de ses limites, mais c'est pareil pour toi.

Je le sentis prendre une profonde inspiration et me serrer plus fortement contre lui.

— Je suis encore coincé ici au moins une semaine. Vous devez le surveiller, les gars, surtout maintenant que nous savons que le partenaire de Greg Fain l'a tué.

— Que Dieu bénisse les dossiers dentaires, parce que c'était tout ce qui restait.

— Il ne restait que de la bouillie de ce type, grogna Chloe. C'était dégoûtant.

— Qui remplit un congélateur d'eau chaude pour y mettre un corps ? demanda Hefron.

— Un gars qui espérait que le corps ne serait jamais retrouvé, répondit Sam en frottant sa joue contre mon front.

— Pourquoi n'a-t-il pas tout simplement enterré le corps ? demanda Chloe.

— Qui sait ? Il pourrait y avoir un tas de raisons, soupira bruyamment Hefron. Cette affaire prend de l'importance et devient de plus en plus bizarre au lieu de commencer à avoir un sens.

— Qu'avez-vous trouvé sur le corps de Greg Fain ? Quelque chose ?

— Le téléphone de Jory était dans la poche de son jean, mais peut-être qu'il l'a juste gardé lorsque son partenaire et lui l'ont enlevé. Je doute qu'il ait été placé là intentionnellement, comme les autres objets que nous avons trouvés.

— Avez-vous trouvé d'autres empreintes digitales dans la maison ?

— Non. Il n'y avait aucune empreinte nulle part, sauf dans le hangar. Il n'y a aucune preuve que Jory ou Caleb sont entrés à un moment donné dans la maison.

— Merde ! Pas de sang ? Rien du tout ?

— Le sang de Caleb et de Jory a été retrouvé dans le hangar, mais nulle part ailleurs.

— Et Greg Fain ?

— Son sang se trouve également dans le hangar, mais là encore, nulle part ailleurs.

— Comment est-ce possible ?

— Ce mec est prudent, Sam, très prudent.

— Comment est mort Fain d'après le légiste ?

— Il a pris une balle dans la tête. Un calibre 38 apparemment. Ça a dû mettre un sacré bazar.

— Que quelqu'un a dû très bien nettoyer puisqu'il n'y a plus aucune trace nulle part !

— Exact.

Je remuai pour me déplacer et Sam me massa la nuque.

— Fiche le camp. Je veux parler à Jory.

Mais je ne me levai pas ; j'étais trop épuisé pour bouger. J'inspirai profondément et me rendormis.

Ça fonctionna plutôt bien parce que, lorsque je me réveillai une heure plus tard, Sam était endormi et tout le monde était parti. L'importante opération de Sam le drainant complètement de ses forces, quand je sortis du lit, il ne se réveilla pas. Je dis aux officiers devant la porte que je devais aller m'acheter chercher quelque chose à manger à la cafétéria. Étant donné qu'aucun d'eux ne pouvait quitter son poste, je fus libre de prendre les escaliers sans rencontrer aucun obstacle.

Je retournai à ma voiture de location et quittai le parking, et même si je pensais que j'étais peut-être surveillé, ce n'était pas le cas. Lorsque j'arrivai chez moi, je me garai derrière mon immeuble et entrai par la voie que j'avais empruntée pour sortir. Une heure plus tard, j'étais douché, changé, et j'avais préparé un nouveau sac. De retour dans la voiture, je pris la route d'Oak Lawn et appelai Caleb.

— Allô ?

— Caleb, c'est moi.

— Jory, tu vas me rendre dingue.

— Je sais, je me rends dingue aussi. Mais écoute, j'ai besoin que tu sois au téléphone avec moi quand j'entrerai dans la maison. Feras-tu ça pour moi ?

— De quoi est-ce que tu parles ?

— Aujourd'hui, j'ai trouvé l'endroit où nous étions détenus.

— Seigneur, Jory, où es-tu ?

— Laisse tomber.

— Tu es sérieusement effrayant. Tu as trouvé l'endroit ?

— Je l'ai trouvé et je l'ai dit à la police et ils ont le corps de l'un des hommes qui nous ont enlevés.

— Tu te moques de moi ?

— Non.

— Mon Dieu, je n'avais aucune idée que tu luttais contre le crime de ton côté.

— Tais-toi. J'ai juste suivi une piste.

— Suivi une piste ?

— Quoi ?

— Tu es sérieusement dérangé. Tu devrais être en train de te cacher chez toi dans l'obscurité.

— Peu importe. Écoute…

— Qui était-ce ? Le gars qui nous a enlevés, je veux dire ?

— Un type qui s'appelait Greg Fain.

— Ce nom ne m'est pas familier.

— Je ne pensais pas qu'il le serait, mais ce n'est pas ce que je voulais te demander.

— Que voulais-tu me demander ?

— Je pense que toi et moi devrions savoir mieux que n'importe qui ce qu'il faut chercher dans la maison.

— Ouais, c'est logique.

— Donc je suis en route pour jeter un coup d'œil là-bas, et lorsque j'y serai, je t'appellerai et pendant que je ferai le tour des lieux, tu pourras me dire si tu te souviens de quelque chose.

— Peut-être que je devrais juste venir.

— Tu es prêt à faire ça ?

— Ouais, je suis prêt, mais Jory, peut-être que nous devrions attendre, hein ? Et y aller avec quelqu'un ?

— Pourquoi ? La police a déjà retourné l'endroit – ce serait juste toi et moi, avec nos yeux, nous pourrions trouver quelque chose qu'ils auraient manqué, tu vois ?

— D'accord. Je t'accompagnerai. Moi aussi je veux que toute cette histoire prenne fin.

— Bien. Je t'attendrai là-bas.

— D'accord, J. Je t'appelle demain dès que j'arrive en ville.

— Parfait. N'appelle pas Dane, d'accord ?

— Non. Je ne le ferai pas.

— Je vais quand même y aller maintenant, alors…

— Non. Attends-moi.

— Je ne peux pas – je veux dire, et s'il y a quelque chose là-bas ? Je dois sauver Sam.

— Alors maintenant, c'est à propos de Sam et plus de Dane.

— Je ne pense pas que ce type s'en prendra un jour à Dane. Je pense que tout est histoire de le faire souffrir, pas de le tuer. Il veut me tuer, et toi et Aja, et maintenant Sam… combien de temps allons-nous laisser ça continuer, C ?

— C ?

— C'est toi, crétin.

Il rigola.

— Tu es le seul qui m'aime autant.

— Tais-toi, tout le monde est fou de toi, mais écoute… je te rappelle dans une heure quand j'entrerai dans la maison, d'accord ?

— Tu es complètement dérangé, tu sais ça ?

— Je sais, oui.

— Je pense vraiment que tu devrais m'attendre pour t'aventurer là-dedans avant d'y retourner.

— Je ne peux pas.

— Très bien. Appelle-moi dans une heure.

Après avoir raccroché, je poursuivis ma route vers Oak Lawn. Le numéro de Dane s'afficha sur mon écran quelques minutes plus tard, puis le numéro de l'hôpital. Je répondis à cet appel.

— Allô ?

— Jory, où es-tu ? répondit mon frère d'un ton sec.

— Très intelligent d'utiliser le téléphone de l'hôpital. Je croyais que c'était Sam.

— J'espérais que tu le croirais.

— Est-ce que Sam est réveillé ?

— Non, il n'est pas réveillé. Tout ce drame ce matin l'a épuisé. Où es-tu ?

— Je remonte une autre piste.

— Jory ! aboya-t-il. Ramène ton cul ici maintenant.

— Si tu étais à ma place et qu'Aja était à l'hôpital, tu serais en train de remuer ciel et terre pour la protéger, alors, épargne-moi tes crétineries.

— Jory, ce n'est pas la même chose. Tu…

— T'en tire particulièrement bien ? Je sais… merci.

— Jory, viens…

— Je ne suis pas un chien et je ne reviendrai pas ce soir. Prends soin de Sam pour moi. Appelle-moi s'il se réveille.

— Jory !

Mais je raccrochai pour lui éviter une rupture d'anévrisme et poursuivis ma route vers la maison. Je devais y entrer pour jeter un coup d'œil.

Vous vous demandez toujours pourquoi les gens allaient fureter dans des lieux effrayants la nuit. Dans chaque film d'horreur que j'avais pu voir, c'était aussi la question que je me posais. Cependant, le fait était que parfois vous deviez aller dans des endroits effrayants la nuit parce que d'autres gens vous verraient durant la journée. Le couvert de l'obscurité était le meilleur moment pour entrer par effraction. Alors quand je me garai dans la rue et courus vers la maison dans le noir, armé d'une lampe de poche et de mon portable, je me

241

dis que même si j'avais la peur irrationnelle que Michael Myers soit dans la maison à m'attendre, en toute logique, je ne courais aucun risque – il faisait juste sombre. C'était la pensée rationnelle à laquelle je me cramponnai alors même que mon cœur menaçait de sortir de ma poitrine.

Je me faufilai dans le sous-sol par une fenêtre et tombai de plus ou moins trois mètres sur le sol. J'étais persuadé que quelque chose de terrifiant attendait dans l'ombre pour m'attraper, même si les rats étaient probablement les seules choses effrayantes de l'endroit. Je m'attendais à des pots contenant des parties de corps, mais ne trouvais qu'une machine à laver et un sèche-linge, un évier et un comptoir sur lequel des vêtements pliés étaient empilés. Même si je savais que ce n'était pas la pièce dans laquelle Caleb et moi avions été retenus, l'inspectai quand même, cherchant la moindre chose qui ne collerait pas. Je regardai dans le filtre du sèche-linge, mais le trouvai propre ; je fouillai la petite poubelle et fus très déçu quand je la trouvai complètement vide. Lorsque je fus satisfait d'avoir vu tout ce qu'il était possible de voir, j'ouvris la porte, utilisant la manche de mon pull pour tourner la clenche, et me retrouvai dans la cuisine de la maison.

C'était ennuyeux. Ce qui avait commencé comme un cauchemar devint rapidement fastidieux. La maison était propre. Comme si une entreprise de nettoyage était passée pour tout récurer. Passer de chambre en chambre ne donna rien du tout. L'intérieur n'avait rien en commun avec l'extérieur non plus. Il devint vite évident que tout ce dont Greg Fain avait eu besoin était un bon paysagiste. À l'intérieur, la maison ne ressemblait en rien à la maison Bates. Elle semblait plutôt tout droit sortie d'un catalogue Ikea. Tout était neuf et brillant ; tout ce qui en jetait plein la vue était là, depuis les meubles en acier brossé ou en bois, jusqu'à la télévision à écran plasma. Le premier étage était tout aussi propre, et à côté de la salle de bains, il y avait un hammam. Alors que je me tenais dans la chambre principale, je ne pus m'empêcher de me demander ce qui avait bien pu pousser un homme comme Greg Fain à se retrouver mêlé à un enlèvement. Mais peut-être que toutes ses affaires lui avaient coûté beaucoup d'argent. Tout le monde avait besoin d'argent, alors peut-être qu'extorquer dix millions de dollars à Dane avait été sa motivation première.

La seule chose bizarre que je trouvai dans la chambre était un cadre dans la poubelle à côté de l'armoire. Le verre était brisé et il n'y avait plus de photo dedans. Je ne savais pas ce que cela voulait dire, mais j'en pris quand même une note mentale. Revenant au rez-de-chaussée, je cherchai tous les papiers qui me permettraient de mieux connaître Greg Fain. Mais là encore, il n'y avait rien. Ce qui était vraiment bizarre, c'était l'ampleur du rien. Tous les tiroirs étaient vides, et sur les côtés aussi. Dans *Les Experts*, ils trouvaient toujours un indice, soit au fond d'un tiroir, sur le côté, ou scotché au-dessous de quelque chose, mais je n'eus pas cette chance dans le bureau de Monsieur Fain. Rien dans le conduit de ventilation, aucune goutte de sang révélatrice. C'était tout simplement décevant, et j'étais déçu. Il n'y avait aucun indice à trouver.

Pourtant, lorsque je retournai dehors, je me sentis mieux. La nuit était claire, et le fait de ne plus être à l'intérieur m'apaisa. J'avais simplement vu beaucoup trop de films d'horreur dans ma vie pour être à l'aise dans la maison sombre. Je laissai le frisson me traverser et pris une grande inspiration pour me calmer lorsque je fus seul, debout au milieu du jardin. C'est alors que je vis l'abri. Incompréhensiblement, je l'avais raté lorsque j'avais fait le tour de la maison la première fois, mais il était là, néanmoins, blanc sous les rayons de la lune. Je vis la zone d'herbe écrasée où je supposais que le congélateur s'était trouvé et où ils avaient trouvé le corps de Greg Fain. Je vis également tous les petits drapeaux sur le sol, là où la police l'avait marqué. Lorsque je réalisai que je devais faire coulisser la porte pour ouvrir l'abri, je sus avec certitude que c'était le bon endroit.

L'intérieur était tel que dans mon souvenir – un sol en béton, des parois métalliques, et l'absence de fenêtres. Ce n'était pas nécessairement un endroit effrayant, c'était juste bizarre d'être là sans être attaché. Je vérifiai chaque centimètre carré de la pièce et ne trouvai rien, pas même un emballage de chewing-gum ou un peu de saleté. Il était impeccable.

Je fis le tour de l'abri en utilisant ma lampe de poche, regardai l'herbe qui l'entourait, et ne trouvai pas la moindre chose qui aurait pu être un tant soit peu utile ou intéressante. J'empruntai l'allée de l'autre côté de la barrière en essayant de deviner dans quelle direction le ravisseur avait conduit la voiture. Mais c'était inutile. Sur le chemin du retour, mon téléphone sonna.

— Allô ?

— J.

— Hé, tu es réveillé, dis-je en souriant. Comment te sens-tu ?

— Bébé, où es-tu ?

— À la maison, soupirai-je.

— D'accord.

— Il n'y a rien ici.

— J'aurais pu te le dire. Ils ont tout sorti de là-dedans, J.

Je regardai la maison alors que je passais par-dessus la clôture dans le jardin et ce fut à ce moment-là seulement que je remarquai la fenêtre.

— Oh, merde, Sam ! Il y a un grenier.

— Quoi ?

— Je n'ai pas vu d'échelle, ou quoi que ce soit y ressemblant. Rien n'était ouvert au premier étage. Est-ce qu'ils ont trouvé un grenier ?

— Je ne sais pas.

— Ils ont dû le trouver, non ?

— Probablement. Ne retourne pas dans la maison. Prends la voiture et viens me voir.

— Je dois aller vérifier, Sam.

— Mon amour… n'y va pas. Je vais appeler Hefron tout de suite pendant que tu reviens ici.

L'idée de retourner dans la maison me donnait des nausées. La peur était irrationnelle, mais se répandit néanmoins dans tout mon corps. À l'extérieur, je pouvais voir si quelque chose venait vers moi. Je pouvais manœuvrer ou courir. Dans les confins de la maison, je ne pouvais pas.

— Merde, dis-je. Pourquoi ai-je aussi peur d'un rien ?

— Jory, plaida-t-il. Bébé, ce n'est pas rien. Tu as été courageux jusqu'à présent, mais vraiment, c'est stupide. Laisse-moi vérifier auprès de Hefron pour savoir s'ils ont trouvé un grenier. Va dans la voiture et je te rappelle tout de suite.

— D'accord, dis-je pour l'apaiser avant de raccrocher et de m'obliger à avancer, vers la porte arrière de la maison.

Je pouvais sentir ma poitrine se comprimer ; j'avais de la difficulté à remplir mes poumons d'air. J'étais si près d'hyper ventiler.

Dans la cuisine, appuyé contre le réfrigérateur à écouter le cycle du moteur se répéter, je me calmai. Des bruits normaux, des choses logiques. Je voulais toujours une arme. Je n'en avais jamais voulu avant. Et même si j'étais plus calme que je l'avais été de toute la nuit, lorsque mon téléphone sonna, il me ficha une trouille d'enfer.

— Merde ! dis-je en décrochant.

— Bébé, ils n'ont pas trouvé de grenier. Je leur ai dit que tu en avais trouvé un et tout le monde est en route. Tu vas avoir toute une cavalerie d'agents d'ici une dizaine de minutes. Alors, reviens vite me voir, d'accord ?

Mais je connaissais sa voix par cœur. Il mentait.

— Bien sûr, dis-je, jouant le jeu, avant de raccrocher à nouveau. Il sonna une fois de plus quelques secondes plus tard.

— Où es-tu ?

— Caleb, dis-je avec un gros soupir.

— Ouais. Qui d'autre ?

— Sam me donnant du fil à retordre.

— Comme il le doit : tu es un idiot fini.

— Te souviens-tu être allé dans un grenier ?

— Un grenier ? Je ne pense pas.

— Quand tu as été emmené pour parler à Dane au téléphone, où es-tu allé ?

244

— Je ne sais pas vraiment puisque j'avais les yeux bandés, mais si je devais deviner, je dirais que c'était une cuisine. Parce que ça sentait comme dans une cuisine, tu vois ?

Ce qui était logique. La distance du hangar jusqu'à la cuisine était courte et il y avait un téléphone là-bas. Non qu'ils aient utilisé ce téléphone. Ils avaient utilisé un de ces téléphones jetables que l'on achetait et que l'on pouvait charger en payant. Et ils avaient utilisé du liquide. La police avait suivi cette piste et s'était retrouvée dans une impasse. Personne ne se souvenait avoir vu qui que ce soit ; il n'y avait pas de paperasse ni de caméras de surveillance dans le magasin.

— Alors, tu te souviens d'être sorti puis à nouveau rentré quand ils t'ont déplacé.

— Ouais.

— J'aurais aimé que tu sois là pour voir le hangar et la cuisine.

— Je serai là demain matin. Tu peux venir me chercher.

— Je le ferai. Quelle compagnie aérienne ?

— Je ne sais pas, je regarderai dans une minute. Est-ce que je peux juste signaler que j'ai plus souvent pris l'avion au cours de cette dernière année que durant toute ma vie ?

Et alors qu'il continuait de parler de tout et de rien, je me calmai. Même si j'étais dans une maison sombre et inquiétante, j'étais détendu parce que nous parlions de choses normales. Mais quand j'arrivai au bout d'un couloir, je vis quelque chose bouger. Il me fut impossible de réprimer mon cri.

— Oh mon Dieu, quoi ? cria Caleb.

Il y avait des portes doubles vitrées pour accéder au salon. J'avais vu mon propre reflet.

— Merde ! dis-je, désolé.

— Tu te moques de moi ? me réprimanda-t-il.

— Fais chier.

— Peut-être que tu devrais laisser tomber et…

— Non, j'ai juste paniqué.

— Oh, sans rire.

— Je devrais peut-être te rappeler quand…

— Non. Ne t'avise pas de raccrocher. Va juste… au grenier.

— D'accord, acquiesçai-je en espérant qu'il n'y aurait plus de cri effarouché sur ma route jusqu'au grenier.

Je traversai tout le premier – qui était techniquement le deuxième si l'on comptait le sous-sol – examinant le plafond, cherchant l'échelle qui menait au grenier. Je finis par la trouver en vérifiant les jointures des dalles du plafond. L'une d'elles n'était pas scellée comme les autres. Je sautai et la frappai jusqu'à ce qu'elle glisse suffisamment pour que j'arrive à l'attraper du bout des doigts. Dès qu'elle bougea un peu, un long cordon tomba et je pus tirer dessus pour faire descendre l'escalier du plafond. J'avais tout décrit à Caleb au fur et à mesure et j'étais maintenant prêt à monter.

— Un grenier… ne se croirait-on pas dans *Trente jours de nuits* ?

— Oh, va te faire foutre, lançai-je d'un ton sec.

— Quoi ? Tu sais bien qu'il n'y a pas de vampires là-haut.

— Merde !

— Oh bon sang, gamin, calme-toi donc ! dit-il en rigolant. Ton imagination est en train de te faire perdre le contrôle. Au pire, il y a un maniaque fou avec une arme ou un couteau là-haut, à t'attendre parce qu'il n'a en fait jamais quitté les lieux.

— Tu devrais donner des conférences sur la gestion de la peur.

Il se moqua de moi tandis que je commençai à monter.

— Tu ne peux pas savoir combien je déteste ça !

— Ce qui amène la question – pourquoi le fais-tu alors ?

J'essayai de regarder partout à la fois, mais ma lampe de poche était trop petite.

— Que vois-tu ?

— Je vois que dalle.

— Jory, tu t'en fous. Même si la police t'attrape, on s'en fiche ? Allume, tu verras bien.

Je ne pouvais qu'être d'accord. Je n'avais tout simplement pas le courage de tâtonner dans le noir, je trouvai donc l'interrupteur sur le mur et instantanément la lumière illumina le grenier. Immédiatement, je remontai l'échelle, m'assurant ainsi que le cordon était de mon côté, et essayai de reprendre mon souffle. Lorsque je me retournai et vis l'homme, je hurlai et levai mes deux mains. Il me fallut plusieurs secondes pour réaliser que je regardais un mannequin de réanimation cardio-pulmonaire.

— Putain ! criai-je en donnant des coups de pieds dans le mur le plus proche de moi, aussi fort que je pus.

Après une minute, je finis par m'asseoir et me concentrer sur ma respiration. Lorsque j'y parvins, je me rendis compte que j'avais laissé tomber mon téléphone. Je le trouvai au milieu de la pièce, à côté d'une chaise métallique. Je le ramassai et parlai à Caleb, lui disant que j'allais bien.

— Tu veux rire ? Au nom du ciel, Jory ! Tu viens juste de me prendre dix ans de ma vie !

C'était drôle, mais je gardai les yeux sur le mannequin pour m'assurer qu'il n'allait pas soudain tourner sa tête pour me regarder. J'étais peut-être un peu paranoïaque, juste un rien perturbé.

246

— Plus de hurlements !

— Désolé.

— Mon Dieu ! Sors juste de là ! Je ne peux pas en supporter plus.

*Il ne pouvait pas en supporter plus ?*

— Sors de là et va camper à l'aéroport en m'attendant.

— Laisse-moi d'abord jeter un coup d'œil.

— Si tu peux le faire sans nous foutre la trouille à tous les deux.

J'ignorai la remarque sarcastique et me concentrai sur la pièce. C'était peut-être l'endroit le plus propre que j'avais vu de ma vie. Outre le mannequin flippant accroché à ce qui semblait être un support pour intraveineuses, et la chaise, il n'y avait rien. Je fis le tour des lieux, m'assurant de ne rien rater, mais il n'y avait pas de mur creux ou de pièce cachée. C'était juste un grenier vide. La seule chose effrayante ici, c'était moi, dans tous mes états et complètement surexcité. J'envoyai une photo à Caleb et il fut déçu. Son grognement me renseigna parfaitement.

— Quoi ?

— Un peu décevant, non ?

Et ça l'était.

Après quelques minutes, je redescendis et laissai l'escalier du grenier tel quel avant de quitter rapidement la maison. J'avais vraiment besoin d'un partenaire de crime. J'étais impatient d'avoir Caleb avec moi le lendemain. Suivre des pistes dans des maisons sombres était bien plus flippant qu'il y paraissait.

Je vérifiai la voiture avant de monter dedans, puis verrouillai toutes les portes et m'en allais très vite avant que quelque chose arrive. Je vis la file de voitures de police me dépasser, et ce fut un soulagement de savoir qu'ils se rendaient effectivement là-bas.

— Que vas-tu faire maintenant ? me demanda Caleb en bâillant bruyamment.

— Je ne sais pas. Si je rentre chez moi, j'ai peur que les inspecteurs qui travaillent sur l'affaire ne me laissent pas venir te chercher seul demain matin. Je ne veux pas aller chez Dane non plus, ni…

— Pourquoi ne louerais-tu pas une chambre quelque part, et demain, nous en prendrons une autre ensemble.

— Ça m'a l'air bien.

— D'accord. Je te vois demain matin. Je t'appelle quand j'arrive.

— Je pensai que j'allais te chercher à l'aéro…

— C'est le cas, mais attends mon appel. De cette façon, tu sauras que je suis arrivé et tu n'auras pas besoin d'attendre. Essaie de dormir aussi longtemps que tu peux… tu sembles vraiment bizarre.

— Je suis juste fatigué.

— Tu vois, alors… dors.

— D'accord, appelle-moi demain matin.

— Je le ferai – ' nuit.

— Désolé de t'avoir tenu éveillé tout ce temps.

— C'est bon. À plus.

Je me sentais mieux parce que, quelque part, parler avec lui était normal. Nous avions traversé beaucoup de choses ensemble dernièrement, et d'une certaine façon, il était plus proche de moi que n'importe qui d'autre. Nous étions comme des compagnons d'armes, et la pensée de le revoir était réconfortante. Alors que je conduisais vers l'aéroport à la recherche d'un hôtel, ma panique diminua et je commençai à me calmer. Quand Dane appela, j'avais pris une chambre et j'étais allongé, tout habillé, sur le lit. J'avais verrouillé toutes les portes et me sentais plutôt en sécurité au dixième étage.

— Salut.

— Où es-tu ?

— Pourquoi es-tu debout ? demandai-je en bâillant, mes yeux se fermant tout seul. Il est si tard.

— Je veux savoir où tu es.

— Je vais bien.

— Ce n'est pas ce que j'ai demandé. Où es-tu ? répéta-t-il en détachant ses mots.

— Je suis en sécurité. Où es-tu ?

— Je suis à l'hôpital avec Sam. Je veille sur lui, comme tu me l'as demandé.

— Tu devrais rentrer chez toi et dormir un peu. Je ne voulais pas dire que tu devais…

— Il dort. Tu l'as épuisé avec tes facéties dans cette maison. Il a vaillamment tenté de rester éveillé, mais son corps guérit et il ne peut tout simplement pas dépenser autant d'énergie sans être assommé. Tu devrais penser à ce que tu lui fais subir.

La culpabilité n'allait pas fonctionner.

— D'accord.

— D'accord ? C'est tout ce que tu as à dire ?

— Dane.

— Quoi ?

— Je dois dormir, je peux à peine aligner trois mots.

— Dis-moi juste où tu es.

— Je t'appellerai demain, d'accord ? Caleb vient…

— Quoi ? Caleb est en ville ?

— Demain. Il arrive demain, mais ne lui dis pas que je te l'ai dit. Il ne voulait pas que je te le dise, soupirai-je.

248

— Et pourquoi diable ?

— Il ne veut pas avoir d'ennuis.

— Des ennuis avec qui ?

— Toi. Il pense que tu te seras en colère contre lui parce qu'il est d'accord avec moi.

— Et je le suis. Il est censé être l'adulte dans tout ça.

Je me moquai de lui.

— Lorsque je te mettrai la main dessus…

— Je t'aime, laissai-je échapper. Je dois dormir maintenant, d'accord ?

— Jory, sais-tu que mon nom figure sur toutes tes cartes de crédit ?

Je n'avais aucune idée de ce que cela avait à voir avec le reste, mais j'étais trop fatigué pour m'en préoccuper. Je dus grogner avant de raccrocher et de me retourner. Je n'éteignis même pas la lumière.

# IX

MON TÉLÉPHONE me réveilla à midi et Caleb était en ligne. Il voulait savoir où j'étais. Après le lui avoir dit, il décida de venir me rejoindre. J'appréciai beaucoup puisque j'étais à peine réveillé. Je me levai une heure plus tard et allai prendre une douche. Mon corps me faisait mal partout et j'avais un mal de tête infernal. J'avais besoin de nourriture et d'un seau de Tylenol avec des litres d'eau. Lorsque je répondis à la porte trente minutes plus tard, Caleb sembla surpris de me voir.

— Quoi ? lui demandai-je, debout devant lui, patientant.

Il marcha vers moi et m'étreignit avec force pendant un instant avant de me dépasser pour entrer dans la chambre.

— Tu es dans un sale état.

— Ouais, eh bien… c'est aussi ce que je pense.

— Allez, on va rendre la chambre avant que quelqu'un découvre où tu te caches et ensuite nous irons manger.

J'étais plus qu'en faveur de ce plan.

Nous prîmes un énorme petit-déjeuner de pancakes, saucisses, œufs et pommes de terre avant de nous rendre dans un motel où nous payâmes une chambre en liquide. Alors que je nous ramenais en voiture à la maison d'Oak Lawn, je lui expliquai que je pensais que nous devrions essayer de savoir si Greg Fain avait des proches qui vivaient en ville.

— Pourquoi ?

— Peut-être qu'ils sauraient avec qui il passait du temps.

— Et comment allons-nous découvrir ça ?

— Je pense que nous pourrions commencer avec ses voisins, dis-je, dépassant un paysage désormais familier sur notre route vers Oak Lawn. Ils pourraient savoir qui sont ses parents ou simplement qui approchait de cette maison.

— C'est logique, dit-il en bâillant et en étirant ses bras.

— Tu sais, j'apprécie vraiment que tu aies fait tout ce chemin juste pour m'aider.

— Pas de quoi. Je veux régler toute cette affaire. Je déteste devoir regarder par-dessus mon épaule tout le temps.

— Moi aussi.

Après quelques kilomètres en silence, il me demanda comment allait Sam.

— Mieux. Il a encore besoin de beaucoup dormir parce que je suis sûr que dans le cas contraire je serais en train d'écouter un de ses appels menaçants comme maintenant.

— Il est juste inquiet pour toi.

— C'est gentil, mais je ne suis plus un gamin, non ? En fait, je suis un adulte.

— Tu as quoi maintenant ?

— Je ne compr… tu veux dire, quel âge j'ai ?

— Ouais.

— J'ai vingt-six ans.

Il fit un petit bruit de gorge.

— Et quel âge a Sam ?

— Il a trente-huit ans – trois ans de moins que Dane.

— Tu t'inquiètes de la différence d'âge entre Sam et toi ?

— Non. Je pense que je suis en fait plus vieux que lui – je suis plus mature.

— Ouais, entrer par effraction dans une maison sombre au milieu de la nuit est très mature.

— Va te faire voir.

Il se moqua de moi et je me concentrai sur la route.

Je ne pouvais qu'imaginer à quoi nous devions ressembler, moi avec mon pull à capuche et ma parka, Caleb dans son imperméable avec son écharpe. Nous portions tous les deux des lunettes de soleil pour nous protéger de la lumière de l'après-midi. Pourtant, nous ne devions pas avoir l'air menaçant parce qu'alors que nous faisions notre porte-à-porte, les gens acceptaient quand même de nous parler. Caleb me dit que c'était parce que j'étais mignon, ce à quoi je répliquai qu'avec son air de garçon comme tout le monde, son charmant sourire et son accent du Texas qui pointait, il n'avait rien à m'envier. Je n'avais jamais vraiment regardé Caleb avec attention avant, mais les cheveux châtain et les yeux bleu foncé étaient très attirants, et sa fossette au menton et les ridules de sourire au coin de ses yeux rendaient son visage intéressant. Quelle qu'en soit la raison, les gens nous parlaient, et nous découvrîmes que la mère de Greg s'appelait Joyce et qu'elle avait, selon Madame Ogden, déménagé à Schaumburg. Madame Ogden vivait dans le coin depuis plus de trente ans et était presque certaine que c'était ce qu'on lui avait dit. Les biscuits à la cannelle qu'elle nous offrit étaient délicieux, tout juste sortis du four. Elle poursuivit en nous disant qu'il n'y avait jamais eu de Monsieur Fain, seulement Joyce et son fils. Une fois que son fils Greg avait été assez vieux pour vivre seul, Joyce avait quitté la maison et Greg avait vécu seul depuis.

Nous nous rendîmes dans un cyber café et fîmes une recherche sur Joyce Fain, J. Fain et tous les Fain de Chicago et de Schaumburg. Il y en avait plus que je l'aurais souhaité, mais pendant que je conduisais, Caleb passait les appels, et je me rendis compte à nouveau combien c'était chouette d'avoir un partenaire de crime. Le fait d'avoir ne serait-ce qu'une personne travaillant sur la même chose que moi était d'une grande aide.

— Oh, oh, oh, dit Caleb avec enthousiasme en tendant son téléphone après l'avoir mis sur haut-parleur pour moi. Écoute, écoute…

Le répondeur que j'entendis était parfaitement audible et j'écoutai. La voix de la femme tremblotait un peu tandis qu'elle annonçait que le correspondant était bien sur la ligne de Joyce et des Sœurs de Saint Andrew. Nous fûmes invités à laisser une requête de prière ou un message et Sœur Joyce nous retournerait notre appel.

— Ce doit être elle, m'assura Caleb. Tu ne crois pas ?

Je ne me souvenais pas avoir vu des croix ou des objets religieux dans la maison, mais il faisait sombre alors que je les avais peut-être ratés. Ou peut-être que lorsque sa mère était partie, Greg lui avait envoyé tout son bric-à-brac. Peut-être que Maman était pieuse, mais pas le fils.

— Nous pourrions aussi bien vérifier, mais appelle quand même les autres.

Il acquiesça et resta au téléphone pendant que je conduisais.

— Pourquoi penses-tu que Greg n'a pas déménagé avec sa mère ? Pourquoi avoir conservé la maison et la faire s'en aller ? Est-ce qu'habituellement les gens ne s'occupent pas de leurs parents, puisqu'eux-mêmes ont pris soin de leur progéniture ?

— Je pense que c'est comme ça que ça fonctionne en général, oui.

— Alors, quoi ?

— Jory, je connais les Fain autant que toi, dit-il en rigolant. Les rouages internes de la vie de famille de l'un des hommes qui nous a enlevé sont un mystère pour moi.

— Bien sûr, je pensais juste à haute voix.

— Pourquoi ne pas demander à sa mère lorsque tu la verras ?

— Je ne veux pas espionner.

Pour une raison quelconque, il trouva cela très amusant.

Le trajet était long jusqu'à Schaumburg, mais Caleb resta occupé au téléphone pendant que je répondais au mien. Dane voulait savoir quelle était ma mission kamikaze du jour.

— J'ai eu cette idée, commençai-je.

— Tu sais, bien sûr, que je vais te retrouver. Et lorsque je l'aurai fait, tu ne ressortiras plus jamais de mon appartement sans ma permission. J'ai engagé un garde du corps pour Aja jusqu'à ce que cette histoire soit terminée et je vais faire la même chose pour toi.

— D'accord, soupirai-je, réalisant que mon mal de tête ne voulait tout simplement pas me lâcher.

Il m'élançait jusque dans la nuque et le haut de mon crâne. Je sentais la tension profondément installée dans mes épaules.

— Est-ce que Caleb est avec toi ?

— Caleb ? Non.

— Passe-lui le téléphone.

Je lui tendis mon téléphone et au bout d'une minute, il prit une inspiration et plissa les yeux en saluant son frère. Il gémit profondément dix minutes plus tard quand il raccrocha.

— Seigneur, cet homme est furieux.

— Oui, eh bien…

— Il est furieux après toi, après moi – il est tout simplement complètement fou de rage. Tu sais qu'il t'a pisté, il est déjà remonté jusqu'à cet hôtel où tu as dormi la nuit dernière ?

— C'est parce que j'étais fatigué et que j'ai utilisé l'AMEX au lieu de ma Visa. Il règle les factures de l'AMEX.

— Bien joué, dit-il avec ironie.

— Salut, fatigué, va te faire foutre.

Il rit et m'indiqua la sortie à prendre pour quitter l'autoroute.


LA MAISON se trouvait au bout d'une rue étroite avec d'énormes nids-de-poule et des arbres qui la bordaient les deux côtés. Les trottoirs étaient fissurés par des racines envahissantes, et les habitations tombaient en ruines. Debout devant le grillage métallique avec Caleb, je fus pris d'un frisson.

— Quoi ?

— Je ne sais pas, j'ai une impression bizarre.

— Pourquoi ?

Je haussai les épaules.

— Viens, dit-il en me frappant l'épaule avant de soulever le loquet pour entrer dans la propriété.

Je le suivis sur le chemin envahi par les mauvaises herbes qui poussaient dans les interstices du ciment, jusqu'à la porte d'entrée. Il sonna, puis frappa. Le porche était minuscule, la balustrade en fer forgé faisant le tour de ce qui était davantage un perron.

— Je vais faire le tour par l'arrière, dit-il en redescendant les quatre marches.

— Je viens avec toi.

Le jardin était à l'abandon, envahi de chiendent, avec de l'herbe qui atteignait mes genoux. Il y avait un jardin clôturé, actuellement en sommeil pour l'hiver, et un chêne stérile. Il ne semblait pas que Greg ait fait le trajet jusqu'à Schaumburg pour aider sa mère à entretenir sa maison. Je pensai à Sam et à ses frères en train de nettoyer les gouttières du toit de leurs parents, tondant la pelouse, donnant un coup de peinture, ramassant les feuilles – c'était si différent. Je me demandais ce que Joyce Fain avait fait pour ne pas recevoir le même traitement que Regina Kage.

— Mon Dieu, cet endroit pourrait-il être encore plus sombre ? demanda Caleb en secouant la tête.

Je le suivis en haut des quatre marches qui menaient à la porte de derrière, et lorsqu'il tourna la poignée, la porte s'ouvrit.

— Oh merde ! gémis-je, empêchant Caleb d'entrer.

— Quoi ?

— Nous ne pouvons pas entrer comme ça. Elle pourrait être en train de prendre une douche. Elle pourrait totalement paniquer si nous débarquions dans son salon, sortis de nulle part.

— Il n'y a personne dans la maison, J, m'assura-t-il. Je viens juste d'appeler, tu te rappelles ?

— Oui, et ça va de pair avec mon hypothèse de la douche.

— Bien, soupira-t-il. Je vais appeler encore une fois et si elle ne répond pas, nous entrerons, d'accord ?

Je hochai la tête.

Il fit défiler les derniers numéros et appela. Je restai à côté de lui alors qu'il mettait le téléphone sur haut-parleur et laissait sonner. Nous entendîmes le bip de la boîte vocale qui se mettait en marche et Caleb raccrocha.

— Maintenant ?

À la seconde où j'acquiesçai, il ouvrit la porte-écran puis une autre qui menait dans ce qui ressemblait à une véranda. Il y avait des vitres sur quatre côtés, mais je ne l'avais pas remarqué depuis l'extérieur parce que les rideaux étaient tirés. La raison en devint immédiatement compréhensible quand nous découvrîmes une femme allongée face contre terre au milieu de la pièce. Elle baignait dans une mare de sang. Je sentis mon estomac se retourner.

— Oh merde ! gémit Caleb en faisant un pas en arrière.

Je m'accroupis et m'adossai à la porte.

— Seigneur !

— Regarde ça.

Je levai la tête et il tenait un couteau de cuisine ensanglanté.

— Je pense que c'est l'arme du crime.

— Dis-moi que tu ne viens pas juste de la ramasser, dis-je en gémissant.

— Oh !

Ses yeux s'écarquillèrent et il me dévisagea.

— Merde !

Contrairement à moi qui possédais toutes les saisons des *Experts* – les originaux, pas ceux de New York ou Miami – en DVD, l'homme n'avait jamais vu aucun épisode de sa vie. Sciences médico-légales pour les nuls : Ne jamais toucher quoi que ce soit sans porter des gants en caoutchouc.

Lorsqu'il lâcha le couteau, il rebondit et atterrit près de la morte. Je réussis à sortir à temps pour ne pas vomir sur le tapis.

J'ÉTAIS ASSIS devant une table en face de Hefron et de Lange, la tête entre les mains alors que j'expliquais pour la cinquième fois ce qui était arrivé dans la maison de Joyce Fain. On avait relevé mes empreintes digitales, pris mes chaussures de randonnées et mes vêtements, et je portais maintenant une combinaison parachute orange qui n'était certainement pas en coton et ne faisait rien pour mettre mon teint en valeur. Même si je savais qu'ils ne pensaient pas que j'avais tué quelqu'un, j'étais quand même nerveux et j'avais mal à l'estomac. J'avais vomi l'intégralité de mon petit-déjeuner et j'avais été sujet à des haut-le-cœur. Même si j'avais vu deux hommes se faire tuer au cours de ces trois dernières années, voir une femme morte était, quelque part, différent. Le fait qu'elle était la mère de quelqu'un était difficile pour moi, alors j'essayai de penser à tout et n'importe quoi, sauf à elle... la combinaison orange, par exemple. Je me dis que cela n'aurait pas dû importer – femme ou homme, mes sentiments auraient dû être les mêmes –, mais cela comptait et je ne pouvais rien y faire. J'avais froid, je tremblais, et la lumière me faisait mal aux yeux.

— Racontez-moi tout encore une fois, Jory, m'incita Neal Lange.

— Quand pourrais-je voir Caleb ?

— Nous l'amènerons ici avant de vous ramener tous les deux à l'hôtel pour récupérer vos affaires.

— Quoi ?

— Nous vous emmenons tous les deux à la résidence de Monsieur Harcourt. Il a accepté de vous héberger tous les deux pendant la durée de l'enquête.

— Je veux rentrer chez moi, lui dis-je.

— Si vous préférez.

— Je préfère.

— Et Monsieur Reid ?

Je haussai les épaules.

— Je ne sais pas.

— Jory.

Je levai les yeux pour croiser son regard.

— C'est terminé de parcourir la ville dans tous les sens pour suivre des pistes. C'est trop dangereux et nous serons obligés de vous charger pour falsifications de preuves et ingérence dans une enquête criminelle en cours si vous deviez persister.

— Je ne voulais pas…

— Nous allons vous charger pour obstruction. Comprenez-vous ?

Je hochai la tête.

— Je ne le ferai plus… Je ne sais pas comment fait Sam chaque jour. Je ne sais pas comment vous pouvez regarder des gens morts sans vous évanouir sur place juste après.

Il hocha la tête.

— C'est le boulot, Jory.

— Ouais… vous pouvez le garder, soupirai-je profondément.

Je sentis comme un vent froid me traverser de part en part.

— Vous tremblez.

— C'est parce que je suis gelé.

Je vis le soupçon d'un sourire avant qu'il hoche la tête.

— Racontez-moi encore une fois, Jory, à partir du moment où vous êtes sorti de la voiture.

Et je le fis.

Ils m'expliquèrent que Joyce Fain était morte depuis au moins six heures quand nous l'avions trouvée. Vu la façon dont elle était tombée et l'absence de blessures défensives, elle avait été attaquée par-derrière et on lui avait tranché la gorge. On pouvait savoir toutes sortes de choses d'après les éclaboussures et la mare de sang sous sa tête. Cela n'avait pas dû être difficile de maîtriser la femme de soixante-huit ans qui en plus n'était pas en bonne santé. Rien n'avait été volé dans la maison, son sac contenait encore cent cinquante dollars, et on avait retrouvé tous ses bijoux. Il n'y avait aucune raison à sa mort si ce n'est que celui qui avait fait ça était allé là-bas spécifiquement pour le faire.

— Jory, vous n'avez pas l'air dans votre assiette.

— C'est parce que je porte du orange.

Il rigola.

— Vous avez besoin de manger, de boire, et de beaucoup de sommeil.

Je hochai la tête, croisant mes bras et posant ma tête dessus.

— Est-ce que je peux aller voir Sam ?

— Bien sûr.

Je fermai les yeux.

— Merci.

— Que pensez-vous obtenir en allant voir Madame Fain ?

— Nous pensions… enfin, je – je pensais que si je pouvais lui parler alors elle pourrait peut-être nous dire avec qui Greg passait du temps.

Lange hocha la tête.

— C'était une bonne idée.

— Merci, dis-je en poussant un profond soupir et en frissonnant violemment.

— Je veux aller voir Sam.

— D'accord… d'accord. Jory, regardez-moi. Jory…

J'essayai vraiment très fort de me concentrer sur lui juste avant que des taches dansent devant mes yeux et que la pièce devienne noire.


JE SENTAIS qu'il faisait clair et je plissai les yeux avant de les ouvrir. Mon gémissement fut bruyant.

— Charmant, grogna Dane.

Je regardai autour de moi.

— Je suis de retour à l'hôpital ?

— Oui.

— Comment ça ?

— Parce que tu es déshydraté, tu as une légère commotion, et ton taux de glycémie est plus que bas.

— Je n'ai pas de commotion. Je ne me suis pas cogné la…

— C'est la même que la première fois, idiot. Tu ne t'es pas accordé une seconde pour guérir, ensuite un homme quelconque t'a donné un coup quand tu t'es interposé entre cette femme et lui, et tu…

— J'ai encore une commotion ?

— C'est hilarant que tu sois surpris.

— Dane, je…

— Ils t'ont donné du glucose pour faire remonter ton taux de sucre et plus de sérum que je le croyais possible – deux poches complètes en intraveineuses – et… tu sais, tu bois toujours plus de trois litres d'eau par jour, alors ton corps a l'habitude d'en prendre autant. Quand tu t'arrêtes… c'était complètement stupide.

— Ouais, je sais. Je n'ai juste pas eu le temps.

— Qu'est-ce qui t'a pris d'aller chez cette femme ?

— C'était logique, tu ne crois pas ? Tu comprends, si j'avais pu lui parler, je lui aurais demandé avec qui son fils passait du temps. Peut-être que aurions-nous pu mettre un visage sur le pote de Greg Fain.

Il secoua la tête.

— Eh bien, apparemment Caleb et toi avez fait un excellent travail de destruction de preuves en ruinant complètement la scène de crime.

257

— D'accord, mais personne n'aurait jamais rien su à propos de ce crime sans Caleb et moi.

— Ne te leurre pas, Jory, quelqu'un d'autre aurait trouvé le corps de cette femme et quand ça aurait été le cas, les enquêteurs auraient fait le lien entre son meurtre et celui de son fils. Vu comment se présentent les choses, les empreintes de Caleb sont sur l'arme du crime, les tiennes partout sur la porte, et vos deux empreintes de pas se trouvent sur le tapis. S'ils découvrent quelque chose après vous avoir éliminé de l'équation, ce sera un miracle.

Je respirai et le dévisageai.

— Que cherchiez-vous ?

— Nous espérions lui parler de…

— Non, je veux dire quand tu as fouillé dans ses affaires ?

— De quoi parles-tu ?

— Pourquoi as-tu fouillé dans ses affaires ? Quel était le but ?

— Nous n'avons rien fait de tel.

— Eh bien, apparemment, vous l'avez fait. Ils ont trouvé vos empreintes partout.

Je me moquai de lui.

— Partout, mon cul. J'ai touché la porte ; c'est tout ce que j'ai touché.

— Peut-être que c'est ce que tu penses avoir touché, mais…

— C'est tout ce que j'ai touché, Dane.

— Eh bien, Lange m'a dit qu'ils ont trouvé tes empreintes partout. Ses livres, des cartons au sous-sol, le coffre au bout de son lit… ils ont dit que vous aviez retourné l'endroit.

— Ce sont des mensonges , lui dis-je. Nous sommes entrés par la porte arrière et c'est le plus loin que nous sommes allés. Je ne sais pas où il est allé chercher tout ça, mais s'il a trouvé mes empreintes ou celles de Caleb sur n'importe quoi d'autre, il ment.

— Pourquoi ferait-il ça ?

— Je ne pense pas qu'il fasse quoi que ce soit, je dis juste… que je crois qu'il se trompe. Si quelqu'un recherchait quelque chose, ce doit être le gars après qui nous sommes, pas Caleb, pas moi.

Il hocha la tête.

— D'accord, je vais lui redemander.

— Très bien.

Il écarta des mèches de mon visage.

— Quand tu te seras un peu reposé, nous pourrons aller voir Sam.

— Ça me va, dis-je en fermant les yeux.

— Après ça, tu viendras à la maison avec moi.

— Je ne veux pas aller chez…

— Crois-tu que ce que tu veux m'importe encore ?

— Oooh… allez, Dane, je…

— L'inspecteur Hefron veut que tu retournes là-bas avec lui demain et que tu lui montres exactement où tu te trouvais dans la maison. Il veut également que tu regardes tout avec la femme de ménage de Madame Fain. Il veut voir si elle remarque quelque chose de différent par rapport à toi.

— Très bien. Comme tu veux. Je veux voir Caleb et m'assurer qu'il va bien.

— Il va bien, Jory. Repose-toi.

— Mais…

— Repose-toi, insista-t-il, et parce qu'il avait son air mécontent, je ne le titillai pas davantage.

Je fermai les yeux en pensant faire semblant de me reposer pour qu'il arrête de me casser les pieds. Mais ça se retourna contre moi, et je m'endormis.


QUELQU'UN ME secouait et le mouvement était insistant. Quand j'ouvris les yeux, j'étais passablement irrité. C'était un hôpital ; on était supposé vous laisser dormir. Je fus surprise de trouver Aja qui me regardait d'un air tout aussi irrité.

— C'est quoi ton problème ? lui demandai-je rapidement.

— Oh, je ne sais pas, me répondit-elle sèchement. Entre Sam et toi, où devrais-je commencer ?

— Oh !

— Oui… Oh ! Pour l'amour du ciel, Jory, mon cœur ne peut pas supporter tout ça. M'inquiéter pour toi, m'inquiéter pour Sam… Est-ce que l'un de vous pourrait…

Elle me jeta un regard noir.

—… arrêter.

— Je vais le faire, je vais arrêter.

Alors que je me redressais, je réalisai que je n'étais plus branché à aucune machine. Très excitant.

— Hé, regarde ! Je ne suis plus enchaîné.

— J'en suis ravie, dit-elle avec ironie. Vas-tu reprendre tes expéditions, Kojak, ou en avons-nous fini avec ça ?

— Nous en avons fini, dis-je en bâillant.

Elle se jeta sur moi puis m'étreignit, enfouissant son visage dans mon cou. Elle frissonna une fois, puis me serra aussi fort qu'elle put.

Je lui rendis son étreinte, frottant de petits cercles dans son dos.

— Je vais bien.

Reculant, elle plongea ses yeux dans les miens.

— En es-tu sûr ?

— Oui, j'en suis sûr. Sais-tu quand ils vont me libérer ?

— Le médecin est passé il y a une trentaine de minutes. Il a dit qu'il allait s'occuper de la paperasse afin que tu puisses sortir quand tu serais réveillé.

— Fantastique ! dis-je en souriant. Alors, laisse-moi le temps de me changer et…

— Attends.

Elle leva une main.

— Tu sais que Dane ne te laissera aller nulle part ailleurs que chez nous, n'est-ce pas ?

— Non, je vais lui parler. Il changera d'avis, tu verras.

— Je ne sais pas, Jory. Il est assez contrarié.

— Je sais que je vous en ai fait voir de toutes les couleurs à tous les deux, mais…

— Jory, la moitié du temps je ne sais pas si je dois t'étrangler ou te prendre dans mes bras. J'ai besoin de savoir que tu es en sécurité et je ne peux vraiment pas remettre la logique de Dane en question. S'il peut te voir, il sait que tu vas bien.

— Je le suppose.

— Il m'a dit qu'il allait engager un garde du corps pour toi aussi.

— Comment est le tien ? Est-ce qu'il est sexy ?

— Non, pas vraiment.

Elle écarquilla les yeux.

— Ce n'est pas comme dans les films ?

— Absolument pas.

Je ne pus m'empêcher de sourire, elle était trop mignonne.

Elle me lança un regard sévère et se leva du lit où elle était assise à côté de moi.

— Lève-toi et change-toi. Je t'ai acheté des vêtements.

Une fois douché et changé, j'accompagnai ma belle-sœur jusqu'à la chambre de Sam. Je me plaignis du gel qu'elle avait acheté sur tout le chemin.

— Mon Dieu, puis-je au moins avoir un merci ? me reprocha-t-elle.

— Je t'ai dit merci au moins une centaine de fois.

— Alors, arrête de râler à propos de tes cheveux. Ils sont très bien.

— Bien, répétai-je, passant encore une fois mes doigts dans mes cheveux.

Ce n'était pas le gel que j'utilisai habituellement. Il était bizarre, mais l'éclat qui passa dans ses yeux m'indiqua qu'il valait mieux laisser tomber.

— Tu es vraiment très narcissique. Est-ce que quelqu'un te l'a déjà dit ? me dit-elle d'un ton cassant.

— Je ne le suis pas, grommelai-je en frottant ma joue du bout des doigts. J'ai besoin de me raser.

Elle ravala un grognement de rire, qui fut très peu digne de sa part.

— Un peu de barbe te va bien. Cela te fait ressembler à un homme au lieu d'un adolescent de seize ans.

— Oh, va te faire voir, gémis-je. Je ne ressemble plus à un gamin.

— Que tu dis.

Je la laissai entrer dans la chambre de Sam la première, dépasser les deux policiers en uniforme, et lorsque je le vis, je fus surpris de le trouver hors du lit, assis près de la table dans le coin, dans ce que l'hôpital se faisait de l'idée d'un fauteuil inclinable. Il portait un pantalon de survêtement, des chaussettes blanches, et un tee-shirt. Il n'avait jamais eu l'air aussi bien.

— Enfin le voilà, dit-il en me faisant signe de le rejoindre.

Je m'élançai, mais Dane attrapa mon bras pour arrêter mon élan.

— Non, dit Sam et mes yeux passèrent du visage de mon frère à celui de Sam. Laisse-le venir.

Dane laissa retomber sa main.

Je lui adressai un léger sourire avant de foncer vers Sam. Je m'arrêtai devant lui.

— Tu es superbe, dis-je avec un sourire rayonnant.

Il tapota ses cuisses.

— Viens là, tu sais que j'aime t'avoir sur mes genoux.

C'était amusant. Tout le monde cria en même temps quand je posai ma main sur le bras du fauteuil pour balancer une jambe par-dessus lui avec élan. Ils pensaient que j'étais stupide. Mais je me rattrapai, prenant appui sur les deux bras du fauteuil avant de descendre lentement à califourchon sur ses hanches. Il y eut un soupir de soulagement collectif. Sam rigola et posa une main sur son ventre.

— Ne me fais pas rire pour l'instant, d'accord ?

Je hochai la tête tout en déplaçant mon postérieur contre son entrejambe, bougeant jusqu'à ce que je le sente durcir. Instantanément, ses mains se posèrent sur mes hanches, m'agrippant avec une poigne de fer.

— Laisse tomber, parce que je ne peux rien faire à ce sujet pour l'instant.

— Je pourrais prendre soin de toi, lui dis-je en souriant lascivement, me mordant la lèvre inférieure.

Il me regarda dans les yeux et prit mon visage dans la coupe de ses mains.

— Je te veux ici avec moi toutes les nuits à partir de maintenant, c'est compris ? Ça suffit, Jory, plus jamais.

— D'accord, dis-je avant de l'embrasser.

Il resserra sa prise sur moi pour m'empêcher de bouger.

261

— Tu as pris plusieurs années de ma vie, tu sais.

— Non, ce n'est pas vrai. Ne dis pas ça.

Il poussa un bref soupir.

— J'ai besoin de toi à mes côtés pendant longtemps, tu comprends ? Je ne veux pas qu'il t'arrive quoi que ce soit… je ne pourrai tout simplement pas le supporter.

— D'accord, d'accord.

Je lui offris un sourire éclatant. Est-ce que je peux t'embrasser maintenant ?

— Oui, dit-il doucement en me lâchant afin que nos lèvres puissent se toucher.

Je fermai les yeux et sa langue glissa entre mes lèvres tandis que je les entrouvrais pour lui. Je soupirai contre sa bouche et j'oubliai tout et tout le monde, sauf Sam Kage. Embrasser Sam Kage. Il vint poser sa main derrière ma tête, me tenant en place alors que sa bouche pillait brutalement la mienne, exprimant toute sa possessivité. Je gémis en réaction et mes mains glissèrent sur son torse, touchant ses muscles fermes.

— D'accord, stop.

La voix de Dane fut aussi tranchante que de la glace. Il avait l'air vraiment ennuyé.

Je reculai et le regardai par-dessus mon épaule alors qu'il traversait la chambre pour venir se tenir à nos côtés.

— Je n'ai aucun intérêt à regarder mon frère rouler un patin à son petit ami. Je veux savoir à quoi tu pensais en allant fouiller dans les affaires de cette femme !

Je me levai, mais Sam me saisit la main.

— Assieds-toi ici, dit-il en tapotant le bras du fauteuil.

Je me perchai là où il me l'avait demandé et sentis sa main glisser sous mon pull pour caresser ma peau.

— Je n'ai touché à rien, Dane. Je te l'ai déjà dit.

— Ce n'est pas vrai, Jory, intervint l'inspecteur Lange en venant se poster à côté de mon frère. J'ai vérifié pour m'assurer que j'avais raison et les empreintes de Caleb sont par…

— Je n'ai touché à rien, criai-je pratiquement, la seule chose m'empêchant de perdre la tête étant la main de Sam au bas de mon dos.

Ce simple contact me calmait.

— Nous sommes entrés, nous l'avons trouvé gisant dans son sang.

Je déglutis avec difficulté, me rappelant la scène.

— Caleb a accidentellement touché le couteau et alors j'ai couru dehors pour vomir.

— Jory, vous devez vous tr… commença l'inspecteur Lange.

— Je sais ce que je dis, le coupai-je en jetant un regard à mon frère.

Et je réalisai tout à coup que les parents de Sam, l'inspecteur Hefron, et plusieurs autres personnes que je ne connaissais pas – avec un badge suspendu à une chaîne autour de leur cou – se trouvaient là avec eux.

— Je sais ce que j'ai fait et je sais ce que je n'ai pas fait, et je suis sûr que je…

— Tais-toi, cria soudain Sam, et je me levai et me retournai pour le regarder.

Je n'arrivais pas à croire qu'il prenait leur parti et ne m'écoutait pas, mais quand je vis son visage, je devins muet. Il était absolument livide.

— Sam, dis-je rapidement en me baissant, mes mains allant se poser sur son visage et ses bras. Est-ce que tu vas bien ? Dois-je appeler un médecin ou…

— Sam… dit Regina dans un souffle en se précipitant à mes côtés, portant les mains sur la poitrine de son fils. Chéri, que pouvons-nous faire ?

— Appelez le médecin ! aboya Thomas.

Tout le monde cria, le chaos s'installant en quelques secondes avant que Sam se lève, chassant les mains de tout le monde, sauf les miennes. Moi, il m'attira et me tint serré contre lui, comme s'il me protégeait.

— Taisez-vous ! rugit-il et la pièce tomba instantanément dans le silence.

Je fus soudain retourné pour lui faire face, ses mains s'enfonçant douloureusement dans mes biceps. Même blessé, il était très fort.

— Tu n'as touché que la porte et le mur, c'est ça ?

Je hochai la tête.

Il regarda par-dessus mon épaule, mais ne me lâcha pas.

— Bordel de merde ! jura-t-il

Sa voix était rauque et il chancela légèrement.

— Neal, dit-il avant de me libérer tandis que l'inspecteur Lange s'avançait devant lui. Nous sommes des putains d'idiots.

Je regardai l'inspecteur Lange observer Sam, et alors il ouvrit lentement la bouche avant de se tourner vers Hefron.

— C'est Caleb Reid, dit James Hefron d'un ton plat, et il poussa un profond soupir. Nom de Dieu, c'est Caleb Reid.

— Attendez, dit rapidement Dane. Qu'êtes-vous en train…

— Va dans sa chambre, ordonna Sam à Lange qui se retourna et s'élança, un talkie-walkie à la main, alors que tout le monde quittait la chambre à l'exception de la famille de Sam, de Dane, et d'Aja.

— Sam, dit Dane en s'approchant de lui. Que se passe-t-il ?

Sam repoussa les cheveux de son visage et me regarda.

— Merde alors, Jory.

— Quoi ? Que se passe-t-il ? Qu'est-ce que cela a à voir avec…

— C'est Caleb, bébé, dit Sam, sa main se posant automatiquement sur ma nuque pour m'attirer contre lui. Ça doit être lui. Tout a commencé à l'époque où Caleb est apparu dans la vie de Dane. La première victime a été tuée juste après qu'il ait rencontré Dane et qu'il ait eu connaissance de ton existence. Tout concorde, et je suis sûr qu'il a délibérément touché ce couteau hier pour nous embrouiller. Il a tué Joyce Fain et a laissé l'arme du crime en évidence sachant, lorsqu'il te ramènerait sur place avec lui, que tu le verrais le toucher et te porterais garant de sa stupidité. Nous ne trouverons aucune autre empreinte sur ce couteau parce qu'il n'y en a pas d'autres à trouver.

Cela n'avait aucun sens.

— Mais Caleb était au Texas avant-hier, et ils ont dit que Madame Fain avait été tuée…

— Tu as dit à Lange que Caleb s'est montré directement à ton hôtel. Comment sais-tu quand il est effectivement arrivé en ville ? Bébé, il aurait pu être là depuis des heures avant de venir te trouver.

Ma tête me fit mal à nouveau.

— Mais Sam, il a été enlevé avec moi.

— Chéri, tu n'en sais rien. Tu n'as jamais vu aucun visage. Si Caleb travaillait avec Greg Fain, ça veut dire qu'il était assis là à regarder Greg te frapper et te maintenir au sol. Il a tué Greg Fain quand celui-ci a voulu te laisser partir, et l'a mis dans ce congélateur dans le jardin parce qu'il n'avait probablement aucune idée de quoi faire d'autres.

— Mais Caleb est mon ami.

— Non, il ne l'est pas.

Il secoua la tête.

— Et il a fini par commettre une erreur.

— Comment ça ? demanda Dane, d'une voix glaciale.

Sam se tourna vers lui.

— Parce que la voisine qui a vu Jory rendre le contenu de son estomac près du porche de derrière a appelé la police, pensant qu'il y avait une effraction. Je pense que Caleb aurait essayé de convaincre Jory de faire le tour de la maison pour rechercher des indices, mais il n'en a pas eu le temps.

— Et les empreintes de Jory auraient été exactement au même endroit que les siennes, où elles étaient déjà ?

— Ouais, acquiesça Sam.

— Tu es en train de me dire que Caleb a tué Madame Fain plus tôt dans la journée, qu'il a tout retourné dans sa maison, et qu'il a conduit Jory là-bas pour se couvrir.

— Exactement. En fait, je pense que Greg Fain et Caleb Reid se connaissaient et qu'il y avait des photos ou autres qui les reliaient et que Caleb

264

pensait trouver dans la maison, mais sans succès. Il a mené Jory là-bas pour couvrir ses traces.

— Mais si c'est Caleb, pourquoi ne m'a-t-il pas simplement tué ? Il a eu des centaines d'occasions.

— Je ne sais pas, dit Sam d'une voix tremblante. Mais, nous le découvrirons.

— C'est absurde, dit Dane, laconique. Caleb Reid ne peut pas plus tuer un homme que... il n'est pas assez fort, Sam, et je ne veux pas dire physiquement... il est juste... faible.

— Je dois te contredire, coassa Sam et je m'aperçus qu'il tremblait. C'est Caleb, et c'est tout à fait logique. Pourquoi avons-nous seulement été capables de trouver des preuves que Greg Fain, Jory et Caleb avaient mis les pieds dans le hangar ? Pourquoi n'y avait-il que l'ADN de Greg et de Caleb dans la maison ? Comment se fait-il qu'il n'y ait des preuves que de la présence de Caleb et Jory dans la voiture, en dehors de ces deux rigolos qui l'ont volée ? Pourquoi diable Caleb a-t-il touché ce couteau ? Tout le monde a plus de jugeote que ça. Tout le monde.

Cela me semblait un peu léger.

— Ce ne sont que des preuves circonstancielles.

— Vraiment ? dit Sam avec indulgence. C'est ce que tu penses ?

Je fronçai les sourcils.

— Sam, il n'y a aucune preuve tangible qui relie Caleb à mon enlèvement ou à n'importe quel autre meurtre.

— Je parie qu'il y en a. Je parie qu'il a manqué quelque chose dans cette maison, et je suis sûr que Greg Fain me connaissait d'une façon ou d'une autre. Il n'aurait pas été si paniqué quand il a entendu que tu étais avec moi dans le cas contraire. Nous devons fouiller la maison de Joyce Fain, sa voiture, son lieu de travail, partout, et ensuite nous devons en apprendre le plus possible sur Greg Fain. Je...

— Il est parti, dit Neal Lange en entrant dans la chambre. J'ai fait passer le mot qu'il était recherché pour interrogatoire afin qu'il ne sorte pas de la ville, mais Dieu seul sait où il se trouve en ce moment.

— Merde ! jura Sam en donnant un coup de pied dans la chaise la plus proche. Il a dû se douter que son histoire et celle de Jory ne correspondraient pas. C'est la seule fois qu'elles ne coïncident pas.

L'inspecteur hocha la tête.

— Ouais. En fait, maintenant que j'y repense, tout ça a un certain sens. La blessure par balle aurait facilement pu être auto-infligée, et il connaissait chacun de nos gestes parce qu'il faisait partie de notre cercle. C'est incroyable que je n'ai pas – je veux dire... toutes les empreintes digitales que nous n'avons

265

pas, toutes les preuves ADN qui ne désignent que lui… Seigneur, Sam, je suis désolé, j'ai complètement raté ça.

— Nous sommes tous passés à côté, gronda-t-il. Le fait est que maintenant que nous le savons, nous devons protéger tout le monde. Mets-toi en rapport avec la police de Dallas pour qu'ils perquisitionnent la maison de ses parents, et la sienne, et qu'ils voient tout ce qu'ils peuvent trouver. Étudiez ses relevés de téléphone, ses reçus d'essence et ses billets d'avion… Épluchez tout ça et faites-moi part des résultats.

Lange hocha la tête et s'en alla sans ajouter un mot, l'inspecteur Hefron sur ses talons.

— Sam, tu te trompes pour Caleb, lui dis-je.

Il soupira profondément avant de me regarder droit dans les yeux.

— Non, bébé, je ne me trompe jamais.

Et puis tout à coup, il plissa les yeux, comme s'il était confus.

— Qu'est-ce que tu as fait à tes cheveux ?

— Ce n'est pas mon gel habituel, me plaignis-je.

— Tu n'aides pas là, l'interpella Aja.

— Désolé, la taquina-t-il, enroulant un bras autour de ses épaules et l'attirant à lui.

Je jetai un coup d'œil à Dane et vis qu'il était à des millions de kilomètres de là, réfléchissant, passant en revue tout ce que Sam avait dit, et le décortiquant dans sa tête.

— Jory, bébé, viens là.

Je rejoignis Sam et le laissai passer son bras autour de mon cou et me tirer contre lui.

— Tu restes là où je peux te voir, tu comprends ? Maintenant qu'il sait que nous savons, il n'a plus rien à perdre en se lançant après toi. Il n'a plus rien à cacher.

Je frissonnai fortement, et je sentis le menton de Sam se poser sur le dessus de ma tête. Je me sentis mieux pour la seule raison qu'il était là solide à nouveau. Je me demandais ce qui allait se passer ensuite.

# X

Nous étions assis, en train de manger le pain de viande maison de Regina lorsque les inspecteurs Hefron et Lange entrèrent dans la pièce, suivis d'un autre homme. Je vis Sam se redresser dans son lit et lancer ses jambes sur le côté. Il se serait levé, mais l'homme dépassa les deux inspecteurs et leva une main pour l'en empêcher. Lorsqu'il fut assez près, il tendit la main à Sam.

— Waouh, dit Sam en riant, serrant vigoureusement la main de l'homme et posant son autre main sur son épaule. Big Gun !

L'autre homme hocha la tête, le coin de sa lèvre se relevant légèrement alors qu'il lui jetait un regard.

— Ça suffit maintenant, Sam. Nous recherchons un tueur en série, après tout.

Il hocha la tête avant que l'homme le laisse aller et se retourne vers le reste d'entre nous. Ses yeux bleu pâle nous examinèrent un à un avant de s'arrêter sur moi.

— Jory Harcourt.

— Ouais.

Il plissa les yeux.

— Pourquoi portez-vous un manteau à l'intérieur ?

— Parce que j'ai froid, répondis-je pour expliquer la raison de mon manteau.

J'avais l'impression d'être tout le temps gelé. Depuis que Caleb et moi avions trouvé le corps de Joyce Fain, je n'arrivais pas à me réchauffer. Aja disait que c'était psychologique et non physiologique, mais j'avais dédaigné ses explications. Eh oui, en général Sam était à la maison pour me tenir entre ses bras, dormir avec moi et marquer mon esprit et mon corps de façon à ce que tout le reste disparaisse... mais, pour l'instant, j'étais sûr d'avoir vraiment froid. Ni elle ni Dane ne le croyaient, cependant.

— Il fait toujours froid dans les hôpitaux, m'assura l'homme.

— Qui êtes-vous ? demandai-je avec irritation.

Il vint vers moi et me tendit la main tandis que je me levais.

— Agent Spécial Zane Calhoun du Bureau de Dallas... c'est un plaisir de vous rencontrer.

— Agent Spécial ?

Il me montra son badge caché derrière sa cravate. Les lettres étaient grandes et visibles.

— FBI. Nous aidons la police de Chicago sur l'enquête, comme vous le savez, et j'ai été appelé de Dallas puisque c'est là que se trouve le domicile de Monsieur Reid. Nous devons le mettre en garde à vue dès que possible avant qu'il s'attaque à quelqu'un d'autre ou vous mette en danger vous, votre frère, ou l'inspecteur Kage.

— Mais comment pouvez-vous être sûr que…

— Que quoi ? Que Monsieur Reid est un meurtrier ?

— Oui, répondit Dane.

Il se tourna pour faire face à mon frère.

— Dane Harcourt ?

— Oui.

Il contourna la table et serra la main de Dane avant de prendre le temps de se présenter d'abord à Aja, puis aux parents de Sam. Lorsque ses yeux se posèrent à nouveau sur Dane, je le vis sourire.

— Je peux vous dire, Monsieur Harcourt, que nous avons saisi des centaines de photos de vous chez Monsieur Reid. Sa mère nous a confirmé qu'il savait qui vous étiez à peu près six mois avant qu'il approche Monsieur Harcourt à…

— Ça va devenir très confus, dis-je en le coupant, bien qu'il ne me parlât pas. Appelez-moi Jory.

Ses yeux croisèrent les miens et je vis combien il m'étudiait.

— Très bien. Jory alors.

— Donc, vous dites que Caleb me surveillait depuis des mois avant de se faire connaître auprès de Jory ou moi-même, synthétisa Dane pour clarifier la précédente déclaration de l'Agent Calhoun.

— Oui, m'sieur, c'est ce que j'ai dit. À son domicile à Fort Worth, nous avons trouvé une cache dans le sol dans laquelle nous avons découvert un couteau. Je suis tout à fait convaincu qu'il correspondra à celui qui a été utilisé sur toutes les victimes. Nous avons également trouvé une arme à feu dans la voiture de Madame Fain qui, encore une fois, a toutes les chances de correspondre aux balles extraites de la tête de Greg Fain et de la jambe de Caleb Reid.

J'observais son profil pendant qu'il parlait, puis il se tourna vers moi.

— Il y avait une boîte contenant des souvenirs de ses années universitaires dans un casier de stockage que Monsieur Fain louait à Hyde Park et je suppose que Monsieur Reid ne le savait pas. J'imagine qu'il l'utilisait à titre de garantie. Il n'a à l'évidence pas pu faire part de ses menaces à Monsieur Reid, puisqu'il l'a tué avant d'en avoir eu la chance.

— Pourquoi a-t-il…

— Tué Monsieur Fain ?

— Ouais.

— Je pense que Monsieur Fain est devenu très inquiet lorsqu'il a découvert l'implication de l'inspecteur Kage. Greg Fain avait été arrêté pour recel de marijuana à des mineurs cinq ans plus tôt, et sur son dossier, les inspecteurs Kage et Kairov étaient cités en tant qu'officiers chargés de son arrestation.

— Vraiment ? Quand je travaillais aux mœurs ?

L'Agent Calhoun hocha la tête.

— Je ne me souviens pas de lui, dit Sam calmement et l'Agent Calhoun se retourna pour le regarder.

— Tu ne peux pas tous te les rappeler, Sam, et je pense que c'est une mauvaise chose en soi, mais pas autant que cela en a l'air. Lorsque j'ai étudié le rapport, Greg Fain avait vingt-deux ans au moment des faits et les gars à qui il vendait sa marchandise étaient ses amis, âgés de dix-huit à vingt ans. J'imagine que Dom et toi lui avez fichu la trouille à ce moment-là, et lorsqu'il a découvert que tu étais impliqué, l'inspecteur qui l'avait arrêté l'unique fois où il avait enfreint la loi... il a perdu la tête. Il était impossible que Monsieur Reid le calme, alors il a fait la seule chose à faire et l'a tué.

— Cela ne vous semble pas un peu trop facile ? demandai-je.

— Facile ? demanda l'Agent Calhoun en m'observant. Cela semble facile seulement parce que c'est très clair. L'inspecteur Kage a eu un pressentiment et c'était le bon. La boîte dans le casier de Greg Fain contenait des photos de lui et de Monsieur Reid de l'époque où ils étaient à l'université du Texas ensemble. Seul Monsieur Reid a obtenu son diplôme, mais ils ont dû rester en contact toutes ses années. Peut-être, lorsque Monsieur Reid est venu ici pour rencontrer Monsieur Harcourt, a-t-il cherché à revoir son vieil ami et l'a convaincu de l'aider à vous enlever afin d'obtenir une rançon de la part de son frère.

— Je me souviens que Caleb a eu l'air très surpris que Dane accepte de payer une rançon pour lui, en plus de moi.

— Mais voyez-vous, cela n'avait aucun sens que Monsieur Reid soit enlevé, et quand l'inspecteur Kage m'a appelé et m'a demandé de rester sur l'affaire, même après que vous et Monsieur Reid vous êtes échappés... nous avons tous les deux senti qu'il devait s'agir d'un coup monté de l'intérieur.

Je hochai la tête.

— Qui aviez-vous en tête ?

Il poussa un bref soupir.

— Je croyais que c'était vous, Jory.

— Moi ? Mais, j'ai été enlevé et...

— Mais vous vous êtes échappé, et la façon dont vous avez fait ça, toute cette histoire à propos de voleurs de voiture et d'être abandonné sur un parking... cela me semblait étrange.

— Mais...

Il leva une main pour me faire taire.

— Mais alors, l'inspecteur Kage a été blessé, et ce que vous avez fait après ça... j'ai su à ce moment-là que vous étiez innocent avant même que vous commenciez à passer la ville au peigne fin pour obtenir des réponses. Trouver les deux garçons qui avaient volé la voiture, trouver la maison où vous étiez détenu, même trouver Joyce Fain... c'était du beau travail et vous ne l'avez fait que pour protéger l'inspecteur Kage.

Je le regardai dans les yeux.

— Pourquoi Caleb voudrait-il faire du mal à Dane ?

— Le profil que nous avons fait de Caleb Reid nous donne l'aperçu d'un esprit sociopathe classique. Il veut ce que Monsieur Harcourt possède et il n'a aucun remords ou émotion dans sa quête pour satisfaire ses propres besoins.

— Que veut-il ?

— Eh bien... premièrement, il veut que sa famille soit réunie, et une fois que vous, Jory, serez éliminé du tableau, les seuls frères et sœur que Dane Harcourt a sont les Reid. Deuxièmement, il veut de l'argent – purement et simplement. Il a eu un aperçu de la richesse de son frère, a vu la femme qu'il a épousée, le style de vie qu'il mène, et il veut tout ça pour lui. L'argent en tant que facteur de motivation est puissant et tout le monde sait ça. Avec votre mort et le deuil de Monsieur Harcourt, Monsieur Reid peut se faire bien voir et ramener son frère au bercail.

— Cela n'arrivera jamais, dit Dane.

— Bien sûr que non, assura l'Agent Calhoun. Mais ce n'est pas mon fantasme, c'est le sien.

Je secouai la tête.

— J'ai quand même...

— Caleb Reid a tué la première victime juste après vous avoir rencontré Jory. Il a écrit votre nom sur le mur de votre ancien appartement avec du sang et des matières fécales, et sous votre nom, il a écrit le mot 'imitation'.

Je frissonnai et regardai Sam. Il ne m'avait jamais tout raconté.

— Viens ici, dit-il en me faisant signe de le rejoindre.

Je m'approchai et il coinça ma tête sous son menton, frottant mes bras de ses mains.

— Je pense que 'imitation' voulait dire 'une imitation de frère' et c'était la pièce qui nous manquait durant tout ce temps.

Je hochai lentement la tête.

— La seconde victime a été tuée après la fête des quarante ans de Monsieur Harcourt, qui, j'ai cru comprendre, était somptueuse. Je suis sûr que le simple fait d'être présent a presque tué Monsieur Reid. La troisième a été tuée après les fiançailles de Monsieur Harcourt avec Mademoiselle Greene. Il a observé

270

son frère organiser une autre fête et a vu la belle femme qu'il avait l'intention d'épouser. Et puis, il y a eu le mariage en lui-même… qui a dû être une torture pour lui. Vous étiez là, debout aux côtés de votre frère alors que lui et sa famille n'étaient que de simples invités. Tous étaient des exemples d'une rage incroyable qui n'a pu s'évacuer que par le biais de meurtres, finit-il.

Je réalisai alors combien son récit était clinique.

— Vous savez, Caleb n'est pas une étude de cas, Agent Calhoun, c'est un être humain.

— À peine, clarifia-t-il. Jory, je ne vois aucune raison pour que vous soyez toujours en vie au-delà du fait qu'il doit sincèrement vous aimer. Il n'y a pas d'autre explication.

Je m'éloignai de Sam, mais restai à sa portée.

— Et maintenant ?

— Maintenant, nous devons trouver Caleb Reid et le placer en garde à vue afin qu'il soit mis en traitement psychiatrique le plus rapidement possible. Jusqu'à ce qu'il soit appréhendé, l'inspecteur Kage et vous, Monsieur et Madame Harcourt, et tous les autres, courrez un risque sérieux. N'oublions pas que Caleb Reid a placé une bombe dans la voiture de l'inspecteur Kage qui a presque failli le tuer.

Et je n'avais pas vraiment compris la portée de tout le reste, rejetant tout ce qui m'avait été fait parce que j'allais bien, mais Sam… Caleb avait essayé de tuer Sam. Je me tournai pour le regarder et je sentis mes yeux devenir brûlants.

— Oh merde, grommela Sam, jetant un regard noir à l'Agent Calhoun. Pourrais-tu lui lâcher un peu la grappe, Zane ? Arrête de jouer les durs à cuire quand tu parles à Jory.

— Oh, allez Sam, rétorqua-t-il alors que Sam me ramenait dans le cercle de ses bras. Dites-moi que vous n'êtes pas tous en train de penser à lui comme s'il était toujours l'aimable et bon vieux Caleb. Aucun de vous ne fait le lien entre le monstre en lui et l'inoffensif *garçon d'à côté* qu'il montre au monde. Aucun de vous ne comprend. Caleb Reid est…

— Agent Calhoun.

Nous nous tournâmes tous vers la porte, où un homme se tenait maintenant.

— La police de Chicago a acculé Caleb Reid dans un parking en centre-ville.

— Lequel ? demanda Dane.

Et lorsque l'agent mentionna l'adresse de Dane, je fus surpris. Pourquoi aller là-bas ?

— Il a maîtrisé un agent de sécurité, continua l'homme, mais il l'a juste assommé. Il n'a tué personne, mais il est armé. On dirait qu'il menace de retourner l'arme contre lui. Le négociateur est là-bas et à l'heure où nous parlons, ses parents sont dans un avion pour venir ici.

— Pauvre Susan, murmura Aja, s'appuyant sur Dane alors qu'il passait un bras autour de ses épaules. Toute cette histoire doit la tuer. Elle doit penser que tout est de sa faute.

— Que va-t-il se passer maintenant ? demanda Dane à l'Agent Calhoun. Combien de temps allez-vous essayer de lui parler ?

— Aussi longtemps qu'il le faudra.

Il y eut un vacarme dans le couloir et une femme entra dans la pièce en courant.

— Calhoun ! Reid a un otage !

Elle avait l'air calme, même si elle parlait très vite.

— Qui ?

— Une femme, elle était là pour voir les Harcourt… Carmen Greene.

— Oh mon Dieu ! haleta Aja, sur le point de s'évanouir.

Tout le monde bougea en même temps pour la rattraper, ce qui me donna mon occasion. C'était comme si elle avait été planifiée.

Je m'élançai hors de la chambre.

— Jory ! rugit Sam.

—Attrapez-le ! cria l'Agent Calhoun derrière moi, mais j'étais presque sûr que tout le monde était dans la chambre.

Je ne pouvais pas, ne laisserais pas la sœur d'Aja, Carmen, payer pour les erreurs de Dane, ou les miennes. Et j'étais certain à quatre-vingt-quinze pour cent que si je pouvais lui parler, j'arriverais à lui faire lâcher son arme et qu'ainsi il pourrait vivre. Non que je sois le Messie, je sentis juste que j'étais celui qui connaissait Caleb Reid le mieux. Mais après tout, peut-être que je ne le connaissais pas du tout.

J'enfonçai la porte des escaliers, la traversai, et montai les marches quatre à quatre. Elle se rouvrit avec fracas quelques secondes plus tard et, quel que soit le nombre d'hommes qui la franchirent, ils descendirent. Je les suivis à bonne distance et me faufilai par la porte du deuxième étage. Je marchai jusqu'à l'extrémité opposée et pris le minuscule ascenseur qui m'amena au service des urgences, avec dix autres personnes coincées à l'intérieur. Je sortis en zone démilitarisée – bruyante, chaotique et surpeuplée. L'endroit était bondé et je me déplaçai dans ce vacarme sans être vu. Je devenais vraiment bon à fuir et passer inaperçu. Je n'avais même plus besoin de penser.

Dans la rue, je relevai mon col et pris un taxi dès que j'arrivai sur le trottoir. J'avais déjà manqué cinq appels de Sam, trois de Dane, et trois d'un numéro que je ne connaissais pas. Je l'éteignis et donnai au chauffeur l'adresse de Dane.

Je paniquai un peu lorsque je vis la barricade, mais j'avais mis au point une sorte de plan dans le taxi. Tout dépendait de ma crédibilité. Le fait que j'ai les clés allait m'être d'une grande aide. Parce que, même si les policiers ne laissaient personne s'approcher du parking, ils laissaient les gens entrer dans le bâtiment lui-même. Alors, quand j'arrivai à l'ascenseur qui menait à l'appartement de Dane, je pris l'ascenseur privé à l'autre bout du couloir qui descendait jusqu'au garage où il garait sa voiture. Lorsque les portes s'ouvrirent en chuintant, je vis des hommes harnachés dans leur armure et masque de Darth Vador.

— Que faites-vous ici ?

J'espérai que l'Agent Calhoun n'avait pas déjà parlé à chacun des hommes de l'équipe du SWAT.

— On m'a dit de me mettre en rapport avec le négociateur. Je suis supposé essayer de parler à Caleb Reid jusqu'à ce que sa mère arrive ici.

Cela dut paraître censé. Quelle personne serait assez folle pour se rendre sur le lieu d'une prise d'otage ?

Saisi brutalement, je fus éjecté de l'ascenseur et dirigé parmi une armada d'hommes en noir jusqu'à une barricade composée de voitures. Il y avait des lumières qui pointaient toutes vers le fond du parking, où je pus voir une voiture avec les quatre pneus à plat et la fenêtre côté conducteur brisée. L'avant de la voiture était encastré dans un poteau de soutènement.

— Lieutenant.

Il y avait un autre homme habillé comme la doublure de Darth Vador, deux hommes en costumes noirs et deux autres en jean – l'un avec un col roulé, l'autre en chemise et cravate.

— Qui êtes-vous ? m'aboya celui avec le col roulé.

— L'Agent Calhoun m'a demandé de venir parler à Caleb Reid.

— Idioties, dit-il d'un ton plat. L'Agent Calhoun nous a appelés, Monsieur Harcourt.

Il regarda par-dessus mon épaule et s'adressa à l'un des hommes du SWAT.

— Ramenez-le dans la rue et mettez-le dans une voiture jusqu'à ce que tout soit fini.

Mais j'étais allé plus loin que je l'aurais imaginé. Quand je tournai les talons pour m'en aller, je fis un mouvement de pivot que j'avais perfectionné quand j'avais huit ans et que je jouais à chat. Aller à droite, demi-tour à gauche et foncer. Et cela fonctionna comme toujours et j'atteignis le côté de la voiture avant d'être brutalement saisi par-derrière, mon manteau fermement empoigné par quelqu'un. Non que cela importe, puisque je l'avais desserré dans l'ascenseur qui m'avait conduit ici. Il glissa facilement de mes épaules tandis que je continuais en avant dans mon élan, trois mètres derrière la voiture à l'arrêt, dans la lumière des projecteurs.

273

— Monsieur Harcourt, ramenez votre cul ici !

— Dane ! entendis-je Caleb crier.

— Non, criai-je à mon tour, mains en l'air, alors que j'avançai vers l'épave de la voiture. C'est moi.

— Jory ?

La voix passa instantanément de folle à calme. Il avait repris le ton que je lui connaissais habituellement.

Je hochai la tête, mais je me rendis vite compte qu'il ne pouvait pas me voir.

— Oui ! Tu veux bien laisser Carmen s'en aller et je viendrai m'asseoir avec toi ?

— D'accord, répondit-il immédiatement, comme si je lui avais demandé s'il voulait manger un hamburger.

Juste une décision sans importance, pas comme si c'était une question de vie ou de mort qui se jouait comme maintenant. Je baissai mes mains et courus vers la voiture alors que la tête de Carmen surgissait.

Je lui fis signe de venir vers moi tout en courant.

— Allez ! Cours !

Les femmes de la famille Greene étaient phénoménales. Elle fit exactement ce que je lui dis sans tout le chichi hollywoodien. Elle courut.

— Cours jusqu'aux voitures de l'autre côté, lui criai-je alors qu'elle commençait à ralentir en arrivant à ma hauteur. Ne t'arrête pas ! Cours !

Elle me dépassa à vive allure et je sprintai vers Caleb qui était accroupi derrière la voiture, le canon de son arme pointé sur moi. Je m'arrêtai quand je l'atteignis, le surplombant, les yeux baissés sur lui.

— Assieds-toi, m'ordonna-t-il en saisissant mon poignet et en me tirant à côté de lui.

Je m'assis près de lui, épaule contre épaule, le dos appuyé contre la portière de la voiture, le froid du sol en béton s'infiltrant instantanément à travers mon jean, le canon de son arme enfoncé dans mes côtes.

— J'ai froid, marmonnai-je, tremblant, me rapprochant de lui.

— Seigneur !

Je me tournai pour regarder son profil.

— Quoi ?

Il secoua la tête.

— Tu sais et tu n'as toujours pas peur. Mon Dieu, Jory !

Et je me rappelai tout à coup l'expression de son visage lorsque j'avais été enlevé devant lui. Terrifiée et impuissante. Il m'avait aimé à partir de ce moment-là. Il avait pris soin de moi à partir de ce moment-là. Il ne me ferait jamais de mal, ce n'était pas dans sa nature.

— Caleb.

— Quoi ?

Mais il y avait quelqu'un d'autre qui ne m'aimait pas. Quelqu'un qu'il savait me voulait mort. Et mon cerveau comprit enfin.

— Au téléphone, cette fois-là... quand tu m'as appelé quand je suis rentré... sais-tu ce que tu as dit ?

— De quoi...

Il s'interrompit.

— Je ne sais pas de quoi tu veux parler.

Je hochai la tête. Je savais que ça n'avait pas été Caleb qui m'avait appelé sur mon nouveau téléphone après mon enlèvement. Ce n'était pas Caleb qui voulait m'embrasser lorsque mon corps serait froid.

— Je ne crois pas.

Ses yeux s'écarquillèrent soudain.

— Attends, non, tu te trompes.

Mais j'avais raison, et parce que j'avais à peu près une seconde d'avance sur lui, j'attrapai le canon de l'arme et le repoussai, loin de moi, de sorte que lorsque le coup partit, la balle toucha le mur à quelques mètres de nous. J'étais plus agile et je portais moins de vêtements, ce qui me permit de me retourner et de tomber sur lui avant qu'il puisse se redresser. Il tomba à la renverse et je frappai son visage contre la portière de la voiture, puis l'arrière de son crâne heurta le béton. Ses yeux se révulsèrent et il s'immobilisa. J'entendis les cris et le martèlement de pieds et je sentis ensuite des mains partout sur moi alors que j'étais soulevé et emmené. L'arme de Caleb fut envoyée vers le mur d'un coup de pied, hors de sa portée, aurait-il été assez conscient pour tenter de s'en emparer. Je fus relevé durement et me retrouvai tout à coup face à l'Agent Calhoun.

— Je vais vous jeter en prison pour un très long moment, Monsieur Harcourt.

— Bien... peu importe, écoutez-moi, dis-je d'une voix râpeuse parce que j'étais à bout de souffle. J'ai reçu un appel quand je suis rentré chez moi après l'enlèvement, mais ce n'était pas de Caleb.

Il me jeta un regard noir.

— Je n'ai aucune idée de ce dont vous êtes...

— La personne qui m'a appelé m'a dit qu'elle m'embrasserait quand je serais froid.

— Encore une fois, je n'ai aucune idée de ce dont vous êtes...

— Caleb ne dirait jamais ça... il la couvre.

— Couvrir qui ? De quoi parlez-vous ?

— Il savait, je ne sais pas quand il a… probablement très récemment, mais depuis qu'il l'a découvert, il n'a cessé de s'interposer entre nous… pour me protéger, terminai-je rapidement.

— Ce que vous dites n'a aucun sens.

— Je suis certain qu'il la couvrait ou faisait comme si ça n'arrivait pas, espérait peut-être que… mais Caleb n'est pas comme ça – il n'est tout simplement pas comme ça. Il est incapable de tuer, j'en suis sûr, mais elle, si.

— Je ne vous suis pas du tout.

— C'est sa mère… c'est Susan Reid. C'est elle qu'il protège… c'est la seule pour qui il irait en prison. Je vous le jure – c'est elle la coupable.

— Est-ce que vous savez ce que vous êtes en train de dire…

— C'est logique. Susan pense que je suis celui qui l'empêche de se rapprocher de Dane, mais Caleb sait que je ne suis pas le problème. C'est lui… c'est Dane. Il ne lui pardonnera jamais de l'avoir abandonné.

— Je ne suis pas…

— Ne voyez-vous pas ? Tout est là. C'est le moyen, et son idée, sa croyance en tout ce qui allait arriver. Je crois qu'elle pensait que parce qu'elle l'avait abandonné, plus tard, en cours de route, il lui pardonnerait et oublierait. Qu'elle pourrait le ramener dans son giron et que tout rentrerait dans l'ordre. Peut-être s'est-elle cramponnée à cette illusion toute sa vie, et puis, mise face à sa froideur et en même temps à son affection si chaleureuse pour Aja et moi… je ne sais pas. Je pense qu'à un moment donné, elle a juste perdu la tête.

— Mais cela n'explique pas…

— Ça ne peut être qu'elle et Greg. Je veux dire, j'ai entendu des gens qui luttaient ce jour-là dans le hangar. Greg et elle ont dû en arriver là et alors elle lui a tiré dessus.

— Pourquoi enlèverait-elle son propre fils ?

— Elle ne l'a pas enlevé. Il était là pour me parler, pour garder un œil sur moi. Il est complice pour l'enlèvement, mais pas pour les meurtres.

Il était en train de me forer un trou dans le crâne vu comme ses yeux me transperçaient.

— Je ne dis pas que je vous crois, et vous allez assurément en prison pour obstruction, mais je vais faire une enqu…

— Ne devait-elle pas venir pour parler à Caleb en compagnie du négociateur ?

— Oui, mais…

— Peut-on savoir où elle est maintenant, parce que je ne veux pas qu'elle s'approche de Dane ?

Il fit un geste pour indiquer aux hommes du SWAT de le suivre, ce qu'ils firent, me portant, leurs mains sous mes bras tandis que mes pieds quittaient le sol. Je fus poussé de force dans une voiture de patrouille, et contraint à m'asseoir. Ils ne me mirent pas les menottes, ce qui était sympa, car je pus prendre mon téléphone et appeler Dane.

— Je vais te tuer moi-même ! rugit-il au lieu de dire bonjour.

— Attends, écoute… Caleb n'était qu'un complice, Dane. C'est Susan qui a tué tous ces hommes et Greg Fain. C'est elle, l'assassin, pas Caleb.

— De quoi parles-tu ?

— Je te raconterai tout quand je sortirai d'ici, mais promets-moi – jure sur ma vie que tu n'iras nulle part avec elle ou que tu ne resteras pas seul avec elle.

— Jory, je…

— S'il te plaît… s'il te plaît. Je sais que tu penses que je suis dingue, mais je ne le suis vraiment pas. S'il te plaît, Dane. S'il te plaît, ne va nulle part avec elle.

— Seigneur, tu es dans tous tes états.

Et je réalisai à quel point je devais sembler frénétique.

— S'il te plaît, le priai-je à nouveau.

— Bien, tout ce que tu voudras, reviens juste ici maintenant.

— Je ne sais pas, je pense que l'Agent Calhoun veut me mettre en prison.

— Quoi ?

— C'est ce qu'il a dit, répondis-je. Il est vraiment en colère.

— Nous sommes tous furieux, Jory, tu es idiot !

Ce qui était probablement vrai. Je ne pouvais pas vraiment le contredire.

— Où est l'Agent Calhoun ?

— Il hurle sur des gens.

— Où es-tu à l'instant ?

— À l'arrière d'une voiture de police.

— Jory, je vais…

Il y eut des bruits étouffés, puis vint la voix coléreuse et familière.

— Tu ne vas plus jamais quitter la maison quand cette histoire sera finie, m'as-tu bien compris ? Tu y resteras enfermé jusqu'à la fin de tes jours ! J'espère que tu es sacrément content !

Je souris. Au milieu de tout ce tumulte, Sam était vert de rage après moi parce que je m'étais mis en danger.

— Salut, Sam.

— Jory, nom de Dieu ! tonna-t-il, sa voix incendiant mon téléphone. Je veux que tu reviennes ici… tout… de… suite… tu m'entends ?

— J'aimerais que tu ailles mieux.

— Quoi ?

— J'ai besoin… que tu ailles mieux.

Il y eut une longue pause.

— Si tu étais *resté* ici une minute de plus, tu saurais que je sors après-demain. Deux semaines d'hôpital, c'est largement suffisant. Je peux rentrer à la maison.

— Vraiment ?

Il grogna, mais c'était son grognement suffisant et content de lui, celui qui envoyait une décharge de désir à travers mon corps.

— Oui, vraiment. Tu as l'air heureux.

Je ne pouvais même plus parler.

— Bien, maintenant, peut-être que tu reviendras ici, t'assiéras, et ne bougeras plus jusqu'à ce que je te le dise.

— Oui.

— Raccroche et je vais appeler l'Agent Calhoun.

— Oui.

— D'accord, je te vois bientôt et…

— Mais…

— Je te promets de ne pas laisser Dane ou Aja s'en aller d'ici jusqu'à ce que tu reviennes.

Je poussai un gros soupir.

— D'accord.

— Je vais t'étrangler, tu comprends ça, n'est-ce pas ?

— Je comprends.

— Tu sais, j'ai cette théorie ; parce que ton cerveau est tellement petit, tu ne peux pas retenir plus d'une information à la fois. C'est pour ça que tu fais tant de trucs aussi stupides tout le temps, parce que dès qu'une nouvelle idée germe, tu oublies tout le reste.

Je ne pus m'empêcher de rire parce qu'il avait l'air très sérieux.

— Je vais te mettre une raclée quand je mettrai la main sur toi.

— Je sais, soupirai-je. Je suis impatient.

Il grogna avant de raccrocher et je poussai un profond soupir et fermai les yeux. Tout allait bien se passer.

# XI

RIEN NE se déroule jamais de la façon dont vous l'aviez prévue. La parfaite illustration : je pensais que Sam pourrait obtenir de l'Agent Calhoun qu'il me laisse partir. Pas de chance. Il était bien remonté, et pour autant que je le sache, il avait même refusé de prendre l'appel de mon petit ami. Je me retrouvai donc dans un endroit que j'avais espéré éviter pour le reste de ma vie.

Alors que j'étais assis dans la grande, mais bondée, cellule de détention de la prison du comté, je n'avais rien d'autre à faire que penser, et c'était toujours dangereux en ce qui me concernait. Caleb allait aller en prison pour très longtemps si je ne trouvais pas un moyen de le sauver. Sa mère était une sociopathe ou une psychopathe, je n'étais pas sûr du terme qui s'appliquait, et puisque personne à part moi ne croyait vraiment en son innocence, il m'incombait de tirer Caleb hors du trou dans lequel il était en déterrant la vérité à propos d'elle. Quand je sortirai, je devais découvrir la vérité sur Susan Reid. Il fallait donc que j'aille à Dallas et que je jette un coup d'œil à sa vie. Quand je serais libre. Si je sortais un jour...

— Hé, beau gosse, appela quelqu'un. Qu'est-ce que t'as fait ?

— Rien, répondit une voix avant que je puisse dire quoi que ce soit.

Je ne m'étais jamais considéré comme narcissique, mais j'avais cru que le type me parlait. Puisque j'étais en prison, cependant, j'étais plutôt content de ne pas attirer l'attention. Fidèle à sa parole, l'Agent Calhoun m'avait mis derrière les barreaux. Je ne savais pas du tout combien de temps mettrait sa colère à se dissiper.

— Viens là.

Je tournai la tête et regardai l'homme qui parlait – grand, costaud avec le ventre d'un buveur de bière, il devait avoisiner le mètre quatre-vingt-quinze quand il était debout. Pour l'instant, il était assis entre deux autres gars et faisait signe au garçon en face de lui. Le gamin n'avait pas bougé. Il secoua la tête pour dire non.

— J'ai dit, viens là.

— Non, dit-il rapidement et je pus voir combien il était terrifié.

Il jeta un rapide coup d'œil autour de lui, ses yeux cherchant un soutien jusqu'à ce qu'il croise mon regard. Je le vis alors prendre une grande inspiration. Instantanément, il se leva et se mit à marcher, remontant la ligne de dix hommes assis le long du mur jusqu'à se trouver devant moi. Je levai les yeux vers son visage en souriant.

— Excusez-moi, dis-je au gars sur ma gauche. Pourriez-vous vous pousser juste un peu ?

L'étranger grogna, mais se décala, ce qui laissa une place libre pour mon nouvel ami.

— Salut, dit-il dans un souffle, me dévorant des yeux. Je suis Carrington Adams, qui es-tu ?

— Jory Harcourt.

Je lui tendis la main.

— Enchanté de te rencontrer.

Il essaya de sourire tandis qu'il me serrait la main.

— Pourquoi es-tu ici, Jory ?

— Obstruction à la justice. Et toi ?

Il fronça les sourcils.

— Ça n'a pas l'air si terrible, si ?

— Oui et non. Tu ne m'as pas dit ce que tu as fait ?

— Incitation.

Je fus surpris et haussai les sourcils. Il poussa un soupir tremblant.

— Ce n'est pas moi, Jory. J'avais juste besoin de manger et… je suis allé à cette fête où ce type m'avait dit d'aller et j'étais juste censé passer du temps là-bas, boire un verre et parler et… et je me suis enivré si vite que j'ai dû m'évanouir et…

Ses yeux se froncèrent comme s'il avait mal quelque part.

— Je veux juste rentrer chez moi.

— Et d'où viens-tu ?

— Caroline du Nord.

Je hochai la tête.

— Est-ce que tu vas bien ?

Il me dévisagea.

— Hé, beau gosse !

Nous nous tournâmes tous les deux vers le fond de la cellule où se trouvait le type qui l'avait appelé. Il y avait cinq hommes rassemblés autour de lui, prêts à former une barricade ou un mur. Quoi qu'il en soit, il serait dangereux pour ne pas dire complètement stupide, d'y aller.

— Ramène ton cul ici, gamin, menaça-t-il Carrington. Maintenant.

Il y eut des huées et des sifflements avant que fusent les commentaires obscènes et crus. Apparemment, son plan était d'avoir Carrington à genoux pour le reste de la nuit.

Le garçon mit sa tête en arrière, la laissant se cogner contre le mur derrière lui.

— C'est bon, lui dis-je, tu n'iras pas.

Il fit rouler sa tête sur le mur pour me regarder.

— Tu vas m'aider ?

— Oui, dis-je en lui souriant, me tournant pour regarder le type dans le fond. Hé, connard !

Il me fusilla du regard.

— Tu connais Rego James ?

Ses yeux s'écarquillèrent et ses acolytes se turent, ne menaçant plus Carrington, leurs regards braqués sur moi.

— Parce qu'il n'aimera pas que tu touches à son garçon.

J'entendis de nombreux murmures, des débats que je ne pus vraiment comprendre.

Finalement, la question fut posée.

— Il racole pour James ?

— Exact, dis-je d'un ton neutre. Alors tu ferais mieux de remettre ta queue dans ton pantalon, sauf si tu veux l'avoir en travers de la gorge.

Personne ne prononça un autre mot.

— Jory dit Carrington en se penchant vers moi, ses lèvres contre mon oreille. Qui est ce Rego machin-chose ?

— Ne t'inquiète pas pour ça. Est-ce que tu as un plan pour rentrer chez toi ?

— On s'en fiche de ça ; est-ce que tu racoles pour ce gars, James ?

— Non.

Je secouai la tête.

— Dis-moi ton plan, dépêche-toi.

— D'accord, ma mère m'a envoyé un billet d'avion. Je dois juste aller à l'aéroport.

— Tu n'as pas besoin de récupérer tes affaires avant ?

— Ce sont juste des vêtements qui s'en préoccupe ? Je veux seulement ficher le camp d'ici.

— Bien sûr, ne t'inquiète pas. Nous allons sortir.

— Comment ?

— Tu verras.

Je pris une profonde inspiration avant de me tourner vers la porte de la cellule où un policier en uniforme était soudainement apparu.

— Tout est dans le nom que tu lâches et de celui qui écoute.

— De quoi est-ce que tu parles ?

*Personne à part moi ne regarde donc la télévision ?*

— Jory ?

281

L'officier se tenait silencieusement à l'extérieur de la cellule verrouillée et m'observait. J'inclinai la tête vers lui en guise de salutation.

— Viens là, dit-il en courbant le doigt.

Je m'avançai rapidement jusqu'aux barreaux qui séparaient les prisonniers des policiers. Quand je fus assez près, il m'attrapa et me tira jusqu'à lui. Nos visages n'étaient qu'à quelques centimètres l'un de l'autre, et il scrutait mes yeux.

— Ce gamin travaille pour Rego James ? me demanda-t-il d'une voix basse que je fus le seul à entendre.

— Tous les deux, dis-je rapidement, remettant une couche. J'étais supposé veiller sur lui, tu vois, mais nous avons été arrêtés. Appellerez-vous Rego ?

Il hocha la tête, me jetant un coup d'œil de la tête au pied.

— Quel est ton nom ?

— Jory.

— D'accord, dit-il en me repoussant brutalement en arrière.

Je retournai m'asseoir à côté de Carrington.

— Jory, c'était quoi tout ça ?

— Rien. Suis juste le mouvement, d'accord ? Ne me perds pas de vue, ne serait-ce qu'une seconde, d'accord ?

Il inspira et hocha la tête.

— Sérieusement, si un jour tu viens à Waynesville en Caroline du Nord – c'est de là que je viens et où j'habite – mes parents te laisseront emménager, je te le promets.

— Nous ne sommes pas encore sortis, lui rappelai-je.

Et je sentis sa main sur mon genou.

— J'ai foi en toi.

Il était l'un des nôtres.

Cela ne prit pas longtemps. L'officier revint et nous appela quinze minutes plus tard. Nous ne sortîmes pas par le chemin que nous avions emprunté pour entrer. On me rendit ma montre, mon téléphone, et mon portefeuille avant que Carrington et moi soyons conduits hors de la cellule de détention, à travers un dédale de couloirs. Nous avions tous deux la tête baissée afin que personne ne puisse nous identifier et nous marchâmes silencieusement derrière l'officier, dépassant des bureaux vides avant de descendre des escaliers. Carrington resta collé à moi lorsque nous passâmes devant d'autres bureaux où les gens nous ignorèrent, jusqu'à ce qu'il ouvre une dernière porte. Nous nous retrouvâmes dehors dans une ruelle vide en compagnie de l'agent, instantanément baignés par la lueur jaune des phares d'une voiture qui avançait vers nous. Lorsqu'elle s'arrêta à côté de nous, nous vîmes tous les deux qu'il s'agissait d'une limousine noire. La fenêtre côté conducteur se baissa et une main tenant une enveloppe apparut. L'officier la prit, se retourna et s'en alla, disparaissant dans le bâtiment d'où nous étions sortis. Lorsque la fenêtre remonta avec un bruit électronique, la porte s'ouvrit en même temps. Un homme imposant sortit et ouvrit la porte arrière pour nous. Il attendit que nous montions, gardant le silence dans la ruelle sombre et froide.

Je montai dans la voiture et Carrington me suivit. La porte se referma derrière nous alors que mon regard se posait sur Rego James, assis sur la banquette en cuir noir. Il était adossé en face d'un homme plus âgé assis à côté d'un homme plus jeune. Deux jeunes garçons, tous deux avec de longs cheveux noirs et des yeux bleus, flanquaient Rego de part et d'autre. Carrington et moi nous installâmes près de la porte tandis que le chauffeur s'engageait dans la circulation.

— Tu as utilisé mon nom, dit-il lentement de sa voix basse et grave. Si je ne me montre pas, je perds la face, alors je suis là.

Je hochai la tête.

— Merci d'être venu.

Il plissa les yeux vers Carrington.

— Tu n'es pas à moi. Qui es-tu ?

— Il n'est personne, dis-je rapidement. J'ai juste besoin de le déposer à l'aéroport.

Rego hocha la tête, et demanda à son chauffeur d'aller à l'aéroport.

— As-tu oublié la fête ? demanda l'homme assis en face de Rego.

— Non, dit-il en m'examinant. Viens ici, je veux te regarder.

Je me mis à genoux et traversai l'espace jusqu'à lui.

— On dirait que tu as été battu.

— C'est arrivé il y a plusieurs jours.

Il hocha la tête et saisit le devant de mon pull, me faisant avancer entre ses jambes jusqu'à ce que je sois pratiquement contre sa poitrine.

— J'apprécie vraiment ce que vous avez fait. Cet agent du FBI était une véritable plaie.

Il plissa les yeux.

— Quoi ?

Je lui expliquai donc pourquoi j'étais en prison pour obstruction et comment l'Agent Spécial Calhoun m'avait jeté là.

— Dieu seul sait combien de temps il allait rester en colère après moi. Il risque de péter un plomb quand il viendra me chercher et découvrira que je suis parti.

— Agent Spécial ?

Je hochai la tête.

— FBI, Jory ?

Je hochai à nouveau la tête.

Il me frappa avant même que je comprenne son intention. Le réfrigérateur arrêta mon élan en arrière. Au moins, je ne m'étais pas cogné la tête.

Nous fûmes déposés devant l'aéroport de O'Hare, Carrington sortant indemne, moi étant éjecté de la voiture, en sang, vingt minutes plus tard. Il s'assit à côté de moi sur le trottoir et utilisa la manche de sa chemise pour me pincer le nez, car il saignait.

— Tu es incroyable.

Je fermai les yeux une minute pour m'empêcher de pleurer. Je ne me sentais pas incroyable.

— Ta lèvre est fendue Jory et je pense que tu vas avoir un œil au beurre noir. Il t'a frappé vraiment fort.

C'était tout à fait l'effet que ça m'avait fait. J'étais surpris de n'avoir pas été mis KO. J'avais vu des étoiles.

— Et maintenant ?

— Maintenant, dis-je en prenant une profonde inspiration et en lui tendant mon téléphone. Tu appelles ta mère.

Il le prit et me regarda.

— Qu'est-ce que je lui dis ?

— Dis-lui que tu rentres à la maison.

Je regardai l'autre côté du parking depuis ma position assise sur le trottoir et je fus surpris lorsqu'il m'enlaça soudain.

— Tu es le meilleur ami que j'ai jamais eu et je ne te connais que depuis une heure.

— Promets-moi que tu ne reviendras jamais ici, lui dis-je lorsqu'il me libéra.

— Je te le promets, murmura-t-il, et il se mit à trembler lorsque les larmes vinrent.

Ensemble, nous nous levâmes et entrâmes dans le terminal.

J'allai acheter un billet pour Dallas, et Carrington prit le sien pour Raleigh, et quand nous eûmes terminé, nous nous retrouvâmes devant le magasin de golf. J'achetai un pull à capuche parce que je me gelai, et il prit un polo et un pull à capuche lui aussi. Nous allâmes nous laver le visage et nous nettoyer autant que possible pour ne pas effrayer les gens, puis nous allâmes dîner et il me posa un million de questions à la fois. Lorsque je le regardai monter dans l'avion deux heures plus tard, le vis se retourner et m'adresser un signe de la main, je ressentis un sentiment d'accomplissement qui me submergea. Il était en sécurité grâce à moi. Et une coche de plus à ajouter dans la colonne de mes bonnes actions de la journée.

Alors que j'étais assis dans la salle d'embarquement en attente de mon vol, mon téléphone sonna.

— Allô ?

— Je vais te tuer, Jory.

— Vous allez devoir faire la queue pour ça, dis-je à Rego avant de raccrocher.

Il me rappela quelques secondes plus tard.

— Le FBI, Jory ?

— Niez juste que vous m'avez vu. Ils n'ont aucune preuve que c'était vous, et cet officier a été prudent. Il nous a dit de baisser nos têtes lorsque nous passions sous les caméras de sécurité.

J'entendis un profond soupir.

— Je suis désolé de t'avoir frappé. Je vais faire demi-tour et me garer devant le terminal, sors et retrouve-moi là.

— Vous avez beaucoup d'invités dans votre voiture, je ne veux pas vous interrompre.

— J'ai déposé tout le monde, il n'y aura que nous deux.

— Malheureusement, j'ai un avion à prendre.

— Quoi ?

— Je m'en vais, soupirai-je. Quand je reviendrai, je vous appellerai. J'ai vraiment apprécié que vous me fassiez sortir de prison. Lorsque Sam viendra vous voir, vous…

— Sam ? Qui est Sam ?

Je soupirai profondément.

— L'inspecteur Sam Kage. Il travaille sur l'affaire dans laquelle je suis impliqué. Lorsqu'il vous appellera, dites…

— Merde, Sam Kage ? souffla-t-il. Est-ce que tu te moques de moi ?

— Non.

— Dans quoi es-tu impliqué, Jory ?

— Une sorte d'affaire de protection de té…

— Oublie mon numéro, m'ordonna-t-il, et il raccrocha.

Apparemment, j'étais tombé sur la seule chose qui faisait peur à Rego James… le FBI, et un peu de Sam Kage jeté dans la mêlée pour faire bonne mesure. Cela aurait été amusant si je ne me sentais pas aussi misérable. Le simple fait de voir les appels de Sam défiler les uns après les autres sur mon téléphone était douloureux. Je voulais répondre et lui parler, mais je savais aussi que si je le faisais, j'étais cuit. Mon appel ne pouvait pas être tracé parce que je ne pouvais pas me permettre d'être retrouvé. J'avais besoin de laver le nom de Caleb et je devais aller à Dallas pour le faire. La clé pour sauver Caleb était de tout découvrir au sujet de sa mère. Je ne m'arrêterai pas tant que cela ne serait pas accompli.

Une heure plus tard, alors que j'étais assis dans l'avion à écouter les agents de bord souhaiter aux passagers la bienvenue à bord du vol 233 sans escale à destination de Dallas-Fort Worth, je m'enfonçai dans mon fauteuil et essayai de planifier mon prochain mouvement. Mon idée était bonne. Puisque Susan Reid était à Chicago, j'irais à Fort Worth pour voir ce qu'il y avait à trouver chez elle. Ils avaient perquisitionné l'appartement de Caleb, mais pas la maison de Susan. J'allais sauver mon ami. Ce n'était pas parce qu'il aimait sa mère qu'il devait payer pour ses crimes.

L'AÉROPORT DE Dallas était immense, mais venant de Chicago, je n'avais aucun problème avec ça. Dans le taxi, je discutai avec le chauffeur et lui demandai où je pouvais aller pour m'acheter quelques vêtements. Il me conduisit à la Galleria, où j'achetai deux jeans et des chaussettes, des tee-shirts, tout ce qui était essentiel, ainsi qu'une veste en jean doublée de polaire. Je ne voulais pas me faire remarquer. J'attrapai un bonnet, une paire de gants, et fourrai toutes mes vieilles affaires dans un sac de sport. Lorsque je sortis pour attendre un autre taxi, je réalisai qu'il faisait déjà nuit. J'étais trop plein d'énergie pour dormir dans l'avion, et maintenant, alors que j'étais vraiment fatigué, je n'avais aucun endroit pour dormir. La bonne nouvelle était que des mille dollars que j'avais retiré entre mon American Express et ma carte Visa, il m'en restait encore presque cinq cent cinquante.

Mon second chauffeur de taxi me fut d'une aide encore plus précieuse que le premier et savait exactement où se trouvait le cyber café le plus proche. J'envoyai un message à Dane pour lui dire que j'allais bien. Son compte étant connecté à son téléphone portable, je savais qu'il recevrait rapidement le message et pourrait le relayer à Sam. Je ne courais aucun danger puisque les deux personnes responsables de tous les meurtres se trouvaient à des milliers de kilomètres de moi. Je ne m'inquiétai pas pour Sam ou Dane, cependant, parce qu'ils avaient plein de gens, ainsi que l'un l'autre, pour s'occuper d'eux et veiller sur eux. J'avais juste besoin d'un motel pour pouvoir dormir.

Le chauffeur me conduisit dans un *bed & breakfast* vraiment charmant qui avait des rideaux aux fenêtres, des baignoires dans toutes les chambres, et des lits en laiton. J'étais dans la chambre Magnolia, et en plus des cadres sur les murs, le savon, le shampoing et les lotions étaient assortis au thème. C'était très pittoresque, tout comme le vieux téléphone de style princesse et le lavabo en forme de fleur dans la salle de bains. Je me mis au lit après une bonne douche chaude, ne prenant même pas le temps de me glisser sous les couvertures. J'étais trop fatigué pour même rêver.

# XII

MES PROJETS matinaux étaient doubles. D'abord, je devais appeler Sam, et ensuite, je devais aller chez Susan Reid pour jeter un coup d'œil à sa maison. Voir si je pouvais trouver quelque chose pour l'incriminer. Être certain de quelque chose du fond de votre cœur et pouvoir le prouver était deux choses très différentes. Alors que je marchais dans la rue, après avoir pris mon petit-déjeuner, j'appelai Sam.

— Jory.

— Salut, dis-je avec le sourire. Comment vas-tu ?

Long silence.

— Sam ?

— Jory... Pour l'amour du ciel, Jory ! Où diable es-tu ?

— Je vais bien.

— Ce n'est pas ce que je t'ai demandé, bordel ! *Où* diable es-tu ?

Jusque là, j'avais pensé avoir entendu chaque intonation de la voix de Sam Kage. Mais la fureur froide avait manqué à mon répertoire sans que je le sache. Je ne l'avais absolument jamais entendu aussi furieux.

— Je suis désolé, dis-je rapidement. Je le suis vraiment.

— Tu ne sais vraiment pas à quel point tu vas être désolé.

— Qu'est-ce que ça veut dire ?

— Ça veut dire que quand je vais mettre la main sur toi...

— Tu ne vas pas me quitter, n'est-ce pas ? Tu n'es pas en colère au point de déménager ou quelque chose comme ça ?

— Je n'ai même pas encore emménagé !

Il était incrédule.

Je ris parce que c'était absurdement drôle.

— Jory !

— Quoi ? demandai-je en rigolant, m'essuyant les yeux.

Il était trop drôle.

— Dis-moi où...

— J'étais juste inquiet... j'espérais que tu ne serais pas en colère au point de me quitter.

— Est-ce que tu te fous de moi ? Bordel de merde, Jory ! Il ne restera rien à quitter ! Je vais te battre jusqu'à...

Je soupirai profondément.

— La raclée me va, tant que tu restes avec moi.

Il y eut un bruit, et puis une voix encore plus glaciale.

— Où… précisément… te trouves-tu ?

— Salut, dis-je. Est-ce que Carmen va bien ?

— Oui, Jory, Carmen va bien, répondit Dane, détachant chaque mot, utilisant le ton cassant que je détestais plus que tout. Où es-tu ?

— Je vais bien maintenant, même si l'ecchymose à l'endroit où il m'a frappé…

— Frappé ? Qui t'a frappé ?

J'entendis des bruits étouffés, et puis :

— Qui t'a frappé ?

— Rego James, répondis-je à l'amour de ma vie. Mais je vais bien. C'est juste moche à voir.

Et ça l'était. Quand j'avais vu mon reflet dans le miroir à la lumière du matin, j'avais l'air pire que je le pensais. J'avais un œil au beurre noir et ma lèvre était fendue.

— Quand étais-tu avec Rego James ?

— Dans la voiture.

— Dans quelle voiture ?

— Sa limousine.

— La limousine de Rego, clarifia-t-il.

— Oui.

— Quand ?

— La nuit dernière.

Je l'entendis grogner.

— Et il t'a frappé ?

— Oui, je l'avais en quelque sorte mérité. Je l'ai un peu fait paniquer.

— Jory ! explosa-t-il, excédé à l'extrême.

— Désolé, soupirai-je. Je le suis vraiment… je sais que je te rends fou.

Il se racla la gorge.

— D'accord… Dis-moi maintenant où tu es.

— À Dallas.

Il toussa.

— Sam ?

— Est-ce que tu te fous de moi ?

— Quoi ?

— Tu as quitté l'état ?

— Oui, je dois sauver Caleb.

— Mon Dieu, gémit-il.

— Sam, il est innocent, je sais qu'il l'est.

— Et alors, tu vas faire quoi ? Trouver quelque chose que personne d'autre ne pourra, et l'innocenter ?

— Exact, dis-je avec assurance.

— Jory, il y a...

— Jory !

Dane avait repris le téléphone. C'était amusant.

— Est-ce qu'Aja va bien ? demandai-je à mon frère.

— Quoi ?

— Est-ce qu'Aja...

— Aja va bien. Elle est avec ses parents, des officiers de police, et elle a son propre garde du corps, qui pourrait tuer la plupart des gens avec son petit doigt, alors, ne t'en fais pas pour elle. Là tout de suite, nous avons besoin de toi, et très rapidement, tu vas bientôt recevoir la visite de la police de Dallas, et ils vont t'emmener à l'abri et te protéger pour nous jusqu'à notre arrivée.

— Ouais ?

— Oui, me corrigea-t-il. Alors, je te suggère de t'asseoir bien tranquillement et de les attendre.

Il racontait tellement de conneries.

— Écoute. Je veux vraiment aller voir la maison de Susan et Daniel. J'ai une théorie.

— Oh, je suis sûr que tu en as une.

— Écoute, Dane, je...

Le bruit me coupa, quelque chose bougeant près du téléphone.

— Jory, tu dois m'écouter.

Sam, à nouveau.

— Je veux juste que tu...

— Je ne peux pas m'arrêter maintenant, Sam.

— Tu vas juste continuer à faire ce qui te chante parce que tu crois que c'est juste, n'est-ce pas ?

— Oui, lui dis-je honnêtement. Je dois sauver Caleb.

— Jory...

— Il est innocent, Sam. J'en suis sûr.

— Tu sais que dalle. Tu espères juste qu'il...

Je grognai, lui coupant la parole.

— L'Agent Calhoun veut te parler.

— Est-ce qu'il va me remettre en prison ?

— Non, Jory, dans quel but ? Tu t'arrangerais juste pour en sortir.

Je ris et il me grogna dessus.

— Jory, dit Sam, sa voix profonde résonnant sur la ligne. Dis-moi où tu es.

— Je te rappellerai plus tard. Je voulais juste que tu saches que j'allais bien.

289

— Raccrocher serait une erreur.

Je raccrochai et montai à l'arrière du taxi qui venait de s'arrêter pour moi.

Le trajet fut long et ennuyeux et lorsque j'arrivai finalement à la maison, j'étais nerveux et proche de devenir claustrophobe. Je me sentais un peu comme après un long voyage en avion ; si je ne me dégourdissais pas les jambes, j'allais juste perdre la tête et me mettre à crier.

Debout près de la boîte aux lettres qui bordait la route, je vis combien le jardin devant la maison était luxuriant et entretenu. Il y avait des panneaux solaires sur le toit, trois goldens retrievers jouant dans l'herbe, et deux SUV hybrides garés dans l'allée. La façade de la maison était un mur de fenêtres et je vis quelqu'un se déplacer à l'intérieur. Les aboiements retentissants des chiens firent sortir Gwen, la sœur de Caleb, par la porte latérale.

— Jory, m'appela-t-elle en me saluant d'un signe de la main.

Je lui rendis son geste alors que les chiens continuaient à m'aboyer dessus.

— Taisez-vous ! leur cria-t-elle, ce qui – avec surprise – fonctionna du premier coup.

Je la regardai avec attention, incertain de ce que je devais faire.

— Viens, me dit-elle en m'engageant à approcher. Dépêche-toi, il fait un froid de canard dehors.

Ce n'était pas du tout l'accueil auquel je m'attendais.

— Salut, lui dis-je en agitant la main.

— Que fais-tu ici ? demanda-t-elle en descendant les quelques marches.

— J'étais en ville pour affaires et je me suis dit que j'allais passer vous voir.

Elle laissa la porte-écran se refermer en claquant et se précipita pour m'étreindre.

— Je suis si contente de te voir.

— Moi aussi, soupirai-je en la serrant contre moi.

— Oh mon Dieu, s'exclama-t-elle en faisant un bond en arrière et en étudiant mon visage. Tu ne croiras jamais ça, mais mes parents sont à Chicago en ce moment.

Je plissai les yeux. Est-ce qu'elle se moquait de moi ?

— Je sais… c'est drôle, non ?

Elle écarquilla les yeux avant de se retourner et se diriger vers la maison. Et son frère ?

— Gwen ?

Elle se tourna pour me regarder alors que je laissai la porte-écran se refermer, puis celle de la cuisine après ça.

— Ouais ?

— Chérie, et Caleb ?

— Oh, il va bien. Pourquoi ?

J'étudiai son visage.

— Quoi ? Vas-tu aussi aller le voir pendant que tu es là ?

Je n'étais pas certain de savoir si elle jouait avec moi ou non.

— Jory ?

— Que font tes parents à Chicago ?

— Maman m'a dit qu'elle allait voir Dane à propos de quelque chose.

Elle grimaça.

— Quoi ?

Elle secoua la tête.

— Gwen ?

Elle poussa un petit soupir.

— Les affaires ne vont pas bien, J. Si Papa veut continuer à aider les gens à passer à l'énergie verte, il va devoir obtenir un prêt de Dane, chercher d'autres investisseurs, ou trouver un partenaire. Il n'aime pas l'idée des investisseurs ou d'un partenaire, alors je pense qu'il va demander un prêt à Dane.

Je hochai la tête.

— C'est pour ça qu'ils sont là-bas ? À Chicago, pour demander de l'argent à Dane ?

Maman m'a dit qu'ils y allaient pour voir Dane et je ne suis pas stupide. Je vois bien ce qui se passe, tu sais ?

Je ne pensais pas qu'elle était stupide, mais elle était complètement à côté de la plaque sur ce coup-là.

— Dans ce cas, puis-je te demander une faveur ?

— Bien sûr, dit-elle en bâillant. Veux-tu un moka ? Je m'en fais un moi-même. Casey m'a acheté une machine à cappuccino pour mon anniversaire le mois dernier.

— Casey ?

— Mon petit ami, Casey, dit-elle en riant. Je parle de lui tout le temps.

— Le parangon de vertu, Casey, dis-je en souriant. Je me souviens.

Elle me donna une petite tape sur le bras.

— Jory, ce n'est pas parce que tu es du genre à coucher tout le temps tout de suite que tout le monde l'est.

Gwen Reid et Casey Mills se fréquentaient depuis cinq ans et ils n'avaient, à ce jour, jamais eu de rapports sexuels. Toute cette histoire d'abstinence avant le mariage me laissait bouche bée, mais je respectais leur choix.

— Alors ?

Je secouai la tête.

— Non, merci pour le moka, mais penses-tu que tu pourrais m'aider à trouver tous les papiers que ta mère possède sur l'adoption de Dane ?

Elle plissa les yeux.

291

— Chéri, tout ça est dans le coffre, j'en suis sûre, mais… pourquoi veux-tu les voir ?

— Je veux vraiment retrouver l'agence qui s'est occupée de l'adoption, parce que je pense que les Harcourt ont peut-être eu un autre enfant et je veux le vérifier.

Ses yeux s'écarquillèrent comme des soucoupes.

— Tu penses que les Harcourt ont adopté Dane et quelqu'un d'autre ?

C'était juste un énorme mensonge.

— Oui. Je pense que Dane a peut-être un autre frère quelque part, mais je ne peux pas commencer à creuser sans connaître l'agence qui s'est occupée de tout.

— D'accord, dit-elle en hochant la tête. Allons voir ce que nous pouvons trouver.

Elle m'emmena dans l'antre de son père puis me dirigea jusqu'au coffre-fort dans le plancher, derrière son bureau. Gwen connaissait la combinaison et une fois qu'il fut ouvert, nous trouvâmes l'acte de propriété de la maison, des factures pour diverses fournitures et marchandises, des extraits de naissance, des négatifs de photos, cinq mille dollars en espèces, des passeports et un jeu de clés supplémentaires.

— Désolée, J, soupira-t-elle. Je pensais que tout aurait été là.

— Pouvons-nous vérifier dans sa chambre ?

— Bien sûr, dit-elle en bâillant et en refermant le coffre. Viens.

Nous montâmes l'escalier jusqu'au premier étage et Gwen m'expliqua que la chambre de droite était celle de son père. Je la regardai.

— Oui, je sais. Mais mes parents ont toujours eu des chambres séparées. Mon père ronfle comme un loir et ma mère fait de drôles de raclements de gorge durant la nuit. C'est gras et dégoûtant.

Je lui souris et nous dépassâmes cette chambre pour nous rendre dans la suivante.

La chambre de Susan était reliée à celle de son mari par une porte, exactement comme dans un hôtel, sauf qu'il n'y avait pas de verrou de chaque côté. Ce qui était assez logique ? Pourquoi y aurait-il eu un verrou ?

— Mignonne, non ?

Grande était l'adjectif que j'aurais choisi. La chambre de Susan Reid était entièrement parquetée et un immense lit à baldaquin, en acajou semblait-il, trônait dans la pièce. C'était très sombre et un peu effrayant. Le mur entier du côté de la tête de lit était composé de tiroirs.

— Veux-tu que je t'aide à chercher les papiers ?

— Ce serait super.

Gwen passa soigneusement en revue les tiroirs avec moi, mais me laissa seul au bout d'une demi-heure pour aller se chercher une autre tasse de café. Elle promit de rapporter une bouteille d'eau. Dès qu'elle passa la porte, j'allai immédiatement vérifier entre le matelas et le cadre de lit. Il n'y avait rien à cet endroit, mais cela me donna une autre idée, et je vérifiai sous chaque tiroir de la chambre.

Il n'y avait rien nulle part, et lorsque Gwen revint, elle me suggéra de simplement appeler sa mère pour lui demander le nom de l'agence. Elle se sentait stupide de ne pas y avoir pensé plus tôt, mais elle s'était laissé embarquer à jouer les détectives à la recherche d'indices avec moi.

Je lui expliquai que le dire à Susan serait une mauvaise idée parce qu'alors elle risquait de le révéler à Dane, et cela créerait le chaos. Je ne voulais pas l'alerter inutilement au cas où j'aurais tort.

— Oh, dit-elle en me souriant. Intelligent.

— Où pourrions-nous encore regarder ?

— Dans son bureau ?

— Parfait ! Où est-il ?

— Au centre-ville. Pourquoi ne viendrais-tu pas avec moi ? J'ai cours dans une heure et après ça nous pourrions aller déjeuner avec Casey et quelques-uns de mes amis. Qu'est-ce que tu en dis ?

— Ça m'a l'air bien.

— D'accord, laisse-moi prendre mon sac.

Nous quittâmes la zone rurale de Mesquite et elle me ramena au centre-ville. Apparemment, Susan avait pris un emploi pour gagner un peu d'argent supplémentaire, pour aider l'entreprise à se remettre sur les rails. Elle travaillait dans un cabinet médical en tant que transcripteur et faisait de la gestion de clientèle. Les autres infirmières furent heureuses de voir Gwen et me furent présentées. Lorsque Gwen partit, avec ordre de la retrouver en dehors du campus dans un très bon restaurant qui servait une excellente cuisine mexicaine, j'acceptai rapidement. On me laissa seul dans le bureau de Susan avec la consigne de ne toucher à rien. Son amie Nancy m'adressa un regard sérieux par-dessus ses lunettes, mais je lui souris et elle perdit son air sévère avant d'esquisser un sourire à son tour.

Seul dans le bureau, je le saccageai soigneusement, regardant sous chaque tiroir, vérifiant minutieusement chaque dossier sur son bureau. J'étais sûr que le classeur métallique derrière moi ne contenait que des fiches des médecins relatives aux patients, mais je devais vérifier quand même. Lorsque je revins à la porte, Nancy me confirma que j'avais raison – les grands tiroirs métalliques étaient pleins de renseignements concernant des patients et que je ne trouverais rien là-dedans.

293

— Que recherchez-vous de toute façon ? demanda-t-elle avec irritation. Je ne suis pas sûre de vouloir vous laisser seul dans son bureau sans sa permission. Plus j'y pense, plus je trouve tout cela bizarre.

— Je cherche seulement des papiers qui se rapportent à mon frère. Elle m'a dit de venir les chercher lorsque je serais en ville parce qu'elle m'aide à retrouver la trace de l'agence d'adoption.

— Oh, dit-elle en hochant la tête, allant vers un bureau pour en ouvrir le tiroir. Dans ce cas, vous avez probablement besoin de la clé du coffre. Elle m'a prévenue que quelqu'un devait passer pour la prendre, mais elle devait certainement parler de vous.

— Quoi ?

— Rien. Elle est si préoccupée ces derniers temps... je suis inquiète pour elle.

— Cela a probablement rapport avec les affaires de Daniel.

Elle me regarda par-dessus son épaule avant de se retourner.

— Oh, vous savez à propos de ça ?

— Oui, m'dame.

Elle posa une main sur mon bras.

— C'est triste, n'est-ce pas ? Qu'ils aient à prendre une deuxième hypothèque sur la maison juste pour s'en sortir.

— Son fils va l'aider.

— Chéri, Caleb est sans emploi depuis des mois et Jeremy...

— D'accord... mais Caleb...

— Finira probablement par retourner vivre chez ses parents. J'ai dit à Susan que s'il ne trouvait pas d'emploi pour lui payer un loyer, elle ne devait pas le laisser faire.

Caleb n'avait pas de travail avant d'être enlevé. Il ne m'avait pas dit ça.

— Vous alliez dire quelque chose à propos de Jeremy avant que je vous interrompe.

— Eh bien, oui – Jeremy est l'aîné, si je ne me trompe ? Il devrait être celui qui endosse cette responsabilité.

— Et ce n'est pas le cas ?

Elle grimaça.

— Ce n'est pas comme s'il n'essayait pas, c'est juste... Il a raté une promotion qu'il visait, et il a rompu avec Taylor... ce n'est tout simplement pas le bon moment.

— Taylor ?

— Sa petite amie.

— Oh.

— Alors aucun de ses deux fils n'est en mesure de...

— Je voulais parler de Dane lorsque j'ai dit que son fils allait l'aider. Il le peut et il le fera.

Son visage s'éclaira.

— Il le fera ?

— Oh, oui, M'dame.

Elle me donna un jeu de cinq clés et me serra l'épaule.

— Vous lui parlerez, n'est-ce pas ?

— Bien sûr.

— C'est très bien. Susan m'a dit que votre frère avait énormément d'affection pour vous. Je suis sûre que si vous le lui demandez, cela les aidera beaucoup.

Je hochai la tête.

— Et maintenant en particulier, dit-elle en fronçant les sourcils et en secouant la tête. Ils ont besoin d'aide.

Je plissai les yeux.

— Voulez-vous dire avec l'entreprise ?

Elle étudia mon visage.

— Non, mais si l'entreprise allait mieux, alors peut-être qu'eux aussi.

Le mariage de Daniel et de Susan battait de l'aile ? Tous les petits secrets que je découvrais, ma foi.

— Maintenant, mon cher, je ne sais pas du tout à quoi servent ces clés, me dit-elle. Mais elles ne concernent pas les archives de nos patients.

Elle en désigna une plate.

— Je pense que c'est celle du coffre. Elle est cliente de la First United Credit Union, à un pâté de maisons d'ici. Mais vous devriez l'appeler et lui demander, et si elle appelle ici, je lui dirai que je vous ai donné les clés.

Je pouvais difficilement lui demander de ne pas le faire. À quel point cela aurait-il semblé suspect ? Donc, je hochai la tête, la remerciai et m'en allai. J'espérais juste que Susan ne se sentirait pas obligée d'appeler son travail pour une raison quelconque. Tant qu'elle et Nancy ne se parlaient pas, tout allait bien pour moi.

L'agence Credit Union était petite et bondée lorsque j'arrivai. J'eus de la chance parce que la femme qui m'aida me prit juste la clé, entra dans la chambre forte et revint précipitamment avec la boîte. Elle me désigna les cabines privées derrière elle et me fit asseoir avant de déposer la boîte devant moi. Elle partit quelques secondes plus tard en me demandant de l'appeler lorsque j'aurai terminé.

Quand je soulevai le couvercle, je découvris beaucoup de documents identiques à ceux qui se trouvaient dans le coffre de Daniel. Des copies des extraits de naissance et quelques bons au porteur, leur certificat de mariage et cinq cents dollars en espèces. Il y avait aussi un jeu de deux clés accrochées à un porte-clés Tiffany. C'était celui qu'Aja avait offert dans ses paquets cadeaux lors de son mariage. L'une des clés avait une extrémité carrée sur laquelle était gravée la mention 'reproduction interdite'. Elle ressemblait exactement à celle que j'avais pour ouvrir la porte sécurisée de mon immeuble. L'autre était une clé de la maison. Je me demandai pourquoi elles étaient là au lieu d'être chez elle avec toutes les autres que j'avais déjà vues là-bas suspendues à des crochets dans la cuisine. Il n'y avait rien d'autre dans la boîte. J'empochai le porte-clés, refermai la boîte, et appelai la préposée.

De retour dans la rue, devant le Credit Union, je n'étais pas sûr de savoir quoi faire jusqu'à ce que je me souvienne de Gwen. Peut-être qu'elle savait à quoi servait la clé. Alors que je revenais vers le bureau, puis le dépassais en direction du campus – apparemment, Gwen faisait parfois le trajet à pied jusqu'au bureau de sa mère durant la semaine, et elles allaient déjeuner –, j'attrapai mon téléphone et appelai Dane.

— Jory, me dit-il d'un ton cassant, où – oui, c'est lui.

Il avait l'air vraiment exaspéré.

— Hé, je dois…

— Jory, où es-tu ? cria-t-il pratiquement avant de se retenir juste à temps.

— Je suis en chemin vers…

— Je vais t'étrangler ! rugit Sam au téléphone. Où es-tu bordel ? Dis-le-moi tout de suite !

— Je suis allé chez les Reid et Gwen était là, alors elle m'a laissé jeter un coup d'œil et puis nous sommes allés en ville pour vérifier le bureau de Susan.

— Tu es à son bureau ?

— J'y étais.

— Où… es… tu maintenant, bordel de merde ? finit-il en criant.

— Ne jure pas, lui rappelai-je.

Son grognement fut bruyant et empli de frustration.

— Jory.

La voix apaisante de Dane était comme du velours.

— Où que tu sois à cette seconde… arrête.

— Mais je dois trouver à quoi sert cette clé.

— Quelle clé ?

— La clé que j'ai trouvée dans le coffre de la banque.

— Tu as trouvé une clé dans le coffre de qui ? Susan ?

— Ouais.

— Et tu… oh, Jory, je… Quoi ? Bien sûr.

— Jory.

Sam fut à nouveau en ligne, sa voix basse et rocailleuse à mon oreille.

296

— Hé.

— Je dois t'avertir de quelque chose.

— Qu'est-ce donc ?

— La police de Dallas est à ta recherche. S'ils t'attrapent, ils vont t'emmener faire une évaluation psychiatrique, et c'est…

— Pourquoi ? Pourquoi penseraient-ils que je suis fou ?

— Ils ne pensent pas que tu es fou, ils pensent que tu représentes un danger pour toi-même et pour les autres.

— Tu leur as dit ça ?

Je ne pouvais même plus respirer.

— Écoute…

Je raccrochai et m'arrêtai là où j'étais, m'adossant au mur, me laissant glisser jusqu'à me retrouver accroupi.

Il avait dit à la police que j'étais fou. Toute ma vie, les gens n'avaient cessé de me le dire. Et je pouvais endurer la raillerie aussi bien que n'importe qui, mais ce n'était pas drôle, parce qu'il avait dit aux gens que lorsqu'ils m'attraperaient, je devrais être restreint, et j'avais quelques problèmes à cette seule idée. Être attaché dans un lit, à un lit… était une chose. Assis enchaîné ou assis dans une chambre capitonnée avec une camisole n'était pas mon idée du plaisir. Je pensais que c'était particulièrement effrayant parce que je m'étais toujours demandé si peut-être cela ne risquait pas de m'arriver à un certain point. Après le décès de ma grand-mère, on aurait dit qu'un nombre infini de gens disait que j'étais bizarre, étrange, fou. Que j'étais délirant, perturbé, maniaque et incompétent.

Tout le monde s'attendait toujours au pire avec moi, mais pas Sam. Je pensais que Sam s'attendait au mieux. Mais maintenant, je savais que ce n'était pas vrai. Il pensait lui aussi que j'étais fou. Et cela me faisait plus mal que je l'aurais cru jusqu'à ce que le visage de Caleb me traverse l'esprit

Caleb.

Caleb avait besoin de moi.

Je me relevai et me dirigeai vers le campus pour trouver Gwen. Je traversai la cour et la vis qui m'attendait à l'endroit où elle avait dit qu'elle serait. J'avais peut-être dix minutes de retard.

— Hé, dit-elle en me souriant et en me faisant signe. Je croyais que tu m'avais laissée tomber.

— Non, répondis-je en lui rendant son sourire. J'ai juste été occupé au bureau.

Elle se leva et passa son bras sous le mien.

— As-tu trouvé ce que tu cherchais ?

— Non.

297

— Oh, je suis désolée, dit-elle, posant sa tête sur mon épaule. Peut-être que nous devrions appeler Jeremy pour voir s'il sait quelque chose.

Son frère, Jeremy, l'aîné jusqu'à ce que Dane fasse son apparition trois ans plus tôt.

— Non, je ne pense pas. Mais j'ai trouvé une clé – je pense qu'elle ouvre une porte sécurisée.

— Hum.

Elle haussa les épaules.

— Je ne sais pas. Peut-être que nous devrions juste l'appeler et lui demander.

— Mangeons d'abord, je meure de faim.

— Bien sûr, dit-elle en me tapotant le bras.

Elle n'avait pas seulement invité son petit ami Casey, mais également trois autres de ses amis. Ils avaient tous l'air sympa, ils pensaient tous que j'avais l'air de pouvoir encore aller à l'université, et ils avaient aussi tous des suggestions à faire sur ce que je devrais manger au déjeuner. Je décidai de suivre l'idée de Gwen, car c'était un plat épicé.

— Alors, Jory, dit Casey lorsque les autres commencèrent à parler. C'est un prénom cool. Je ne l'ai pas entendu souvent.

Je haussai les épaules.

— Probablement pour une bonne raison.

Il rigola.

— Auto dénigrement… sympa.

— J'essaie.

— Quand rentrez-vous à Chicago ?

— Demain probablement, lui dis-je.

— Hum. Qu'allez-vous faire après le déjeuner ?

— Rechercher un immeuble.

— Excusez moi ?

Je sortis la clé de ma poche et la lui montrai.

— Je dois trouver ce qu'elle ouvre.

Il plissa les yeux en la regardant, et me la prit des mains.

— Je peux vous dire d'où elle vient. C'est la clé d'un immeuble d'appartements sur Drake.

Il la retourna et me montra une petite gravure au dos. Vous voyez les trois lettres ADG gravées ici ?

— Oui ?

— Appartements Drake Garden. J'ai des amis qui habitent là-bas.

Mes yeux volèrent jusqu'aux siens.

— Mon gars, tu es littéralement mon sauveur. Tu viens de m'épargner une journée de recherches, au moins.

Il me sourit.

— Oh ? Je vous ai aidé ?

— Complètement.

— Vous avez dit mon gars.

— C'est parce que je suis la personne la moins cool que tu croiseras de ta vie.

— Ça, j'en doute.

— Attends, lui assurai-je. Et tu verras.

— Et voilà Ty, annonça quelqu'un.

Et à la façon dont Casey se retourna, l'inspiration qu'il prit, comment il se redressa, je compris pourquoi Gwen n'avait pas eu de relations sexuelles depuis cinq ans.

Avec son mètre quatre-vingt-huit, Tyler Kincaid s'approcha de la table et posa sa main sur l'épaule de Casey. Son sourire était éclatant, puis il regarda tout le monde.

— Que se passe-t-il ici, les mecs ?

Tout le monde parla en même temps. Il était évident que cet homme magnifique aux cheveux blonds et aux yeux bleus était le centre du groupe. Il était celui que tout le monde aimait, voulait fréquenter, ou tout simplement voulait être. Il n'y avait pas de place autour de la table pour lui, cependant.

— Ici, dit Casey en riant. Assieds-toi sur mes genoux.

Tyler haussa un sourcil et tout le monde éclata de rire, sauf moi. Ils auraient dû s'épargner beaucoup de temps, et de peine, et sortir directement du placard. Dire à tous leurs amis que 'colocataires' était un délicat euphémisme pour amants, et qu'ils couchaient probablement ensemble depuis leur première année d'université.

— Tu peux prendre ma place, dis-je en me levant. Je dois y aller de toute façon. Pas le temps de manger.

— Non, Jory, dit Gwen en se levant. Reste. Nous pouvons aller chercher une autre chaise…

— Non, ma douce, c'est bon, lui dis-je en me penchant par-dessus la table pour l'embrasser sur la joue. Je t'appellerai avant de partir, d'accord ? Peut-être que nous pourrons dîner ensemble.

— D'accord, soupira-t-elle en me regardant. Je ne t'ai pas demandé pourquoi tu étais si amoché.

— Longue histoire, grognai-je en me levant alors que Tyler se laissait tomber sur ma chaise. Je te le dirai plus tard.

— Je compte là-dessus.

Je lui tapotai la joue, mais avant que je puisse tourner les talons et m'en aller, Tyler se leva brusquement et se plaça devant moi.

— Je viens juste d'arriver et vous partez. Pourquoi ça ?

Je lui souris.

— Puis-je vous déposer quelque part ?

— Non, c'est bon, dis-je en lui souriant. Je dois aller voir un appartement.

— Vous recherchez un appartement ?

— Pas vraiment.

Il n'était pas sûr de savoir à quoi s'en tenir avec moi, et c'était visible sur son visage.

Je posai une main sur son épaule et la tapotai.

— Merci pour l'offre, mais…

Avant que je puisse retirer ma main, il la couvrit de la sienne. La pressant contre son bras. Les muscles étaient durs et tendus, et je me demandai vaguement si j'étais supposé le remarquer.

— Laissez-moi vous conduire là où vous devez aller.

— Ty, l'appela Casey, peut-être que Jory…

— Ce serait génial, dis-je rapidement, parce que ce serait plus rapide et que j'avais le sentiment qu'il me restait très peu de temps.

— Bien, dit-il en posant sa main sur ma nuque pour me mettre en route.

— Ty.

— Je te vois plus tard, Case, dit-il par-dessus son épaule. Gwennie et toi, soyez sages.

Il y eut des rires derrière nous.

Alors que nous traversions le parking réservé aux étudiants, je demandai à Tyler depuis combien de temps il couchait avec Casey.

Il se figea sur place et me dévisagea.

— Aah, allez… épargne-moi ton jeu.

— Comment l'avez-vous su ? demanda-t-il dans un souffle.

— Difficile de le rater, dis-je en lui souriant.

Il hocha lentement la tête.

— Six ans, cependant ce n'est pas une relation exclusive. Je veux dire, comment pourrait-elle l'être ? Il a une petite amie.

Nous atteignîmes sa Honda Civic et je me dirigeai vers le côté passager.

— Alors pourquoi ne le dites-vous pas à tout le monde pour enfin pouvoir être ensemble ?

Il monta dans la voiture et m'ouvrit la porte.

— Ce n'est pas aussi simple que ça en a l'air.

Et j'étais sûr de ça, mais je n'avais aucune envie d'entendre une histoire que j'avais déjà entendue mille fois. J'étais certain qu'on attendait d'eux qu'ils se marient et qu'ils aient des enfants, et que leurs parents ne leur paient

300

probablement plus l'université si leurs fils sortaient du placard et leur disaient qu'ils étaient homosexuels.

— Jory ?

— Alors qu'est-ce que Casey pense que nous faisons en ce moment ?

— Qu'on baise, j'en suis sûr.

Je hochai la tête. C'était plutôt sain.

— Alors, combien de temps restez-vous en ville ?

— Je n'en ai aucune idée. J'imagine que cela dépendra de ce que je trouverai dans l'appartement où vous m'emmenez.

— À qui appartiennent ces clés ?

— Quelqu'un que je connais.

— Et si vous trouvez un cadavre en décomposition ou quelque chose comme ça ?

En fait, ce n'était pas loin de ce que j'étais en train de penser moi-même.

— Je n'en ai aucune idée.

— C'est assez excitant, hum ?

C'était quelque chose, en effet. Seulement, je n'aurais pas su dire quoi. Je lui indiquai la rue parce que je vis le panneau.

— Est-ce que c'est ça ?

— Ouais, c'est ça.

Le panneau indiquant les Appartements de Drake Garden vantait l'air conditionné, une blanchisserie ouverte 24/24 heures, et une piscine chauffée. Quand Tyler fut garé et que nous nous retrouvâmes devant la résidence, j'utilisai la grande clé carrée pour ouvrir la porte de sécurité qui nous permit d'accéder à la cour. L'immeuble était bâti en forme de U, et tous les balcons avaient une vue sur l'endroit où nous nous trouvions.

— Alors, où ?

Je haussai les épaules. Je n'en avais certainement aucune idée.

— Nous pourrions aller de porte en porte pour essayer la clé, suggéra-t-il en me souriant.

Même après avoir passé en revue tous les scénarios cool des séries télévisées que j'avais regardées au fil des années, je savais qu'il n'y avait aucun moyen simple et rapide de trouver quelle serrure correspondait à la clé. Je n'avais pas d'autre choix que de rechercher de l'aide après du gardien.

— Tu devrais y aller, dis-je à Tyler. Cela pourrait prendre des heures.

— Oh, pas question, me répondit-il. Je suis intrigué. Je tiens à savoir ce que vous allez faire ensuite.

— Alors tu veux m'aider ?

— Tout ce dont vous avez besoin.

301

— D'accord, viens, dis-je en revenant sur nos pas afin de trouver le bureau du gardien.

Cinq minutes plus tard, je le laissai près de la barrière menant à la piscine, allai jeter un coup d'œil par la fenêtre de la loge, vis des femmes à l'intérieur, et compris ce que j'avais à faire. Je revins chercher Tyler en courant et l'envoyai seul dans le bureau, clé en main, armé de ce que je pressentais être une bonne histoire. Je lui avais dit de flirter et il m'avait demandé si j'étais défoncé. En fait, je me sentais beaucoup plus positif que je l'avais été ces derniers temps. Il revint en un rien de temps avec une expression stupéfaite sur le visage et un post-it jaune en forme d'étoile.

— Qu'est-ce qui ne va pas ? lui demandai-je. Tu as l'air bizarre.

— Je n'arrive tout simplement pas à croire que ça a fonctionné.

J'étouffai un rire.

— Bien sûr que ça a marché. Tu es mignon et tu as l'air inoffensif.

— Rappelez-moi de ne jamais perdre les clés de mon appartement.

Je lui pris le petit bout de papier.

— C'est bien ça ? Appartement 310 ?

— Ouais.

— Merci, mec.

Je lui tapotai l'épaule, tournant la tête vers la cour. Tu as été génial. Comment savait-elle à quel appartement correspondait cette clé ?

— Apparemment, les trois lettres gravées de l'autre côté correspondent à un numéro d'appartement.

— Je n'ai pas vu de lettres gravées de l'autre côté, dis-je en m'arrêtant pour inspecter la clé.

Il me montra l'endroit où j'aurais dû regarder, et je vis les lettres minuscules qui semblaient avoir été gravées. J'aurais peut-être fini par les remarquer, mais cela ne m'aurait pas aidé même si je les avais découvertes par moi-même.

— Il vous aurait été impossible de trouver l'appartement auquel se rapportaient ces lettres.

— Non, j'ai eu de la chance que tu aies été là pour m'aider, dis-je en me remettant en route.

Il me suivit de près, et je pus entendre l'étonnement dans sa voix.

— Votre histoire était bonne. Je l'ai racontée exactement comme vous me l'avez dit. Je lui ai dit que mon pote m'avait donné sa clé pour que je puisse dormir chez lui, mais qu'il avait oublié de me dire quel était le numéro de son appartement. Je lui ai dit que j'étais vraiment épuisé parce que je venais de traverser le pays dans un bus Greyhound…

— Le bus Greyhound ajoute toujours une touche sympa, lui assurai-je, commençant à monter l'escalier situé sur le flanc de l'immeuble. Je ne l'oublie jamais.

— Jory, elle a gobé mon histoire, dit-il en s'arrêtant, levant les yeux sur moi de l'endroit où il se tenait sur le palier du rez-de-chaussée. Pourquoi ça ? C'était effrayant.

Je rigolai, montant davantage de marches.

— Si tout le monde faisait toujours exactement ce qu'il doit, pense à quel point, la vie serait ennuyeuse.

— Ouais, bien sûr, mais je pourrais être le tueur à la hache pour ce qu'elle en sait.

— Tu sembles tout droit sorti du Disney Channel, lui répondis-je. Tu es l'image même de l'américain typique, propre sur lui et mignon.

Il m'arrêta en posant sa main sur mon épaule avant que je puisse m'engager dans le couloir du deuxième étage.

— Quoi ?

— Est-ce que vous seriez par hasard intéressé par un américain typique et mignon ?

— J'ai déjà un mec, dis-je rapidement, m'éloignant de lui pour vérifier les numéros sur les portes.

— Il n'aurait pas besoin de le savoir, Jory.

— Il est inspecteur de police, répondis-je distraitement, me rapprochant, regardant les numéros augmenter.

— Et alors ?

— Il sait tout, dis-je en trouvant la bonne porte, m'arrêtant devant elle, et prenant une profonde inspiration parce que j'étais sur le point de faire ma grande découverte.

— Et s'il l'apprend ? Que va-t-il faire, vous tuer ?

— Oui, dis-je, glissant la clé dans la serrure, sentant avec quelle facilité elle tourna. Et ensuite, il te tuera.

— Arrête un peu, Jory. Il ne me fera aucun mal.

Mais je ne pouvais pas me concentrer assez pour débattre avec lui. J'étais bien trop curieux de voir ce qui se cachait dans l'appartement de Susan Reid.

J'avais pensé que je trouverais quelque chose de petit. Que cela allait être une bataille difficile pour moi d'innocenter Caleb. Ce que j'obtins fut plus que je l'aurais jamais espéré ou imaginé. Parce que dans la chambre principale, où il aurait dû y avoir un lit, une commode, une table de chevet, ou une chaise, il n'y avait que des murs recouverts de photos et de coupures de presse de Dane Harcourt. Il y avait de longues bandes de papiers, peut-être soixante centimètres par un mètre cinquante, punaisées sur les murs, et sur elles, il y avait des photographies de rubans, de cartes, de talons de billets, et de divers autres objets – une serviette à cocktail, une boîte d'allumettes – tous réunis en une mosaïque horrible et magnifique à la fois. Cela avait dû demander des semaines, voire des mois, rien que pour prendre toutes les photos, et la patience de voir une tâche comme celle-là achevée était difficile à imaginer. Dire que cela avait été fait avec minutie était un euphémisme, et le petit sifflement d'admiration de Tyler résuma tout ce que je ne pouvais pas dire à ce moment-là.

Nous nous approchâmes pour mieux voir, aucun de nous ne touchant les impressions, laissant juste nos yeux se déplacer sur la surface.

— Quelqu'un a une petite obsession, hum ?

Absolument, pensai-je.

— Il y a quelque chose de bizarre à ce propos, cependant.

— Plus bizarre que tout ça accroché ici ? demanda-t-il en rigolant.

— Oui, dis-je en me penchant davantage, voulant apaiser ma curiosité. Plus bizarre que ça.

Sa main se referma sur mon épaule.

— N'y touchez pas, Jory.

Je n'arrivais pas à déterminer ce qui n'allait pas, mais peut-être que Sam le pourrait. Je rallumai mon téléphone et l'appelai.

Il ne me salua pas, il fit juste une requête.

— Dis-moi où tu es… s'il te plaît.

— Je ne peux pas faire ça. Je ne veux pas d'évaluation psy ou de camisole de force.

— Oh, pour l'amour de Dieu, Jory, tu sais que je ne ferais jamais…

— J'attends de toi, quoiqu'il arrive… de toujours avoir foi en moi.

— Jor…

— Tous les autres peuvent être surpris que je ne sois pas mort ou lever les yeux au ciel en disant 'Jory, cet idiot', mais toi… tu es celui qui est censé savoir que je suis intelligent et bon, et pas seulement un autre qui s'attend à entendre le dernier truc stupide que Jory a fait.

— Tu as raison, dit-il d'une voix rauque. Je suis désolé.

J'inspirai vivement.

— Je pense que tu es incroyable. Tu es intelligent et sexy et je deviens complètement dingue parce que je ne peux pas poser mes mains sur toi.

Il savait toujours qu'elle était la bonne chose à dire.

— D'accord.

— D'accord ? répéta-t-il.

— Oui.

Il grogna.

— Dis-moi où tu es.

— Je suis aux Appartements de Drake Garden.

— Et ?

— Appartement 310.

Profonde expiration.

— Bien. Laisse-moi appeler le poste. Ne touche à rien.

— Non, je ne le ferai pas. Tyler non plus.

— Qui diable est Tyler ?

— Un des amis de Gwen.

Rapide expiration énervée.

— Dane et moi arrivons avec une armée de gens, mais que Dieu me pardonne, si je ne te trouve pas assis par terre quand j'arrive, quand je finirai par t'attraper – tu seras plus que simplement désolé.

Ses menaces ne me firent aucun effet.

— Il y a quelque chose de bizarre, mais je n'arrive pas à mettre le doigt dessus.

— Définis 'bizarre'.

— Je ne sais pas.

— Donc, tu es déjà dans l'appartement ?

— Oui.

— Comment as-tu su lequel c'était ?

— Je suis doué.

— Seigneur, tu l'es vraiment.

Je souris.

— Tu me manques.

Un autre grognement frustré.

— Attends un peu, d'accord ? Arrête de courir… j'ai besoin de te voir.

— Juste me voir ? le taquinai-je.

— Ton frère est assis à côté de moi dans la voiture.

Je ris de son malaise manifeste.

— Désolé.

Il gémit.

— Je serai là. Dépêche-toi.

— Bébé ne touche à rien. Si tu touches à quelque chose ou détruis les preuves – alors Caleb est foutu.

— Je sais. Je vais juste faire le tour des lieux.

— Bébé…

— Dépêche-toi, dis-je en raccrochant.

— Jory ?

Je regardai Tyler.

— Je ne devrais peut-être pas être là, hum ?

305

Je hochai la tête.

— Probablement pas.

— Appelez-moi plus tard si vous avez besoin d'un endroit pour dormir, dit-il en prenant ma main et en la retournant la paume vers le haut afin d'écrire son numéro au crayon sur ma peau.

— Merci, dis-je en tapotant son épaule.

— Pour info, dit-il en marchant à reculons vers la porte. Je vous trouve carrément sexy et on ne s'ennuie pas avec vous. Si vous avez envie de me voir plus tard, appelez-moi.

J'avais un homme. Pourquoi aurais-je voulu d'un jeunot ?

— Vous m'avez entendu ?

Je lui fis un signe de la main et entamai ma visite de l'appartement.

À quoi m'attendais-je exactement ? Tellement d'images me traversaient l'esprit. Des scènes des *Experts* ou du *Silence des Agneaux,* même de *Seven.* À quoi m'attendais-je – une tête coupée ? Peut-être rien d'aussi dramatique, mais l'appartement était impeccable et je trouvais cela étrange.

Dans la plus petite chambre, il y avait le même genre de choses qui se trouvaient dans la deuxième chambre inutilisée de Sam. Des appareils de fitness, un ordinateur, et un lit poussé contre un mur. Mais si c'était l'endroit où dormaient les invités et où étaient stockés les poids des équipements de musculation, où était donc le mobilier qui aurait dû se trouver dans la chambre principale ? J'allai ensuite dans la cuisine, mais ne trouvai rien qui sortait de l'ordinaire ; même chose pour le salon. Quelqu'un comme moi vivait ici, et pourtant le mur de la chambre et le manque de meubles parlaient d'autre chose. Ils ne s'additionnaient pas.

La salle de bains était propre, mais d'après les produits dans l'armoire à pharmacie, sur le comptoir, et sous l'évier, un homme vivait ici. Je ne vis aucune touche féminine, mais il y avait quelques vêtements de femme pendus dans le placard de la chambre principale. Il n'y avait rien sous le lit de la seconde chambre, à peine un peu de nourriture dans le réfrigérateur, et très peu dans les placards. C'était une garçonnière, purement et simplement. Mais qui vivait là ?

J'utilisai la manche de mon pull pour ouvrir la porte coulissante en verre qui donnait sur le balcon. Il n'y avait rien là à part des plantes mortes et des meubles en osier.

— Ne bougez pas !

Ce n'était pas Sam.

— Les mains sur la tête !

J'obtempérai, et quelques secondes plus tard, je me retrouvais face contre terre avec les mains menottées dans le dos, subissant une fouille. Lorsque je fis rouler ma tête sur le côté, je vis les brillantes chaussures en cuir noir.

306

— Monsieur Harcourt.

Je laissai échapper un profond soupir.

— Agent Calhoun.

— Emmenez-le à la prison du comté, maintenant. Mettez-le sous les verrous.

Je n'eus pas l'occasion de dire quoi que ce soit. Je fus moitié traîné, moitié porté dans les escaliers et conduit dehors par le chemin opposé qui m'avait amené ici. Les deux officiers qui m'avaient pris en charge se plaignirent du fait qu'ils ne travaillaient pas pour le FBI, mais pour la police de Dallas. Je ne fus pas placé à l'arrière d'une voiture noir et blanc, mais à l'arrière d'un SUV. Je fus enfermé à l'intérieur et ils me dirent de me tenir tranquille. J'attendis sans bouger jusqu'à ce qu'ils s'éloignent.

J'avais l'air impuissant. Je ne suis pas un grand gars, et quand les gens me rencontrent, ils pensent à 'doux' d'abord, jusqu'à ce que j'ouvre la bouche. Ainsi, les deux policiers n'avaient aucune idée de la personne à qui ils avaient à faire. Ils ne surveillèrent donc pas le SUV, sinon il m'aurait vu passer de la banquette arrière à la place du conducteur, puis sortir par la portière du même côté. Les fenêtres étaient teintées ; je verrouillai la portière derrière moi et marchai calmement jusqu'au coin de l'immeuble où je tournai dans la rue. Un pâté de maisons plus loin, je me mis à courir. Au moins, puisqu'ils m'avaient pris mon téléphone, je n'aurais pas d'ennuis pour ne pas avoir appelé Sam.

# XIII

LA PLUPART des gens pensent que je suis stupide. Parce que j'ai moins de trente ans, je suis blond, et du genre tête dans les nuages. Alors, même s'il est vrai que j'ai la capacité d'attention d'un poisson rouge, je peux malgré tout utiliser mon cerveau pour un raisonnement complexe. Je n'allai pas dans une quincaillerie ou un magasin du même style pour me débarrasser des menottes. Je pris un taxi – menotté – et demandai à être conduit dans une boutique spécialisée dans les jouets sexuels pour adultes. Lorsque j'arrivai, je racontai à la caissière que mon petit ami avait perdu la clé des menottes que nous avions achetées la veille. Elle rit, son responsable rit, le type chargé de s'occuper des cabines de visionnage rit, mais le magasinier alla chercher le coupe-boulons pour s'occuper de la chaîne et me séparer les mains avant qu'un autre commis aux stocks, revenant de sa pause, crochète chacune des serrures. Ils furent tous impressionnés de l'aspect réaliste du jouet quand ils s'en débarrassèrent dans la corbeille derrière le comptoir. Je donnai un billet de cinquante au responsable et lui demandai d'offrir à tout le monde le déjeuner. Il m'invita à aller danser avec lui après le travail, et je déclinai aimablement avant de m'esquiver du magasin.

Je pris un taxi pour la Galleria et trouvai un téléphone public. Je composai mon numéro de téléphone.

— Jory, nom de Dieu ! Où es-tu ? demanda Sam quand il répondit à la deuxième sonnerie.

— C'est toi qui as mon téléphone ?

— Manifestement, gronda-t-il. Que s'est-il passé, merde ? Tu étais supposé m'attendre !

— Demande à l'Agent Calhoun.

— Non, je sais – il a foiré. Il a dit… merde… es-tu menotté ?

— Plus maintenant.

— Seigneur ! soupira-t-il. Bébé, tu…

— Je dois m'en aller d'ici, Sam. Si je reste, je vais finir par être blessé.

— Jor…

— Je te revois à la maison, d'accord ?

— Non, pas d'accord ! J'ai besoin de…

— Je ne vais pas prendre l'avion.

Je pensais à voix haute.

— Ils pourraient m'attendre à l'aéroport, donc je vais conduire ou prendre un bus ou...

— Non, dit-il, catégorique. Viens me retrouver à l'hôtel et je...

— Je ne veux pas que tu aies d'ennuis pour avoir recueilli un fugitif.

— Mon amour, tu n'es pas un fugitif. La seule chose que veut l'Agent Calhoun, c'est te mettre en détention pour pouvoir t'interroger.

— La façon dont il parle... il me fiche la trouille.

— Je sais, mais il...

Aaron Sutter surgit soudain dans mon esprit.

— Merde... je viens de penser à quelque chose.

— Bébé, s'il te plaît. Retrouve-moi à l'hôtel. Dane et moi sommes au Hilton de l'aéroport. Je suis dans la chambre 912. S'il te plaît, va là-bas.

— Je pense que j'ai une meilleure idée.

Aaron avait un jet privé ; il pouvait me l'envoyer, et il le ferait, j'en étais sûr, si je le lui demandais assez gentiment.

— Non, n'appelle personne d'autre. Ne te tourne vers personne d'autre que moi pour l'instant, ce serait une erreur.

Il était indéniable que l'homme me connaissait bien.

— Mais Sam, je...

— Bébé, dit-il, et sa voix était aussi douce que du miel. S'il te plaît.

Je m'autorisai à prendre une grande inspiration et, se faisant, le son de sa voix s'infiltra en moi.

— Ne pars pas sans moi. J'ai besoin de toi.

Je laissai échapper un profond soupir.

— Je vais aller chercher mes affaires et je te retrouve à l'hôtel.

— J'irai chercher tes affaires... va juste à l'hôtel. Je vais les appeler et leur dire de te donner une clé.

— Es-tu sûr que tu n'auras pas...

— Jory, va juste dans ma chambre et attends-moi. S'il te plaît, je t'en supplie.

Je ne valais plus rien lorsqu'il s'agissait de dire non à Sam Kage.

— Dis-moi dans quel hôtel tu es descendu afin que je puisse aller récupérer tes affaires.

Je le lui dis et raccrochai après qu'il m'ait arraché une autre promesse de le retrouver à son hôtel. L'homme était déterminé à me voir, et comme toujours, j'avais des papillons dans l'estomac en pensant à lui. Je me demandai vaguement si cela changerait un jour.

JE SENTAIS mauvais, je me sentais crasseux, alors je pris une douche après avoir attendu Sam dans sa chambre pendant une heure. Lorsque j'ouvris la porte de la salle de bains, un peu plus tard, entrant dans la chambre, je le trouvai debout devant la fenêtre. Il portait encore son manteau, comme s'il venait juste d'arriver.

— Salut.

Je lui souris et ne pus retenir le petit soupir qui m'échappa. Il ne répondit pas, il traversa juste la pièce et me prit dans ses bras, m'écrasant contre son grand corps dur.

Je me sentis trembler, mais j'étais impuissant à m'arrêter. C'était si bon d'être enfin en sécurité. Il était chaud et solide et ses lèvres dans mon cou me semblaient le paradis.

— Regarde-moi.

Lorsque je levai la tête, sa bouche se posa sur la mienne. C'était un baiser dévorant, rien de doux là-dedans, sa langue me goûtant me réclamant. Il me souleva de terre et me porta jusqu'au lit, où il tomba avec moi toujours enveloppé dans ses bras. Je m'attendais à être ravagé, mais, au lieu de cela, il chevaucha mes hanches et se redressa. Il enleva son manteau et son écharpe et les jeta par terre en ne me quittant pas des yeux.

— Mon Dieu, tu as l'air si bien, soupirai-je en m'imprégnant de lui… en meilleure forme, guéri, en un seul morceau. Comment te sens-tu ?

— Moi ? demanda-t-il en fronçant les sourcils. Et toi, J, tu es en piètre état.

J'essayai de me relever, pour m'éloigner, mais il me maintint facilement.

— Arrête de faire le con, tu sais que tu es magnifique. Je veux juste dire qu'on dirait que tu as traversé l'enfer et… Seigneur ! Je ne vais plus te laisser un seul instant hors de ma vue.

Ses yeux étaient si sombres, si beaux.

— D'accord.

Il grogna avant de soulever mon menton pour regarder mon cou.

— Bébé, tu es couvert de bleus. Comment as-tu…

— Mais tu m'aimes encore, n'est-ce pas ? Tu veux toujours de moi ?

— Qu'est-ce que tu racontes ?

Il me fallut une minute pour répondre.

— Je ne suis pas beau là tout de suite.

Il s'allongea près de moi, sa main touchant ma joue.

— Jory, j'adore ton apparence, vraiment… tu es magnifique, et le seul fait de te voir m'excite. Mais chéri, sincèrement… je ne m'accrocherais jamais comme ça si c'était tout ce qu'il y avait.

Je hochai la tête, ma mâchoire se contractant très fort.

— Je t'aime, Jory. J'aime ton bon cœur et ta gentillesse, et ta façon de faire ressortir le meilleur chez chaque personne que tu rencontres. J'ai besoin de toi, parce que sans toi, je suis vide et je ne vaux rien.

— Non, ce n'est pas vrai, dis-je en cherchant le contact de sa main.

Il me repoussa sur le lit et embrassa mon cou.

— Je peux sentir le battement de ton cœur, ici, sous ta peau.

Je sentis une boule se former dans ma gorge. L'avoir si près de moi déclencha une vague de chaleur qui se répandit dans tout mon corps.

— Tu m'as encore fichu une sacrée trouille.

— Je suis désolé, dis-je en le regardant dans les yeux. Je savais juste que Susan Reid était celle qui…

— Je sais, je sais, mais écoute… dit-il doucement, d'une voix profonde. Ne va nulle part sans moi à partir de maintenant. J'adorerais être ton acolyte.

Je lui souris.

— Je pense que nous savons tous les deux qui est le héros de la pièce, Sam.

— Non, je ne crois pas, dit-il en se penchant et en m'embrassant, lentement, mais profondément, prenant son temps, sa langue explorant ma bouche.

Ce n'était pas avec la fougue et l'urgence habituelles, mais je le sentis brûler en moi de la même façon.

Je gémis quand il recula.

— Tu as besoin de moi.

— Oui, acquiesçai-je sans réserve, me tortillant sous lui.

Il sourit tout à coup.

— Qu'est-ce que tu fais ?

— J'essaie de me débarrasser de la serviette.

— Je peux voir ça, dit-il, souriant doucement. Mais bébé, tu n'es pas en forme pour que je…

— Oh, si, je le suis, lui assurai-je, saisissant sa main, la faisant glisser sur mon entrejambe, juste au-dessus du tissu en éponge qui séparait nos peaux. As-tu l'impression que je ne suis pas prêt ?

— Bébé, dit-il gentiment, tu…

Mais je le repoussai, lui faisant suffisamment perdre l'équilibre pour pouvoir rouler sur le ventre et respirer.

— Et maintenant quoi ? demanda-t-il tandis que ses mains passaient sur la courbe de mes fesses.

— Sam… s'il te plaît… montre-moi que tu vas beaucoup mieux. Je ne veux plus être le plus fort de nous deux.

Il n'y eut aucun mouvement.

— Sam ?

— Tu as fait tout ça pour essayer de me protéger parce que j'étais blessé.

— Oui.

— Donc, si je vais mieux, tu arrêteras de jouer les détectives ?

*Jouer ?*

— Non, attends !

Ma voix chuta très bas.

— J'ai plutôt bien travaillé à…

— Tais-toi, grogna-t-il avant d'arracher la serviette, me laissant complètement nu sous lui. Devine ce que j'ai ramené pour toi ?

— Je suis sûr de n'en avoir aucune…

— Ne bouge pas.

Son poids s'éloigna à peine quelques secondes avant de revenir. Le bruit d'un bouchon qu'on ouvrait me fit savoir ce qu'il avait récupéré dans son sac de sport qui traînait par terre.

— Tu n'étais pas inquiet pour moi, dis-je pour le taquiner. Tu voulais juste me baiser.

Il saisit une poignée de mes cheveux et me tira brutalement la tête en arrière.

— Non, J, *tu* veux que je te baise. J'étais malade d'inquiétude à l'idée que tu étais peut-être mort ou violé ou Dieu sait quoi d'autre encore…

Je frissonnai, je ne pus m'en empêcher. Mon cerveau comprenait que nous avions une discussion sérieuse, mais mon corps enregistrait juste la domination et la force qu'il exerçait sur moi.

Il relâcha mes cheveux et j'enfonçai mon visage dans l'oreiller. Je sentis ses doigts huileux faire pression à l'intérieur de mon corps et je ne pus retenir un gémissement sourd.

— Je vais beaucoup mieux maintenant, J, alors tu vas faire exactement ce que je te dis à partir de maintenant. Est-ce que tu comprends ?

Je hochai la tête, incapable de parler, sentant ses mains glisser sur mon cul, écarter mes fesses.

— Tu as besoin de te rappeler à qui tu appartiens.

— Je sais à qui j'appartiens, gémis-je, essayant de reculer à sa rencontre.

Il embrassa ma nuque, sa bouche se déplaça sur mon épaule avant de la mordre et de s'empaler profondément en moi. Je levai la tête et il répéta son mouvement.

— Sam…

Le son était râpeux, et je sentis sa main glisser sous moi.

— Bon Dieu… tu m'as manqué… je viens juste de te retrouver…

Je perçus un essoufflement dans sa voix, qui flancha sur la fin.

Aucune parole de réconfort ne pouvait être prononcée maintenant, parce qu'il n'y avait que la luxure, l'odeur familière de sa peau, et ma réponse brûlante à son corps.

— Je déteste avoir besoin de toi.

Et je voulais lui expliquer que ce qu'il voyait comme une faiblesse était en réalité un cadeau. La plupart des gens n'avaient jamais besoin de personne.

— Jory…

Tout ce qui sortit de moi était mon souffle haletant, mes gémissements de plaisir et son nom prononcé maintes et maintes fois. C'était tout ce dont j'étais capable, mes sens noyés dans une chaleur torride, son toucher, et le son primal de sa voix. J'étais si heureux, mon corps était si tendu, ayant été si longtemps privé de lui. Il ne me restait rien de mon endurance habituelle pour tenir mon orgasme à distance.

Il prit un rythme effréné qui m'arracha des gémissements gutturaux. Rempli et caressé à la fois, je sentais la pulsation profondément en moi, s'élevant, atteignant des sommets, ma peau brûlant sous la sienne alors que je le suppliais pour avoir ce que je voulais et ce dont j'avais besoin.

Sa confession, celle où il me disait qu'il voulait se fondre en moi, toucher mon cœur, fit se précipiter mon sang dans mes veines, mes muscles se crispant tous en même temps alors qu'une vague déferlait en moi. Je ressentis les décharges de plaisir traverser Sam, son corps tremblant avec elles jusqu'à ce qu'il retienne sa respiration et qu'il crie mon nom. Durant ce bref moment empli d'une euphorie dévastatrice et éclatante… tout sembla parfait.

Il se redressa rapidement au-dessus de moi, faisant attention à ne pas m'écraser, puis j'entendis le bruit de sa fermeture éclair et le tintement de sa boucle de ceinture.

— Tu en as fini avec moi, c'est ça ? dis-je, souriant dans mon oreiller.

— Je n'en ai jamais fini avec toi, dit-il d'une voix rauque. Retourne-toi.

Et lorsque j'obtempérai, il m'enveloppa dans ses bras et me serra contre son cœur. J'embrassai sa gorge, sentis son pouls qui battait sauvagement, et remontai mes lèvres sur sa mâchoire couverte de chaume. Il glissa une jambe couverte de denim entre les miennes, nues, et passa une main caressante le long de ma hanche avant de tirer la couette au-dessus de moi. J'étais nu, il était entièrement habillé, et je sus sans avoir à le demander qu'il était heureux. Sa domination ne faisait aucun doute.

— Tu aimes ça, dit-il en riant, la voix rauque, alors qu'il me caressait le dos, laissant sa main glisser sur mes fesses, jusqu'à la jambe drapée sur sa cuisse.

Sa main sous mon genou, il me tira plus près de lui, voulant autant de contact possible, voulant me presser contre lui, que mon aine se retrouve contre la fermeture éclair de son jean.

— Tu adores quand je te domine.

J'allais pleurer si j'ouvrais la bouche. Je ressentais trop de soulagement, trop de bonheur, et tout cela menaçait de sortir si je l'autorisai. Je contenais un flot d'émotions accumulées depuis le jour où il avait été couché sur son lit d'hôpital. Je serais fort pour Sam, et garderais tout pour moi.

— Laisse-toi aller, J. Je sais que tu es en colère parce que je n'ai pas été assez fort pour ne pas être blessé. Tout ton monde a été secoué et cela t'a fait peur, parce que tu détestes l'idée d'être vulnérable, d'avoir quelque chose qui t'est retiré.

Sa voix était caressante, si douce, tout comme ses lèvres sur mes paupières, mes joues, mon front.

— Voilà que tu me laisses revenir dans ta vie et j'ai presque failli t'infliger ma mort… ton cœur, que tu as eu tant de mal à protéger, j'ai presque anéanti toutes les chances que j'avais.

Je déglutis avec difficulté, souhaitant qu'il s'arrête de parler.

— Ne sois plus en colère contre moi. Je suis désolé d'avoir été blessé. Je te promets que cela n'arrivera plus jamais. Ne me quitte pas. Ne me quitte jamais.

J'essayai de respirer, mais c'était si difficile.

Ses doigts suivirent la courbe de ma mâchoire, puis il releva mon menton en se penchant en même temps. Il réclama ma bouche, m'embrassant profondément. Je lui rendis son baiser avec ardeur, lui donnant tout ce que j'avais et il roula sur moi, m'immobilisant sous lui.

— Merde, Jory… je ne pense pas t'avoir un jour désiré autant.

Sa voix était basse, presque un grondement.

— Non ? le taquinai-je, mordant sa lèvre.

Il se releva rapidement, roulant hors du lit, bataillant avec sa ceinture et tirant sur ses vêtements, ôtant le tout aussi vite qu'il le put. Je riais en le regardant parce qu'il était si impatient, et puis je vis sa cicatrice et mon souffle se coinça dans ma gorge.

— Oh, non. Non.

Il sourit, remonta sur le lit, sous la couette, et m'enveloppa dans ses bras, m'écrasant contre son torse.

— Tu n'utiliseras pas ma récente intervention chirurgicale comme une raison pour ne pas faire l'amour.

Je tremblais. J'avais failli le perdre.

— Je ne suis plus assez beau pour toi, hum ? me taquina-t-il, posant sa bouche sur ma clavicule, me léchant et me mordant lentement de l'épaule à la mâchoire. Je suis déformé.

— Sam, soufflai-je à peine. Tu aurais pu…

— Tu sais, au lieu de penser à ce qui aurait pu se passer, pourquoi ne pas canaliser toute cette peur en passion pour me faire perdre la tête, dit-il en rigolant.

Je le dévisageai.

— Quoi ? dit-il en souriant malicieusement, les yeux pétillants.

Il était incroyable. Son esprit n'était en fait axé que sur une seule chose.

— Je ne sais pas pourquoi tu me regardes comme ça, dit-il en continuant à me sourire. Je ne suis pas différent de n'importe quel autre homme sur la planète.

Je grognai, et il rit tandis que je me redressais en le poussant pour qu'il s'écarte de moi. Il me laissa le mettre sur le dos.

Il avait les paupières alourdies alors qu'il me regardait

— Viens là.

J'obtempérai, soulevant une jambe pour le chevaucher avant de lentement m'abaisser sur lui, le prenant aussi loin que je le pouvais, l'enterrant au fond de moi.

Il retint son souffle. La façon dont il me répondit était très sexy, ses mains se crispant sur mes hanches, son corps raidit sous le mien.

— Oh… Seigneur, murmura-t-il d'une voix cassée.

— Dis-moi que je t'aie manqué, le pressai-je avant de me pencher pour l'embrasser.

— Tu sais que tu… oh… Jory…

On aurait dit qu'il souffrait tandis que je me mouvais avec lenteur le long de son sexe dur et glissant.

— Ton corps est si brûlant.

Je souris, il gémit. C'était une torture exquise et je me délectais du sort de ma victime consentante. Lorsqu'il rugit mon nom, empoigna mes cheveux pour m'attirer dans un baiser, je chevauchai la vague avec lui, ses sens momentanément submergés de plaisir qui ne laissaient aucune place à la pensée rationnelle. Il s'enfonça en moi, me poussant vers le haut tout en me maintenant contre lui, ses doigts s'enfonçant dans mes cuisses pour s'assurer que je ne bouge pas.

— Jory !

Je souris quand son corps se détendit sous le mien, son gémissement me faisant rire.

— Tu es trop mignon, soupirai-je.

— Merde ! murmura-t-il. J'avais des choses à te dire.

— Dis-les, répondis-je en me soulevant, le faisant grimacer et sourire en même temps.

Il tapota son torse.

— Allonge-toi.

Je me blottis au creux de son épaule et il m'enveloppa dans ses bras, repositionnant la couverture autour de moi. Je ne me sentais jamais aussi choyé que lorsque j'étais dans les bras de Sam.

— Alors, dis-moi ce que…

— Je t'aime.

— Pourquoi ?

— Parce que tu es à moi, dit-il, son pouce glissant sur mes lèvres avant qu'il incline mon menton et se penche pour m'embrasser.

Ce fut un baiser lent, profond, et sensuel qui trouva sa résonnance dans tout mon corps.

— À moi.

J'étais sans force entre ses bras, contre sa peau chaude, sa main caressant mes cheveux me berçant rapidement dans un état de détente absolue. J'étais complètement lessivé et totalement à sa merci.

— Tu sais que, sans toi, je n'ai plus de chez moi, dit-il soudain, ses lèvres sur mon front, ses bras se resserrant autour de moi, plaquant mon corps contre le sien.

Je m'intimai de ne pas pleurer. Parfois, les choses qu'il disait étaient tout simplement trop. Son honnêteté, la chaleur et la force de ses mots, étaient accablants.

— Je t'aime vraiment.

Et cela ne faisait aucun doute.

— Est-ce que tu m'as entendu ?

— Oui.

— Bien.

Il rit, embrassant mes sourcils, l'arête de mon nez, tout ce qui passait sous ses lèvres alors que je continuais à lever le menton toujours plus haut.

— Maintenant, tu vas devoir te concentrer, parce que j'ai une tonne de choses à te dire, et Dane va probablement débarquer ici dans moins de cinq minutes. J'ai à peine réussi à le convaincre de me laisser te voir seul, et l'Agent Calhoun est...

Je me déplaçai contre lui et il poussa le petit soupir de contentement que j'adorais avant de continuer à parler. Il était inutile de lui expliquer que mon cerveau s'était mis aux abonnés absents plusieurs phrases avant. Je m'assoupis et ne m'inquiétai pas de le lui faire savoir. J'étais en sécurité dans ses bras et c'était tout ce qui comptait.

À LA façon dont l'Agent Calhoun ne cessait de me regarder, j'avais davantage l'impression d'être Jason Bourne que Jory Harcourt. Il avait presque l'air d'avoir peur de moi. Dans un sens, c'était fondé. Je m'étais évadé de prison, j'avais plutôt bien déjoué sa vigilance, et glissé entre ses doigts plus tôt dans la journée. Quand je lui avais expliqué de quelle façon je m'étais débarrassé des menottes, il avait été particulièrement étonné. Sam fut vraiment impressionné qu'une excuse comme le bondage eût pu inciter des gens à me venir en aide.

316

— Il n'y a que toi, dit-il, et ses doigts remontèrent de ma nuque jusque dans mes cheveux.

Il ne pouvait s'empêcher de me toucher.

— Les gens feraient n'importe quoi pour toi.

Ce qui n'était pas vrai, mais vu la façon dont il me regardait, je n'avais pas envie de le contredire.

— Donc, votre intuition était bonne, Jory, dit lentement l'Agent Calhoun. On dirait que votre ami Caleb Reid est en fait innocent et que c'est sa mère la criminelle.

Je me penchai en avant et l'étudiai, lui accordant toute mon attention.

— Sur le couteau que nous avons récupéré au domicile de Monsieur Reid, il y avait les empreintes de sa mère, et seulement les siennes.

J'essayai de ne pas sourire.

— Il a fini par avouer qu'il avait découvert seulement quelques mois plus tôt ce que sa mère et Monsieur Fain faisaient, et qu'il allait en faire part à la police quand Monsieur Fain avait menacé de vous tuer. Pour vous protéger, il a prétendu avoir été enlevé, et lorsque c'est allé trop loin, il a fui et s'est fait tirer dessus. Il voulait vous dire la vérité, mais il ne savait pas comment le faire.

Il poussa un profond soupir.

— C'est un idiot, mais un idiot innocent.

— N'est-il pas toujours considéré comme un complice ? demanda Dane à l'Agent Calhoun.

— Oh, il va être inculpé pour obstruction, et complicité, et…

— Mais il y a des circonstances atténuantes qui seront prises en considération, m'assura Sam en me frottant le dos. Ne t'inquiète pas, bébé, nous ne laisserons pas Caleb aller en prison.

Je hochai la tête et regardai l'Agent Calhoun.

— À qui appartient l'appartement d'aujourd'hui ?

— Campbell Haddock.

— Qui est-ce ?

— Apparemment, il avait une liaison avec Susan Reid.

— Et où est-il ?

— Il est mort, déclara l'Agent Calhoun alors que ses yeux se posaient sur moi.

— Comment ? demanda Dane, devançant ma question.

— Il y avait un congélateur dehors dans le patio, l'avez-vous vu ? me demanda-t-il.

Je secouai la tête.

— Eh bien, il était sous une nappe en vinyle et il y avait tout un tas de fleurs en pot disposées au-dessus… je suis heureux que vous ne l'ayez pas vu.

317

Je hochai la tête.

— Il était dedans, hum ?

— Oui.

— Comment a-t-il été tué ?

— On lui a tiré dessus.

— Et vous croyez quoi ? Que Susan Reid l'a tué ?

— La balle provient de son arme. C'est la même balle que nous avons retirée de la jambe de son fils… le révolver en lui-même est introuvable. C'est circonstanciel, mais couplé avec tout le reste… cela pourrait signifier beaucoup.

— Pourquoi aurait-elle tué son amant ?

— Je n'en ai aucune idée. Peut-être l'a-t-il surprise à faire quelque chose, peut-être a-t-il trouvé son arme… nous ne le saurons pas à moins qu'elle ne nous le dise.

— Si elle vous le dit.

— Exact.

— Donc elle a tué ces hommes.

— Elle et Greg Fain.

— Pourquoi l'aurait-il aidé ?

— Ça, nous ne le savons pas, mais nous allons trouver la connexion.

— D'accord.

— Jory.

Je regardai Dane.

— Tu devrais être très fier de toi. Tu as sauvé Caleb à toi tout seul – toi seul as cru en lui. Il pourra te remercier jusqu'à la fin de sa vie.

Et j'étais heureux pour Caleb, si heureux, mais il y avait quelque chose qui ne cadrait pas, là-bas, dans cet appartement.

— Qu'avez-vous pensé de toutes les photos sur le mur ? demandai-je à l'Agent Calhoun.

— C'est un truc de dingue, je suis sûr qu'ils vont étudier Susan Reid pendant des années.

Et j'étais certain qu'ils le feraient, mais quand même, quelque chose n'allait pas.

— Seigneur, j'ai hâte de rentrer à la maison, soupira Dane, et je réalisai en le regardant combien Sam et lui avaient l'air fatigué d'avoir traversé l'enfer à cause de moi.

— Je suis désolé, dis-je honnêtement, d'une voix hésitante.

— Comment quelqu'un pourrait-il être en colère après toi quand tes intentions sont bonnes ? demanda-t-il doucement en me souriant.

— Tu fais comme moi, lui répondit Sam d'un ton sec.

Il pointa un doigt accusateur vers moi et il enchaîna.

— Tu me refais ces conneries de cascades et tu apprendras ce qu'est vraiment la douleur.

Je lui souris et Dane rit.

— En ce qui me concerne, j'espère que vous allez déconner, m'assura l'Agent Calhoun.

Le courant ne passait vraiment pas entre nous.

# XIV

Un jour peut faire toute la différence dans le monde. Deux semaines peuvent faire encore plus. Il était incroyable que quatorze jours plus tard, je sois sain et sauf, guéri, et réinstallé complètement et confortablement dans ma vie. J'étais au travail avec Aubrey, Sam faisait ses trucs de flic, et Susan Reid – pas Caleb – était enfermée dans un hôpital psychiatrique de sécurité maximale en observation. Tout était tout à fait normal, de mon point de vue.

Dane avait renvoyé le garde du corps d'Aja, ils avaient déménagé de leur appartement dans leur superbe maison de deux étages à Highland Park, et il avait prêté à son père l'argent dont il avait besoin pour remettre son entreprise sur pied. C'était tout ce qu'il pouvait faire dans le but de réconforter Daniel Reid. Celui-ci n'avait eu aucune idée que sa femme – la mère de Dane – était capable des atrocités qu'elle avait commises dans son désir de vengeance. Quelque part en cours de route, son amour pour son fils s'était transformé en haine. Elle ne parlait plus à personne, alors ses véritables motivations – le pourquoi et le comment de ses crimes, pourquoi elle ne m'avait pas simplement tué au lieu des autres – étaient verrouillées dans un coffre soigneusement caché en elle. Il était impossible de dire quand ou si elle expliquerait un jour ses actions meurtrières.

Caleb était en liberté conditionnelle. Il devait consulter un psychiatre, assister à des séances de groupe, et effectuer des quantités impies d'heures de service communautaire, mais il était libre de vivre sa vie. Il allait travailler avec son père et Jeremy, ayant tous les trois décidé de changer le nom de la société, Reid Global, en Reid et fils. Ils recommenceraient depuis le début, et avec Dane comme filet de sécurité et beaucoup de nouveaux clients potentiels, il semblait qu'ils étaient bien lancés sur la voie de la réussite. Toutes les blessures guérissaient avec le temps.

J'avais vu Caleb avant qu'il rentre chez lui et il m'avait serré si fort et si longtemps que je m'étais mis à rire. Lui aussi, et lorsque que nous nous étions séparés, il s'était penché et m'avait embrassé. J'avais été stupéfait, et il avait juste souri honteusement. Il ne voulait pas que je me fasse des idées sur lui, il ne savait tout simplement pas de quelle autre façon m'exprimer la profondeur de ses sentiments. J'avais été le seul à croire en lui, à lui faire confiance, et à voir la vérité au fond de son cœur. Il m'aimait et c'était tout ce qu'il restait à dire. Il avait commencé à pleuvoir lorsque j'avais quitté l'aéroport, et je l'avais pris comme une bénédiction.

J'aurais pu vivre à Seattle tellement j'aimais la pluie, mais j'étais en minorité. Le constant ciel gris, les vêtements humides, et les flaques d'eau donnaient le cafard à la plupart des gens. Le fait qu'il ait plu sans discontinuer pendant une semaine et demie commençait à se ressentir sur l'humeur de tous ceux que je connaissais. La moitié du problème, à mon avis, c'était les pieds froids. Vos chaussures prenaient l'eau, et puis vos chaussettes ou vos bas, et en arrivant au travail, vous aviez les pieds gelés. Ce dont tout le monde avait besoin, c'était des galoches. J'en possédais une paire jaune vif, exactement comme quand j'avais cinq ans, et mes pieds n'étaient jamais mouillés. Dane était certain que seuls les gays pouvaient se permettre d'arborer un tel look, mais je n'étais pas d'accord. Sam en avait une paire couleur vert olive que je lui avais achetée et personne ne lui avait jamais cherché d'ennuis. Pour Dane, cela venait plus de la taille et des muscles de mon petit-ami qu'autre chose.

Quelle qu'en soit la raison, j'avais amené Sam à prendre l'habitude de garder deux paires de chaussures supplémentaires au travail. Il m'avait dit que tous les hommes mariés avaient des galoches et des chaussettes sèches. J'étais très content de lui. Mais ma bonne humeur s'était mise à changer face à nos confrontations constantes. Tout avait commencé avec Aaron Sutter.

Sam voulait accepter l'offre d'Aaron à dîner avec lui, car il estimait que si Aaron nous voyait ensemble, interagissant, il comprendrait que nous formions un duo exclusif qui fonctionnait. Je ne voulais pas aller dîner sur ce seul argument. Je voulais y aller afin que nous soyons amis. Sam avait rétorqué que ce serait l'histoire d'une seule et unique fois. Nous mangerions, lui ferions nos adieux, et ce serait tout, pour toujours. Je trouvais tout cela immature et puéril. Il trouvait cela purificateur. Je ne voulais pas prendre part à quelque chose d'aussi nul vis-à-vis d'Aaron Sutter. Sam disait qu'Aaron et moi avions besoin de mettre un terme définitif à notre histoire ; je lui répondais de passer à autre chose. Alors Aaron continuait d'appeler Sam et je continuais de dire non à Sam. Nous étions dans une impasse.

Nous nous disputions également à propos de mes divers amis gay. Sam aimait Evan et Loudon, mais cela n'allait pas plus loin. Et je savais pourquoi il se sentait à l'aise avec eux. À moins que quelqu'un vous le dise, savoir que Loudon était gay revenait juste à le deviner à propos de Sam. Et parce que Loudon agissait comme un hétéro, il pouvait gérer le côté diva d'Evan. Alors Sam n'avait rien contre le fait de sortir avec eux, d'être vu avec eux – le problème se posait avec mon cercle plus étendu de relations. Mes amis qui utilisaient exagérément le baume à lèvres faisaient des déclarations par le biais de leurs vêtements ou de leur absence de vêtements, ou qui avaient d'adorables expressions pour tout – y compris des noms de petits animaux de compagnie pour Sam et moi. *Les filles* comme ils nous appelaient, ou *Jory et sa fille*, ou la *Diva et son homme…* tout cela tapait sur les nerfs de l'inspecteur Kage. Le fait que mon téléphone sonne parfois au milieu de la nuit le rendait complètement dingue. Qu'on ait besoin que je m'assoie avec quelqu'un, que je sauve quelqu'un, ou que je sois là pour offrir une épaule compatissante pour pleurer, tout cela dépassait la portée de compréhension de Sam, ou il agissait comme si c'était le cas. Je lui expliquais que, parce qu'il était plus âgé que moi, nos amis étaient à différents niveaux dans leurs vies. La plupart des siens étaient installés avec des enfants ; la plupart des miens faisaient encore la fête comme des rocks-stars jusqu'aux petites heures du jour. Lorsque j'amenais le sujet de notre différence d'âge, il me demandait si je pensais que c'était un problème. Je lui répondais honnêtement que je n'y avais jamais pensé avant. Il n'avait pas de répliques et je n'avais rien d'autre à dire. C'était un sujet auquel nous devions réfléchir, et nous le faisions chacun à une extrémité de l'appartement.

Il avait été plus facile, avec toutes les ruptures et les réconciliations que nous avions vécues par le passé, de ne pas imaginer l'image d'une vie commune, et le bonheur et l'horreur que cela pouvait être. Confrontés à la réalité d'essayer de mêler deux vies très opposées, très différentes, avec les gens qui peuplaient les deux mondes… c'était plus difficile que ce que chacun de nous avait imaginé. Le fait que nous ayons emménagé ensemble dès l'instant où nous étions revenus de Dallas était une décision prise sur un coup de tête que je commençais à regretter. Nous avions agi à la hâte, et cela se voyait.

Les amis de Sam faisaient du mieux qu'ils pouvaient avec moi. C'était bizarre. Ils disaient accidentellement des choses comme : *c'est si gay* quand c'était quelque chose d'incorrect ou de déplaisant, et puis ils me regardaient immédiatement après et grimaçaient, tressaillaient, ou murmuraient des jurons à voix basse. Ils ne regardaient jamais Sam, seulement moi. Comme si j'étais le seul homosexuel dans la pièce. Un soir, j'avais surpris deux des épouses de ses amis dire que c'était juste une phase. Sam avait été hétéro dès le départ et il finirait par trouver une gentille fille avec qui il s'installerait une fois qu'il aurait expulsé cette 'chose gay' de son système. Comme si j'étais une grippe au lieu de la personne qu'il aimait. Lorsque je lui avais rapporté ce que j'avais entendu, voulant qu'il y réagisse, il m'avait dit de ne pas m'inquiéter à propos de ça et qu'ils finiraient par tous l'accepter. Je n'allais pas m'arrêter de vivre pour ça.

Étant tous deux des personnes têtues par nature, je ne voulais pas abandonner ma sortie du samedi soir avec mes amis pour aller danser et il n'était pas prêt à renoncer au dîner-bière-billard avec les siens. Nous étions donc partis chacun de notre côté, et je m'étais senti vide tout au long de la nuit même si je m'étais forcé à profiter de ce que je faisais. Quand j'avais craqué et l'avais appelé pour lui dire combien je l'aimais et qu'il me manquait, il avait agi comme s'il s'en moquait complètement. Il passait un bon moment, ne s'intéressant pas du tout à moi, et je m'étais retrouvé là, à me tracasser tout le reste de la nuit. Je lui avais raccroché au nez, avais éteint mon téléphone, et n'étais pas rentré à la maison avant trois heures du matin, en titubant. Je n'avais pas été plus loin que le canapé avant de m'évanouir.

Le dimanche matin, il était déjà parti quand je m'étais réveillé à midi, portant toujours mes chaussures et ma veste de la veille. J'étais blessé qu'il ne m'ait pas réveillé, blessé qu'il ne m'ait pas mis au lit, et blessé qu'il m'ait abandonné aussi facilement. Lorsque je l'avais appelé, j'étais tombé directement sur son répondeur. Je m'étais assuré d'être parti avant qu'il rentre à la maison. J'avais dîné avec sa famille et c'était lui qui avait fini par se faire remonter les bretelles pour ne pas avoir appelé pour prévenir qu'il ne pouvait pas venir parce qu'il travaillait. J'étais passé au bureau après ça, et puis chez Evan et Loudon pour manger un dessert tardif. Evan m'avait fait la leçon parce que, selon lui, je me comportais comme un bébé, et il m'avait dit de simplement trouver le courage pour faire le premier pas vers la réconciliation.

— Quel courage ? lui demandai-je. C'est facile d'être celui qui abandonne.

— Non, m'assura-t-il. C'est la partie la plus difficile.

Aja fut d'accord avec Evan lorsque je lui en parlais au téléphone.

— Ne scie pas la branche sur laquelle tu es assis, dit-elle

— Et qu'est-ce que ça veut dire ?

— Tu sais ce que ça veut dire.

— Eh bien, oui, je sais ce que ça veut dire, mais quoi ? Je dois céder ou je suis trop têtu pour mon propre bien ?

— Quelque chose comme ça.

— Mais pourquoi dois-je céder à chaque fois ?

— Ce n'est pas le cas, pas, à chaque fois. Mais peut-être que cette fois, ou cette première fois, tu dois, ou tu le devrais.

Je grognai.

— Ne fais pas le bébé.

Ce qui était exactement ce qu'Evan m'avait dit.

Mais je ne pouvais pas faire marche arrière, céder, ou laisser couler. C'était puéril et stupide, mais je jouais au chat et à la souris avec lui, et aucune fin ne se profilait à l'horizon. Je poussai l'absurdité à un niveau plus bas encore en réorganisant mon emploi du temps. Je savais qu'il devait se lever tôt pour aller travailler et je restais au bureau bien après l'heure à laquelle il pouvait rester éveillé et encore s'attendre à être opérationnel le lendemain. Je rentrais à la maison pour dormir quand je savais qu'il serait parti, puis je me levais tard et prenais une douche. Je travaillais pour moi, alors mes horaires étaient flexibles ; je réaménageai juste un peu les choses pour m'accommoder à la mise à l'écart de mon amant. Cela dura trois jours, jusqu'à la semaine suivante.

Il travaillait tard et je ne lui avais pas retourné son dernier appel quand mon ami Tracy m'appela. Il avait besoin qu'un ami l'accompagne à son atelier d'estime de soi parce qu'ils avaient un groupe de discussion ce soir-là et les gens étaient censés partager avec quelqu'un dans la salle qui les connaissait. L'idée était qu'une personne de votre vie, un ami, pouvait pointer les bêtises que vous disiez. Seul un ami pouvait vraiment dire si vous disiez la vérité ou non.

J'essayai de toutes mes forces de trouver une excuse pour ne pas aller à cette réunion une fois que je sus dans quoi je m'embarquais, mais à ce moment-là, il était trop tard. J'étais bel et bien fait comme un rat avec lui.

'Groupe' est exactement de terme qui convenait. Vous vous asseyez en cercle et parliez de ce qui se passait dans votre vie. Dans le cas de Tracy, il devait dire ce qu'il avait fait la semaine précédente qui l'avait fait se sentir épanoui. Il semblait nerveux et cela se voyait à la manière qu'il avait de se tortiller sur sa chaise, de faire cette chose où il se mordillait l'intérieur de la joue, et de plisser son œil gauche. Je lui jetai un regard en coin, et il interrompit son monologue qui nous expliquait comment il n'avait pas fini chez lui avec le premier mec qui l'avait dragué en boîte samedi soir.

— Quoi ? demanda-t-il.

Je secouai la tête.

— Non, dit-il en respirant profondément. On est en train d'apprendre que quand je me sens contrarié, je dois confronter immédiatement la personne et éclaircir la situation, au lieu de toujours supposer que tout est de ma faute.

— Qu'est-ce que je te dis toujours ? lui demandai-je.

Il fronça les sourcils.

— Allez, dis-moi.

Il leva les yeux au ciel.

— Tu me dis toujours que je ne connais pas ma propre valeur et que je ne devrais pas rentrer chez moi avec le premier venu – je suis spécial, ils devraient être spéciaux aussi.

— Précisément.

Je soupirai, me tournant vers l'avant, étirant mes jambes devant moi et les croisant au niveau des chevilles.

— Tracy, dit le meneur de la discussion. Que ressentez-vous à propos de ce que – je suis désolé, je n'arrive pas à lire votre nom – est-ce que c'est Jordan ?

— C'est Jory, lui répondis-je.

Il sourit et regarda Tracy à nouveau.

— Que ressentez-vous à propos de ce que Jory vient juste de dire ?

— Je ne sais pas. Je sais qu'il le pense, mais je ne me sens pas spécial. Lui peut le dire parce que – eh bien, regardez-le, il est parfait.

Je lui lançai un regard qui, je l'espérais, transmettait toute l'étendue de mon agacement.

— Allez, Jory, tu sais que tu l'es.

Il était épuisant.

— Toi aussi. As-tu jamais… T, tu es le plus doux, le plus gentil garçon avec le plus gros cœur et…

— Jory, personne ne se préoccupe de mes organes internes, les gens ne se soucient que de l'aspect extérieur… et je ne suis pas toi.

Je haussai les épaules.

— Et alors ?

— Jory, je fais du sport autant de fois que toi par semaine et je n'aurai jamais ton corps.

C'était tellement ennuyeux.

— Tu as besoin de rencontrer quelqu'un de bien, pas quelqu'un dans un bar.

Il leva ses deux mains et se tourna vers le meneur du groupe.

— Vous voyez, on en revient toujours à ça.

— Et qu'est-ce donc, Tracy ? demanda le meneur.

— Il veut que je rencontre quelqu'un de bien, et en attendant il baise avec toute la ville de Chicago.

— Est-ce vrai, Jory ?

Je le regardai. Marc, le chef de groupe, semblait être un gars sympa, de nature facile, avec une voix douce. Mais je n'étais pas ici pour être psychanalysé. J'étais ici pour soutenir Tracy.

— Non.

— Peut-être avons-nous nos propres problèmes d'estime de soi à travailler, Jory.

Je regardai Tracy.

Il me renvoya mon regard avant que, tout à coup, son visage se fende d'un sourire énorme.

— Tu es un connard, lui dis-je avec conviction.

Il se mit à rire si fort qu'il tomba sur mes genoux. Tout le monde nous regardait.

Après la session, alors que tout le monde s'était levé et discutait les uns avec les autres, j'étais appuyé contre le mur près de la porte à attendre Tracy lorsque Marc et un autre gars s'approchèrent de moi.

— Jory.

J'attendis de voir ce qu'il allait me dire.

— Nous adorerions vous inviter à rejoindre notre groupe.

Je hochai la tête.

— Je vous remercie.

— Alors nous nous rencontrons tous les…

— Oh non, je ne vais pas venir.

Je leur souris, m'écartant du mur alors que Tracy se dirigeait vers moi.

— C'était juste sympa de votre part de m'inviter. Excusez-moi.

Je les contournai et Tracy me sourit avant de passer un bras autour de mon cou, me tirant contre lui.

— Merci d'être venu J, tu as vraiment été beau joueur.

Je grimaçai.

— Je ne voulais pas t'embarrasser.

— Ce n'est pas le cas, dis-je en bâillant.

Je l'étreignis brièvement avant de le repousser.

— Mais pour ton information, c'est juste Sam et moi maintenant, d'accord ?

— Vraiment ?

— Oui. Je t'inviterai à dîner afin que tu puisses enfin le rencontrer.

— Ce serait super.

Je souris puis lui donnai une tape sur l'épaule avant de me retourner pour partir. J'étais dans la rue, me dirigeant vers la station de métro quand j'entendis mon nom. Lorsque je regardai autour de moi, je vis Aaron Sutter debout à côté de sa voiture, sous un parapluie. Je courus vers lui et lorsque je fus assez proche, il tendit la main, saisit le revers de mon manteau, et me tira brusquement en avant.

— Salut, dis-je en souriant, faisant courir mes mains dans mes cheveux mouillés. Qu'est-ce que tu fais ici ?

Il me dévisagea avec attention, ses yeux m'absorbant.

— Aaron ?

Il laissa tomber son parapluie, posa ses mains sur mon visage, et m'embrassa. C'était tellement spontané, comme il ne l'était jamais, que cela me prit au dépourvu. En règle générale, il demandait si quelque chose était d'accord ou non, annonçait ses intentions, et recevait la permission ou non. Qu'il m'embrasse si soudainement, en pleine rue, à l'improviste, sa langue glissant sur mes lèvres, cherchant à entrer… c'était un choc.

— Aaron.

Je prononçai son nom alors que je prenais ses poignets et retirais ses mains de moi. Je fis un pas en arrière avant qu'il puisse se remettre.

— Que se passe-t-il ?

— Jory, soupira-t-il, les yeux mouillés. Je suis désolé pour tout. Je suis désolé depuis la toute première fois où je t'ai emmené au lit en étant attentif

326

au lieu de celui que je voulais vraiment être. Je suis désolé de ne pas t'avoir dit tout ce que j'ai toujours pensé, et je suis désolé pour t'avoir toujours donné l'impression que tu étais moins parfait que tu l'es en réalité.

Il sourit rapidement, se mordit les lèvres avant de passer une main dans ses cheveux.

— Tu vois, je veux que tu reviennes, et je ferai tout ce que tu veux pour que cela se produise.

Je ne pouvais rien faire d'autre que le dévisager.

— J'aurais dû te dire que tout ce que je faisais quand j'étais loin, c'était penser à toi. Je veux dire, cela me manque de te parler, de rire avec toi, de me disputer avec toi, de me coucher avec toi, et tout le reste. Tu rends ma vie amusante, tu me fais rire de moi-même, et tu insuffles dans ma maison une chaleur qui a juste disparu maintenant. Pour dire, tu manques même à mon maître d'hôtel. Il m'a dit que je n'étais pas un tel connard quand tu étais là.

Je ris en entendant ça. J'avais vraiment beaucoup aimé son maître d'hôtel ; il était très sarcastique avec un sens de l'humour très particulier.

Il captura à nouveau mon visage entre ses mains.

— Jory, je me moque de tout le reste, je me fiche que tu sois ivre mort chaque soir où nous sortons, tant que je peux te ramener à la maison avec moi.

Je reculai d'un autre pas.

— Qu'est-ce que tu fais ici ?

Il me regarda étrangement.

— Je viens de soulager mon âme à tes pieds et tu veux savoir ce que je fais ici ?

— Oui.

Je perçus un soupçon de froideur dans sa voix.

— J'ai appelé Dylan, elle m'a dit que tu étais ici pour apporter ton soutien à Tracy.

Je hochai la tête.

— Pourrais-tu, s'il te plaît, répondre à ce que je viens de te dire ?

Je reculai encore d'un pas.

— J'apprécie ce que tu as dit et je suis flatté, mais toi et moi en avons terminé pour tout ce qui a trait à autre chose que l'amitié.

— Jory.

— Allez, Aaron.

Je plissai les yeux.

— Tu sais ça.

— Jory…

— Si tu nous regardes bien… tu sais que je ne suis pas celui qui est fait pour toi.

327

Une lueur de peur passa dans ses yeux.

— Viens à la maison et parlons.

Encore un pas de plus en arrière et je fus hors de sa portée.

— Je ne peux pas faire ça, tu sais que je ne peux pas. Il n'y a aucun moyen. Son expression se durcit.

— Pourquoi ? À cause de cet inspecteur ? Comment peut-il obtenir une seconde chance et pas moi ? Je ne t'ai pas abandonné pendant des années pour me montrer un jour comme ça, sorti de nulle part. Je ne t'ai jamais fait prendre une balle pour moi ! Je ne t'ai jamais blessé comme il l'a fait !

— Parce que tu ne peux pas, répondis-je, parce que c'était mieux qu'il le sache pour pouvoir tirer un trait sur moi.

— Quoi ?

— Tu ne pourras jamais me blesser de la même façon que lui.

Et nous restâmes tous deux silencieux, laissant mes mots s'infiltrer, et il vit soudain la taille du gouffre entre nous. Je devais faire en sorte qu'il le voit pour qu'il comprenne qu'il n'y avait aucun moyen de le franchir pour revenir en arrière.

Il prit une grande inspiration par le nez, se redressa de toute sa hauteur, et me regarda avec des yeux vides.

— Je ne pourrai jamais te blesser comme lui parce que tu ne m'as jamais aimé assez pour que cela se produise.

Je hochai la tête lentement.

— Dieu, Jory, tu l'aimes vraiment.

— Il est le seul homme que j'ai jamais aimé.

Et avec ça, il partit.

Il n'offrit pas de me ramener, ce qui fut un soulagement, et il ne regarda pas en arrière. Il remonta juste dans sa voiture et me laissa seul, debout sur le trottoir, sous la pluie. Notre histoire n'aurait pas pu se terminer d'une autre façon.

JE ME souvins à mi-chemin de chez moi que j'avais toujours mon manteau en cachemire dans le bureau de Dane. J'avais bien trop froid, trempé jusqu'aux os comme je l'étais, pour prendre le métro et ne pas finir par attraper une pneumonie. Je fis donc un détour par le centre-ville pour me rendre chez Harcourt, Brown et Cogan. J'avais encore ma carte-clé pour l'ascenseur en service après les heures de bureau et une autre pour la porte d'entrée. Lorsque je descendis au vingt-quatrième étage, j'allais directement jusqu'à la porte vitrée et m'agenouillai pour déverrouiller le bas. Je fus surpris lorsqu'elle s'ouvrit toute seule. Quelqu'un allait mourir. Dane tuerait quiconque avait oublié de fermer la porte à clé. Je pariais sur sa dernière nouvelle secrétaire, Kristin. Elle avait semblé pleine d'entrain lorsque je lui avais parlé au téléphone et Dane l'avait qualifiée d'énergique. Ce n'était pas un de ses meilleurs compliments.

Passant devant la réception où officiait habituellement Piper, je vis de la lumière dans l'un des bureaux du fond. Ce n'était pas dans le bureau de Dane, alors je réalisai que quelqu'un faisait des heures supplémentaires. Peut-être était-ce Miles Brown. J'enlevai lentement mes chaussures à lacets, ne voulant pas laisser des traces d'eau sur mon passage, sur le sol en marbre. Je me glisserais derrière l'architecte et lui filerais la trouille de sa vie. Il criait comme une fille, et je le savais des nombreuses autres fois où je lui avais pris plusieurs années de sa vie en bondissant derrière lui. C'était très amusant. Mais une fois dans le couloir, je me rendis compte que c'était Sherman Cogan qui se trouvait dans son propre bureau. Lorsque je passai la tête par la porte, il se tourna de l'endroit où il était près du mur et me regarda. Son sourire fut instantané.

— Hello, étranger, dit-il chaleureusement. Tu viens reprendre ton ancien emploi ?

— Non, dis-je en secouant la tête et en me glissant dans son bureau. Je suis juste venu chercher mon manteau.

— Je vois… on dirait que tu en as bien besoin. Qu'as-tu fait ? Tu es resté dehors pendant une heure ?

Je haussai les épaules, marchant jusqu'à lui pour regarder les plans imprimés sur fond bleu accrochés sur le mur.

— Il pleut des cordes dehors.

— Comme si je ne le savais pas.

Il rigola, ramenant son regard sur les plans.

— C'est pour ça que j'ai suggéré à Melissa de me retrouver ici pour dîner. Nous allons manger au Chop House.

Je hochai la tête.

Il se retourna et me regarda.

— Veux-tu te joindre à nous ? Melissa me disait justement il y a quelques semaines qu'elle ne voyait plus jamais son Jory.

J'aimais beaucoup Melissa Cogan, elle était amusante et intelligente et pouvait me parler de chili dogs, de sport, de restaurants quatre étoiles, et de ballet, le tout dans la même conversation.

— Pas ce soir, je ressemble à un chat mouillé. Mais bientôt. Je l'appellerai.

— Fais donc ça, me pressa-t-il, tapotant mon épaule spongieuse avant de se tourner à nouveau vers les plans.

— Qu'est-ce que c'est ?

— Le projet sur lequel Miles travaille. Je n'avais pas envie de faire des allers-retours de mon bureau jusqu'au sien, alors j'ai demandé qu'on me fasse un tirage agrandi et qu'on me punaise les plans ici.

— À partir de quoi ? Un fichier numérique ?

— Non, se moqua-t-il avec dérision. Écoute un peu ça : les gars chez Delmar Construction n'avaient qu'une seule copie papier, tu peux croire ça ? Comment peux-tu n'avoir qu'un jeu de plans pour travailler ?

Il leva les yeux au ciel.

— Alors, j'ai demandé à Jill de prendre des photos de l'exemplaire de Miles et de me les installer ici.

Je fus refroidi d'un coup.

— Hilarant, non ?

Je m'élançai dans le couloir jusqu'au bureau de Miles Brown, ouvris la porte, et allumai le plafonnier. Là, sur son mur, il y avait la réplique exacte de ce qui se trouvait dans le bureau de Sherman, sauf que celui que je regardais était composé de morceaux, tandis que l'autre était fait de longues bandes de feuilles. Et j'étais un crétin, parce que je l'avais eu sous le nez tout le temps.

— Jory ? m'appela Sherman. Mon pote ? Est-ce que ça va ?

La réponse était non. J'avais fait la plus grosse erreur de ma vie.

LE TRAJET jusqu'à Glendale Heights me laissa le temps de réfléchir, de recoller les morceaux, et de simplement respirer. Alors que j'étais presque arrivé, mon téléphone sonna et je vis que c'était Sam.

— Salut, répondis-je directement, distraitement.

— Salut ? C'est tout ce que tu as à me dire ?

— Sam, je ne veux vraiment pas…

— Alors où est-ce que tu vis maintenant ? me coupa-t-il brusquement.

— Sam…

— Quoi ? C'est une question légitime. Je ne t'ai pas vu depuis dimanche matin. Nous sommes jeudi soir.

— Non, je sais, mais pourrions-nous en parler plus tard parce que…

— Si tu veux le savoir, si tu t'en soucies même, je suis au Hooligans avec Pat et Chaz.

— D'accord, dis-je, essayant de le faire raccrocher.

— Où es-tu ?

— Je suis en route pour Glendale Heights.

— Pour faire quoi ?

— Pour voir Susan Reid.

Il se moqua de moi.

— Qu'y a-t-il de si drôle ?

— Que tu penses pouvoir avoir l'autorisation, à huit heures du soir, de voir quelqu'un sous évaluation psychiatrique criminelle. Tu es sacrément tordant.

— Oh !

Je perdis de mon entrain. Comme d'habitude, je n'avais pas pensé aussi loin.

— Je suis curieux cependant. Pourquoi aurais-tu besoin de la voir de toute façon ?

— C'est une longue histoire, mais je crois que peut-être…

— Écoute, je sais que nous nous sommes disputés, mais ceci n'est pas une manière de réparer les choses. M'ignorer ne va rien arranger ni faire disparaître le problème, C'est juste le prolongement de la grosse dispute qui se prépare.

— Est-ce qu'on va avoir une grosse dispute ?

— Oh putain, ouais.

— Et quoi ensuite ?

— Quoi, quoi ?

— Que se passera-t-il après l'engueulade ?

— Je ne sais pas… Si Dieu le veut, nous nous réconcilierons sur l'oreiller pendant des heures avant de continuer notre vie.

— Oh.

— Oh ?

— Non, je pensais juste que… je ne sais pas ce que je pensais.

— Tu pensais quoi ? Que c'était la fin ?

— Je ne sais pas.

— Oh, bordel de merde Jory, pourrais-tu arrêter de jouer les Drama Queen ? Nous allons nous disputer, nous allons être en désaccord, ça ne veut rien dire de plus. Tu devras faire avec mes amis. J'ai dit à Pat et Chaz, raison pour laquelle je suis ici, clarifia-t-il, qu'ils n'avaient pas à coucher avec toi…

— Sam.

— Parce que c'est mon boulot après tout, dit-il d'une voix grave et sexy.

— Sam.

Il rit.

— Mais qu'ils feraient mieux d'être sympa avec toi, sinon nous en avions terminé. Alors ils ont pigé, ils t'apprécient, c'est juste qu'ils ne sont pas très sûrs de savoir comment se lier, donc nous irons pêcher le week-end prochain pour voir comment vont les choses.

Je n'étais pas sûr d'avoir bien entendu.

— Jory ?

— Excuse-moi ?

— T'excuser pour quoi ?

— Qu'est-ce que tu as dit ?

331

— Quand ?

— À propos du week-end prochain.

— Oh, nous allons pêcher.

— Pêcher ?

— Oui.

— Comme avec une cane et tout ça, toute la journée assis dehors ?

— Ouais.

— Oh Seigneur, grognai-je.

Il s'esclaffa et le son passa directement à travers moi. Il me manquait comme un fou.

— Bébé, je sais que tes amis m'apprécient, j'ai juste besoin de me familiariser avec eux moi aussi. Je vais travailler là-dessus, tu vas travailler là-dessus, et nous continuerons d'avancer.

— Seigneur, Sam, tu es tellement adulte !

— Quelqu'un doit l'être.

Je laissai passer.

— Je pensais que peut-être tu voulais sortir.

— Je ne veux pas sortir.

— D'accord.

— Je veux entrer.

J'avais déjà compris où cette discussion allait mener.

— Mmh-mmh.

— Comme… en toi.

— J'avais compris.

— Quand ?

— Quand, quoi ?

— Quand est-ce que j'ai droit à ma réconciliation sur l'oreiller ?

— Est-ce que c'était la dispute ? Je croyais que tu avais dit qu'elle allait être grosse.

— J'emmerde la dispute. Je veux que tu reviennes dans mon lit ce soir. Tu as compris ?

— J'ai compris, soupirai-je. Quand j'aurais parlé à Susan Reid. Je vais juste aller là-bas, m'asseoir, et attendre. Peut-être qu'ils me laisseront entrer. Après tout, je suis mignon et inoffensif. Ça pourrait marcher.

— Je t'ai coupé la parole plus tôt. Dis-moi pourquoi tu vas là-bas.

— Tu vas me tuer.

— Oh Seigneur, quoi ? demanda-t-il, sa voix baissant d'un ton.

— Je crois que j'ai fait une erreur.

— Comment ça ?

— Je crois que peut-être Susan Reid est innocente.

332

Il y eut un silence.

— Sam ?

— Oh, non, pas question, Jory ! rugit-il. Ce sont des conneries ! Peux-tu s'il te plaît couper court aux drames avant que ça se retourne contre toi ? Pourquoi ce besoin de créer…

— Non, le coupai-je. Écoute. Le truc dans l'appartement n'était pas assemblé pièce par pièce, il était monté en couches.

— Je n'ai aucune idée de ce dont tu…

— C'est ce qui m'a dérangé tout ce temps. C'était trop propre, mais je n'arrivais pas à comprendre ce qui n'allait pas. Si tu voulais créer un sanctuaire pour quelqu'un, pourquoi le créer, puis le prendre en photo pour ensuite l'imprimer sous forme de longues feuilles qui recouvrent tout un pan de mur ? Tu ne ferais pas ça – il serait juste monté là où tu aurais commencé à le créer.

Il était silencieux.

— Ne vois-tu pas, Sam ? C'est pour ça qu'il n'y avait pas de meubles dans cette chambre, c'est pour ça que ce n'était pas logique – c'était une mise en scène. Je parie que le mobilier de la chambre de Campbell Haddock s'est retrouvé chez Goodwill ou dans un magasin du même genre. Tout était si propre là-bas, je suis sûr que c'est l'œuvre d'un professionnel. Ça a été mis en scène, tout a été mis en scène pour piéger Susan. Je ne sais pas du tout pourquoi elle se laisse faire, mais c'est exactement ce qu'elle fait en ne parlant pas. Alors je suis en chemin pour aller la voir maintenant.

— Attends, m'arrêta Sam, et sa voix avait changé.

Elle était passée en mode flic.

— Fais demi-tour et reviens à la maison. Je suis sérieux quand je te dis que les heures de visites sont dépassées et qu'ils ne te laisseront pas la voir sans un motif et certainement pas sans la présence de son avocat. Ce doit être organisé, alors laisse-moi faire ça. J'appellerai tout le monde et nous irons la voir dans la matinée.

— Mais…

— Écoute-moi juste pour cette fois, d'accord ?

Et je ne voulais pas le faire seul, parce que – grand Dieu – qu'allais-je bien pouvoir dire ?

— D'accord… j'attendrai.

— Pour une fois, il écoute ! grogna-t-il.

— Je te retrouverai à la maison, dis-je, puis je pensai à autre chose. Ou si tu préfères, je peux venir vous rejoindre tes amis et toi au…

— On se retrouve à la maison.

— Merci de m'avoir écouté et de m'aimer, même si je suis difficile à vivre.

Le grondement familier me fut entièrement destiné.

333

— Je t'aime.

— Je t'aime aussi bébé… tu me tues.

C'était tout ce que j'avais besoin d'entendre.


APRÈS AVOIR pris une longue douche chaude, j'appelai Dane avant de commencer à me préparer à dîner. Il n'était pas sûr que je sache de quoi je parlais, mais pour me faire plaisir, il me promit d'appeler son avocat pour voir s'il pouvait parler à sa mère. Je lui dis que j'étais désolé de m'être trompé, encore, mais comme il n'était pas absolument convaincu que ce soit le cas encore, il me dit qu'il suspendrait l'acceptation de mes excuses. Au moins, me rassura-t-il, j'avais eu de bonnes intentions.

J'étais dans la cuisine en train de me faire de la soupe, ayant déjà préparé une salade, lorsqu'on frappa à la porte. Mes mains étaient pleines et c'était ouvert alors je criai pour inviter la personne à entrer. Je fus surpris lorsque Steven Warren, mon voisin d'à côté, dépassa la tête.

— Oh, salut, dis-je en souriant. Que fais-tu ici ?

— Eh bien, je ne savais pas si tu le savais, mais Lisa et moi avons déménagé à Downers Grove.

— Non, je ne le savais pas.

Ma vie avait été bien trop chamboulée ces derniers temps pour que je sois au courant de ce qui se passait autour de moi.

— Ouais, alors comme je n'ai pas vraiment eu l'occasion de te dire au revoir – tu avais apparemment beaucoup à gérer – je suis passé par ici ce soir et quand j'ai vu de lumière, je me suis dit que j'allais faire un arrêt.

— Super, dis-je joyeusement en lui faisant signe d'entrer. Viens, viens.

Il referma la porte derrière lui et resta là. Il avait l'air un peu nerveux.

— S'il te plaît, lorsque vous serez installé, appelez-moi. J'aimerais beaucoup voir votre nouvel appartement – apporter un cadeau et voir Lisa.

Il hocha la tête.

— Bien sûr.

— Tu as faim ?

— Oh non.

Il sourit rapidement et leva une main.

— Je ne peux pas rester… Lisa a dû préparer à dîner, j'en suis sûr. Je voulais juste te dire au revoir.

— Merci.

Je lui souris, essuyant mes mains sur le torchon, avant de traverser la pièce pour le rejoindre.

— Vous allez me manquer tous les deux.

— Toi aussi.

Il me sourit, et c'était un sourire étrange, aigre-doux.

Je passai mes bras autour de sa taille et posai ma tête sur son épaule. Il poussa un soupir profond, satisfait, et lorsque je bougeai pour m'écarter, ses mains m'agrippèrent plus fortement, et il enfouit son visage dans mon cou.

— Qu'est-ce qui ne va pas ?

— C'est juste que… il y a toujours eu quelque chose que je voulais te dire et que je n'en ai jamais eu la chance.

— Comme quoi ?

Il secoua la tête.

— C'est trop tard.

Je souris alors que ses mains glissaient dans mon dos puis sous mon tee-shirt. J'entendis la porte s'ouvrir au même moment.

— Putain, qui êtes-vous ?

Je relevai la tête et souris à Sam. Il ressemblait à un dieu nordique en colère debout devant la porte, plus large que jamais, son visage étant l'image même de la fureur.

— C'est Steven, tu te souviens ? Le voisin d'à côté ? Il est juste venu dire au revoir : lui et sa petite amie déménagent à Downers Grove.

Il hocha la tête, se retourna, et tint la porte grande ouverte.

— Vous feriez mieux d'y aller alors. C'est un sacré trajet.

Steven hocha la tête, recula, et me dit qu'il appellerait dès que Lisa et lui seraient installés. Je le lui fis promettre.

— Qui diable était-ce ? rugit Sam après avoir claqué la porte derrière Steven.

J'étais confus.

— C'était Steven, je viens juste de te le dire.

— Et que diable faisait-il…

— Non, non, non, le coupai-je en montrant ses pieds. À quoi penses-tu ? Enlève tes chaussures… je ne veux pas de flaques d'eau partout sur mon plancher propre.

Il grogna et tira ses bottes sans ménagement.

— Où sont tes galoches ?

— Jory, pourquoi ce connard était-il dans ma maison ?

— Il est venu pour dire au revoir.

Je lui lançai un regard noir avant de retourner à la cuisine.

— Est-ce que tu m'as écouté au moins ? Je me pose des questions à ton sujet, parfois… est-ce que tu as faim ? J'ai préparé…

Mais il fut soudain derrière moi, ayant traversé la pièce à la vitesse de l'éclair, me faisant pivoter pour lui faire face. Je poussai un petit cri surpris.

335

— Ses mains étaient partout sur toi !

— Il m'étreignait juste pour me dire au revoir.

— Et il avait besoin de toucher ta peau pour faire ça ?

— Je ne sais pas, tout le monde fait ça.

— Je sais ! Merde, je déteste ça !

Je le raillai.

— Il ne voulait pas coucher avec moi, idiot.

— J'ai vu son visage J, il en crève d'envie.

— Crois-moi, il ne voulait pas de moi. Si ça avait été le cas, il me l'aurait dit, exactement comme Aaron.

— Quoi ?

Je parlais beaucoup trop.

— J ?

— Je... merde !

— Dis-moi ce qui s'est passé.

— Sam, c'est...

— Dis-moi maintenant, s'il te plaît.

Le 's'il te plaît' n'était jamais un bon signe.

— J, dit-il encore.

Je lui expliquai donc mon entrevue sous la pluie avec mon ex. Je ne laissai rien de côté, pas même le baiser.

— Mmh mmh.

Il hocha la tête, les yeux durs.

— Cela ne veut rien dire, Sam.

— Seulement parce que tu t'en moques. S'il n'en tenait qu'à lui, tu serais à lui.

— Oui, mais...

— Tu dois arrêter d'être si accommodant avec tout le monde. Tu dois apprendre à dire non.

— Je dis non souvent.

— Conneries.

— Sam, je...

— Tu es bien trop gentil.

— Sam.

— Comme avec ce connard ce soir.

— Sam.

— Ce type...

— Steven, lui rappelai-je.

Il grogna.

— Ce type, Steven avait envie de toi, et tu es trop aveugle pour...

336

— Ne te mets pas dans tous tes états.

— Jory, tu dois faire plus attention. Tu…

— Oui, chéri, dis-je en bâillant, lui souriant.

— Nom de Dieu, est-ce que tu m'écoutes ?

Je bondis sur lui, enroulant mes bras autour de son cou.

— Pas vraiment. Bienvenue à la maison.

Il m'attrapa, me tenant serré, respirant ma peau.

— Personne d'autre ne peut t'avoir, tu es à moi.

— Tout le monde le sait, Sam.

— Mon cul, ouais ! Tu es trop gentil… tout le monde pense avoir une chance avec toi.

Je tapotai son épaule et lorsqu'il croisa mon regard, je fis un geste vers le pot sur le comptoir.

— Merde ! gémit-il, plongeant dans sa poche pour y dénicher une pièce. Fais-moi une faveur, enroule tes jambes autour de moi pendant que je cherche de la monnaie.

Je ris alors qu'il se penchait et m'embrassait, passant une main sur mon cul. J'entendis la pièce rejoindre les nombreuses autres déjà dans le pot.

— Heureux ?

— Extatique.

Il grogna quand il sortit de la cuisine avec moi pour remonter le couloir vers la chambre.

— Et ouais à ta question précédente, dit-il d'une voix basse et rauque. J'ai faim… mais pas de nourriture.

— J'avais deviné, dis-je, mon corps se liquéfiant tandis qu'il me pressait fermement contre lui.

— Embrasse-moi.

Il n'avait pas besoin de me le demander deux fois.

Il dîna avec moi plus tard, lui en pantalon, et moi dans mon bas de pyjama et mon tee-shirt, et nous parlâmes en mangeant. Après dîner, je l'envoyai sur le canapé pour regarder la télévision pendant que je nettoyai. Il préféra mettre la stéréo à la place et Astrud Gilberto remplit l'appartement. C'était apaisant, et lorsque je le rejoignis, j'apportai une tasse de thé chaud pour lui et une pour moi. La couverture au bout du canapé semblait chaude et accueillante, alors je m'enveloppai dedans avant de m'asseoir. Je me remis à lui parler, mais lorsque je lui demandai comment s'était déroulée sa journée, je n'obtins pas de réponse. Levant les yeux, je vis qu'il observait la pièce.

— Qu'est-ce que tu fais ?

— Je m'imprègne du lieu.

Je jetai un coup d'œil autour de moi.

— C'est notre appartement, Sam.

Ses yeux revinrent se poser sur moi.

— Ouais, mais il a l'air différent quand tu es là.

Je me moquai de lui.

— Tu n'as pas besoin de me passer de la pommade, tu as déjà eu ce que tu voulais.

Il fronça les sourcils et je ravalai un rire de dérision.

— Qu'essaies-tu de dire ? lui demandai-je.

Il garda le silence une minute, réfléchissant, puis ses yeux croisèrent les miens une fois de plus.

— Je connais des flics vraiment incroyables qui rentrent chez eux après avoir vu du sang et souffert toute la journée. Ils retournent dans des foyers où ils sont aimés et où l'on a besoin d'eux après avoir parlé à des gens qui connaissent le pire moment de leur vie à la suite d'un drame. Tu ne sais même pas à quel point je pense à toi quand j'ai les yeux grands ouverts la nuit.

Je pris sa main et enlaçai ses doigts chauds aux miens.

— Le simple fait de rentrer à la maison, d'aller dans notre chambre et de te voir endormi, bien au chaud et en sécurité dans notre lit... je peux... je peux à peine respirer. Ma maison est un sanctuaire maintenant, et je ne renoncerai pas à ça parce que tu es en colère contre moi à cause de quelque chose que mes amis ont dit ou parce que je déteste la façon dont... Stacy ?

— Tracy, le corrigeai-je en souriant et en posant mon mug à côté du sien sur la table basse.

— Je ne vais pas abandonner ma maison parce que je déteste la façon dont Tracy m'appelle 'amant'.

— Je lui ai dit que je n'aimais pas ça non plus. Le seul qui peut t'appeler 'amant', c'est moi.

Il plissa les yeux.

— Ouais, mais ne m'appelle pas comme ça, c'est nul.

Je hochai la tête, regardant nos doigts enlacés.

— Regarde-moi.

Je levai les yeux.

— Je n'aime rien ni personne autant que toi. Tu es toute ma vie.

J'ouvris la couverture et grimpai sur ses genoux. Il me tint serré, son visage dans mon cou alors que ses mains glissaient sous mon tee-shirt pour toucher ma peau.

— Tu es gelé, me dit-il.

— Je t'aime, lui répondis-je.

— Je sais.

Il sourit, déposant une traînée de baisers de ma gorge à ma mâchoire, puis sur mon menton avant de s'arrêter sur mes lèvres. Je les entrouvris et sa langue glissa à l'intérieur. Il m'embrassa profondément en prenant son temps.

— Si Aaron Sutter t'embrasse encore une fois, il va le regretter, dit-il en rompant le baiser, me laissant pantelant.

— Il ne le fera plus… nous en avons terminé.

— Pourquoi ?

— Je lui ai dit que tu étais le seul homme que j'avais jamais aimé.

— Ça devrait suffire, dit-il avec un sourire diabolique avant de m'embrasser à nouveau.

Il était si content de lui, mais ça me convenait. Le fait qu'il sache que je l'aimais était une très bonne chose.

Lorsque je me tortillai sur ses genoux, des petits bruits m'échappant, frottant mon entrejambe contre son ventre plat, il posa ses mains sur mes cuisses pour m'empêcher de bouger.

— Stop. Je veux te parler de Susan Reid.

Mais j'avais besoin d'être connecté avec lui, et je le voulais d'une seule et unique façon.

— Sam, soufflai-je, mes mains débouclant sa ceinture, tâtonnant avec le bouton et la fermeture éclair. S'il te plaît…

— Non, écoute… nous devons…

— Non.

Je secouai la tête, ouvrant son jean, écartant les pans, mes mains glissant dans son caleçon. Toi, qui me veux, qui m'aime… ça m'excite à un point que tu n'imagines même pas.

— Jory… bébé… je…

J'enroulai mes doigts froids autour de son sexe durcissant.

— Mon Dieu.

Sa voix était rauque et profonde.

— Je n'arrive même plus penser, gémit-il.

Ce qui était l'effet recherché.

Je me penchai vers le bout de la table, ouvris le tiroir, et récupérai la bouteille qui s'y trouvait. Il faudrait que je me souvienne de récupérer toutes les bouteilles de lubrifiant qui traînaient dans la maison avant que nous ayons des invités. Je ne voulais pas que quelqu'un cherche un crayon pour suivre les résultats sportifs et revienne avec un tube de lubrifiant à la place. Comment pourrais-je expliquer ça au père de Sam ?

— Pourquoi glousses-tu ?

— Je ne glousse pas, lui assurai-je. Les écolières gloussent, les hommes rient.

Il leva les yeux au ciel puis me regarda, mais pas avant de repousser son jean jusqu'à ses genoux.

— Dis quelque chose de gentil, dis-je d'une voix rauque et basse que je ne reconnus même pas.

— Viens là.

Je me laissai tomber sur lui, à cheval sur ses cuisses, mes jambes repliées de part et d'autre de ses hanches. Ses mains étaient si agréables sur ma peau soudainement brûlante.

— Je veux manger avec toi tous les soirs sauf si toi ou moi avons une urgence ou un imprévu, d'accord ?

— D'accord, acquiesçai-je alors que je me mettais doucement à descendre sur lui.

— J'aime rentrer à la maison.

— Moi aussi.

— Ce n'est pas la maison si tu n'es pas là.

Mes yeux se rivèrent aux siens. Je regardai ses pupilles se dilater alors qu'il me remplissait, et que mon corps s'amollissait tandis qu'il caressait mon sexe.

— Bébé, c'est si bon.

— Tu m'as manqué.

— Oui, pas seulement à cause de… ça.

Sa capacité à parler s'amenuisait au fur et à mesure que je le prenais de plus en plus profondément en moi.

— Tu… je…

Je souris parce que je l'avais réduit à un marmonnement guttural. J'accélérai mon rythme, alternant des mouvements lents à d'autres, plus rapides, et sa respiration se bloqua brusquement.

— Mon doux bébé.

Cette litanie se répéta, passant du murmure au cri. Et j'eus la connexion dont j'avais si désespérément besoin.

# XV

JE DEVAIS faire pipi. Je m'assis dans le lit, et pendant une seconde, je n'eus aucune idée de l'endroit où j'étais.

— Rendors-toi.

Je regardai Sam qui était allongé sur le côté, près de moi. Quelques secondes plus tôt, j'étais dans le cocon chaud de ses bras, et maintenant j'étais assis, frigorifié, pesant le besoin de soulager ma vessie, les pieds sur le carrelage gelé de la salle de bains encore plus froide, et combien Sam râlerait lorsque j'essaierai de me réchauffer contre sa peau quand je reviendrai me coucher.

— Ou va pisser.

Je grognai et sortis du lit. En fait, cette fois je l'écrirais : j'avais besoin d'acheter des pantoufles de vieillard. Les chaussettes ne suffisaient pas. J'avais besoin d'une couche supplémentaire d'isolation entre mes pieds et le sol en plein milieu de l'hiver.

Je gémis sur tout le trajet menant à la salle de bains et au retour, et je me rendis compte que je n'avais aucun souvenir d'être allé me coucher. J'avais été si épuisé après avoir fait l'amour avec lui la deuxième fois qu'il avait probablement dû me porter. Non que cela l'ait jamais dérangé.

— Où es-tu ? demanda Sam en bâillant bruyamment, ce qui me ramena au présent.

— Je suis là, dis-je en souriant, revenant près du lit, prêt à plonger quand j'entendis une latte du plancher grincer dans le salon. C'était quoi ça ?

Sam passa de groggy à pleinement éveillé en quelques secondes. Lorsqu'il prit son arme sous son oreiller, je levai mes mains en signe d'incrédulité.

Il me jeta un regard noir en murmurant :

— N'en fais pas une scène.

J'ouvris la bouche pour lui faire entendre le fond de ma pensée, mais il posa un doigt sur ses lèvres afin que je me taise et se posta près de la porte.

— N'y va pas, lui murmurai-je. Reste ici.

Il secoua la tête.

— C'est bon, bébé.

Mais j'étais terrifié. Je n'étais pas vraiment en veine ces temps-ci. N'importe qui pouvait se trouver là-bas, et je détestai l'instant où il s'aventura seul dans les pièces sombres. Je lui donnai trois secondes d'avance et le suivis. La porte

341

d'entrée était grande ouverte et cela me flanqua une trouille bleue. Comment avions-nous pu ne pas l'entendre s'ouvrir ?

— C'est bon, me cria-t-il en allumant les lumières de la salle de séjour et de la cuisine.

Je montrai du doigt la porte.

— Ouais, je sais. Mais… reste calme. Assieds-toi sur le canapé et laisse-moi jeter un coup d'œil dans la maison.

Je fis ce qu'il me dit, ayant l'impression de me trouver dans un film d'horreur où quelque chose allait me sauter dessus d'un moment à l'autre.

— Je ne vois rien d'anormal, me lança-t-il depuis la seconde chambre avant de vérifier la porte qui menait au petit carré de béton qui était répertorié en tant que 'patio' lorsque j'avais emménagé.

Tout ce qu'on pouvait voir de là était les autres 'patios' de mes voisins.

Je l'attendis, frigorifié sur le canapé, alors que mon regard passait de fenêtre en fenêtre dans le salon. Lorsqu'un rayon de lumière fit pâlir le ciel, je crus voir quelque chose bouger. Mon cri l'alerta et Sam revint du couloir avec précipitation.

— Quoi ?

Je montrai la fenêtre qui donnait directement sur l'escalier de secours. Toutes les autres étaient beaucoup trop hautes pour que quelqu'un puisse les atteindre. Sauf si vous étiez un vampire.

Il traversa rapidement la pièce, mais s'arrêta en arrivant devant.

— J, c'est mouillé par ici.

Je sentis le frisson de peur s'enrouler autour de ma colonne vertébrale.

— C'est ouvert ?

Il se retourna et me regarda.

— Ouais.

— Merde ! dis-je en me levant pour le rejoindre.

— Reste là, m'ordonna-t-il, en remontant la fenêtre à guillotine.

— Ne t'avise pas de passer ta tête dehors, lui criai-je.

Je l'observai se décider et je vis les muscles de sa mâchoire se contracter, ses épaules se crisper avant qu'il se détende soudain et ferme violemment la fenêtre.

— Merci.

— Oooh, bébé, dit-il en marchant vers moi, passant un bras autour de mon cou et me m'attirant à lui pour embrasser mon front. Ça va aller. Je vais signaler l'incident… tu verras. Tout ira bien.

Je hochai la tête, tremblant contre lui.


Notre appartement grouillait de policiers. La plupart d'entre eux portaient ces vestes avec 'POLICE' en gros caractères jaunes, mais certains étaient en costume et cravate avec des chaussures noires brillantes, pendant que d'autres étaient en uniformes et casquettes avec des pardessus pour les empêcher d'être trempés par la pluie. Les types de la police scientifique étaient là eux aussi à chercher des empreintes et à prendre des photos, à l'extérieur sur l'escalier de secours, à l'intérieur près de la fenêtre, et en bas dans la rue. Quelqu'un était entré dans l'appartement, de cela ils en étaient certains ; ils ne savaient tout simplement pas qui et il n'y avait aucune empreinte.

Sam passa son temps au téléphone ou à parler à Hefron et Lange. Je fus surpris de voir Patrick et Chaz au lieu de Chloe, et encore plus surpris lorsque Patrick vint s'asseoir avec moi, sans parler, juste assis à côté de moi, épaule contre épaule, empêchant quiconque de s'approcher de moi.

— Dégagez, disait-il continuellement.

Cela dura des heures, et je piquai du nez lorsque Sam vint s'asseoir près de moi. Il passa son bras autour de mes épaules et me pencha contre son torse.

— Tu tiens le coup, bébé ?

Je hochai la tête.

— Jory, dit lentement Patrick, attirant mon attention. N'as-tu jamais pensé que les amis de Sammy ne se préoccupaient pas tant que ça que tu sois un homme, mais plus du fait que tu sois aussi jeune ?

Je le regardai.

— Ouais. Tu as raté ça, hein ?

Je tournai la tête pour regarder Sam, et je le vis arborer son air renfrogné.

— Il n'est pas si jeune que ça, grogna-t-il à son ami.

— Oh, va te faire foutre, Kage.

Il secoua sa tête.

— Tu es le seul mec dans notre groupe qui s'est choisi un joli petit lot.

— Il a vingt-six ans, Pat.

Mais l'inspecteur Patrick Cantrell se levait déjà du canapé. Il tendit la main et ébouriffa mes cheveux avant de traverser tranquillement la pièce pour parler à Chaz.

Je me tournai et regardai Sam.

— Quoi ?

— Ils pensent tous que je vais finir par te laisser pleurer dans ton café parce que tu es vieux.

— Je ne suis pas… va te faire foutre, J, je ne suis pas vieux ! Je n'ai même pas quarante ans.

— Non, tu ne l'es pas.

— Je n'aurais pas quarante ans avant trois ans !

— Deux ans, le corrigeai-je. Tu as déjà fêté ton anniversaire cette année. Tu as trente-huit ans.

Il me regarda.

— Quoi ?

— Tu te souviens de la date de mon anniversaire ?

— Bien sûr… c'était en août.

— Je ne savais pas que tu…

— Tu es douze ans plus âgé que moi.

Il fronça les sourcils et j'eus droit à un grognement.

— Je ne suis pas vieux.

Je ne pus effacer le sourire sur mon visage, ma vie en aurait elle dépendu.

— Me laisser, murmura-t-il entre ses dents. Ça n'arrivera jamais.

Mais je pouvais dire à la manière dont son corps réagissait, le froncement de sourcils, les muscles crispés de sa mâchoire, et sa façon de s'agripper à son téléphone, que peut-être notre différence d'âge l'effrayait un peu aussi. Je ne pouvais pas permettre ça.

— Qu'est-ce que tu fais ?

Il était parfaitement évident que je cherchais à le réconforter. Ma main était sur ses genoux, dissimulée sous la couverture et mes lèvres étaient pressées sur sa gorge.

— Arrête, dit-il en se remuant inconfortablement, essayant de me repousser. Tu vas me donner une érection et je porte un survêtement.

— Tu n'es pas vieux.

— Merci, mais je le sais déjà.

— Tu es le gars le plus sexy que je connaisse, dis-je, glissant ma main sous l'élastique de son pantalon de survêtement.

— Arrête, avant que tu…

Je mordillai sa mâchoire avant de la lécher, faisant dériver mes lèvres vers son oreille.

— Bébé, gémit-il, enroulant rapidement son bras autour de moi, m'écrasant contre son torse dur et musclé. Arrête… je ne peux pas te prendre sur la table de la cuisine pour l'instant alors… arrête. J'apprécie ce que tu essaies de faire, mais mon ego n'est pas si délicat. Tout ce que j'ai à faire, c'est regarder tes yeux lorsque tu me vois pour savoir l'effet que je te fais.

Je fermai les yeux, abandonnant tout mon poids sur lui.

— Là, c'est ça. Détends-toi. Je te tiens.

Nous restâmes assis sur le canapé avec moi dans ses bras, les yeux fermés, flottant à la limite de la conscience pendant qu'il parlait au téléphone à Dane, à l'Agent Calhoun, à son capitaine et à sa partenaire, et à un tas d'autres personnes. Il était quatre heures du matin lorsqu'il me mit finalement au lit. Il m'embrassa en me souhaitant une bonne nuit, promettant qu'il revenait tout de suite et ajustant la couette autour de moi. Il y avait un officier de police devant la porte de notre appartement, deux autres postés devant l'entrée de l'immeuble, une voiture de patrouille garée dans la rue, et un autre officier qui arpentait les couloirs du bâtiment. Personne ne s'approcherait de moi. Je voulais qu'il reste. Il devait partir. Il allait parler à Susan Reid avec Dane. Je lui fis valoir que moi aussi, je devais être là, mais j'en avais fait assez. J'avais besoin de me reposer ; c'était tout ce que tout le monde attendait de moi. J'étais réellement trop fatigué pour argumenter.

Je réalisai, lorsque j'entendis qu'on verrouillait la porte d'entrée, que j'étais davantage prisonnier qu'autre chose. Il était effrayant de penser que je n'étais pas plus capable de faire ce qui me chantait que Susan Reid. Difficile d'imaginer une époque où les choses seraient différentes. Avant de partir, Sam m'avait demandé de réfléchir à une date à laquelle nous nous envolerions au Canada pour nous marier. Je rêvai de ça.

# XVI

JE VOULAIS tellement savoir ce qui se passait, mais lorsque j'appelai Sam dès que je me réveillai, il ne répondit pas. J'eus Dane à la deuxième sonnerie, et il me dit que, oui, Sam était avec lui et qu'aucun d'eux ne pouvait parler. Il me raccrocha au nez avant de pouvoir prononcer un autre mot. C'était tout simplement grossier.

Je vérifiai dehors. Il faisait encore nuit, la pluie tombait toujours, et le temps était encore couvert et gris. La voiture de police était là et je la vis à travers les rigoles de pluie qui descendaient le long de la fenêtre. La porte de l'appartement était gardée par deux policiers en uniforme. Je leur dis que j'allais faire du café et ils furent tous les deux très reconnaissants.

Vagabondant dans l'appartement, je réalisai combien il semblait froid et sombre. Peut-être que Sam avait raison ; peut-être qu'emménager chez lui était une meilleure idée. Logiquement, je savais que quelqu'un pouvait aussi s'introduire dans l'appartement de Sam, mais avant que quelqu'un l'achète, peut-être que le retirer du marché et déménager là-bas était une meilleure idée. Dane n'avait jamais compris en quoi prendre une location et vendre l'appartement que Sam possédait était intelligent. Et ça ne l'était pas, j'avais juste été trop têtu pour être d'accord avec lui. Lorsque Sam reviendrait à la maison, je lui dirais que j'avais reconsidéré les choses et que son appartement pourrait à nouveau être notre foyer. Je ne pouvais simplement pas me départir d'une sensation de malaise, et je doutais qu'elle s'en aille un jour.

J'apportai aux policiers devant ma porte deux tasses de café chaud et fumant et leur dis que j'allais préparer des muffins, puisque je ne pouvais pas sortir pour aller travailler. J'avais reçu des ordres stricts de Sam : mon cul ne devait pas quitter la maison – telle que l'indiquait la note sur ma table de chevet quand je me réveillai. Apparemment, même si j'essayais de quitter l'appartement, je n'irais nulle part – les policiers avaient reçu des ordres. Je me résignai donc à rester à la maison. J'appelai Aubrey, puis Dylan, et finalement Aja juste pour savoir ce qu'elle faisait. Elle mourrait d'envie de savoir ce qui se passait, elle aussi, puisqu'elle aussi était consignée chez elle sous protection policière. Je lui dis que je cuisinais. Elle faisait des conférences téléphoniques. Elle gagnait pour être plus productive.

Je pris une douche après avoir regardé la télévision un moment, et j'allai donner les muffins aux policiers. J'avais peur, cependant, et je traînai une chaise pour la coincer sous la poignée de la porte de la salle de bains afin que personne ne puisse entrer sans que je le sache. C'était exactement la raison pour laquelle j'avais un rideau de douche en vinyle transparent. Norman Bates ne me prendrait jamais par surprise.

La porte du placard du couloir était ouverte lorsque je sortis de la salle de bains. Je sentis les poils de ma nuque se hérisser. Je me précipitai vers la porte d'entrée et sortis dans le couloir. Les policiers me regardèrent comme si j'avais deux têtes. Ils firent ce que je leur demandai, cependant, et m'accompagnèrent à l'intérieur, vérifiant tout l'appartement avec moi. Mais comme les fois précédentes, il n'y avait rien. Personne. Je leur demandai s'ils pouvaient s'asseoir à l'intérieur avec moi et ils acceptèrent.

Une heure plus tard, ils durent changer de garde. Ils sortirent, mais pas avant de me montrer du doigt la voiture de patrouille qui venait de s'arrêter dans la rue. Ils promirent d'envoyer leurs remplaçants ici. Je leur en fus très reconnaissant. Lorsque je refermai la porte derrière eux, je fus pris d'un violent frisson. J'avais besoin que Sam revienne à la maison ou j'avais besoin de sortir de l'appartement. Être enfermé n'était jamais une bonne chose pour moi. Courir, bouger, l'un ou l'autre étant préférable que de rester assis à attendre. Et je me gelais, ce qui ne contribuait pas à améliorer mon humeur.

J'allais chercher un pull, et lorsque je revins du couloir, je vis quelque chose bouger du coin de l'œil. Je me retournai, et il y avait un oiseau qui volait au plafond. En plein milieu de l'hiver, il y avait un pigeon maintenant posé au sommet de l'une des poutres de mon plafond. C'était quoi ce délire ? Je regardai du côté des fenêtres ; je vis que celle qui donnait sur l'escalier de secours était entrouverte de quelques centimètres. Je me retournai et me figeai, me retrouvant face à face avec Caleb Reid.

— Seigneur ! croassai-je en marchant à reculons avant qu'il lève une arme sur moi.

On frappa à la porte.

— Dis-leur que tu ne veux pas qu'ils entrent, Jory, me dit-il, la voix douce et contrôlée comme jamais.

— Oui ? criai-je.

— Monsieur Harcourt, voulez-vous que nous entrions ?

— Non, merci, réussis-je à dire.

— Très bien alors, nous restons juste là.

Cela me faisait une belle jambe. Merde !

— J'étais dans le placard, dit-il soudain, tout sourire.

Et je compris. Il avait ouvert la fenêtre pour faire croire à Sam qu'il était sorti par là. Aucun de nous n'avait pensé à vérifier ailleurs dans l'appartement après le balayage initial de Sam. Et la police qui était venue ne s'était préoccupée que de cette même fenêtre, de cette même issue.

— Je t'ai regardé dormir la nuit dernière.

Je sentis la chair de poule recouvrir ma peau. J'essayai de contrôler le tremblement qui me traversa, sans succès.

— Effrayant, non ?

Je hochai la tête.

— Je suis sorti par l'escalier de secours pendant que tu prenais ta douche. Désolé d'avoir laissé entrer l'oiseau.

Je gardai les yeux rivés sur lui, réalisant que ses pupilles étaient complètement dilatées. Il avait l'air d'avoir pris quelque chose. Je ne savais pas quoi.

— Dis-moi ce que tu comptes faire.

— Viens plus près, je veux regarder tes yeux. Je ne les ai jamais regardés.

Ma vie dépendait du fait d'avancer, mais je ne pouvais toujours pas.

— Où est ta mère, Jory ?

— Je n'en ai aucune idée.

— Donc tu es un orphelin.

— Ouais.

Il hocha la tête.

— Mais pas vraiment… tu as Dane.

J'essayai de respirer.

— Et tu es le seul dans ce cas-là.

Le regardant, je vis à quel point il semblait vide. Comme s'il était complètement usé. Je ne l'avais jamais remarqué avant.

— Dis quelque chose.

— Comme quoi ?

Il s'approcha de moi.

— Pourquoi t'a-t-il choisi ?

— Je n'en ai aucune idée.

— Tu ne lui as jamais demandé ?

— Non.

— Il a détruit ma famille, tu sais.

— Comment ça ?

— Mon père… il a cessé d'aimer ma mère.

— Pourquoi ?

— Parce qu'elle a abandonné son fils. Il ne pourra jamais lui pardonner de ne pas avoir eu confiance en lui.

— Ils étaient tous les deux à l'université. Il doit être indulgent avec elle.

Il sourit légèrement, mais c'était un sourire doux-amer.

348

— Oui, il le devrait.

J'attendis ce qu'il allait faire ensuite.

— Elle voulait si désespérément qu'il revienne.

Chaque femme qui avait un jour rencontré Dane Harcourt voulait quelque chose de lui. Il n'était pas étonnant que sa propre mère ne soit pas différente.

— Et toi, Jory, tu es la raison pour laquelle il ne le fait pas. Pourquoi aurait-il besoin de sa vieille famille alors qu'il t'a, toi ?

La voix calme et contrôlée était plus effrayante que s'il avait crié sur moi. Je sentis la chair de poule se dresser sur ma peau.

— Il me déteste ; mon père, ma mère… nous tous.

— Non.

Il hocha lentement la tête.

— Tu as raison, c'est pire que ça. Il ne ressent rien pour moi, pour aucun de nous.

Ce qui était la vérité.

— Je pensais que peut-être mon père aurait une chance avec lui – il ne savait pas, après tout.

Je gardai le silence, ne voulant pas le provoquer.

— Il lui donnera tout ce qu'il veut… c'était si facile pour mon père de lui demander de l'argent. Dane lui donnera tout sauf du temps passé avec lui, ou moi. C'est comme s'il nous payait pour rester loin de lui.

Du temps demandait de l'intérêt, ce que Dane n'avait pas. Caleb avait raison. L'argent était facile à obtenir ; mais s'asseoir et simplement parler, passer du temps ensemble, c'était trop demander. Dane ne passait du temps qu'avec ceux qu'il aimait profondément.

— Et il ne me touche jamais le premier. Si je devais ne plus jamais l'étreindre, il s'en moquerait. Mais toi… Le simple fait de voir ses yeux s'adoucir lorsque tu entres dans une pièce… cela me coupe le souffle.

C'était une chose bizarre à dire. Ce n'était pas quelque chose qu'un homme penserait, c'était quelque chose qu'une femme penserait… ou une mère dont on est séparé.

Je regardai les larmes glisser lentement sur ses joues.

— Et maintenant, il y a Aja aussi. Avant il n'y avait que toi, mais maintenant elle est là aussi.

Il ne me parlait pas vraiment. Je n'étais même pas sûr qu'il puisse me voir.

— Je voulais juste ma vie, Jory… je voulais qu'il revienne.

Merde.

— Caleb ?

Il avait l'air confus.

— Non, Jory, c'est moi.

Mon estomac se retourna. Il ne pensait pas être Caleb. Seigneur, qui donc croyait-il être ?

— Je pensais, lorsque je l'ai trouvé... puisque ses parents étaient morts... je pensais qu'il aurait besoin de nous – de moi. Mais pas du tout. Il n'avait besoin d'aucun d'entre nous... parce qu'il t'avait, toi.

Quand était-il passé de Caleb à celui qu'il était maintenant ? Il avait commencé en étant Caleb, mais maintenant...

— Pourquoi devais-tu être là, cher Jory ?

*Cher ?*

— C'est drôle... tu es réellement un si bon garçon.

On aurait dit... Susan.

— Merde ! jurai-je.

Il inclina la tête comme s'il était intéressé par ce que j'allais dire, intéressé par la conclusion que je tirerais.

Bordel de merde ! Il pensait qu'il était sa mère.

Nous nous faisions face, lui avec son arme, moi prêt à détaler dans la direction opposée à celle où il pointerait son arme.

— Pourquoi tuer tous ces hommes ? lui demandai-je, essayant d'entamer une conversation.

— Je ne voulais pas.

Il me sourit froidement.

— J'ai juste... Caleb t'aime bien, et il était supposé m'aider.

— Est-ce que Caleb a fait quelque chose ?

— Il t'a appelé après que tu t'es enfui.

— Il n'a tué personne.

— Non... personne.

— Vous êtes forte. Ils pensaient que c'était un homme qui avait tué ces hommes.

— Un homme l'a fait.

Je compris.

— Greg.

— Oui. Greg les a tués, mais lorsqu'il a appris à propos de l'inspecteur – ton homme – il est devenu froussard.

Je hochai la tête.

— Vous avez fait sauter la voiture de Sam.

— J'ai pensé que si je le tuais, tu serais trop accablé de chagrin pour en faire plus.

— Mais il n'est pas mort.

— Non, et puis, tu es venu me chercher, alors Greg se devait d'être là pour que tu le trouves.

— Mais il était quelque part ailleurs d'abord, dis-je, continuant à assembler le puzzle.

— Oui.

— Vous avez tué la mère de Greg.

— Et Caleb le savait.

C'était totalement surréaliste de parler à Caleb et qu'il me réponde comme s'il était sa mère.

— Il vous a couverte en ramassant le couteau.

— Oui, il est stupide, mais pas complètement idiot.

— Pourquoi Greg Fain vous aurait-il aidé à tuer ces gens ?

Il haussa un sourcil.

— S'il vous plaît, dites-moi.

Il plissa les yeux.

— Sa mère était nonne avant d'être violée. Qui selon toi portait le poids de toute sa rage ?

Ce qui répondait à ma question de savoir pourquoi la mère et le fils ne vivaient pas ensemble.

— Qui selon toi se sentait sale et n'a jamais été aimé ?

— J'ai compris.

— Peut-être, dit-il en me regardant qu'être orphelin n'est pas une si mauvaise chose.

— Je ne suis plus orphelin.

— Tu ne seras plus rien du tout, dit-il en levant son arme.

— Ne faites pas ça, s'il vous plaît, Susan, suppliai-je, utilisant le nom qu'il reconnaîtrait à cet instant.

— Je dois le faire, je te hais. Je te veux mort et enterré.

Je pensai à Sam. Je pensai à Dane. Mon cœur me faisait mal. Je pouvais sentir combien mes muscles étaient tendus, entendre mon sang se précipiter de façon assourdissante entre mes oreilles, essayer de prendre une respiration et me rendre compte que je ne pouvais pas. Il devait y avoir plus. Plus d'amour, plus de travail, plus de temps, plus de tout. Je plongeai en avant sans réfléchir, je l'entendis hurler de très loin.

Son épaule droite explosa en sang et il cria comme un animal blessé alors qu'il s'effondrait sur le sol devant moi. Je m'agenouillai à côté de lui, enlevant mon tee-shirt, le mettant en boule avant d'appuyer sur la plaie pour la comprimer.

— Monsieur Harcourt, écartez-vous !

Mais comment aurais-je pu ? Caleb me regardait avec des yeux si blessés.

— Oh mon Dieu, Jory.

Sa voix tremblait ; je vis la couleur quitter son visage, vis ses yeux devenir vitreux, les gouttes de sueur sur son front.

— Est-ce que tu vas bien ?

Je hochai la tête avant d'être brusquement attrapé par-derrière et jeté en arrière près du canapé. Je vis les deux officiers qui se trouvaient à l'extérieur se déplacer à l'unisson, l'un écartant l'arme d'un coup de pied, l'autre posant son pied sur la poitrine de Caleb.

— Non ! hurla-t-il lors qu'il était retourné sur le ventre, son bras vaillant tordu derrière lui.

Cela eut l'air plus sévère que ça aurait dû l'être, plus brutal, plus rapide.

Les deux officiers se trouvaient au-dessus de Caleb, le maintenant à terre, l'un pressant son visage sur le plancher, l'autre le menottant bien serré, assis sur ses jambes. Il était impossible qu'il bouge ; il n'avait aucune échappatoire cette fois. J'entendis un bruit de tonnerre dans le couloir avant que la porte d'entrée s'ouvre à la volée. Davantage de policiers entrèrent l'arme au poing, s'annonçant en criant jusqu'à ce qu'ils réalisent que la situation était sous contrôle. J'entendis dire que les lieux étaient sécurisés et j'en fus réconforté.

Je les regardais dans un état second alors qu'ils parlaient dans les radios accrochées à leur épaule, appelant pour raconter à leur correspondant ce qui s'était passé. Je fus remis debout, dirigé vers le canapé, et assis. On m'enroula dans une couverture avant qu'on me demande si le sang sur moi était le mien.

Je secouai la tête.

— Non.

Ils me laissèrent alors, car Caleb hurlait mon nom. Quand je ne l'entendis plus, je fermai les yeux et me penchai en arrière, laissant la peur, le froid, et la nausée m'envahir. Je ne pouvais m'arrêter de trembler. Je pensais avoir eu froid avant… il s'avéra que j'avais tort.

ILS AVAIENT besoin d'un endroit où m'emmener. Je ne voulais parler à personne, alors je choisis d'aller à l'hôtel plutôt que chez quelqu'un. La chambre fut vérifiée deux fois, mais je n'étais plus inquiet. Tous ceux qui voulaient me tuer étaient en garde à vue. Les officiers qui m'avaient amené ici étaient les mêmes que ceux qui avaient gardé ma porte plus tôt. Le plus âgé, l'officier Fadden, avait tiré sur Caleb. Il m'arrêta avant que j'entre et me remercia de m'être soucié de lui et de son partenaire. Je ne les avais pas appelés pour leur demander de l'aide parce que je n'avais pas voulu qu'ils soient blessés. Apparemment, ils le savaient tous les deux, comme tous les autres.

— L'inspecteur Kage sera bientôt là, me promit-il en me serrant l'épaule.

352

Je hochai la tête, me faisant l'impression d'être un zombie, et entrai dans la chambre d'hôtel. Longtemps après, j'entendis la porte de la salle de bains s'ouvrir même avec le bruit de la douche.

— Bébé.

Je ne répondis pas.

Le rideau de douche bougea lentement et je levai les yeux pour trouver Sam.

— Que fais-tu ici ?

— J'ai du sang partout sur moi… il y en a dans mes cheveux.

— Seigneur, souffla-t-il, tirant complètement le rideau pour pouvoir couper l'eau.

J'étais assis dans la baignoire, les genoux repliés contre ma poitrine, les serrant entre mes bras.

— Bébé, l'eau est gelée.

— Ah oui ?

— Tu l'as laissée refroidir.

Je ne sentais pas vraiment la différence.

Il attrapa des serviettes et me souleva sans effort avant de s'asseoir sur le bord de la baignoire avec moi sur ses genoux. Il ne fut pas délicat en me séchant, choisissant la vitesse au lieu de la douceur.

— Combien de temps es-tu resté assis ici ?

— Je ne sais pas, réussis-je à peine à dire alors que mes dents claquaient

— Merde.

Il soupira et se leva, me portant de la salle de bains à la chambre.

— Je veux emménager chez toi. Ne vends pas… allons là-bas.

— Bébé…

— Caleb m'a regardé dormir la nuit dernière quand tu es parti… je ne me sentirai plus jamais en sécurité dans cet appartement.

Il émit un bruit qui venait du fond de sa poitrine avant de parler. Sa voix était dure et bourrue.

— Dès qu'ils libéreront les lieux du crime, j'appellerai les déménageurs, d'accord ?

Je tremblais fortement, alors il rejeta les draps et les couvertures avant de me mettre au lit, me couvrant entièrement, même ma tête.

— J'avais tellement peur, Sam.

Il ne répondit pas, mais j'entendis le tintement de sa boucle de ceinture, le bruit sourd de ses bottes touchant le sol, le bruissement du tissu alors qu'il glissait sur sa peau.

— Tu avais raison… j'aurais dû avoir plus peur tout le temps.

Les couvertures se relevèrent tandis qu'il se glissait dans le lit à côté de moi. Sa poitrine nue se pressa contre mon dos, ses bras s'enroulèrent autour de moi, il enfouit son visage dans mon cou alors qu'il prenait sa place, son aine contre mes fesses. Rien de sexuel dans tout ça, il voulait juste me réchauffer, me tenir, faire en sorte que je me sente protégé. Et cela fonctionna comme un charme, parce qu'avec lui j'étais blindé, et la chaleur rayonnante de mon homme était incroyable.

— Tu es un vrai bloc de glace, J. Je dois te réchauffer.

Je frissonnai violemment, sentant la chaleur de son corps commencer à s'infiltrer en moi.

— Je connais un moyen de me réchauffer.

Il me serra plus fort dans ses bras.

— Ne m'allume pas… Repose-toi seulement.

— D'accord.

Il se racla la gorge.

— Lorsqu'ils m'ont appelé… C'était une erreur de te quitter.

— Non. Tu devais parler à Susan. Dis-moi ce qu'elle a dit.

— Je le ferai, plus tard.

— J'ai cru que j'allais mourir, tu sais ?

Je le sentis trembler.

— Je ne voulais pas mourir, Sam.

— Ils m'ont dit que tu avais essayé de sauver Caleb… que tu avais fini par utiliser ton tee-shirt pour tenter d'arrêter l'hémorragie.

— Est-ce qu'il va aller bien ?

— Oui.

Je fus soulagé.

— Pourquoi s'en est-il pris à moi ?

— Il l'aurait fait un jour ou l'autre. C'était inévitable.

Je hochai la tête.

— Tu es incroyable.

J'ignorai le compliment. Il ne me semblait pas que ce soit le moment d'en donner ou d'en recevoir.

— Est-ce que Caleb est à l'hôpital ?

— Oui.

— Il ne va pas mourir, n'est-ce pas, Sam ?

— Non.

Je me tus, savourant sa chaleur, et il coinça ma tête sous son menton, resserrant son étreinte autour de moi.

— Ferme les yeux.

Je le fis, même si j'étais certain de ne plus jamais pouvoir dormir à nouveau.

— Je serai là. Je ne bouge pas.

Ce qui s'avéra être tout ce dont j'avais besoin d'entendre. En sécurité dans ses bras, je m'endormis en quelques secondes.

354

# XVII

PARFOIS, LES gens prenaient des décisions pour vous parce qu'ils pensaient savoir ce qui était le mieux. J'avais un problème avec ce genre de raisonnement. Par exemple, deux semaines plus tard, quand Susan Reid voulut que je l'accompagne à l'hôpital pour voir Caleb, Sam et Dane prirent la décision de ne pas me le dire. Malheureusement pour eux, Gwen m'appela et me fit part du souhait de sa mère. J'allai donc seul la retrouver à l'hôpital psychiatrique d'Evanston.

Nous nous assîmes ensemble, Susan et moi, dans la zone qui se trouvait à l'extérieur des lourdes portes métalliques et parlâmes. Je m'excusai d'avoir pensé qu'elle était folle. Je lui dis que je lui aurais envoyé une carte, mais Hallmark n'en avait pas pour avoir présumé à tort que quelqu'un était un meurtrier psychopathe. Il n'y avait pas non plus de fleurs qui convoyaient ce sentiment. Elle m'adressa l'esquisse d'un sourire et quand je lui offris une douzaine de roses jaunes à longues tiges. Elles signifiaient 'amitié', et elle me remercia.

— Pourquoi avez-vous fait ça ? lui demandai-je gentiment.

Elle prit une grande inspiration pour se stabiliser, les yeux emplis de larmes.

— J'avais déjà perdu un de mes fils et mon mari… je ne pouvais pas perdre quelqu'un d'autre.

— Mais Caleb… il aurait pu tuer à nouveau. Si ça n'avait pas été moi, cela aurait pu finir par être Dane.

Elle secoua sa tête.

— Je ne sais pas, Jory, je ne pensais pas correctement. C'est encore le cas maintenant… je voulais juste… J'ai perdu ma vie lorsque j'ai donné Dane à l'adoption, c'était juste que je ne le savais pas.

Je hochai la tête.

— J'étais obsédée par l'idée de le ramener, de faire de lui un Reid… je n'ai pas pensé à ce que cela ferait à Daniel… ou à Caleb.

— Bien sûr.

— Caleb a toujours été le plus sensible, si en phase avec moi, et lorsque je lui ai dit… je pense qu'il s'est senti trahi, comme si je lui avais menti pendant toutes ces années.

Je regardai son visage, les rides d'inquiétude autour de ses yeux et ses cernes. Elle semblait complètement vidée, le poids du monde l'écrasant purement et simplement.

— Et Daniel… il a demandé le divorce. Après si longtemps, il ne peut même plus supporter de me regarder. Et je sais que c'est de ma faute. Si je n'avais jamais abandonné Dane, ou si j'avais gardé ça pour moi et l'avait emporté dans la tombe… rien de tout cela ne serait jamais arrivé.

Comment pouvais-je argumenter ? C'était vrai à un certain point.

— Dane n'a pas voulu de nous, et cela a mis Caleb en colère… j'ignorais qu'il avait en lui la capacité de tuer des gens. Je ne l'ai jamais su.

— Ils ont dit à Sam qu'il avait deux personnalités complètement distinctes.

— Oui. Lorsqu'il tuait ces pauvres hommes… mais en tant que Caleb, il n'aurait jamais pu faire ça. Cette partie de lui qui est ton ami, Jory… il t'aime vraiment.

Je le savais. Le problème était que l'autre personne dans sa tête voulait mon cerveau répandu sur un mur.

— Ils ne s'attendent pas à ce qu'il aille mieux un jour. Il est comme ça depuis trop longtemps.

— Alors pourquoi sommes-nous ici ?

— Pour lui parler. Il a demandé après toi.

— Que va-t-il lui arriver ?

— Ils ont dit qu'après sa période d'observation, quand ils auront déterminé s'il est apte à supporter un procès, il serait transféré dans un établissement dans le Wisconsin, à long terme.

— De combien de temps parlons-nous ?

— Pour toujours, je suppose

— Je suis désolé.

— C'est pour le mieux. Je ne veux plus qu'il blesse d'autres gens.

— Puis-je vous demander quelque chose ?

— Bien sûr.

— Pourquoi y avait-il vos empreintes digitales sur le couteau retrouvé dans l'appartement de Caleb ?

— Il me l'avait montré une fois, me l'avait fait tenir… j'ignorais complètement que j'étais piégée à ce moment-là. Ce n'est pas ça qui vous vient à l'esprit lorsque vous discutez simplement avec votre enfant.

— Bien sûr.

Je hochai la tête.

— Autre chose ?

— Oui. Est-ce que Greg et lui étaient amis ?

356

— De très bons amis. J'aimais Greg aussi. Si Caleb venait à réaliser que c'est lui qui a tué Greg, cela le tuera sans doute.

Je voulais la réconforter, mais je ne savais pas comment.

Des larmes roulèrent sur ses joues.

— Oh Jory, la manière dont tu me regardes… mon Dieu, la capacité à aimer que tu possèdes, ta bonté… tu es un si bon garçon, Jory. Ta mère a fait un si bon travail avec toi.

Je ne lui dis pas que c'était entièrement l'œuvre de ma grand-mère. Annie Keyes m'avait aimé farouchement et désespérément, de tout son cœur, jusqu'au jour de sa mort. Ma mère était partie ; la seule personne qui lui restait à aimer, c'était moi. Ma grand-mère me manquait toujours, et j'aurais aimé qu'elle puisse rencontrer Sam et Dane. Elle aurait été folle des deux hommes, en particulier de Sam. Les personnes têtues et bourrues étaient celles qu'elle affectionnait le plus.

— Jory ?

— Désolé.

Je souris à Susan Reid.

— Mon esprit s'égare souvent.

Elle soupira, renfermant ses doigts sur les miens.

— C'est effrayant là-dedans. Je dois te prévenir.

— C'est bon, lui assurai-je, tapotant sa main avant de libérer la mienne.

Elle était réconfortée, et nous nous levâmes en même temps pour nous diriger vers la porte.

Je dus vider mes poches, et nous fûmes introduits dans la zone sécurisée. Lorsque la porte se referma et se verrouilla automatiquement derrière nous, j'eus un moment d'incertitude. Il y avait des surveillants partout, des hommes immenses et musclés qui plissèrent les yeux alors que nous approchions. Les gardes au bureau des infirmières étaient armés de matraques et les infirmières ne se déplaçaient jamais sans une escorte. Après nous être présentés, un infirmier nous amena jusqu'à la chambre de Caleb. Je m'attendais à une grande chambre avec une baie vitrée ; la réalité était toute différente. C'était une pièce minuscule avec des barreaux derrière une vitre scellée. Il n'y avait aucune échappatoire à espérer de ce côté. Une brise sur son visage serait un luxe pour Caleb.

Il était assis sur une chaise lorsque nous entrâmes. Sur le bureau devant lui, il y avait un de ces paquets craies et beaucoup de feuilles. J'imaginais qu'un crayon était hors de question dans un futur immédiat. Il y avait des livres, du genre épais que la plupart des gens disaient vouloir lire avant de mourir. Mais Caleb avait le temps maintenant de lire tous les grands romanciers russes. En fait, tout ce qu'il avait était du temps.

— Jory, dit-il et je m'approchai rapidement de lui.

Mon nom fut prononcé d'une voix pâteuse, et cela me brisa le cœur.

— Hé.

Je lui souris et m'agenouillai à côté de la chaise afin qu'il n'ait pas à lever la tête pour me regarder dans les yeux.

Sa main se posa instantanément sur ma joue, mais c'était comme s'il ne la contrôlait pas complètement. Elle tremblait et il la bougeait de façon mécanique, la posant par à coup sur moi plutôt que de la faire glisser doucement sur ma peau.

— Jory, qu'est-ce que j'ai fait ?

La lueur dans ses yeux… impuissante, perdue, abandonnée. J'avais du mal à respirer. Je me relevai et il attrapa ma main avec les siennes, son visage m'implorant de lui répondre.

— Je n'en suis pas sûr, mon pote, mais ils vont le découvrir.

— Ne t'en va pas, d'accord ? Reste ici et parle-moi.

Parler de quoi ? De ce que je ressentais encore pour lui d'un côté et combien je le craignais d'un autre, et cela en même temps ? De la façon dont Greg avait fait la bombe qui avait fait exploser la voiture de Sam, mais que Caleb l'avait posée puisque Greg était déjà mort ? Tout le monde était étonné que je puisse dissocier le Caleb que j'aimais de l'homme meurtrier qui avait presque tué l'amour de ma vie… mais je le pouvais. Je n'avais en fait jamais vu Caleb essayer de faire du mal à Sam, je l'avais seulement vu essayer de me faire du mal, et ça, je pouvais lui pardonner. Et c'était drôle que je le puisse, mais pas mon frère, Dane s'étant complètement détaché des Reid, ne traitant avec son père que par le biais de son avocat, la paperasserie étant le seul contact que les deux hommes avaient. Dane, tout comme Aja, avait demandé une ordonnance restrictive à l'encontre de Susan Reid. Il se fichait complètement qu'elle l'ait abandonné à la naissance. Le fait qu'elle ait menti pour protéger Caleb et qu'il s'en soit pris à moi, c'était mauvais ; mais qu'il aurait pu finir par s'en prendre à lui, mettant par conséquent sa femme dans la ligne de mire… c'était impardonnable. J'avais consolé Susan avec la promesse qu'un jour, il reviendrait sur sa décision. J'avais le sentiment que lorsqu'il aurait ses propres enfants, quand il sentirait ce lien, il pourrait se tourner vers elle ou son père et chercher à se réconcilier. Mais jusqu'à ce moment-là, ils devraient tous les deux attendre et espérer.

— Jory ?

Je m'étais à nouveau éparpillé ; et c'était troublant. Je regardai Caleb.

— Je dois y aller, mon pote… mais je reviendrai.

Il hocha la tête et il tira sur ma main afin que je me rapproche de lui. Mais je ne pouvais pas le serrer dans mes bras, je n'étais pas fort à ce point. Je tapotai son épaule à la place, et il poussa un profond soupir.

Je reculai et me retrouvai tout à coup serré dans les bras de Susan Reid, qui me surprit un peu avec la férocité et la rapidité de son mouvement. J'étais bel et bien effrayé, impossible de le nier.

— Tu as été plus gentil avec moi que mon propre fils.

Ce n'était toujours pas l'heure des compliments, et je ne voulais pas de celui-là de toute façon. Elle n'était pas autorisée à être critique envers Dane. Je me libérai et reculai hors de sa portée.

— Je vous appellerai.

— S'il te plaît, dit-elle avec un tel désir dans sa voix que cela me fit grincer des dents.

Parce que nous savions tous les deux que je ne le ferais pas. C'était la fin de la route pour Susan Reid et moi.

Je tournai les talons et me dirigeai vers la porte. Ce qui me fit jeter un dernier regard en arrière me dépassa, mais je le fis. Je n'aurais pas dû. Je m'étais dit que je reviendrais voir Caleb, m'asseoir avec lui, lui apporter des livres ou des coloriages – quoi que ce soit que l'on pût amener dans un hôpital et qui était permis. Quand mes yeux croisèrent les siens, je me figeai sur place.

Les yeux de Caleb, qui étaient remplis de larmes quelques secondes plus tôt, étaient à présent deux fentes glacées. Sa tête était légèrement inclinée vers l'avant de sorte qu'il me regardait en quelque sorte de haut, sa mâchoire crispée, son visage empreint de rage. La haine était gravée dans chaque ligne, dans le moindre frémissement de sa lèvre supérieure, comme s'il était prêt à gronder ou à mordre. Je ne doutais pas que si les médicaments lui avaient permis de se lever, il aurait bondi sur moi et m'aurait étranglé à mort juste là, dans cette chambre. Je tendis la main et attrapai le chambranle.

— Jory ?

Je ne pus même pas me tourner pour regarder Susan. J'étais tout à coup terrifié à l'idée de fermer les yeux et de voir pour le reste de ma vie le regard que Caleb avait à cet instant. De le voir se tenir au pied de mon lit chaque nuit, de l'entendre me dire qu'il m'avait regardé dormir. Il deviendrait mon père Fouettard personnel si je le laissais faire.

Je détalai hors de la chambre sans me soucier de paraître faible ou non. J'allai à la réception, récupérai mes affaires, et marchai aux côtés du surveillant alors même que j'avais envie de courir et de leur crier de me laisser sortir. Je gardai mes émotions sous contrôle, extérieurement calme et naturel, intérieurement bouillonnant tandis que la porte était ouverte et que j'étais libéré du côté capitonné des portes – qui maintenait les gens à l'intérieur – pour rejoindre le côté en métal dur de ces mêmes portes – qui gardait les gens à l'extérieur. Je ne m'arrêtai que lorsque je fus dehors sous l'auvent. Je regardai la pluie tomber à verse. Je pris de profondes gorgées d'air, me calmant peu à peu, heureux de savoir que je pouvais partir et ne jamais revenir. J'étais libre.

QUAND J'ÉTAIS jeune, il y avait ces nuits où j'avais peur. Des choses effrayantes tapies dans la nuit dont j'étais sûr qu'elles venaient pour moi. Mon imagination était sans limites, et j'étais même capable de rendre plausible la plus ridicule de mes terreurs. Dans ces occasions, j'étais certain que je ne vivrais pas assez longtemps pour voir l'aube. Dans mes cauchemars s'infiltrerait des bruits apparemment anodins – le moteur du réfrigérateur, un chien qui aboie, la chasse d'eau des toilettes – quelque chose qui me rappellerait qu'il y avait tout un monde en dehors de ma paranoïa. C'était réconfortant et je l'appréciais, et donc, quand Sam m'appela pour me rappeler que j'étais très en retard pour la fête d'anniversaire de la femme de son capitaine en centre-ville, la note d'irritation dans sa voix m'apaisa. Il était contrarié à cause de moi et cela m'ancrait dans la réalité.

Je me sentis encore mieux lorsque j'arrivai dans la salle de réception immense de l'hôtel où se déroulait la soirée. Il y avait beaucoup de gens, et je pouvais facilement me fondre dans la foule. Je détaillai les lieux à la recherche de personnes que je connaissais, et lorsque je repérai Patrick au bar, je sus que Sam ne devait pas être loin. Je me penchai un peu et fus récompensé par la vue de mon homme. Je n'étais pas le seul à le détailler.

Il y avait un groupe de femmes qui les dévorait des yeux, Pat et lui. J'allais faire un signe à Sam pour attirer son attention, mais une main sur mon dos m'en empêcha.

— Salut, Jory.

Ersi Cantwell, la femme de Pat, me sourit lorsque je tournai la tête.

— Salut à toi, dis-je en rendant son sourire, me penchant pour l'embrasser.

Elle déposa un bisou sur ma joue avant de soupirer à fendre l'âme.

— Mon Dieu, chaque fois que nous venons dans ce genre de soirées, c'est la même chose. Vois-tu ces vautours autour de mon homme ?

— Oui, m'dame, je les vois, dis-je en souriant. Elles semblent intéressées par Sam aussi.

Elle fit un geste dédaigneux de la main.

— À d'autres, veux-tu, elles n'ont aucune chance avec Sam… Sam est gay. Patty, lui…

Je fis un geste vers la robe rouge scintillante qui moulait parfaitement ses formes.

— Ma chérie, dans cette robe, pourquoi diable aurais-tu besoin de t'inquiéter ?

Elle était magnifique. Avec une queue de cheval, en survêtement en train de faire la lessive, elle était magnifique. Et maintenant, elle s'inquiétait que quelqu'un lui prenne son homme alors qu'elle était toute parée, et au mieux de sa forme ? Je ne comprenais pas du tout les femmes.

— Tu es si bon pour mon ego.

Elle plissa les yeux en direction des femmes qui se tenaient maintenant de chaque côté de Sam et Pat. Lorsque les deux hommes furent menés sur la piste de danse, je fus surpris. Je n'avais jamais vu Sam danser.

Ersi et moi nous penchâmes sur le comptoir du bar alors que Stephanie Diaz s'approchait de nous. Elle avait l'air confus.

— Quoi ? lui demandai-je.

— Est-ce que ce sont vos hommes là-bas ?

Ersi grogna.

— Pourquoi n'êtes-vous pas... oh ! dit-elle après une minute passée à regarder Sam et Pat sur la piste.

Son visage se plissa comme si elle venait de manger un citron.

— Peu importe.

Ersi ravala un rire de dérision ; je ne pus retenir mon sourire.

— Waouh, siffla Stephanie. En voilà une danse terrible !

— Je pointai Chaz qui était en train de danser avec une femme que je ne connaissais pas. Qui est-ce ?

— La femme de son ex-partenaire.

J'inclinai la tête sur le côté.

— Elle est mignonne. Elle semble bien aimer Chaz.

Elle me pinça fortement.

— Aïïe, dis-je en rigolant, me tournant vers elle alors qu'elle se penchait vers moi, son bras posé autour de mes épaules.

— Elle l'aime plus que bien, cela a toujours été le cas.

Je me retournai pour regarder son visage.

— Qu'est-ce que tu veux faire ?

— Lui casser la figure, mais Chaz serait furieux.

Nous restâmes silencieux plusieurs minutes, tous les trois.

— Tu sais Jory, commença Ersi distraitement. Sam nous a dit que tu t'inquiétais que nous ne t'aimions pas.

Je me retournai et la regardai.

— Ce n'est pas vrai, soupira-t-elle. Nous t'aimons toutes les deux beaucoup. Tu agis comme nous... comme si tu étais marié... et nous pensons que c'est merveilleux. Je voulais juste te le dire. Je sais que plusieurs filles pensent que ce n'est qu'une phase, que Sam soit avec toi et tout, mais, Steph et moi... nous savons que c'est une véritable relation. Nous pouvons sentir la différence.

Je la dévisageai et elle sourit. Lorsque je regardai Stephanie, elle avait la même expression douce dans les yeux. Elles m'appréciaient toutes les deux en fait – pourquoi ne m'en étais-je pas rendu compte ? Mon regard revint sur Ersi.

— C'était juste pour que tu le saches, d'accord, donc tout va bien.

— Merci.

— Pas de quoi, soupira-t-elle, reportant son regard sur son homme. Seigneur, je déteste ces soirées.

Mais elles n'en avaient encore jamais passé avec moi.

— Bouge, lui ordonnai-je en me levant et en retirant mon manteau, ma veste et ma cravate.

Je déboutonnai ma chemise et la retirai, tout comme mon tee-shirt en dessous.

— J'apprécie le petit spectacle, me taquina Ersi en haussant un sourcil, mais chéri, que…

— Donne-moi juste…

Je montrai du doigt le chemisier de satin rouge qu'elle portait pour couvrir le charmant décolleté de sa robe.

—… ça.

— Jory, je vais ressembler à une prostituée sans ce chemisier.

— Tu auras l'air sexy, lui assura Stephanie. Tu as des seins parfaits, ma fille… montre-les.

Elle rougit, retira le chemisier, et me le donna.

Il était un peu serré, mais ça allait. Il était censé être échancré, pour montrer la peau.

— D'accord, les filles… allons danser.

Stephanie poussa un petit cri surpris et planta ses talons au sol lorsque j'essayai de la traîner avec Ersi et moi.

— Non.

Elle secoua sa tête.

— Je n'ai pas l'air aussi bien que vous deux. Je suis tellement grosse.

— Le mot est 'voluptueuse', lui assurai-je. Et bébé, ce cul a besoin d'être secoué.

Elle se mordit la lèvre.

— Mon cœur, repris-je en haussant un sourcil, c'est du disco.

Elle se mit à rire, posa son verre, et me prit la main en la serrant. Elles me faisaient confiance toutes les deux et cela me donnait l'impression de pouvoir voler.

Les anciennes chansons disco étaient irrésistibles, et j'avais la conviction que si vous étiez vraiment heureux et appréciez votre partenaire – ou partenaires, comme c'était le cas ici – alors rien d'autre ne comptait. La joie effacerait

362

tout le reste. Donc, même si au début mes filles eurent l'air mal à l'aise sur la piste, lorsque je commençai à chanter en accord avec la musique, imitant les mouvements de Travolta avant de saisir chacune d'elles à tour de rôle et de les faire virevolter autour de moi, elles commencèrent à rire. Je les vis toutes les deux commencer à se prendre au jeu, me regardant tout le temps, leurs yeux pétillants de surprise quand elles virent que je savais vraiment danser. Je me penchai en arrière, me cambrant presque jusqu'au sol avant de remonter lentement. Je fus ramené tout contre elle d'une main sur le devant de mon chemisier.

— Jory... chéri... regarde-toi bouger ! s'extasia Stephanie.

— Là, dis-je, posant ses mains sur mes hanches alors que je les balançai.

Elle soupira joyeusement et emboîta mon mouvement. Quelques secondes plus tard, je reçus une petite tape sur le cul. Regardant par-dessus mon épaule, je vis Ersi qui dansait derrière moi. Je me décalai vers elle et elle resta là où elle était en continuant à danser. Pris en sandwich entre deux femmes, j'en fis des tonnes, les laissant apprécier la souplesse de mon corps. Comme tout le monde connaissait les paroles répétitives des vieilles chansons, nous chantâmes de toute la force de nos poumons.

Je jetai un regard autour de moi et vis les yeux de Pat rivés sur sa femme alors qu'elle se tordait à côté de moi sur la piste de danse. Chaz leva sa main dans ma direction avec un regard vide et la bouche grande ouverte. Sa femme, avec la tête rejetée en arrière, les yeux fermés, ressentant la musique, avait toute son attention. Je montrai du doigt les gens autour de nous pour qu'il ne manque aucun des autres regards admiratifs dirigés sur Stephanie. Je vis la surprise sur son visage, et ne pus contenir mon sourire. Je tournai la tête pour chercher Sam, mais il était introuvable. Je n'étais pas inquiet, plutôt concentré à me trémousser avec mes filles, tous les trois serrés pour garder notre formation, nos mains les unes sur les autres.

La plupart des hommes hétéros n'aimaient pas danser, ou ne dansaient pas bien. Et même si je savais que je généralisai grossièrement, il était certain que les officiers de l'unité de Sam et son capitaine entraient dans cette catégorie. En un rien de temps, les autres épouses et petites amies les abandonnèrent, préférant la vraie danse plutôt que de rester assises ou de glisser bêtement un pied devant l'autre et recommencer. Les femmes, en général, aimaient danser, alors un groupe se forma sur la piste trois chansons plus tard. Nous étions tous déchaînés et drôles, et nous passâmes juste un super moment. Quand le DJ eut joué son répertoire entier de disco vintage, il passa à l'Electric Slide, comme un rappel du bon vieux temps. La partenaire de Sam, Chloe, vint danser juste à côté de moi.

Après ça, Ersi et moi, nous nous déhanchâmes comme en boîte de nuit, faisant paraître la danse de club plutôt pornographique, même avec nos vêtements. Lorsque l'inspecteur vint réclamer sa femme, il pointa un doigt sur moi, me promettant qu'il me surveillait. J'eus droit à une tape derrière la tête en guise d'avertissement, et un immense sourire de la part de sa femme. J'avais mis un coup de projecteur sur son côté sexy en diable, et j'eus droit à un baiser soufflé du bout des doigts en guise de remerciement. Lorsque je levai les yeux à la recherche de Stephanie, je la vis accoudée au bar, le bras protecteur de son mari passé autour de ses épaules. Les deux femmes avaient été revendiquées, et j'étais content de moi.

— C'est Jory, n'est-ce pas ?

Je me retournai et me trouvai face à la femme du capitaine de Sam.

— Oui, m'dame.

Son sourire était timide.

— Est-ce que le Hustle fait partie de votre répertoire ?

Je lui adressai un grand sourire.

— Oh oui, m'dame.

Elle rayonna quand que je lui pris la main et la dirigeai sur la piste. Alors que nous commencions à danser, le DJ, toujours vigilant, mit la chanson. Après ça, j'enchaînai les mouvements que j'avais appris et je fus agréablement surpris quand la femme du capitaine me suivit sans problème. Les années soixante-dix étaient apparemment son époque, et les pas lui revinrent facilement. Elle éclata d'un rire profond quand je la fis se cambrer. Lorsque je la redressai, elle m'étreignit avant de se pencher pour embrasser ma joue.

— Oh, Jory, vous êtes charmant.

Je la fis tourner sur elle-même et revenir vers moi tandis que la chanson suivante démarrait.

Trente minutes plus tard, je m'excusai pour aller aux toilettes, promettant de revenir alors même que j'entendais des sifflets et des huées lorsque le capitaine rejoignit son épouse. Il me serra l'épaule quand je le dépassai et nous partageâmes un rapide sourire avant que je me presse hors de la piste.

Revenant prestement des toilettes quelques minutes plus tard, je fus brutalement tiré dans l'une des pièces obscures. Avant que je puisse former un mot de protestation, avant même que je puisse me dégager, je fus cloué au mur par un mur de muscles tout aussi dur.

— Tu bouges bien, gronda-t-il, sa bouche près de mon oreille.

La chair de poule remonta le long de mon dos.

— Sam, soupirai-je, laissant échapper son nom.

— Embrasse-moi.

— Non... arrête, lui ordonnai-je, terrifié pour lui, essayant de le repousser. Éloigne-toi avant que quelqu'un te voie.

— Et si on me voit ?

— Sam, tu...

— Regarde-moi.

Lorsque je levai la tête, il se pencha et embrassa mon menton, ma mâchoire et enfin, mes lèvres. Le baiser s'approfondit et je sentis son excitation lorsqu'il pressa son corps contre le mien. Je ne pus retenir le son qui m'échappa, et la bouche qui s'activait sur la mienne me ravagea. Il prenait son temps, et même si je ne pouvais plus respirer, je m'en fichais. Il posa ses mains sur mon visage, m'immobilisant, s'assurant que je ne puisse m'échapper. Mes genoux faiblirent.

— Tu as si bon goût, grogna-t-il contre ma gorge quand il finit par s'écarter.

— Qu'est-ce que tu fais ? demandai-je le souffle court. C'est une fête de boulot, tu vas avoir des problèmes.

— Pour faire quoi ? Embrasser mon partenaire ?

— Oui. Les gens vont paniquer.

— À d'autres. Chaque femme là-bas est en train de se dire : s'il bouge comme sur la piste, qu'est-ce que ça doit être au lit.

Je me moquai de lui.

— Tu es malade.

Il grogna.

— Et tous les hommes sont en train de penser : merde... qu'est-ce que j'aimerais bouger comme ça.

Peu importait ce que tout le monde pensait ; ce qui comptait le plus, c'était que j'avais manifestement excité mon homme. La façon dont il se pressait contre moi, la façon dont il poussait mon menton avec son nez, me faisant lever la tête pour qu'il puisse atteindre ma gorge, sa respiration laborieuse, ses mains sous le chemisier, glissant sur ma peau nue... tout cela me faisait savoir que j'étais désiré, convoité, nécessaire.

— Et certains se demandent ce que ce serait de coucher juste une fois avec un homme.

— Oh, vraiment ?

— Ou plus précisément... de coucher avec l'homme de Sam Kage.

Je fermai les yeux et me cambrai contre lui, ma peau brûlante, désireuse d'être touchée.

— Tu es magnifique et tout le monde te veut.

Ses mains étaient partout sur moi, et je m'entendis retenir ma respiration.

— Mais tu es à moi... seulement à moi.

Je sentis la chaleur dans ses mots, le grondement possessif qui m'anéantissait.

— C'est la première chose à laquelle j'ai pensé quand je t'ai vu allongé dans la rue quand nous nous sommes rencontrés.

J'ouvris les yeux d'un coup et observai son visage, que je pouvais à peine voir dans l'obscurité.

— Je me souviens que tu étais là, sur le béton avec ce chien stupide, et j'ai pensé… il est à moi. Il m'appartient. C'était la chose la plus étrange… et cela n'avait aucun sens, mais c'est pour ça que je te suivais partout, et c'est pour ça que je ne pourrais jamais te laisser partir… j'ai su alors, à cet instant précis, au milieu de la rue, que tu m'appartenais… et que tu étais censé être avec moi.

— C'est vrai ?

Ma voix était à peine audible. La boule qui obstruait ma gorge m'empêchait de laisser passer le moindre son.

— Oui. Je savais. Je n'ai jamais rien ressenti de tel avant. Je n'ai jamais eu ce genre de réaction avec quelqu'un d'autre… c'est pour ça que je devais te voir et te parler. Quand quelque chose comme ça arrive, tu dois chercher à savoir ce que c'est. Tu dois le découvrir.

— Et qu'as-tu découvert ?

— Que tu étais le bon pour moi.

J'enroulai mes bras autour de lui et le serrai fort contre moi.

Il m'écrasa contre son corps, sa jambe coincée entre mes cuisses, le visage enfoui au creux de mon épaule, ses bras me tenant serré. J'étais complètement enveloppé, et au lieu de trouver cela étouffant parce qu'il était bien plus grand que moi, je trouvais que c'était un véritable bonheur. J'adorais être tenu comme si je représentais tout pour lui.

— Allez viens, dit-il au bout de plusieurs longues minutes. Retournons là-bas pour souhaiter bonne nuit à tout le monde et rentrer à la maison.

Je me moquai de lui en riant.

— Aucun de ces gens ne me laissera rentrer à la maison.

— Ce sont des bêtises. Pat a récupéré sa femme et il est parti, même chose pour Chaz… Je peux donc ramener mon homme à la maison, puis au lit moi aussi. Ce n'est que justice.

Je lui souris.

— Qui était la femme avec laquelle tu dansais ?

— Je n'en ai aucune idée.

— Tu ne sais pas du tout danser, lui assurai-je.

— Ouais, sans rire, c'est pour ça que je ne danse pas.

Je hochai la tête, bougeant pour le contourner.

Il m'attrapa par le bras et me fit me retourner afin que je sois face à lui.

— Où étais-tu avant d'arriver ici ? Pourquoi étais-tu en retard ?

Je grimaçai.

366

— Oh merde, gémit-il, ses yeux s'étrécissant alors qu'il me dévisageait. Qu'as-tu fait, J ?

— C'est à cause de ce que tu as fait.

— Qu'est-ce que j'ai fait ? grogna-t-il.

Les sourcils froncés, les yeux sombres, la manière dont les muscles de sa mâchoire se crispaient... tellement habituel, tellement prévisible, attendu, son agacement, l'amour qui imprégnait l'ensemble.

— Pourquoi diable souris-tu ?

Je secouai la tête, mes lèvres fermement scellées.

— Quoi ? demanda-t-il, sa main glissant sur ma nuque.

— C'est juste que... j'ai eu une journée bizarre, et de te voir... je me sens mieux.

Il releva la tête, ne sachant pas vraiment comment réagir.

— Oh.

Je soupirai profondément.

— Et si on rentrait à la maison et que tu cuisinais ? Je m'assurerai de te le revaloir.

Il m'approcha de lui et hocha la tête.

De retour dans la salle de réception, plusieurs femmes vinrent me prendre les mains pour me ramener sur la piste de danse, mais la poigne de Sam sur mon épaule était solide et implacable. Je ne quitterais pas ses côtés durant le court laps de temps qui nous restait à passer ici.

— À qui appartient ce chemisier ? demanda-t-il alors que nous rejoignions le tabouret où se trouvaient toujours mes affaires.

— C'est à Ersi.

Il grogna.

— Il te colle à la peau.

— C'est parce que c'est le sien, pas le mien.

— Je déteste ça.

J'enfilai mon manteau par-dessus, le boutonnai jusqu'à ce que je sois couvert.

— Mieux ?

Il se contenta d'un grognement.

— Est-ce qu'on y va ou bien vas-tu rester là à me jeter des regards coléreux ?

En réponse, il me dirigea vers son capitaine qui me complimenta pour ma danse avec sa femme, qui se leva, m'étreignit, et m'embrassa. Je lui souhaitai un joyeux anniversaire, ce que j'avais oublié de faire tout à l'heure. Elle me remercia d'être venu et pour le joli bouquet de fleurs sauvages et de roses qui avait été livré à leur domicile ce matin-là. Il était époustouflant, me dit-elle,

367

le plus extravagant qu'elle n'ait jamais reçu. Et je savais qu'il l'était. J'avais utilisé les services du fleuriste de Dane, après tout.

— Je les adore, Jory, tout simplement.

— Eh bien, Sam et moi en sommes très heureux, lui dis-je en m'assurant que mon partenaire soit inclus dans ses remerciements, puisque son nom était le premier sur la carte.

Elle se tourna vers lui.

— Oh Sam, je suis si heureuse que vous ayez finalement amené Jory avec vous. Il est tout simplement charmant, et je l'adore.

— Tout le monde l'adore, dit Sam d'un ton bourru, ses doigts glissant dans mes cheveux.

Alors que nous sortions, je le regardai.

— Quoi ?

— Finalement ? demandai-je, cherchant une clarification.

Il poussa un soupir long et bruyant.

— Chaque fois qu'il y avait un événement comme une fête pour Noël, la célébration du 4 juillet, son anniversaire l'année dernière, le bal de la police, ou autre chose, elle me demandait toujours pourquoi je n'amenais personne. Je lui répondais chaque fois que je voulais que tu viennes avec moi, mais que tu avais un empêchement.

— Oh.

— Mais je lui répondais toujours 'la prochaine fois', parce que le moment ne convenait jamais et que tu n'étais même pas encore avec moi. Je veux dire, tu l'aurais été, à la fin, mais quand même… je pense qu'elle nourrissait l'idée que j'essayai de gagner du temps.

— Ce que tu faisais.

— Ce que je faisais.

— Je vois.

Je rigolai tandis qu'il me tenait la porte pour que je sorte le premier.

— Alors ce soir, quand elle t'a vu, et qu'elle a pu danser avec toi et te parler, je pense qu'elle était simplement heureuse que tu sois réel et non le fruit de mon imagination.

Je hochai la tête.

— Qu'y a-t-il, J ?

— Je suis juste inquiet… je ne veux pas que ta carrière soit foutue à cause de moi. Je ne veux pas que les gens pensent à toi comme à l'inspecteur gay. Je veux juste qu'ils te reconnaissent comme l'inspecteur compétent que tu es, juste Sam Kage.

— S'ils veulent le faire, ils le feront, J. Je ne peux rien y changer. Mais je peux te ramener à la maison ce soir et tous les autres soirs et c'est tout ce qui importe vraiment.

— D'accord.

— Et Seigneur, tu t'es vraiment lié avec Ersi et Steph ?

— Hum… j'ai fait ça ?

— Oh merde ! Oui.

— J'en suis vraiment heureux.

— Vous aviez l'air incroyables tous ensemble.

Je lui souris alors qu'il me dirigeait vers le parking.

— Mais je dois te le dire… les filles étaient sexy, mais tu l'étais plus encore.

— Je pense que tu es de parti pris. Pat et Chaz diraient toute autre chose.

— Non, J, ne te méprends pas… tu étais vraiment quelque chose. Je t'expliquerai ça une fois à la maison.

Vu le ton rauque de sa voix, je compris que son explication n'aurait rien à voir avec des mots.

Tandis que nous marchions vers la voiture, Sam passa son bras autour de mes épaules, et je pris conscience en marchant à côté de l'homme que j'aimais que, sans lui, je n'avais pas de chez moi.

— J'ai vraiment de la chance, dis-je, parce que je le pensais.

— Moi aussi, répondit-il sans vraiment m'écouter, alors qu'il contournait des voitures garées.

Mais je devais le lui expliquer. Lui expliquer qu'il était courageux de tout risquer par amour, parce que m'aimer avait changé la façon dont il se voyait, avait changé ses relations avec sa famille et ses amis, avait remis tout ce qu'il savait en question. Il m'aimait plus que lui-même, et c'était si rare à trouver. J'étais encore tout retourné de ce qui s'était passé plus tôt et réalisai que j'avais du mal à rester maître de moi. Les larmes me montaient aux yeux, et Sam s'arrêta soudain et me prit dans ses bras. Il me serra fort contre lui, me plaquant contre son corps. Je lui dis, comme je le faisais souvent, que je l'aimais, et il me répondit qu'il le savait, qu'il l'avait toujours su, même lorsque je lui disais que ce n'était pas vrai. Après un moment, nous reprîmes notre route, son bras autour de mes épaules, me dirigeant comme il le faisait toujours.

Dans la voiture, lorsque le téléphone de Sam sonna, je lui demandai de le laisser basculer sur la boîte vocale. J'avais un mauvais pressentiment à propos de la personne qui l'appelait. Et il n'aurait pas répondu, mais lorsqu'il vérifia le numéro, il vit que c'était Dane. Je soupirai en l'observant écouter son interlocuteur, vis ses sourcils se froncer, les muscles de sa mâchoire se contracter et les jointures de ses doigts blanchir sur le volant. J'allais avoir des problèmes. Quand il arrêta la voiture devant l'immeuble, je n'attendis pas ; je sortis précipitamment, m'élançant vers le perron de son, de notre maintenant, appartement.

— Jory ! Nom de Dieu !

Je courus plus vite, franchissant la porte de l'immeuble en volant presque, gravissant rapidement les escaliers. Je l'entendis derrière moi alors que je poussai la clé dans la serrure de la porte de l'appartement. À l'intérieur, je laissai tomber mes affaires sur le canapé, et me précipitai dans le couloir sombre qui menait à la chambre. Je me déshabillai et courus dans la salle de bains. Je verrouillai la porte au moment où j'entendais claquer la porte d'entrée.

— Jory !

— Je dois prendre une douche, lui dis-je en tournant le robinet et en me glissant sous le pommeau, le jet d'eau chaude frappant mon visage.

J'entendis son grognement de frustration à travers la porte, mais il n'entra pas. Apparemment, j'étais en sécurité pour le moment. Mais je devrais sortir à un moment ou à un autre.

Lorsque j'ouvris enfin la porte, il me tomba dessus.

— Hé, dis-je en souriant.

— Le fait que tu sois encore dégoulinant ne me distraira pas, dit-il, prenant mon menton dans sa main, me faisant lever les yeux sur lui. Ton frère m'a dit que tu étais allé voir Caleb, et que sa mère était là aussi... est-ce que c'est vrai ?

— As-tu jamais entendu Dane mentir ?

— Je te donnais juste l'opportunité de me parler. Je ne doute pas une seule seconde de Dane.

*Merde*, pensai-je.

— Merde ! dis-je.

Ses doigts se resserrèrent sur mon menton, ses yeux rivés aux miens.

— S'il te plaît... plus jamais sans moi.

Je hochai la tête.

— Je vais te préparer quelque chose à manger pendant que tu me raconteras tout ce qui s'est passé depuis l'instant où tu as mis les pieds là-bas. Et n'oublie rien.

Après m'être vêtu, je le rejoignis dans la cuisine. Je pus voir la palette d'émotions glisser sur les traits du visage de Sam au fur et à mesure que je parlais. Lorsque je terminai avec la façon dont Caleb m'avait regardé avant que je parte, il hocha la tête tandis que ses yeux se fixaient aux miens.

— Est-ce que ça t'a fait peur ?

— C'est juste que... je n'ai jamais pensé qu'il pouvait me faire du mal, mais il le peut.

— Il est malade, Jory.

C'était gentil de sa part d'essayer de me réconforter.

— Tu sais, Sam, lorsque tu as contacté les familles des hommes que Caleb a tués… que t'ont-ils dit ?

— Tourner la page est bénéfique, tu sais ?

— Est-ce qu'ils me blâment, ou Dane ?

— Personne ne peut être blâmé pour la folie des autres, J. De quoi pourraient-ils t'en vouloir ? Ta vie ? C'est stupide.

Je le regardai dans les yeux. Qu'étais-je censé dire ?

— Dis-moi, pourquoi penses-tu que Caleb soit allé chez Dane cette nuit-là après avoir quitté l'hôpital ? Pourquoi a-t-il pris Carmen ?

— Je n'en ai aucune idée.

— Allez… donne-moi juste une hypothèse.

— D'accord. Je pense qu'il a paniqué. Je veux dire, il avait déjà décidé de piéger sa mère, mais il a dû penser que nous l'avions compris.

— Tu l'as compris. J'étais l'idiot qui voyait plus là-dedans qu'il y avait à voir. Tu savais qu'il était coupable, j'étais le seul qui croyait qu'il était innocent.

— Tu pensais du bien de lui parce qu'il était ton ami. Laisse tomber.

Je n'avais pas le choix.

— C'est dommage que le dernier choix de Susan ait été le mauvais.

— De quoi parles-tu ?

— Eh bien, si elle avait parlé à Dane de Caleb, n'était pas allée en prison pour lui et t'avait protégé toi et Dane… peut-être aurait-elle eu la chance qu'elle recherchait avec Dane.

— Mais elle pensait qu'elle avait déjà perdu Dane.

Il se pencha en avant, m'observant par delà le comptoir, lui cuisinant et moi assis sur un tabouret en train de le regarder.

— Mais elle t'avait encore, et avec toi… elle aurait fini par se rapprocher de Dane. Tout ce qu'elle avait à faire était de te protéger, et elle aurait tenu ton frère dans la paume de sa main.

— Mais elle ne l'a pas fait.

— Non, elle ne l'a pas fait.

— Es-tu en colère contre moi ?

— Non, dit-il, me tendant une assiette avec une grosse omelette au jambon et au fromage. Je veux juste que tu le comprennes enfin. Je veux que tu réalises que tu n'es pas un super héros, tu n'es pas invincible. Tu as besoin que je te protège, et j'ai besoin de le faire. Tout ce que je veux, c'est me tenir entre toi et le reste du monde… s'il te plaît, laisse-moi faire.

Je hochai la tête.

— Tu acquiesces, mais ensuite tu détales et tu fais tout ce qui te chante.

Mais j'avais appris ma leçon. J'étais fatigué d'avoir peur. J'allais laisser Sam prendre soin de moi.

371

— Alors que fait-on ?

— Donne-moi une autre chance, d'accord ? lui demandai-je. Je te promets de commencer à faire des choix incroyablement bons à partir de maintenant.

Il plissa les yeux.

— Qui espères-tu berner ? Je veux juste que tu me fasses savoir ce qui se passe pour que je ne sois pas pris au dépourvu et que je puisse être là chaque fois pour te sortir des ennuis.

Je laissai échapper un profond soupir.

— Absolument.

Il secoua sa tête comme si j'étais épuisant.

— Tu veux de la sauce là-dessus ?

— Oui, s'il te plaît.

Je nettoyai la cuisine pendant qu'il allait s'effondrer sur le canapé.

— Oh, au fait, me dit-il. J'ai reçu un appel de la brigade des mœurs aujourd'hui, d'un inspecteur Adams.

J'étais en train de finir d'essuyer la gazinière et je me retournai pour le regarder.

— Sais-tu qui c'est ? me demanda-t-il, se penchant sur le dossier du canapé pour me regarder.

Son sourire était sournois et je n'avais aucune idée de ce qui le provoquait.

— Non.

— Réfléchis bien.

— Je n'en ai aucune idée.

Il grogna.

— Et si je te disais que son prénom était Carrington ?

— Oh !

Je lui souris.

— Tu te trompes. Cet inspecteur a probablement un autre nom, et il t'appelait à propos de Carrington Adams. C'est le type qui est sorti de prison avec moi.

— Tu veux dire le gars que *tu* as fait sortir de prison ?

— Oui.

— Mmh mmh. Eh bien, devine quoi, bébé ? Le gars était flic.

— Non, il ne l'est pas.

— Si, il l'est. Il s'avère qu'il était infiltré. C'est un inspecteur de la brigade des mœurs et il enquête sur plusieurs proxénètes en ville et tu l'as fait sortir de prison.

Cela me prit une minute pour enregistrer ce qu'il venait de me dire.

— Oh merde !

Il me sourit de toutes ses dents.

— Donc, il n'a jamais vraiment été en danger.

— Non.

— Oh merde !

— Je pense que tu dois au moins un dollar au pot à jurons.

Je m'accoudai au comptoir.

— Alors, où est-il allé… je l'ai vu monter dans un avion.

— Tu l'as vu passer la porte d'une passerelle, tu ne l'as jamais vu monter dans un avion.

— Il doit penser que je suis un idiot fini.

— Non, il pensait que tu étais également infiltré… peut-être pour les mœurs, probablement pour une autre unité opérationnelle, mais il était sûr que tu étais de la maison.

— Hilarant

— Il m'a dit que Rego James était en route pour la prison.

Je hochai la tête.

— Il a dit aussi que tu avais pris un sacré coup de sa part ce jour-là.

— Je ne me souviens pas.

— Mon cul, oui ! Tu ne voulais tout simplement pas que je me mette en rogne à propos d'une chose pour laquelle je ne peux rien faire.

*Précisément.*

— Tu sais, l'inspecteur Adams a dit que tu avais été très courageux et que tu étais très sexy.

Je rigolai en sortant de la cuisine, éteignant la lumière au passage avant de venir me tenir devant lui.

— Je suis sûr que c'est exactement ce qu'il a dit.

Il posa ses mains sur mes hanches et me tira vers lui, m'installant sur ses genoux.

— D'accord, peut-être, qu'il n'a pas vraiment parlé de la partie sexy, mais il a vraiment dit que tu avais été courageux et qu'il avait eu l'impression que tu l'aurais protégé de ta vie. Il a été impressionné, Jory. Il n'a pas cessé de le répéter.

Je me mis à califourchon sur ses hanches, me poussant contre lui alors qu'il faisait passer mon tee-shirt par-dessus ma tête et le jetait sur la chaise près de la cheminée.

— Tu as fait un travail incroyable avec tout ce que tu savais, je ne crois pas te l'avoir dit assez… la façon dont tu comprends les choses est vraiment incroyable. Je pense que je pourrais te parler de certains cas quand je n'arriverai pas à les résoudre. Peut-être que tu peux m'aider sur certaines affaires.

— Ne sois pas condescendant, le taquinai-je, aimant la manière dont ses doigts couraient le long de ma colonne vertébrale.

— Je suis sérieux, me dit-il en me regardant dans les yeux. Mais nous en reparlerons plus tard.

— Pourquoi ?

— Parce que, pour l'instant, je ne peux pas penser.

Et cette seule déclaration et la façon dont il me regardait m'enflammèrent immédiatement. Lorsqu'il me souleva, me débarrassa de mon pantalon de survêtement, puis m'épingla sous lui sur le canapé, posant ses lèvres sur mon cou, sa peau contre la mienne, ses mains glissant sur moi, je me demandai comment j'avais pu un jour penser à vivre sans lui. Je me demandai ce que j'aurais fait s'il avait renoncé à me séduire et avait disparu, comme je le lui avais demandé tant de fois.

— Je n'aurais jamais renoncé, me dit-il.

— Quoi ?

— Tu viens juste de demander ce que tu aurais fait si j'avais renoncé à toi.

— Je suppose que je pensais à voix haute.

— Bébé, dit-il avec un sourire doux, je n'aurais jamais renoncé à toi. Tu m'appartiens. Tu es à moi.

Et sa déclaration possessive était quelque chose que j'adorais entendre.

— Laisse-moi te le répéter encore.

Je ne discutai pas.

# XVIII

POUR MICHAEL, j'avais été patient. Pour Beverly, j'étais tolérant. Pour le bien de la paix, dans l'esprit de bien s'entendre, je devais rester calme, garder un sourire plaqué sur mon visage et me mordre la langue. Mais maintenant, j'étais libre. Les gants avaient été enlevés parce que le mariage était fini. Les mariés s'étaient retirés seuls dans leur somptueux appartement-terrasse à l'étage pendant que la plupart des invités profitaient toujours du bar qui servirait des boissons gratuites jusqu'à minuit. Et, parce que la fête suivant les noces était censée avoir lieu ici le lendemain, suivie d'un brunch avec les nouveaux mariés avant leur départ pour leur lune de miel, Sam et moi avions une chambre à l'hôtel. J'avais assisté au mariage de ma place à côté de sa mère, et Sam avait été le témoin de son frère. C'était cet honneur/fardeau qui avait lancé toute la pagaille.

Beverly Stiles, la fiancée de Michael Kage, et maintenant sa femme, avait eu neuf demoiselles d'honneur à son mariage. Elles avaient toutes porté de longues robes dos nu aux pans fluides, noirs, et volumineux. Quand on les voyait, on pensait immédiatement aux films des années 40 où les femmes étaient toutes élégantes et glamours. Cela avait davantage ressemblé à un défilé de mode qu'à un mariage, et lorsqu'Amanda Rinehart avait descendu l'allée centrale devant sa meilleure amie – la mariée – on avait entendu les gens retenir leur souffle.

C'était une femme magnifique, grande et gracieuse, qui suintait l'assurance et cela se sentait. Avec ses cheveux noir de jais tirés en chignon à la française, ses yeux saphir et bien maquillés, sa peau crémeuse, personne ne pouvait détacher ses yeux d'elle. Elle ressemblait à un mannequin, mais je savais qu'elle venait juste d'être nommée associée au sein du cabinet d'avocats où elle travaillait à Manhattan. Et elle savait cuisiner aussi. Elle était, disait Beverly, une triple menace. Elle avait la beauté, l'intelligence, et préparait les boulettes de viande de sa grand-mère italienne à partir de rien. Tout homme sain d'esprit voudrait d'elle.

La mariée m'avait avoué avant le premier jour du mariage 'poids lourd' qui durerait quatre jours qu'elle s'inquiétait que Michael tombe amoureux de sa meilleure amie, comme tous les autres hommes qu'elle avait fréquentés avant. J'avais dit à Beverly que Michael Kage n'aimait qu'elle. Qu'elle n'avait pas besoin de s'inquiéter. Il s'avéra que j'avais eu à moitié raison. Michael ne s'était pas plus ridiculisé à propos d'Amanda Rinehart que tous les autres hommes présents. Même Sam l'avait remarquée, et avait été plus gentil que d'habitude. Je n'aimais pas ça.

Lorsque Beverly vint me voir le matin des enterrements de vie de garçon/ jeune fille et demanda si je pouvais l'aider à faire réimprimer les programmes du mariage, je lui demandai ce qui n'allait pas. Je les avais conçus et imprimés plus d'un mois auparavant, alors la panique de dernière minute me confondait. Il s'était avéré que rien ne clochait avec ce que j'avais fait ; le changement ne concernait qu'Amanda. Elle insistait pour marcher aux côtés de Sam.

— Je te demande pardon, quoi ? demanda à nouveau Dylan afin de clarifier la situation.

Je lui avais répété déjà deux fois et elle me regardait toujours comme si elle ne me croyait pas. Nous étions au bureau plus tard ce même jour.

— Beverley veut que les programmes soient réimprimés parce qu'Amanda dit que le cavalier désigné est trop petit pour remonter l'allée centrale avec elle, répétai-je pour la troisième fois.

Elle me fit cette grimace où ses sourcils se réunissaient au milieu de son front.

— Laisse-moi clarifier tout ça. La demoiselle d'honneur renonce à son rôle de première demoiselle d'honneur deux jours avant le mariage parce qu'elle ne veut pas être plus grande que son cavalier.

— Oui.

— Et la mariée va laisser cette princesse faire à sa guise ?

— Apparemment.

— Est-ce que tu te moques de moi ?

— Non.

— Que se passe-t-il ? demanda Aubrey Flanagan en entrant dans le bureau que nous partagions tous les trois depuis un an et demi.

Alors Dylan lui raconta, elle me lança un drôle de regard.

— Quoi ?

— Par qui veut-elle être accompagnée ?

Je haussai un sourcil.

— Oh, non, pas possible, s'écria Dylan. La prima donna veut marcher avec Sam ?

Mon haussement d'épaules fut ma réponse.

— La salope s'est entichée de ton homme, plaisanta Dylan. Tu ferais mieux de faire attention, Jory… fut une époque où l'homme était hétéro, après tout.

Je lui lançai un regard noir et Aubrey se mit à tousser. Elles eurent droit à un doigt d'honneur.

Ce soir-là, la dernière nuit de liberté des futurs époux en ville, les hommes et les femmes s'étaient apparemment croisés en chemin. Je n'avais pas pu y aller puisque je remplaçais Dane à un dîner qu'Aja organisait pour la visite d'un conférencier sur la réforme éducative. Mon frère n'était pas en ville, et sa femme m'avait demandé d'être son cavalier. Ainsi occupé, j'avais, semblait-il, manqué la danse verticale impromptue d'Amanda au club de strip-tease, qui avait remporté un tonnerre d'applaudissements de la part de toutes les personnes présentes à l'enterrement de vie de garçon de Michael. La danse érotique dont elle avait gratifié Sam après ça était le sujet de conversation de la table le lendemain soir au dîner de répétition. Tout devint soudain très logique quant au pourquoi de l'attaque que j'avais subie lorsqu'il était rentré à la maison la veille au soir. Elle avait attisé sa libido et j'avais été le bénéficiaire de ses attentions. Savoir qu'elle l'excitait ne fit rien pour améliorer mon humeur.

Le fait que j'ai accepté à l'avance, en accord avec Sam, de ne pas mentionner notre relation face à la famille du Midwest très chrétienne et très conservatrice de Beverly n'aidait en rien. Personne de sa famille ou de ses amis ne savait que j'étais avec Sam. Personne n'avait la moindre idée que les alliances à nos doigts signifiaient que nous nous étions mariés au Canada un an auparavant, ou que, aussi loin que la ville de Chicago était concernée, nous étions des partenaires officiels. Que Michael ait été d'accord avec Beverly pour dire que c'était la meilleure chose à faire face à sa famille m'avait attristé, mais finalement, je comprenais. C'était son jour, pas le mien. Qui étais-je pour lui demander de faire comme je voulais ? Pourquoi mes intentions devraient-elles passer au-dessus des siennes ?

— Donc, Beverly va permettre à cette fille de passer de première demoiselle d'honneur à un rang inférieur pour qu'elle puisse descendre l'allée avec Sammy, mais toi et Sammy ne pouvez pas être un couple à son mariage ?

Je regardai Jen alors qu'elle s'asseyait à côté de moi à table.

— Pff, grogna-t-elle. C'est amusant.

Me tournant pour voir Sam et Amanda danser un slow avec les autres couples sur la piste, je ne trouvais pas ça drôle. C'était, en fait, tout le contraire.

Seul le cortège fut invité à prendre un verre après le dîner de répétition, alors je rentrai à la maison et préparai un sac pour la nuit suivante. Sam rentra en trébuchant à deux heures du matin passées avec des traces de rouge à lèvres sur le col et empestant le parfum d'Amanda. Lorsqu'il essaya de m'attraper, je l'envoyai sous la douche. Je le trouvai, une demi-heure plus tard, endormi et nu – une serviette à peine enroulée autour des hanches – au milieu de notre lit. Je le couvris et allai dormir sur le canapé. Je fus réveillé au milieu de la nuit, mais mon irritation dominait mon désir pour lui. Je fus transporté jusqu'au lit, et ses baisers et ses mains eurent raison de ma colère.

Au matin, je me réveillai seul. Il avait beaucoup de choses à faire avec le reste des invités et n'avait pas voulu me réveiller. Il m'avait préparé du café, cependant, et la note sur la table de nuit, qui m'indiquait où il était allé, se trouvait sous le mug. Je me sentis mieux jusqu'à ce que j'arrive au mariage.

Tout le monde autour de moi, sauf la mère de Sam, commentait le fait qu'il formait un très beau couple avec Amanda. Et je savais que le père de Sam n'avait aucune intention de me blesser avec ses commentaires, il m'aimait après tout. Mais il y avait, je le savais, caché tout au fond de son cœur, l'espoir que peut-être – juste peut-être – un jour Sam viendrait le trouver pour lui dire qu'il n'était plus gay et qu'il était prêt à se trouver une femme et à avoir des enfants.

— Jory.

Je tournai la tête pour regarder Regina. Elle me souriait.

— Mon ange.

Elle sourit, tapota ma main pendant que nous attendions de quitter l'église.

— Personne n'est mieux assorti à Sam que toi. Tous les deux, vous formez le plus beau couple que je connaisse.

Je hochai la tête et serrai sa main.

— Pense à ce que ton alliance signifie pour toi. Aller à un mariage, n'importe quel mariage, devrait toujours te faire penser au tien et réaffirmer votre amour.

Même si personne d'autre ici ne savait que j'étais marié ?

— Ce que tu sais est tout ce qui importe, me dit-elle comme si elle avait lu dans mon esprit.

Je me sentis mieux, même si Amanda passa pratiquement toute la réception sur les genoux de Sam. Elle dansa avec lui, le conduisant sur la piste de danse et le ramenant à leur table avec sa main dans la sienne ; elle lui donna à manger ce qu'elle prit dans son assiette et rit comme une hyène à tout ce qu'il dit. Lorsqu'elle attrapa le bouquet, qui lui fut pratiquement jeté dans les bras, elle supplia Sam d'aller chercher la jarretière. Il refusa tout net, et aucune cajolerie, supplication, ou même plainte ne le firent bouger. Il sourit lorsqu'il dit non, ses yeux pétillèrent, mais il ne bougea pas. Les hommes mariés n'allaient pas chercher les jarretières, et même si Sam n'avait dit à personne présent au mariage de Michael qu'il était, en fait, déjà marié, il n'aurait pas menti si on lui avait posé directement la question. Le mensonge ne faisait pas partie du répertoire de Sam Kage. Lorsque le témoin attrapa la jarretière, Amanda prit une photo avec lui avant de revenir vers Sam et de remonter sur ses genoux. Ils prirent de nombreuses photos suggestives sous les huées et les sifflets de la foule.

— Il est heureux que Sam ne soit pas hypocrite, commenta Dylan lorsque je lui racontai ce qui se passait en bas.

378

J'étais dans notre chambre en train de me changer, quand elle avait appelé pour savoir si tout allait bien.

— Je veux dire, l'homme est marié après tout.

— L'est-il ?

— Jory Harcourt ! cria-t-elle au téléphone. C'est une chose terrible à dire ! Bien sûr qu'il est marié ! Il est marié avec toi ! J'étais là lorsque vous avez échangé vos vœux des plus bizarres et des plus doux.

Je ris en me souvenant de Sam et moi, debout devant tout le monde et le juge de paix à Toronto. Je lui avais dit que je l'aimerais pour toujours et que je serais à ses côtés comme un véritable pot de colle, peu importe ce qui se passerait. Son sourire et la lueur dans ses yeux m'avaient tout dit, avant même qu'il me promette d'utiliser le pot à jurons comme fonds pour payer l'université de nos enfants, de ne jamais me laisser m'éloigner à nouveau de lui et de m'aimer jusqu'à sa mort. Cela avait été un peu larmoyant, mais Dane avait dit 'd'accord' très fort et tout le monde avait ri avant que Sam m'attrape et m'embrasse à en perdre haleine.

— N'en fais pas tout un drame, d'accord, Jory ? Sam t'aime comme un fou. Tu dois juste redescendre à la fête et lui rappeler que cette femme, cette Amanda peu-importe-son-nom, n'est rien à côté de toi. Je t'ai déjà vu sur ton trente-et-un, mon ami… même mon mari pense que tu es sexy.

Je ne pus retenir mon rire. Je pouvais compter sur ma meilleure amie pour me secouer de mon apitoiement. J'étais très chanceux.

— Ah bon ? Chris pense que je suis sexy ?

— Chris, cria-t-elle, viens dire à Jory que tu penses qu'il a un joli petit cul sexy.

Elle avait complètement perdu la raison. Elle était mère, pour l'amour de Dieu !

Tous ceux qui restaient pour la nuit s'étaient rendus au bar lorsque je redescendis. Le cortège buvait toujours, accompagné de quelques membres de la famille, d'amis et de quelques traînards. Ils étaient tous assis vers le fond, encore parés de leurs plus beaux atours : robes de demoiselle d'honneur, smokings, costumes, robes du soir, montrant des signes certains que les festivités arrivaient à leurs termes. Les talons hauts avaient été retirés, les cravates étaient défaites, et les pans de chemise sortaient des pantalons. C'était une question de confort, puisque personne à part moi n'était remonté pour prendre une douche et se changer. Je marchai jusqu'au bar et commandai un petit verre de cognac – il était tard après tout – puis revins vers la table où se trouvait Sam.

— Jory m'accueillit Joe, le cousin ivre de Sam, prenant ma main comme il le faisait toujours.

Les Kage étaient une famille très tactile.

— Je me demandais où tu étais.

Sam tourna la tête alors qu'il parlait à Amanda, et ses yeux croisèrent les miens.

— Hé, dis-je en lui souriant, prenant une gorgée de ma boisson.

Il me regarda de haut en bas avant de se lever et de se déplacer entre les chaises autour de la table pour se dresser devant moi.

— Je pensais sortir pendant que tu es là et que tu discutes avec tout le monde.

Il prit une gorgée de mon verre de cognac tout en me regardant dans les yeux.

— D'accord ?

Il secoua légèrement la tête en me rendant le verre. Je pris une autre gorgée et me léchai les lèvres. C'était vraiment un bon cognac.

— Sam, viens t'asseoir, l'appela Amanda.

Ses yeux étaient rivés sur ma bouche et il dit quelque chose.

Je dus me pencher parce que je pouvais à peine l'entendre.

— Excuse-moi ?

— J'ai dit que je n'avais pas eu l'occasion de te dire à quel point ton costume t'allait bien.

— Oh, merci.

— Chaque fois que je suis venu à ta table, tu étais en train de danser avec un autre de mes cousins.

— Tu as beaucoup de cousins, le taquinai-je.

Son sourire fut lent, paresseux et très sexy.

— Et ils t'aiment tous beaucoup.

— Ces jolies filles catholiques de New York sont effrayantes, Sam.

Il s'esclaffa.

— Oh bébé, je sais.

— Alors tu as aimé mon costume ? lançai-je, mine de rien.

— Oui. Je voulais te voir le retirer.

Je lui souris.

— Peut-être que je vais juste monter jusqu'à la chambre et t'attendre.

— Pas besoin d'attendre, dit-il d'une voix bourrue, prenant le verre de ma main pour le déposer sur la table, avant de me prendre la main. Bonne nuit, tout le monde.

Il me tira hors du bar, à sa suite, puis jusqu'à l'ascenseur dans le hall.

Je ris.

— Quoi ? grogna-t-il.

— Pourquoi es-tu si grognon ?

Il fit un geste vers moi comme si j'étais fou.

— Je ne suis pas grognon, mais regarde comment tu es habillé pour venir au bar ? À quoi pensais-tu ?

Je portais un tee-shirt et un vieux jean délavé. Je ne voyais pas le problème.

— Comment suis-je habillé ?

— Et tu es tout propre et… tes cheveux sont humides.

— Quel est le rapport ?

Les muscles de sa mâchoire se contractèrent alors qu'il me serrait la main.

— Tu peux rester ici si tu veux. Je ne suis pas descendu pour te press…

— Tu es tellement idiot, dit-il, me poussant dans l'ascenseur dès que les portes s'ouvrirent.

Cependant, une main les arrêta avant qu'elles se referment. Amanda était là, avec trois autres femmes.

— Sam, où vas-tu ? demanda-t-elle en riant tandis que les autres souriaient.

— Le mariage est terminé, leur dit-il à toutes. Je suis fatigué et je veux juste aller m'allonger et me détendre.

Soudain, tous les yeux furent sur moi et ma main dans la sienne.

— Bonne nuit, Amanda.

Il lui sourit.

— Mesdames. Nous vous verrons toutes au petit-déjeuner.

Amanda hocha la tête, si visiblement abasourdie qu'à cette seconde, juste avant que les portes se referment, je me sentis désolé pour elle. Elle avait jeté son dévolu sur Sam Kage, seulement pour le voir lui glisser entre les doigts. Ce devait être une nouvelle expérience pour elle, de ne pas obtenir ce qu'elle voulait.

Mes pensées n'eurent pas le temps de s'attarder sur elle, car Sam se tourna vers moi, et m'écrasa contre le mur avant d'embrasser mon menton, ma mâchoire, et enfin, mes lèvres. Le baiser s'approfondit et je sentis combien il était excité lorsque son corps se plaqua contre le mien. Je ne pus réprimer mes gémissements et la bouche qui attaquait la mienne faisait des ravages. Il prenait son temps, et même si je ne pouvais plus respirer, je m'en fichais. Lorsqu'il recula, je suivis son mouvement, essayant de garder ma bouche sur la sienne.

— Tu n'es qu'un sale gosse, dit-il contre mon cou, me mordant doucement avant de me faire sortir de l'ascenseur. Pourquoi serais-tu jaloux de qui que ce soit ?

— Qui a dit que j'étais jaloux ? demandai-je par-dessus mon épaule, sortant la clé de notre chambre.

Il se moqua de moi.

— S'il te plaît. Je te connais.

À la porte, je me retournai et levai les yeux sur lui, directement dans le regard bleu sombre de l'homme que j'aimais.

— Tu l'aimes bien.

— Oui, c'est vrai, acquiesça-t-il. Elle est intelligente et amusante et elle a un rire super.

S'il aimait le bruit que faisait une hyène ; c'était un peu trop Discovery Channel à mon goût.

— Et il faut l'avouer... elle est vraiment canon. Elle... Ne me regarde pas comme ça, J, elle l'est, et tu le sais.

Je grognai. Tous mes amis étaient plus beaux.

— Mais... veux-tu bien me regarder s'il te plaît ?

Il ricanait maintenant, se régalant manifestement du fait que je sois jaloux, amusé à n'en plus finir.

Je ramenai mon regard sur le sien alors que ses doigts glissaient sur ma mâchoire, m'inclinant la tête.

— Je t'aime davantage. En fait... je t'aime le plus.

Ses déclarations étaient toujours si simples et si parfaites.

— Ne sois pas stupide, grommela-t-il, m'arrachant la carte en plastique pour ouvrir la porte et me pousser dans notre chambre.

— Arrête de me bousculer, dis-je d'un ton cassant.

Son grognement de rire me fit sourire malgré moi. J'aimais quand il me malmenait et il le savait. Je me retournai pour lui faire face alors qu'il se plaçait devant moi, ses mains se posant sur mon visage.

— Arrête d'essayer de chercher la bagarre avec moi, il n'y a aucune raison de le faire. Tu sais que tu n'auras jamais à t'inquiéter... tu es le seul qui compte pour moi.

Et la manière dont il dit ça – d'une façon si évidente, comme si j'étais agaçant – était bien mieux que n'importe quelle longue déclaration qu'il n'aurait jamais pu me faire. La vérité était que le soleil brillait, que la pluie tombait, et que Sam Kage m'aimait. Douter de lui, ou m'inquiéter des sentiments qu'il me portait était une stupide perte de temps.

— Embrasse-moi, dit-il d'une voix douce et caressante.

Je souris et entendis son hoquet de surprise lorsque mes lèvres touchèrent les siennes.

— Je t'aime.

Et ça, je le savais, bien sûr.

Question de temps Volume 1 (Livres Un et Deux)

Jory Keyes mène une vie normale comme assistant d'un architecte jusqu'à ce qu'il soit témoin d'un assassinat brutal. Bien qu'initialement sauvé par l'inspecteur de police Sam Kage, Jory refuse la détention préventive – il a une vie qu'il aime et à laquelle il ne renoncera pas, peu importe qui est après lui. Mais la vie de Jory est réellement en danger, surtout après qu'il accepte de témoigner à propos de ce qu'il a vu.

Alors qu'il jongle avec les tentatives de meurtre dont il est l'objet, des amis bien intentionnés qui veulent le voir heureux, un patron trop protecteur et un mystère qui se dévoile lentement et qui est beaucoup plus sinistre que ce qu'il aurait pu imaginer, le jeune homosexuel se retrouve impliqué avec Sam, l'inspecteur en conflit avec lui-même et dans le placard. Et si Jory a une chance de survivre au danger, il ne peut pas survivre à un cœur brisé.

# www.dreamspinner-fr.com

Il y a six ans, Noah Wheeler est allé à la rencontre de son petit ami, Dante Cerreto, à l'aéroport et son monde s'est écroulé. Dante embrassait quelqu'un dont il prétendait être amoureux. Noah avait repris son chagrin d'amour et les échographies de leur enfant et fermé la porte sur l'image de ce qu'il pensait être sa vie future, se concentrant plutôt sur le morceau de rêve qu'il avait réussi à sauvegarder : devenir père.

En vacances à Las Vegas, Noah rencontre accidentellement la famille Cerreto, puis l'homme en question, et apprend que non seulement il avait été trompé, mais que Dante l'avait été également. Maintenant Dante veut rattraper le temps perdu, l'équivalent de six années, et pour ce faire, il a besoin que Noah, le seul homme qu'il ait jamais aimé, et que Grace, la fille dont il ne connaissait pas l'existence, lui laissent une chance pour trouver le bonheur. Mais Dante va devoir prendre un cours accéléré de communication et de séduction. Parce que Noah ne va pas tomber amoureux juste pour être à nouveau anéanti.

# www.dreamspinner-fr.com

Les Gardiens des Abysses, numéro hors série

Simon Kim est très amoureux de Leith Haas, mais Leith est un guetteur. Son travail – chasseur de démons – est dangereux et important, et Simon ne veut pas distraire l'homme qu'il aime plus que la vie avec des détails. Mais il n'a pas vraiment conscience que quand un guetteur prend un foyer, le guetteur donne son cœur sans réserve. Lorsque Leith a revendiqué Simon, il a dénudé son âme, s'est montré vulnérable devant le seul homme qui, il en est certain, sera le seul qu'il aimera jamais.

Quand Simon est précipité plus profondément dans le monde périlleux de Leith – et dans une autre dimension – Simon se rend compte que la seule force qu'il peut fournir à son guetteur, c'est la force de son amour. Simon peut-il sacrifier le contrôle qu'il a fini par chérir, pour l'homme qui possède déjà son âme ?

# www.dreamspinner-fr.com

Les rêves de célébrité de Weber Yates sont sur le point d'être réduits à un emploi d'ouvrier agricole dans un ranch au Texas et sa seule relation est avec un homme, tellement hors de sa portée qu'il pourrait aussi bien se trouver sur la lune. Ou du moins, à San Francisco, où Weber s'arrête pour le voir une dernière fois avant de s'installer pour la vie humble et solitaire qu'une grenouille comme lui mérite.

Cyrus Benning est un neurochirurgien de renom et les détails n'ont aucune prise sur lui. Un jour, il a repéré un prince dans les habits d'un cavalier de taureaux déchu. Mais voir Weber le quitter devient de plus en plus difficile et il ne sait pas combien de temps encore son cœur pourra le supporter. À présent, Cyrus a une dernière chance de prouver à Weber que ce n'est pas son travail qui fait de lui l'homme parfait pour lui, mais Weber lui-même. Avec l'aide de la famille nouvellement brisée de sa sœur, il est prêt à montrer à Weber que le foyer que cet homme cherche depuis toujours est juste là, avec lui. Cyrus avait posé un ultimatum une fois, mais maintenant, c'était devenu un serment : il ne laisserait jamais Weber sortir de sa vie à nouveau.

# www.dreamspinner-fr.com

MARY CALMES vit à Lexington, dans l'État du Kentucky, avec son époux et ses deux enfants.

Elle aime toutes les saisons, sauf l'été. Elle a fait ses études à l'Université du Pacifique, à Stockton, en Californie, où elle a obtenu une licence de littérature anglaise. Vu qu'il s'agit de littérature, et non de grammaire, ne lui demandez pas de vous décortiquer un texte, elle ne le fera pas. Elle aime écrire, et s'absorbe complètement dans son travail lorsqu'elle commence un livre. Elle est même capable de décrire l'odeur corporelle de ses personnages. Elle achète de nombreux ouvrages, et apprécie les colloques où elle peut rencontrer ses fans.

Par Mary Calmes

Bon timing pour un rodéo
De nouveau
La grenouille du prince
L'ange gardien
Mauvais timing

Le Clan des Panthères
Cœur Sauvage
Cœur confiant

Les Gardiens des Abysses
Son foyer
Bec et ongles
Le cœur sur la main

Question de Temps
Question de temps tome 1
Question de temps tome 2

Publié par Dreamspinner Press
www.dreamspinner-fr.com

ANNE TENINO

GRIS À 18%

www.ingramcontent.com/pod-product-compliance
Lightning Source LLC
Chambersburg PA
CBHW031951060726
47497CB00016B/1112